KB119919

선녀명란전

서녀명란전

3

관심즉란 장편소설

위즈덤하우스

知否? 知否? 应是绿肥红瘦

아는가, 아는가,

푸른 잎은 짙어지고

붉은 꽃은 진다는 걸

목차

제3장

해당화는 연지색을 아까워하지 않고
금옥의 정방에 보내지길 원하지 않네

제66화

해당화 나무 아래,
귀뚜라미, 매미, 산석山石

이목구비가 뚜렷하고 눈동자가 밤처럼 깊은 남자는 조용히 그곳에 서 있었다. 해당화 나뭇잎 몇 개가 만든 그림자가 그의 얼굴에 드리워져 보일락 말락 했다. 그는 검은색과 금색이 어우러진 장포長袍를 입고 있었는데, 가장자리가 다소 낡아 보였다.

명란의 상반신은 뒤로 돌고 싶어했지만, 두 다리가 땅에 딱 붙어서 떨어지지가 않았다. 상반신과 하반신이 한참을 겨루다 결국에는 씁쓸하게 웃으며 허리를 숙여야 했다.

"둘째 아저씨께 인사 올립니다. 그동안 안녕하셨어요?"

고정엽이 뒷짐을 지고 천천히 걸어왔다. 한 쌍의 깊고 검은 눈을 얇게 뜬 채 명란을 바라봤지만, 도무지 무슨 생각을 하는지는 알 길이 없었다. 명란은 공기가 멈춰버린 것 같은 어색함이 견디기 힘들어 고개를 숙였다. 귀밑머리 옆의 진주들이 미세하게 떨리는 것이 보였다.

얼마 후 고정엽이 짧게 한마디를 꺼냈다.

"가부家父 1)께서 돌아가신 지 일 년이 되었다."

명란이 재빨리 반응했다.

"너무 크게 상심하지 마세요."

고정엽은 입꼬리가 실룩거리려는 걸 참으며 머뭇대다 또다시 말을 했다.

"여余가의 큰따님은…… 시집을 잘 가셨나?"

명란은 고개를 번쩍 들었다. 고정엽의 부드러운 표정과 겸손한 말투에 명란은 갈피를 잡을 수 없었다. 고정엽은 명란의 어리둥절한 표정을 보더니 입꼬리를 올리며 말을 이어갔다.

"나는 줄곧 여 각로를 존경하고 있었다. 그 일이…… 일어난 건 내 의지가 아니었어."

명란은 어렴풋이 알 것 같았다. 어쩌면 고정엽은 일부러 이곳에서 자신을 기다렸는지도 몰랐다. 여 각로는 평생 공명정대하게 살아왔는데 늘그막에 두 손녀를 고씨 가문에 보내고 나서 한 명은 멀리 운남으로 시집을 갔고, 또 한 명은 반년도 채 되지 않아 세상을 떠난 것이다. 물론, 고 대인의 탐욕으로 인해 발생한 것이지만, 눈앞의 저 '원흉' 역시 어느 정도 미안한 마음은 있을 것이다.

명란은 많은 생각을 하며 입을 뗐다.

"운남이 워낙 먼 곳이라 저도 일 년여 동안 언연 언니의 서신을 세 번밖에 받지 못했어요. 시부모님과 남편 모두 다정하고 온화하시대요. 운남이 다소 미개한 지역이기는 하나 땅이 넓고 풍광이 좋아 언니도 잘 지

---

1) 아버지를 남에게 말해야 할 때 쓰는 말.

내고 있다고 하네요."

명란은 언연에게 보내는 서신 속에 고정엽이 집을 나서자마자 부인이 병에 걸리는 바람에 황급히 돌아왔으나, 결국에는 마지막을 보지 못하고 상만 치른 일을 적었다. 상이 끝나고 그의 부친까지 세상을 뜨면서 상당히 긴박한 상황이 계속되었고, 그 후 경성에서는 더 이상 고정엽의 소식을 들을 수 없다는 이야기도 덧붙였다.

간혹 들려오는 소문에 의하면, 그는 점점 '나락'으로 떨어져 강호의 하류들과 어울리고, 음주와 향락을 즐기면서 날이 갈수록 방황하며 그 '명성'을 떨치고 있다고 했다. 그러나 이러한 '성과'는 관료들에게는 전혀 먹히지 않을 것이었다.

고정엽은 명란의 이야기를 듣고 안도하며 균형 잡힌 몸을 꼿꼿하게 세웠다. 그리고 다정하게 얘기했다.

"혹시 그이에게 곤란한 일이 생기면 나에게 알려다오. 내 비록 능력이 부족하나 최선을 다해 도울 터이니."

명란은 최대한 놀라는 모습을 감추면서 얼버무리며 대답했다. 하지만 고정엽을 바라보는 눈빛에서는 의아함을 감추지 못했다. 명란은 혹시 해가 서쪽에서 뜬 것은 아닌지 하늘까지 올려다보았다.

고정엽은 명란의 당황하는 표정을 개의치 않은 듯 대범하게 굴며 웃는 얼굴로 얘기했다.

"네가 명란이겠구나. 제齊가와 먼 친척이라고."

명란이 힘차게 고개를 끄덕였다. 속으로 무슨 생각을 하는지는 몰라도 표정만큼은 아주 진실했다.

고정엽이 겸허하게 말했다.

"일전에는 내가 큰 잘못을 했다. 너무 언짢게 생각하지는 말아다오.

……다 내가 사람 보는 눈이 없어서 그런 것이니."

명란은 참지 못하고 고개를 들어 태양을 바라봤다. 대체 무슨 일이지?! 고정엽을 총 두 번 만났는데 한 번은 공개적으로 비난을 당했고, 또 한 번은 조롱하는 바람에 결국 도망치고 말았었다. 명란은 그에게서 느껴지던 포악한 기운을 똑똑히 기억하고 있었다. 말 한 마디 한 마디가 차갑고 날카로웠다. 말 세 마디가 끝나기도 전에 따귀를 날리고 싶을 정도였다.

그런데 오늘은……. 명란은 고정엽의 잘생긴 옆모습을 몰래 훔쳐보았다. 칠흑 같은 머리카락에는 약간의 서리가 내려앉아 있었다. 후작 가문 공자의 흰 살결이 강호에 찌들어 담갈색 빛을 띠고 있었고, 미간의 주름은 지난 일 년 동안의 삶이 녹록지 않았음을 보여주고 있었다. 그러나 편안한 표정과 진솔한 말투, 준수한 기품을 보니 갑자기 '진정한 군자'라도 된 것처럼 느껴졌다.

고정엽은 한참을 침묵하더니 입을 열었다.

"너도 어려움이 있다면 내게 말하도록 해라. 도움을 줄 수도 있으니."

아버지와 형제가 있고, 규방에 사는 아가씨에게 무슨 어려움이 있을까. 하지만 듣기에 그가 강호를 누비고 다닌다니 나중에 남편이 바람이라도 피운다면 그에게 부탁해 사람들을 모아 혼내줄 수 있으려나?! 녕원후부가 바람 앞의 등불 같은 상황인데도 이토록 당당하다니. 아주 좋구먼. 보통이 아니야!

명란은 하하 웃을 뿐 아무런 말도 하지 않았다.

명란의 속마음을 읽기라도 한 것인지, 고정엽은 살짝 미소를 지었다.

"량함 그 녀석은 의리와 실속은 있으나 살짝 자아도취에 빠져 있지. 제부齊府는 사람이 많고 일이 많이 발생하긴 하나 군주郡主가 감싸주고 있고, 제형이 다정하니 그들의 보호를 받는 것도 나쁘지는 않지."

명란은 깜짝 놀라 눈을 동그랗게 뜨고 더듬거렸다.

"그⋯⋯."

고정엽은 명란 앞으로 다가와 그녀를 내려다보며 위엄 있는 목소리로 말했다.

"넌 아직 어리니 고집부리지 말고 할머님 말씀을 듣거라."

그렇게 말을 마치고는 해당화 나뭇가지를 꺾어 흔들며 성큼성큼 사라졌다. 명란은 한참 동안 그곳에 멍하니 서서 이마에 흐른 식은땀을 닦았다. 저 사람, 강호에서 사설탐정 사무실이라도 열었나?

그런 일이 발생했음에도 명란은 침착하게 연회에 참석할 수 있었다. 묵란은 요조숙녀처럼 조금씩 술을 음미하면서 수시로 양옆에 앉은 규수들과 이야기를 나눴다. 여란과 문영은 아무도 모르는 새에 여아홍女兒紅[2] 한 주전자를 비웠다. 결국 왕 씨가 하얗게 질린 얼굴로 두 볼이 발그레해진 자신의 딸을 마차에 태웠다. 묵란이 반어법을 써가며 말했다.

"그 불같은 성미를 오전 내내 감추고 있더니 결국 터져버렸네. 난 또 진짜 새사람이 된 줄 알았지."

정말이지 오랜만에 명란은 묵란의 말에 동의했다. 법원에서 근무했던 명란은 '새사람이 된다'라는 말에 깊은 회의를 갖고 있었다. 태 법관은 지난날의 잘못을 교훈 삼아 새로 시작하려는 사람들을 도와주려는 의식이 부족하니 맨날 좋은 평가를 받지 못하는 거라고 명란을 꾸짖곤 했었다.

---

2) 중국 소흥 지역의 술.

노대부인이 곁에 없으니 명란은 하루하루가 무료했다. 전에는 붓글씨를 쓰면 노대부인 앞에 가서 자랑하고, 꽃잎을 수놓아 방씨 어멈에게 보이며 시간을 보내고는 했는데 지금은…… 아, 너무 오랫동안 어린아이로 지내 자제력이 사라진 것일까? 누군가가 감시하고 응원해줘야 공부를 할 수 있게 된 걸까?

명란은 할 일이 없어지자 자주 해 씨를 찾아가 조카와 놀아주기 시작했다. 조그마한 아이는 진홍색 밧줄에 묶여 소매에 들어가 있는 하얗고 포동포동한 팔다리를 힘겹게 움직이고 있었다. 전이는 성격이 순해 잘 웃었고, 잘 울지 않았다. 조금만 놀아줘도 아직 이가 나지 않은 입을 활짝 벌리며 쉬지 않고 웃었다. 어찌나 기쁘게 웃는지 눈이 보이지 않을 정도였다.

왕 씨는 손자가 자기 아들보다는 표정이 풍부한 것 같아 향을 피운 보람이 있다며 연신 아미타불을 외쳤다. 해 씨는 아들이 생기자 심히 기뻐하며 매일 웃고 다닌 덕에 얼굴이 활짝 폈다. 몸을 푼 지 얼마 되지 않았는데도 막 혼인을 했을 때보다 낯빛이 좋았다.

"아기는 왜 거품을 토해요?"

명란이 희고 통통한 검지로 아이 입가의 거품을 수도 없이 터트리며 물었다.

해 씨가 웃으며 말했다.

"아기들은 다 그렇지요. 가끔은 젖을 먹다가도 토해요."

명란은 부드러운 강보를 안고 있다가 갑자기 이상한 질문을 던졌다.

"큰오라버니가 전이를 안아보았나요?"

해 씨가 입을 가리며 엷게 웃었다.

"두 번요. 마치 장비가 붓을 잡은 것 같았어요. 어머님께서 그걸 보고 웃으시니까 굳은 표정으로 '손자는 안아도 아들은 안지 않는다'는 성인의 말씀까지 꺼냈지 뭐예요."

명란은 강보를 가볍게 흔들며 포동포동한 붉은 입술의 아기를 바라보았다. 눈을 감고 쿨쿨 자는 아기의 모습을 보니 너무 귀여워 심장이 아플 지경이었다. 명란은 아기의 속눈썹을 하나하나 세어보았다.

"아가씨, 제가 안을게요. 자고 있는데 힘들게 안고 계시지 마시고요."

옆에 있던 희고 풍채가 좋은 어멈이 웃으며 말했다. 명란은 자신의 팔이 버틸 수 있는 한계를 알고 있었기에 조심스럽게 아기를 건넸다.

아기가 있는 방이어서 바람이 많이 들지 않아 조금 답답했다. 등나무 줄기로 만든 푹신한 평상에 누워 있던 해 씨는 명란을 끌어 자기 옆으로 데려왔다. 그녀는 흰 비단으로 만든 궁선宮扇[3]을 명란에게 부쳐주며 웃었다.

"우리 전이는 복도 많지요. 고모 셋이 하나같이 이렇게 다정다감하니 말이에요."

그때, 대나무 발이 조심스레 열리더니 양호가 우물물로 깨끗이 씻은 과일을 들고 들어와 평상 앞 탁자에 올려놓았다. 명란은 붓꽃 무늬가 새겨진 하얀 도자기 접시에 담긴 갖가지 신선한 과일을 바라보았다. 과일에는 은으로 만든 작은 꼬챙이가 꽂혀 있어 상당히 예뻤고, 좋은 향기가 퍼지고 있었다.

"마님, 아가씨, 맛보세요."

양호는 재빠르게 접시를 내려놓고 공손하게 인사를 한 뒤 물러갔다.

---

3) 둥근 부채.

명란은 양호가 밖으로 나가는 모습을 지켜본 후, 고개를 돌려 해 씨에게 물었다.

"양호는…… 안 나가나요?"

해 씨가 첨자에 사과를 꽂아 명란의 입에 넣어주며 자조적인 말투로 얘기했다.

"우리 같은 집안에서는 서방님 곁에 사람이 없어도 좋지 않아요. 다른 사람들이 제가 질투가 심하다 욕할 수도 있고요. 얼마 전에는 연회 자리에서 누군가 서방님께 첩실을 선물하려 하였는데, 다행히 양호가 곁에 있어서 서방님이 거절할 수 있었답니다."

명란은 입안 가득 과일을 씹으며 웅얼거렸다.

"첩실을 선물하는 사람들이 제일 싫어요. 금은보석을 주거나 저택을 선물해도 사람 간의 정을 나누기에는 부족함이 없을 터인데, 왜 하필 첩실을? 분명 좋은 사람은 아닐 거예요."

해 씨가 미소를 지으며 명란을 쳐다보다가 고개를 저었다.

"그런 말 마세요."

그녀는 명란의 밀합색密合色 육합여의六合如意가 구겨진 것을 보고 주름을 펴 주며 말했다.

"양호는 믿음직하고 예의가 바르니 남겨두려고요."

명란은 사과를 삼키며 온화한 표정의 해 씨를 바라보면서 생각했다.

'아마도 양호의 미모가 평범한 게 제일 컸겠지. 아이가 똑똑하거나 기민한 편도 아니어서 오라버니가 한 달에 한 번도 가지 않잖아. 전혀 위협적이지 않은 거지. 아니라면 왜 시집오자마자 서수와 저호부터 내쫓았겠어?'

"아, 부탁할 것이 있어요."

해 씨가 명란의 작은 손을 잡고 얘기했다.

"지난번에 전이에게 선물해 준 향낭이 아주 향기롭던데 안에 뭘 넣었어요? 깨끗하고 맑은 향도 좋은데 몸에 걸고 있으니 벌레도 쫓을 수 있더라고요."

명란은 기억을 떠올리면 손가락을 꼽았다.

"마른 계화, 계화유, 마른 쑥……."

아이들에게도 무해하고 향기도 좋다며 하홍문이 명란에게 적어준 것이었기에 기억이 잘 나지 않았다.

해 씨가 정말로 그 비방을 알고 싶었던 건 아니었기에 단도직입적으로 말했다.

"더 만들어줘요. 지난번에 사촌 언니가 아주 마음에 들어했거든요. 시간이 나면 서너 개 더 부탁해요."

명란이 목을 빳빳이 들며 눈을 부릅떴다.

"서너 개요?! 그게 무슨 배추 심듯이 한 번 심어서 수십 개를 수확하는 줄 아세요? 화란 언니가 부탁한 것도 아직 다 못 만들었단 말이에요. 게다가 향낭 같은 건 그냥 만들긴 쉬워도 '잘' 만드는 건 어렵다고요."

해 씨는 짐짓 화난 척 기다란 검지로 명란의 이마를 누르며 웃었다.

"못됐네요. 제가 좋은 차나 맛있는 음식이 있으면 생기는 대로 아가씨한테 몰래 줬잖아요? 남에게 신세를 지면 갚아야 한다는 말도 못 들어보셨어요? 가는 게 있으면 오는 것도 있어야지요!"

명란은 해 씨를 한참 바라보더니 맥이 빠져 말했다.

"신세를 너무 빨리 갚으라고 하는 거 아니에요? 이자 놀음하는 것보다도 빠르네요."

해 씨가 부채로 입을 가리며 웃었다. 그러면서 의기양양하게 계속 자신이 바라는 바를 얘기했다.

"그리고 지난번 그 수본繡本 4)도요. 귀뚜라미가 큰 매미 등에 올라타고, 옆에 작은 산석山石이 서 있던 거요. 참 기괴하고 재미있었어요."

명란이 신기한 표정으로 물었다.

"다들…… 마음에 들어했나요?"

해 씨가 고개를 끄덕였다.

"네. 아주 신선했어요. 평상시에 보던 그림과 다르고, 상징하는 바도 좋고요."

명란은 어리둥절했다.

"무슨 상징이요?"

"바보 같기는. 지취知趣 5) 말이에요!"

해 씨는 또다시 명란의 이마를 쿡 찔렀다.

명란은 순간 깨달았다. 그렇구나. 하마터면 고금을 막론하고 이안李安 감독의 잠재적인 팬들이 존재한다고 착각할 뻔했네.6)

---

4) 수놓는 도안.
5) 귀뚜라미와 매미를 뜻하는 글자를 하나씩 따면 '눈치가 빠르다'는 뜻이 됨.
6) 이안 감독의 영화 〈브로크백 마운틴〉의 중국어 제목은 〈단배산斷背山〉인데, 중국 네티즌들은 〈배배산背背山〉이라고 부름. 배背는 '등'이고, 배배背背는 '업다'는 뜻으로, 명란은 귀뚜라미가 큰 매미의 등에 올라탄 모습과 산을 그려 배배산背背山, 즉 〈브로크백 마운틴〉을 표현함.

제67화

두 건의 혼사

명란은 수본을 그리는 데 집중하고 있었다. 그녀는 밝은 햇빛을 받으며 귀뚜라미 머리에 있는 더듬이를 생생하게 묘사하고 있었다. 그때 단귤이 차를 들고 들어오다 명란이 눈도 깜짝이지 않고 집중하는 모습을 보고 마음 아파하며 말했다.

"아가씨, 좀 쉬세요. 그러다가 눈 상하겠어요."

이마에 땀방울이 송골송골 맺힌 명란은 전혀 동요하지 않았다.

"밤에 하면 눈이 상할까봐, 낮에 그림을 그리는 거야."

명란은 마지막 한 획을 그리고 난 후에야 긴 안도의 한숨을 내쉬며 붓을 내려놓았다.

"다 그렸다. 너는 연초와 이 모양대로 가위질만 해줘."

단귤이 찻잔의 온도를 잰 다음 명란의 손에 건네주었다. 그러고는 탁자 앞으로 다가가 그림을 보며 웃었다.

"정말 잘 그리셨네요. 손톱만 한 귀뚜라미랑 매미가 살아 움직이는 것 같아요."

초간梢間에서 옷을 정리하고 있던 소도가 그 소리를 듣고는 하고 있던 일을 멈추고 달려와서 원망하듯 말했다.

"차라리 살아 있는 벌레를 잡아 오면 일이 쉽잖아요. 아가씨, 앞으로 너무 공들여 잘하지 마셔요. 그래야 이런 일에 말려들지 않아요. 그런 말도 있잖아요. 사람은 이름이 나는 걸 두려워하고, 돼지는……."

그러다가 본인이 말실수했다는 사실을 알고 황급히 입을 다물었다.

명란은 소도를 가리키고 한숨을 내쉬며 고개를 저었다. 단귤은 "픔" 하고 웃더니 바로 표정을 굳히고 입을 열었다.

"나이가 몇인데 그런 헛소리를 하니? 다른 주인이었으면 진작 네 가죽을 벗겼을 거야!"

소도는 죄책감에 고개를 숙였다.

"다시는 그러지 않을게요."

그러면서 다시 옷가지를 정리하러 돌아갔다.

그때 대나무 발이 흔들리더니 녹지가 웃으며 들어왔다. 그리고 얼굴에 살집이 두둑한 어멈이 뒤따라 들어올 수 있도록 몸을 옆으로 돌려 발을 잡아챘다.

"여섯째 아가씨, 안녕하세요."

그 어멈은 은홍색 대금에 암화문暗花紋이 들어간 배자를 입고, 안에는 흑록색 자수가 들어간 장오를 입고 있었는데, 품에는 직사각형 모양의 은색 비단 상자를 품고 있었다. 그녀는 예의 바르게 무릎을 반쯤 꿇고 명란에게 인사를 올렸다. 그녀는 왕 씨가 시집올 때 데려온 몸종으로, 유곤댁이 오기 전까지 왕 씨의 신임을 얻고 있었다. 하지만 지금은 지위가 많이 낮아졌는데, 아마도 임 이랑과의 투쟁 중에서 큰 역할을 해내지 못했기 때문이리라.

명란은 웃으며 말했다.

"전씨 어멈, 편하게 하세요. 녹지야, 어서 차를 내오지 않고 뭐 하니."

명란이 옆에 있던 단귤에게 눈짓을 했고, 단귤은 바로 그 뜻을 알아차리고 방 안으로 들어갔다.

전씨 어멈은 웃음기 띤 얼굴로 자리에 앉아 명란의 옆모습을 보며 말했다.

"오늘 침모¹⁾ 몇 명을 데려왔습니다. 아가씨 처소에 있는 계집종들에게 여름, 가을 옷을 지어 주려고요."

"전씨 어멈이 그런 사사로운 일로 들러주다니요."

명란은 앞에 있는 장미와 잣을 넣어 만든 꿀떡을 가리키며 녹지를 시켜 전씨 어멈 앞에 놓게 했다.

"방씨 어멈한테 배워 직접 만들어 봤어요. 들어가는 재료도 많고, 만드는 방법도 복잡하더라고요. 나는 너무 달고 부드러워 좋아하지 않는데 할머니께서는 아주 좋아하세요. 어멈도 한번 들어봐요."

전씨 어멈이 작은 조각을 집어 맛을 봤다. 입에 넣자마자 상쾌한 달콤함과 부드러움이 퍼졌다. 녹지가 또 친절하게 참외 한 조각을 잘라 주었다. 차를 한 모금 마시자, 입안에 향이 퍼져 나갔다. 전씨 어멈은 감탄하며 칭찬을 아끼지 않았다.

"입에 맞으면 이 떡과 차를 가지고 가도록 해요. 입이 심심할 때 먹으면 되지요."

명란이 다정하게 얘기했다.

전씨 어멈이 속으로는 좋으면서도 망설이며 말했다.

---

1) 옷을 짓는 사람.

"어찌 그럽니까. 여기서도 대접을 받았는데 들고 가기까지 할 수는 없지요."

가장 말주변이 좋은 녹지가 얼른 전씨 어멈의 팔을 흔들며 애교 섞인 목소리로 말했다.

"더 사양하지 마세요. 정말 염치없다고 생각되시면, 저희 여름옷 몇 벌 더 만들어주시면 되잖아요."

명란은 빙그레 웃으며 말했다.

"요 녀석, 누구를 닮아서 저리 욕심이 많은지. 전씨 어멈, 신경 쓰지 마세요."

그때 단귤이 작은 가방을 들고 방에서 나와 전씨 어멈의 손에 쥐여줬다. 명란은 그녀를 보며 다정하게 얘기했다.

"어멈이 감기에 들렸다는 얘기를 들었어요. 원래 이른 봄추위가 무서운 법이죠. 어멈 나이도 지긋하고, 매일 수고하니 건강을 잘 챙기세요. 이건 할머니께서 저고리를 만드시고 남은 자투리 천인데, 이어 붙이니 조끼가 만들어졌어요. 불쾌하게 생각하지 않는다면 가져가서 안에다 입도록 해요. 따뜻하고 편안할 거예요."

전씨 어멈은 황급히 건네받으며 연신 감사의 말을 전하더니, 갑자기 한숨을 내쉬었다.

"모두들 명란 아가씨가 가장 사려 깊은 분이라고 하지요. 아가씨 처소에 있는 계집종들도 모두 살이 오를 정도이니. 어휴, 유씨 어멈의 구아가 복이 많기도 하네요. 저는 여기에 들어오지도 못하였는데."

명란은 아무 대답 없이 겸손하게 웃을 뿐이었다. 한참을 웃고 떠든 후, 전씨 어멈은 곁에 놓아둔 비단 상자를 녹지에게 건네며 말했다.

"이 안에 궁화宮花[2] 몇 송이가 들어 있답니다. 마님께서 아가씨에게 전해드리라 하셨습니다."

명란이 황급히 물었다.

"묵란 언니와 여란 언니 것도 있나요?"

전씨 어멈은 "네, 있습니다."라고 답하였고, 명란은 그제야 안도했다.

"그러면 됐어요."

비단 상자를 열자, 그 안에는 연분홍색, 녹두색, 하늘색, 자주색, 붉은 색을 가진 다섯 송이의 궁화가 있었다. 얇은 비단으로 꽃잎을 만들고, 우단羽緞[3]으로 꽃술을 만들었는데, 색이 선명하고 모양이 정교했다.

전씨 어멈이 가까이 다가와 조용히 입을 열었다.

"이건 제가 아가씨 몫으로 따로 남겨둔 겁니다. 남아서 가져온 것이 아니라요."

명란은 감탄했다.

"꽃이 정말 예뻐요. 어멈, 고마워요. 대체 어디서 난 거예요?"

전씨 어멈은 찻잔을 내려놓더니 웃었다.

"며칠 전 방이 붙었는데, 평녕군주의 공자께서 이갑二甲[4]에 급제하셨답니다. 어제 제국공부에서 연회를 열어 마님께서 다녀오셨지요. 그래서 이것을 얻어 아가씨들에게 나눠주신 겁니다."

명란은 안색 하나 변하지 않고 웃었다.

"정말 경축 드릴 일이네요. 어머니와 군주 마마께서 왕래가 잦으셨으

---

2) 과거에 급제한 자들에게 연회를 열어 왕이 직접 하사한 꽃.
3) 벨벳.
4) 과거 급제 등급.

니 무척 기뻐셨겠어요. 오늘 아침 문안을 하니 얼굴에 홍조가 있으시던데 어제 약주를 하신 까닭인가요?"

"예, 맞습니다."

전씨 어멈이 손뼉을 치며 웃었다.

"저도 따라가서 직접 보았는데, 군주 마마께서 우리 마님을 어찌나 반겨주시던지 마치 친자매 같았다니까요. 그리고 안채에 들어가서 이야기도 나누셨어요."

눈빛이 살짝 흔들린 명란이 계속해서 근심 어린 말투로 말했다.

"어젯밤 여란 언니가 아주 늦게 어머니 방에서 나왔다던데 혹시 어머니께서 약주를 많이 하시어 언니 혼자 시중을 들었던 건가요? 어머, 나는 그것도 모르고, 불효녀가 되었네요."

명란의 얼굴에 근심이 가득했다.

전씨 어멈은 황급히 손을 저었다.

"걱정하지 마세요. 마님께서는 해주탕을 드신 후에 좋아지셨습니다. 다만 기분이 좋으셔서 여란 아가씨를 불러 이야기를 나누신 것뿐입니다."

명란은 그제야 안심하며 웃었다.

"그렇다면 안심이네요."

전씨 어멈은 자리를 뜨기 전에 명란의 귓가에 속삭였다.

"어젯밤 연회에서 마님께서 영창후 부인과 한참 이야기를 나누셨는데, 얼핏 들은 바로는 우리 부의 아가씨들 이야기였어요."

명란은 심장이 덜컹 내려앉았다.

전씨 어멈이 나가고 한참이 흐른 뒤 녹지가 입을 삐죽거리며 다가와 원망 섞인 말투로 투덜거렸다.

"연초는 정말 쓸모가 없어요. 그 망할 년들을 어쩌지 못해서 다 빼앗기기나 하고……. 전씨 어멈이 전처럼 마님의 중시를 받지 못하는데 아가씨는 어째서 그렇게 베푸시나요?"

명란이 아무런 말도 없이 쳐다보자 녹지는 바로 입을 다물며 고개를 숙이고 서 있었다. 단귤이 다가와 녹지의 코를 비틀며 말했다.

"쓸데없는 말 마. 아가씨께서 다 생각이 있어서 그러시는 거니 너는 일만 잘하면 돼."

"나무 한 그루, 풀 한 포기도 다 쓸모가 있는 법이야."

명란이 말을 이어갔다.

"눈에 띄지 않는 사람도 다 쓸모가 있지."

명란이 녹지를 바라봤다.

"연초는 성격이 온화하잖아. 어쨌든 너보다 일찍 부에 들어왔고, 일도 오래 했으니 업신여기지 마."

녹지가 부끄러움에 황급히 대답하며 몸 둘 바를 몰랐다. 숨도 크게 쉬지 못하는 그녀의 모습을 보며 명란이 어조를 누그러트렸다.

"하지만 평소에 내게 진심을 다했으니 나도 그 아이를 좋게 봐줘야지. 연초는…… 너보다 나이가 많으니 성질을 부리지 않도록 하려무나."

녹지는 그 말을 한참 되새기더니, 눈을 반짝이며 고개를 들었다.

"아가씨, 잘 알겠습니다."

계집종들이 물러간 뒤, 명란은 생각에 잠겼다. 종이 몇 장과 붓을 꺼내 탁자에 올리고 잠시 고민하다 붓을 들더니 무언가를 쓰기 시작했다.

그날 밤, 성굉은 향 이랑 처소에서 저녁을 들었다. 며칠 내리 이어진 접대로 피곤해진 탓에 그곳에서 머무르려고 했는데 왕 씨가 갑작스럽게 부르는 바람에 본채로 향했다.

왕 씨는 구들 침상에 걸터앉아 있었다. 중년에 접어들었음에도 여전히 자색이 고왔다. 얼굴에 다소 홍조를 띠고 있으며, 눈썹꼬리에는 환희가 묻어 있었다. 성굉은 '이슬과 찻잔'에 대해 이야기를 나누기로 결심했다.

성굉은 책임감 있는 남자였기에 매일 밤을 정실부인과 보낼 수 없었고, 다른 첩실들도 보살펴야 했다. 한데 성굉이 입을 열기도 전에 왕 씨가 방문을 굳게 걸어 잠그고 주저리주저리 이야기를 쏟아냈다. 성굉은 순간 놀라 아무 말도 할 수 없었다.

"무슨 말이오? 여란이를 제형의 짝으로? 군주가 진짜 그리 말했단 말이오?"

성굉은 한참 만에 입을 뗐다.

"그러면 부인의 친정은 어찌할 것이오? 손위 처남과 사돈을 맺으려 하지 않았소? 거의 정해진 것이나 다름없을 터인데."

왕 씨는 잠시 망설였지만 여란을 불만스럽게 쳐다보던 올케의 표정이 떠오르자 고집스러운 목소리로 말했다.

"아직 정해진 건 아니지 않습니까? 우리 딸에게 더 좋은 남편감을 찾아줄 기회이지요."

"제형이 그리 좋은 남편감이오?"

남자로서 성굉이 가장 먼저 떠올린 건 제부의 파릇파릇한 얼굴이었다.

왕 씨는 목소리를 낮췄지만 들뜬 기색을 숨기지 못했다.

"제가 곰곰이 따져봤는데 아주 좋은 혼사입니다. 그 집안의 작위가 제형한테까지 내려올 건지는 알 수 없지만, 그 나이에 벌써 공명이 있으니 장래가 유망하고, 공부公府가 버티고 있으니 먹고살 걱정은 없지요. 더구나 양양후는 자손이 없으니 그 작위는 상속자에게 가겠지요. 하지만 조상 대대로 받은 재산 말고도 양양후가 수십 년 동안 모은 재산이 얼마나 많습니까. 그것도 다 군주에게 물려주고 있잖아요. 아, 그리고 제 대인의 염정鹽政5) 일은 또 얼마나 좋은지는 나리께서 저보다 더 잘 아실 테지요. 게다가 도검사를 몇 년이나 했으니 은자가 산처럼 쌓여 있지 않겠습니까? 장래에 그것들이 모두 제형의 것이 될 텐데 나쁠 것이 있겠어요?"

성굉은 왕 씨의 기세등등함에 정신을 차릴 수 없었다. 마치 눈앞에서 은자가 날아다니는 듯했다.

그때 어느 때보다 정신이 맑은 왕 씨가 사리에 맞는 말을 했다.

"작년에 제부에서 그리도 낯부끄러운 일이 있어 제형이 체면이 상했으니 먼저 혼사 얘기를 꺼낼 수는 없겠죠. 군주께서 사적으로 제게 한 얘기예요."

왕 씨가 목소리를 낮추며 비밀스럽게 말했다.

"군주께서 그러는데, 황상의 옥체가…… 이제 곧이랍니다. 그렇게 되면 우리 같은 집안은 일 년 동안 상喪을 지켜야지요. 일이 년이 지나면 누가 선제 때의 불미스러운 일을 기억하겠어요! 여란이는 계례까지 일 년밖에 안 남았으니 천천히 기다려보면 되지요."

서서히 정신이 돌아온 성굉이 입을 열었다.

"이번에 은과를 치른다는 방이 붙었는데, 성상께서 전시殿試는 미루고 계시오. 소문으로는 팔왕야가 경성으로 돌아온 후에 진행한다고 하는데, 그 말은 이번에 급제한 신예들을 새로운 황제에게 넘겨주겠다는 말이오. 제형이 정말로 전도유망해진다면 이 혼사도 안 될 것 없겠지? 그

_____

5) 소금에 관해 관리하는 행정 업무.

런데…… 처남은 어찌한단 말이오?"

왕 씨가 망설이며 말했다.

"만에 하나 황상께서……. 오라버니도 관에 있으니 상을 지켜야 하겠지요. 두고 보도록 해요."

성굉은 일리가 있다고 생각해 고개를 끄덕였다.

왕 씨는 성굉이 자신의 계획에 대해 긍정적인 반응을 보이자 기가 살아 더 큰 폭탄을 던졌다.

"어제 연회 자리에서 영창후 부인을 만났어요."

성굉이 대충 대답하고 하품을 하며 침상에 기댔다. 그리고 옷고름을 풀며 왕 씨에게 옷가지를 수습하게 했다. 왕 씨가 옷을 정리하며 샐쭉 웃었다.

"량 부인 눈치를 보니 우리 명란이가 마음에 들었나봐요!"

"뭐라고?! 대체 언제 있었던 일이오?"

성굉은 정신이 번쩍 들었다. 그는 다시금 자리를 고쳐 앉으며 목소리를 낮췄다.

"어머님께서 자리를 비우신 지 겨우 두 달인데, 명란의 혼사를 추진할 생각이오? 이미 하가와 약조를 하지 않았소!"

"뭘 그리 놀라셔요. 설마 내가 명란이 손해 볼 일을 할까봐요? 제 말을 들어보세요."

왕 씨가 남편을 안심시키며 웃음이 가득한 얼굴로 얘기했다.

"만월주 연회가 열리던 그 날, 량 부인이 명란이를 한눈에 마음에 들어하더라고요. 명란이 서출인 걸 알고도 전혀 개의치 않았어요. 오히려 명란이 성품과 외모를 모두 갖췄다며 칭찬 일색이었어요. 영창후 량가가 어떤 사람인지 아시잖아요. 그 집 아들이 막내아들이지만, 적자嫡子 아니겠어요? 공석인 오성병마사 부지휘사 자리로 갈 예정이라는데, 설사 그 자리에 못 오른다 해도 금위군의 칠품 영위의 자리가 있지 않나요. 어 떠세요? 이 혼사가 명란이에게 손해될 게 없지 않습니까. 하가보다 훨씬 좋잖아요!"

성굉은 노대부인의 결정을 고수하고 싶었으나, 량가의 기반과 세력을 생각하자 망설여졌다.

왕 씨는 동요하는 성굉의 안색을 보고는 그 기회를 놓치지 않았다.

"생각해보세요. 명란이가 그리 고운 얼굴을 하고 하가와 혼인하면 너 무 아깝지 않습니까? 만약 량가와 혼인을 하면, 장백의 앞날에도 도움이 될 것이고요."

사실 명란은 친형제가 없기에, 왕 씨의 아들 장백 말고는 기댈 구석이 없었다.

그 말에 동요한 성굉이 이를 가볍게 깨물며 물었다.

"그자의 인품은 어떻소? 어머님 마음에 들지 않으면 다 헛수고요."

왕 씨는 일이 거의 성사된 것이나 다름없다고 생각하며 안도했다. 그 녀는 일부러 억울한 척하며 말을 꺼냈다.

"나리, 누가 보면 제가 딸 팔아서 잇속을 챙기는 속물인 줄 알겠어요. 명란이는 요 몇 년 제 곁에 있으면서 착하고 효심도 깊었어요. 형제간의 우애도 깊고, 새 식구하고도 잘 지내고요. 전이도 그리 살뜰히 보살피고 요. 제가 다 명란이를 위해 생각해서 한 일입니다. 그 공자의 이름이 량 함이니 나리께서 직접 알아보도록 하세요. 괜히 나중에 제 탓하지 마시 고요."

그렇게 얘기하며 왕 씨는 노한 척하며 입을 삐죽 내밀었다. 성굉은 재 빨리 듣기 좋은 말로 부인을 달랬고, 결국 왕 씨는 웃음을 터트렸다.

"그럼 그렇게 하시는 겁니다."

왕 씨는 재빨리 자신의 속셈을 드러냈다.

"나리께서 잘 알아보시고 어머님께 드릴 말씀을 미리 생각해두세요. 어머님 성정은 나리께서도 잘 아시잖아요. 량함의 인품이 합격점을 받으면, 어머님께서도 하가를 고집하시지 않으실 거예요."

성굉은 량가와의 혼인에 마음을 빼앗겼지만, 노대부인을 설득할 생각에 머리가 아파져왔다. 사실 성굉은 줄곧 노대부인의 말을 따르며 일말의 거역을 하지 않았었다. 하지만 지금은…… 결국 그는 참지 못하고 말을 꺼냈다.

"우리가 경성에 들어 온 지도 꽤 시간이 흘렀는데, 묵란을 마음에 두는 사람은 없소?"

만약 량가가 마음에 둔 아이가 명란이 아닌 묵란이라면 머리 아플 일이 없을 텐데.

왕 씨는 수줍은 얼굴로 성굉의 허리띠를 풀다가, 그 말을 듣고 순식간에 낯빛을 굳혔다. 그러고는 참지 못하고 콧방귀를 뀌며 비꼬았다.

"나리! 듣기 싫은 소리를 좀 하겠습니다. 묵란 그 아이는 좋은 것은 배우지 않고 나쁜 것만 배웠지 뭡니까. 남자들이 그런 병약해 보이는 모습을 좋아할지 모르지만, 정실부인들은 그런 모습을 질색한답니다."

성굉은 아무런 반박도 하지 않고 한숨만 쉴 뿐이었다. 바람만 불어도 쓰러질 것 같은 임 이랑의 모습을 떠올려 보았다. 분명 첩실로는 마음에 들지만, 만약 며느리를 들인다고 하면 절대로 그런 여자를 정실로 들이고 싶지 않을 것이다.

왕 씨가 성굉의 옆모습을 흘끗 쳐다보더니 냉소를 지었다. 왕 씨는 아무리 총애하는 첩실이라도 시간이 흐르면 감정은 옅어지니 믿을 건 명분과 자식뿐이라는 이야기가 무엇인지 오늘에서야 알게 되었다.

하지만 어째서인지 통쾌함이 지나자 적막함이 몰려왔다.

제68화

옛것이 가지 않으면
새것은 오지 않는다

온 나라의 백성이 기다리고 기다린 팔왕야가 드디어 긴 여정 끝에 모습을 드러냈다. 대략 십오 년을 만나지 못했지만, 노황제와 팔왕야는 전혀 어색함 없이 서로 부둥켜안고 상봉을 했다. 노황제는 아들을 잡은 손을 바들바들 떨며 촉에서의 고난에 대해 물었고, 아들은 눈물이 그렁그렁한 눈으로 부친이 정사에 바빠 병을 얻은 것이야말로 진정한 고난이라고 이야기했다. 그들 옆에는 비록 나이는 들었지만, 그 자색은 뛰어난 이李 황후가 어찌할 바를 모르며 서 있었다. 정말 화목해 보이는 세 식구였다.

　문무 대신들 역시 황가의 부자 상봉에 감동한 것인지 분위기에 맞춰 소매로 눈물을 훔쳤다. 나라가 평안하고, 만사가 순조로운 이유가 바로 이런 귀감이 있기 때문이겠지! 부자의 상봉이 끝나자, 노황제는 아들의 손을 잡고 위풍당당하게 군신들을 소개했다. 이자는 구사일생으로 살아난 내각 수보고, 저자는 높은 공을 세운 문연각 대학사며, 저쪽의 저들은 5대 각료고, 또 뒤의 저들은……. 사람이 너무 많아서 명란은 다 기억

할 수 없었다.

"아버지, 팔왕야께서는 어떻게 생기셨어요?"

여란은 궁금한 것을 여과 없이 질문했는데, 사실 이 질문도 여자로서 그의 생김새가 궁금했기에 던진 것이다.

성굉은 충군애국忠君愛國의 표정을 지으며 고개를 들고 말했다.

"전하께서는 당연히 용의 눈과 봉황의 눈동자를 갖고 계시다. 문무를 모두 갖추셨으며, 그 기상이 평범하지 않으시지."

수많은 여자들이 나라의 원수는 용모가 수려할수록 좋다고 생각했다. 장백은 측면에서 성굉의 얼굴을 슬쩍 쳐다보았을 뿐 무표정하게 침묵을 유지했다. 사실 팔왕야의 외모는 각진 얼굴, 큰 귀, 작은 눈, 그리고 쩍 벌어진 입까지 아무리 후하게 평가해도 평범하게 생긴 수준이었다. 난세의 호걸 태조와 그의 일대一代가 추남으로 소문이 자자했는데, 그 추남 유전자가 강했던 것인지 몇 대가 지나고 수많은 미녀를 부인으로 두었음에도 호전되는 기미가 보이지 않았다고 한다. 하지만 한 나라의 군왕이라면 이런 외모가 더 안전했다.

어쩌면 노황제가 더 이상 버티지 못했기 때문이었을까. 눈치가 빠른 흠천감欽天監 [1] 감정監正이 '최근 길일이 많다'는 상소를 올렸다. 노황제는 즉각 황태자를 책봉했고, 군신들은 하표賀表 [2]를 올렸다.

진작부터 준비를 하고 있던 예부禮部와 태상시太常寺의 관원들이 실력 발휘를 할 때가 왔다. 그날 아침 해가 뜨기도 전에, 성가의 부자는 책봉

---

1) 명청 때 천문·역수·점후를 담당하던 관청.
2) 새해나 경사스러운 날에 신하가 임금에게 바치던 축하글.

례에 참여하기 위해 어둠을 헤치고 봉천전奉天殿으로 향했다. 그들은 그곳에서 온종일 무릎을 꿇다 일어났다를 반복했다. 마지막에 태자가 보책寶冊[3]을 받고, 중궁中宮으로 가 황후에게 감사 인사를 올리고, 다시 종묘를 참배하며 조상에게 알린 후에야 모든 과정이 끝났다. 그러했음에도 불구하고 성굉은 작년의 대란으로 노황제의 심신이 쇠약해져 책봉례가 간소화됐다고 얘기했다.

눈치가 빠른 경성의 백성들은 황가의 희소식을 듣고 그날 밤 불꽃을 터트렸다. 돈이 있는 집안은 시아귀[4]를 행해 가난한 백성들에게 은덕을 베풀며 모든 사람들과 함께 경축했다. 어린 장동 역시 기쁨에 들떠 있었다. 태자 책봉을 경축하기 위해 학당에서 며칠간 방학을 시작했기 때문이었다. 방학 당일, 장동은 집에 돌아오는 길에서 만난 거지들이 "지난 몇 달 동안 벌써 두 번째야. 매일 태자를 책봉하면 좋겠다."라고 말하는 것을 듣고는 명란에게 말해주었고, 명란은 그 얘기를 듣고 웃음을 터트렸다.

열한 살인 장동은 하루가 다르게 자라고 있었다. 평소 아버지와 형제들 앞에서는 예를 차렸지만, 명란만 만나면 전과 같은 장난꾸러기의 모습으로 돌아갔다. 명란은 장동을 격려해 학당 스승의 칭찬을 받은 글을 아버지에게 보여주게 했고, 성굉도 몇 번이나 칭찬했다. 신난 장동은 꼭 두새벽부터 학문에 몰두하느라 정작 낮이든 오후든 사람들과 대화할 때면 눈이 풀려 게슴츠레해지곤 했다.

---

3) 황제가 책봉이나 책립할 때 사용.
4) 아귀에게 음식을 베푸는 법회.

명란은 장동이 학업밖에 모르는 머저리가 될까 걱정돼 너무 집념하지 않은 것이 좋다고 충고를 했다.

"문무를 익히는 것도 결국엔 황가를 위한 일이야. 글을 읽는 사람 열 중 아홉은 관직에 오르기 위함이지. 그러면 학업에 열중하면 좋은 관직에 오를 수 있을까? 너는 이미 실력이 훌륭하니 분명히 방에 이름을 걸 수 있을 거야. 그보다는 세상 물정을 배우고 스승, 동료들과 화목하게 지내는 법을 배우며, 관직에 올라 백성들에게 도움을 줄 수 있게 되는 것이 더 중요하지. 너무 글만 읽으면 머저리가 돼."

사실 장동은 장백만큼 타고난 능력이 없기에, 집요할 정도의 노력이 필요했던 것이다.

장동의 앳된 얼굴에 웃음이 피어올랐다.

"난 그저 이랑을 편히 모시고 싶을 뿐이야."

명란은 장동을 바라보다 머리를 쓰다듬어주며 작게 한숨을 내쉬었다.

책봉례가 끝나고 노황제는 조정의 일을 태자에게 맡기고 요양을 하려는 계획을 세우고 있었다. 그러나 생각지도 못한 일이 발생했다. 효심이 지극한 태자는 조정의 대신들을 만나거나 처리해야 하는 일을 뒷전으로 미뤄두고, 오로지 노황제 곁을 지키기만 할 뿐이었다. 낮에는 탕약을 올리고, 올리기 전에는 꼭 자신이 먼저 먹어보았으며, 밤이 되면 노황제 침전의 작은 침상에서 눈을 붙일 뿐 밤이고 낮이고 쉼이 없었다. 그렇게 열흘이 흘렀을 때, 새로 재임한 태자는 심히 수척해진 나머지 의복이 맞지 않을 정도였다.

노황제는 탄식하였다.

"내 아들이 효심이 지극하여, 짐이 큰 위안을 받았구나. 하지만 너는 조정의 태자이니, 나랏일을 가장 중히 여겨야 하느니라."

태자가 눈물을 흘리며 대답했다.

"태자가 될 수 있는 형제는 많으나 아바마마는 한 분뿐이시옵니다."

노황제는 감격하여 눈물을 흘렸고, 두 부자는 끌어안고 통곡을 했다. 조정의 관리들 역시 그 소식을 듣고 감탄할 뿐이었다.

나이가 많아 작년부터 집에서 요양하고 있던 오군도독부 우대도독 박천주는 "자식이 효를 다하려 하나 부모는 기다려주지 않는다는 말이 있지 않던가. 태자께서 과연 어질고 효성이 깊으시구나." 하고 말했다. 후에 한밤중에 명을 받고 궁에 들어가 병부兵符를 풀어 태자에게 주었다.

명란은 장동이 가져온 이 소식을 듣고는 입꼬리를 올렸다.

대단한데?

보름이 지난 어느 날 깊은 밤, 경성의 조종弔鐘 5)과 운판雲版 6)이 크게 울렸다. 명란이 세어보니 총 네 번이었다. 곧 바깥이 소란스러워졌으며, 얼마 지나지 않아 단귤이 들어왔다.

"황상께서 붕어하셨어요."

명란은 그리 크게 비통하지 않았다. 노황제의 죽음은 사실 정해져 있던 것이나 마찬가지라 모두 대비했기 때문이다. 오히려 그의 죽음이 생각보다 늦어 사람들의 속을 태웠을 뿐만 아니라 희생양만 많아졌을 뿐이었다.

모든 것이 다 준비되어 있었기에 이튿날 새로운 황제가 제위에 올랐

---

5) 죽은 사람을 애도하는 뜻으로 치는 종.
6) 관청에서 사람들을 모으기 위해 치던 구름 모양의 금속판.

고, 전국적으로 대사면이 실시됐다.

선제의 장례는 차근차근 진행됐다. 황제가 천하에 명을 내리기를, 작위가 있거나 육품 이상의 관리 집안은 일 년간 연회를 열 수 없고, 혼사를 치를 수 없으며, 백성들은 반년간 불가했다. 고명을 받은 부녀들은 차례로 참배하며 근신에 들어가야 했다. 군신들도 한가하진 않았다. 시간에 맞춰 통곡하는 건 물론 선황제의 시호를 '인仁'으로 정하였다.

그 후 새 황제의 통치가 시작되었다. 이 황후는 성안황태후로 책봉되었으며, 황 귀비는 성덕황태후가 되었다. 그 외의 후궁들은 등급에 따라 칭호를 하사받았다. 동시에 태자비 심 씨를 황후로 봉했다. 그리고 전국의 백성들은 비통함에 젖었다.

그러는 동안 작은 사건이 발생했다. 태복시太僕寺 좌시승이 새 황제의 후궁이 적고, 미녀도 없는 것을 보고는 황제의 뜻을 넘겨짚었다. 그리하여 훌륭한 여인들을 여럿 뽑아 후궁을 늘리고, 황제의 후손을 널리 퍼트려야 한다며 상소문을 올렸다. 그 결과, 황제가 크게 노하여 그를 파직하고 엄중히 선포하였다.

"짐은 이미 자손이 있으니, 선황제를 위하여 삼년상을 치를 것이다!"

그 얘기가 퍼지자, 기뻐하는 사람들도 있고 슬퍼하는 사람들도 있었다. 경성의 일부 관리 집안은 자신의 딸을 궁으로 보낼 생각이었는데, 삼년을 기다린다면 좋은 시기를 놓쳐버릴 것이 분명했다. 반면 안심하게 된 자들도 있었으니, 명란 역시 그중 하나로 크게 안도했다. 삼 년 후에는 시집을 가야 하리라.

선제의 장례는 보름간 치러졌다. 관이 왕릉에 안치된 후에야 선제를 보내고 새로운 황제를 맞이하는 의식이 일단락되었다.

여란은 며칠 동안 갈아입지 못한 상복을 다급히 벗어버렸고, 그녀가 가장 좋아하는 화려한 색상의 옷으로 갈아입었다. 묵란은 여전히 슬퍼하는 모양새로 틈만 나면 눈물을 훔쳤다. 왕 씨 처소의 어멈들은 그런 묵란을 보며 '누가 보면 남편이라도 죽은 줄 알겠네.'라며 비웃었다.

명란은 계속해서 자신의 '브로큰백 마운틴' 시리즈 자수에 몰두해 있었다. 사실 그녀는 동성애물을 즐기는 사람은 아니었다. 하지만 구속이 심한 세계로 온 후부터 이렇게라도 하지 않으면 날로 변태가 되는 마음을 다스릴 길이 없었다.

그 시각, 제국공부 역시 겉치레로 효를 다하고 있었는데, 집안의 하인들이 조용히 그리고 신속하게 걸어놓았던 백색 등롱과 끈 등을 내렸다. 하지만 방 안은 엉망진창이었다. 문밖에는 평녕군주를 등에 업은 관사와 어멈, 계집종들이 지키고 서서 모자 둘만 이야기를 나눌 수 있게 해주었다.

"고얀 놈! 뭐라 하였느냐?!"

평녕군주는 분노에 차 몸을 바들바들 떨었다.

제형이 차가운 표정으로 빈정댔다.

"제가 이제 한림원에 들어갔으니 앞으로 더 좋은 혼사가 있다면 어머니께서 마음을 바꾸실 것이 뻔한데, 이리 빨리 정할 이유가 있냐는 말입니다!"

'짝' 하는 소리가 들리고, 제형의 얼굴이 옆으로 돌아갔다. 희고 고운 얼굴에 손바닥 자국이 났다. 군주가 날카롭게 소리 질렀다.

"불효막심한 놈 같으니라고, 건방지구나!"

제형의 눈에는 얼핏 눈물이 비쳤다. 웃음소리에 슬픔이 묻어 있었다.

"어머니께서는 필시 이 아들의 마음을 아시겠지요. 그런데도 어찌 이러실 수 있단 말입니까!"

평녕군주는 자신의 손바닥을 보자 마음이 아려왔다. 휘청거리며 뒷걸음질 쳤지만 바로 자세를 고쳐 잡고 서서 낮은 목소리로 얘기했다.

"그날 연회에서 우리 셋이 한자리에 앉았다. 왕씨 부인을 떠보려고 말을 꺼냈는데 몇 마디 하기도 전에 영창후 부인이 끼어들어 자신이 명란을 마음에 두고 있다 얘기하더구나. 이 어미가 무슨 말을 할 수 있단 말이냐! 싸움이라도 해야 한다는 것이냐?"

제형은 어머니의 강한 성격을 잘 알고 있기에 평소대로라면 이미 숙이고 들어갔을 터였다. 하지만 오늘만큼은 그 화를 억누르지 못해 비웃는 표정으로 입을 열었다.

"……어머니께서는 항상 생각과 행동이 민첩하시지요. 그래서 바로 방향을 바꿔 사돈을 맺으신 거군요. 게다가 어머니의 며느리가 적출이니, 또 한 단계 올라갔습니다!"

군주는 말문이 막혔다. 항상 고분고분하고 다정하던 아들이 그 일을 알게 된 후 줄곧 자신을 차갑게 대하거나 무시하기 일쑤였기 때문이었다. 군주는 긴 한숨을 내쉬며 힘겹게 말을 꺼냈다.

"왕씨 부인과 이야기를 했을 뿐이지 정해진 것은 아니다. 그러니, 네가 마음에 들지 않는다면 없던 일로 하면 될 것이다. 다만…… 앞으로 다시 그 아이를 볼 생각은 하지 말거라."

그 말을 들은 제형은 온몸이 굳은 듯했다. 가슴이 철렁 내려앉았고, 눈에는 눈물이 고였다.

군주는 그런 아들을 보며 역시 함께 눈물을 흘렸다.

"이 어미가 욕심이 많아 권력을 탐하는 것이라고 여기면 안 된다. 너는 어릴 적부터 많은 사람들의 사랑을 받고 자라왔으니 한 번도 쓴맛을 본 적이 없지. 하지만 신진의 난 이후에, 세력의 진면모를 알게 됐을 것이다. 사람들이 뒤에서 우리를 보며 수군거리고……."

제형은 그 시절을 떠올리자 안색이 창백해지고, 가지런한 눈썹이 꿈틀거렸다.

군주가 자기 아들을 보듬으며 타일렀다.

"지금의 여러 일이 다 '권력' 두 글자 때문 아니겠느냐? 네 외숙이나 아버지가 세자였다면 우리도 인내할 수 있었을 테지. 네가 원하는 사람과 혼인할 수 있게 해주고 싶은 것이 이 어미의 마음이니라. 네가 성부의 서녀를 첩실로 들이려 한다면 안 될 것 없겠지. 하지만…… 아들아, 우리는 지금 지켜보는 것밖에 할 수 없단다. 네 외조부의 양양후부는 백 년 후에는 다른 사람에게 넘어갈 테고, 네 큰어머니와 우리는 항상 의견 대립이 심하니 기댈 곳이 없지 않느냐! 새 황제가 즉위하면 조정의 대신들도 바뀐다. 네 아버지도 어찌 되실지 알 수 없는 상황이야. 몇 년간 염정 업무를 하시니 얼마나 많은 사람들이 부러워하고 작은 꼬투리라도 잡아내려고 하는지 너는 모른다. 상황이 이러한데 이 어미가 어찌 집안 생각을 하지 않을 수 있겠니?"

그 얘기를 하며 군주는 슬피 울기 시작했다.

제형은 눈앞이 어지러웠다. 갑자기 명란이 어렸을 때의 어떤 일이 떠올랐다. 어린 명란은 바닥에 쭈그리고 앉아 꽃가지로 땅에 기다란 선을 두 개 긋더니 이 평행선은 아주 가깝지만, 영원히 만나지 못할 거라고 얘기했었다.

그는 명란에게 장난을 치려고 송충이를 잡아 치마에 던졌고, 명란은 날카로운 비명을 지르며 발을 동동 굴러 송충이를 떨어뜨리려 했다. 그는 하하 웃으며 명란의 발에 밟혀 엉켜버린 기다란 선을 보며 웃었다.

"봐, 만났잖아."

작은 명란은 인형처럼 아리따웠다. 새하얀 피부에는 연꽃 물이 든 것 같은 홍조가 있어, 누구든 그 얼굴을 만져보고 싶게 만들었다. 그는 놀란 명란에게 사과했지만 명란은 받아주지 않았고, 그에게 진흙 덩어리를 던진 뒤 뒤돌아 도망가버렸다.

그는 명란을 쫓아가고 싶었지만, 자신을 찾으러 온 사환에게 끌려 집으로 돌아갈 수밖에 없었다.

제69화

충을 다하기는 쉬우나,
효를 다하기는 어렵다

명란과 묵란은 취향이 완벽하게 달랐을 뿐만 아니라, 같은 취미도 없었다. 하지만 비단옷을 입은 어여쁜 외모의 소녀는 두 자매의 공감을 자아냈다. 둘 다 그 소녀를 싫어한다는 것이었다.

"여란아, 지난번에 네가 가져온 백차를 마셔봤는데 정말 맛있더라. 처음에는 은백색의 새순 같아 어머니가 이상하다고 하셨는데, 먹어보니 향도 좋고 신선하더라고."

도연관에서 여자아이 몇몇이 차를 마시고 있었는데, 강원아가 여란의 손을 끌며 말했다.

여란이 빙그레 웃었다.

"언니가 마음에 든다니 다행이에요. 조금 더 주고 싶었는데, 그 백차는 명란이가 나눠준 거였거든요. 직접 달라고 해봐요."

강원아는 바로 명란을 바라봤고, 명란은 가볍게 차를 호호 불며 웃었다.

"그리 좋은 차도 아닌걸요. 다 언연 언니가 운남에서 보낸 것들이에요.

그냥 보기 드문 거죠. 원래도 양이 많지 않아서 저한테도 남은 게 없어요. 전부 선물로 나눠줬거든요."

강원아의 곱고 갸름한 얼굴이 어두워지더니 명란을 뚫어지게 쳐다보며 말했다.

"명란이는 나를 자매로 여기지 않는구나. 선물로 나눠줄 때 왜 내 몫은 없었지?"

강원아의 미간이 찌푸려졌다.

묵란이 애교를 피우며 웃었다.

"어머, 언니. 우리 명란이가 얼마나 정직한 아이인데요. 애초에 얼마 있지도 않아서 우리 자매에게 나눠주기에도 부족했어요."

그 말은 불난 집에 부채질한 꼴이 되었다. 강원아는 강 부인의 작은딸로, 어릴 적부터 어머니의 총애를 받으며 자라 상당히 건방진 성격이었다. 서출 자매들은 그녀 앞에서 말도 제대로 하지 못할 정도였으니 언제 이런 배척을 당해봤겠는가. 강원아는 묵란의 말을 듣자마자 코웃음을 쳤다.

"하다못해 큰언니 집안의 문영이도 받았다고 하는데 내 몫은 없잖아! 네가 나를 우습게 여기는 것 같으니 이모님께 말씀드려야 하겠구나."

여란은 눈썹을 찌푸렸다.

"너도 참, 언니에게도 좀 나눠주지 그랬니. 다 같은 가족인데."

명란은 들고 있던 뜨거운 찻잔을 내려놓은 후 손으로 김을 부채질하며 빠르지도 느리지도 않은 속도로 얘기했다.

"언연 언니가 백차를 총 두 근 반 보내줬어요. 한 근은 유양에 계시는 할머님께 보내드리고, 반 근은 어머께 드렸어요. 남은 차는 우리 자매 넷과 큰올케 그리고 윤아 언니와 나누었고요. 큰언니는 어릴 적부터 나를 돌봐주었기에 제 몫까지 드려서 문영 언니에게도 돌아간 것이에요. 만약 언니가 마음에 들어한다면, 언연 언니에게 서신을 보내 조금 더 보내달라고 할게요. 하지만 운남은 먼 곳이니 기다리셔야 할 거예요."

사실 명란이 차를 나눠준 사람은 모두 성가의 가족들이었기에, 성도 다른 강원아가 성질을 부릴 일이 아니었다. 명란은 자신 몫도 남기지 않고 화란에게 전부 주었기 때문에 강원아가 왕 씨에게 고자질한다고 해도 할 말이 있었다.

강원아는 꼬투리 잡을 거리를 찾지 못해 불쾌한 듯 입을 삐죽거리다 바로 웃었다.

"그냥 해본 말이야. 진지하게 받아들일 필요 없어."

강원아는 본래 명문가의 적녀였으나 출세 못 한 아버지로 인해 가세가 기울어 입고 먹는 게 화란이나 여란만도 못 하게 되었다. 상황이 그러하니 묵란과 여란을 못마땅하게 여겼고, 수시로 여란에게 시비를 걸었다. 앞에서는 화기애애하게 웃었지만, 뒤에서는 걸핏하면 여란에게 자신이 자기 서출 자매들 앞에서 얼마나 위풍당당한지 떠들곤 했다. 그래서 강원아가 왔다 가면 여란은 항상 묵란과 명란에게 성질을 부렸다.

강원아가 눈알을 굴리더니 또 웃으며 말했다.

"명란이 손재주가 좋다고 들었어. 그렇게 바느질을 잘한다며. 지난번에 부탁한 나와 어머니의 모기장은 어찌 되었을까?"

명란이 가벼운 말투로 얘기했다.

"아직이요. 기다리셔야 할 것 같아요."

자신의 서출 자매에게 화를 내는 것이 습관이 된 강원아가 흥 하고 코웃음을 쳤다.

"윗사람이 부탁한 일도 미루고 미루다니. 명란이 효심이 지극한 요조숙녀라고 들었는데, 이럴 줄은 몰랐네. 혹시 우리 어머니를 우습게 아는 건가?"

명란은 옆에 앉아 고개를 숙인 채 차를 마시는 묵란을 보고 이 전쟁을 혼자서 치르기로 결심했다. 명란이 난처한 표정으로 입을 열었다.

"어머, 무슨 그런 말씀을 하셔요. 제가 시간이 많지 않아서 그래요. 요 며칠간 날이 더웠잖아요. 아기는 더울 때일수록 보온에 신경 써야 하기에 솜을 이중으로 덧댄 배두렁이를 실이와 전이에게 급히 만들어줬어요. 다 제가 손이 느려서 그렇지요. 언니 어머님께서는 어른이시니 아이와 다투시지는 않으실 테죠."

여란이 눈이 반짝거렸다.

"그 배두렁이를…… 네가 두 개 만들었다고?"

명란은 그녀를 쳐다보면 눈을 깜빡이더니 대답했다.

"어."

여란은 고개를 숙이고 입을 다물었다. 명란이 화란에게 물건을 줄 때 항상 두 개씩 만들어서 줬고, 하나는 여란이 만든 것이라고 얘기해왔다. 그리하여 왕래하는 친척들 사이에서 여란은 요조숙녀로 알려졌는데, 명란이 이쪽 방면으로는 항상 눈치 있게 굴었다.

강원아는 여란이 도와주지 않자 더욱 분노했다.

"그럼 대체 언제 완성이 되는 거니? 너무 시간을 오래 끌지 말도록 해. 우리 집안 자매들은 진즉에 다 만들었다고."

명란이 하얗고 여린 두 손을 내려놓으며 억울하다는 듯 말했다.

"어떻게 언니 댁과 비교를 하나요? 여란 언니에게는 저 하나뿐이고, 언니 댁에는 일손이 많잖아요. 아휴, 여란 언니, 언니도 동생이 여럿이면 일손도 많고 북적거려 더욱 즐거울 텐데."

여란의 안색이 기괴해졌다. 서출뿐만 아니라 적출이라 하여도 더 이상의 자매는 필요하지 않았다. 묵란은 픕 하고 웃더니 바로 입을 가렸다. 강원아가 발을 동동 굴렀다.

"그런 뜻으로 한 얘기가 아니라 네가 손이 느리다는 얘기잖아!"

명란은 진지하게 대답했다.

"언니 말이 옳아요. 언니에게 많이 배우고 연습도 해야겠어요. 그래서 꼭 수낭繡娘[1]의 실력을 따라잡겠어요!"

그러자 여란도 참지 못하고 입꼬리가 올라갔다. 강 부인은 말은 다정하나 속은 꼬인 사람으로, 서출 자녀들을 난처하게 하거나 부려먹기 일쑤였기에, 다들 시집, 장가도 제대로 가지 못했다. 강 부인이 여러 번 다녀갔음에도 명란은 강씨 집안의 서녀를 두 명밖에 보지 못했다. 둘 다 꽃처럼 아름다웠는데 아쉽게도 한 명은 너무 기가 죽어 있어 나서지를 못했고, 또 하나는 강 부인과 적출 동생의 비위를 맞추기에 급급했다.

그런 광경을 볼 때마다 명란은 자신이 그 집안에서 환생하지 않은 것에 대해 하늘에 감사했다. 만약 그런 집안에서 살아가야 했다면 진즉에 목을 매달았을 것이다. 사실 강원아는 약자 앞에서는 강하고 강자 앞에서는 약한 자였는데, 명란이 생모도 없고 같은 어머니 밑의 형제자매도 없는 것을 알고는 툭하면 괴롭히는 것이었다.

강원아는 화가 치솟았지만, 딱히 반박할 말도 떠오르지 않았다. 명란은 본래 다른 사람에게 꼬투리 잡힐 말은 하지 않는 사람이기 때문이었다.

---

1) 바느질을 직업으로 삼는 여성.

그때 밖이 소란스러워지더니 다투는 목소리가 들렸다. 여란은 인상을 찌푸리며 희작에게 무슨 일이 일어났는지 알아보게 했다. 잠시 후, 희작이 돌아와 웃으며 얘기했다.

"아가씨, 별일 아니에요. 희지가 방에서 새 비녀를 꽂아 봤는데 희엽이 보더니 자기 건 줄 알았나봐요. 근데 알고보니 희지 집에서 보낸 거였대요. 그래서 잠깐 소란스러웠는데 제가 잘 얘기해서 화해했어요."

여란이 말을 하려는 순간 묵란이 가로막으며 농담 반 진담 반으로 얘기했다.

"그 계집은 너무 눈치가 없어. 모두 다 한 부에서 태어난 가생자인데 희지의 부모는 아버지와 어머니의 신임을 받고, 오라비와 그 부인도 일을 잘하지. 희엽은 일찍이 어미를 여의고 아비는 술주정뱅이인데 어찌 희지와 비교를 하겠어? 자기가 상대가 안 된다는 걸 모르나?"

강원아의 안색이 파랗게 질렸다. 여란은 초조해하며 어찌할 바를 몰랐다. 묵란은 일부러 그녀들을 흘긋 쳐다본 후 희작에게 말했다.

"그리고 아가씨 처소에 있는 계집종이라 해도 각자 부모가 있고, 성씨와 조상이 다른데 온종일 다른 집 일이나 감시하고 있다니. 자기가 뭐라도 된 줄 안다니까. 분수를 알아야지."

강원아가 탁자를 '탁' 치며 일어나며 화를 냈다. 핏줄이 올라온 손은 탁자를 치는 바람에 빨개져 있었다.

"대체 무슨 뜻이야?!"

묵란은 깜짝 놀란 척을 하며 말했다.

"계집종에게 한마디 했을 뿐이에요. 때리거나 욕을 한 것도 아닌데, 무엇이 잘못되었나요? 저는 분수를 모르는 사람이 아니에요. 만약 계집종들을 훈계하기 좋아한다면, 제 처소에서 훈계했겠지요."

묵란이 웃으며 강원아를 쳐다봤다. 왕 씨는 한 번도 묵란에게 힘이 되어주지 않았고, 강원아는 그녀의 서출 신분을 자주 비웃곤 했다. 강 부인은 왕 씨에게 향후 적녀의 권력이 압박을 받을 수 있으니 서녀에게 너무 좋은 혼사 자리를 찾아주지 말 것을 권하였기에 둘 간의 원한은 깊디깊었다.

강원아는 극도로 분노하며 몇 마디를 더 뱉었고, 결국 분위기가 엉망이 된 채 흩어졌다.

명란은 밖의 나뭇가지에 간신히 매달려 흔들리고 있는 나뭇잎을 보다가 고개를 돌려 여란을 향해 웃으며 말했다.

"날씨가 추워졌으니 아버지의 무릎이 시리실 때가 됐어. 무릎 덮개를 만들어 드려야겠어. 여란 언니, 언니가 천을 준비해줄래?"

성굉은 딸들의 능력에 대해 잘 알고 있었기에 거짓으로 꾸밀 수는 없었다. 대신 조금 도움을 주는 것만으로도 성굉에게 칭찬을 받을 수 있는 것을 잘 아는 여란은 신이 나서 얘기했다.

"좋아, 마침 나한테 옷감이 조금 있으니, 네가 와서 고르도록 해."

사실 천을 부드럽게 하는 작업도 몸종이 했기 때문에 여란은 재료만 내놓는 것이었다.

관직과 작위의 있는 자들이 상을 치르면서 근신을 할 때 안채의 여인에 대한 규정은 별다른 것이 없었다. 극을 보거나 큰 연회만 열지 않으면 됐다. 친척 집을 방문하거나, 바느질하거나, 수다를 떠는 등은 가능했기에 시간을 보내기에는 나쁘지 않았다.

하지만 남자들은 괴로워했다. 경성 권신들의 자제들은 처음 몇 달은 참았지만, 몇몇 득세하는 집안들은 서서히 본색을 드러내기 시작했다. 어느 집안은 사람들을 불러모아 연회를 즐겼고, 홍등가를 출입하는 자들도 있었으며, 몰래 첩을 들이기도 했다.

　새 황제가 제위에 올랐고, 대신들은 아직 황제의 성격을 파악하지 못했기에 상소문을 올릴 때 몸을 사릴 수밖에 없었다. 그런데 성굉의 부처에 새로 들어온 머리가 좋지 않은 관리가 경성의 방탕한 공자들의 일에 대해 상소문을 올린 게 아닌가. 황제는 얼굴이 붉으락푸르락해질 정도로 노해 조회가 열리던 자리에서 크게 역정을 냈다.

　힘들게 황제가 된 그는 부친에 대한 효를 다하기 위해 후궁을 멀리하고, 연회를 열지 않았으며 궁중의 가희들까지 없애며 승려보다도 더 청렴하고, 물보다도 더 깨끗한 생활을 하고 있었다. 그런데 자신의 밑에서 녹봉을 받는 권작 자제들이 감히 그런 짓을 한단 말인가? 황제를 우습게 봐도 분수가 있지!

　황제의 행동은 재빨랐다. 우선 상소문을 올린 어사를 '추세에 따라 비위를 맞추는 자'가 아니라 '강직하고 충과 효를 다하는 자'라고 극찬하며 바로 승진시켰다. 뒤이어 순천부윤의 권한을 키우고, 언관의 감찰 기능을 강화하며, 오성병마사가 언제든 사람들 잡아들일 수 있도록 하라 명을 내렸다.

　그들이 본보기가 되어 도찰원도 바빠지기 시작했다. 성굉은 어느 정도 기초가 있었기에, 자연히 여러 집권자들의 미움을 사고 싶지 않았다. 그래서 죄질이 가장 약한 것들만 기록하였는데 출세를 노리는 젊은 언관들은 간이 부은 것인지, 경성에서 발생한 일들을 모두 탄핵하였다.

　남자의 품행에 대한 고대의 조건은 아주 단순했다. 효가 모든 선善 중의 으뜸이었다. 새 황제가 '선제께 효를 다한다'는 명목을 내세웠기에 다들 할 말이 없었다. 특히 청렴한 언관들은 애초부터 권작 집안들을 아니꼽게 생각하고 있던 터였다.

보름 만에 황제는 십여 개의 집안에 대해 봉록을 감하거나 작위를 강직하는 등 각기 다른 정도로 처벌하였다.

특히 눈에 띈 황제의 친척 십여 명은 명령에 굴복하지 않고, 순찰을 나온 관원들에게 욕을 퍼부었다. 황제는 바로 금위군을 파견하여 그들을 궁으로 잡아들여 곤장을 친 후, 국자감 숙소에 가두었다. 그리고 올바르지 못한 것을 증오하는 박학다식한 박사들을 불러 그들에게 예의, 염치, 충성, 효심, 절개와 의리를 집중적으로 교육하게 했다.

친황제파인 대학사 두 명이 정기적으로 시찰을 나와 외운 것을 불시에 점검하여 제대로 외우지 못한 자들은 집에 돌려보내지 않았다. 또한, 스승을 멸시하는 자들은 곤장을 쳤다. '이리 때리는 데도 말을 안 들을 테냐!'는 식이었다.

그 귀족 자제들은 평소 빈둥거리며 남자들은 괴롭히고 여자들은 희롱하느라 바빠 공부를 하거나 지식을 쌓을 시간이 없었다. 그래서 교육 기간이 더 연장되었다. 날은 갈수록 추워졌고, 다들 그곳에 갇혀 매일 풀만 먹으며 지내고 있었다. 그중 말썽이 심한 자들은 매를 맞아 몰골이 말이 아니었는데 그중 제일 심하게 울며불며 "어머니! 아버지!" 한 사람은 바로 경녕대장공주의 귀한 아드님이었다.

경녕대장공주가 통곡을 하며 간청을 하러 궁에 왔다. 그런데 황태후들의 얼굴을 보기도 전에 저지당할 줄 누가 알았겠는가.

내시 하나가 차가운 목소리로 황제의 명을 읽어 내려갔다.

"선황께서 붕어하시어 온 나라가 비통함에 젖어 있는데, 황은을 입은 황제의 후손이 제멋대로 명을 거역하였다. 충과 효를 다하지 못한 자를 남겨 무엇 하겠는가."

경녕대장공주는 그 말을 듣고 경악을 금치 못했다. 인종 황제는 어질고 관대해 모든 황가의 자손들을 감싸 주었기에, 경성에 연고가 있는 가문의 자제들이 벌을 받는 일은 드물었다. 공주는 그제야 새 황제가 즉위한 것을 몸소 느끼게 되었다.

그때부터 아무도 궁에 선처를 청하러 오지 못하였다. 교육을 받던 자제들은 모든 과정이 끝나고 궁에 들어가 황은에 감사 인사를 올렸다. 그들은 자신의 문화 수준이 크게 향상되어 앞으로 집안의 주련이나 초청장을 쓰는 것에도 문제가 없어졌다고 이야기했으며, 또 몇몇은 그 기간에 개화된 덕에 감정에 북받쳐 서투른 시 두 수를 지었는데, 운율이 꽤잘 맞았다.

그렇게 큰 충격을 받은 후, 조정 내외 모두 생각하는 바가 생겼다. 새황제가 영명한지는 논외로 두더라도, 예전의 노황제처럼 쉽게 좌우할수 있는 사람이 아니니 미움을 사서는 안 된다는 생각이었다.

"황상께서 지금 위엄을 세우고 계시는 게지."

평상복인 둥근 옷깃의 청색 도포를 입은 성굉이 탁자 앞에 서서 붓으로 글씨를 쓴 다음 턱수염을 훑으며 말했다.

"그래야 맞지. 일단 경성에서 다시 말이 나오는 것을 눌러야지."

옆에 서 있던 장백이 한참을 침묵하더니 입을 열었다.

"아버님, 황상께서 즉위하셨는데도 불복하는 자들이 있었다는 말씀이십니까?"

성굉이 붉은색을 묻힌 붓을 들고 족자 구석에 기념으로 몇 자를 적어넣었다.

"있을 수밖에. 형왕은 선제의 다섯째 아들이니 순서를 따진다면 그가즉위했어야 옳지 않느냐. 하지만 선제께서는 그의 포악한 성정을 좋아하지 않으셨기에 일찍이 번지를 하사하시어 경성에서 멀리 쫓아내셨지. 신진의 난 이후, 선제께서 선수를 치시어 황상의 모친을 후后로 책봉하셨다. 적자 우선의 논리를 내세워 이 황태자를 내세웠으니, 형왕이 어찌 굴복할 수 있겠느냐?"

장백은 알 만하다는 듯 고개를 끄덕였다.

"이제 군신의 명분이 정해져 대의가 황상께 있으니 황상께서 도량을 베푸시어 형왕이 왈가왈부하지 않게 해야겠네요. 태평성대가 참 어렵습니다."

성굉은 자신의 글씨에 크게 만족하는 듯 붓을 내려놓고 자신의 인감을 꺼내 찍으며 아들에게 말했다.

"황가의 일은 우리가 관여할 수 있는 것이 아니다. 우리 집안이나 신경 쓰도록 하자."

주홍색 인장을 찍은 후 성굉이 말을 이어갔다.

"할머님께서 서신을 보내오셨는데, 큰할머님께서 오래 버티시지 못할 것 같다 하시는구나. 그리되면 장오가 일 년 상을 치러야 하겠구나. 참으로 안타까워. ……파총 자리에 오른 지 채 일 년이 되지 않았는데 말이다."

장백이 낮은 소리로 대답했다.

"형님의 일은 잘될 겁니다. 형님이 일을 잘하고, 상관이나 동료들과도 관계도 좋으니, 구 개월 후 우리가 도움을 주면 복직은 어렵지 않을 겁니다. 그런데…… 어제 이모님께서 또 오셨습니다."

성굉은 글을 들어 올려 빛에 비춰 보다가 그 얘기를 듣고 미간을 찌푸렸다.

"네 이모부의 일에 우리가 나서고 싶지 않은 게 아니다. 그자는 자기 재능을 믿고 남을 업신여기고, 내각에 대해 망언을 한 데다가 겁도 없이 가난한 백성들의 돈을 가로챘어."

　장백 역시 강씨 이모부를 좋아하지 않았다. 그러나 아무리 그렇다 하여도 친척이었고, 이모가 여러 번 찾아오기까지 했으니 신경 쓰지 않을 수는 없었다.

　"사촌 형님을 돕는 것이 어떻겠습니까. 형님은 침착하고 듬직한 편이니까요."

　성굉은 글을 내려놓은 후 몇 걸음 옮기다 고개를 들었다.

　"괜찮은 방법이구나."

제70화

장백 오라버니가 부인복이 있네

늦가을에서 초겨울로 넘어가면서 북풍이 불기 시작했다. 국상 기간이었기에 묵란의 계례는 단출하게 진행됐다. 왕 씨는 평소 가깝게 지내던 관가의 부인 몇 명만을 초청했고, 새 옷을 한 벌 지어 입었으며, 형식적으로 두세 개의 연회상을 준비했다. 임 이랑은 자신의 딸이 서운해할 것 같았지만 근래에 단속이 심하다는 것을 알고 있었다. 권문세가의 자제들도 제대로 혼쭐이 났는데 성가가 어찌 방자하게 잔치를 크게 벌이겠는가.

그래서 임 이랑은 이해는 하나 서운한 건 어쩔 수 없다며 한밤중까지 성굉 앞에서 눈물을 보였다. 그 모습을 본 성굉은 마음이 약해져 은자 삼백 냥을 들여 묵란에게 순금 머리 장신구를 해주었다. 성굉의 씀씀이가 인색하지 않은 것을 보아, 그날 밤 임 이랑이 눈물만 흘린 건 아님을 알 수 있었다.

경성은 등주登州, 천주泉州와 달라 겨울에 접어들자 뼈가 시릴 정도로 날이 추웠다. 성부의 계집종들과 어멈은 하나둘 커다란 겨울옷을 꺼내 입기 시작했는데, 멀리서 보면 사람들이 전부 덩어리로 보였다. 명란은 유독 이런 추운 날씨에 외출하는 것을 싫어했다. 따뜻한 손난로를 꼭 쥐고 구들 위에서 몸을 녹이면 얼마나 행복하던가. 하지만 일이라는 게 뜻대로 되지 않는 법이었다.

노대부인에게서 도착한 서신에는 대대부인의 시간이 얼마 남지 않았다는 내용이 적혀 있었다. 하지만 묵란은 지금 혼사를 논하고 있었기에 혹시라도 영향을 받을까 장례에 참여할 수 없었고, 여란은 '공교롭게도' 감기에 걸렸다. 장풍은 시험을 준비하고 있었고, 해 씨는 전이를 돌봐야 했다. 손가락을 접어보던 성굉은 명란에게 짐을 꾸려 장동과 함께 먼저 출발하라고 했다.

앞에 서 있는 어린 아들과 딸을 보며 성굉은 순간 양심의 가책을 느꼈다. 자신과 성유의 몇십 년간의 형제애가 떠올랐다. 성유는 매년 설을 쇠라고 자신에게 은자를 가득 실은 마차를 보내 주고는 했는데, 지금 큰어머니께서 돌아가시려는 상황에서 자신은 제일 어린 아들과 딸을 보낼 수밖에 없다니…….

"이건…… 옳지 않은 듯하구나. 아무래도 이 아비가 같이 가야겠다."

성굉이 망설이며 말했다.

"아버지께서 뭘 우려하시는지 잘 알고 있습니다."

장백이 자리에서 일어나 성굉에게 허리를 숙였다.

"그 일이 아직 일어난 것도 아니지 않습니까. 게다가 새 황제께서 즉위하시어 도찰원이 큰일을 할 때라 아버지께서도 휴가를 내시기 어렵습니다. 우선 명란과 장동이가 효를 다할 수 있도록 보내십시오. 나중에…… 제가 분상奔喪 휴가를 내도 늦지 않습니다."

성굉이 가늘게 한숨을 내쉬었다. 장백은 한가한 한림원 전적典籍이기에 간혹 휴가를 내도 무방했지만, 자신은 정사품 좌첨도어사였기에 큰

어머니의 부고로 휴가를 낸다면 나중에 꼬투리를 잡힐 확률이 높았다.

장백은 아버지의 안색을 살폈다. 성굉의 성미를 잘 아는 그가 다시 입을 열었다.

"너무 죄책감을 가지실 필요 없습니다. 장오 형님이 이미 휴가를 내고 고향으로 돌아갔으니 만에 하나 큰할머님께서 정말로…… 형님이 상을 치를 때 아버지께서 더 도와주시면 되지 않겠습니까."

그 얘기를 들은 성굉이 그제야 찌푸렸던 미간을 풀었다. 그리고 고개를 돌려 명란과 장동에게 말했다.

"너희는 언제 떠나느냐?"

명란이 자리에서 일어나 공손히 대답했다.

"아버지, 장오 오라버니가 벌써 마차와 배를 준비해주셨어요. 닷새 후에 저희를 데리러 올 거예요."

성굉이 고개를 끄덕이며 엄숙한 얼굴로 입을 열었다.

"유양에 가면 항상 언행을 삼가고, 절대로 장난을 치거나 말썽을 피워서는 안 되느니라. 큰아버지와 큰어머니에게 폐를 끼쳐서도 안 되고, 할머님을 잘 모셔서 피곤하시지 않도록 하거라. 가는 동안 오라버니 말도 잘 듣고."

명란과 장동이 허리를 굽히며 알겠다고 답했다. 성굉은 그들의 앳된 목소리를 들으며 또다시 한숨을 내쉬었다. 옆에 앉아 있던 왕 씨가 다정하게 미소 지으며 아이들에게 '함부로 마차에서 내리지 마라', '배에서 뛰어다니지 마라', '뱃전에 너무 가까이 서 있지 마라', '함부로 얼굴을 드러내지 마라' 등을 당부했다. 그리고 마지막으로 명란에게 당부했다.

"네가 누나이니, 장동을 잘 보살펴주어라."

왕 씨가 서출 자식들에게 다정하게 굴자 성굉이 고개를 돌려 만족스러운 눈빛으로 왕 씨를 바라봤다.

처소로 돌아온 명란은 하인들을 불러모아 처소에 남은 자들이 지켜야 하는 일을 알려주었다. 그리고 단귤과 소도를 불러 수안당으로 향했다. 수안당의 어멈들은 명란을 보자 모두 길을 내주었고, 명란은 그대로 안채로 들어갔다. 그리고 단귤을 시켜 사람 키만 한 검은색 자개 옷장에서 담비 모피로 만든 강황색 방한모와 청설모 가죽으로 만든 검은 대괘자大褂子, 청설모 털로 만든 갈색 망토 그리고 여러 색상의 겨울옷을 꺼내게 했다. 소도는 단귤을 도와 그 옷들을 보따리에 싸기 시작했다.

명란은 노대부인의 침상 뒤쪽으로 가 치마에서 열쇠를 끌러 커다란 자물쇠가 여러 개 달려 있는 큰 상자를 열었다. 그리고 거기서 은자와 은표[1] 한 다발을 꺼냈다. 집을 오래 비울 예정이니 여기도 안전하지는 않았다. 명란은 안에 들어 있던 토지와 가옥 증서를 몽땅 꺼내 몸에 지니고 다니는 작은 주머니에 넣었다.

그 후 며칠 동안 명란은 짐을 꾸리느라 바빴다. 소도는 일하는 게 남달라 열심히 금은보석을 상자에 담았다. 명란은 그런 소도를 보고 웃음을 터트렸다.

"이번에 가는 데는…… 은장신구를 더 가져가자. 이 많은 보석들을 혹시나 도둑맞으면 어쩌니?"

소도가 진지한 표정으로 답했다.

"아가씨 몸값인 거죠."

명란은 아무 말도 할 수 없었다.

---

1) 어음.

단귤이 벼루 두 개와 붓 몇 개를 챙겼을 때, 녹지가 문발을 열고 들어오며 빙긋 웃었다.

"영창후 마님께서 오셨어요. 마님께서 아가씨를 부르시네요."

그렇게 말하며 눈을 깜빡였다.

"묵란 언니랑 여란 언니도 가니?"

명란은 녹지의 표정이 수상하다고 느꼈다.

"아니요. 마님께서 아가씨만 부르셨어요. 영창후 마님께서 친정에 오신 김에 아가씨가 내일 먼 길 떠난다는 소식을 듣고 보러 오셨대요."

녹지가 들뜬 얼굴로 말했다.

"아가씨, 빨리 가보세요."

단귤과 소도는 하가의 일을 알고 있었기에 서로 눈빛을 보며 안색을 굳혔다.

량 부인이 지난 반년 동안 성부를 두 번 왔다 가긴 했지만, 항상 동행이 있었다. 첫 번째는 화란, 수산백 부인과 함께였고, 두 번째는 관리 집안의 부인들과 함께였다. 사실 성부와 영창후부는 먼 친척의 먼 친척 관계였기에 굳이 자주 왕래할 필요는 없었다. 그녀의 이런 행보에 대해 성부 내부에서는 은근히 말들이 나오고 있었다. 영창후 부인이 며느리를 고르러 왔다는 것이었다. 그 얘기를 들은 임 이랑은 자주 묵란을 앞세워 그녀를 맞이하게 했다.

그러나 량 부인은 신중하고 세심한 사람이라 말실수를 하는 경우가 좀처럼 없었고, 그녀의 말만 들어서는 무슨 생각을 하는지 도통 알 수가 없었다. 심지어 왕 씨조차도 그녀의 속마음을 헤아리기 어려웠다. 아무래도 여자 쪽 집안인 왕 씨는 체면을 차렸고, 먼저 혼사에 대해 언급하기를 원치 않았기에 아무것도 모르는 척 아무 말도 하지 않았다. 그녀가 올

때마다 세 자매를 불러 인사를 시키는 것이 전부였다.

첫 방문 때, 량 부인은 모든 사람에게 차가웠다. 왕 씨가 옆 사람들과 한참 신나게 얘기하는 것을 보고 가끔 한두 마디 거들뿐 대부분 조용히 앉아 있었다. 묵란의 열성적인 모습에도 옅은 미소만 지어서 한참을 떠들던 묵란은 난처함을 감추지 못했다.

두 번째 방문 때, 량 부인은 명란에 대한 호의를 명확히 표출했다. 그녀는 명란과 뒤편에 앉아 이것저것을 질문했는데, 표정도 꽤 다정했으며 왕 씨에게도 훨씬 친근하게 굴었다. 이를 악물고 있던 묵란은 사실 직접적으로 '명란은 이미 하씨 가문과 혼사가 정해졌어요.'라고 말하고 싶었지만, 바깥사람들에게 집안일을 함부로 떠들고 다녔다 본인의 명성에 해가 갈까 걱정해 그리하지 못했다.

그러다 기회가 찾아왔다. 한 부인이 태의太醫[2]도 모르는 병에 대해 얘기하자 묵란이 황급히 그 대화에 끼어들었다.

"백석담 하가의 노마님께서도 의원 집안 출신이신데 저희 할머님과 아주 가까운 사이세요. 할머님께서 항상 명란이와 함께 하가를 방문하지요."

그때 왕 씨의 찻잔이 '픽' 하는 소리와 함께 탁자에 놓였다. 그곳에 있는 사람 중 아무도 대꾸를 하지 않았고, 다들 고개를 숙이고 차만 마시거나 혹은 혼잣말을 할 뿐이었다. 묵란은 조금 민망해진 나머지 더 이상의 말장난은 하지 않기로 했다. 그녀는 고개를 숙인 채 차를 준비하거나 그릇을 정리하며, 좋은 말씀씨로 다른 부인들과 하하호호 하며 이야기를

---

2) 어의.

나눴다. 다들 왕 씨가 복이 있다고 얘기했으며, 옆에 있던 량 부인조차도 칭찬을 했다.

묵란이 의기양양해 있을 때, 량 부인이 뜻밖의 말을 뱉었다.

"성부의 넷째 따님도 성년이 되었으니, 지체하지 않고 혼담을 진행해야겠군요."

덤덤한 그녀의 말 한마디에 묵란의 눈시울이 붉어졌다.

손님들이 흩어지고 세 자매도 처소로 돌아갔다. 묵란은 여란과 명란에게 차가운 표정으로 얘기했다.

"뭐가 대단한 집안이라는 거야? 영창후에 방이 많아도 아들이 그렇게 많으니 하나씩 나눠주다 보면 뭐 얼마나 가질 수 있겠어?"

한겨울임에도 여란이 봄빛보다 더욱 눈부시게 웃었다.

"언니 말이 옳아."

어머니 왕 씨에 따르면 자신의 시댁은 장차 아주 부자일 것이기에 상관이 없었다.

명란은 대화에 참여하지 않았다.

오늘 영창후 부인은 세 번째로 성가를 방문했다.

계집종이 문발을 열자 명란이 살짝 몸을 틀었다. 왼쪽 어깨에서부터 허리, 치마 그리고 발끝까지, 흐르는 물줄기처럼 아름다운 곡선을 이루고 있는 명란의 자태에 왕 씨 옆에 앉아 있던 량 부인은 시선을 떼지 못하고 찬사의 눈빛을 보냈다.

명란이 옷깃을 여미며 허리를 굽혀 왕 씨와 량 부인에게 인사를 했다. 그때 왕 씨 앞에 놓인 상자 속에 털이 북슬북슬한 물건이 담겨 있는 것이 보였다. 왕 씨가 황송한 목소리로 얘기했다.

"부인께서 너무 신경을 쓰셨어요. 송구스러워 어찌 받겠습니까?"

량 부인이 천천히 입을 뗐다.

"친정 형제가 북쪽에 살고 있는데 날씨가 추운 지역이라 모피가 상당히 좋아요. 매년 조금씩 보내주기에 몇 개 가져왔답니다. 거칠고 볼품이 없지만, 성의로 받아주세요."

왕 씨가 황급히 손사래를 치며 웃었다.

"무슨 그런 말씀을 하십니까? 그저 감사할 따름이지요. 이렇게 좋은 모피는 본 적이 없습니다. 부인 덕분에 이런 것도 받아보네요. 바느질하는 곳에 잘 얘기해 특별히 주의하라 일러야겠네요. 좋은 물건을 망치지 않게요. 아휴, 명란아. 거기서 무엇 하고 있느냐? 빨리 와서 부인께 감사드리지 않고."

명란은 이 모피를 전부 본인에게 주는 것이 아님을 알고 있었지만 량 부인에게 다가가 감사 인사를 전했다. 량 부인은 몸을 움직이진 않았지만 다정하게 명란을 보며 안쓰럽다는 듯이 말했다.

"이렇게 추운 날씨에 먼 길을 나서니 건강에 신경 쓰거라. 옷도 두둑하게 입고."

명란이 미소를 지으며 대답했다.

"걱정해주셔서 감사합니다. 어머니께서 좋은 모피 외투를 주셔서 추운 겨울에도 걱정이 없습니다."

사실 그 옷은 여란의 것이었다. 봄에 치수를 쟀는데 겨울이 되자 여란의 키가 훌쩍 크는 바람에 옷이 맞지 않게 된 것이었다.

자신을 향해 미소를 짓는 량 부인을 보며 왕 씨는 후련함을 느끼며 명란을 나무랐다.

"눈치 없기는. 부인께서 막 모피를 선물해주셨는데 네 것을 자랑하다니. 남들이 우습게 생각하지 않겠느냐?"

명란은 고개를 숙였고, 민망함에 얼굴이 붉어졌다.

량 부인이 떠난 후, 명란은 마음이 무거워지면서 불안해졌다. 단독으로 얼굴을 보고, 직접적인 관심을 받았다. 평소와 다르게 열성적인 왕 씨의 태도까지 종합해보면 일이 이미 정해진 것 같았다. 명란은 미간을 찌푸린 채 천천히 걸어 모창재로 돌아갔다. 가 보니 장동이 와 있었고, 소도가 인상을 쓰며 그에게 차를 가져다주고 있었다. 장동이 명란을 보더니 웃으며 말했다.

"명란 누나, 벌써 석 잔째야. 드디어 돌아왔구나. 오늘 학당에 휴가를 신청하고 왔어."

명란은 굳은 표정을 지었다.

"너무 일찍부터 좋아하지 마. 향 이랑께 부탁해 네 책을 모두 싸두었으니, 가는 길에 열심히 공부할 생각이나 하고 있어!"

그러면서 명란은 량 부인에게 받은 안과 밖이 모두 가죽인 족제비 털 토시를 단귤에게 건네며 상자에 넣으라고 했다.

장동이 히히 웃으며 명란을 바라봤다.

"명란 누나, 그리 급하게 내 입을 막을 것 없어. 내가 이번에 큰 공을 세웠다고. 반년 동안 내가 뭘 알아 왔냐 하면……."

말이 끝나기도 전에 문에 걸려 있는 두꺼운 솜으로 만들어진 문발이 '촥' 하고 걷히면서 잔뜩 화가 난 묵란이 들어왔다. 그녀는 새파랗게 질린 얼굴로 주먹을 쥐고 있었다. 명란은 자신도 모르게 뒷걸음질 치며 등 뒤로 장동을 향해 손을 젓는 동시에 소도에게 눈빛을 보냈다.

"그래, 그래!"

묵란이 코웃음을 치며 한 발짝씩 걸어 들어왔다.

"내가 명란이 너를 너무 우습게 봤구나. 네가 양손에 떡을 쥐고 안 놓을 줄이야!"

묵란의 붉어진 눈시울에서는 금방이라도 불길이 솟구칠 것 같았다. 계집종 몇몇이 달려와 말렸지만, 묵란은 그들을 모두 밀어 내보내고 문을 닫았다.

명란이 낮은 목소리로 얘기했다.

"묵란 언니, 말조심해! 언니 체면은 둘째 치더라도 집안의 명성을 생각해야지."

명란은 싸움이 무섭지 않았다. 묵란을 이기지 못할 리도 없었다. 하지만 자매끼리 몸싸움을 한 사실이 퍼지면 좋을 게 없었다. 잘잘못을 따지기도 전에 나쁜 소문만 퍼질 게 분명했다.

묵란이 흉악한 표정을 지으며 버럭 소리를 질렀다.

"이 나쁜 년! 넌 꼭 집안 핑계를 대더라? 오늘 내가 단단히 혼쭐을 내줄 테야!"

묵란이 앞으로 다가오더니 가운데 있던 원탁을 엎었다. 막 따라 놓은 찻잔이 바닥에 떨어지면서 뜨거운 차가 장동의 얼굴과 손에 튀었다.

명란은 묵란에게 이토록 폭력적인 성향이 있을 거라고는 생각도 못했다. 그녀는 얼굴과 손등을 감싸고 있는 장동을 걱정스러운 표정으로 쳐다보다가 고개를 돌리고 웃었다.

"묵란 언니는 정말 문무에 능하네. 시도 쓰면서 탁상도 뒤집어엎다니! 내가 뭘 잘못했는지 모르지만, 이제 화를 냈으니 기분이 풀렸겠지."

그때, 모피 토시를 본 묵란은 더욱 화를 내며 청순한 얼굴이 엉망으로 일그러졌다. 묵란은 명란에게 손가락질을 하며 욕설을 퍼부었다.

"염치없는 창녀 같으니라고! 평온한 삶이 좋고, 싸움은 싫다고? 겉으론 좋은 척하면서 속은 천박한 년들과 다를 바 없구나. 겉 다르고 속 다른 년……."

 장동은 너무 놀란 나머지 아무 말도 하지 못했다. 묵란의 욕설은 점점 더 심해져갔고, 노대부인에 대한 얘기까지 나오기 시작했다. 명란의 표정은 변하지 않았지만, 눈빛에 분노의 기운이 서리기 시작했다. 하지만 명란의 말투는 더없이 침착했다.

 "지금 언니는 뭔가에 씐 사람 같아. 더럽고 추한 말을 서슴없이 내뱉다니. 사람들을 불러서 다들 보라고 해야겠어."

 명란은 원래 무시할 생각이었지만 보아하니 이제는 세게 나가야 할 것 같았다.

 그렇게 말하며 명란이 나가려고 천천히 걸음을 옮기던 그때, 갑자기 뒤에서 발걸음 소리가 나더니 묵란이 순식간에 달려들어 명란을 바닥에 쓰러뜨렸다. 묵란은 손을 휘둘렀고, 명란은 이를 악물고 뺨을 내주었다. 장동이 다가와 싸움을 말리기도 전에 '짝' 하는 소리가 들렸다. 묵란 본인도 얼어붙었다. 그저 한바탕 욕설을 퍼붓고 방 안을 난장판으로 만들 생각이었는데, 꽃처럼 예쁜 명란의 얼굴을 보자 마음속 깊은 곳에서 분노가 치솟아 자신도 모르게 깨진 찻잔 조각을 들고 명란의 얼굴로 달려든 것이다!

 명란은 고육지책을 사용했으니 더 이상 참을 이유가 없었다. 두 어깨를 펴고 묵란을 밀어낸 다음 다리를 이용해 묵란을 바닥에 쓰러뜨렸다. 명란은 자신의 화끈거리는 볼을 쓰다듬었다. 거울에 비춰 보지 않아도 연약한 피부에 손바닥 자국이 선명히 남아 있을 거라는 걸 알 수 있었다.

 명란은 묵란의 위로 올라가 왼손으로 묵란의 팔을 비틀었다. 옆에서 볼 때는 두 자매가 뒤엉켜 있는 것으로 보였다. 명란이 묵란에게 다가가 작은 소리로 말했다.

"내가 한 가지 알려줄게. 언니 어머니는 잠원 사년 일월에 어머니가 준 차를 마시고 시집을 왔어. 그런데 언니 오라버니는 그해 오월에 태어났거든. 보통 임신 기간은 십 개월인데, 이게 어떻게 된 일 같아?"

묵란은 얼굴이 벌게져서 몸부림을 쳤다. 입에서는 듣기에도 민망한 욕이 흘러나왔다. 명란은 일부러 더욱 다정하게 말을 이어갔다.

"언니 어머니야말로 천박한 년이야! 앞뒤가 완전 다르지. 할머님께서 먹여주고, 입혀주셨는데 감사하다고 눈물을 흘리면서 아버지의 침대에 올랐잖아! 은혜를 원수로 갚았지!"

그때, 바깥에서 커다란 목소리가 들려왔다.

"마님, 드디어 오셨군요!"

취수의 목소리였다!

명란은 바로 묵란을 놓아주고 3보 이상 떨어졌다. 곧바로 맹렬하게 문을 두드리는 소리와 부르는 목소리가 들려왔고, 장동이 재빨리 문을 열었다. 왕 씨는 엉망이 된 방으로 들어와 잔뜩 화난 표정의 묵란과 고개를 숙이고 서 있는 명란을 바라봤다. 선명하지는 않지만, 명란의 얼굴에 손자국이 나 있었다. 그리고 장동의 얼굴과 손에도 붉은 화상 자국이 있었다.

왕 씨가 버럭 소리를 질렀다.

"이게 뭣 하는 짓이냐!"

그러고는 바로 계집종들에게 호통을 쳤다.

"쓸모없는 것들! 어서 명란이를 쉬게 해라! 채환, 가서 유곤댁을 찾아 가법을 가져오너라! 너희들은 묵란을 붙들지 않고 뭣 하냐!"

묵란은 가법 얘기를 듣자마자 두려움에 떨기 시작했다.

그때 갑자기 바깥에서 여자 목소리가 들려왔다.

"자매들끼리 말다툼을 했는데 어째서 마님께서는 자초지종도 묻지 않으시고 사람부터 때리려 하십니까?!"

임 이랑이 꽃무늬가 들어간 푸른 배자를 입고 나풀거리며 걸어왔다. 옆에는 묵란의 몸종 운재가 있었고, 그 뒤로 계집종들과 어멈들이 보였다. 생모가 온 것을 본 묵란은 갑자기 용기가 생긴 것인지 자신을 잡고 있던 계집종들을 뿌리치고 한걸음에 임 이랑 곁으로 달려갔다.

그들 모녀의 모습을 보고 왕 씨가 코웃음을 쳤다.

"자네가 뭐라고 감히 이곳에 와서 큰 소리를 내는가? 감히 끼어들 자리가 아닐 텐데?"

임 이랑이 가식 섞인 웃음을 지었다.

"성부에서 이십 년을 살았습니다. 불공평해 보이는 일을 두고도 첩실은 말도 못 한단 말입니까? 다른 사람들이 뭐라고 할지는 생각도 않으시고 이리 불공평하신 겝니까?"

한껏 분노한 왕 씨가 묵란을 가리키며 말했다.

"딸 하나는 아주 잘 키웠지! 건방지고 무례한 것도 모자라 동생들을 욕하고 때리기까지 했는데 벌을 내리지 말라는 건가?"

임 이랑이 입을 가리고 웃기 시작했다. 은방울 같은 웃음소리였다.

"마님, 정말 웃기시는군요. 자매들이 말다툼하다 몇 번 밀칠 수도 있는 것 아닙니까. 무슨 큰일도 아니고, 그저 양쪽이 다 잘못한 거 아닙니까."

녹지가 결국 참지 못하고 소리로 외쳤다.

"참 나! 양쪽이 다 잘못했다고요? 묵란 아가씨가 저희 아가씨 얼굴을 때려서 이렇게 부어올랐고, 도련님의 얼굴과 손에도 화상을 입었는데요. 누구 잘못인지 저희가 두 눈으로 똑똑히 보았다고요!"

임 이랑이 안색이 돌변하며 호통을 쳤다.

"망할 년, 말이 많구나! 네가 끼어들 곳이 아니다!"

묵란이 뒤에서 얼굴만 내민 채 말했다.

"너희는 명란이의 몸종이니 모두 한패야. 너희 말을 어찌 믿니? 명란이가 먼저 손찌검을 했고 나는 갚아준 것뿐이야!"

녹지가 허리를 짚으며 되받아치려 했으나, 뒤에 있던 연초가 막아서는 바람에 입만 삐죽거릴 수밖에 없었다. 때마침 도착한 유곤댁은 왕 씨의 분노로 가득 찬 목소리를 듣게 되었다.

"내가 이 집안의 안주인으로서 자식들을 교육하는데 네가 무슨 상관이냐? 너는 이 집안의 노예일 뿐이다. 자식 좀 낳았다고 뭐라도 되는 것 같더냐!"

유곤댁이 인상을 찌푸렸다. 매번 이런 식이었다. 왕 씨는 화가 나면 하지 말아야 할 말까지 내뱉어서 일이 크게 만들었고, 그래서 손해를 봤다.

왕 씨는 시원하게 욕을 쏟아냈고, 임 이랑은 계속 발뺌을 했다. 왕 씨는 크게 노하며 계집종들과 어멈에게 묵란을 잡아 오게 시켰고, 임 이랑이 데려온 사람들 역시 뒤지지 않고 한데 엉켜 싸우기 시작했다. 거기에 묵란의 처량한 울음소리와 처량하고 날카로운 임 이랑의 '빨리 셋째 도련님을 모셔 오거라! 동생이 맞아 죽게 생겼다!'라는 소리까지 더해져 모창재가 아주 시끄러워졌다.

얼마 지나지 않아 장풍이 뛰어와 임 이랑 모녀를 보호하려고 했다. 몸종들이 망설이다가 또 한바탕 난리가 일어났다. 마지막에 왕 씨는 유곤댁의 부축을 받으며 씩씩거리기만 했다.

명란은 안에서 그 소란을 듣고 한숨을 내쉬었다. 당장이라도 뛰쳐나가 말리고 싶었다. 왕 씨는 전투 기술이 단순하고 변함이 없어 적에게 쉽게 간파됐다.

"멈추세요!"

갑자기 어디선가 시원스러운 여자 목소리가 들렸다. 사람들은 모두 뒤를 돌아보았다. 해 씨가 뜰 입구에 서서 차갑고 위엄 있는 눈빛으로 사람들을 훑어봤다. 그리고 아무 말 없이 제일 먼저 고개를 돌려 유곤댁에게 말했다.

"어머님께서 몸이 편치 않으시니, 유씨 어멈이 어서 먼저 모시고 들어가게."

그 말을 오랫동안 기다려 온 유곤댁은 반강제로 왕 씨를 부축해 돌아갔다. 왕 씨를 눈으로 배웅한 해 씨가 이번에는 장풍을 쳐다보며 무미건조하게 말했다.

"한 집안의 가장이 아니고서 안채의 일에 도련님들이 끼어든다는 소리는 한 번도 들어 본 적이 없습니다. 학문이 깊으신 셋째 도련님께서는 이 도리를 모르셨을 리 없겠지요? 어서 돌아가 학문에 매진하십시오. 내년 추위秋闈가 중하실 테니."

장풍은 얼굴부터 귀까지 온통 빨개진 채 기가 죽어 자리를 떴다.

임 이랑은 해 씨가 사람들을 하나둘씩 돌려보내는 것을 보고 위선적으로 웃었다.

"과연 선비 가문의 여식이야. 맏며느님이 이리 사리에 밝으니 나는 이쯤에서 먼저 감사의 인사를 하고 가야겠네. 묵란아, 어서 올케에게 감사의 인사를 하고 가자."

"잠깐만요!"

해 씨가 갑자기 목소리를 내더니 좌우의 계집종들에게 말했다.

"너희 셋은 묵란 아가씨를 내 방으로 모셔 가거라. 한시도 떨어지지 말고 절대 눈을 떼선 안 된다."

임 이랑이 눈썹을 꿈틀거리며 입을 떼려던 순간, 해 씨가 바로 말을 가로챘다.

"한 시진만 더 지나면 아버님께서 돌아오십니다. 제가 이미 사람을 보내 최대한 빨리 오시라 했으니 직접 중재를 해주실 겁니다. 명란 아가씨 얼굴의 손자국은 모두가 보았지만 묵란 아가씨는……. 이렇게 하지요. 제 처소로 데려가 계집종들에게 잘 보살피라 하겠습니다. 털끝 하나 건드리지 않겠어요."

마지막 말을 하면서 해 씨가 한 글자 한 글자에 힘을 줬다. 임 이랑은 심장이 내려앉는 것 같았다. 해 씨가 보통이 아니라는 생각에 억지로 웃으며 입을 뗐다.

"그럴 필요까지 있나. 그냥……."

해 씨가 임 이랑의 말을 끊으며 딱 잘라 말했다.

"만약 제가 보지 못하는 곳에서 묵란 아가씨에게 상처가 생긴다면 설명하기 어렵지 않겠습니까! 이랑, 만약 억지로라도 데려가시겠다면 그리하시지요."

그 말이 떨어지자마자 해 씨 곁에 있던 계집종들이 묵란에게 같이 가자고 했다. 그제야 겁이 나기 시작한 묵란이 임 이랑에게 도움을 요청했고, 임 이랑의 뒤에 서 있던 어멈들과 계집종들이 움직이려고 했다.

그러자 해 씨가 비웃듯이 입꼬리를 올리며 얼음처럼 차가운 목소리로 말했다.

"오늘 이 처소에 있던 사람은 그 누구도 도망갈 수 없다. 누군가 또 감히 싸우려 한다면 내가 하나하나 이름을 기억해두겠다. 흥! 너희들이 모시는 분은 내가 어쩔 수 없다만 너희들은……."

해 씨가 냉소를 지으며 말을 이어갔다.

"때리는 것도, 파는 것도 다 내가 마음대로 할 수 있다. 모두를 손봐줄 수 없다면, 앞의 몇 명을 골라 혼쭐을 내줄 것이야!"

그녀의 어조에 살기가 어려 있었다. 임 이랑은 그 자리에 얼어붙었고, 계집종들과 어멈들은 서로의 얼굴을 바라보며 감히 나설 생각도 못 하고 얌전하게 굴었다.

명란은 조용히 고개를 끄덕였다. 역시 장백 오라버니가 부인복이 있다니까.

제71화
일망타진

내복 관사가 도찰원 문밖에서 성굉을 기다리고 있을 때, 성굉은 갓 부임해 세상 물정 모르는 젊은 관원들과 술을 하면서 친분도 쌓고 자신의 세력도 키울 생각을 하고 있었다. 그런데 내복이 급히 찾아오는 바람에 어쩔 수 없이 급하게 성부로 돌아왔다.

묵란은 감금당한 상태였기 때문에 임 이랑은 묵란과 말을 맞출 수도, 어떤 조치를 취할 수도 없었다. 그래서 미리 성부 문 앞을 지키고 있다가 남보다 먼저 성굉에게 울며불며 하소연할 작정이었다. 하지만 해 씨가 한 발 더 빨랐다. 그녀는 내복 관사에게 지름길을 핑계로 성굉을 측문으로 안내해 일단 모창재에서 명란을 먼저 만나 볼 수 있게 하라고 명했다.

성굉은 평상에 기대 있는 명란을 보았다. 백옥 같은 얼굴에 선명한 손자국이 나 있었다. 막내딸은 큰 충격을 받은 듯 자신의 옷소매를 붙잡고 바들바들 떨면서 눈물을 뚝뚝 흘리고 있었다.

성굉은 말주변이 좋은 계집종이 울먹이면서 자초지종을 설명하는 것을 들었다. 그리고 엉망이 된 방을 살펴보았는데, 깨진 찻잔이 사방에 흩어져 있었다. 그의 안색이 순식간에 어두워졌다.

"다 어디 있느냐?"

성쾽은 낮은 목소리로 물었다.

해 씨는 공손히 절을 한 뒤 낮은 목소리로 대답했다.

"임 이랑은 묵란 아가씨가 해코지라도 당할까 봐 어머님이 데려가려는 걸 극구 반대했습니다. 그래서 제가 멋대로 묵란 아가씨를 제 방에 데려다 놓았습니다. 아버님께서 돌아오시길 기다렸어요."

성쾽이 만족스러운 듯 고개를 끄덕였다. 왕 씨와 임 이랑의 여러 해 묵은 감정이 떠올랐다. 또 이 일에 무슨 계략이 숨어 있는 건 아닌지 걱정이 돼 주저주저했다. 해 씨가 성쾽을 슬쩍 살펴본 후 차분한 말투로 얘기했다.

"저는 상황이 끝날 무렵에 온 것이라 대체 어떤 일이 있었는지 자세히 알지 못합니다. 묵란 아가씨도 억울한 누명을 쓰면 안 되니 아버님께서 직접 물어보시지요."

성쾽은 해 씨의 말이 옳다고 생각했다. 계집종들에게 명란을 잘 보살피라 명한 그는 소매를 휘날리며 밖으로 나갔다. 해 씨가 그 뒤를 바짝 쫓으며 단귤과 녹지에게 따라오라고 했다. 그들이 정방에 도착했을 때 해 씨는 이미 모든 준비를 끝낸 상태였다.

정방 안에는 상석에 앉아 가슴을 움켜쥔 채 숨을 헐떡이고 있는 왕 씨가 있었고, 그 옆으로 유곤댁이 서 있었다. 그 밑으로 임 이랑 모자 등 세 명과 향 이랑 모자가 서 있었다. 계집종과 어멈들은 바깥으로 쫓겨난 상태였다. 문 앞에는 나이가 지긋한 심복 하녀들 몇 명만 서 있었는데, 성쾽은 집안의 일을 바깥으로 새어나가게 하지 않아야 한다는 도리를 잘 알고 있었기에 며느리의 신중함에 내심 감탄했다.

성쾽이 아무 말 없이 걸어 들어왔다. 계속 눈물을 훔치고 있던 임 이랑은 성굉이 걸어 들어오는 것을 보고 바로 다가가 울먹이며 매달렸다.

"나리……."

그 말이 채 끝나기도 전에, 해 씨가 임 이랑 앞으로 걸어오더니 그녀를 저지하며 웃었다.

"아버님께서 급한 공무도 내려놓으시고 서둘러 돌아오셨습니다. 그러니 아버님 말씀 먼저 들어 봐야겠지요."

임 이랑이 눈물이 그렁그렁한 눈으로 떨면서 얘기했다.

"며느님, 첩실은 말도 못 한답니까? 묵란이 누명을 쓰는 걸 두고 볼 수는 없지 않습니까. 게다가 아무도 말을 안 하지 않습니까."

해 씨의 눈매에 인자한 웃음이 깃들었다.

"오늘 이리도 많은 사람을 청하였으니, 다들 아버님 앞에서 하고 싶은 말이 있으면 하도록 하죠. 다 같은 가족이고, 혈육인데 말 못 할 것이 뭐가 있겠어요. 만약 잘못한 것이 있다면 아버님께서 처분을 내리실 테고, 오해가 있다면 다 같이 풀고 예전처럼 화목하게 지내면 되지 않겠어요? 그런데 임 이랑도 어머님께서 달려가신 후에야 도착했다면서요. 그렇다면 묵란 아가씨와 명란 아가씨 사이의 일도 보지 못했을 텐데 무슨 말을 하려는 거지요?"

임 이랑은 순간 말문이 막혔다. 해 씨가 아직 별말도 안 했는데 자신은 억울하다고 호소할 기회조차 뺏긴 것이다.

성굉이 앞으로 걸어가 상석에 앉은 후에 우선 묵란을 바라보았다. 묵란은 조금 불안해 보였지만 아무 상처도 없이 멀쩡했다. 성굉은 옆에 앉아 있는 장동에게로 시선을 돌렸다. 그의 왼쪽 뺨 연약한 피부에는 물집이 잡혀 있었는데 화상을 입은 것 같았다. 오른손에는 붕대가 감겨 있었는데 아픈지 얼굴이 일그러져 있었다. 마지막으로 장풍을 쳐다보았는데, 몸을 한껏 웅크리고 있었다. 순간 속에서 천불이 올라온 성굉은 찻잔을 냅다 집어 던졌다. 날아간 찻잔은 장풍의 다리 아래에 떨어졌다. 장풍은 깜짝 놀라 펄쩍 뛰었다.

성굉이 크게 노하며 소리를 쳤다.

"넌 무엇이 잘나서 여기 있느냐?! 서재에서 조용히 글은 읽지 않고 맨날 여인만 끼고 놀더니 이제는 안채에서 일어나는 부녀자들의 일에까지 간섭하는 것이야! 네놈은 체면도 내팽개친 것이냐. 여태까지 읽은 성인들의 글은 다 팔아먹었어?! 쓸모없는 놈! 당장 꺼지거라! 네 죄는 나중에 물을 것이다!"

장풍은 하얗게 질린 얼굴로 비틀거리며 자리를 떴다.

아들에게 호통을 끝낸 성굉이 다시 묵란을 바라보며 소리쳤다.

"묵란은 무릎을 꿇어라."

묵란이 눈물이 그렁그렁한 얼굴로 털썩 무릎을 꿇으며 황급히 변명하기 시작했다.

"현명하신 아버지, 전 그저 명란이와 말다툼을 조금 했을 뿐이에요. 순간 화가 치밀어 올라 다투는 도중에 힘을 조절하지 못한 것이지 일부러 그런 건 아니에요. 그런데 어머니께서 저를 가법으로 다스리겠다 하시니 이랑이 안쓰러워하다가 이리 소란이 난 것입니다. 제가 잘못했습니다. 저를 벌하시고 오라버니와 이랑은 용서해주세요. 다들 저를 아껴서 그리한 것입니다."

묵란은 한껏 불쌍한 척을 하며 훌쩍대기 시작했다.

성굉은 표정을 굳혔다. 어린아이들의 싸움에서도 경중이 있다는 것을 떠올린 그는 미간을 찌푸리며 말했다.

"하지만 곁에 있던 자들의 말은 다르지 않느냐."

임 이랑이 소매로 입을 가리며 황급히 우는소리를 했다.

"명란의 계집종들이니 자연히 주인 편을 드는 것입니다."

성굉은 주저했다. 그 상황을 본 해 씨가 갑자기 씩 웃더니 성굉에게 공손한 말투로 아뢰었다.

"아버님, 그 자리에 도련님도 있었으니 도련님에게 물어보시지요?"

성굉은 동지 시절부터 한쪽 말만 듣지 않으려 노력해 온 신중한 사람이었기에 며느리의 말에 일리가 있다고 생각했다. 그는 바로 장동에게 물었다.

"네가 얘기해보아라. 어떤 상황이었느냐?"

임 이랑과 묵란이 어두워진 얼굴로 서로를 바라봤다.

향 이랑은 고개를 푹 숙인 채 소매 밑으로 장동의 팔을 꼬집었다. 장동은 그 뜻을 이해하고, 고개를 숙인 채 앞으로 걸어갔다. 그리고 고개를 들었을 때, 눈물은 고여 있지 않았지만, 울음 섞인 목소리로 당시의 상황을 상세히 설명했다.

"……유양으로 떠날 날이 머지않았는데 혹시라도 빠뜨린 게 있지는 않은지 명란 누나에게 물어보러 갔었습니다. 소도가 저에게 뜨거운 차를 따라줬는데 묵란 누나가 들어왔습니다."

장동은 비록 말주변이 좋은 편은 아니었지만, 모든 상황을 지켜봤기에 작은 부분까지 세세하게 설명할 수 있었다. 심지어 묵란이 '나쁜 년', '창녀'라고 욕한 것까지도 빼놓지 않았다. 그렇게 세세한 내용은 지어내려고 해도 불가능한 것이었다. 장동이 목이 멘 소리로 더듬더듬하며 상황을 묘사했는데 그래서 오히려 더 신뢰가 갔다. 임 이랑이 몇 번이나 끼어들려고 했으나 번번이 해 씨에게 가로막혔다.

성굉의 안색이 점점 어두워졌다. 밖으로 나가려는 명란을 묵란이 쫓아가 따귀를 때렸다는 얘기까지 듣자 그는 더 이상 참지 못하고 손으로 탁자를 '쾅' 하고 내리치며 욕을 퍼부었다.

"이 망할 년!"

묵란은 너무 놀라 바들바들 떨며 입도 떼지 못했다. 임 이랑은 사태의 심각성을 인지하고 바로 무릎을 꿇고 울면서 장동에게 말했다.

"장동, 성부의 모든 사람이 너와 명란이 친한 것을 잘 알고 있지 않느냐. 명란이가 겨울이면 네게 털신을 만들어주고, 여름이면 손수건을 만들어주었지. 묵란이가 너에게 소홀했다고는 하나 어째서…… 어째서…… 이렇게까지 묵란을 해하려 하는 것이냐?"

어린 장동이 아무리 어리숙하다 해도 그 말뜻을 이해할 수 있었다. 지금 임 이랑은 장동이 거짓을 고하고 있다는 얘기를 하는 것이었다. 순간 장동의 작은 얼굴이 붉어졌다. 장동은 성굉 앞에 털썩 무릎을 꿇고 앉아 울먹이는 목소리로 입을 열었다.

"저는 진실만을 고하였습니다! 만약 제 말에 조금이라도 거짓이 섞여 있다면, 저는, 저는……."

어린 장동은 자신의 결백함을 말하기 위해 단호한 어조로 얘기했다.

"평생 과거에 급제하지 못할 것입니다!"

"허튼소리!"

해 씨가 황급히 다가가 장동의 입을 막으며 나무랐다.

"이런 일로 허튼소리를 하시면 어찌합니까?"

향 이랑도 울며 무릎을 꿇은 채 성굉에게 머리를 조아렸다.

"나리, 아버지만큼 아들을 잘 아는 사람은 없다 하였습니다. 장동의 성격은 나리께서 제일 잘 아시지요. 장동은 진실한 아이입니다. 평소에 말도 시원하게 하지 못하는 아이가 어찌 거짓을 고하겠습니까?"

벼슬길에 마음을 둔 선비에게 이 같은 선언은 '멸문을 당해라' 같은 수준의 악독한 말이었다. 성굉은 아들의 경솔함에 화가 났지만, 믿음은 더욱 강해졌다. 성굉은 표정을 누그러트리며 아들을 다독여 준 후, 몸종을 불러 향 이랑 모자를 부축해 돌아가게 했다. 문을 나서기 전, 장동이 울먹이며 한마디를 남겼다.

"……나중에는 묵란 누나가 바닥에 있던 깨진 찻잔 조각을 주워 명란 누나의 얼굴을 긁으려고 했어요……."

목소리가 문 앞에서 사라지고, 두 모자는 밖으로 나갔다. 하지만 방 안에 있던 사람들의 낯빛은 크게 변했다. 자매가 싸우는 건 교양의 문제에 속했지만, 동생의 얼굴을 망가뜨리려 한 것은 인품의 문제였다. 눈치가 빠른 유곤댁이 묵란의 오른손을 낚아채 뒤집었다. 등불에 비춰 보니 묵란의 엄지와 검지, 중지에 가볍게 긁힌 상처가 있었다. 굳이 말하지 않아도 날카로운 물건으로 인한 상처라는 것을 다들 알 수 있었다.

성굉의 눈빛이 차갑게 변했고, 목소리도 검과 같이 날카로워져 묵란을 공격하는 듯했다.

"묵란, 아버지가 마지막으로 묻겠다. 방금 장동이 고한 말을 인정하느냐?"

묵란은 너무 놀라 얼굴이 하얗게 질렸다. 위태위태한 모습이 금방이라도 쓰러질 것 같았다. 평소 자신을 어여삐 여기던 아버지가 자신을 흉악한 눈빛으로 노려보고 있었다. 묵란은 입술을 떨며 작은 목소리로 말했다.

"네."

말을 마친 묵란의 몸이 비틀하더니 한쪽으로 쓰러졌다. 임 이랑이 호들갑을 떨며 다가가 딸을 품에 안았다.

성굉은 붉으락푸르락한 얼굴로 그들에게 눈길 한번 주지 않고 가법을 달라고 했다. 임 이랑이 울면서 팔을 사방으로 휘둘러 옆에 있던 어멈들을 때리면서 더욱 큰 소리로 울었다.

"묵란이 먼저 손찌검을 했다 해도 이유는 물어보셔야 하지 않습니까! 마님께 물어보세요. 마님의 마음이 얼마나 편파적이고 또 무슨 불공평한 일을 하셨는지 말입니다!"

"헛소리!"

한참을 인내해 온 왕 씨가 결국 참다못해 호통을 쳤다.

"네 딸년이 변변치 않은 것을 다른 사람의 탓으로 돌리다니. 그 어미에 그 딸이구나. 묵란이년 하는 꼴이 꼭 너를 닮았어!"

승리를 눈앞에 둔 왕 씨는 흥분을 감추지 못했다. 해 씨는 탄식하려다 갑자기 명란과 했던 우스갯소리를 떠올렸다. 명란은 '늑대와 같은 적수는 두렵지 않아요. 정말로 두려운 것은 돼지 같은 내 편이죠.'라고 했었다. 지금 그녀는 그 말이 정말 옳다고 생각했다. 하지만 또 한편으로는 이렇게 생각하는 것은 시어머니에 대한 불경이었기에 애써 그렇게 생각하지 않으려 했다.

과연 왕 씨의 말을 들은 성굉이 미간을 찌푸렸다. 그 짧은 찰나에 임 이랑은 성굉의 앞까지 무릎으로 기어가 그의 도포를 잡아당기며 서럽게 울었다.

"나리, 마님은 항상 저를 못마땅하게 여겼습니다. 하지만 이십 년입니다. 전 마님 곁에서 착실하게 시중을 들며 항상 최선을 다해 모셨습니다. 저에게 수만 가지의 잘못이 있어도 마님은 감싸주셔야지요. 어떻게 그화를 묵란에게 푸실 수 있답니까? 묵란도 나리 자식입니다. 여란이에 비할 바는 아니지만, 명란이보다 못 할 것은 없지 않습니까! 묵란이는 계례도 마쳤는데 오늘 손님이 오셨을 때 왜 묵란이를 부르지 않으셨습니까? 묵란이가 얼마나 딱합니까. 동생 둘은 모두 혼담이 오가는데, 묵란이는 저처럼 쓸모없는 생모를 둔 탓에 마님의 미움을 받아 지금까지 아무런 얘기가 없습니다. 그러니 묵란이 화를 참지 못하고 명란이를 찾아간 것 아니겠습니까? 묵란이 잘못하긴 했지만, 다 이유가 있는 것입니다! 나리, 성부 사람 모두가 저희를 짓밟아도 나리께서는 저희 편이 되어주셔야지요!"

임 이랑이 설움을 토하며 닭똥 같은 눈물을 뚝뚝 흘렸다. 임 이랑의 가냘프게 우는 모습에 성굉은 자신도 모르게 멈칫했다. 오직 왕 씨만이 분을 못 이겨 손가락을 바들바들 떨고 있었다.

"네, 네가…… 이토록 염치가 없을 줄이야! 영창후 부인이 명란을 부른 것이 나와 무슨 관계가 있느냐? 묵란이 영창후 부인의 눈에 들지 않은 것 역시 내 탓이란 말이냐?"

임 이랑이 억울하고 서러운 표정을 지으며 울먹였다.

"저는 바깥출입을 할 수 없으니 마님과 부인들 사이에 낄 수 없습니다. 하지만 사람들이 며느릿감을 고를 때 삼 할은 얼굴을 본다고 해도, 칠 할은 이야기가 오가면서 정해진다는 것을 알고 있습니다. 마님이 묵란에 대해서 좋은 말씀을 해주셨다면 이런 상황이 오지도 않았겠지요! 마님은 재주도 좋으시고, 나리의 체면도 있으니 묵란일 좀 도와주셔요! 묵란의 일생이 달린 문제 아닙니까! 때리고 욕하시려거든 하세요. 제가 이렇게 머리를 조아리겠습니다!"

말을 마친 임 이랑이 바닥에 머리를 박기 시작했다. 곧 이마가 붉어졌고, 성굉은 순간 마음이 약해졌다. 묵란은 정신을 다잡고 임 이랑에게 다가가 울면서 그녀를 말렸다. 애처롭기 그지없는 장면이었다.

해 씨는 시집온 후 처음으로 임 이랑의 능력을 목격하고 속으로 감탄을 금치 못했다. 시어머니가 임 이랑을 두고 이십 년을 능력과 계략으로 버텨 왔다고 할 만했다. 누가 봐도 분명한 상황인데 임 이랑의 계략으로 흑과 백이 완벽하게 바뀐 것이다. 해를 입은 것은 명란인데 임 이랑의 말 몇 마디에 묵란이 억울한 상황이 되었다.

거기까지 생각이 미치자, 해 씨가 유곤댁에게 눈치를 주었다. 유곤댁은 바로 그 뜻을 알아차리고, 왕 씨를 부축했다. 그녀는 왕 씨의 등을 쓸어주면서 왕 씨가 다시는 입을 열지 않도록 신경 써야겠다고 생각했다.

해 씨는 성굉의 난처한 얼굴을 보고 엄숙한 표정으로 나가 허리를 굽히며 작게 말했다.

"아버님, 제가 한 말씀 올려도 되겠습니까."

성굉은 잠시 잠자코 있다가 고개를 끄덕였다.

해 씨는 우선 계집종을 시켜 머리를 바닥에 찧어 엉망이 된 임 이랑을 일으키게 한 후 점잖게 물었다.

"임 이랑, 제가 아랫사람으로서 이해하지 못하는 부분이 있습니다. 임 이랑께서 제 의문을 풀어주시겠습니까?"

임 이랑은 얼이 빠져 얼굴을 닦았다. 해 씨는 그런 그녀에게 차분하게 물었다.

"임 이랑의 말씀대로라면 자매간에 불공평한 일이 생길 경우, 묵란 아가씨처럼 동생을 때리거나 욕해도 되는 것입니까? 어린 남동생을 다치게 하고, 물건을 던지고, 적모를 거역해도 된다는 것인지요?"

해 씨의 말을 들은 성굉은 순간 움찔했고, 임 이랑은 안색이 변했다.

해 씨가 성굉을 바라보며 부드러운 목소리로 말했다.

"아버님, 저는 친정에 친언니 한 명뿐이지만 그래도 형제자매에 대해서는 잘 알고 있습니다. 항상 투덕거리기 일쑤지요. 몸싸움은 물론이고 말싸움도 자주 해 웃음거리가 되곤 한답니다. 어머님께서 딱 한 번 묵란 아가씨를 부르지 않았을 뿐인데, 묵란 아가씨는 함부로 욕설을 뱉으며 손찌검을 한 것도 모자라 동생을 해하려고 했습니다. 오늘 하마터면 명란 아가씨 얼굴이 망가질 뻔했지요!"

성핑은 분노가 가라앉자 머릿속이 명확해지는 것을 느꼈다. 묵란의 실망한 기색을 눈치챈 임 이랑이 또 입을 열려고 하자 해 씨가 급하게 막았다.

"임 이랑, 가슴에 손을 얹고 말씀해보세요. 경성에 온 이후 어머님께서 외출하실 때 묵란 아가씨를 챙기지 않으셨던 적이 있습니까? 오히려 명란 아가씨는 몇 번 동행하지 않았지요. 게다가 혼담이 오갈 때 어느 여자 집에서 먼저 주동적으로 나서는 법이 있단 말입니까? 어머님께서 묵란 아가씨를 어떻게 도와야 한다는 말씀입니까?"

해 씨의 말은 간결했지만, 요점이 명확했다. 임 이랑은 불쾌함을 잔뜩 드러낸 얼굴로 처량하게 말했다.

"그러면 묵란이는 어쩌라는 말인가? 자매들이 저마다 둥지를 찾아 날아가는데, 혼자 진흙 구덩이 속에 빠져 있어야 한다는 말인가?"

해 씨는 무심결에 웃음소리를 내었다가 입을 살짝 가렸다.

"그게 무슨 말씀이십니까? 묵란 아가씨에게는 어머님, 아버님이 있고 형제도 있는데 어찌 진흙 구덩이에 빠진단 말입니까? 그리고 혼사는 하늘이 정해주는 것입니다. 인연이란 전생에 쌓은 복에 달린 것이니 샘을 내면 안 되지요."

임 이랑은 목구멍이 막혀버린 듯했다. 얼굴에는 더 이상 불쌍한 기색이 없었다. 그녀는 아름다운 두 눈에서 흉악한 기운을 뿜으며 쉰 목소리로 얘기했다.

"며느님, 말씀은 참 잘하십니다. 며느님이 가난뱅이 수재, 거인에게 시집가는 게 아니라 이거지요?"

해 씨가 작게 탄식했다.

"지금 조정에 있는 관리 중에 수재나 거인이 아니셨던 분이 누가 있단 말입니까? 태어났을 때부터 내각 수보일 수는 없지 않습니까? 아버님께서도 과거를 보시어 양방진사兩榜進士[1]가 되시고 나서야 각고의 노력 끝에 재물을 모으시고, 백성을 위해 일하셔서 나라의 기둥이 되신 것이지요. 이랑께서는 어째서 수재, 거인을 깔보시는 겁니까?"

해 씨의 아부에 심히 만족한 성굉은 자신이 수재, 거인이던 시절을 떠올렸다. 그럼 임 이랑은……?

말문이 막힌 임 이랑은 살기 어린 눈빛으로 해 씨를 노려봤다. 그러다 성굉의 안색이 좋지 않은 것을 보자마자, 예리하게 주변을 살펴본 후 바로 태도를 바꿨다. 임 이랑은 순식간에 방향을 바꿔 몸을 낮추며 한껏 수그러진 말투로 죄를 고했다.

"며느님 말이 옳습니다. 다 이 첩실이 사리 분별을 못해 그런 것이니 마님께 사죄를 드리겠습니다. 묵란도 명란에게 사과를 할 겁니다. 그것도 부족하다고 하시면 묵란이가 잘못을 알도록 매를 치시지요. 하지만 외출 금지만은…… 묵란이도 시집을 가야 하지 않겠어요."

임 이랑의 말투가 진실한 것이 죄를 인정하는 듯했다.

해 씨는 속으로 비웃으며 '그냥 이렇게 넘어가시겠다?'라고 생각했다.

---

1) 향시에서 합격하여 을방을 득하고, 다시 전시에서 갑방(진사)을 득한 사람을 뜻함.

그녀는 엄숙한 표정을 지으며, 성굉에게 절을 한 뒤 공손하게 말했다.

"아버님, 제가 해서는 안 될 말이 있다는 것을 알고 있지만 오늘 일어난 일은 작기는 하지만 가족 모두에게 화가 미칠 만한 것입니다. 또한 상황이 중하진 않으나 후손에게 안 좋은 영향을 줄 수 있으니 한 말씀 올리고 싶습니다."

성굉은 며느리의 말에 상당히 만족하며 다정하게 얘기했다.

"말해보아라."

해 씨가 여전히 고개를 숙인 채 허리를 곧게 펴며 공손하게 말했다.

"묵란 아가씨가 오늘 무례하고 난폭하게 행동한 데는 이유가 있지만 관대하게 봐주어선 안 됩니다. 나이도 다 찼고 성부에서 머물 날도 얼마 남지 않았는데 이런 상태로 시집을 간다면 시댁에서도 좋지 못할 것입니다. 장풍 도련님은 더욱 황당합니다. 안채 여인들의 말다툼에 사내가 개입하다니요. 하지만 임 이랑의 소생이니 이랑과 동생이 손해를 보는 걸 두고볼 수만은 없었겠지요. 하지만 황당한 건 황당한 겁니다. 그리고 뜰에 있던 계집종과 어멈들이 제일 괘씸합니다. 어찌되었든 어머님이 안채의 주인이신데 누가 맞고 틀리든 감히 제 것들이 어머님을 방해하려 하다니요?! 혹시라도 이 일이 바깥으로 퍼져 나가는 날에는 아버님의 고귀한 명성에 누를 끼치게 되지 않겠습니까?"

생각하면 할수록 성굉은 화가 치밀었다. 그때 해 씨가 마지막으로 한마디를 더 거들었다.

"아버님, 영창후 부인이 성부와 꼭 사돈을 맺겠다 하신 것도 아닌데 묵란 아가씨가 또다시 말썽을 부린다면 명란 아가씨의 혼사는 없던 일이 될 수도 있습니다. 더욱 중요한 것은…… 아버님께서도 아시겠지만 새 황제께서는 적출을 구분하지 않는 것을 가장 싫어하시지요!"

성꿩의 이마에서 순간 땀방울이 흘러내렸다. 지난 몇 달 사이 작위를 박탈당한 권문귀족들과 계속해서 벽에 부딪히는 각노와 고관들이 떠올랐다. 손바닥이 축축해졌다.

왕 씨는 그제야 탈출구를 본 듯 손수건으로 얼굴을 가린 채 흐느껴 울었다.

"어머님께서 길을 나서시기 전에 명란을 잘 돌봐 주라고 신신당부를 하셨습니다. 명란이 워낙 얌전하고 조용한 성격이라 누가 괴롭혀도 좀처럼 말을 하지 않는다고 하셨지요. 명란이는 곧 유양으로 떠나야 하는데 얼굴에 상처가 없어지지 않는다면 나중에 어머님께서 보시고 얼마나 마음이 아프시겠어요?"

왕 씨는 우는 것에 약했다. 잠시 흐느끼다 더 이상 울지 못하고 건조해진 얼굴을 만지며 낮은 소리로 한탄했다. 과연 사람마다 전공 분야가 달랐다.

오늘 사람들의 얘기를 듣고 보니 성꿩은 집안에서 일어난 화禍의 근원이 한곳에 있다는 걸 똑똑히 알 수 있었다. 성꿩은 머리를 빠르게 돌렸다. 그리고 잠시 침묵한 후 판단을 내렸다.

"묵란은 동생을 괴롭히고 폭언을 했다. 현숙한 덕이라고는 조금도 갖추지 못했으니 오늘부터 외출을 금한다. 『여계女誡』2)를 베껴 쓰며 심성을 다스릴 때까지 밖에 나갈 수 없다."

묵란은 매를 맞지 않아도 되는 것에 한결 마음이 가벼워졌지만, 임 이랑은 경악을 금치 못했다. 매는 면했지만, 외출 금지는 그보다 더 큰 벌

---

2) 동한東漢 반소班昭가 지은 여성 교양에 관한 책.

이었다. 게다가 기간이 정해지지 않았다는 것은 계속 외출을 할 수 없다는 말 아닌가?

성굉이 고개를 돌려 왕 씨에게 얘기했다.

"묵란도 이제 계례를 올렸군. 내가 일전에 말했던 그 거인 문염경에 대해 알아보았는데 아주 괜찮더군. 며칠 후에 부인이 문 대부인 국부에게 생일과 기휘忌諱를 물어보시게. 만약 문제없다면 국상이 끝난 후에 혼인을 치르도록 하지."

묵란과 임 이랑은 화들짝 놀라 소리를 지르며 성굉에게 애원했다. 성굉은 그들을 보며 바로 호통을 쳤다.

"이미 결정했으니 군소리할 것 없다! 한마디만 더 했다가는 너를 딸로 여기지 않을 것이야!"

묵란은 기가 죽어 땅에 주저앉았다. 임 이랑은 믿을 수 없다는 표정으로 성굉을 바라봤고, 왕 씨는 고개 숙인 채 기쁜 마음을 숨겼다.

성굉은 위엄 있는 눈빛으로 사람들을 훑어보더니 얘기했다.

"임 씨는 훈육이 엄하지 못하니 오늘부터 묵란이 출가할 때까지 외출을 금한다. 만약 그 전에 묵란을 만난다면 바로 성부에서 내쫓을 것이야! 앞으로 내 명령 없이는 장풍과도 만날 수 없다! 부덕한 어미가 멀쩡한 자식들을 나쁜 길로 이끌어서 앞길을 망치고 있어!"

성굉은 노발대발했고, 임 이랑은 얼굴을 가린 채 눈물을 흘렸다. 임 이랑이 성굉의 도포를 잡으려 했으나 성굉은 증오스럽다는 듯 임 이랑의 손을 치워내버린 후 눈길도 주지 않았다. 임 이랑은 모든 희망이 사라지자 대성통곡을 하기 시작했다.

성굉도 몹시 피로했다. 그는 자리에서 일어나 천천히 임 이랑 모녀 곁으로 걸어갔다. 그리고 묵란에게 조용한 목소리로 얘기했다.

"너는 어릴 적부터 내 총애를 받았다. 내가 직접 시사가부詩詞歌賦를 가르쳤는데 그렇게 더러운 말을 입에 담을 줄이야. 너에게 글을 가르친 것은 네가 사리 분별을 할 줄 알기를 바랐기 때문이다. 이렇게 무례하게 자라길 바라지 않았기 때문이야. 그런데 이토록 예의범절을 모르고, 내키는 대로 욕설을 퍼부으며 동생들을 괴롭힐 줄이야……. 이 아비는 네게 크게 실망했다."

성굉은 증오스러운 눈빛으로 묵란을 바라봤다. 차가움 속에 혐오가 섞여 있었다. 묵란은 마음속이 얼어붙는 것 같아 숨이 멎을 듯했다.

뒤이어 성굉은 임 이랑을 보며 작게 말했다.

"어머님께서 모든 일의 화근은 탐貪이라 하셨거늘. 내 총애가 지나쳐 너희 모녀를 이렇게 만들었구나."

그는 말을 마친 후, 울고 있는 임 이랑을 본 척도 하지 않고 바로 밖을 향해 걸었다. 문 앞에 도착했을 때, 성굉은 다시 고개를 돌려 왕 씨와 해 씨를 보며 한마디를 남겼다.

"계집종들과 어멈을 정리하도록 하게. 팔아버릴 사람들은 팔고, 벌을 주어야 하면 벌을 주어. 모름지기 안채가 평온해야지."

왕 씨는 뜻밖의 성과에 몹시 기뻐했다. 유곤댁은 서둘러 그녀의 팔을 꼬집었다. 왕 씨는 간신히 고개를 숙이고 웃음을 감췄다.

해 씨는 안색 하나 변하지 않고 위로의 말을 건넸다.

"아버님, 너무 마음에 담아두지 마세요. 자화자찬이 아니라 온 경성에서 저희 성부처럼 평온한 집안은 없습니다. 이건 아주 사소한 일에 불과하니 며칠 지나면 괜찮아질 것입니다."

성굉은 해 씨의 말에 위안을 받고 뒤를 돌아 걸어갔다.

・・・

　　단귤과 녹지는 명란의 처소로 돌아왔다. 모든 사건이 끝나 증거가 필요 없어지자, 단귤은 바로 연고를 가져다 명란에게 발라 주었다. 말주변이 좋은 녹지는 팔을 허리춤에 올리고 모든 상황을 처음부터 끝까지 한 번 더 설명했다.

　　"큰아씨께선 정말 대단하세요. 평소에는 그렇고 조용하고 온화하신데 말을 그렇게 잘하실 줄이야. 말 한 마디 한 마디가 정곡을 찌르더라니까요!"

　　녹지는 우상을 숭배하는 듯한 표정을 지었다.

　　"이제 좀 살맛이 나겠어요. 묵란 아가씨는 더 이상 행패를 부리지 못할 거예요. 나리 눈 밖에 난걸요. 듣자 하니 그 문 거인은 집안이 몹시 가난하다고 하더라고요."

　　명란이 조용히 얘기를 듣다가 고개를 저었다.

　　"아버지는 묵란 언니가 다시 사고를 칠까 염려하시는 거야. 다 묵란 언니를 위해서라고. 이번에만 잘 넘어가면 돼. 장차 형부가 벼슬길에서 출세하면 언니도 좋은 삶을 살 거야."

　　소도는 고개를 절레절레 흔들며 악담을 늘어놓았다.

　　"전국에 과거 응시생이 얼마나 많은데요. 삼 년에 한 번 열리는 데다 진사에 오르면 그다음엔 사관에 올라야 하고. 그중 정말 출세할 사람이 얼마나 되겠어요? 아무래도 나리와 도련님께서 도와주셔야 가능하겠지요."

　　소도는 밖에서 사 온 계집종으로, 본래 촌에서 살았으니 가난한 형편에 과거를 준비하는 자들이나, 관직에 올랐으나 문제가 생겨 다시 고향으로 돌아오는 사람들을 많이 봐 왔을 것이다. 조금 형편이 나은 자들은 지방에서 장사를 했고, 형편이 나쁜 자들은 다른 길을 찾아 입에 풀칠이라도 해야 했다.

하지만 명란은 여전히 동의할 수 없었다. 성굉의 안목은 틀리는 경우가 드물었기 때문이다. 원문소, 해 씨는 물론이고 시국時局을 보더라도 성굉의 말은 대부분이 맞았다. 성굉이 눈여겨본 젊은이들은 대부분 나쁘지 않았다. 만약…… 묵란이 가난한 삶을 살게 된다면, 그건 그녀의 팔자겠지! 그래, 벌이라고 해두자.

단귤은 조심스럽게 팅팅 부은 명란의 팔꿈치를 문지르며 고개를 들고 웃었다.

"어찌되었든…… 임 이랑만 불쌍해졌네요. 앞으로 셋째 도련님이 출세하기만을 바라야겠어요. 그마저도 실패하면 아무런 희망이 없는 거죠."

이번에는 명란도 동의했다. 장풍의 나약하고 비겁한 모습이 떠오르자 자신도 모르게 고개를 끄덕끄덕했다.

제72화

원인과 결과

그날 밤, 다친 명란을 애처롭게 여긴 성굉과 왕 씨가 명란을 찾아왔다. 왕 씨는 명란의 작은 얼굴을 어루만지며 자애로운 눈으로 명란을 바라봤다. 금방이라도 눈물이 쏟아질 것 같은 눈으로 뚫어지게 응시하니 명란의 심장이 다 떨렸다. 성굉은 진심으로 마음 아파하며 부드럽게 위로의 말을 건넸다.

그 보답으로 명란은 눈물이 그렁그렁한 눈으로 묵란의 행동을 변호해 주었다. 성굉에게 너무 화내지 말라고 얘기하며, 묵란이 고의로 그런 것이 아니라 모두 다 오해에서 비롯된 거라는 둥의 얘기를 했다. 이에 성굉은 크게 감동했다. 자신이 딸 교육에 완전히 실패한 것은 아니란 생각에 안심한 성굉은 수염을 쓰다듬으며 명란을 칭찬했다.

명란은 속으로 후회는 했지만 어쩔 수 없었다. 보스들은 원래 여리면서도 현명한 인재를 좋아하지 않은가. 다 생존을 위해서다.

해 씨와 왕 씨가 무슨 이야기를 나눈 것인지, 이튿날 왕 씨는 병을 핑계로 모든 집안일을 해 씨에게 맡겼다. 해 씨는 모창재에서 발생한 사건에 연루된 몸종들을 데려다 각각 스무 대씩 매질을 했다. 그리고 유곤댁을 시켜 그들의 방을 수색한 결과, 값나가는 물건들을 찾아냈다. 해 씨는 주인의 재물을 탐냈다는 죄목으로 그들을 관아에 넘기려 했다. 몸종들은 심히 당황하여 다급히 서로에게 잘못을 미루었고, 그러다보니 평소 임 이랑의 총애를 받던 관사 어멈까지 끌려들어 갔다. 해 씨는 죄의 경중을 따져, 계집종 중 시집보낼 자들은 시집을 보내고, 팔 만한 자들은 팔아버렸으며, 나머지는 모두 장원으로 쫓아 보냈다.

단 하루 만에 임서각의 사람들이 크게 바뀌었다. 울며 난리를 칠 작정이었던 임 이랑을 보며 해 씨는 웃음을 지었다.

"사실 하현댁의 방에서 있어서는 안 될 물건이 많이 나왔어요. 하지만 임 이랑 주변 사람 중 가장 유능한 자인 듯하여 몰수만 하고 어머님께는 말씀드리지 않았어요."

곁에서 임 이랑을 부축하고 있던 설랑은 안색이 창백하게 질리며 그대로 무릎을 꿇었다. 임 이랑은 화를 못 이겨 바들바들 떨었지만, 더 이상 소란을 피우지는 못했다.

악미는 바깥에서 상황을 알아본 후 전부 명란에게 고하였다.

"임 이랑 처소에는 이제 하현댁과 마귀댁만 남았어요. 다른 자들은 모두 쫓겨났답니다. 장풍 도련님과 묵란 아가씨 쪽은 그나마 나은 편이지요. 가장 입을 잘 놀리는 계집종들만 쫓았으니까요. 거기 아이들이 제가온 것을 보더니 혹시라도 큰아씨가 다시 와서 뒤질까 두려웠던지 재물을 숨겨달라고 하더라고요. 그래서 성실한 계집들 물건 중에서 중하지 않은 것들만 받아주고, 다른 아이들은 무시했어요. 만약 아가씨가 안 된다 하시면 바로 돌려주고 오겠습니다."

명란은 구들 위 탁자에 팔을 괸 채 웅크리고 있었다.

"그럴 필요 없어. 올케도 더 이상 들쑤시진 않을 거야."

해 씨의 목적은 성부 일을 처리할 권한을 쥐는 것이다. 묵란은 곧 시집 가니 굳이 미움을 살 필요가 없고, 장풍은 성굉과 임 이랑이 알아서 단속 할 것이니 더더욱 해 씨가 나설 일이 없을 것이기 때문이다.

그때, 밖에 사람이 왔다. 여란의 몸종 희작이었다. 여란의 말을 전하 길, 명란이 내일 길을 떠나니 잠시 건너와 이야기를 나누자는 거였다. 명 란이 입을 떼기도 전에 약미가 먼저 말을 꺼냈다.

"여란 아가씨도 참 대단하시네요. 동생을 배웅하는데 직접 오시면 될 것을, 우리 아가씨더러 오라 하시는 것은 대체 어느 법도랍니까?"

희작은 난감해하며 말했다.

"우리 아가씨는…… 풍한에 걸려서 그렇지요."

말이 끝나기가 무섭게 명란 밑으로 약미, 단귤, 연초가 모두 입을 가리 고 웃음을 터트렸다. 소도는 가만히 있다가 직설적으로 말했다.

"풍한에 걸리셨다면서 어찌 우리 아가씨를 부르신다는 거야. 우리 아 가씨가 갔다가 옮기라도 하면 어떡하라고? 가시는 길에 열나고 두통이 생기면 곤란하단 말이야."

희작은 더욱 난처해하다가 기지를 발휘하여 명란의 귓가에 속삭였다.

"요 며칠 성부가 시끄러웠잖아요. 저희 아가씨가 궁금해서 몸이 근질 근질하세요. 그렇다고 밖으로 나오시진 못하시고요. 저희 아랫것들을 불쌍히 여기시어 저희 아가씨를 한번 보러 가주셔요."

차를 입에 머금은 채 가볍게 웃은 명란은 자신의 몸종들을 한번 노려 보고는 웃으며 일어나 연초에게 옷매무시를 정리하라 시켰다. 희작은 그제야 한시름을 놓았다. 단귤은 안에서 엄지손가락만 한 흰 도자기통 을 꺼내 희작의 소매에 쑤셔 넣으며 웃었다.

"언니가 이해해줘요. 우리 아가씨가 너무 관대하신 바람에 여기 있는 계집들이 입을 함부로 놀린답니다. 이건 조개 기름인데 추운 날에 손이나 얼굴에 바르면 좋아요. 괜찮다면 가져가요."

희작은 만면에 미소를 지었다.

"여섯째 아가씨께서 계집종들을 가장 후하게 대하신다는 말은 익히 들었지. 나는 얼굴이 두꺼우니 사양 않고 가져갈게."

명란은 희작을 따라나섰다. 산월거를 지나 곧 도연관에 도착했다. 안으로 들어서자 혈색 좋은 여란이 침상에 모로 누운 채 그럴싸하게 머리끈을 두르고 있었다. 여란은 명란을 보자마자 큰 소리로 말했다.

"왜 이제야 온 거야? 서너 번 모시러 가야 오는 거야? 얼굴만 맞았다더니 다리도 부러졌나보네."

명란은 눈을 흘기고 떨떠름한 표정을 지었다.

"보아하니 여란 언니의 병이 심각한 듯하니 나는 갈게. 병나면 길을 못 떠나니까."

여란은 혹시라도 명란이 정말 갈까봐 '어' 소리를 내면서도 체면 때문에 말은 못 하고 얼굴만 붉히고 있었다.

희작은 웃는 얼굴로 명란을 안으로 밀어 넣으며 연신 사죄했다.

"아가씨, 이왕 오신 김에 우리 아가씨를 놀리지 마시고 얘기를 좀 나누셔요."

그러더니 고개를 돌려 여란에게 말했다.

"아가씨도 참, 제가 방금 모창재에 갔을 때 명란 아가씨가 얼마나 바쁘셨는데요. 게다가 이렇게 다치기까지 하셨잖아요. 그런데도 오셨으니 화내지 마셔요."

여란은 잔뜩 골이 난 채 아무 말도 하지 않았다.

명란은 어쩔 수 없이 여란의 침상 옆에 앉아 투덜거렸다.

"경상을 당한 사람이 중병에 걸린 환자만 하겠어. 내가 와야지, 뭐."

여란은 기분이 좋아져 명란의 볼을 꼬집고는 위아래로 그녀를 살피다 쯧쯧 혀를 찼다.

"네 얼굴이 이상하다 했어. 분을 칠했구나. 어휴, 손자국이 아직도 남아 있네."

명란은 한숨을 내쉬었다.

"뺨에 손자국을 찍은 채 나올 수는 없으니 분을 칠했지."

여란이 성을 냈다.

"올케언니가 대단하긴 대단하지만 마음이 너무 여려. 그네들이 어머니한테 그렇게 대들었는데 호되게 다스리지도 않고. 아직 잘 먹고 잘살고 있잖아. 그렇게 체면 봐줘서 뭐 해?"

명란은 잠시 생각하다 입을 열었다.

"올케가 인자한 건 좋은 일이야. 그리고…… 올케언니도 꺼려지는 것이 있었던 게지."

안채의 일은 한 번에 모든 일을 끝내 버리지 않는 한 오히려 긁어 부스럼이 될 수도 있다. 금일, 임 이랑의 처소는 봉해지지 않았고, 그녀 역시 쫓겨나지 않았다. 임 이랑이 아직 성굉의 첩실인 만큼 성굉이 그녀의 처소에서 하룻밤 머물기라도 한다면 또 어떤 변화가 생길지 모를 일이다. 일할 때는 항상 여지를 남겨두어야 한다. 임 이랑의 경우 성굉에게 고자질을 한다 한들 아무 말도 할 수 없을 것이고, 성굉은 며느리가 어질고 마음이 넓은 사람이라고 생각하게 될 것이다.

여란은 천천히 한숨을 내쉬며 미간을 찌푸렸다.

"이런 거 정말 지긋지긋해. 좋으면 좋은 것이고, 싫으면 싫은 것이지 굳이 아닌 척해야 한다니."

명란은 여란의 이마에 둘린 머리끈을 만지며 같이 한숨을 내쉬었다.

그러다 여란이 갑자기 기뻐하며 명란을 붙잡고 얘기했다.

"이번에 돌아올 때 또 계화유 좀 챙겨 와. 향이 옅은 거로. 이것 좀 봐. 일 년 넘게 발랐더니 내 머릿결이 많이 좋아졌어."

명란은 혀를 내두르며 여란에게 손가락질했다.

"내가 이번에 가는 건…… 큰당숙모님과 당고모님께서 상심이 크실 터인데 머리카락이나 생각하고 있었던 거야?! 나는 못 해!"

버릇없게 커온 여란은 원하는 것은 항상 가져왔다. 그런데 명란이 원하는 것을 들어주지 않자 바로 불쾌한 기색을 내비쳤다. 그러다가 명란의 얼굴을 보더니 눈을 굴리며 말했다.

"그냥 기름 몇 병일 뿐이잖아. 네가 가져다준다면 내가 통쾌한 소식을 알려줄게. 네가 분명히 좋아할 거야."

사실 명란에게는 몇 병이 더 있었다. 다만 자신만 생각하는 여란의 이기적인 모습이 눈에 거슬렸을 뿐이다. 명란은 그 얘기를 듣고 물었다.

"무슨 통쾌한 일?"

여란은 비밀스러운 표정을 하고 명란에게 다가가 조용히 얘기했다.

"묵란 언니가 시집가게 될 사람이 어떤 사람인지 알아?"

명란은 고개를 저었다. 인터넷으로 신상털기도 못 하는 시대에 명란이 알 리가 없었다.

여란은 숨을 죽이며 얘기를 시작했다.

"문 거인 집안은 가난한 데다 어릴 적에 아버지를 여의었는데, 홀어머니는 정이 없고, 형제는 나쁜 놈이래! 성격은 우유부단하고, 그나마 유일한 장점은 성실함뿐! 시집가면 시어머니와 시동생이 얼마나 괴롭히겠어!"

"그 정도는 아니겠지. 아버지가 마음에 들어하셨으니 괜찮은 사람일 거야."

명란은 그다지 놀라지 않았다.

사실 하나 마나 한 얘기였다. 거인은 진사가 되기 직전의 위치인데, 가정환경이 좋고 인품이 출중하면 경성에 고관과 귀인들이 널리고 널린 데다 적녀와 서녀도 한가득인데, 사품 관리의 서녀에게 차례가 돌아왔을 리가 없다. 문염경뿐만 아니라, 사실 이욱도 그렇다. 만약 경성에서 공개적으로 사돈 맺을 집을 찾는다면, 성씨 집안보다 나은 집이 얼마나 많겠는가? 다만, 이씨 집안은 근본을 모르는 집안과 사돈을 맺을까 걱정하는 것이다. 위세가 대단한 집안이라 친정에서 들쑤시고 며느리가 교만하게 굴어 집안에 오히려 독이 되면 득보다 실이 많을 테니까.

여란은 명란이 자신의 이야기에 호응을 해주지 않자 흥이 깨져 짜증을 부렸다.

명란은 웃으며 얘기했다.

"알겠어, 언니가 부탁한 계화유 가져다주면 되잖아!"

· · ·

이튿날 아침, 장오가 마차 예닐곱 대를 끌고 일찌감치 도착했다. 성굉은 장오에게 당부의 말을 했다. 윤아가 회임하여 이제 5, 6개월 된 상태라 왕 씨는 조카의 손을 꼭 붙잡고 주의 사항을 전했다. 명란과 장동은 한참 후에 당부가 끝나고 나서야 성굉과 왕 씨에게 인사를 올릴 수 있었다. 해 씨는 그들을 문까지 배웅해주더니, 은표 한 장을 명란의 손에 쥐여주었다. 그러고는 장오와 윤아에게 다정하게 말했다.

"시집온 이후로 한 번도 큰댁에 못 갔으니 이번에는 제가 가야 했는데 집안일 때문에 떠날 수가 없어서 명란 아가씨와 장동 도련님만 고생시키게 됐어요. 두 분, 절 너무 나무라지 마시고, 큰당숙과 큰당숙모님께 저 대신 죄송하다는 말씀 좀 전해주세요."

장오는 연신 알겠다고 대답했고, 명란도 고개를 끄덕였다. 그리고 천진난만하게 웃으며 말했다.

"큰당숙과 큰당숙모님이 얼마나 좋은 분들이신데요. 화가 나셨다 해도 하얗고 포동포동한 손자를 보시면 바로 화가 풀리실 거예요."

주변 사람들 모두가 웃음을 터뜨렸다. 해 씨는 고개를 저으며 장난이 섞인 호통을 쳤다.

"아가씨도 참!"

윤아는 얼굴을 붉히며 손수건으로 입을 가리고 웃었고, 수심이 가득했던 장오도 얘기를 듣고 픽 웃어버렸다.

가는 길은 울퉁불퉁했다. 장동은 장오와 함께 말을 타고 싶었지만 쫓겨나는 바람에 어쩔 수 없이 명란과 함께 마차 안에 앉아 바깥으로 목을 빼 쳐다보았다. 마차에 탄 초반에 윤아는 조금 불편해했지만 명란, 장동과 함께 이야기를 주고받자 훨씬 편안해졌다.

장오는 어릴 적부터 집을 떠나 바깥 생활을 한 탓에 이동과 숙소 선정에 능숙했다. 길에서 휴식을 취하거나 식사하는 것 등 모두 노련하게 준비했고, 머물 곳을 놓치고 지나치는 법도 없었다.

윤아는 차분한 시선으로 명란이 어찌 아랫사람을 부리는지 바라보았다. 계집종들은 이부자리를 깔고, 불을 피우고, 화장함과 옷을 정리했다. 어멈들은 물을 끓여 밥을 짓고, 찻잔과 그릇을 뜨거운 물에 소독하고, 식사 시중을 들었다. 어른이 곁에 없었지만, 모든 것이 완벽하게 진행됐다.

혹시라도 같이 투숙을 하게 된 귀빈과 작은 충돌이 발생한다 해도 명란은 하인들을 달래며 양보하라 하였고, 은자를 쥐어주며 평화롭게 해결했다.

한 번은 녹지가 같은 곳에 투숙하게 된 관리의 가복과 말다툼을 하고 와서 투덜거린 적이 있다.

"그래 봤자 참정이었어요. 무슨 후부의 자제 이름을 대면서 어찌나 거만하게 굴던지! 누가 보면 천자天子라도 되는 줄 알겠더라니까요!"

명란은 웃으며 한숨을 내쉬었다.

"별수 있어? 그리 참을성이 없어서야 원. 뛰는 자 위에 나는 자 있기 마련이야. 우리 녹지를 궁으로 보내줄 테니 황후 마마의 몸종이 되면 그때 거드름을 마음껏 피우려무나!"

녹지의 얼굴이 빨개졌다. 마침 그때 소도가 의기양양하게 들어와서 염국공과 사돈 관계에 있는 상서의 가솔이 왔는데 그 참정의 가복이 좋은 방을 내어주었다고 말했다. 그러자 방 안에 있던 계집들이 웃음을 터트렸다. 그 후부터 명란은 아랫사람들이 사고를 치지 못하게 더욱 세세하게 단속하기 시작하였다. 또 계집종들이 나갈 때면 건장한 머슴들을 동행하게 하였다.

명란을 며칠 지켜본 윤아는 결국 참지 못하고 남편에게 얘기했다.

"이모님이 계속 명란 아가씨는 좋은 가문에 시집가야 한다고 한 말이 이해가 가요. 보세요, 저렇게 어린 나이에 일 처리가 얼마나 꼼꼼하고 확실한지, 똑똑하지 않은 부분이 없어요. 게다가 마음은 어찌나 넓은지 제가 다 부끄러워졌다니까요. 서녀로 태어나 같은 배에서 태어난 형제자매도 없다니, 만약 정실 태생이었다면……. 휴, 그게 다 운명이겠지요."

장오는 아내를 꼭 끌어안고 웃으며 말했다.

"무슨 소리요, 내 보기에는 당신이 제일인데."

윤아는 웃으며 남편을 가볍게 몇 차례 두들겼다.

또 며칠이 지나 드디어 선착장에 도착했다. 장오는 붉은 칠을 한 2층 짜리 나무 선박을 미리 준비했다가 윤아와 명란을 태웠다. 몸이 아무리 건강하다 한들 지칠 만한 일정이었던 터라 윤아는 배에 오르자마자 자리에 누워 휴식을 취했다. 명란은 윤아 곁에서 농담을 몇 마디 건네다 그녀가 잠든 것을 보고 조심스레 자리를 떴다.

배는 마차보다 훨씬 안정적이라 윤아도 마차를 탔을 때처럼 뒤척거리지 않고 잠을 잘 청할 수 있었다. 그 후 며칠 동안 명란은 윤아의 약을 챙기고 쉴 수 있게 보살피면서도, 함께 대화하며 지루함을 달래 주었다. 그러는 사이사이 장동을 뱃전에서 잡아 와 서책을 보게 했다.

"우리가 천주에서 등주로 갈 때 큰오라버니는 차에서도 배에서도 책을 손에서 놓지 않았어. 너를 봐, 요 며칠 새 책을 만지기는 했니?"

명란은 모범적인 예를 들면서 말했다.

장동이 아무리 열심히 공부한다지만 아직 어린아이이었다. 게다가 처음으로 성굉과 왕 씨, 향 이랑에게서 벗어났고, 장오 부부 역시 크게 관여하지 않아 처음으로 자유를 누리다보니 조금씩 장난기가 나오기 시작한 것이다. 하지만 명란의 말을 듣더니 축 늘어져 책을 읽으러 갔다.

윤아는 그 모습을 보고 작게 웃었다.

"명란 아가씨, 참 대단하세요. 나중에 남편이 승진할 수 있게 감독 잘하겠어요."

명란은 눈을 흘겼다.

"그렇게 말한다 이거죠? 배 속에 요 아이가 태어나면 장원급제하라고 재촉 안 할 것 같아요?"

윤아는 성내는 체하며 명란을 때렸지만, 득남을 바라고 있었기에 내심 기분이 좋았다.

그 후 며칠간 배는 조용한 파도 위에서 북풍을 타고 춤추듯 빠르게 이동했다. 그사이 석주, 제녕, 상주, 회음 등지에 잠시 정박했다. 장오는 이 정도의 바람이면 사나흘 후에는 목적지에 도착할 거라고 잔뜩 신이 나서 얘기했다.

그날 밤은 바람도 파도도 없어 강이 고요했다. 장오는 강 위에서 배를 멈추고 하룻밤을 쉬었다 가자고 했다. 그리고 뭍에 있는 어부들에게서 민물고기들을 구해 와서 신선로를 끓여 동생들을 불러모아 함께 먹었다. 윤아는 호호 웃으며 어죽을 끓였고, 장오와 명란, 장동은 민물고기와 새우 대여섯 광주리를 한번에 해치웠다. 물에 데치고, 소금으로 양념하고, 양념장에 조리고, 불에 굽고 하면서 온 배에 민물고기 향이 가득했다. 특히 명란은 민물 게에 원한이라도 품은 것처럼 열심히도 먹었다. 옆에서 보던 윤아는 혹시라도 명란이 탈이 날까 걱정되어 손에 든 것을 빼앗았고, 명란은 그제야 투덜거리며 먹는 것을 멈췄다. 장동은 게 껍데기를 까는 도구를 들고 그런 모습을 멍하니 바라봤다.

자고로 게를 먹을 때는 황주를 곁들여 찬 기운을 몰아내는 법이다. 장오는 황주에 알딸딸하게 취해 아내와 일찍 잠자리에 들었고, 계집종들역시 반쯤 취해 일찍 잠을 청했다. 명란은 장동을 자신의 선실로 데려갔다. 그리고 들어가자마자 안색을 바꾸며 조심히 창문을 닫았다.

장동은 영문을 모르면서도 명란의 말에 따라 가장 안쪽에 있는 의자에 앉았다. 명란은 정색하며 얘기했다.

"요 며칠 시간이 없었고, 주변에 사람이 있어서 이야기하기 어려웠어. 다행히 네가 게를 즐기지 않아서 술도 안 마셨으니 이 기회에 내가 알아

오라고 시킨 일들을 다 털어놔봐."

장동은 그제야 정신이 번쩍 들면서 명란이 무엇을 묻는지 깨달았다. 사실 장동은 성부에 있을 때 이야기하고 싶었지만 하필 묵란의 일이 있었고, 그 후에는 급히 여정에 오른 데다 항상 곁에 사람이 있었던 터라 한참이나 참아 왔던 것이다. 신중한 명란은 밖에서는 단 한마디도 언급하지 않았고, 장동도 입도 뻥긋하지 못하게 해왔다.

약 반년 전, 명란은 전씨 어멈의 말을 통해 왕 씨가 제국공부의 연회에서 평녕군주, 영창후 부인과 혼인에 관해 이야기 나눈 걸 알게 되었다. 그 후 명란은 왕 씨가 제씨와 량씨 두 집안과 사돈을 맺으려 한다고 어렴풋이 짐작해왔다.

왕 씨의 논리대로라면 좋은 일에 묵란의 몫은 없을 테니 그렇다면 남은 건 여란과 명란 둘뿐이다. 사윗감 후보의 수준으로 순위를 매겨본 후 명란은 마뜩치 않은 결론을 얻었다. 왕 씨는 명란을 량함에게 시집보내려는 것이었다.

명란은 심장이 멎는 것 같았다. 지금까지 명란이 침착할 수 있었던 것은 노대부인의 안목을 믿었기 때문이었다. 명란은 하홍문을 만나 봤고, 그러면 함께 잘 살 수 있을 거라고 생각했다. 그런데 지금…… 미안하지만 명란은 왕 씨를 못 믿는 것이 아니라 왕 씨가 자신의 혼인 후 행복까지 고려해 줄 리가 없다고 생각한 것이다.

그러나 혼인이라는 인륜지대사는 부모의 몫이었다. 애초에 여언연의 조부모는 친조부모로서 가까운 사이였으나 하마터면 여 대인의 뜻을 꺾지 못할 뻔했다. 량씨 집안과 사돈을 맺는 것이 성부에 유리하고, 성굉과 장백, 나아가 온 집안에 도움이 된다면 별다른 큰 문제가 없는 이상 노대부인은 어떤 반응을 보일 것인가.

명란은 처음으로 기댈 곳 없어 두려워졌다. 명란은 량함이라는 사람에 대해서 전혀 아는 바가 없었기에 조용히 단균을 불러 가족을 보러 마을에 갈 때 알아보게 시켰다. 허나 안채의 계집종들, 특히 아가씨 곁에 있는 자들은 사사로운 만남을 막기 위해 엄격히 지켜보는 눈이 있기에 한두 번의 기회로 알아낼 수 있는 정보는 적었다. 다만 량함이 큰 결함이 없으며, 사람을 죽인 적도, 별다른 소문도 없다는 것, 그리고 동성애자도 아니며 부에도 이상한 일은 없다는 정도만 알아낼 수 있었다.

명란은 그래도 불안했다. 나중에 약미가 말하길, 장동의 학당에 학자 가문의 자제도 있고 공후백부나 관리들의 자식들도 있는데 량씨 집안은 여러 집안과 사돈 관계를 맺었고 자손도 많단다. 또 대단치는 않지만 이런저런 소문이 적잖다고 했다. 그렇기에 명란은 장동에게 소문을 알아오라 하게 된 것이다. 온순하고 말주변이 없어 사람들이 잘 경계하지 않는 편인 장동은 학당에서 반년 동안 착실히 소문을 모았고 드디어 소문의 대략적인 윤곽을 알아내었다.

성격이 호탕하고 털털한 량함은 일 처리는 대범하고, 형제와 친구들에게는 지극정성인 사람이었다. 영창후 부인이 엄격하게 관리하는 탓에 두세 명의 통방 외에는 여자관계도 깨끗한 편이었다. 허나, 몇 개월 전부터 량부가 소란스러워지기 시작했는데, 그 원인이 영창후 서장자의 부인이 부로 데려온 계집 때문이라고 했다.

"량부 며느님의 사촌 이모의 서출 여동생의 서녀라고 하던데요."

장동은 훌륭한 기억력을 뽐내며 손가락을 꼽으며 관계를 헤아렸다.

"이름이 춘가春舸라고 하던가."

명란은 자신도 모르게 웃음을 터트렸다. 알고보니 그녀의 이름은 '춘가春舸 [1]'가 아닌 '춘가春哥 [2]'였던 것이다.

춘가는 태생이 아름다운 여자로, 수완 역시 보통이 아니었다. 량 부인의 감시 아래에서도 량함과 그렇고 그런 사이가 됐다니 말이다. 량부의 며느님이 울며불며 량 부인에게 설명하라고 소란을 피웠다고 한다.

서자의 부인의 사촌 이모의 서출 여동생의 서녀라니. 그런 신분이 어찌 량 부인의 눈에 차겠는가. 그런 행태와 관계를 고려해봤을 때, 량 부인은 첩으로라도 그녀를 들이려 할 리 없었다. 하지만 독종인 춘가는 만약 량부에서 아무런 조처를 해주지 않으면 영창후부의 대문에 머리를 박고 죽어버리겠다며, 온 경성 사람들에게 량씨 집안이 얼마나 모질고 부덕한지 알리겠다고 협박하고 나섰다.

장동이 더듬거리며 얘기를 끝내자 명란은 심호흡을 하며 의자에 기댄 채 멍해져버렸다. 그래, 이것이야말로 걱정하던 바다. 솔직히 말해서 명란은 영창후 부인이 후한 선물까지 건네며 정중히 대할 만큼 자신이 잘난 사람이라고 생각한 적이 없었다. 후작의 적출 막내아들은 사품 관리의 서녀에게는 과분한 상대였던 것이다.

대체 무엇 때문에 영창후 부인이 자신을 마음에 둔 것일까?

명란은 슬쩍 고개를 돌려 벽에 붙어 있는 간이 귀목 화장대를 바라봤다. 깨끗하게 닦인 능화경 [3]이 마침 자신의 얼굴을 비추고 있었다. 명주처럼 빛이 나고, 옥처럼 아름다운 얼굴이었다. 묵란이 실성한 듯 이 얼굴을 해하려 한 것도 이해가 갈 정도였다.

---

1) 봄의 배.
2) 봄 형, 혹은 춘씨 형.
3) 뒷편에 능화 무늬가 새겨진 거울.

그런 결론에 도달하자 명란은 우울해졌다. 허나 자신의 객관적인 조건이 떨어지는 상황에서 이 결론이 가장 합리적일 것이다.

그 뒤부터는 추리가 더욱 쉬워졌다.

사건이 발생한 후 영창후 부인은 빠르게 결단을 내려 춘가를 첩으로 들이는 것에 동의했으나 량함에게 정실을 먼저 들이라고 요구했다. 양쪽의 의견은 한동안 팽팽하게 대립했지만 량 부인은 기다릴 수 있어도 춘가는 오래 기다릴 수 없었기에 량함은 우선 정실을 들이는 데 동의할 수밖에 없었을 것이다.

량 부인은 현명하기에 높은 가문의 아가씨를 들였다가는 도움이 되기는커녕 더 큰일이 생길 수 있다는 것을 알고 있었다.

량 부인에게는 출신이 고귀한 적장자 며느리가 이미 있으니 높은 가문 출신의 며느리가 아쉽진 않을 터였다. 게다가 량함이 수단 좋은 미모의 여인에게 넘어갔지만, 애정이 깊은 것이 아니라는 확신도 있었다. 량 부인이 해야 할 일은 춘가보다 뛰어난 미모를 가졌으며, 기로도 춘가를 누를 수 있는 여자를 며느리로 들이는 것이었다. 만약 며느리가 량함의 환심을 살 수 있다면 가장 좋고, 그렇지 못하더라도 서열로 춘가를 누를 수 있다면 큰 분란은 막을 수 있을 테니 말이다.

춘가는 상당한 미모의 소유자인지라 이에 대적할 만한 마음에 드는 며느릿감을 찾지 못하고 있었다. 그때 명란이 눈앞에 나타났고, 량 부인의 눈이 번쩍 뜨였다. 그 후 몇 달 동안 명란에 대해 알아보았고, 그러면 그럴수록 명란이 마음에 들었다. 선비 집안 출신에, 아버지와 형제도 힘이 있는 데다 서출이긴 하나 교양 있는 명란의 행동거지가 상당히 마음에 들었고, 그래서……

명란의 마음은 편안해졌다. 이상하게도 화가 나지 않았다. 량함과의 혼사는 명란에게 있어서 일종의 신분 상승이기 때문이다. 만약 그 '춘가 春哥'가 없었다면 가당키나 했겠는가? 하홍문의 경우, 명란이 아니면 안 되는 상황도 아니었다. 단지 하 노대부인과 할머니의 옛정 때문에 서로 를 좋게 봤을 뿐이다.

명란은 순간 마음이 놓였다. 한 치 앞도 볼 수 없는 안개 속에서 어떤 위 험이 도사리고 있는지도 모르다가 그 안개가 걷힌 느낌이었다. 비록 앞 에 암초가 가득하다 해도 아무것도 모를 때의 느낌보다는 훨씬 나았다.

사실 춘가의 문제도 아주 심각한 것은 아니다. 임 이랑의 경우에서 알 수 있듯이 관리의 자제들에게 있어서 사랑이란 일시적인 것이며, 가 족과 창창한 앞날, 그리고 적손이야말로 영원한 것이었다. 량함의 부인 이 되면 법도의 뒷받침과 시어머니의 도움이 있을 것이고, 외모와 전 략, 수완을 보태면 춘가가 계속 버티고 있을까 두려워하지 않을 수 있 을 것이다.

량함이 새 한 마리에 목매는 오왕자 타입[4]이라면 재수 없다고 생각하 는 수밖에 없지만 그럴 확률은 지극히 낮았다.

장동은 걱정 어린 표정으로 명란을 바라봤다. 비록 어린 나이지만 어 려서부터 총애를 받지 못했기에 일찌감치 눈치 보는 법을 배웠고, 자신 이 전한 내용이 명란에게는 좋은 소식이 아니라는 점도 알고 있었기 때 문이다. 명란이 멍하니 의자에 기대 천장을 바라보는 것을 본 장동은, 불 안한 마음에 명란의 소매를 잡아당겼다. 그제야 명란은 정신을 차리며 장동을 향해 웃어 보였다.

---

4) '황제의 딸'의 남자 주인공으로, '제비'라는 여주인공을 얻기 위해 노력함.

"걱정 마. 할머니를 만나면 다 괜찮아질 거야."

명란은 확실하게 춘가를 이길 자신이 없었다. 그래, 차라리 량 부인이 더 적당한 사람을 찾게 하자. 이번 일에 있어서 장동은 큰 역할을 해냈다. 이 정도 정보만 있다면 노대부인이 허리를 꼿꼿하게 세운 채 당당히 거절할 수 있으리라. 왕 씨가 영창후 부인에게 하씨 집안과의 혼담을 숨겼으니 노대부인이 성부로 돌아가 이미 혼사가 정해졌다고 말만 하면 모든 일이 원만하게 마무리 지어질 것이다.

명란이 그런 생각을 하고 있을 때, 갑자기 바깥에서 펑 하고 큰 소리가 들렸다. 그 진동에 수면이 흔들렸고, 의자에 앉아 있던 명란은 한참을 휘청거린 후에야 균형을 찾을 수 있었다. 명란은 의자에 기댄 채 장동과 서로를 멀뚱멀뚱 바라봤다.

대체, 무슨 일이 일어난 거지?

제73화

습격과 구조

명란은 황급히 창을 열고 밖을 내다봤다. 저 멀리 하늘로 치솟는 불꽃이 보였다. 보아하니 배 한 척에 불이 난 듯했고, 어렴풋이 물속으로 하나둘 뛰어드는 사람들의 모습도 보였다. 바람 소리, 물소리와 함께 희미하게 고함과 싸움 소리도 들렸다. 장동은 하얗게 질린 채 창에 바짝 붙어 있었다. 그때, 뱃전에서 날카로운 휘파람 소리가 났다. 선부의 경고음 같았다.

얼마 지나지 않아 배에 있는 사람들은 모두 잠에서 깨어났다. 명란은 단귤을 깨워 다른 아이들을 모두 깨우라 하고는 장동과 함께 장오를 찾으러 갔다. 가는 길에 선부, 계집종, 어멈 모두가 뱃전에 바짝 엎드려 잔뜩 겁에 질린 얼굴을 하고 있는 것을 보았음에도 명란은 지체 없이 곧바로 장오의 선실로 향했다.

윤아는 잔뜩 놀라 안색이 창백해진 채 불룩한 배를 잡고 멍하니 앉아 있다가 명란을 보자 황급히 그녀의 손을 잡아당기며 얘기했다.

"서방님은 지금 바깥을 살펴보러 나가셨어요. 안 그래도 방금 아가씨와 도련님을 찾으러 사람을 보냈는데. 나무아미타불, 모두 무사해서 다행이에요!"

바깥에 무슨 일이 발생한 것인지 영문을 모르기는 명란도 마찬가지였다. 명란은 별수 없이 윤아 옆에 앉았고, 장동은 고개를 내밀며 나가고 싶어하다가 명란에게 한 대 맞고는 포기했다. 차 한 잔 마실 정도의 시간이 흐르자, 장오가 헐레벌떡 돌아왔다.

"해적이야!"

여자들은 아연실색하며 장오에게 상황 설명을 부탁했다.

현재 많은 사람이 이용하는 이 수로의 이름은 영통거永通渠로, 남북으로 뻗은 운하 중 회음淮陰 1) 구간이었다. 오늘 밤은 바람도 없고 수면이 고요해 여러 선박이 정박하여 휴식을 취하고 있었다. 성씨 집안의 선박 외에도 관리와 부호의 큰 배 두 척과 호위선 두 척이 더 있었고, 보창륭寶昌隆의 상선도 여러 척 있었다. 모두 바람을 피할 수 있는 제방 쪽에 배를 대었는데 앞뒤로는 상선이, 중간에는 호위선과 객선이 자리 잡은 상태였다.

사람들이 잠든 후, 해적들이 밤을 틈타 우선 앞뒤 상선을 약탈하기 시작했다. 그런데 마침 보창륭의 선박 중 한 척에 동유桐油가 실려 있었고, 사람들이 한데 뒤엉켜 싸우던 중 상단 일꾼 몇이 짐칸에 불을 붙여 기름이 폭발하면서 그 선박 전체가 바로 무서운 불꽃에 휩싸인 것이다. 그 사이 일꾼들은 물속으로 뛰어들어 목숨을 건졌고, 다른 선박에게도 경고를 해주었다.

명란은 너무 놀란 윤아가 계속 떨고 있는 모습을 보고, 그녀의 손을 두

---

1) 지역명.

드리며 안심시켜주었다.

"올케언니, 너무 걱정하지 말아요. 보아하니 이 해적들이 똑똑한 자들은 아니에요. 경험 있는 자들이었다면 객선 먼저 공격했어야지 왜 화물선을 먼저 노렸겠어요? 놀라서 달아날 수도 있는데."

그 말을 들은 장오는 심각해졌던 표정을 풀며 빙그레 웃었다. 그리고 감탄하며 말했다.

"명란이 말이 맞다! 무리에서 흩어져 나온 좀도둑에 불과할 거야. 지금 호위선에 묶여 있으니 당장 물건을 챙겨 밑에 준비해둔 삼판선을 타고 왼편 뭍으로 가면 되겠다!"

사람들은 그 말을 듣자 표정이 한결 편안해졌다.

해적의 인원은 많지 않았지만 '기습'한 데다 선박이 좁아 사람들이 몸을 피하기에 어려웠기에 그들이 행패를 부릴 수 있었다. 영통거 우측 뭍은 굴곡진 구조라 바람을 피하기 그만이라 선박들이 그곳에 정박해 있었다. 좌측 뭍은 넓디넓은 갈대밭으로, 사람 키만 한 갈대가 빽빽하게 자라 있는 데다 회음의 위소衛所 병영으로 향하는 통로였다. 그러니 뭍으로 가기만 한다면 그곳에 있던 병력이 도움을 주는 것은 물론이고, 추격해 오던 해적들도 분산되어 쫓지 못하게 될 것이다.

그 시대에는 아직 구명정이라는 개념이 없었고, 뭍의 선부들은 그사이 해적들에게 모두 제압당한 상태였다. 장오는 작은 삼판선 두 척을 간신히 구해 왔다. 다행히 장오는 교전 경험이 있는 파총이었기에 적에 대한 대처법을 알고 있었다. 그는 사람들이 짐을 챙겨 배에서 내리게 하는 한편, 선박 내 모든 선실의 등불을 최대한 밝게 켜라고 했다. 또한, 배에 있는 사람들이 크게 당황한 것처럼 보이도록 이리저리 뛰어다니라 했다. 단, 삼판선에서는 그 어떤 불도 밝히지 말라며, 그러면 어둠의 도움을 받아 기적 없이 뭍으로 향할 수 있다고 했다.

급박한 상황에서 계집종들은 허둥지둥했고, 장오는 계속해서 움직이라 재촉했다. 윤아는 얼굴이 하얗게 질린 채 배를 잡고 고통스러운 표정을 짓고 있었는데, 아무래도 태아에 문제가 생긴 듯했다. 명란은 멀리서 피어오르는 불꽃을 보며 한참 교전 중이라 생각하고 입을 열었다.

"올케언니 상태가 안 좋아 보여요. 조금 있으면 더 움직이기 힘들어질 테니 오라버니께서 언니와 장동을 데리고 먼저 출발하세요. 제가 정리한 후 바로 쫓아갈게요."

처음에는 윤아와 장오가 마뜩찮아 했다. 그러나 해적이 도달하기까지 아직 시간이 있는 듯 보이자 장오가 눈을 질끈 감고 마음의 결정을 내렸다. 장오는 호위 절반과 삼판선 한 척을 남겨 주며 명란에게 당부했다.

"은전 좀 못 챙겨도 상관없으니 빨리 뒤따라오너라!"

명란은 고개를 끄덕였고, 연초에게 장오를 따라가라 했다.

사실 명란은 이미 뭍과의 거리를 계산해두었다. 산촌, 농촌에 가서 노동자, 농민과 함께할 뜻을 품었던 유능한 청년인 요의의 수영 실력이 반 토막이라도 남아 있다면 충분히 도착할 수 있는 거리였다. 남은 사람들 중 단귤은 개헤엄을 칠 수 있으니 소도가 단귤을 데리고 헤엄치면 됐고, 녹지와 윤아가 남겨둔 계집종 몇몇도 어느 정도 수영이 가능했다.

대대부인이 돌아가시게 된다면 조부모상을 당하는 것이니 장오는 분상奔喪을 가는 셈이다. 그 때문에 장오는 경성에서 몇 해 동안 모아온 재물을 전부 가져왔고, 그것들은 결코 적은 액수가 아니었다. 절대 능력도 없는 좀도둑들에게 넘겨줄 수는 없는 일이다. 명란은 계집종 몇몇에게 가벼운 도자기 골동품과 금은 장신구를 모두 동유를 칠한 방수포로 만든 주머니에 넣게 했다. 그러던 도중 뱃전에서 망을 보던 녹지가 소리를 질렀다.

"쌤통이다! 다 쏘아 죽여버려라!"

명란이 서둘러 달려가 보자, 멀지 않은 곳에 있는 큰 선박의 뱃전에서 호위 몇몇이 활을 들고 물속을 향해 활을 쏘고 있었다. 욕설이 울려 퍼졌고, 고통스러운 신음과 경악하며 울부짖는 소리도 들렸다. 명란은 긴장하여 말했다.

"큰일이야! 놈들의 배가 막히니까 흩어져서 헤엄쳐 오고 있어!"

계집종들은 그 소식에 정신을 차리지 못했다. 명란은 잠시 생각하다 장오가 탄 작은 배가 이미 강의 중심까지 간 것을 보더니 빠른 결론을 내렸다. 명란은 눈앞에 있는 계집종들에게 낮은 소리로 명했다.

"너희 셋은 1층 선실에 있는 모든 등을 강 속으로 던지도록 해. 작은 등불 하나도 남겨선 안 돼. 나는 녹지와 아래층으로 갈 거야. 소도와 단귤은 두께가 얇고 작은 철 상자를 밧줄로 잘 동여 매. 소도가 헤엄을 잘 치니까 그 밧줄을 배 밑바닥에 묶고, 그런 다음 상자를 강으로 던져! 일을 마치면 아래층에 있는 주방에서 모이자! 서둘러!"

"아가씨, 어째서 우리는 작은 배로 옮겨 타고 도망치지 않나요?"

윤아의 계집종 하나가 물었다.

녹지는 눈을 부라리며 나무랐다.

"염치도 없지! 아가씨가 하라면 할 것이지 무슨 말이 많아! 만약 너희 주인이 아니었다면 우리 아가씨는 진작 떠났어! 감히 말대꾸를 하다니!"

성격이 온화한 단귤이 급히 설명했다.

"강 속에 해적들이 있다면 우리가 아무리 빨리 간다고 해도 잡힐 수 있어. 그놈들이 단번에 우리 배를 뒤집을 수도 있지!"

질문했던 계집종은 얼굴을 붉힌 채 고개를 숙이고 바로 움직이기 시작했다.

명란은 화를 내는 것조차 귀찮았다. 어차피 자기 몸종도 아니잖은가. 명란은 재빨리 뱃전으로 달려가 호위대를 네 무리로 나누고 이미 네 무리로 갈려 있던 계집종들을 보호하며 행동을 개시하게 시켰다. 얼마 지나지 않아 배 전체가 칠흑처럼 어두워졌다. 하늘도 그런 명란을 도운 것인지 그날따라 달빛 하나 없이 어두웠다.

명란은 계속 뛰어 다니며 어멈과 잡역부들에게 얼른 몸을 숨기라 하고, 건장한 자들은 뱃전으로 나가 적에게 맞서게 했다. 그리고 자신은 바로 주방으로 뛰어들어가 칼, 조리용 뒤집개, 집게, 쇠꼬챙이 등을 꺼내 임무를 마치고 주방으로 온 계집종들에게 '무기'로 쓰라고 쥐여주었다. 소도는 쇠솥을, 녹지는 식칼을 받았고, 나머지 아이들도 모두 하나씩 받았다.

모든 준비가 끝나자 명란은 바깥에 호위대를 배치해놓고, 다시 아래층에 있는, 눈에 띄지 않는 선실에 몸을 숨겼다.

어둠 속, 작게 침 삼키는 소리만 들리는 가운데 다들 숨을 죽이고 기다리고 있었다. 그런 상황이 한참 지속되자 명란은 계집종들이 심히 긴장한 것을 느끼고는 위로해주기 시작했다. 우선, 일부는 화살에 맞아 죽었을 테니 모든 해적이 다 헤엄을 쳐서 올 수 있는 것은 아니다. 둘째, 이곳에는 객선이 총 세 척 있는데, 모두 이곳으로 향하지 않을 테니 또 해적 머릿수가 줄어들 것이다. 셋째, 이 배에는 위아래 두 층으로 선실이 총 열두 개가 있는데, 머리에 문제가 있지 않는 한 우선 곁방부터 살필 것이며, 그러면 머릿수가 또 줄어든다. 게다가 해적들은 헤엄을 쳐서 온 것이기 때문에 불을 가지고 있을 리 만무하다. 배에 있던 등촉과 주방에 있던 땔감은 모두 강에 던진 상태이고, 그들이 갑판이나 문을 부숴서 불을 붙이지 않는 한 이곳을 밝힐 수 있는 방도는 없다. 그러나 배에 있는 모든 목재는 물에 젖어 습기를 머금은 상태이니 불이 쉽게 붙지 않을 것이고, 어둠 속에서 앞을 볼 수 없게 된 그들은 제대로 배를 수색할 수도 없을 것이다. 마지막으로, 지금 이 선실 뒤에 문이 있는데, 원래는 편하게 물을 푸기 위한 것이었으나 최악의 상황이 닥치면 그곳으로 뛰어들면 될 일이었다.

게다가 해적들은 배에서 오래 머무르지 않을 것이니 별다른 수확이 없다 싶으면 다른 배를 약탈하러 갈 수도 있으니 숨어 있기만 하면 될 것이다. 명란이 이렇게 이야기하자 모두들 안심하기 시작했다.

그러나 얼마 지나지 않아, 위층에서 비명 소리와 무기가 부딪치는 소리가 들렸다. 명란은 해적이 왔다는 것을 감지하고, 날카롭고 긴 비녀를 잡고 있던 손에 조용히 힘을 줬다. 계집종들의 숨소리는 다시 거칠어지기 시작했다. 위층에서 끊임없이 들려오는 격전음 사이로 살려달라는 비명도 들렸다. 그리고 얼마 후 어지러운 발소리가 숨 막히게 이어지더니 쾅 하고 문이 열렸다.

바로 인영 두 개가 상스럽게 욕을 퍼부으며 들어왔다. 이미 만반의 준비를 하고 기다리던 명란은 맞은편에 있던 단귤과 함께 밧줄을 당겼다. 쿵 하는 소리와 함께 앞에 있던 자가 먼저 넘어졌다. 바깥에서 들어오는 빛에 의지해 소도가 젖 먹던 힘을 다해 솥으로 그자의 머리를 쳤고, 해적은 윽 하는 소리와 함께 쓰러졌다.

두 번째 해적은 주춤하다가 주방에 잔뜩 모여 있는 여자들을 보자 일행을 부르려고 했다. 그때 계집종 하나가 작은 의자를 집어 들고 그자를 향해 있는 힘껏 휘둘렀다. 그자는 윽 하며 휘청거렸고, 그때 또 다른 계집종이 그에게 달려들어 땅에 넘어트렸다. 명란은 단걸음에 다가가 가슴팍을 밟은 후 손에 들고 있던 비녀를 그자의 가슴에 꽂았다. 그러자 피가 푹푹 솟구쳤다. 그런 다음 그자가 비명을 지르려는 순간, 아궁이에 있던 재를 입으로 쑤셔 넣고, 정신없이 이것저것을 잡고 머리를 때렸다. 그자는 눈을 뒤집더니 그대로 기절해버렸다. 공기 중에는 역겨운 피비린내가 진동했다.

단귤은 역겨움을 참아가며 문을 천천히 닫았다. 명란은 계집종들을 시켜 반쯤 죽어 있는 해적 둘을 밧줄로 칭칭 묶고, 소리를 내지 못하게 입도 막아버렸다. 처리를 끝낸 후, 명란을 포함한 일곱 여자아이들은 서로를 바라보았다. 해적 둘을 해치웠다는 자신감이 생겼기 때문인지, 두려움의 눈빛은 많이 사라졌고, 오히려 흥분한 것처럼 보였다.

한동안 위층에서 시끄러운 소리가 들리더니 다시 적막이 흘렀다. 문틈으로 "여기에는 없어! 다른 곳으로 가보자"와 같은 말이 들리자 계집종들은 기쁨을 감추지 못했다. 명란도 한숨을 돌리려는 찰나, 갑자기 거친 목소리가 들려왔다. 그 목소리는 유독 크게 울렸는데, 자세히 들어보니 이런 내용이었다.

"⋯⋯이 계집들이 입을 열었다. 냉큼 아래로 가봐! 이 집 아가씨가 아직 배에 있다고 하니 서둘러! 잡기만 하면 한몫 제대로 챙길 수 있겠지! 풋풋한 계집종들도 있다 하니 재미 좀 볼 수 있겠어!"

명란의 안색이 창백해졌다. 녹지는 이미 욕을 내뱉고 있었다.

"감히 아가씨를 팔다니!"

명란은 더 이상 기다릴 수 없어 소리쳤다.

"겉옷을 벗고 물에 뛰어들어!"

때는 초겨울이었다. 계집종들은 모두 입고 있던 두툼한 솜옷을 벗어던지고 물속으로 뛰어들었다. 밖에서 시끌벅적한 고함과 아래로 내려오는 발걸음 소리가 들렸다. 명란 무리는 마음을 졸이며 다 같이 강에 뛰어들었다.

강에 뛰어든 명란은 뼛속까지 에는 한기를 느꼈다. 그나마 초겨울이었기에 다행이었다. 그때 "큰일이다. 강으로 뛰어들었어! 잡아!"라고 외치는 소리가 들렸다. 명란은 장기까지 얼어붙을 것 같은 추위를 견디며 힘껏 양팔을 저어 건너편 뭍으로 향했다. 뒤에 풍덩 풍덩 물에 뛰어드는 소리가 들렸고, 이어서 여자의 비명이 울려 퍼졌다. 누군가 붙잡힌 듯했다. 명란은 숨을 꾹 참고 물속으로 들어가 최대한 머리를 수면 위로 노출시키지 않으려 했다.

얼마 지나지 않아 허리춤에 압박이 느껴졌다. 뒤편에서 누군가의 팔이 자신을 붙잡았던 것이다. 명란은 아연실색하며 재빨리 발길질을 해댔다. 하지만 그자는 어찌나 몸놀림이 민첩한지 단번에 명란의 옆으로 다가왔고, 양손으로 명란의 팔 어딘가를 잡아 눌렀다. 어느 부분인지 알 수 없었지만 팔이 욱신거렸고, 결국 그자에게 단단히 잡혀버렸다.

등에 그자의 몸이 닿는 순간 명란은 알았다. 이 사람은 여자야!

그 여자가 몇 번 발길질을 하자 둘은 수면 위로 올라왔다. 명란은 차가운 강바람을 맞으며 심호흡을 한 후 입을 꾹 다물었다. 뒤에 있던 여자는 명란의 얼굴을 강제로 돌렸고, 명란은 피부가 쓰라려 쓱 소리를 내며 이를 악물었다. 여자가 크게 소리를 질렀다.

"찾았어! 이 사람이야!"

기쁨을 감추지 못하는 목소리였다.

명란은 그 틈을 노리고 팔꿈치로 여자를 가격했다. 여자는 고통스러워했지만 더욱 힘을 줬다. 하지만 여자는 패나 노련한 자였다. 명란의 혈자리를 눌러 명란을 단단히 제압하고는 웃으며 말했다.

"아가씨, 무서워 마세요, 우리는 아가씨를 구하러 왔습니다! 성씨 집안의 여섯째 아가씨 맞으시지요? 입가에 보조개가 있다고 하던데! ⋯⋯ 어이, 여기에요! 어서요!"

말을 마친 여자는 명란이 놀랄 틈도 없이 강물을 헤치고 헤엄을 치기 시작했다. 여자는 등불이 여러 개 밝혀진 작은 배를 향했는데, 헤엄 솜씨가 뛰어난 덕에 허리에 힘을 주고 바로 명란을 배로 데려갔다. 그리고 큰 손이 나타나 명란을 번쩍 들어 배 위로 올렸다.

물에서 나오자 차가운 강바람이 바늘처럼 명란의 몸을 콕콕 쑤셨다. 바로 그때 두꺼운 솜이불이 명란의 온몸을 감쌌다. 물속에 있던 여자도 배 위로 올라왔다. 명란은 물이 뚝뚝 떨어지는 머리카락 사이로 곰 같은 남자가 여자에게 옷을 둘러주는 것을 보았다.

명란은 온몸을 덜덜 떨며 사방을 둘러봤다. 배는 등불로 환하게 밝혀져 있었고, 남자 몇몇이 서 있었다. 그중 이불을 둘러서 자신을 커다란 쫑쯔[2]처럼 만들어 버린 남자는 크고 건장한 몸에 아무 장신구 없이 낡은 흑색 장포만 걸치고 있었다. 얼굴의 3분의 2가 수염으로 덮여 있는 그의 깊은 두 눈이 왠지 익숙하게 느껴졌다.

명란은 두 눈을 깜빡였다. 그녀는 구출됐다는 생각에 기쁨을 감출 수 없어 크게 소리쳤다.

"둘째 아저씨!"

그때 명란은 어두운 골목에서 건달들을 만나 곤란한 순간에 경찰이 나타난 것 같은 기분을 느낄 수 있었다. 물론 아무 이유 없이 자신에게

---

2) 종려나무 잎에 찹쌀과 대추 등을 넣어서 찐 전통 음식.

벌금을 물린 적이 있는 경찰이지만 말이다.

고정엽은 눈을 반짝였다. 수염에 가려져 있어 표정은 볼 수 없었고, 그의 낮은 목소리만 들렸다.

"날 알아보는 것이냐?"

명란은 이상했다. 주변은 비명, 격투 소리, 신음 등이 한데 뒤엉켜 소란스러웠는데, 고정엽이 입을 떼는 순간 그의 말 한 글자 한 글자가 선명하게 들렸던 것이다. 명란은 황급히 답했다.

"물론이죠. 다른 사람은 몰라도 제 목숨을 구해주러 오신 분은 알아봐야죠!"

명란은 소도와 다른 계집종들을 떠올리고 고정엽에게 다가갔다. 백옥처럼 어여쁜 얼굴에 애교스러운 미소를 띠우며 간절히 말했다.

"둘째 아저씨, 제 계집종들이 아직 물속에 있어요. 제발 구해주세요. 이렇게 추운 날에 더 있다간 큰일 나겠어요!"

누군가에게 부탁할 때 명란은 항상 평소보다 훨씬 더 사랑스럽게 행동했다.

고정엽의 기다란 눈매가 살짝 올라가면서 검은 눈이 깊게 가라앉았다. 마치 수면에 어른거리는 빛 같은 그 눈은 명란을 노려보려다 참는 것처럼 보였다.

제74화

추운 밤, 강의 수면,
누설 그리고 폭로

밤바람이 차가워 명란은 가볍게 재채기를 했다. 곰 같은 남자가 헤엄을 잘 치는 여자에게 술 주전자를 건넸다. 여자는 명란이 덜덜 떠는 걸 보고 작은 술잔을 건넸다. 명란은 차가운 강바람을 타고 전해지는 은은한 술 향을 느낄 수 있었다. 여자가 웃으며 말했다.

"괜찮으시다면 조금 마시고 몸을 녹이세요."

명란은 고개를 들고 마치 어른의 결정을 기다리는 어린아이 같은 모습으로 고정엽을 바라봤다. 고정엽은 명란의 초롱초롱한 눈빛을 보자 순간 마음이 편안해져 고개를 끄덕였다. 그제야 명란은 덮고 있던 이불 속에서 자그마한 손을 꺼내 술잔을 받아들고는 손목을 꺾어 한 번에 모두 마셔버렸다. 그리고 술잔을 다시 건네며 해맑게 얘기했다.

"감사합니다."

입속에 술 향이 가득했고, 따뜻한 온기가 몸 안에 퍼져 나갔다.

그 여자와 배 위에 있던 다른 사내들은 조금 놀란 듯한 표정이었다. 지금까지 그들이 만나본 대갓집 가문의 아가씨들은 모두 고고하고 도도

했는데, 눈앞에 있는 인형처럼 아리따운 아가씨는 털털하고 조금의 가식적인 모습도 없었다. 곰 같은 남자가 엄지손가락을 추켜세우며 걸걸한 목소리로 감탄했다.

"큰조카가 정말 시원시원하네!"

옆에 있던 여자가 웃으며 자신을 소개했다.

"아가씨, 너무 언짢아 마세요. 저이는 강호를 누비며 살아온 사람이라 예법 같은 건 잘 모른답니다. 저는 차삼낭이라고 해요."

명란은 여자를 유심히 살펴보았다. 열여덟에서 열아홉 살 정도 돼 보이는 여자는 까무잡잡한 얼굴에 큰 눈과 큰 입을 가졌다. 전체적인 생김새가 날렵하고 아름다웠다. 그녀는 배에 있는 사람들을 한 명씩 소개해 줬다. 곰 같은 남자는 그녀의 남편인 석갱이었고, 그 옆의 키가 작고 덩치가 좋은 사내아이는 석갱의 동생인 석장이었다. 뱃머리에 서 있는 하얀 얼굴의 수려한 청년은 우문룡이었다. 그들은 모두 조방漕幫[1]이었다.

고정엽의 옆에는 한껏 분위기를 잡고 미소를 짓고 있는 중노년의 선비가 있었는데 공손백석이라는 자였다. 그리고 뒤에는 그와 아주 닮은 소년 하나가 있었다. 기민하고 총명해 보이는 그의 이름은 공손맹으로, 둘은 삼촌과 조카 사이였다.

명란은 솜이불 속에서 자그마한 손을 꺼낸 후 공수하여 아주 공손하게 인사를 건넸다.

"한 번도 들어본 적은 없지만…… 그래도 존함은 익히 들어 알고 있었습니다."

---

1) 배로 물건을 실어 나르는 조운漕運의 권리를 독점하는 조직.

석 씨 형제는 머리가 나빠 이해를 못 했을 텐데도 아주 열성적으로 같이 공수를 하였다. 차삼낭, 공손 씨 삼촌과 조카는 웃음을 참을 수가 없어 괴로워했다. 우문룡은 몰래 명란을 훔쳐보다 그림같이 어여쁜 명란의 모습에 얼굴을 붉히며 다시 고개를 숙였다. 고정엽이 고개를 돌렸다. 아무런 표정도 없었지만, 그의 눈은 하늘을 수놓은 별보다 더 밝게 빛나고 있었다.

그때 작은 배 한 척이 다가왔다. 석씨 형제를 뺀 나머지 사람들이 모두 뛰어 올라갔다. 차삼낭이 명란의 옆에 앉으며 웃었다.

"아가씨네 배는 이제 깔끔할 겁니다. 우리는 우선 돌아가서 옷부터 갈아입어요. 저들은 남은 해적들을 손봐주러 갔어요. 다들 헤엄 실력이 출중하니 아가씨의 계집종들을 모두 찾을 겁니다."

명란은 의구심이 들었지만 그래도 연신 감사의 말을 건넸다. 언제부터 조방이 수상 치안대가 됐단 말인가.

그때, 강에서의 싸움이 끝이 났다. 석씨 형제는 앞과 뒤에서 작은 배를 지켰고, 차삼낭은 명란을 꼭 끌어안으며 사방을 경계했다. 명란은 천천히 다가오는 성가의 선박을 바라보다 참지 못하고 뒤를 돌아봤다. 고정엽이 뱃머리에 서서 활시위를 당기고 있었다. 긴 팔과 가는 허리의 그는 연속으로 활을 쏘았고, 강의 수면에는 바로 피가 솟아나기 시작했다. 주위에 있던 남자들도 똑같이 활을 쏘았고, 수면에 보이던 사람 머리는 움직이는 과녁이 되었다.

희미한 달빛 아래, 고정엽이 어두운 얼굴로 큰 덩치를 숙이며 수면에 떠오른 시체들을 바라보았다. 그러다가 조금이라도 살려달라고 버둥거리는 사람을 보면 망설임 없이 화살을 쏘아 숨통을 끊어버렸다. 매의 눈과 늑대의 사나움을 모두 갖춘 듯한 그의 눈빛에는 살기가 어려 있었다.

명란은 자신도 모르게 몸서리를 쳤다.

　석씨 형제는 배를 잘 다뤘다. 파도가 아무리 요동쳐도 그들이 타고 있는 작은 배는 날아가듯 빠르고 조용하게 큰 선박을 향해 나아갔다. 가는 도중에 명란은 차삼낭과 담소를 나누었는데, 강호의 여자라 그런지 아주 호탕했다. 몇 마디 나누었을 뿐인데 명란은 몇 가지 정보를 알게 되었다. 석갱은 조방의 부방주로 새로 부임한 사람이었다. 조금 전에 고정엽에게 '형님'이라고 부르는 것을 봤기 때문에 평범한 강호의 사내라 생각했었는데 의외였다.

　명란이 멍하니 한숨을 쉬며 작은 목소리로 말했다.

　"석 방주가 저 대신 배를 몰아 오늘 화를 면했네요."

　차삼낭이 커다란 두 눈을 반짝반짝 빛내며 웃었다.

　"그래도 한 번도 사양을 안 하시네요."

　명란이 두 손을 펼쳐 보이며 진실하게 대답했다.

　"노를 저을 줄 모르는데 사양하면 누가 하겠어요? 그냥 염치없이 부탁할 수밖에요."

　어여쁜 외모의 차삼낭이 웃으며 명란을 가볍게 때렸다.

　성가의 배는 크게 훼손되지 않았다. 배에 오른 명란은 뱃전에 서서 좌우를 둘러보고 있는 소도를 보았다. 그 옆에는 안색이 파랗게 질려 초조해하는 단귤이 있었다. 명란이 멍하니 바라보자 계집종은 울고불고하며 명란에게 달려왔다. 상방으로 들어간 명란은 다급히 물었다.

　"너흰 어떻게 배에 있는 거야? 아무 일도…… 없었어?"

　그렇게 말하며 살펴본 계집종들은 신기하게도 아무런 상처 없이 멀쩡했다.

　소도가 의기양양하게 말했다.

"단귤 언니를 데리고 어떻게 헤엄을 빨리 치겠어요? 데리고 가려니 너무 힘들어서 배 밑으로 숨었지요. 그리고 가끔 숨을 쉬러 나왔어요. 해적들은 다른 사람을 쫓느라 배 밑은 신경 쓰지 않았어요. 날도 어두워서 아무도 눈치 못 챘고요. 뭍까지 헤엄쳐 가려고 했는데 갑자기 한 무리의 사람들이 오더니 배에 있던 해적들을 모두 물리쳐줬지 뭐예요. 그래서 다시 돌아왔어요."

명란은 소도를 보며 한참 동안 말도 없이 속으로 감탄했다. 지혜롭고 용기 있다는 게 바로 이런 거구나!

단귤은 명란이 옷을 갈아입도록 시중을 들며 깨끗한 천을 가져다 명란의 젖은 머리를 말려 준 후, 간단하게 머리를 틀어올려주었다. 차삼낭은 명란보다 몸집이 조금 컸기에 소도는 윤아의 옷을 가져다 갈아입으라고 건넸다. 그 후, 명란은 계집종들과 머슴들이 모두 무사한지 세어보았다. 성가의 하인들과 호위들은 대부분 무사했다. 사공 둘이 죽었고, 예닐곱이 다쳤는데 명란은 보상을 해주기 위해 단귤을 시켜 그들의 이름을 적게 했다.

뒤이어 가정家丁 둘이 어멈 셋을 데리고 들어와 땅바닥에 패대기쳤다. 단귤은 어멈들을 보자마자 이를 갈며 얘기했다.

"아가씨, 저 셋이 우리의 비밀을 발설했어요."

명란은 상석에 앉아 곁눈으로 황급히 찾아 탁자 위에 올려놓은 등잔을 바라봤다. 어둑어둑한 불빛이 비치자 귀신같이 으스스하게 보였다. 명란은 고개를 숙인 채 오톨도톨한 무늬가 들어간 배자를 쓰다듬었다. 고급 강남 비단으로 만들어진 것이라 보드라웠다. 무릎을 꿇고 있는 어멈 셋은 봉두난발을 한 채 고통스럽게 머리를 박으며 눈물을 흘리고 있었다.

명란이 조용히 얘기했다.

"그때 상황이 어떠했는가?"

그중 한 어멈이 양옆의 어멈들을 한번 쳐다보더니 용감무쌍하게 입을 뗐다.

"현명하신 아가씨, 해적들이 저희를 붙잡았지만 아무런 재물이 나오지 않자 저희를 죽이겠다고 협박을 했어요. 저희는 너무 무서워서 그만 실토를 해버렸지요……. 아가씨, 정말로 아가씨를 해하려던 마음이 아니었어요. 아가씨, 살려주세요!"

그렇게 얘기하며 세 어멈은 애걸복걸하며 용서를 빌었다. 옆에 있던 시종이 분노하며 그들을 발로 찼다. 단귤이 조금 전의 공포를 떠올리며 분노하는 목소리로 소리를 쳤다.

"주인을 위해 목숨을 바치는 것도 가치가 있는 일이거늘! 아니면 당신들 같은 어멈들에게 왜 애먼 돈을 쓰겠어요? 내가 진작 물어본 바로는 그때 해적들은 몇 명밖에 안 죽였다던데요. 아가씨가 말했던 것처럼 주인들이 이미 재물을 작은 배에 실어 맞은편 기슭으로 갔고, 이 배는 텅텅 비었다고 하면 됐잖아요? 자기가 죽는 게 무서워서 그런 게 아니라 당황해서 아무 말이나 내뱉는 바람에 하마터면 아가씨 목숨까지 위험해질 뻔했다고요!"

명란은 무표정하게 고개를 숙이고 자신의 옷에 있는 꽃무늬를 쓰다듬었다. 그리고 천천히 고개를 들고 탄식했다.

"됐다. 너희는 저 세 명을 잘 지켜보도록 해라. 유양에 당도하면 할머님께 말씀드려 자네들을 내보내겠네."

세 어멈은 용서해달라고 애원했고, 명란은 피곤하다는 듯 손을 저으며 말했다.

"자네들도 겁에 질려 한 일이니 이유가 없는 것은 아니네. 하지만 자네들 목숨만 목숨이 아니라 다른 사람의 목숨도 목숨이라는 걸 알아야지. 자네들을 벌하지는 않겠지만 남겨둘 수는 없네."

말을 끝낸 명란은 사람을 불러 세 어멈을 가두도록 했다. 그때 마침 차삼낭이 들어와 그 광경을 보며 웃었다.

"참으로 인정이 많으십니다. 만약 우리 조방에서 형제를 팔고, 기밀을 누설하는 일이 발생했다면 당장 사람들을 불러모아 관이야(關二爺[2]) 앞에서 사지를 찢을 텐데!"

한참 화를 내고 있던 단귤은 그 말을 듣자 다소 놀란 듯 물었다.

"……그 정도란 말이에요?"

차삼낭의 뒤에서 들어오고 있던 소도가 바로 말을 받았다.

"언니는 마음이 너무 여려. 조금 전에 물에 빠져 있을 때 자칫 잘못하면 목숨을 잃을 뻔했잖아. 그때만 해도 단단히 혼쭐을 내주겠다고 하고는! 상황이 나아지니 다 잊은 게지!"

명란은 단귤이 멋쩍어하는 모습을 보며 진지한 어투로 단귤과 소도에게 일러주었다.

"그러니 이번 일이 우리에게 알려주지 않니. 호걸이 아니면 패거리에 섞이지 말라고. 패거리에 있는 자들은 모두 영웅호걸이라고!"

명란은 힘들지 않고 아부를 했다.

차삼낭이 '픔' 하고 웃으며 명란의 손을 잡고 얘기했다.

"큰조카는 정말 대단한 사람이네요. 제가 사방을 다녀보았지만, 고귀

---

[2] 관우.

한 가문의 자제 중 이렇게 재미있는 사람은 본 적이 없어요!"

명란은 얼굴을 붉히며 "아닙니다." 같은 겸손의 말을 했다.

얼마 지나지 않아 무거운 발걸음 소리가 들리더니 석갱이 쭈뼛거리며 들어왔다. 그는 차삼낭이 남색 꽃의 은색 가지가 수놓아져 있는 배자를 입은 모습을 보더니 오랜만에 눈을 반짝이며 웃었다.

"삼낭, 옷차림이 참으로 보기 좋네! 피부도 검어 보이지 않고, 몸매도 좋아 보이고!"

명란은 그가 지나치게 말솜씨가 없다고 생각하며 어안이 벙벙해졌다. 돌아가면 분명 부인에게 한소리를 들을 것 같았다. 그러나 차삼낭은 화를 내기는커녕 허허 웃으며 답했다.

"옷이 좋아서 그렇지. 옷이 날개라는 말이 있지 않소!"

석갱은 자신의 부인을 이리저리 살펴보더니 연신 고개를 끄덕거렸다.

"우리도 천의각에 가서 옷 한 벌 장만하지! 은자 조금이면 될 일인데."

차삼낭이 웃으며 찬성했다.

명란은 부부의 대화가 어느 정도 끝이 난 것을 보고 공손히 일어나 입을 열었다.

"오늘밤 덕망 높은 내외 두 분과 조방 여러분들이 아니었다면 저와 이 계집들의 목숨은 어찌 되었을지 알 수 없습니다. 큰 은혜를 입었습니다. 어찌 감사의 말을 해야 할지 모르겠으나, 명란의 절을 받아주십시오!"

명란은 예를 갖추며 옷깃을 여미고 절을 올리려 했다. 굽힌 무릎이 거의 바닥에 닿으려 했다. 소도와 단귤 역시 따라서 절을 올렸다.

석씨 부부는 황급히 다가와 그녀들을 부축했고, 석갱은 입을 열었다.

"별일 아닙니다. 큰형님의 조카면 우리의 조카나 마찬가지인데 당연한 일이지요!"

명란은 거듭 절을 하며 감사의 인사를 전한 후에야 몸을 일으켰다. 차삼낭은 명란이 또 절을 할까 얼른 화제를 돌렸다.

"석장 도련님은요?"

석갱이 대답했다.

"바깥에서 일을 도우라고 시켰지. 외상 치료는 석장이 가장 잘하는 것이니."

선박 위에서는 다들 분주히 움직이고 있었다. 명란은 단귤을 보내 하인들을 시켜 엉망이 된 객실을 정리하게 했다. 그리고 소도에게 땔감을 구해 와 차를 끓이게 한 다음 석씨 부부에게 한담을 나누자고 청했다.

명란은 재치 있고 털털하게, 하지만 겸손하고 예의 바르게 말을 했다. 석씨 부부는 긴장을 풀고 함께 이야기를 나누기 시작했다.

석갱은 본래 강호를 떠돌던 사람이었다. 아버지뻘인 그는 부두에서 생계를 유지하던 사람이었다 했다. 차삼낭은 바닷가에서 살던 해녀였는데, 고향에서 화를 입고 사부를 따라 무예와 잡기로 연명하다가 석갱을 알게 돼 부부의 연을 맺었다고 했다. 명란은 그들이 얘기하는 강호의 이야기를 흥미진진하게 듣고 있었다. 그때 소도가 차와 간식거리를 들고 들어왔고, 석갱은 목을 적신 후 말을 이어갔다.

약 2년 전, 그들은 집을 나와 떠돌던 고정엽을 알게 됐는데 처음 본 순간부터 옛 친구를 만난 듯한 기분에 바로 의형제를 맺었다고 했다. 석갱은 고정엽의 신수와 인품에 대해 입이 마르도록 칭찬을 했다. 그리고 사방에 침을 튀기며 영웅 고정엽의 모습과 그가 자신의 숙부를 도와 방주 자리에 올린 과정을 생생하게 묘사했다. 석씨 부부는 거칠면서도 세심했다. 일부 중요한 업무를 제외하고는 모든 이야기를 시원하게 털어놓았다.

"······에휴, 형님도 참 쉽지 않게 살아오셨지요. 후부侯府의 공자 노릇만 안 해도 은자면 은자, 명성이면 명성 모두 가졌을 텐데 어찌하여 아직도······."

석갱이 탄식하기 시작했다.

"사실 만랑 형수도 대단하시지요. 형님을 따라 먼 길을 다니며 같이 고생하시고, 우리 형제들도 아주 열성적으로 보살펴주시죠. 그런데 형님은 바깥에서 노숙하는 한이 있어도 형수님을 상대하지 않으시니!"

차삼낭이 미간을 찌푸리더니 황급히 남편을 밀며 저지했다.

"쓸데없는 소리!"

그리고 불안한 눈빛으로 명란을 바라보며 혹시라도 남편이 말실수를 한 것이 아닐까 하는 표정을 지었다. 명란은 흥미진진하게 물었다.

"만랑도 오셨어요? 경성에 있는 줄 알았는데. 그럼, 아이도 데리고 오셨나요?"

석갱은 명란도 알고 있다는 사실을 알게 되자 안심하며 차삼낭을 흘겼다.

"봐, 큰조카께서도 알고 있잖아."

그리고 신이 나 말을 이어갔다.

"큰조카, 대체 큰형님이 왜 만랑 형수를 그리도 싫어하는지 아시오?"

명란은 고개를 숙이고 한참을 망설이더니 무덤덤하게 얘기했다.

"그분이······ 잘못을 하셨어요."

차삼낭의 눈이 반짝였다. 속으로 알 만하다고 생각하는 것 같았다. 하지만 석갱은 별다른 반응 없이 계속 조잘거렸다.

"큰형님은 동에 번쩍, 서에 번쩍이니, 뒷바라지를 할 여자가 필요하지요. 내 보기에 만랑 형수는 아주 괜찮거든요. 큰형님이 명분이라도 주면 좋을 터인데. 큰형님의 형님이 말했던 혼담은 뭐 좋은가. 결국, 엎어졌잖아……."

차삼낭이 남편을 쿡 찌르며 소리를 높였다.

"쓸데없는 남정네 같으니, 당신이 뭘 알아?! 큰형님 부인 일에 신경 꺼! 저번에 당신이 만랑을 '형수'라고 불렀다가 큰형님이 반년 동안 말도 안 붙였잖아! 잊었어? 큰형님이 제일 싫어하는 것이 만랑이 쫓아다니는 건데 옆에서 흥을 돋우다니!"

석갱은 그 말을 듣고 곰 같은 몸뚱이를 움츠리더니 고개를 저을 뿐 아무 말도 하지 못했다.

차삼낭은 현명하지 못한 자신의 남편을 흘겨보더니 핀잔을 줬다.

"입에다가 자물쇠라도 달아 놓아야지. 기분만 좋아지면 아무 말이나 막 뱉는다니까!"

그러더니 명란을 돌아보고 웃었다.

"저 사람이 하는 말은 너무 신경 쓰지 마세요."

명란이 살짝 미소를 지으며 차삼낭을 안심시켰다.

"괜찮아요. 혹시 아저씨께서 말씀하신 그 혼담이 감남경성贛南慶城[3]의 팽彭가인가요?"

근 일 년간 선제의 상을 지키느라 경성에서는 모든 오락 행위가 금지되어 있었다. 유희 거리가 사라진 결과, 사람들은 갖가지 소문으로 무료함을 달래고 있었다. 명란은 조심스럽게 물었다.

"혼사가 성사되지 않았지요?"

---

[3] 강서성 남부.

차삼낭은 명란의 눈치를 살폈고, 선량해 보이는 얼굴을 보자 탄식을 하며 작은 소리로 말을 꺼냈다.

"큰형님의 그 후야侯爺 형님이 말씀하신 그 혼사에 대해 저희가 알아보았지요. 팽가가 큰 가문은 아니지만 그 집 아가씨는 온화하고 고상한 줄 알았는데, 알고보니…… 참 나!"

그녀는 흥하고 콧방귀를 뀌더니 말을 이어갔다.

"팽가가 어찌나 무례하던지요! 싫으면 싫은 것이지, 어찌, 어찌…… 방계의 서녀로 바꿔치기해 들이대려 하다니. 우리 큰형님이 처를 얻지 못해 동정하는 것도 아니고 말이지요!"

강남경성의 팽가는 금향후의 후예로, 태종 무황제 때 잘못을 저질러 작위와 가산을 빼앗기고 온 집안이 본적으로 돌려보내졌다. 선제가 즉위한 후 작위를 회복시키지는 않았지만 약간의 상은 내려주었다. 그 후 팽가는 권세에 붙어 이익을 꾀하였으나 금향후의 작위는 다른 신임 관리에게 넘어갔다. 가문이 다시 일어설 희망이 사라지긴 했어도 팽가는 경성의 권문세가와 오랜 인척 관계가 있었고, 가문의 자제가 하급의 관리로나마 부임을 한 상태라 몰락하지는 않았다. 하지만 권세를 놓고 보면 아래로는 감찰관을 부리고, 위로는 황제의 명을 받드는 성광에 비할 바가 아니었다.

휴, 고정엽의 혼사도 쉽게 흘러가지는 않는구나.

명란은 차삼낭의 말을 들은 후 아무 말 없이 고개를 끄덕이다 이내 고개를 저었다. 석갱은 이해할 수 없다는 듯이 큰소리로 물었다.

"큰조카, 무슨 말이라도 좀 해봐요!"

명란은 말을 하고 싶지 않았지만 석씨 부부는 솔직한 사람들이었다. 그들의 다그침에 명란은 마음에도 없는 소리를 하고 싶지도 않았다. 한참을 망설이던 명란이 천천히 입을 열었다.

"팽가가 다른 아가씨로 혼사를 치르려 한 건 분명 사람을 속인 일이나, 그들이 혼사를 허하지 않은 데도 다 이유가 있었지요."

석갱은 새빨개진 얼굴로 목에 핏대까지 세우며 반박을 시작했다.

"큰조카, 그게 대체 무슨 말입니까? 우리 큰형님이…… 아야, 뭐 하는 거야?"

차삼낭이 발로 그를 걷어찼다. 석갱은 고통스러운 듯 허리를 숙여 종 아리를 끌어안았다. 그때 문 앞에 큰 그림자가 서 있는 것이 보였다. 수 염이 덥수룩한 얼굴의 고정엽이 어느새 와 있던 것이다.

차삼낭은 눈치를 보며 자리에서 일어났고, 석갱은 어색하게 허허 웃 으며 고정엽의 곁으로 다가가 관심을 가지며 물었다.

"큰형님, 오셨습니까? 그 망할 해적 놈들은 깨끗이 해치우셨겠지요. 빠르기도 하시지."

차삼낭도 급히 말을 이어받았다.

"당연한 소리를. 큰형님께서 나섰는데 안 풀리는 일이 있을 리가!"

부부는 쿵짝이 맞아 열심히 비위를 맞추었다. 어떻게 해서든 조금 전 뒤에서 몰래 고정엽에 대해 이러쿵저러쿵 논하다 걸린 어색한 상황을 무마하려는 것이었다. 명란도 하지 말아야 할 일을 한 듯 상당히 불편한 마음으로 곁에 서서 분위기를 맞추기 위해 바보처럼 웃을 뿐이었다.

고정엽이 조용히 석씨 부부를 훑었다. 석씨 부부의 이마에서 식은땀 이 솟아났다. 고정엽은 아무 말 없이 뒷짐을 지고 천천히 들어오더니 낮 은 목소리로 말했다.

"바깥 일이 마무리되었으니 너희도 서둘러 출발하거라. 나는 잠시 이야기를 나눈 뒤 갈 터이니."

석씨 부부는 고정엽을 상당히 경외하는 듯, 그 말을 듣자마자 명란에게 작별 인사를 건네고 방문을 나섰다. 그러자 방에는 어색해하는 명란과 수염이 덥수룩한 고정엽 둘만 남게 되었다.

고정엽은 문에 기대어 있는 의자에 차분히 앉았다. 그와 명란은 약 열 발자국 정도 떨어져 있었는데, 고정엽은 거만한 목소리로 명령하듯 말했다.

"앉아라."

명란은 얌전히 자리에 앉으며 그의 명을 기다렸다.

고정엽이 상냥한 말투로 천천히 말을 했다.

"두 가지다. 첫째, 오늘밤 네가 물에 빠진 일을 다른 사람들은 알지 못할 것이다. 네 집안의 아랫것들은 네가 잘 처리하도록 해라. 그 외에 너를 본 사람들은 내가 처리하겠다."

뜻밖의 얘기에 명란은 고개를 번쩍 들었다. 눈에 기쁨이 가득했다. 입가에 연분홍빛 웃음이 번지면서 눈처럼 하얀 피부에 작은 보조개가 패었다. 마치 유월의 괴화당[4]처럼 달콤했다.

고정엽의 입가가 뒤틀렸지만, 수염에 가려져 아무도 알지 못했다. 그가 말을 이어갔다.

"둘째, 다른 사람들에게 내 얘기를 하지 말거라. 조방 사람들이 구해줬다고만 말하면 될 게야."

명란은 연신 고개를 끄덕였다. 석갱은 고정엽이 강호에서 얻은 성과를 추앙했지만, 강호는 결국 강호일 뿐이었다. 조정의 고위 관료들이 보

---

4) 아카시아꽃을 설탕에 잰 것.

기에 그들은 고위 관료들이 부리는 하인이나 집을 지키는 문지기 혹은 목숨 바쳐 배후에서 세력을 지키는 앞잡이에 불과한 시정아치 하류 인생일 뿐이었다.

후부의 공자가 강호의 큰형님이 된 것은 명예로운 일이 아니었다. 강호에서 아무리 날고 긴다고 해도 고귀한 가문의 눈에 그는 변변치 못한 놈이었고, 입에 올리기도 부끄러운 자식이었다.

"아저씨, 걱정하지 마세요!"

명란은 가슴만 안 쳤을 뿐 아주 결연에 차 말했다.

"작은 배에서 아저씨를 부른 것 말고는 단 한 번도 아저씨에 대해 얘기하지 않았어요. 아무도 모를 거예요."

고정엽은 만족스러운 듯 고개를 끄덕였다.

다음 순간, 두 사람은 서로를 바라보며 아무 말도 하지 않았다. 명란은 가만히 앉아 고정엽을 바라보며 무슨 말을 해야 할지 몰라 그저 옆에 있는 등잔만 바라봤다. 등잔의 조그마한 불은 살짝 노란 빛을 띠고 있었다. 불꽃 끝부분은 옅은 청색 빛을 뿜고 있었는데 마치 여자아이의 찌푸려진 미간같이 보였다.

그때 갑자기 고정엽이 생각지도 못한 반 토막짜리 질문했다.

"……무슨 이유가 있다는 것이냐?"

신기하게도 명란은 그가 결국엔 이 질문을 할 것이라는 사실을 알고 있었던 것 같았다. 풍족하게 생활하는 경성의 부랑자이건, 자유분방하게 강호를 누비는 왕손 공자건 결국 고정엽은 고정엽이었다. 끝까지 물고 늘어지는 성미는 하나도 변한 것이 없었다.

명란은 들었을 때 마음 편히 웃음 지을 수 있는 말들을 진작부터 준비해 놓은 상태였다. 그런데 그녀가 입을 떼려던 순간, 고정엽이 말을 가로

채며 한마디를 더 보탰다.

"내가 도움을 줬던 일들을 아직 기억한다면 사실대로 말해줬으면 좋겠구나. 가식적인 말들은 이십 년 동안 실컷 들었으니."

짙은 수염에 얼굴이 가려져 있었지만, 그의 두 눈은 깊은 밤보다 더 깊고 침울해 보였고, 그 속에서는 참담함까지 느껴졌다.

명란은 숨이 막혔다. 준비해 온 원고가 쓸모없어지자 난처한 나머지 애먼 소매만 만지작거렸다. 각도상 고정엽의 위치에서는 명란의 뽀얀 목덜미밖에 보이지 않았는데, 갓 캐낸 연근 같은 목덜미가 어두침침한 빛을 받자 반투명한 색으로 보였다. 가느다란 청색 핏줄도 얼핏 보였다.

명란이 갑자기 입을 열었다. 목소리가 이상할 정도로 서늘했다.

"애초에 언연 언니에게 여러 번 청혼하신 까닭은 무엇이었습니까? 경성에 숙녀가 없는 것도 아니었는데요."

고정엽은 명란이 그런 질문을 할 거라고는 생각도 못했기에 순간 얼어붙었다. 그가 대답하기도 전에 명란이 혼잣말처럼 말을 이어갔다.

"언연 언니는 품성이 곱고 겸손해 매사에 가족을 가장 중시했어요. 그런 부인이면 분명 만랑을 받아들이고 서출 자식들에게도 잘했겠죠."

게다가 여 부인은 계실繼室 5)이니 의붓딸을 전심전력으로 보호할 리 만무했다.

고정엽은 침묵했다.

명란이 고개를 살짝 외로 틀었다.

"여인들은 다 좁디좁은 안채에 갇혀서 매일 이런 생각을 한답니다. 저

---

5) 후처.

같은 것도 그 도리를 이해할 수 있으니 다른 사람은 어떻겠습니까?"

명란이 옅은 미소를 지었다.

"그러니 딸을 진심으로 아끼는 부모라면 어찌 허락하겠습니까? 아저씨의 인품을 제대로 알지 못하는 사람이 자진해서 기쁜 마음으로 아저씨와 인척이 되고 싶어한다면 그거야말로 그 사람에게 다른 꿍꿍이가 있는지 의심해봐야죠."

명란이 에둘러 말했지만, 머리 좋은 고정엽이 어찌 모르겠는가. 방탕하다는 악명은 물론 불효不孝, 불의不義한 전적이 있으면서 외첩6)과 서자를 품어 줄 좋은 부인을 찾는다니 대체 무슨 자신감이란 말인가? 진정으로 딸을 귀히 여기는 집안이라면 그를 사위로 맞이할 리 없었다. 그를 원하는 집안이라면 단순히 그의 신분과 가문을 좇은 곳이리라. 하지만 사실 따지고 보면 그에겐 그럴싸한 권력이나 지위도 없었다.

명란이 어두운 표정의 고정엽을 보며 잠시 망설이더니 입을 뗐다.

"주제넘은 말씀이지만 아저씨께서는 어째서 만랑을 받아주지 않으시는 거죠? 둘의 인연도 여러 해가 되었고, 자식도 있는데요."

고정엽은 작게 콧방귀를 뀌며 차갑게 말했다.

"성 대인께서 교육을 잘하셨군. 여식이 이토록 마음이 너그러우니."

명란은 그가 비꼬는 것을 알아차리고 바로 정색을 했다.

"만랑이 잘못을 했다고 해도 아저씨를 향한 마음은 일편단심이지 않습니까. 재물도, 권세도 원치 않고 오직 아저씨만을 원하니 다른 사람보다 훨씬 낫지요."

---

6) 집 밖에 두고 있는 첩.

고정엽은 실소를 했다.

"참 빨리도 변하는구나."

명란이 직언했다.

"전에 아저씨께서 녕원후부에 의지하시어 많은 덕을 보셨지요. 그리하면 후부의 규율을 따라야 했을 거예요. 하지만 지금 아저씨의 모든 것은 직접 노력하여 얻으신 것이니 아저씨의 마음에 있는 여인과 부부의 연을 맺으시면 될 것이지요. 다른 사람의 눈치를 볼 필요 있나요?"

고정엽이 차가운 표정으로 천천히 고개를 저었다. 명란은 흥미로운 표정으로 그를 바라보며 이런 생각이 들었다.

'겉으로 아무리 반항아인 척해도 이 사람은 뼛속까지 왕손 공자구나. 타고난 거만함과 존엄이 혈관을 타고 흐르고 있어. 광대 출신의 여자를 평생 총애하고, 아껴주고, 보호할지언정 처로 맞이하려 하지는 않는군!'

그는 결국 비슷한 수준의 가문 출신 요조숙녀를 처로 들이려는 것이었다. 정세를 파악할 줄 알고, 함께 자녀를 교육하고 남에게 보여줄 수 있는 여자를 말이다.

명란은 흥미를 느끼며 차가운 목소리로 말했다.

"아저씨께서는 반골 기질이 가득하시어 경성의 세속적인 규율을 가장 멸시하시는 것 같더니 실상은 규율을 가장 중히 여기시네요."

고정엽은 항상 냉철했다. 다른 공자들처럼 한번 현혹되면 아무것도 신경 쓰지 않는 종류의 사람은 아니었다.

고정엽이 고개를 들어 명란의 눈을 바라보았다. 은근히 자신을 비꼬는 명란의 눈빛에 살짝 눈을 찌푸렸다. 명란이 다시 입을 열려는 데 그가 손을 들어 저지하더니 말을 이어갔다.

"그만. 만랑은 심보가 틀렸다."

명란은 머리에 번쩍하는 번개가 치는 느낌이 들었고, 자신도 모르게 물었다.

"혹시 여가의 둘째 아가씨의 죽음과 관련이 있나요?"

그 말을 꺼내고 명란은 바로 후회하며 황급히 입을 가렸다. 법원에서 일하면서 다른 사람의 말에서 의문점과 단서를 찾고, 찾는 즉시 얘기하는 안 좋은 버릇이 생긴 것이다. 다른 집안의 비밀은 함부로 말할 수 있는 것이 아닌데 말이다.

고정엽의 목소리가 상상을 초월할 정도로 차가워 명란은 사지가 얼어붙는 것 같았다. 그는 사람을 꿰뚫을 것 같은 눈빛으로 명란을 보며 또박또박 얘기했다.

"그렇게 함부로 덤벼들었다가는 네 목숨도 오래 가지 못할 것이야!"

명란은 고개를 숙이고 바로 사죄했다.

"죄송해요."

고정엽은 자리에서 일어났다. 뒤돌아 나서려던 그는 문 앞에서 발걸음을 멈추고 뒤를 돌아 명란을 바라봤다.

"내 한마디하지."

고정엽이 냉소를 지으며 얘기했다.

"네 일거수일투족은 항상 규율을 지키는 듯하나 뼛속 깊숙이 거만함이 들어 있다. 평소에는 그럴듯하게 꾸미고 있지만, 변고라도 생긴다면 바로 드러나게 될 것이다! 다른 사람에게 들키지 않고 한평생 거짓된 모습으로 살길 바란다."

고정엽이 그 말을 마치고 큰 걸음으로 걸어 나갔다.

문이 반쯤 열려 있는 방에는 차가운 기운만이 가득했다. 문밖은 점점 날이 밝아오고 있었고, 수면에는 옅은 붉은 빛과 회색 구름이 한데 엉켜

무늬를 만들고 있었다.

명란은 한참 동안 그 자리에 서서 아무 말도 하지 못했다.

명란은 애초부터 자신의 단점을 잘 알고 있었다. 타고나길 담이 작았으나, 다른 한편에는 피가 끓고 있어 정의를 실현하기 위해 뛰어드는 영예로운 영웅이 되고 싶은 욕망이 있었다. 그렇기 때문에 지방 파견을 자원했고, 그렇기 때문에 언연을 대신하여 나섰으며 또 그렇기 때문에 목숨 아까운 줄 모르고 배에 남았다가 이런 멍청한 일을 한 것이다.

요의의의 아버지는 이런 말로 딸을 위로해줬었다.

"실수를 하지 않는 인생은 인생이 아니란다. 창피한 기억이 없다는 건 별로 중요하지 않아. 긴 인생에서 자신의 성격대로 창피하고 조금 멍청해 보이는 일을 하는 것은 사실 큰 의미가 있단다."

명란은 실의의 빠져 고개를 숙였다.

'아빠, 공무 중 순직도 조금 멍청한 일에 속하나요? 다음번 실수는 어떤 것일지 모르니 성격을 고칠까봐요.'

제75화

실패자의 재수 없는 하루

장오와 윤아가 돌아왔을 때, 명란이 멀쩡히 평상에 앉아 재물을 하나하나 확인하고 있었다. 단귤은 그 옆에 앉아서 조용히 귤을 까 명란의 입에 넣어주고 있었고, 맞은편에 앉은 소도와 녹지는 한 명이 낭랑한 목소리로 말하면 나머지 한 명이 붓을 휘두르며 장부를 맞추고 있었다. 창밖 하늘은 푸르게 빛나고 있었다. 아름답기 그지없는 풍경이었다.

부부는 그 모습에 입을 쩍 벌렸다. 명란은 아주 침착하게 상황을 보고했다. 물건을 정리하고 있었는데 강도가 들이닥쳐 물속으로 뛰어들었고, 때마침 조방 사람들이 도착해 강도들이 도망가 다시 배로 돌아왔다는 얘기였다.

이렇게 일목요연하게 설명하고 나자 명란은 자신이 점점 장백 오라버니를 닮아가는 것 같다고 느꼈다.

부부는 깊은 가책을 느꼈고, 미안한 만큼 힘을 냈다. 둘은 사안의 심각성을 충분히 인식했다. 만약 일을 제대로 처리하지 않으면 가족들에게 누를 끼치게 될 것이 분명했기에 빠르게 움직이기 시작했다. 윤아는 과연 강 부인의 여식답게 일 처리가 깔끔했다. 허둥대지 않고 이번 이 일이 밖으로 새어나가지 않도록 철저하게 입단속을 시켰다. 배가 기슭에 다다랐을 때는 모든 것이 다시 평온해져 있었다.

진작 소식을 전해 들은 장송은 하인들을 이끌고 부둣가에서 기다리고 있었다. 형제의 상봉은 유난히 다정했다. 어린 장동은 말을 타겠다고 고집을 부렸다. 형님에게 매달려 죽어도 마차에 타지 않겠다고 버티다 결국 뜻을 이루었다. 윤아는 시큰거리는 허리를 겨우 버티며 몇 마디를 나눈 뒤 세심한 어멈의 부축을 받아 기름을 바른 푸른색 천에 붉은띠를 두른 수레 가마에 몸을 실었다. 명란도 따라가고 싶었지만, 어멈은 명란을 뒤쪽 마차로 데리고 갔다. 마차에 오르자 품란이 빙그레 웃으며 팔각찬 합을 들고 기다리고 있었다.

못 본 사이 품란은 외모가 눈에 띄게 아름다워졌고 자태도 좋아졌다. 2년 동안 이 씨가 그녀를 붙잡고 노력한 결과였다. 행동거지도 예전의 왈가닥 같은 모습은 사라지고, 이제 정말 어엿한 아가씨 분위기가 물씬 풍기고 있었다.

품란은 그동안 사무치게 보고 싶었던 명란이 오늘 도착한다는 소식을 듣고 고양이가 애원하는 것처럼 어머니와 새언니에게 한참을 애걸복걸한 뒤에야 겨우 큰오라버니와 함께 손님을 접대하러 가도 된다는 허락을 구할 수 있었다.

두 자매는 예전부터 마음이 잘 맞았던지라 만나자마자 서로 껴안고 얼굴을 꼬집어보거나 어깨를 두드리며 밖에서 한참이나 시끄럽게 시시덕거렸다. 밖에서 시중들던 어멈이 불쾌한 헛기침을 뱉어내자 두 사람은 겨우 진정했다.

"계집애, 보고 싶어 죽는 줄 알았잖아!"

품란은 명란의 팔에 붙어 얼굴 가득 웃음꽃을 피웠다. 명란은 그런 품란 때문에 엉망으로 흐트러진 머리를 매만지기 위해 팔을 빼내려고 애쓰고 있었다. 명란은 힘껏 손을 뿌리치며 말했다.

"잠깐만 좀 놔줘."

품란은 짓궂게 이를 드러내며 또다시 명란에게 달려들어 간지럼을 태웠고, 이를 당할 길 없는 명란은 두 손 들어 항복했다.

"큰할머님께선 좀 어떠셔?"

겨우 진정되고 나서야 명란이 다급히 물었다. 품란의 얼굴이 어두워졌다.

"지난달에는 좀 나아지셨었는데, 날이 추워지니 또 병세가 안 좋아지셨어. 요 며칠은 정신이 혼미해서 말씀도 제대로 못 하셔. 의원 말로는 얼마 버티지 못할 것 같대."

마차 안에 잠시 침묵이 흘렀다. 명란은 품란의 손을 잡고 잠시 위로를 전한 뒤 자신의 조모에 관한 안부를 물었다. 품란의 얼굴에 웃음이 묻어나왔다.

"작은할머님이 계셔서 다행이야. 예전에 있었던 재미난 일들을 자주 들려주신 덕분에 할머니께서도 좋아하셔. 가끔 셋째 할아버지가 찾아와 작은할머님과 같이 있으면 세 집의 진실 공방전이 시작돼."

"무슨 진실 공방전?"

명란이 흥미진진한 듯 물었다.

품란은 목을 가다듬은 후 이야기 공연의 변사라도 된 것처럼 탁상을 탁탁 두드린 후 성대모사를 시작하기 시작했다.

셋째 할아버지: 큰조카, 큰형님께서 임종하시기 전에 은자 오만 냥을 큰집에 보관해두었으니 이제 그것을 나눌 때가 된 것 같네.

성유: 그 일은…… 들어본 바 없습니다.

셋째 할아버지: 네 녀석이 모른 채 발뺌을 하려는 것이냐! 감히 작은 아버지에게 무례를 범하다니. 내 큰형님께서 직접 써놓으신 문서도 보관하고 있거늘!

노대부인: 아, 그런 일이 있었지요. 하지만 그 해에 서방님이 취선루의 최고 기녀를 양민으로 만들어주겠다며 미리 받아가지 않으셨습니까? 당시 일을 처리했던 최가 어르신이 아직 문서를 가지고 있을 테니 제가 서신을 보내 찾아오면 되겠군요……. 왜요, 눈썹을 치켜세우고 눈을 부라리면 어쩌자는 겝니까. 형수에게 무례를 범하시렵니까?

셋째 할아버지: …….

노대부인: 말이 나왔으니 예전에 서방님이 은자가 부족하다며 저희 집 몫도 미리 받아가셨지요. 그때 주신 차용증을 제가 아직 가지고 있습니다. 이제 우리도 나이가 있는데 언제 갚을 건지 얘기를 좀 해볼까요.

셋째 할아버지: 오늘 날이 좋군요. 다들 일찍 돌아가 쉬시지요. 날이 어두워지면 옷을 거두는 것도 잊지 마시고요. 그럼 저희는 먼저 일어나겠습니다.

품란과 명란은 탁상에 엎드려 온몸을 부들부들 떨며 쓰러질 듯 웃어 젖혔다.

말이 나왔으니 말이지 셋째 할아버지는 실로 묘한 사람이었다. 출세는 못 했지만 적당한 때에 물러날 줄 알았고, 형세 변화에 따라 태도를 취할 줄 알았다. 큰집, 작은집과 완전히 등을 지지도 않으면서 시시때때로 이런저런 명목으로 은자나 뜯어가며 만족했다.

성유는 현명했다. 웃는 얼굴로 장사를 해야 재물이 들어온다는 걸 알고 있었고, 연장자에게 말대꾸하는 법도 없었다. 더구나 둘째 작은아버지가 사시면 얼마나 더 사시겠는가. 돌아가시고 나면 성유가 종갓집 종손이자 문중의 대표가 될 텐데 그때 작은아버지 집안을 다스리지 못하고 매일 시끄럽게 분란이 인다면 종가의 일을 꾸리기란 녹록하지 않을 것이었다.

마차를 탄 지 한 시진이 조금 지났다. 조금 있으면 곧 마을에 도착할 것이었다. 장송은 마차를 세워 마을 입구에서 잠시 쉬어가기로 했다. 마부들은 말에게 물을 먹이고 마차 바퀴를 점검했다. 계집종과 어멈들은 마님과 아가씨들이 씻을 물을 준비하고 볼일을 보도록 도왔다. 명란과 품란은 일을 마친 후 재빨리 마차로 돌아왔다. 마차에 오르자마자 품란은 이상하리만치 흥분한 모습으로 차창에 기댄 채 발을 들추며 밖을 보고 있었다. 이를 기이하게 여긴 명란이 물었다.

"뭘 보는 거야?"

"방금 내려갔을 때 아는 사람을 봐서……. 아, 왔다, 왔다, 빨리 와봐!"

품란이 뒤쪽을 향해 계속 손짓을 했다. 명란은 궁금해하며 무릎으로 기어가 품란이 가리키는 방향을 보았다. 마을 입구의 커다란 느티나무 아래에 몇 사람이 서 있었다. 명란은 작게 '아' 하고 말했다.

정말로 아는 사람이었다.

곤경에 빠진 손지고가 바닥에 머리를 감싼 채 바들바들 떨며 바닥에 웅크리고 앉아 있었다. 몸에 걸친 낡은 장삼은 곳곳이 더러워져 있었다. 그 옆에는 몸집이 좋은 부인이 손에 커다란 몽둥이를 들고 있었고, 다른 한쪽에서 손지고의 모친이 손가락질하며 욕을 퍼붓고 있었다.

"어디서 마누라라는 년이 이렇게 패악을 부리는 게야! 남편이 밖에서 술 한잔했기로서니 감히 때려? 내 아들 때려놓은 꼴 좀 봐라!"

부인이 큰 소리로 말했다.

"때린 건 저놈입니다!"

크게 노한 손지고의 모친이 부인을 때리려 달려들었다. 부인은 재빠르게 몸을 피했다. 이에 손지고의 모친이 뒤로 발라당 넘어졌다. 부인이 깔깔거리며 박장대소했다. 손지고의 모친이 그대로 바닥에 누워 악다구니를 썼다.

"이 죽일 놈의 과부년, 우리 집에 발을 들인 뒤로 날이면 날마다 시어미 성질을 돋우고 남편을 쥐 잡듯 잡으니, 세상천지에 너 같은 며느리가 어디 있단 말이냐! 시어미가 넘어졌는데도 가만히 보고만 있는 것 좀 보소!"

과부가 몽둥이를 던지더니 아무렇지도 않은 듯 웃으며 말했다.

"어머님, 제가 전에야 과부였지만 지금은 아드님과 혼인을 했는데 어째서 아직도 과부 타령이세요? 아들 수명을 단축시키려고 작정하셨어요?"

옆에서 구경하던 마을 사람들이 웃으며 손가락질을 했다.

넓적한 얼굴에 앞니가 툭 튀어나와 사납게 생긴 과부가 구경하러 몰려든 마을 사람들에게 큰 소리로 말했다.

"내 비록 과부였다 재가를 했지만, 시집오면서 지참금을 넉넉하게 챙겨 왔소. 지금 사는 집이며 농사짓는 논밭이며 내 돈 들이지 않은 게 어디 있겠소? 어머님이 놀며 먹는 건 상관없지만 어쨌든 아들 단속은 해야 할 것 아닙니까. 수재면 공부에 매진해서 과거에 급제하든가 아니면 개인 서당이라도 열어서 돈벌이를 해야지요. 온종일 동에 번쩍 서에 번쩍하고 다니면서 툭하면 사람들과 어울려 술 마시며 놀거나, 시시껄렁한 친구들이나 끌고 와 마음대로 퍼먹기만 하고 집안일은 아무것도 신경을 안 씁니다. 저라도 단속하지 않으면 나중에 또 집 팔고 땅 팔기밖에 더 하겠습니까! 설마 제가 가져온 혼수를 다 탕진하면 저도 내쫓아버리고 새로 혼수를 가져올 다른 며느리 보려는 속셈은 아니시겠죠?"

마을 사람들 손가의 일을 다 알고 있는지라 과부의 말을 듣고 웃지 않는 이가 없었다. 심지어 몇몇 호사가들은 비아냥거리는 말을 던지기도 했다. 아무도 도와주는 사람이 없자 손지고의 모친이 바닥에 누워 통곡하며 말했다.

"동네 사람들, 말 좀 들어보소. 다들 며느리가 들어오면 시어미 수발을 들며 환심을 사려 애쓴다는데, 세상 어느 며느리가 시어미를 이리 괄시한단 말이오? 게다가 이거 해라 저거 해라 나를 부려대 피곤해 죽을 지경이니 나는 못 살겠소, 못 살아……."

보다 못한 마을 어른 몇 명이 농담 삼아 몇 마디 거들었다.

"그렇게 나쁜 며느리면 쫓아내면 그만이지. 시어머니한테 이러는 경우가 어디 있답니까?"

과부가 표정을 굳히더니 사람들을 노려보며 날카롭게 소리쳤다.

"난 벌써 시집을 두 번이나 갔소. 누구라도 못 살라고 한마디만 해보시오! 그 집에 가서 불을 놓고 목을 매달 테니! 아무도 편하게 지낼 생각 말라고요!"

남자들은 바로 입을 닫았다. 과부는 손지고의 모친을 보고 크게 비웃었다.

"어머님, 아직도 대갓집 마님 노릇을 하고 싶으신 건가요? 온 집안 식구가 밭 열 몇 마지기에 기대어 사는데, 마을의 어느 노마님이 손 하나 까딱 안 하고 있답니까? 저는 고작 후원의 닭과 오리를 봐달라고 했을 뿐이잖아요. 손 하나 꼼짝 안 하고 허리 한 번 안 굽히는 양반이 피곤하다니요! 편하게 지내고 싶으면 재물복 가진 첫 번째 며느리를 쫓아내지 마셨어야죠! 내쫓을 땐 언제고 염치도 없이 다시 들일 생각을 하다니! 창피한 줄 아세요!"

손지고의 모친은 숙란이 있을 때의 호시절이 떠올라 목이 메었다.

과부는 주변에 몰려든 사람들을 향해 또 말했다.

"여기 계신 분들은 저희 시어머니가 얼마나 어리석은지 모르실 겁니다. 처음 제 신랑은 더할 나위 없이 참한 부인과 혼인을 했지요. 그 여인도 은자며, 집이며, 전답에 하인까지 대동하고 시집을 왔습니다. 한밤중에도 차를 올리고, 다리도 주물러주며 시어머니를 왕비마마 시중들 듯 모셨지요. 그런데 그런 며느리를 싫어하며 허구한 날 구박하더니 결국 내쫓아버렸습니다! 그렇게 좋은 며느리를 마다하고 어디 지저분한 데서 뒹굴다 온 기생은 좋아한 거지요. 천박한 몇 마디에 넘어가서 친딸처럼 여겼어요! 한데 그 기생은 저희 남편을 두고 바람을 피운 것도 모자라 아비 없는 자식까지 낳았습니다. 그것도 모자라 정분난 남자와 돈을 싸 들고 도망까지 가버렸어요! 어머니, 아직도 그 병을 못 고치셨습니까? 자고로 몸에 좋은 약은 쓰고 충언은 귀에 거슬린다고 했는데 이젠 제가 눈엣가시처럼 보입니까. 설마 또 말만 번지르르한 기녀를 들여다 며느리 삼으실 생각이십니까?"

비록 과부의 생김새는 육중하니 아둔해 보였으나 청산유수 같은 입담은 거침이 없었다. 주변 마을 사람들은 박장대소를 했고, 어떤 부인들은 배를 잡고 쓰러지기까지 했다. 그중에 손지고의 모친을 돕는 사람은 아무도 없었다. 화가 난 손지고의 모친이 몸을 부들부들 떨다 손지고에게 달려갔다. 손지고의 모친이 아들을 때리며 울며 소리쳤다.

"너는 어미가 며느리한테 이런 괄시를 받는데도 말리지 않고 어찌 지켜만 보고 있는 게냐. 내 너를 헛 낳았구나, 헛 낳았어!"

손지고가 마음을 단단히 먹고 과부에게 말했다.

"모든 선善 중에 효가 으뜸이라 했거늘. 넌 어찌 시어머니의 화를 돋우고 감히 말대꾸까지 한단 말이냐? 좋은 가문의 아내도 내쫓은 내가 너라고 내쫓지 못할 것 같으냐!"

손지고의 모친이 정신이 번쩍 들어 아들을 종용했다.

"옳다구나! 저년을 쫓아내버리고 다시 참한 며느리를 들이자꾸나!"

과부가 크게 웃은 뒤 차갑게 굳은 얼굴로 크게 화를 냈다.

"참한 며느리를 찾아? 꿈도 꾸지 마시오! 두 모자가 가산을 탕진하고 몸 기댈 곳 없을 때 내가 시집오지 않았다면 아마 아사했거나 동사했을 테지! 어머님 아들은 자식도 못 낳는데 아침부터 저녁까지 삼류 시나 읊어대고 기방을 들락거리며 진짜 감라甘羅[1]나 반안潘安[2]이라도 되는 줄 착각하는데 내가 시집오지 않았으면 처녀 귀신이나 만났을걸! 아들도 하나 못 낳아 다른 친척한테서 양자를 들여야 하는 팔자니 내 여생은 누구한테 의지한단 말이오! 내쫓으려면 쫓아보시오. 애초에 덕망 높은 이정里正[3]께 맡긴 문서에 분명히 써놓은 대로 가택이며 전답이며 모두 되찾아 올 테니."

열을 받은 손지고의 얼굴이 시뻘겋게 달아올랐다. 손지고는 수치심과 분함에 몸 둘 바를 몰랐다. 손지고의 모친은 그런 아들의 모습이 안타까웠다. 주변에 있는 마을 사람들이 모두 낄낄거리며 이상한 눈빛으로 자

---

1) 진나라 시대의 종횡가.
2) 서진 시대의 유명한 문학가.
3) 행정단위 리里의 책임자.

신들을 바라보고 있는 것을 보고 부끄러움과 원망이 가득한 목소리로 말했다.

"너도 여자라면 부끄러운 줄 알아야지. 어째서 이런 일까지 밖에서 지껄이는 것이냐?"

과부가 머리를 쳐들고 말했다.

"어머님의 아들이 들였던 첩실 중에 자식을 낳은 이가 누가 있나요. 그 기녀가 어렵사리 하나 낳은 것도 진짜 아비가 누군지 모를 일 아닙니까? 게다가 전 며느리는 재가한 후에 아들을 줄줄이 낳았어요! 여기 있는 사람들이 증인이 되도록 분명히 말해두지요. 나중에 자식을 못 낳았다는 평계로 날 내쫓으려 한다면 가만있지 않을 거예요!"

저 말대로 숙란은 설욕이라도 하듯 재가 후 초월적인 힘을 발휘해 이 년 동안 아들을 둘이나 낳고 지금은 산후조리 중이었다. 단출했던 부大 씨 가문은 순식간에 북적거렸다. 처음에는 재가한 숙란을 못마땅하게 여기던 시부모도 태도가 완전히 바뀌어 이제는 며느리만 보면 만면에 웃음꽃을 피웠다.

화가 머리끝까지 오른 손지고의 모친이 땅에 떨어진 몽둥이를 들어 과부를 힘껏 내리쳤다. 과부가 옆으로 몸을 살짝 틀어 손지고의 모친을 옆으로 밀어젖힌 다음, 몽둥이를 잡아채 손지고에게 휘둘렀다. 과부가 소리쳤다.

"이런 등신 머저리 같은 인간! 술과 여자밖에 모르고, 은자는 펑펑 써대고, 친구도 껄렁껄렁한 것들만 사귀다니. 잠자코 집에 붙어 있어!"

몽둥이세례를 피해 손지고가 소리를 지르며 이리저리 도망 다녔지만, 과부를 당해내지 못했다. 과부는 손지고의 귀를 잡고 몽둥이를 휘둘렀다. 손지고의 모친이 아들을 구하려 달려드는 바람에 세 사람은 엎치락뒤치락 나뒹굴게 되었다. 마을 사람들은 이들을 보고 깔깔거리며 웃었다.

명란은 초라하고 무기력해진 손지고에게서 예전의 의기양양하고 오만한 수재의 모습을 더는 찾을 수 없었다. 손지고의 모친이 걸친 무명옷을 보니 머리 가득 금비녀와 옥잠을 꽂고 능라비단을 입은 채 성가의 정당에 앉아 이 씨 앞에서 숙란을 능욕하던 장면이 떠올랐다. 정말 과거는 연기처럼 사라지는구나. 차마 돌이켜볼 수 없네.

얼마 지나지 않아 수레 마차가 움직이기 시작했다. 장송은 앞쪽에서 손씨 모자가 소란을 피우고 있는 것을 알고 괜히 얽히게 될까봐 염려되어 다른 길로 돌아가기로 했다. 품란은 창문에 기댄 채 눈을 떼지 못하고 밖을 계속 쳐다보다 그들이 더 이상 보이지 않게 되어서야 발을 내려놓았다. 그리고 몸을 돌려 바르게 앉아 천천히 찻잔을 들어 한입 마신 뒤 깊은숨을 내쉬었다.

명란은 다른 이의 불행을 보고 즐거워하는 품란을 향해 웃으며 이죽거렸다.

"이제 속이 좀 시원해?"

품란은 신이 난 듯 머리를 끄덕이며 한껏 상쾌한 표정으로 말했다.

"병이 나아야 장수를 하지."

제76화

다시 찾은 종택

다시 찾은 종택은 이 년 전 명란이 왔을 때의 즐거운 분위기를 전혀 찾을 수 없었다. 안채를 드나드는 어멈들은 숨죽여 거동했고 감히 큰 소리를 내지 못했다.

명란은 파리하게 야위어버린 성유 내외를 먼저 만났다. 이 씨의 얼굴이 꽤나 수척해져 있었다. 다들 긴 병에 효자 없다고 하나 대대부인은 일반적인 의미의 어머니가 아니었다. 그녀는 어린 자녀를 데리고 고된 삶을 견디며 오늘날 성부의 부귀영화를 이루어냈다. 이 씨는 종가의 맏며느리였기 때문에 마지막까지 최선을 다하지 않으면 앞으로 문중에서 버텨내기 힘들 것이었다. 그렇게 지난 몇 달을 버티니 피곤해 죽을 지경이었다.

"아버님, 어머님, 할머님의 병상을 지키시느라 실로 노고가 많으셨습니다. 소자가 너무 늦었습니다!"

장오가 성유 내외의 무릎 맡에 엎드려 흐느끼며 말했다. 윤아도 그 옆에서 함께 무릎을 꿇었다. 이 씨가 황급히 아들 며느리를 일으켜 세웠다. 그런 뒤 윤아를 이끌어 옆에 앉히고 나서 이어 말했다.

"아가, 홑몸이 아니지 않느냐. 먼 여정에 피곤할 터인데 좀 있다 할머님을 뵙고 나면 바로 가서 쉬도록 하거라. 그래도 나무랄 사람은 아무도 없단다."

윤아가 한사코 거절했으나 성유도 타일렀다.

"어머니의 말씀대로 하거라. 할머님께서도 그리하라 미리 일러두셨었다."

이 씨가 몸을 돌려 한 손에 한 명씩 명란과 장동의 손을 잡고 측은하다는 듯 말했다.

"착하구나, 너희도 피곤할 테니 얼른 나를 따라오거라."

대대부인의 침실에 들어간 명란은 코를 찌르는 듯한 탕약 냄새를 맡았다. 방의 정중앙에는 갖가지 보석과 연꽃 모양으로 장식된 5층 순금 화로가 놓여 있고, 화로 안에는 은회색 숯이 깜빡이며 불을 밝히고 있었다. 추운 바깥 날씨와 달리 방 안은 몹시 따뜻했다. 장동은 순간 몸을 부르르 떨었고, 명란은 가볍게 장동의 등을 쓰다듬어주었다.

침상 머리맡에 앉아 있던 노대부인은 자기 손주들을 보고는 엄숙했던 표정에 옅은 미소를 띠며 고개를 살짝 끄덕였다. 그러나 아무 말도 하지 않았다. 장오는 침대 맡으로 달려가 슬피 울며 말했다.

"할머님, 손주가 왔습니다."

명란이 다가서서 보니 대대부인의 백발은 가지런히 빗어 단정했지만, 눈언저리는 움푹 꺼졌고 콧대도 살짝 내려앉아 있었다. 납빛의 얼굴색에 두 눈은 꼭 감겨 있었고, 장오의 말소리를 듣고 입술을 살짝 움직였지만 목소리가 나오지 않았다. 결국 탕약 어멈의 도움에 어렵사리 고개를 끄덕였으나 얼마 지나지 않아 또다시 의식을 잃었다.

곁에서 시중을 들던 문 씨가 눈물을 살짝 훔치며 목멘 소리로 말했다.

"며칠 전부터 말씀을 못 하시고 미음만 조금씩 삼키셨어요. 그래도 오늘은 괜찮으신 편이랍니다."

장오가 황급히 몸을 굽혀 말했다.

"형수님이 노고가 많으십니다."

대대부인의 휴식에 방해가 될까 염려되어 다들 금방 물러났다. 정방으로 돌아와 장오 내외와 명란, 장동은 노대부인에게 문안 인사를 올렸다. 노대부인은 경성이 어떤지 물었고, 장오는 이에 하나하나 대답해주었다. 이 씨는 밖에 크고 작은 상자와 보따리가 한가득 쌓여 있는 것을 보고 기이하게 여겼다. 장오가 얼버무리듯 말했다.

"……아홉 달간 휴직하였사옵니다……."

이 씨는 가슴이 아팠다. 아들이 파총으로 승진한 뒤 친정이나 시댁에서 적잖이 위신을 세울 수 있었던 이 씨다. 이제는 돈이면 돈, 관직이면 관직 모두 가지게 되었고, 대대부인을 모시는 것이 고되기는 하나 장차 자식들이 자신에게 이렇게 효도할 것을 생각하면 그 무엇도 견뎌낼 수 있었다.

그렇다고 아들이 장래를 버리고 효도하기를 바란 것은 아니었다.

이 씨가 호통을 쳤다.

"어찌 이리 제멋대로냐! 넌 경성에서 네 할 도리나 잘하면 될 것을. 여긴 우리와 네 형 내외가 있지 않으냐! 조정에서도 손주 대까지 상을 지켜야 한다는 법도는 만들지 않았다!"

어렵사리 얻은 관직인데 혹시라도 다른 사람이 관직을 채어 가면 어떡하겠는가?

성유가 노대부인을 슬쩍 본 뒤 위엄 있게 말했다.

"장오가 내게 먼저 이야기했네! 조정이 정한 법도는 없으나 장오에게 이런 효심이 있다는 것은 좋은 일! 내게 다 생각이 있으니 뭐라 하지 말 게나."

노대부인이 명란의 손을 잡고 귀여운 손녀의 살집을 이리저리 살피다 가 이 말을 듣고 가볍게 웃으며 이 씨를 위로했다.

"걱정하지 마시게. 장오의 당숙이 이미 중위위 내의 몇몇 정·부 지휘 사들에게 언질을 넣어 그 자리는 장오에게 남겨 두도록 하였네. 급히 종 사에 힘을 보태야 하는 상황이 생기면, 생긴다면, 혹여 상중이라 하더라 도 상관들이 장오를 다시 불러들일 것이야."

성유 내외가 크게 기뻐하며 즉시 장오 내외에게 감사의 절을 올리라 고 시켰다. 명란은 눈치 빠르게 장오 내외를 일으키며 말했다.

"언니, 회임 중인데 무리하지 말고 얼른 앉으세요. 장오 오라버니의 효 심이 지극하니 앞으로 벼슬길이든 뭐든 다 순조로울 거예요."

이 씨는 명란의 싹싹하고 친절한 말에 마음이 흡족해졌다. 옆에 있던 계집종에게서 미리 준비해놓은 두루주머니 두 개를 받아 명란과 장동 에게 건네준 뒤 손목에 차고 있던 비취 팔찌를 빼 명란에게 채워주었다.

명란이 팔찌를 보니 푸른빛이 영롱하게 비치고 촉감이 반지르르하 니 잡색이 하나도 섞이지 않은 것이 필시 아주 보기 힘든 상품이었다. 명란은 연거푸 사절하였으나 이 씨는 뜻을 굽히지 않고 인자한 얼굴로 일렀다.

"내년이면 네 계례인데 내가 직접 계례식에 참석할 수 없구나. 미리 주 는 축하 선물인 셈이니 사양 말거라."

명란은 뒤돌아 노대부인이 고개를 살짝 끄덕이는 것을 보고서야 팔 찌를 받아들고 공손히 몸을 굽혀 감사를 표했다. 그러면서 속으로 생각 했다.

'큰당숙모님, 사실 걱정하실 필요 없어요. 관직에 있는 남자들은 모두 유능해요. 무관과 문관의 가장 큰 차이점은 태평성대에 무관은 있으나 없으나 별 차이가 없다는 거예요. 비록 손주 대는 상을 지킬 필요가 없다고 하나 차라리 아홉 달 동안 상을 지키며 덕망을 쌓는 게 나을 거예요. 관직은 아버지와 장백 오라버니가 지켜 줄 테니까요.'

곧 어른들끼리 할 얘기가 있어 아이들이 먼저 물러났다. 장동은 두 시진 동안 말을 탔는데 처음에는 재미있어하더니 나중에는 힘들어했다. 허벅지 안쪽이 쓸린 것은 말할 것도 없고, 근육이 심하게 욱신거렸던 것이다. 장오가 미리 어멈에게 연고를 준비해 놓으라고 일러두어 다행이었다.

명란이 장동을 따라가 살펴보려 했으나 장동은 굳은 얼굴로 그녀를 쫓아냈다. 면전에서 쾅 하고 닫히는 문을 보자 명란은 기분이 크게 상했다. 기껏해야 꼬마 주제에 뭐 그리 대단하다고 순진한 사람 취급이람.

문을 나서자 명란을 기다리고 있던 품란이 바로 명란의 소맷자락을 당기며 심술궂은 얼굴로 말했다.

"팔찌 내놔!"

그 팔찌는 이 씨가 몇 년 간 아끼던 것으로, 품란이 오랫동안 눈독을 들이던 것이었다.

명란은 얼굴을 찡그리며 쳇 소리를 냈다.

"요새 정말 재수 옴 붙었나봐. 며칠 전에는 해적을 만났는데 오늘은 뭍에서 도적을 만났네!"

사실 이 씨는 경성에 사는 묵란, 여란, 명란을 위한 계례식 선물을 준비해놓은 상황이었다.

명란은 팔찌를 빼 품란에게 넘겨주었고, 품란은 매우 기뻐하며 말했다.

"올케언니에게 들었어, 그 해적들 어땠어? 직접 봤어?"

명란이 빳빳하게 고개를 들고 거만하게 말했다.

"그것뿐이게? 내가 일당백으로 바보 같은 해적 놈들을 격퇴했는걸!"

품란은 명란을 슬쩍 흘긴 뒤 팔찌를 건네받았다. 실실 웃으며 한참이나 해를 향해 들고 살피다 자기 손목에 채워보더니 곧 명란에게 돌려주었다. 명란은 하나만 받고, 다른 하나는 품란에게 끼워주었다.

"한 사람이 하나씩 가지자."

품란은 내심 좋았지만 한편으로는 미안한 마음이 들어 망설였다.

"어머니께서 네게 준 건데 어쩌지……."

명란은 품란의 어깨를 두드리며 농담을 던졌다.

"가져. 횡재가 생기면 반으로 나누는 게 언니 집 법도 아니었어?"

명란은 입을 잘못 놀린 죄로 또다시 품란의 날카로운 손톱 맛을 봐야 했다.

명란은 저녁을 먹은 후 노대부인을 따라 방에 쉬러 들어와서야 노대부인과 제대로 이야기할 기회가 생겼다. 그런데 명란이 싱글거리며 노대부인의 팔에 매달려 입을 떼려는 찰나, 노대부인이 굳은 얼굴로 차갑게 말했다.

"꿇어라!"

명란은 순간 멈칫했다. 노대부인이 엄한 목소리로 다시 말했다.

"어서 꿇지 못할까!"

명란은 재빨리 노대부인에게서 떨어져 털썩 무릎을 꿇었다. 방씨 어멈이 굳은 얼굴로 뒤에서 나왔다. 손에는 간담을 서늘하게 하는 계척을 들고 있었다.

"왼손!"

노대부인이 계척을 들고 얼음처럼 차갑게 말했다.

명란은 쭈뼛쭈뼛 왼손을 내밀었다. 노대부인은 계척을 높이 쳐들고 매섭게 물었다.

"무슨 잘못을 저질렀는지 아느냐?"

명란은 서슬 퍼런 황동 회초리를 보며 생각했다.

'잘못이야 늘 저지르는데 뭔지 힌트라도 주시면 안 될까요?'

옆에 있던 방씨 어멈이 친절하게 일러주었다.

"정오에 윤아 아씨께서 오는 길에 해적 만났던 일을 이미 다 말씀하셨어요."

명란은 어쩔 수 없어 눈을 질끈 감았다. 윤아의 입이 너무 가벼웠다. 명란은 자기가 어떤 지뢰를 밟고 있는지 알았기에 작은 목소리로 사실을 인정했다.

"제가 잘못했어요. 경거망동해서 자신을 곤경에 빠트리면 안 되는 거였어요."

"알면 되었다."

잘못에 가차 없는 성격인 노대부인에게 있어 잘못 인정은 처벌의 시작에 불과했다. 보통 체벌, 훈계, 설교, 그리고 베껴 쓰기 벌로 이어지는데 만약 잘못을 인정하지 않으면 후속 처벌이 이어졌다. 하지만 오늘은 명란의 뉘우치는 태도를 봐서 벌을 감해주었다.

"바보 같은 아가씨, 노마님께서는 아가씨를 아끼시니까 벌을 내리신 거예요!"

방씨 어멈이 명란의 손바닥에 치자나무향 연고를 발라 주며 천천히 잔소리를 했다.

"이번에는 운이 좋으셨어요. 일행이 다 집안사람이었잖아요. 경성과 유양에서 먼 곳에서 일이 생겼지만 위아래로 입단속을 잘해서 이상한 소문은 나오지는 않을 겁니다. 윤아 아씨가 말씀하실 때 노마님께서 어찌나 놀라셨는지 손이 바들바들 떨려서 찻잔 뚜껑도 제대로 못 잡고 계셨어요. 일이 잘 마무리되긴 했지만, 아가씨의 그 성격은 정말 좀 고치셔야 해요, 계속 그러시다간 노마님께서 눈을 감아도 마음이 편치 않으실 테니까요."

명란의 정신연령은 이미 성인이기 때문에 옳고 그른 것은 알고 있다. 또 자기가 노대부인을 놀라게 했다는 사실이 죄스럽기도 했다. 그래서 연고를 바르고 난 뒤 눈웃음을 지으며 노대부인의 방에 슬그머니 들어가 꼬리를 흔드는 강아지처럼 노대부인의 기분을 풀어주려 했다. 고개를 숙여도 보고 허리 굽혀 절도 해보다가 결국 노대부인의 구들 위에 올라가 엿가락처럼 달라붙었다.

요 몇 년 새 명란의 애교 내공이 최고 경지에 올랐고, 노대부인은 그런 명란을 당해 낼 재간이 없어 제아무리 크게 화가 났다 해도 금세 누그러들고는 했다. 도저히 화가 나 견딜 수 없을 때는 명란을 잡아 호되게 몇 대 때려 화를 풀었다. 그나마도 방씨 어멈이 볼 때는 겨우 모기 한 마리 잡을 정도의 강도였다.

대대부인의 병세가 중하긴 중한가보다. 그렇지 않았으면 품란의 성격에 필시 명란을 데리고 나무에 올라 새를 잡거나 시냇물에 뛰어들어 물고기를 잡았을 텐데 지금은 조용히 안채에 틀어박혀 있었다. 명란이 필사를 하면 품란은 옆에서 장부를 기록하고, 명란이 수를 놓으면 품란은 주판을 두드렸다. 수를 놓고 붓을 휘두르는 한 명의 모습은 우아하고 아름다웠으나, 동전과 은표를 세는 또 다른 한 명의 모습은 마치 간상奸商 같아 보였다.

잔혹한 대비 구도에 품란의 기분이 우울해졌다. 하지만 명란의 진심은 이랬다.

'사실 난 품란이 하는 일을 더 하고 싶어.'

며칠에 한 번씩 성운이 태생과 함께 대대부인을 찾아뵈었다. 침대 맡에서 힘겹게 호흡을 이어가는 노모를 보며 성운은 눈물범벅이 되었다. 태생은 상심한 사촌 여동생을 위로했다.

명란이 아니었다.

확실히 품란이 성숙해지긴 했다. 태생을 보고 얼굴을 붉힐 줄도 알고, 말투도 왈가닥처럼 거칠고 투박하게 하지 않았다. 고모인 성운에게는 귀엽고 순하게 굴며 참한 척할 줄도 알았다. 음, 하지만 전문가인 명란이 봤을 때 품란은 더 많은 수련이 필요해 보였다.

찬바람이 칼처럼 매섭게 불며 겨울이 찾아왔다. 눈꽃이 소복하게 쌓여 온 뜰을 덮었다. 대대부인은 결국 버티지 못했다. 방 안에는 따뜻한 숯이 타오르고 있었지만 분위기는 무겁고 침통했다. 대대부인은 어젯밤부터 완전히 의식을 잃었다. 미약한 흉부의 움직임만이 그녀가 아직 살아 있음을 알려주었다. 성유 내외는 줄곧 병상을 지키고 있었다.

침대 옆 소탁자 위에 은쟁반이 있고, 그 위에는 부드러운 깃털 몇 개가 놓여 있었다. 탕약 어멈이 이따금 깃털을 노대부인의 코앞에 대어 약한 호흡이 이어지고 있는지 확인했다. 성운은 침대 앞에 엎드린 채 소리 낮추어 울며 계속해서 '어머니'를 불렀다. 아들, 손주, 며느리들은 주변에서 있거나 앉아 있었고, 윤아만 병이 날까 걱정되어 병상을 지키지 못하게 했다.

갑자기 대대부인이 가쁜 숨을 들이쉬었다. 가쁘게 헐떡이는 숨소리가 조용한 방 안에 울려 퍼졌다. 성유가 급히 달려가 대대부인을 부축했다.

"어머니, 무슨 하실 말씀이라도 있습니까? 소자와 운이가 여기 있사옵니다."

대대부인이 눈꺼풀을 힘겹게 움직이더니 갑자기 눈을 번쩍 떴다. 그리고 백골처럼 앙상한 손으로 성유와 성운을 잡고 힘겹게 몸을 일으켰다. 누렇게 야윈 얼굴은 이상한 홍조를 띠고 있었다.

"어머니, 어찌 그러십니까. 말씀을 해보세요."

성운이 가만히 대대부인을 안고 울며 말했다.

대대부인의 두 눈이 허공을 향했다. 무엇을 보는지 알 수 없었다. 그리고는 몇 마디 중얼거리더니 갑자기 큰 소리로 외쳤다.

"……홍아! 내 아가, 홍아!"

처절한 비명에 방에 있던 사람들은 잠시 멍해졌다.

대대부인은 정신이 반쯤 나간 것처럼 굴며 쉰 목소리로 부르짖었다.

"홍아! 전부 어미가 잘못했다! 어미가 널 지키지 못했어!"

성유와 성운은 눈물을 흘렸다. 대대부인은 잠시 기침을 심하게 하더니 탈진하는 것처럼 뒤로 쓰러졌다. 목에서는 끊길 듯 말 듯 쉰 목소리가 흘러나왔다.

"홍아, 너는, 너는 걱정 말거라. 어미가 네 복수를 했단다! 해친…… 너를 해친 그 천한 계집을 어미가 찾아냈어! 돈을 싸 들고 멀리 도망가면 잘살 수 있을 거로 생각했겠지, 하하하……. 어림없는 소리! 어미가 그것을 가장 천한 기생집에 팔아넘겼단다. 그것이 죽은 후에는…… 뼈를 갈아 가루로 만들었지! 복수했어, 복수를……."

웃음소리가 울음보다 듣기 힘들었다. 명란은 평소 자상하고 온화한 모습의 대대부인이 이렇게 표독스럽고 음산한 말을 할 줄은 상상도 하지 못했었다. 도대체 한이 얼마나 깊었던 것일까.

숨소리가 약해지고 점점 숨이 차올라오는데도 대대부인은 여전히 낮게 소리 지르고 있었다.

"성회중! ……첩에게 홀려 처를 버린 것도 모자라 여식의 목숨까지 내팽개치다니! 내 염라대왕 앞에 가서도 당신을 고할 것이야!"

말속에 한이 가득했다.

잠시 날카로운 숨소리가 난 뒤 대대부인의 몸이 몇 번 떨렸고 이내 두 눈이 감겼다. 그리고 끝내 기척이 사라졌다.

탕약 어멈이 깃털로 호흡을 확인한 뒤 사람들을 향해 고개를 저었다. 성유와 성운은 대대부인의 앙상한 모습을 보며 한평생 어머니가 하신 고생이 떠올라 목놓아 울었고, 손자 손녀들도 따라 통곡하기 시작했다. 밖에서 시중을 들던 계집종과 어멈들도 안에서 곡소리가 들려오자 함께 울음을 터트렸다.

명란은 노대부인의 무릎에 얼굴을 묻고 소리 죽여 울었다. 명란은 그런 고통을 받아 본 적 없지만 한 여인의 일생이 이렇게 끝났다는 사실에 형용할 수 없는 슬픔을 느꼈다.

염습殮襲, 상복 갈아입기, 빈소 차리기, 발인과 대렴大殮까지 모든 후사는 미리 준비되어 있었고 이 씨와 문 씨는 이를 빈틈없이 처리했다. 성유는 평소 마을에서 덕망이 높았다. 노인과 약자들을 가엾이 여겨 많은 이들을 구호했으니 그의 선행을 따를 자가 없었다. 성운의 시댁인 호씨 집안 또한 부유한 상단이었다. 장례식은 그만큼 크게 치러졌으며 50여 명의 스님을 불러 35일간 수륙재水陸齋[1]를 올렸다.

---

1) 수로·육로에서 죽은 사람의 망령을 위해 올리는 재.

성 내의 거의 모든 이들이 조문을 왔다. 위로는 지부知府에서 아래로는 소상인에 이르기까지 조문을 오지 않은 이가 없었다. 성유는 혹시 성핑이나 장백이 청가請暇하고 오지 않을까 기다리려 했으나 발인 날까지 오지 않아 그냥 하관할 수밖에 없었다.

평소 안면이 있던 사람 대부분이 장지 가는 길에 화려한 막을 세워 노제路祭 2)를 지내주었다. 상여 행렬은 유양 한 바퀴를 돈 뒤 교외에 있는 성씨 집안 묘에 관을 매장했다.

장례식 이튿날 바깥소식이 전해져 왔다. 환皖 3)의 형왕荊王이 현 황제는 황위를 찬탈한 자라고 주장하며 병사를 일으켰다는 것이다.

오랜 기간 준비한 형왕은 부병府兵과 기물을 충분히 비축해둔 상태였다. 순식간에 환 전역에서 봉화가 피어올랐다. 반군은 곧바로 경성으로 북상하여 경기京畿에서 금릉까지의 수상 및 육상 경로를 모두 차단했다.

---

2) 운구 도중 길에서 지내는 제사.
3) 현 안휘성 지방.

제77화

안전한 무관 승진 방법

숭덕崇德 원년 10월, 북방 갈노족[1] 다섯 부대가 초원 유목민족의 잔존 병력을 집결시켜 반란을 일으켰다. 반란군 부대는 경기 지역의 요지를 겨냥했다. 당시 가욕관[2]의 총병總兵[3]은 긴급히 상소문을 올렸다. 이에 오군도독부五軍都督府[4]가 두 개의 대군을 급파했다. 같은 해 11월, 인종의 다섯 번째 아들인 환皖의 형왕이 모반을 일으켜 친히 부병府兵과 위소衛所[5] 10만 병사를 이끌고 '반정'을 위해 북상했다.

"십만?!"

이 씨가 아연실색했다.

명란이 고개를 돌리며 말했다.

---

1) 흉노족의 한 종족.
2) 현 간쑤성 지역, 만리장성의 서쪽 끝에 있는 관문.
3) 명청 시대 군을 통솔하던 관직.
4) 명나라 때 5군을 통솔 및 관할하던 부서.
5) 명나라의 군대 편제 단위.

"당숙모님, 놀라지 마세요. 필시 취사병에 일꾼과 병졸은 물론 별별 사람까지 다 세웠을 거예요. 오만이나 되면 다행일걸요."

조조의 백만 정예군도 사실 20만에서 30만에 불과했다.

장오가 자리에서 일어나 고개를 끄덕였다.

"명란의 말이 맞습니다. 상세히 알아본 바로는 삼만 정도 규모라고 합니다."

"······제 기억으로는 태종太宗 무황제武皇帝가 '구왕의 난'을 평정한 뒤 번왕藩王의 병부는 삼백을 넘길 수 없도록 하고, 봉토封土, 신하와 백성, 임명권을 갖지 못하도록 엄명을 내렸어요. 게다가 그 지방의 도사都司가 명에 따라 번왕의 행적을 감찰하고 정기적으로 상황을 보고했고요. 그런데 어떻게 순식간에 형왕이 삼만의 병력을 조직할 수 있는 거죠?"

명란이 장오 앞으로 가서 의아해하며 물었다.

장오가 쓸쓸하게 웃은 뒤 답했다.

"그건 명란이 네가 잘 몰라서 그렇단다. 형왕은 선황제의 노여움을 사 일찌감치 외지의 번왕으로 봉해졌어. 하지만 선황제는 성정이 어지셔서 생모인 가 귀비를 일찍 여읜 왕자가 외지에서 고생하는 걸 가엾게 여기셨지. 그래서 형왕의 불초不肖한 행실을 많이 눈감아주셨어. 요 몇 년간 군영에서도 환 지역 형왕의 권세가 하늘을 찌르니 지방의 관료들이 입 벙긋 못하는 것은 물론, 추종자도 상당수 생겼다는 이야기가 심심찮게 들렸단다."

명란이 눈썹을 치켜세우며 또 물었다.

"장오 오라버니는 그곳에서 형왕의 행실이 어땠는지 알고 계신가요?"

장오가 그 뜻을 이해하지 못해 잠시 머뭇거렸다.

"무슨······ 뜻이냐?"

명란이 재빠르게 질문을 바꿨다.

"형왕이 병사를 어떻게 훈련했는지부터 말씀해주세요."

장오가 잠시 생각하더니 이내 답했다.

"형왕의 생모는 선황제 때 나라를 위해 공을 세운 대장군의 적녀였는데, 형왕이 번왕에 책봉되자 대장군이 능력 있는 인재를 적잖이 보냈어. 그래서 부에 뛰어난 능력을 갖춘 무장이 몇몇 있었지. 그렇지만 형왕은 자기 처남들만 기용했어. 병기와 은자, 곡식을 조달하러 경성에 갈 때면 항상 비나 첩의 형제들을 대동했지."

명란이 다시 물었다.

"그럼 환 지역의 백성들은 어떻게 대했나요?"

장오가 고개를 저으며 답했다.

"그렇게 많은 병사를 번왕의 녹봉만으로 어찌 감당하겠어. 선황제가 아무리 후하게 하사하신들 턱없이 부족하니 나머지는 백성들이 채우는 수밖에. 더욱이…… 환의 수많은 명문 세도가가 여식을 형왕 왕부의 비나 첩으로 보내면서 지방 호족이 자연스럽게 형왕과 결탁하게 됐지."

명란은 별다른 말 없이 입꼬리를 올리더니 이어 물었다.

"그럼 형왕의 평소 행실은 어떠한가요?"

장오는 줄줄이 이어지는 질문에 머리가 어지러웠다. 명란의 말투는 부드러웠지만 질문 하나하나가 핵심을 찌르고 있었다.

상석에 앉아 있던 노대부인이 미간을 찌푸리며 말했다.

"명란아! 그것이 무슨 말버릇이냐! 쉬지 않고 질문 공세를 퍼붓다니, 그것이 여인이 할 만한 질문이더냐?"

명란은 대꾸하지 않고 얌전히 고개를 떨구었다.

앉아 있던 성씨 집안사람들은 모두 멍해졌다. 이 씨와 문 씨는 놀라 눈이 동그래졌고, 장송은 입을 쩍 벌렸다. 성유도 넋을 잃은 채 듣다가 황급히 손을 저으며 말했다.

"숙모님, 명란이를 나무라지 마십시오. 훌륭한 질문입니다. 여기 있는 저희 모두 얼떨떨한 상태였는데 명란이와 장오의 문답으로 깨달은 바가 있습니다. 형왕이 친인척을 중용하고, 백성들을 착취하며, 군인들과도 마음이 맞지 않은 것 같으니, 형왕의 역모가 성사되기는 어려울 것 같습니다. 명란아, 궁금한 것이 있다면 계속 물어보거라."

성유가 노대부인을 저지하며 말했다.

품란 역시 다시 기운을 차렸다.

"그래, 그래."

노대부인이 방 안을 한번 살펴보니, 모두 성유의 사람인지라 곧 명란을 향해 고개를 끄덕여주었다. 명란도 아직 궁금한 게 많았기에 마다하지 않고 장오에게 더 깊이 있는 질문을 던졌다.

"장오 오라버니가 경성을 떠날 때, 경위지휘사사京衛指揮使司[6]와 오성병마사는 어땠나요? 징집 인원이 채워졌었나요? 병기는 상비되어 있었고요? 각 지휘사들의 인사 조정은요?"

이 부분은 장오가 가장 정확하게 알고 있는 내용이었기에 바로 답해주었다.

"황상께서 즉위하신 뒤 근 일 년 동안 지휘사급은 겨우 두세 명만 이동이 있었어. 하지만 동지, 파총, 도통都統[7]급은 꽤 많이 교체되고, 한문자

---

6) 황성, 경기, 황릉 등을 호위하는 지휘 부서.
7) 군사직급, 지부의 부직, 정5품.

제寒門子弟 8)가 많이 선출됐지. 나도 그중 하나란다. 위임된 후에 정비 지령이 계속 내려왔어. 공무에 태만하지 말라, 훈련 게을리하지 말라는 내용이었지."

한결 가벼워진 표정의 성유가 조금 안심한 듯 이 씨를 잠시 쳐다보았다.

명란이 곧바로 또 물었다.

"북방에서 반란이 일어났을 때 경성에서 얼마의 병력을 보냈나요?"

장오가 대략 계산해보고 말했다.

"우리가 노魯 9)에 당도했을 때 오군도독부에서 대략 삼분의 이 정도의 병력을 파견했다더구나."

명란이 한참 뜸을 들이다 마지막 질문을 던졌다.

"그렇다면 예중豫中 10)과 소서蘇西 11) 지역은······ 어떤가요?"

장오가 명란의 뜻을 알아채고 깊은 한숨을 내쉬었다.

"지난 십여 년간 형왕은 매년 몇 차례씩 경성에 왔어. 그 길목에······ 후, 몇몇 지역의 위소나 종실 번왕들은 형왕과 관계가 좋단다."

명란이 참지 못하고 미소를 지었다.

"그럼 장오 오라버니께서는 급히 경성으로 복귀해 힘을 보태셔야겠군요?"

장오가 옆에 놓인 탁자를 치며 후회 어린 탄식을 뱉었다.

---

8) 한미한 가문의 자제.
9) 산동성 지역.
10) 현 하남성 중부.
11) 현 강소성 서부.

"그럼 어떻게 해야겠느냐?"

문신들은 언변과 문서로 경력을 쌓아가는 반면, 무관들에게 있어 가장 좋은 승진 방법은 바로 전투다. 지난번에 발생한 '신진의 난'은 장오와 같은 비非 훈귀자제勳貴子弟[12]인 낮은 직급의 군관들을 대거 승진시켰다.

명란은 수심 가득한 장오의 얼굴을 보며 속으로 장오의 속마음을 가늠해보았다.

'모반을 꾀해도 소문을 먼저 좀 내지. 형왕도 너무 쪼잔하잖아. 공을 세울 기회가 있다는 걸 알았다면 나도 유양에 오지 않았을 거야. 헌데 지금은⋯⋯.'

이 씨가 서둘러 장오 곁으로 가 어깨를 두드리며 인자하게 타일렀다.

"장오야, 전장에 나가 승진할 기회는 언제든지 있단다. 지금은 밖이 어지러우니 절대 나서지 말거라. 네 안사람도 회임 중이니 네게 변고가 있어서는 안 될 것이야."

성유 역시 아들이 승진하여 작위를 받기 바랐지만 아들의 안위가 먼저였다.

"네 어머니 말이 옳다. 사람이 우선이지. 게다가⋯⋯ 모를 일이니⋯⋯."

품란이 재빨리 이어받았다.

"어느 쪽이 이길지는 아무도 모를 일이죠!"

성유가 탁자를 '탁' 치며 노여워했다.

"그 입 다물지 못할까! 허튼소리 말거라! 여기에 앉아 이야기를 듣게

---

12) 공훈을 세운 가문의 자제.

둔 것도 사실 안 될 일이거늘!"

품란이 목을 움츠리며 입을 닫았다.

장오는 자기 고충을 털어놨다.

"어머니, 아버지께서 몰라서 하시는 말씀입니다. 저희 무관들은 위험 속에서 부귀영화를 얻습니다. 무장이 뜻을 다함에 있어 위험을 무릅쓰지 않는 일이 어디 있겠습니까? 반란을 평정하는 것이 험난하다고는 하나 북방 서량西涼 13)의 혹한지와 비교하면 이 전투는 식은 죽 먹기인 셈이지요."

성유는 자기도 모르게 마음이 흔들렸다. 태평성대에 승진하는 군관 대부분은 권작자제權爵子弟 14)들이었다. 성씨 집안처럼 군부에 아무런 연고가 없는 집안에 이번 반란은 확실히 더할 나위 없이 좋은 기회였다. 더욱이 무관은 문관과 다르다. 문관이야 일흔이나 여든이 넘어 허리가 꼬부라지고 눈이 멀어도 할 수 있고, 늙어서도 뜻을 펼칠 수 있다. 그러나 무관은 몸으로 먹고살기에 환갑이 되어서도 도통이 되지 못하면……

며칠 전 형왕이 반란을 일으켰다는 소식을 접한 뒤 장오는 금릉의 소식을 수집하기 시작했다. 중원의 요충지 일대가 이미 전란으로 어수선해졌다는 얘기가 들리자 장오는 마음이 다급해져 빨리 경성으로 돌아가려 했다. 성유와 이 씨는 기함했다. 장송과 문 씨는 장오를 말렸고, 노대부인도 합세하여 압박을 가했다. 물론 품란, 명란, 장동 또한 혼란한

---

13) 현 감숙성에 있는 도시.
14) 작위를 받은 가문의 자제.

틈을 타 끼어들었다.

평소 성유의 집안은 비교적 따뜻하고 화목한 분위기였다. 여타 관료 집안처럼 법도를 따지지 않아 딸이어도 부모 앞에서 하고 싶은 말을 다 할 수 있었다. 지금은 여란의 방해도, 묵란의 비아냥도, 왕 씨의 의심도 없기에 명란은 성유 내외 앞에서 더 편하게 이야기할 수 있었다.

이 씨는 계속 가지 말라고 장오를 타일렀다. 장오는 모친의 성화에 답답하다는 듯 말했다.

"어머니, 모르는 소리 마세요! 경성은 번화하여 경기 지역 요지의 위수부대에서 관직을 꿰찬 사람은 모두 권작자제들입니다. 저는 당숙께 의탁하여 겨우 차사 자리를 얻었고, 나중에 '신진의 난'에서 운 좋게 작은 공로를 세워 파총으로 승진했어요. 지방위소로 가면 지휘첨사指揮僉事[15]도 할 수 있지요. 어머니, 착실하게 변두리에서 고생해봤자 팔 년, 십 년이 지나도 힘들다는 거 아시잖아요?!"

이 씨는 말문이 막혀 난처한 얼굴로 자리에 앉은 다른 가족들을 쳐다보다가 결국 성유를 향해 큰 소리로 말했다.

"장오 아버지, 뭐라고 좀 해보세요!"

성유도 무언가 말은 하고 싶었지만 무슨 말을 해야 할지 몰랐다. 그의 시선이 식구들의 얼굴을 하나하나 훑고 지나갔다. 이 씨, 장송, 문 씨, 품란…… 다들 표정에 곤혹감이나 난처함이 묻어 있었다. 성유는 눈을 돌려 상석에 꼿꼿이 앉아 있는 노대부인과 그 옆에 있는 명란과 장동을 보았다.

---

15) 경위지휘사 소속으로 부府와 주州를 관리하는 정4품 관직.

성유가 노대부인을 향해 손을 모으고 공손히 청했다.

"작은어머님께서는 식견이 넓으시고, 저보다 경험이 많으시니 이 조카, 작은어머님께 가르침을 청하고자 하옵니다."

노대부인이 장오를 보자 또한 마음이 답답해져 손을 흔들며 천천히 일렀다.

"내 일개 여인네로서 군국대사軍國大事를 어찌 알겠나. 성쾡이나 장백이 있다면 혹시 납득할 만한 이치를 말해줄지도 모르지만 말이야."

성유가 참다못해 명란을 한번 보고 또 고개를 돌려 장오를 쳐다보았다. 장오가 아버지의 뜻을 알아차렸다. 아버지가 하기 껄끄러운 말은 당연히 아들이 해야 했다.

"명란이 네 생각은 어떠하냐?"

머리를 숙인 채 노대부인 곁에 서 있던 명란이 이 말을 듣고 겸손하게 대답했다.

"이런 중대사는 당숙과 오라버니들께서 결정하셔야지요. 할머님과 당숙, 당숙모님도 계시는데 저같이 어린 계집이 어찌 알겠습니까."

성유가 부드럽게 말했다.

"말해보려무나. 너희 자매들은 어려서 장백이와 함께 글을 공부하지 않았더냐. 장 선생의 깊은 학식은 내 익히 알고 있으니, 너도 한마디해보거라."

이십여 년간 상단을 이끈 성유는 관상경제官商經濟의 이치에 정통했다. 관직의 파벌이라든가 세도가 사이의 관계에 대해서는 그도 한두 마디 할 수 있었다. 그러나 군국대사에 관해서는 도무지 감을 잡을 수 없었다. 명란이 방금 허를 찌르는 예리한 질문을 하지 않았다면 외부 정세의 심각성을 제대로 알지 못했을 것이다.

이는 성유의 탓이 아니다. 이 시대에는 현대처럼 초·중·고등학교에서 역사를 필수과목으로 배우지도 않고, 현대라면 널리고 널린 역사·군사 관련 인터넷 사이트도 없다. 정보가 폐쇄된 고대에 일개 상인과 안채의 부인들이 어떻게 이런 것들을 알 수 있겠는가.

명란은 노대부인이 자신을 향해 고개를 끄덕이는 것을 보고 몇 걸음 걸어 나오며 생각을 정리한 뒤 비로소 입을 열었다.

"장오 오라버니의 뜻은 잘 알겠어요. 보국報國의 공을 세울 기회를 잃을까 염려되는 거죠. 하지만 생각해보셔요. 경성으로 가기 위해서는 필히 환皖, 소蘇, 예豫, 노魯 그리고 진晉을 지나야 해요. 그런데 이 지역들은 아마도 이미 전란이 일어났을 거예요. 도적떼들도 가만히 있지는 않겠죠. 한바탕하려고 기회를 엿보고 있을걸요. 오라버니는 지금 수중에 병력도 없고, 기껏해야 가복이나 시골 무사 정도만 데리고 갈 수 있을 텐데 이것만으로는 부족할 거예요."

이 씨가 듣고 고개를 끄덕이며 이어 말했다.

"명란이 말이 맞다! 장오야, 나도 바로 그 점을 염려하는 거란다!"

장오가 슬쩍 물었다.

"무명옷을 입고 변장하여 백성들을 따라 지름길로 간다면 화를 피할 수 있지 않을까?"

명란이 끄덕이며 답했다.

"그럴 수도 있겠죠."

이 씨의 표정은 급히 굳었고 반대로 장오는 반가운 기색이 묻어났다. 그러나 아무도 명란의 다음 질문을 예상하지 못했다.

"헌데 오라버니는 보국의 공을 세울 수 있을 거라 어찌 확신하시나요?"

장오는 말을 잇지 못했다.

명란은 가운데 놓인 황동 난로 쪽으로 다가가 불을 쬐며 말했다.

"앞서 북방에서 동란이 일어났고, 이번엔 형왕이 반기를 들었어요. 형왕이 기회를 노린 것인지 아니면 임기응변으로 나선 것인지는 알 수 없으나 어쨌든 반군이 북상하고 있어요. '속도전'을 하겠죠. 환, 소, 예, 노, 진 다섯 곳을 점령하는 건 어렵지 않을 거예요. 혹여 경기가 비어 있는 틈을 타 황성皇城을 일거에 함락시킨다면 반란도 절반은 성공한 셈이죠."

일찍부터 제멋대로 날뛰는 오왕야 형왕이 탐탁지 않았던 황제는 형왕에게서 탄광 채굴, 화폐 주조 등 몇 가지 특권을 박탈했다. 거기다 녹봉을 삭감하고 부병까지 축소했다. 이에 형왕은 오랫동안 앙심을 품고 있었다.

여기다 음침하고, 음모론적이고, 말도 안 되는 상상력을 더해본다면, 북방의 변란은 황제가 던진 미끼일 수도 있다. 그러나 명란은 자기가 터무니없는 군사 소설을 너무 많이 본 탓이라고 생각했다. 감히 자기 계략을 위해 군의 반란을 일으킬, 머리에 총 맞은 황제는 없으니 말이다.

이 씨가 입술을 파르르 떨며 겁에 질려 물었다.

"그럼…… 형왕의 역모가 성공할 수도 있단 말이냐?"

명란이 고개를 갸웃거리며 생각했다.

"스승님께서 역사 수업을 할 때 항상 말씀하셨지요. 자고로 왕야나 번진藩鎭 16)이 반란을 일으킬 때면 항상 '청군측淸君側 17)'을 명분으로 내세운다고요. 헌데 이 형왕은 어찌된 영문인지 황제를 직접 겨냥하고 있어

---

16) 국경과 주요지역에서 지방 군정을 관장하던 절도사 혹은 군진軍陣.
17) 군왕 주변의 간신을 몰아냄.

요. 지금의 성상께서는 선황제께서 직접 황태자로 봉하시어 태묘太廟[18]의 선조들께 제를 올린 뒤 문무백관들에게 직접 선포하신 분이시죠. 전국적으로 대사면大赦免을 한 뒤에 보위에 오르셨으니 이것만으로도 형왕에게는 대의명분이 없어요."

보통 농민이 봉기할 때는 황제를 나쁜 놈이라고 몰아세우며 직접 겨냥한다. 장각張角[19] 동지의 유명한 구호 '창천이사蒼天已死, 황천당립黃天當立[20]' 같은 경우를 예로 들 수 있다. 하지만 신하에 속하는 번왕이 모반을 꾀하는 경우라면 다르다. 번성한 당나라를 전복하려 할 만큼 대단했던 안녹산安祿山[21]도 모든 것이 이융기李隆基[22] 탓이라고 감히 말하지 못했다. 기껏해야 귀한 여지荔枝[23]를 먹겠다고 농민을 고생시키는 양귀비楊貴妃 탓이니 다 같이 간신을 치러 가자고 말할 수밖에 없었다. 그렇게 '안사의 난'이 일어났던 것이다.

"장오 오라버니가 방금 말한 것처럼, 형왕 역시 적잖은 약점을 가지고 있어요."

명란이 보충 설명을 했다.

"성상께서 경기 지역의 군부 정비에 힘을 쏟으셨고, 경성의 성벽 또한 높고 견고하니 쉽게 함락시킬 수는 없을 거예요. 시일이 조금만 늦으면

---

18) 황실의 종묘.
19) 황건적의 난 주모자.
20) '창천이 이미 죽었으니, 황천이 세워질 것이다'라는 뜻으로, 창천은 후한을, 황천은 노란 두건을 쓴 농민을 뜻함.
21) 반란을 일으킨 당나라 무장.
22) 당나라 8대 황제, 현종.
23) 리치, 중국 남부지방에서 나는 과일.

사방에서 근왕군勤王軍이 집결할 테니 형왕도 어쩔 수 없게 되죠."

장오의 얼굴이 희색만면해졌다. 장오는 더욱 다급한 마음에 크게 말했다.

"네 말이 맞다. 그러니 급히 돌아가야 해!"

명란이 또다시 가볍게 찬물을 끼얹었다.

"그렇다고 꼭 이긴다는 보장은 없어요. 당시 구왕은 병력이며 물자에 민심까지 모두 태종 무황제의 몇 배였지만 일 년 만에 무황제한테 전멸당했잖아요."

품란이 껴들었다.

"대체 무슨 뜻이야? 이랬다저랬다 쓸데없는 말만 하고 있잖아!"

성유가 품란을 쩨려본 뒤 궁금한 표정으로 명란을 바라보았다. 명란 역시 어색한 웃음을 지으며 난처한 듯 양손을 펼치며 말했다.

"나도 모르겠어! 이런 일을 누가 제대로 설명할 수 있겠어!"

이런 일은 주사위 흔들기 게임과 비슷하다. 잔을 들춰보기 전까지 결과는 아무도 모른다.

장오는 어두워진 얼굴로 아무 말도 하지 않았다. 명란은 성유 앞에 서서 심사숙고하며 말했다.

"제 말은 경성의 변수가 너무나 많다는 거예요. 경성에 도달할 수 있을지, 도착한 뒤 경성의 정세가 어떨지 아무도 알 수 없지요. 그렇다고 장오 오라버니께서 이곳에 앉아만 계실 수도 없으니 차라리…… 금릉으로 가시지요. 금릉도위부에 가서 힘을 보태는 거예요."

장오가 이상하게 여겨 말했다.

"명란이 네가 잘못 생각한 것 같다. 형왕의 군대는 북상하고 있어. 남쪽엔 전투가 없다고."

명란이 고개를 저었다.

"전투는 없지만 피난민들이 있고, 비적匪賊이 있어요. 심지어 기회를 노리는 반란군도 있을 수 있어요."

장오는 가볍게 숨을 들이쉬고 주저했다.

명란이 또박또박 말했다.

"스승님께서 병란이 있는 곳에 피난민이 있다고 말씀하셨어요. 금릉은 번화하고 부유한 곳이고 환 지역과도 가깝지요. 오라버니께서는 그곳으로 가서 살펴보세요. 그쪽은 병사들의 기강이 해이하고 장병도 부족하다고 하지 않으셨나요? 어쨌든 성을 지키고 백성의 안위를 챙기는 것은 어떤 상황에서든 틀리지 않은 선택이잖아요."

마침내 기분이 좋아진 이 씨의 얼굴에 홍조가 떠올랐다.

"맞다, 맞아, 금릉은 이곳에서 한 시진이면 당도하니 식구들과 함께 있는 것이나 진배없겠구나!"

유양은 금릉 이남에 위치하여 더 안전한 편이었다.

성유도 타당성이 있다고 생각하여 고개를 돌려 장오에게 일렀다.

"넌 금릉도위부에 아는 이가 많지 않으냐. 중위위의 요패腰牌 [24]와 문서를 가지고 가거라. 애비가 도지휘사인 유 경력經歷 [25]에게 서신을 넣도록 하마."

송사訟事 담당인 어사 성굉이 있으니 금릉도지휘사도 장오의 공을 탐내지 못할 터였다.

---

24) 신분을 증명하기 위해 허리에 차던 나무패.
25) 정6품 관직.

대화가 여기까지 이르자 성씨 집안사람들 모두 한시름 덜었다는 듯 장오에게 금릉으로 가라고 타일러 댔다. 여기저기서 날아오는 소리에 머리가 어지러워진 장오가 아직 못 믿겠다는 듯 명란에게 물었다.

"정말 피난민이 있단 말이냐?"

장오가 며칠 전 갔을 때만 하더라도 금릉은 평화로워 보였다.

명란이 손으로 날짜를 헤아리기 시작했다.

"그게…… 잠깐만요."

장오가 어린 사촌여동생을 노려보았다. 명란은 자신은 무고하다는 듯 마주 보았다. 어설픈 참모는 확실히 좋은 직업이다. 의견만 내놓으면 되니까. 의견을 수용하고 안 하고는 다른 사람의 일이고, 일단 말만 던져 놓으면 공로가 생긴다. 결과가 안 좋으면 그건 판단력이 부족한 상사 때문이다. 누가 참모의 말을 그냥 믿으랬나? 참모가 한 말을 그대로 듣는다면, 높은 데서 뛰어내리라고 하면 뛰어내릴 건가?

사람들이 물러간 후, 노대부인이 명란을 방으로 데려가서는 조용히 말했다.

"방금 한 얘기들을 다 네가 생각해낸 것이냐?"

명란이 고개를 끄덕이며 아까 한 말을 되뇌어봤다. 시대적, 사회적 상식을 벗어나지 않는 수준이었다. 성굉과 장백, 혹은 식견이 있는 문관이라면 능히 말할 수 있는 정도였다.

노대부인은 복잡한 심경으로 명란을 두어 차례 훑어보고는 다시 물었다.

"금릉에 정말 피난민이 있을 것 같으냐? 얼마나 확신하는 것이냐?"

명란이 가까이 다가가 조용히 말했다.

"전혀요."

노대부인은 경악했다.

명란은 노대부인의 어깨에 기대어 귓가에 대고 천천히 말했다.

"사실 전 당숙모 말씀에 동의해요. 승진보다 목숨이 중요하죠. 그렇지만 장오 오라버니도 쉽게 포기하지 않을 테니 임의대로 일거리를 찾아 준 거예요."

노대부인이 어안이 벙벙하여 물었다.

"그렇다면 넌 아무 말이나 한 것이냐?"

"아니요?!"

명란이 최대한 목소리를 낮춰 말했다.

"대부분은 사실이에요. 뒤에 몇 마디만 허풍을 조금 더 했죠. 어쨌든 금릉은 제2의 수도로 성벽이 높고 두터운데 피난민이 어찌 그리 쉽게 진입하겠어요?"

노대부인이 끙 하며 말했다.

"어린 녀석이 영리하기도 하구나!"

그리고 나서 근심 가득한 얼굴로 하늘을 향해 한숨을 내쉬며 말했다.

"네 아비와 장백이 어떨지 모르겠구나. 제발 무사해야 할 텐데."

명란은 또 무슨 생각이 났는지 머리를 들고 잠시 멍해 있다 노대부인이 부르는 소리에 겨우 정신을 차렸다.

명란은 예쁜 눈썹을 찌푸리며 정색하고 말했다.

"방금 하나 생각난 게 있어요. 사실 반군은 지금 아버지보다는 우리 쪽에 가까이 있죠. 만약 형왕이 북상하던 중 난관에 부딪힌다면 흩어진 반군들이 경로를 우회해서 조금 허술한 금릉을 공략하려 할 거예요. 물자를 약탈해 군수품을 보충한다거나 성을 함락시켜 근거지로 삼으려 할 테죠. 그러니 지금은…… 우리의 안위를 먼저 걱정해야 해요. 형왕이 몇 차례 승전하면 그때 아버지와 장백 오라버니를 걱정해도 늦지 않아요."

명란이 잠시 숨을 고르고 농담 삼아 한마디를 보태었다.

"이번에는 허풍이 아니에요."

노대부인은 방금 내뱉었던 한숨을 다시 들이마시고 한참 명란을 쳐다보았다. 가슴이 설레어 오는 것이 갑자기 장수할 것만 같은 생각이 들었다.

제78화

늙은 암탉이 오리로 변하다니
세상 참 묘하네

어느덧 겨울로 들어서고, 설이 다가오고 있었다. 명란은 자신에게 대련 對聯을 선물하고 싶어서 앞절로는 요사여신料事如神[1]을, 뒷절로는 철구 직단鐵口直斷[2]을 쓰고, 가로로 붙일 글귀로 절반의 선인을 뜻하는 '반선 半仙'을 썼다.

　그날 한참을 고민한 장오는 이튿날 금릉으로 향했다. 시국이 불안정 할 때 후원을 지킬 무인이 늘어나는 것은 반가운 일이었다. 금릉 도지휘 사사와 주변 다섯 개 위소도 싸울 수 있는 장수가 적다고 불안을 호소하 던 터라 장오는 크게 환영을 받았다. 연속 다섯 끼를 살찐 거위와 닭으로 성대한 환영회를 누린 후 장오는 잠시 휴가를 받아 유양으로 돌아왔다.

　"명란, 저번에는 네 마음대로 지어낸 것이었지? 내가 남쪽에는 전투가

---

1) 일을 예측함이 신처럼 정확함.
2) 예언이 영험함.

없다고 했잖아? 며칠간 금릉 성벽 위에서 지켜봤지만 아무 일도 일어나지 않았다. 성안의 큰 가문들이 밖에 전란이 일어난 것을 알고 두려움에 벌벌 떨고 있긴 하더구나……. 보름 새 보호 성금을 세 번이나 내지 뭐냐! 이것 봐, 나한테까지 은자 몇백 냥이 떨어졌어."

장오가 금실로 수놓인 묵직한 주머니를 탁자에 던지며 쓴웃음을 지었다. 군량과 군비에 의지해 사는 사람에게는 꽤 큰돈이었지만, 성씨 집안 자제에게 돈은 부족하지 않았다.

아들이 북쪽으로 가고 싶어하는 낌새를 알아챈 이 씨는 아들을 타이를 말이 생각나지 않아 고심했다. 그 덕에 한겨울인데도 땀이 났다.

"장오 오라버니, 조급해 마세요."

명란이 여유롭게 답했다.

"생각해보세요. 전란은 지난달에 막 일어났고, 피난민들은 두 다리로 움직일 텐데 말을 타고 이동하는 것처럼 빠를 수 있나요. 조금 더 기다려보세요!"

"그래……?"

장오가 의심 가득한 눈초리로 명란을 쳐다보았다.

명란이 힘껏 고개를 끄덕였다. 그런 다음 예전 사례로 그를 독려하고자 변사 같은 말투로 말했다.

"무황제께서 친히 오랑캐를 정벌하러 나선 그해, 엄동설한이 이어져 물방울까지 얼음으로 변했었지요. 십만 대군을 이끌고 노아간奴兒干[3] 고성에서 기다리기를 어언 두 달! 교만하지도, 조급해하지도 않으니 결

---

[3] 흑룡강 하류 지역.

국 오랑캐가 이를 얕잡아보고 정예 부대를 출병시켰다가 무황제에게 일거에 섬멸당했어요! 오라버니, 여태까지는 백 명, 천 명의 적을 상대하는 법을 배웠지만 앞으로 만 명의 적을 상대해야 할지도 몰라요, 이를 위해 가장 중요한 건 바로 인내라고요."

역시 모범 사례의 힘은 대단했다. 명란의 으름장에 잠시 멍해진 장오는 그날 밤 바로 금릉으로 돌아갔다. 저녁 식사 시간, 이 씨는 부지런히 명란의 밥그릇에 반찬을 올려주었고, 윤아는 임산부에게 특별히 주어진 닭다리 두 개를 명란의 접시에 놓아주었다.

"질부, 그렇게 챙겨주지 않아도 되네."

노대부인의 입에 미소가 걸렸다.

"명란이가 원래 입으로 사람을 홀리는 재주가 있어."

성유가 진중한 표정으로 말했다.

"꼭 그렇지만은 않습니다. 제가 보니 명란이 말에 일리가 있습니다. 그래서 며칠 동안 유양을 돌아다니며 큰 가문의 어르신들께 이번 설은 너무 장하게 준비하지 말고 비상용으로 곡식과 땔감을 많이 비축하시라 권했습니다. 바깥이 혼란스럽긴 하니까요."

성유는 감이 뛰어났는데 아니나 다를까 사흘 뒤 장오가 사람을 통해 서신을 보내왔다. 피난민들이 몰려들었다고 한다.

오랜 기간 황위 찬탈을 노려왔던 형왕은 거액의 군량과 군비가 필요했고, 이 때문에 몇 년간 일반 백성들을 함부로 착취했다. 윗물이 맑아야 아랫물이 맑다고, 각 급 관리들도 백성의 고혈을 빨아먹었다. 거기에 겨울의 혹한까지 맞물려 하늘에서 함박눈이 쏟아지자 백성들은 기아와 한파에 떨어야 했다. 엄청난 고통에 의지할 곳을 찾아야 했던 백성들은 환을 떠날 수밖에 없었다. 대거 늘어난 피난민은 소, 예, 악鄂 [4], 감贛 [5], 절浙 [6] 지역으로 흘러들었다.

숭덕 원년 섣달 말, 환의 피난민 오만 명이 금릉성으로 모여들었다. 관아는 관창官倉을 개방하여 곡식을 배급했다. 성안의 부호들도 곳곳에 천막을 쳐 죽과 땔감을 나눠주고, 난민들이 성 밖 민가에서 겨울을 날 수 있도록 도왔다.

마침내 장오가 할 일이 생겼다. 피난민들이 소란을 일으키는 것을 우려해 성문을 열어 피난민을 받아들일 때면 군대가 옆에서 지키고 있어야 했다. 불철주야로 조금도 쉴 틈이 없었다. 숭덕 2년 정월 말이 되자 유양에도 첫 번째 난민 행렬이 들어왔다.

다행히 일찍이 대비하고 있었던 성씨 집안은 현 안의 다른 명문대가와 함께 임시 움막을 설치해 난민들이 몸을 누일 수 있도록 하고, 하루에 두 번씩 죽을 제공했다. 또한 겨울을 날 수 있도록 쓰지 않는 면 이불과 면 옷을 구해주었다.

명란도 이 씨를 따라 가마를 타고 그곳을 둘러보고 왔는데, 마음이 한동안 편치 않았다.

의식주 걱정이 없는 현대에서 자란 아이들은 도무지 상상할 수 없는 광경이 펼쳐졌다. 대설이 내렸고, 온 천지에 얼음 서리가 꼈다. 수많은 노인과 아이들이 얇은 옷 한 벌만 걸친 채 벌벌 떨며 작은 모닥불 앞에 모여 몸을 녹였다. 피부는 얼어 검보라색으로 변했고, 아이들의 손과 얼

---

4) 현 하북성.
5) 현 강서성.
6) 현 절강성.

굴은 온통 동상투성이였다. 굶주림에 멍해진 두 눈은 차갑게 식어 버린 묽은 죽이 유일한 희망이라도 되는 양 쳐다보았다.

움막 안에 큰 소리로 목 놓아 우는 이는 없었다. 그저 작게 훌쩍거리는 소리만 들렸다. 한 어머니는 열이 나서 불덩이가 된 아이를 껴안고 있었다. 아이는 울 힘조차 없는 듯 사경을 헤매고 있었다. 미약하게 이어지는 숨소리가 명란의 마음을 아프게 할퀴고 지나갔다.

"……제 고향에는 물난리가 났었어요. 논이며 밭이며 모두 잠겼죠. 수확을 못 해 먹을 것도 없는데 남동생까지 병에 걸리니까 부모님이 절 팔아버렸어요."

소도가 희미해진 과거를 떠올리며 차분하게 말을 이어갔다.

"마을 할아버지께 들으니 이번 황제 대에는 그래도 괜찮은 거래요. 집마다 밭을 소유하고 있어서 소작료를 낼 필요가 없으니까요. 선대 황제 시절에 백성들한테 자기 땅이 어디 있었나요. 전부 대갓집 거였죠. 재해나 동란이라도 나면 소작료를 낼 수 없어 자식까지 팔아야 할 정도였지요."

명란이 가만히 고개를 끄덕였다. 한 왕조가 후대로 가면 토지 독점이 심각해지고, 그러다 농민들이 도무지 살 수 없을 때가 되면 왕조가 바뀐다. 그리고 폐허에서 모든 걸 다시 시작한다.

진상도 기분이 저조해져 낮은 목소리로 말했다.

"저희 집도 원래 십여 묘의 토지가 있어서 날씨가 도와주면 한식구 거뜬히 먹고살 수 있었어요. 그런데 탐욕스러운 현령이 부임하고 나선 매일같이 각종 명목으로 돈을 뜯어 갔어요. 한번은 저희 마을의 은화 언니를 마음에 두고 첩으로 앉히려 했죠. 당연히 은화 언니 집에서는 반대했고요. 그러자 현령은 은화 언니의 아버지와 오라버니가 곡물세를 안 내는 골칫덩이라며 옥에 가두고 형벌을 내렸어요. 은화 언니는 현령부縣令府에 들어가는 수밖에 없었죠. 그런데 언니의 아버지와 오라버니가 형벌을 버티지 못하고 이미 옥에서 돌아가셨을 줄 누가 알았겠어요. 마을 사람들이 따지러 갔지만, 현령의 집사가 이미 하룻밤 보냈는데 괜히 시끄럽게 굴지 말라고 했죠. 나중에 은화 언니는 관아 문에 머리를 박고 자결했어요.”

명란은 마음이 쓰라려 왔다. ‘한 집안을 풍비박산 내는 현령, 가문을 멸하는 부윤’이라더니. 지금 이 시대 백성들의 행복한 삶이란 얇은 종잇장이나 마찬가지인 것 같다. 천재지변이나 인재로 인한 작은 여파에도 쉽게 찢어져 버리지 않는가. 명란은 문득 지금 자기의 신분이 썩 괜찮다는 생각이 들었다.

“그게 너희 집이랑 무슨 상관이야?”

한참 듣고 있던 녹지가 핵심을 짚지 못하고 물었다.

“은화 언니는 우리 오라버니 정혼녀였어.”

그 자리에 있던 모두가 숙연해졌다.

진상이 난로 안의 숯불을 뒤적였다. 불빛이 담담하고 온화한 진상의 얼굴을 비추었다.

“오라버니는 분을 이기지 못해 관아로 쫓아갔어요. 그런데 아전들한테 만신창이가 되도록 흠씬 두들겨 맞고 쫓겨났죠. 아버지도 화병이 났고요. 집안 남자 둘이 치료를 받아야 하는데 일손이 없으니 어디서 큰돈을 구하겠어요. 할머니가 땅은 못 판다고 하셨어요. 남자들이 나으면 곡식을 심어야 한다고요. 그러니 저를 팔 수밖에 없었죠. 같이 팔려 온 사람 중엔 은화 언니의 남동생과 여동생도 있었는데 지금은 어디에 있는지도 몰라요.”

단귤이 조심스레 물었다.

"그 현령 이름은 기억하니?"

진상이 고개를 저었다. 양쪽으로 쪽 찐 머리 위의 자귀나무꽃 장식이 살짝 흔들렸다.

"몰라, 그때 난 겨우 대여섯 살이었는걸. 내가 떠날 때 촌장과 이장이 상의하던 건 조금 기억나. 억울한 일을 당하면 대변해줄 수 있는 사람이 있어야 하니 다 같이 돈을 모아 마을에서 관리를 배출해야 한다고……. 나중에 들으니까 누군가 그 현령을 고해바쳐서 파직당하고 가산도 몰수당했대. 거기다 변방으로 유배됐다더라. 그 소식을 듣고 너무 기뻤어. 안타깝게도 은화 언니 집안은 이미 풍비박산 난 다음이었지만. 언니네 집과 논밭은 황량하게 변했고 그들을 언급하는 사람도 이젠 없어."

이야기를 들은 사람들의 마음이 무거워졌다. 침묵이 길게 이어졌다. 진상이 먼저 쾌활한 모습으로 웃으며 말했다.

"이 년 전에 집에서 서신이 왔는데 형편이 점점 나아지고 있대. 큰오라버니, 작은오라버니 모두 부인을 들였고, 남동생은 공부에 매진하고 있어. 부모님은 상황이 더 좋아지면 나를 데려가시겠다는데 내가 괜찮다고 했어. 난 여기서 너무 잘 지내는걸. 한 달에 은자 두세 닢을 받으니까 아버지나 오라버니보다 수입도 많아. 잘 모았다가 집에 가져가서 부모님께 논밭을 사 드릴 거야."

조용히 그들의 대화를 듣고 있던 명란이 참지 못하고 한마디 물었다.

"너희 집에서 땅은 안 팔고 널 팔았는데 넌…… 원망스럽지 않아?"

진상의 웃음기 어린 얼굴이 살짝 붉어졌다.

"한동안 원망했지만, 나중에는 그 원망도 떨쳐버렸어요. 땅이 있어야 부모님과 오라버니가 있고, 희망이 있을 수 있으니까요. 어머니도 여기저기 많이 알아보시고 그나마 인심 좋은 상인에게 절 넘기셨어요. 그래도 전 운이 좋아서 여기로 온걸요. 노마님과 마님도 좋으셔서 때리거나 욕도 안 하시잖아요. 거기다 복을 받아서 아가씨 시중을 들고 있고요. 그동안 잘 먹고 잘 입었죠, 언니 동생들과도 잘 지내죠. 원망할 게 뭐 있나요.”

명란은 한동안 넋을 잃었다. 사실 모창재에서 진상은 그다지 유능한 계집종이 아니었다. 생김새나 성격은 평범했고, 일도 연초처럼 야무지거나 녹지처럼 시원시원하지도 않았다. 그래서 급여와 포상이 적은 편이었다. 하지만 그녀의 말을 들어보면 자신의 생활에 매우 만족하고 있었다. 가족 이야기를 할 때는 그리움이 가득 묻어 있었다. 이렇듯 성실하고 따뜻한 성품은 쉽게 가질 수 있는 게 아니었다.

명란은 처음으로 하층민의 선량함과 성실함을 보았다. 그들은 발밑의 진흙처럼 보잘것없을지 몰라도 훨씬 단단했다. 명란은 기분이 좋아져 웃으며 말했다.

“만약 너희 집 형편이 나아지면 은자를 받지 않고 그냥 널 보내줄게. 아마 부모님이 네 신랑감도 찾아 놓으셨을 것 같은데 나중에 혼수도 보내주마!”

진상의 얼굴이 붉은 연지색으로 물들었다. 진상은 발을 동동 구르며 부끄러움에 말했다.

“아가씨! 그런 말씀을 하시다니, 방씨 어멈한테 말씀드릴 거예요!”

웃음소리에 어두운 분위기가 마침내 사라졌다.

명란은 노대부인에게 고한 후 평소에 모아놓았던 비상금 중 사분의 삼을 내놓았다. 계집종들도 십시일반 은자를 모아 쌀과 면 이불을 사 피난민들을 구제하는 데 사용했다.

"요 몇 년 동안 모은 돈을 다 써버리니 이제 속이 편하냐? 설마하니 네가 보태지 않으면 밖에 사람들이 동사해 죽을 것 같더냐?"

노대부인이 웃는 듯 마는 듯한 얼굴로 명란을 바라보았다.

명란이 진지하게 고개를 끄덕였다.

"저도 달걀로 바위 치기라는 걸 알아요. 하지만 제가 할 수 있는 건 최대한 다 해보고 싶어요. 그게 다예요. 장오 오라버니가 그러는데 봄이 되면 관아에서 난민을 일괄적으로 안배할 거래요. 고향으로 돌아가고 싶은 사람들은 돌려보내고, 돌아갈 곳이 없는 사람들은 황무지를 개간하여 터전을 일구게 한대요. 그러니 그들이 이번 겨울을 무사히 넘길 수 있으면 좋겠어요."

어린 손녀를 끌어안는 노대부인의 얼굴에 미소가 피어올랐다.

"바보 같으니라고!"

숭덕 2년 정월 말, 환동皖東, 절서浙西, 소남蘇南 및 소서蘇西 등 몇 군데에 산적이 창궐하여 피난민을 약탈하고, 방비가 허술한 고을을 공격했다. 가는 곳마다 살인과 방화를 일삼으며 온갖 악행을 저질렀다. 더욱이 갈 곳을 잃은 피난민들이 산적이 되는 경우도 비일비재했다.

장오와 피 끓는 장병 몇 명이 위소 병력을 이끌고 도적을 소탕하러 가겠으니 하명해달라고 청했으나 금릉지부와 도지휘사는 번번이 이를 묵살했다. 성 밖에 전란이 일어 당장 성문을 지키기도 급급한데 어떻게 성문을 열어 비적을 토벌한단 말인가?

장오는 몇 번이나 하명을 청해도 받아들여지지 않자 홧김에 휴가를 내고 집에 돌아왔다.

"상관에게 대들지 말고 성질을 죽이라고 몇 번이나 이르지 않았더냐!

관직 사회에서 살아가기란 결코 녹록하지 않으니라!"

성유는 아들과 상관의 사이가 틀어지는 것을 염려하여 아들에게 매섭게 한소리 했다.

"아버지, 제가 어찌 그러겠습니까?! 다른 형제들이 다 탁자를 치고 술잔을 엎으며 호 도휘사 나리께 간언을 드렸지만 저는 아무 말도 하지 않았습니다!"

장오가 고개를 빳빳하게 쳐들고 얼굴이 시뻘겋게 달아올라 외쳤다.

"그래서 휴가를 왔습니다! 그렇게 하지 않으면 다른 형제들 볼 낯이 없어서 말입니다!"

명란이 곁에서 위로했다.

"장오 오라버니, 조급해 말아요. 오라버니는 금릉 직속 무관도 아니니 간언하지 않는 것이 좋아요. 아, 참! 밖의 전세는 어떤가요? 남쪽이 아직 조용한 걸 보면 형왕이 순조롭게 북상 중인 것 같은데요?"

"꿈도 야무지지!"

장오가 무시하는 듯한 표정을 지었다.

"그 오합지졸들 전부 허장성세였어. 무능한 무뢰배들, 노에서 대패하여 대군이 반으로 갈라졌지. 후방 쪽은 서주徐州로 퇴각하다가 산에 매복해 있던 군에 기습당했고, 전방 쪽은 장주庄州로 줄행랑쳤는데 아마 거의 끝났다고 봐야지."

장오가 말을 마치자 방 안에 있던 사람들의 표정이 한결 가벼워졌다. 성유와 장송 부자는 서로 바라보며 웃었다. 드디어 안심할 수 있게 된 것이다. 노대부인은 염주를 돌리며 가만히 미소 지었다. 이 씨는 두 손을 모은 채 아미타불을 외웠고, 문 씨는 기쁨에 겨워 사람들에게 다과를 챙겨주었다. 품란은 재미없다는 듯 '쳇' 하더니 명란에게 속삭였다.

"형왕도 멍청이네!"

명란은 가슴을 쓸어내리고 탁자 옆에 앉아 차를 한잔 따른 다음 천천히 마셨다.

장오는 종종걸음으로 방 안을 두어 바퀴 돌더니 긴 한숨을 내쉬었다. 그리고 절망 가득한 목소리로 말했다.

"명란, 네 말이 거의 맞았다. 경성에 돌아갈 필요가 없었어. 형왕은 경성에 도달하지 못하고 그대로 끝날 것 같구나. 이제 공은 난을 평정한 군에 다 돌아가게 됐어. 미리 알았다면 진즉에 군에 합류했을 텐데!"

수심에 가득 찬 아들의 얼굴을 본 성유가 화제를 돌리기 위해 물었다.

"이번에 난을 평정한 것이 어느 대군이더냐?"

장오가 털썩 앉더니 대답했다.

"대강 듣기로 성상께서는 일찍부터 남쪽에 대해 경계하셨다 합니다. 요 몇 달 경성 치안 방비를 명하셨지만 사실 오군영五軍營의 병력 절반을 경성 외곽으로 암암리에 전출시켜 훈련을 진행했다지요. 북방에서 반란이 일어났을 때는 이들 군대를 움직이지 않았는데 형왕이 반기를 든 후에는 대군을 조용히 남하시켜 서주에서 반군을 기습하였다 합니다."

장오의 마음이 조금 누그러졌다. 그가 소속된 중위위는 삼천영三千營에 예속되어 있어 경성으로 돌아갔다 한들 출정 기회가 돌아오기는 힘들었을 것이다.

"오군영이라고? 감甘 노장군이 통솔하는 부대가 아니더냐? 역시 노장이시구나."

성유는 군부와 몇 차례 거래를 한 적이 있어서 군의 상황을 조금이나마 알고 있었다.

하지만 장오가 고개를 저었다.

"감 노장군이 아니십니다. 황상께서 새로이 발탁하신 장군인데 경성의 권작자제라 합니다. 황상께서 번왕 시절부터 눈여겨보셨다가 이번에 기회에 중용하셨다 하니 앞으로 전도가 유망할 것 같습니다."

명란의 눈이 반짝 빛났다. 빙그레 미소 지으며 잔에 차를 반쯤 더 따르고 말했다.

"그래요? 그 장군께서 통찰력이 있으신가봐요."

사실 팔왕야는 황자들 중에서도 세력이 없기로 유명했다. 문文은 삼왕야를, 무武는 사왕야를, 출신의 존귀함으로는 오왕야를, 인맥은 육왕야를 따라가지 못했다. 총애는 선황제의 늦둥이 왕야들만큼도 얻지 못했고, 생모의 출신은 비천하기로 손에 꼽혔다. 그러니 이런 비인기 종목에 투자한 사람이라면 워런 버핏이 호형호제하자고 달려들 만한 인물일 것이다.

큰 흥미를 느낀 성유가 그 신임 장군과 관계를 이어봐야겠다 생각하며 물었다.

"어떤 분이시냐? 예전에 들어본 적 있느냐?"

장오가 체념한 듯 탄식하며 말했다.

"고정엽이라고 들었습니다."

방 안에 있던 모두가 어리둥절해했다. 아무도 이 이름을 들어 본 적이 없기 때문이다.

명란은 차를 한 모금 머금은 채 그대로 굳어버렸다. 손에 든 찻잔을 한참 쳐다보다 힘겹게 차를 삼키고 신중하게 찻잔을 내려놓은 명란이 조심스럽게 물었다.

"그게…… 어찌 이분에 대해 들어보지 못했나요? 장오 오라버니, 아무리 무관은 문관처럼 천천히 업적을 쌓아갈 필요가 없다지만, 그렇다고 아무것도 없이 바로 장군이 될 수 있는 건가요?"

순식간에 늙은 암탉이 오리가 되다니. 3개월 전만 하더라도 조방과 함께 다니며 의협심을 발휘하던 강호 사나이가 어찌 순식간에 반란을 평정한 대장군이 되었단 말인가? 역시 민군民軍 [7]이 협력한 것일까?

장오가 다소 흥분했다. 형왕의 반란 이후 연륜 있는 어른들이 계속 어린 육촌 여동생의 말을 귀담아들었고, 실제로 이 아이의 말이 예리하고 일리 있다는 것을 인정할 수밖에 없었다. 그러던 중 오늘에서야 오라버니로서의 식견을 제대로 보여줄 수 있게 된 것이다.

그는 깊게 숨을 고르고 큰 소리로 말했다.

"명란, 그건 네가 몰라서 하는 말이야. 고 장군은 본래 정칠품의 상십이위上十二衛 [8] 영위셨다."

"한직일 뿐이잖아요. 적잖은 경성의 권작자제들이 맡고 있는 거고요. 그들 중에 장군이 된 경우는 못 본 것 같은걸요."

명란은 실소했다. 량함 공자도 그런 직을 맡고 있기 때문이다.

장오는 부러운 말투로 금릉의 군을 예로 들어 말했다.

"중요한 것은 고 장군이 황상의 총애를 받는다는 거지. 성상께서 보위에 오르신 후에 고 장군은 정오품 경위지휘사사를 이끌고 민심을 달래러 다니셨다. 이번에 군을 이끌고 반란군을 평정한 것도 사전에 황상의 밀지를 받았기 때문이야."

말문이 막힌 명란은 혀를 차다가 건조하게 웃었다. 그런 다음 장오에

---

7) 위급 상황에서 조직한 일반인 군대.
8) 황제의 어가를 호위하던 금위군.

게 걸어가 차를 따라 주고 순한 얼굴로 말했다.

"장오 오라버니는 역시 아는 게 많으시네요. 이러니 저희 아버지께서도 항상 장오 오라버니가 식견 있다고 칭찬하시죠."

장오는 기분이 한결 좋아져 씩 웃었다. 이 어린 육촌 여동생은 이런 점이 정말 귀여웠다. 나중에 매제가 그녀를 홀대하려 한다면 힘껏 뺑 차줄 것이다.

제79화

장래를 예측하기 어려운 세 자매

숭덕 2년 정월, 황제의 명을 받은 도지휘장군 고정엽이 3천 보병과 1천 기마병을 이끌고 경성 외곽에서 남하했다. 산동山東 양현陽縣 노교鑪橋에 매복을 심고 기마병으로 반군을 세 차례 공격하며 종횡무진한 결과, 3만 반군은 순식간에 허리가 끊겨 큰 혼란에 빠졌다. 형왕은 직접 선봉 정예 부대를 이끌고 북쪽의 장주로 신속하게 퇴각했다.

같은 해 2월, 고정엽은 병력을 절반으로 나누어 장주 수비군과 함께 반란군에 대항하는 한편, 자신은 기마병을 데리고 계속 남하했다. 밤낮으로 길을 재촉해 퇴각군의 퇴로를 앞서 차단하고 서주 이남의 영암곡靈岩谷에 매복을 심어, 유리한 지형을 이용해 적은 수로 적을 포위하는 데 성공했다. 그는 도망치는 반군 1만 3천여 명을 섬멸하고 역모에 가담한 담왕譚王을 생포했다. 또한, 월주越州 [1]와 마융馬隆 두 곳의 위소를 지휘해 잔존 병력을 소탕했다.

---

1) 현 절강성 가흥시.

3월 말, 고정엽은 북쪽으로 회군해 심潘 황후의 친동생인 심종흥潘從興 장군과 함께 장주성에서 형왕의 잔존 병력을 합동 공격을 퍼부었다. 형왕이 대패하자 반군 병사들은 뿔뿔이 흩어졌고, 각지 위소의 도사들은 성문을 열어 남아 있는 반군 세력을 처단했다.

숭덕 2년 4월, 형왕은 소상산小商山 [2]까지 도망쳤다가 친위대에게 죽임을 당해 목이 잘렸다. 반년간 이어졌던 '형담의 난荊譚之亂'은 이로써 막을 내렸다.

5월이 되자 따스한 봄이 찾아왔다. 꽃이 만개하고 강물도 잔잔히 흘렀다. 각지의 도적떼와 비적들도 거의 소탕된 상태였다. 노대부인은 명란과 장동을 데리고 배를 타고 경성으로 돌아갔다. 나올 때는 정변이 발발했지만 돌아갈 때는 사태가 안정되어 있었다. 때마침 포근해진 날씨에 강기슭에는 꽃이 가득 피었고 버드나무도 푸른 가지를 드리웠다. 맑은 하늘에서는 제비가 북으로 날아가고 있었다. 더없이 아름다운 풍경이었으나, 길을 나서는 사람의 기분은 사뭇 달랐다.

조모와 손주 셋은 2층짜리 대선大船의 상방에 앉아 향차香茶를 끓이고 과일 몇 접시를 앞에 둔 채 창밖 경치를 구경하며 화기애애하게 담소를 나누었다. 강기슭에서 바쁘게 움직이는 뱃사람들이나 이리저리 오가며 화물을 싣고 내리는 선원들의 모습은 몇 달 전 변란이 일어나기 전과 매한가지였다.

"장동, 차를 다 마시면 방으로 돌아가서 공부를 하거라. 도착할 때까지

---

2) 현 안휘성 황산 부근.

나오지 말고 열심히 매진해야 할 것이야."

노대부인이 푹신한 평상에 앉아 밖의 풍경을 보고 있었다.

장동의 작은 얼굴이 붉게 달아올랐다. 명란이 장동의 편을 들어주었다.

"할머님, 장동은 근래에 손에서 책을 놓은 적이 없어요. 밖에서 무슨 난리가 나든 성실하게 공부한걸요."

"알고 있다."

노대부인이 담담하게 말했다.

"네 부친이 귀띔해주더구나. 원래는 이번 분상奔喪 3)에서 돌아오면 올해 2월에 있을 동시童試 4)에 장동을 내보내려 했다고. 헌데 변란이 생겨 시험 삼아 응시할 기회를 잃어버릴 줄 누가 알았겠느냐."

명란이 안타까운 눈빛으로 장동을 바라보았다. 겨우 열두 살밖에 안 된 어린 사내아이일 뿐인데.

장동도 얌전히 찻잔을 내려놓고 불쌍하기 짝이 없는 눈빛으로 명란을 쳐다보았다. 노대부인은 그들의 눈빛을 외면한 채 계속 말을 이었다.

"올해의 동시를 놓쳤으니 아범 심기가 불편할 터, 돌아가자마자 장동이의 학문을 확인하려 할지도 모르겠구나. 며칠만 있으면 도착할 것이니 벼락치기로 잠깐 하는 것도 나쁘지는 않겠지."

장동은 노대부인이 미리 자신을 일깨워 주려 함을 깨닫고 공손히 하례한 후 자기 방으로 돌아가 책을 보았다. 명란은 장동의 뒷모습을 바라보며 탄식했다.

---

3) 외지에서 존속의 부고 소식을 듣고 집으로 돌아오는 일.
4) 명청 시대의 과거제도.

"머리가 희어질 때까지 경서를 파고들어서야 시서詩書 5)가 소용없다는 걸 깨달았다네. 휴……."

노대부인이 무거운 헛기침을 하자 명란이 다급히 뒷 구절을 이었다.

"머리가 희어서야 그림을 그리기 시작하니, 한 획에도 그 뜻이 있음을 알겠네."

노대부인이 입가에 웃음기를 머금고 말했다.

"말은 번지르르하게 잘도 하는구나! 며칠 책을 보겠다고 청하더니 이렇게 말장난을 치려고 그런 것이었더냐? 상자들을 다 정리하면 위에 이름을 쓰는 것도 잊지 말거라."

명란이 고개를 끄덕였다. 그리고 귤 반 개를 까서 노대부인의 입에 한 조각씩 넣어주며 웃는 얼굴로 대답했다.

"당연하죠. 며칠 밤 걸려서 정리한걸요! 묵란 언니와 여란 언니의 계례 선물, 어머님과 올케언니 것까지 다 나눠두었어요."

성유와 성운 남매는 천성적으로 사업가 기질을 타고나서 셈이 빠르고 손도 컸다. 노대부인이 일찍이 품란에게 비취로 만든 연꽃무늬 상감 은 잔銀盞 한 쌍을 계례 선물로 보냈는데, 이들 남매는 묵란에게 실처럼 얇게 엮은 구슬 금봉잠金鳳簪 6)을 보냈고, 3월의 여란의 계례 때는 붉은 보석으로 매화꽃을 새긴 금봉잠을 선물했다. 명란에게는 보석과 옥을 박은 팔괘 금잔 한 쌍을 선물했다. 그 외에 왕 씨와 해 씨 역시 많은 선물을 서로 보냈다.

---

5) 시경詩經과 상서尙書.
6) 금으로 만든 봉황무늬 비녀.

한 가지 주목할 점은, 나중에 한동안 유민들이 흩어지면서 대부호 집 안끼리의 왕래도 다시 시작되었는데 큰당숙모 이 씨의 친정 올케도 성부에 자주 방문했다는 것이다. 그녀는 올 때마다 명란의 손을 잡고 신발에 수놓인 꽃무늬에서부터 귀에 걸고 있는 귀걸이까지 보는 것마다 입이 마르게 칭찬을 늘어놓았다. 그리고 돌아가기 전에 명란에게 백옥으로 만든 둥근 팔찌를 선물했는데 은은한 물색이 비치는 것이 참으로 아름다웠다.

물론, 명란은 죽어도 안 받겠다고 거절했었다. 아가씨는 함부로 남에게 선물을 받으면 안 되는 시대였기 때문이다. 큰당숙모가 어른이 반갑다는 주는 선물이니 괜찮다고 말해 준 후에야 비로소 받았다.

"듣자 하니 이가의 욱이가 송산서원에서 공부하고 있는데 학문이 아주 뛰어나다지. 올해 추시秋試 7)에 응시한다더구나."

노대부인이 천천히 입을 열었다.

"다만 묵란이 더는 기다릴 수 없으니 안타깝지. 아니면 참 괜찮은 자리인 듯한데."

왕 씨는 묵란을 더는 잡아 놓지 않겠다고 입장을 밝혔다. 어찌 이욱이 과거급제를 할 때까지 기다려 혼사를 논하겠는가. 게다가 묵란과 문文거인 사이에 혼담이 어찌 되고 있는지도 모르는 일이었다. 명란은 자기와 관련된 일이 생각나 얼른 노대부인 앞으로 종종걸음으로 다가가 조용히 아뢰었다.

"할머님, 손녀는 영창후부永昌侯府에 죽어도 못 가요."

7) 명청 시대의 과거제도인 향시鄉試의 다른 이름.

노대부인이 가소롭다는 듯 그녀를 흘끗 보더니 정색하며 말했다.

"그쪽에서 아무런 얘기도 없지 않으냐! 스스로를 과대평가하지 말거라!"

명란이 겸연쩍어하며 말했다.

"미연에 방지해야지요. 얘기가 안 나온다면 가장 좋지만, 만약 나온다면……."

명란이 입술을 꽉 깨물고 노대부인의 무릎에 엎드려 금방이라도 울것 같은 얼굴로 말했다.

"만약 어머님께서 혼인을 고집하신다면 할머님께서 말려주세요! 손녀 혼자서 어떻게 상대하겠어요. 이번에 혼사가 성사될까 염려되어요."

노대부인이 눈을 부릅뜨고 엄하게 일렀다.

"계집애가 못하는 말이 없구나?! 네 혼사는 어른들이 생각하는 바가 있으니 얌전히 기다리고 있거라! 다 너 좋으라고 하는 것이니."

명란이 노대부인의 목을 끌어안고 바보처럼 헤헤 웃었다.

장동이 가져온 책을 다 훑고 나자 명란 일행도 강기슭에 도착했다. 조모와 손주들, 이렇게 셋이 기운차게 배에서 내렸다. 가복들을 이끌고 부두에서 기다리고 있던 내복 관사가 보였다. 일행은 마차로 갈아타고 덜컹거리며 경성으로 출발했다. 출발한 지 며칠 만에 경성 성문에 도착했다. 뜻밖에도 해 씨가 직접 마중을 나와 있었다.

노대부인과 명란 둘 다 이상하게 여겼지만 내색하진 않고 마차를 옮겨 탔다. 남색 비단으로 평평한 지붕을 덮고 구리 등잔이 모서리에 달린 커다랗고 안정적인 마차였는데, 옮겨 탈 때 어멈 몇 명이 의도적으로 장동과 명란을 뒤쪽 마차로 데려갔다. 노대부인이 해 씨를 슬쩍 살펴보니, 얼굴이 약간 누렇고 어딘가 불안해 보였다.

"네 여섯째 시누이도 데리고 오너라. 몇 달 뒤면 계례를 올릴 테니, 마땅히 알아야 할 것이 있으면 알아야지."

노대부인이 담담하게 말했다.

해 씨는 고개를 끄덕이며 살짝 얼굴을 붉혔다. 그리고 어멈에게 명란을 이쪽 마차로 데려오라 일렀다.

성문에서 통행증 검사를 마친 성가의 마차들은 천천히 성부로 향해 갔다.

"이제 말해보거라. 집안에 무슨 일이 있었지?"

노대부인이 구름무늬를 수놓은 연녹색 대영침에 등을 기댔다. 명란이 재빨리 곁으로 가 베갯잇을 평평하게 다듬고 옆에 있는 작은 상자에서 백합향百合香을 꺼내 향로에 넣었다.

해 씨의 표정은 아까보다 많이 진정되어 보였지만 말투에 묻어나는 피로감은 감춰지지 않았다. 해 씨는 잠깐 생각하더니 아뢰었다.

"그게…… 본디 할머님께 서신을 보내려 하였사오나 아버님께서 날짜를 헤아려 보시더니 할머님께서 이미 출발하셨을 거라고, 함부로 서신을 보내지 말라고 하셨습니다. 혹여 다른 사람들이 알게 될까 봐 저어된다고 하시면서요."

노대부인이 살짝 감았던 눈을 번쩍 뜨고 단도직입적으로 물었다.

"네 시누이에게 일이 난 것이구나? 누구더냐?"

해 씨가 살짝 놀라는가 싶더니, 금세 눈가를 붉히며 흐느꼈다.

"어찌 할머님께 거짓을 고하겠습니까. 네…… 묵란 아가씨이옵니다."

"잔말 말고 어서 고하거라! 부에 도착하기 전에 있는 그대로 고해야할 것이야!"

노대부인의 대쪽 같은 성정은 나이가 들면서 더 매서워졌다.

해 씨가 손수건을 꺼내 눈가를 훔치며 천천히 아뢰었다.

"묵란 아가씨는 방에서 근신하고 계셨습니다. 평소에 하던 문안 인사도 면하셨지요. 어머님께서는 묵란 아가씨가 얌전해진 걸 보고 혼사 준비에 여념이 없으셨지요. 아버님과 전이 아범도 문 거인을 만나보았고 흡족해하셨고요. 이에 문가 노대부인과 만나기로 약조를 하였는데 전란이 일어날 줄 누가 알았겠어요? ……통행이 힘들어져서 일정이 잠시 지체되었지요. 전란이 잠잠해지기를 겨우 기다렸는데, 지난달에…… 지난달에……."

해 씨가 눈시울에 가득 고인 눈물을 다시 닦아내며 말을 이었다.

"대란은 평정되었고 경성은 다행히 피해가 없었지요. 성안의 남자들 중 군에 충정忠情한 사람들 모두 사찰 암자에서 향을 피우고 참배를 드리고 있었어요. 평온한 날이었지요. 그런데 밤이 깊어질 때쯤 갑자기 문지기가 건너왔어요. 영창후부에서 사람을 보내 묵란 아가씨를 모시고 왔다고요. 어머님은 그 말에 황당해하셨고, 제가 급히 산월거로 건너가 보니 묵란 아가씨의 모습이 보이지 않았어요. 다급해진 마음에 산월거의 계집종을 채근해보니 묵란 아가씨가 아침 일찍 나갔다지 뭐예요."

해 씨가 살짝 흐느꼈다. 요즘 자신이 성부의 많은 일을 맡은 와중에 이런 사달이 났으니 필히 적지 않은 문책을 받았을 것이었다. 명란은 마음고생으로 지쳤을 해 씨가 안타까워 그녀의 등을 가볍게 쓰다듬으며 진정시켜주었다.

해 씨가 고맙다는 눈빛으로 명란을 보고 이내 눈물을 닦으며 말했다.

"……전 입구에서 묵란 아가씨를 맞이해 데려오면서 자초지종을 물어보았지요. 묵란 아가씨는 혼자 서산西山 용화사龍華寺에 다녀왔는데 때마침 량함 공자가 량 부인을 모시고 향을 올리고 있었대요. 그런데 어쩌다 묵란 아가씨가 마차에서 넘어져서 비탈길에서 구를 뻔했고, 마침 옆에서 말을 타고 있던 량함 공자가 구해줬다고 합니다. 묵란 아가씨는 사람들이 지켜보는 가운데 업혀서 돌아왔어요!"

해 씨는 여기까지 이야기하고 고개를 떨구었다. 명란과 노대부인이 서로 눈빛을 교환했다. 둘 다 웃어야 할지 울어야 할지 복잡한 눈빛이었다. 명란으로서는 량부梁府의 혼담을 거절했다는 이유로 성굉과 왕 씨의 노여움을 살 필요가 없어졌고 노대부인은 참견할 필요가 없어졌지만, 성부에는 좋지 않은 일이었다.

"그런 일을 벌였다는 건 필시 밖에 내통한 자가 있을 터, 누군지 알아 내었느냐?"

노대부인이 해 씨를 쳐다보며 천천히 물었다.

해 씨는 울음을 멈추고 고개를 들어 아뢰었다.

"사달이 나자마자 어머님께서 산월거를 봉쇄하고 가법으로 고문을 하셨어요. 묵란 아가씨 대신 침대에서 꾀병을 부린 운재云栽부터 묵란 아가씨께 마차를 준비해준 문지기까지요. 곧, 임 이랑이 꾸민 일이란 게 들통났지요. 이번엔 아버님께서도 대로하셔서 임 이랑과 묵란 아가씨를 매질하고 땔감 창고에 사흘 밤낮을 가두셨어요. 매일 식사는 한 끼만 넣어주고요."

명란은 속으로 혀를 내두르며 대단하다고 생각했다.

임 이랑은 분명 뛰어난 기획력을 가지고 있었다. 먼저 영창후부의 부인과 공자가 언제, 어떤 경로로 분향을 하러 가는지 정확하게 파악하고 안팎의 하인들을 줄줄이 매수한 다음, 꼬박 하루 동안 눈속임을 했다. 결단력과 수단이 뛰어난 것이 인물은 인물이었다.

노대부인도 화가 나서 심호흡을 몇 차례 하더니 다시 물었다.

"그 염치없는 인간이 어찌한다더냐?"

해 씨가 어두워진 얼굴로 조용히 아뢰었다.

"그 일이 있은 뒤로 영창후부에서는 아무런 소식이 없었습니다. 임 이랑은 아버님 앞에 무릎을 꿇고 밤낮으로 울며 매달리셨어요. 어머님께서 영창후부에 가서 혼담을 꺼내지 않으면 묵란 아가씨는 죽은 목숨이라고요. 그 때문에 어머님도 앓아누우셨고요."

노대부인이 살짝 비웃었다.

"네 시어미도 참 물색없구나. 이까짓 일로 쓰러지다니. 애초의 기개는 다 어디로 갔을꼬. 그래 봤자 염치없는 그것들이 죽기밖에 더 하겠느냐. 그러니 더 배짱을 부리며 강하게 나가야 했거늘!"

해 씨의 눈빛에 불안이 드리웠다.

"어머님께서는 그 일로 탈이 나신 게 아닙니다."

"또 무슨 일이냐?"

노대부인이 짧게 물었다.

해 씨가 손수건을 비틀더니 결심한 듯 고개를 들고 말했다.

"내각수보內閣首輔[8] 신申 대감나리께서 제국공부齊國公府의 둘째 공자님, 즉 평녕군주의 아들 제형을 마음에 두셨지요. 그리하여 얼마 지나지 않아 직접 찾아뵙고 혼담을 꺼내셨답니다. 국공부에서도 바로 응답하셨고요."

노대부인이 입술을 살짝 삐죽이며 비꼬는 듯 말했다.

"그게 어쨌다는 것이냐? 우리 가문이랑 무슨 상관이라고?"

---

8) 재상.

해 씨가 난처한 듯 노대부인을 보며 더듬거렸다.

"할머님께서는 모르시겠지만, 얼마 전 평녕군주와 어머님께서는 여란 아가씨를 시집보내기로 넌지시 뜻을 맞추셨어요. 어머님께서도 무척이나 만족하셨지요. 비록 입 밖으로 말씀하시지는 않았지만 알 수 있었지요. 그런데 평녕군주께서 갑자기 마음을 바꾸셨지 뭐예요! 어머님께서 사람을 보내 물으니 군주께서 딱 한 말씀만 하셨대요. 귀댁 넷째의 혼사가 어찌되어가고 있냐고요."

노대부인이 크게 노하여 탁자를 치며 말했다.

"그 파렴치한 것이 집안을 망치려 작정을 했구나!"

명란 역시 답답했다. 이 시대의 가문이란 정말이지 짜증스러운 것이, 자매 중 한 명이 체면 잃는 짓을 하면 다른 자매들에게까지 화가 미쳤다. 묵란이 밖에서 내통한 것과 그녀가 무슨 상관이란 말인가.

해 씨가 여전히 우물쭈물하자 노대부인이 재촉했다.

"또 무슨 일이 있었더냐? 한꺼번에 다 고하거라! 다행히도 이 늙은이가 아직은 버틸 수 있느니라!"

본디 해 씨는 사리 분별이 빠르고 명석한 사람이었다. 그런데 요즈음 갑작스러운 사건이 줄줄이 터지다 보니 정신을 차릴 수 없었다. 해 씨가 심호흡을 하더니 굳게 마음먹고 단숨에 아뢰었다.

"아버님께서 어머님께 영창후부에 혼담을 논하러 가라고 하셨어요. 어머님께서는 죽어도 못 간다고 버티셨고요. 이런 상황에, 왕가 외숙모님께서 왕가의 사촌 남동생과 강가의 원아 사촌누이가 이미 정혼했다는 서신을 보내셨어요. 그것도 벌써 약혼 예물까지 보냈다고요! ……어머님께서 크게 놀라셔서 밤새 봉천奉天[9]으로 사람을 보내 여쭤보셨어요. 외숙모님께서는 어머님께서 국공부의 귀한 사위를 들이셨으니 본댁의 모자란 아들은 알아서 결혼을 시키셨다고 회신하셨대요. 왕가 노대부인도 어머님께 크게 화가 났다고 전하셨어요. 어머님께서 일을 자꾸 번복하는데, 대체 왕가의 장손을 뭐로 보는 거냐고요! 할머님, 어머니와 평녕군주 사이의 혼담 소식은 바깥으로 흘린 적이 없는데 저 멀리 봉천의 왕가가 어찌 알았을까요? 어머님께서는 곧장 강 부인에게 따지러 가셨다가 화가 나서 혼절하셨고, 그 길로 몸져누우셨어요."

명란이 숨을 들이켰다. 왕 씨가 묵란의 일에 이토록 강경하게 나선 것은 일찍이 왕가와 여란의 혼담이 오갔기 때문이었다. 어쨌든 자신의 친정이니 딱히 따질 것도 없었고 여란이 혼사가 문제없이 성사되면 왕 씨도 아무 걱정 없었을 텐데, 믿었던 언니에게 뒤통수를 맞을 줄 누가 알았겠나!

왕가 노대부인에게는 딸도 물론 중했지만 어쨌거나 손자가 더 귀했다. 그런데 왕 씨가 이것저것 따지는 모습이 왕가의 자존심을 크게 상하게 했다. 거기에 강 부인의 꾸준한 노력도 한몫했다. 어쨌거나 그쪽 아가씨들이야 모두 외손녀였으니, 이렇게 하면 원아 언니의 인륜지대사도 순조롭게 해결되었다.

여기까지 듣자 노대부인도 할 말을 잃고 한숨만 내쉬었다. 고개를 숙인 채 자신의 다리를 가볍게 두드려주는 손녀를 보니 문득 다행이라는 생각이 들었다. 하 노대부인의 인품과 그간 둘이 쌓은 정을 생각하면 명

---

9) 현 심양시.

란의 혼사는 변동이 없으리라.

아이고……. 하지만 이런 난장판을 어찌 마무리하겠는가?

이쯤 되면 왕 씨가 임 이랑 모녀를 산 채로 잡아먹고 싶어졌을지도 모른다.

"이 일 말고 다른 건 없는 게지."

노대부인은 피로가 물씬 느껴지는 말투로 몸을 살짝 뉘었다.

해 씨는 손수건을 내려놓고 억지로 웃음을 지어 보였다.

"나머진 다 좋습니다. 전이는 이가 났고 말문도 트였어요……. 아 참, 이번 설에 할머님의 분부를 받들어 예전처럼 하가에 선물을 전해 드리러 갔는데 하 노대부인은 인품이 어찌나 좋으신지 연거푸 고맙다고 하셨어요. 얼마 전 하가에서 적당한 집을 구한다는 소식을 들었는데, 홍문의 이모부님이 경성에 오신대요. 제 사촌 올케가 마침 그런 집을 알고 있더라고요. 앞뒤로 문이 나 있고, 크지는 않지만 깔끔하고 정갈해서 수리하지 않아도 바로 거주할 수 있다는 것 같은데, 할머님께서 돌아오시면 상의하려고 기다렸어요. 하가에 말씀을 드려 보는 것이 어떠신지……."

명란이 손을 멈추고 고개를 들어 노대부인을 바라보았다. 노대부인의 눈빛이 살짝 빛났다.

하홍문의 모친에게는 언니가 한 명뿐이었으니 하홍문의 이모부도 한 명이었다. 일찍이 두 집안은 자주 왕래하며 지냈고, 요 몇 년 하가와 친하게 지내면서 노대부인도 하 부인이 양주의 풍토가 조가曹家에게 적합할지 크게 근심하는 바를 알고 있었다.

노대부인이 크게 심호흡을 했다. 손가락이 살짝 하얗게 변할 정도로 염주를 꼭 쥐었다. 일이 하나씩 밀려오니 정신을 바짝 차려야 했다.

제80화
노대부인의 수단,
임 이랑의 거처, 묵란의 결심

성부의 대문을 들어선 순간부터 노대부인은 얼음같이 차가운 얼굴로 우선 장동에게 향 이랑을 보러 가라고 이른 후, 왕 씨를 보러 본채로 향했다. 그런데 뜰 앞에 이르자 날카로운 여자 목소리가 들려왔다.

"⋯⋯단념하세요! 내 평생 딸을 키우는 한이 있어도 그 천한 것 잘되라고 하진 않겠어요!"

성굉의 고함소리가 이어졌다.

"그게 아니면 어떻게 해결하겠다는 거요!"

노대부인이 곁눈질로 해 씨를 보았다. 해 씨는 얼굴을 붉히며 재빨리 옆에 있던 계집종을 밀었다. 계집종이 곧 목소리를 가다듬고 큰 소리로 고했다.

"노마님께서 당도하셨습니다!"

순간 처소에 정적이 흘렀다. 노대부인 일행이 발을 걷고 들어갔다. 백보각을 지나 곧장 초간으로 들어서자 침대 위에 누워 있는 왕 씨가 보였다. 연한 갈색 중의를 걸치고 금실로 수놓인 비단 이불 속에 웅크리고 있었다. 누렇게 뜬 얼굴에 광대뼈 주변만 비정상적으로 붉은빛이 도는 것이 조금 전까지 화를 내고 있었던 티가 났다. 옆에 서 있던 성굉이 노대부인이 들어오는 것을 보고 황급히 나아와 예를 갖추었다.

노대부인은 차갑게 그를 흘겨보며 아무 말도 하지 않았다. 왕 씨가 힘겹게 몸을 일으켜 인사하려 하자 명란이 재빨리 다가가 부축했다. 노대부인이 걸어가 부드럽게 일렀다.

"일어나지 말거라. 몸을 잘 추슬러야지."

명란은 성굉 내외를 몰래 살펴보다가 흠칫 놀랐다. 성굉의 귀밑머리가 희끗희끗해진 것이 갑자기 일고여덟 살은 더 늙어 보였다. 왕 씨의 모습도 초췌한 것이 큰 병을 앓은 사람 같았다. 명란은 상황이 좋지 않은 걸 보고 감히 오래 머무를 수 없어, 성굉과 왕 씨에게 공손하게 문안 인사를 올린 후 몸을 숙인 채로 방을 나와 곧장 모창재로 향했다.

왕 씨가 옆에서 시립한 해 씨에게로 시선을 돌리자 해 씨가 살짝 고개를 끄덕였다. 이에 왕 씨는 노대부인이 사건의 전말을 다 알았음을 깨닫고 눈시울을 붉혔다.

"어머님…… 전 쓸모없는 며느리입니다. 눈앞에서 이런 염치없는 일이 벌어지도록 두었어요! 저…… 저는…….."

노대부인이 손을 저어 왕 씨의 말을 끊었다.

"묵란의 일로 내 너를 탓하지 않겠다. 천 년 동안 도둑질을 하는 사람은 있어도, 천 년 동안 도둑을 막는 사람은 없다 하질 않더냐. 더욱이 애비가 총애하는 사람인데 체면치레를 해주지 않을 사람이 어디 있겠느냐. 이게 다 스스로 엄히 관리하지 못한 탓이지."

말 속에 뼈가 있었다. 성굉은 얼굴을 붉히며 머리를 숙인 채 읍할 뿐 감히 대꾸하지 못했다. 노대부인이 자기편을 들어주는 걸 본 왕 씨는 손수건으로 얼굴을 가리며 크게 울기 시작했다.

"어머님 말씀이 맞아요! 나리 체면이 아니었다면 그 사람들이 어떻게 이런 의뭉스러운 짓을 했겠어요! 게다가 제 아들에게까지 해를……."

노대부인이 또다시 그녀의 말을 막았다.

"묵란의 일은 애미 널 탓하지 않는다. 허나 여란의 일은 분명 네 과실이야! 대체 네 딸을 몇 집에다 보내려는 것이냐! 이쪽 산에서 보면 저쪽 산이 높아 보이는 법이거늘. 자꾸 이랬다저랬다 말을 바꾸니 널 아끼시던 친정어머니도 지금은 네게 화를 내고 있지 않으시냐. 그런데도 넌 깊이 생각하지 않는구나!"

왕 씨는 자애로운 친정어머니의 분노와 친언니의 배신을 생각하자 가슴이 아파 베개에 얼굴을 묻고 훌쩍거리기 시작했다.

성굉이 부끄러운 얼굴로 고개를 숙여 아뢰었다.

"어머님, 어머님 보시기에는…… 이를 어찌해야 하겠습니까?"

노대부인은 여전히 그를 외면한 채 왕 씨에게 바로 일렀다.

"넌 그런 번잡한 일은 생각하지 말고 일단 몸부터 추스르거라. 여란은 이제 막 계례를 올렸으니 혼사는 천천히 얘기해도 된다."

그리고 해 씨에게 시어미를 잘 모시라는 분부를 내리고 몸을 돌려 나갔다. 성굉은 노대부인의 냉담한 표정에 감히 입도 뻥긋하지 못하고, 그녀가 나가는 모습을 그저 조용히 지켜봤다.

모창재로 돌아온 명란은 약미가 계집종들을 입구에 가지런히 세우고 마중을 나온 걸 보고 환하게 웃었다. 처소의 창문은 깨끗하게 닦여 있고, 문 옆에는 찻물이 보글보글 끓고 있었다. 탁자 위에는 명란이 봄에 자주 쓰는 채색 백자 찻잔과 신선한 과일 한 접시가 놓여 있었다. 명란은 아주 만족스러워하며 약미를 크게 칭찬했다.

안으로 들어서자 단귤이 웃으며 작은 상자를 열어 옅은 자색 비단 주머니를 꺼내 약미의 손에 쥐여주었다.

"아가씨께서 네게 주시는 게 특히나 두껍더라니, 역시나 이렇게 좋은 거였어!"

약미가 도도한 표정으로 눈썹을 치켜올리며 선물을 받고 담담하게 말했다.

"전 말솜씨가 없어서 언니들처럼 아가씨의 환심을 사지 못한 바람에 따라갈 수 없었어요. 그래서 혼자 쓸쓸히 처소를 지키며 살짝 신경 썼을 뿐이에요."

상자에 고개를 박고 밖으로 물건을 꺼내던 녹지가 그 말을 듣고 약미에게 따지려고 기어 나왔다가 연초에게 저지당했다. 단귤은 온화하게 웃을 뿐 딱히 끼어들지 않았다. 보다 못한 소도가 말했다.

"약미 언니, 제가 아가씨께 들었는데요, 만약 다른 사람이었다면 이곳을 제대로 관리하지 못했을 거래요. 언니는 확실하고 믿을 만하니까 아가씨도 마음 놓고 맡기신 거예요."

약미는 이러지도 저러지도 못해 입술을 삐죽거리며 나가버렸다. 취수가 죽렴을 걷고 들어와 달콤하게 웃으며 말했다.

"언니들, 고생하셨어요. 방 침대보는 약미 언니가 시켜서 다 정리했어요. 아가씨가 분부하신 일이 끝나면 돌아오셔서 바로 쉬시면 돼요. 약미 언니도 말만 저렇지, 실은 언니들을 얼마나 생각하는데요."

이 말에 녹지는 한숨을 내쉬며 계속 고개를 숙인 채 일을 했고 단귤은 가벼운 웃음을 터뜨렸다.

짐을 정리하고 오후가 되어서야 쉴 틈이 생겨 명란은 목욕물에 제대로 몸을 담갔다. 피로가 조금 가시는 듯했다. 몸이 가벼워진 기분이 들자 식사를 하러 수안당으로 향했다.

노대부인은 식사 때 말을 하지 않는 것이 철칙이었다. 둘은 바르게 앉아 식사를 했다. 명란은 밥을 먹으며 노대부인의 기분을 살폈다. 특별히 기분이 나빠 보이진 않았지만 미간을 깊게 찡그린 모습이 무척이나 골치 아픈 듯 보였다.

식사 후 차를 마시며 명란은 노대부인에게 무슨 말을 해야 할지 몰라, 그저 곁으로 다가가 어깨를 살살 주물렀다.

"……넌 이번 사태에 내가 관여해야 한다고 보느냐?"

노대부인이 유유히 입을 열었다. 뜨거운 차에서 모락모락 피어오르는 수증기가 노대부인의 지쳐 보이는 얼굴 앞에 자욱했다. 방금 방씨 어멈이 임 이랑은 편방偏房 1)에, 묵란은 자기 방에 갇혀 있다고 전했다. 두 사람이 아무도 만나지 못하도록 성굉이 엄명을 내렸다고 한다.

"……관여하셔야지요."

명란은 엉겁결에 대답했다가 노대부인의 얼굴색이 밝아지자 바로 덧붙였다.

"허나 가벼이 관여하시면 안 될 것입니다. 음…… 아버님께서는 최소한…… 세 번! 세 번은 청을 드리셔야 해요."

그리고 하얗고 통통한 손으로 부드러운 손가락 세 개를 펴 보였다.

노대부인이 명란을 흘겨보며 콧방귀를 뀌었다.

"그렇다면 오후에 바로 끝날 것이야. 애비가 벌써 두 번이나 찾아왔으

---

1) 사합원의 양쪽 끝 방.

니까."

겸연쩍어진 명란은 속으로 아버지도 꽤나 성미가 급하다고 구시렁대면서도 겉으로는 하하 웃으며 대답했다.

"그럼…… 적어도 다섯 번이요."

그러면서 뽀얗게 살이 오른 다섯 손가락을 전부 펼쳐 보였다.

노대부인이 한숨을 쉬며 가볍게 고개를 흔들었다.

"피는 물보다 진하다 하지 않더냐, 어쨌든 제 핏줄인 것을. 그래, 이 일을 계속 이렇게 내버려 둘 수는 없겠지. 허나……."

노대부인이 이를 악물었다.

"그렇다고 그 몰염치한 것의 계략을 이뤄 줄 수도 없으니!"

명란이 천천히 손을 멈추고 잠시 생각한 뒤 아뢰었다.

"산은 산이고 물은 물이라는 말이 있잖아요. 임 이랑이 잘못한 건 잘못한 거고, 집안의 체면은 또 다른 일이지요. 벌을 줄 것은 주고, 만회할 것은 만회해야 할 것 같아요."

노대부인이 눈을 감고 잠시 머뭇거린 다음 입을 열었다.

"그렇단 말이지."

다음 날, 노대부인은 명란을 시켜 유양에서 가져온 물건들을 나누었다. 왕 씨는 여전히 침대에 누워 요양 중이었고, 해 씨는 노대부인이 성부로 돌아온 걸 보고 마음이 놓여서인지 정신이 좀 들어 보였고 안색도 전처럼 나쁘지 않았다. 오후가 되자 명란은 신선한 계화유桂花油를 들고 피해자를 위로하러 도연관으로 갔다.

명란은 여란이 화를 내고 있거나, 폭발하기 일보 직전의 상태일 것이라 짐작했다. 그런데 예상외로 여란은 그렇게 화가 난 건 아니었다. 묵란 모녀에 대해서는 당연히 좋은 말이 나오지 않았지만, 아주 이성적이었고 계집종을 시켜 꼿꼿이할 정신도 있었다.

"본인이 자처한 건데 누굴 원망하겠어. 그런데 우리까지 재수 없게 연루되었으니."

여란이 비아냥거리다가 다시 표정을 풀며 덧붙였다.

"혼인이란 본디 연분이 있어야 하는 법, 하늘이 알아서 맺어 줄 테니 소란 부릴 거 없어."

보아하니 여란은 제형과 왕가 사촌오라버니 모두에게 관심이 없어 어떻게 되든 상관없는 듯했다.

"언니, 철들었구나."

명란이 진심으로 탄복하자, 이마에 꿀밤 폭탄이 떨어졌다.

요 며칠 성굉도 잘 지내지 못했다. 집안 체면이 땅에 떨어졌고, 항상 믿음직했던 처가 책임을 내팽개쳐서 어머님께 청할 수밖에 없었다. 이틀 동안 노대부인을 네 번이나 찾아뵈었지만, 번번이 입도 제대로 떼기 전에 노대부인의 쌀쌀맞은 말에 발길을 돌려야만 했다. 성굉은 노대부인이 은연중에 '그동안 임 이랑에게 너무 무르게 대하고 제대로 단속하지 않더니 봐라, 결국 사달이 나지 않았더냐!'라고 자신을 책망하고 있음을 잘 알았다.

사흘째 되는 날 이른 아침, 성굉이 다시 쭈뼛거리며 노대부인께 청하러 갔다. 노대부인이 두 손을 소맷자락 속에 감추고 손가락으로 수를 세어보더니 말투와 표정을 다소 누그러졌다. 이에 성굉이 크게 기뻐하여 황급히 간청했다.

"전부 소자의 불찰이옵니다. 불초 소자가 어머님께 가르침을 청하옵니다."

노대부인이 위엄을 가득 실은 눈빛으로 조용히 성굉을 바라보았다.

"듣자 하니 임 씨가 네게 계집종을 하나 보냈는데 회임을 했다지? 국상國喪 중인데 말이다."

성굉이 귀까지 빨개진 채로 '쿵' 하며 무릎을 꿇었다.

"소자가 어리석었습니다!"

노대부인이 냉랭하게 대꾸했다.

"어떻게 또 이런 평지풍파를 일으켰나 했더니, 네 총애를 등에 업은 것이었구나!"

왕 씨는 성굉을 죄인처럼 대했다. 이에 반해 사람의 마음을 잘 헤아리는 임 이랑은 성굉에게 애교가 넘치는 어리고 예쁜 계집을 보냈다. 그 계집은 성굉의 마음에 꼭 들었다. 허나 일을 치르고 나니 성굉의 마음속에 큰 후회가 자리 잡았다. 관직에서의 명성을 중히 여겨 온 그가, 이번에도 여색을 탐하다 체면을 잊은 것이다.

"전부 이 소자의 잘못입니다! 어머님께서는 부디 이 아들을 크게 벌하여주십시오!"

성굉이 노대부인 앞에 무릎을 꿇고 머리를 조아렸다.

노대부인이 탁자를 '탁' 치며 비웃었다.

"이 어리석은 것! 어찌 다른 사람이 수작을 부리는 것도 몰라! 생각해 보거라. 묵란이 일을 하루이틀 만에 계획했겠느냐? 아마 진즉에 계산을 다 했을 테지. 먼저 미색으로 너를 꾀어 양심에 거리낄 짓을 하게 해서는 네 약점을 잡은 것 아니냐."

성굉의 이마에서 식은땀이 줄줄 흘러내렸다. 노대부인은 숨을 몇 번 고른 후에야 안정을 되찾고 다시 천천히 말했다.

"굉아, 몇 년 전 위 이랑이 세상을 떠났을 때 우리 모자가 나눈 대화를 기억하느냐?"

성굉은 잠시 멈칫하더니 대답했다.

"소자, 아직 기억하고 있사옵니다."

노대부인이 탄식했다.

"그때 내가 임 씨를 잘 단속하라고 일렀거늘 넌 새겨듣지 않았지. 그러다 결국 이런 큰 사달이 난 것 아니냐. 내가 분명 집안이 조용하지 않으면 벼슬길도 순탄하지 않을 거라 했는데, 지금 집안 꼴이……."

성굉은 부끄러움에 몸 둘 바를 몰랐다. 5월 말의 날씨는 따스했지만 몸에 한기가 서렸다. 그는 속으로 임 이랑을 원망하기 시작했다. 임 이랑이 자꾸 평지풍파를 일으키지만 않았어도 성굉이 어찌 동료들로부터 손가락질을 당했겠는가.

노대부인이 정색하고 물었다.

"정말로 내가 나서기를 바라느냐?"

성굉이 절을 한 번 올리고 큰 소리로 아뢰었다.

"소자가 부덕하고 무능하여 요 몇 년간 어머님의 가르침만을 받고 있사오니, 부디 다시 한번 힘써주시기를 간청드리옵니다!"

노대부인이 성굉을 노려보며 한 글자씩 또박또박 말했다.

"이번에는 말로만 끝나지 않을 것이다. 상황이 마무리되면 무거운 벌을 내릴 것이야. 그래도 기꺼이 따르겠느냐?"

성굉이 그 말에 담긴 냉랭한 의도를 알아채고 잠시 생각하더니 이를 악물고 답했다.

"여부가 있겠습니까!"

노대부인이 바로 이어 물었다.

"내가 그 아이의 목숨을 내놓으라 해도?"

성굉이 머릿속으로 이해관계를 따져보았다. 게다가 요 몇 년간 임 씨와의 정분도 많이 옅어져 마음을 굳게 먹고 큰 소리로 답했다.

"그 천한 것은 죽어 마땅합니다. 그 목숨을 거둔다 해도 위 씨의 목숨 값은 갚을 수 없을 것입니다."

노대부인은 성굉을 한참 동안 노려보다가 무표정하게 고개를 끄덕이며 담담하게 말했다.

"그 아이의 목숨은 되었다. 허나, 더 이상 거두어줄 수는 없겠구나."

저녁 식사를 마치자 노대부인은 서둘러 명란을 돌려보냈다. 신경이 쓰였던 명란은 단귤을 수안당에서 보고 배워야 한다는 핑계로 남겨놓고 가면서, 단귤에게 나중에 상황이 어찌되어가는지 알려달라고 했다.

노대부인과 해 씨의 일 처리 방식은 사뭇 달랐다. 해 씨는 문자 쓰기를 좋아하는 가문 출신이라 덕德으로 사람을 다스리기를 즐겼고 상대방을 진심으로 탄복하게 하는 걸 가장 좋아했다. 반면, 노대부인은 권작가문의 적녀 출신인지라 일을 함에 있어 한 입으로 두말하지 않았고 다른 사람과 언쟁하는 걸 가장 못 견뎌했다. 일단 말을 명확하게 하면, 다른 사람은 어떻든 본인이 이해하기만 하면 상관하지 않았다.

수안당 안채, 성굉과 왕 씨가 한 명은 탁자 옆에 앉고 한 명은 창가 나한상 위에 앉아 있다. 둘 다 화를 꾹 억누르며 서로 쳐다보지도 않았다. 밖에서는 노대부인이 홀로 정당에 똑바로 앉아 사람을 시켜 임 이랑과 묵란을 들라고 했다.

임 이랑이 눈치껏 무릎을 꿇었다. 옆에 있는 진분홍색 옷차림의 예쁘장한 계집종이 부축했다. 노대부인이 그 예쁘장한 계집종을 훑어보았다. 살구 같은 눈동자와 복숭아 같은 뺨, 눈빛에는 정이 담뿍 담겨 있었다. 다만 허리가 살짝 굵어진 모습을 보니 저절로 실소가 터져 나왔다.

한편, 다른 한쪽에 있는 묵란은 꽤나 불손해 보였다. 요 며칠 고생을 해서 대충 꾸민 모습에 활력이 사라진 모습이었지만 여전히 목을 빳빳하게 세우고 서 있었다.

노대부인이 묵란을 보며 천천히 입을 열었다.

"도리를 논하지는 않겠다. 분명 네 애비와 어머님도 적잖이 말했겠지. 내 딱 하나만 묻겠다. 문가와는 혼인을 할 수 없게 되었는데, 어떻게 할 참이냐?"

묵란이 뱃속 가득히 화가 치밀어 올라 콧방귀를 뀌며 대답했다.

"이러나저러나 한목숨인데 뭐 대단한 것이 있겠습니까! 죽으라면 죽어 버리면 그만인 것을요!"

노대부인이 망설이지 않고 말했다.

"말 한번 잘했구나! 가져오너라!"

방씨 어멈이 쟁반을 받쳐들고 들어왔다. 노대부인이 쟁반 위에 놓인 것들을 가리키며 말했다.

"여기 흰 비단과 비상차砒霜茶 한 그릇이 있다. 고르거라. 우리 성가의 명성을 되찾는 셈이라 치자꾸나!"

묵란의 조그만 얼굴이 창백해지더니 완강하던 기세가 무너져 내렸다. 쟁반에 놓인 흰 비단끈과 독약을 보자 온몸이 부들부들 떨려왔다. 임 이랑은 비명을 지르며 절을 했다.

"노마님, 살려주십시오! 묵란아, 어서 할머님께 무릎 꿇고 죄를 고하지 않고 뭘 하느냐! 노마님, 제발 살려주십시오. 묵란이 이것이 아직 철이 없어서 노마님의 화를 돋우었습니다. 부디 나리 얼굴을 봐서라도……."

노대부인이 손을 휘두르니 찻잔 하나가 '챙그랑' 하며 바닥에 떨어져

깨졌다. 임 이랑을 가리키며 차가운 목소리로 말했다.

"닥치거라! 내 평생 가장 후회하는 일이 있다면 바로 한순간 마음이 여려져 널 부에 들이고, 또 집안사람으로 받아들인 것이다! 요 몇 년 간 네가 얼마나 많은 평지풍파를 일으켰더냐! 내 너와 이치를 따지지는 않을 것이나 한 번만 더 말대꾸했다간 내 즉시 이 비상을 네 딸 입에 쏟아부을 것이야! 너도 내 성정을 알고 있을 터! 난 한다면 하는 사람이다!"

임 이랑이 마른침을 꿀꺽 삼키며 고개를 떨군 채, 두 눈을 사방으로 굴리며 뭔가를 찾는 듯했다. 노대부인이 싸늘하게 웃었다.

"애비를 찾을 생각은 말거라. 오늘은 돌아오지 않을 것이야. 모든 건 내가 결정할 것이다."

임 이랑이 애처로운 표정으로 힘없이 바닥에 털썩 주저앉아, 감히 더는 입을 열지 못했다. 안채에 앉아 있던 왕 씨가 가소롭다는 듯이 웃었다. 옆에서 미동도 하지 않고 앉아 있는 남편을 보니 묵은 체기가 내려가는 듯했다.

상황이 잘못되어 가고 있음을 눈치챈 묵란이 얼른 무릎을 꿇고 연신 잘못을 빌었다.

"할머님, 살려주세요, 이 손녀가 잘못했습니다. 잘못했어요! 다시는 그러지 않겠습니다. 전…… 아직 죽기 싫어요!"

묵란이 펑펑 울기 시작했다. 옆에서 무릎 꿇고 있는 임 이랑을 보자 문득 미리 입을 맞춰 놓은 것이 떠올라 다급히 아뢰었다.

"절대로 고의가 아니었어요. 매일 집 안에 갇혀 있다 보니 마음이 너무나 답답해 참배를 올리러 갔던 것이옵니다. 할머님의 무병장수도 기원하고, 아버지의 승급도 기도하려고요. 그런 일이 생길 줄 어떻게 알았겠어요…… 전혀 몰랐습니다! 진짜로 무심코 저지른 실수였어요……."

묵란은 노대부인이 비꼬는 표정으로 자신을 쳐다보자 더는 말을 잇지 못했다.

안채에 있던 왕 씨가 뒷목을 잡고 쓰러지다시피 했다. 이 지경이 됐는데도 묵란은 여전히 사람들을 속이려 하고 있다. 밖에 있던 노대부인 역시 어이가 없어 속으로 냉소하며 천천히 말했다.

"너와 네 어미는 몇 달 전부터 량가와 엮일 궁리를 했지. 임 이랑을 통해 전에 쓰던 노비를 량가의 문지기와 가까이 지내게 했어. 량함 공자가 모친을 모시고 참배를 하러 간다는 소식을 듣고, 넌 네 시중을 드는 계집 운재를 너로 꾸며 침대에 눕혀 놓았다. 그리고 넌 계집종의 옷으로 갈아입고 몰래 빠져나가 밖에서 다시 채비한 뒤, 하선을 불러 네게 마차를 대령하라고 시켰지. 몽둥이질 세 번에 줄줄이 이실직고하더구나. 너희 모녀가 창피한 걸 감수하겠다면 그들을 불러다가 너희와 대면을 시켜주마! 허허, 내 앞에서 감히 거짓을 고하다니! 하! 과연 재간도 좋구나! 네 어미가 평생 시시비비를 가리지 못하더니 네가 꼭 똑같이 배웠어!"

묵란의 얼굴에 혈색이 싹 사라졌다. 노대부인이 필시 모든 것을 다 듣고 온 것이리라. 묵란은 황급히 땅에 고개를 묻었다. 사시나무 떨리듯 몸이 벌벌 떨렸다.

안채의 왕 씨가 코웃음을 치며 성굉을 슬쩍 보았다. 성굉은 매우 난처한 모습이었다.

정당 안, 노대부인이 방씨 어멈에게 쟁반을 한쪽으로 치우라고 한 후다시 입을 열었다.

"네가 우리 집안 명성을 떨어뜨렸으니 다른 명문가는 혼담을 꺼내기 어려울 것이고, 량가도 너를 원치 않는구나. 이런 일을 벌였을 땐 필시 다른 방도를 생각해뒀을 터."

묵란이 그 말에 갑자기 부르르 떨며 외쳤다.

"어머님께서 아직 혼담을 꺼내지도 않았는데 어떻게 량가가 절 거부한단 말입니까?"

노대부인이 냉담한 표정으로 그녀를 바라보았다.

"너희 모녀의 속셈이 이것이었구나. 허나 그쪽 집에서 널 탐탁지 않게 여길 것이란 생각은 하지 않은 것이냐? 본디 혼담이란 남자 집안에서 여자 집안으로 꺼내야 하는 것이다! 반대 경우가 있다 해도 이는 양가 모두 얘기가 된 경우이지. 우리 집안에서 혼담을 먼저 꺼냈다가 거절당하면 네 애비가 얼굴을 어찌 들고 다니겠느냐?"

묵란이 흐르는 눈물을 닦으며 변명을 했다.

"량 부인께서 명란이를 눈여겨보셨다면 어찌하여 절 마다하시겠습니까? 제가 명란이보다 빠지는 게 뭐가 있다고요! 말이 나왔으니 말이지, 임 이랑이 위 이랑보다 훨씬 낫습니다!"

말투에 아직도 분한 마음이 가득 차 있었다.

노대부인이 조소하며 빈정거렸다.

"왜 널 마다하냐고? 그건 나도 모르겠구나. 그날 이후 영창후부에서 일언반구 없다는 얘기만 들었으니까. 애비가 귀동냥이라도 해보려고 사람을 보냈으나 함흥차사라더구나."

묵란이 가슴을 들썩거리며 씩씩거리더니, 갑자기 물속에 빠져 지푸라기라도 잡으려는 사람처럼 노대부인에게 기어가 옷자락을 잡고 큰소리로 간청했다.

"할머님, 부디 절 가엾게 여겨주세요. 명란이가 할머님 손녀인 것처럼 저도 마찬가지예요! 명란이를 위해 방법을 강구하셨었잖아요. 절 이렇게 그냥 두실 순 없으세요! 제가 집안 체면을 깎았고 아버지의 화를 돋우었다는 걸 알아요. 헌데 저도 방법이 없었어요. 어머님은 저희 모녀를 원망하며 제 친모를 못 잡아먹어 안달이신데, 어찌 제 혼사에 정성을 쏟겠어요. 전…… 저와 이랑은 괜찮은 혼사를 치르고 싶었을 뿐이에요. 남은 삶에는 저희를 무시하는 사람이 없도록요!"

묵란의 뺨 위로 눈물이 주르륵 흘러내렸다. 묵란이 붉어진 얼굴로 흐느끼며 말했다.

"명란이가 모두에게 사랑받는 것이 부러웠습니다. 할머님도, 아버지도, 큰오라버니와 당숙모도 모두 명란이를 좋아하잖아요. 이제야 겨우 귀인을 알게 되었다 싶었는데, 영창후 부인도 명란이를 맘에 들어한다니요! 전 인정할 수 없어요! 절대로요! 그 애가 뭐가 잘나서 저보다 좋은 곳에 시집을 가는 거죠? 할머님, 상황이 이렇게 되었으니 부디 절 도와주세요. 이 손녀를 불쌍히 여겨주세요!"

묵란은 바닥에 엎드려 울먹이다가 결국 목 놓아 울기 시작했다.

"우리가 어떻게 했으면 좋겠느냐?"

노대부인이 천천히 물었다.

묵란이 구사일생 동아줄이라도 잡은 것처럼 급히 고개를 들었다.

"아버님을 영창후부에 보내 주세요. 관직에 있던 분이시니 후부나리께서도 체면을 살려주실 거예요! 어쨌든 량 부인도 저희 집안과 혼사를 치르려 하셨잖아요. 그저 사람만 바꾸면 돼요. 전부 성가의 여식들이잖아요. 제가 명란보다 못한 데도 없고요! 아버님을 보내주세요. 어머님도요! 제가 량가로 시집가면 성가에도 이익 아닌가요? 아버님과 어머님께서 최선을 다하시면 불가능하지도 않아요! 제게 살길을 찾아주세요!"

안채의 왕 씨가 소리 없이 냉소를 지었다. 성굉은 화가 나 뒷목을 잡았다. 어찌나 열이 받았던지 낯빛까지 보라색으로 바뀌었다. 자신은 평생 얼마나 신중하게 벼슬길을 걸어왔던가. 불평해 본 적도 없고, 적을 만들거나 다른 이에게 청을 해본 적도 없다. 그렇게 해서 오늘 이 자리까지 왔는데, 예의도 모르는 서녀 때문에 체면을 잃어야 한다니. 게다가 혼사가 성사될지도 미지수인 상황이었다. 손바닥만 한 경성에서 소문이 새어나가면 앞으로 얼굴을 어떻게 들고 다닌단 말인가!

노대부인은 눈물로 범벅이 된 묵란과 그 옆에 있는 임 이랑을 흘끗 보았다. 냉정을 되찾은 노대부인이 조롱 섞인 말투로 물었다.

"네 말인즉슨, 혼사가 성사되지 않으면 네 아비와 어미가 전심을 다하지 않았기 때문이고, 네게 살길을 마련해주지 않은 것이라는 뜻이냐?"

묵란이 깜짝 놀라 고개를 조아렸다.

"아버지께서 저를 아끼시니, 절 위해 생각하셔야지요!"

일순간 방 안에 정적이 흘렀다. 한참 동안 아무 소리 없이, 뜰 안의 계화나무 잎사귀가 흔들리는 소리만 들렸다. 안채에 있던 성굉은 화가 치밀어 올라 얼굴이 하얗게 질렸고, 임씨 모녀에 대한 마음도 차갑게 식었다. 왕 씨는 남편이 힘들어하는 모습을 보자 마음이 좀 누그러졌다.

한참 후 노대부인이 천천히 운을 뗐다.

"네가 이만큼 자라는 동안 애비가 널 아꼈던 사실은 부의 모든 사람이 알고 있을 것이다. 네 비록 서녀였지만 먹고, 입고, 쓰는 것 모두 다른 다섯 명과 동등하게 대우했다. 이는 네 어머님이 감히 널 냉대할 수 없었기 때문이지. 물론 애비의 마음이 상할까봐 그런 것이었다. 강 부인 댁의 몇몇 서출 자매들과 비교한 후 네 양심에 손을 얹고 말해보거라. 지금 이 상황에서 그런 불경한 말이 나올 수 있는지 말이다. 네 애비의 피와 살이 개의 배 속으로 들어가버렸구나! 명란은 제 분수를 알고 하늘의 뜻에 순종한다. 해야 할 것과 하지 말아야 할 것을 정확히 알고 있지. 그게 너와 가장 큰 차이점이다. 넌 내가 명란을 위해 방법을 강구한다 하지만, 내가 네게도 똑같이 방법을 강구해준다면 네가 만족이나 하겠느냐? 넌 항상 부귀영화를 바라지만 그런 건 내가 좋아하는 게 아니야. 흐음…… 그만 하자꾸나. 네 어머님은 혼담을 꺼내러 가지 않을 게다. 대신 내가 가마!"

그 말에 방 안팎에 있던 사람들이 모두 놀랐다. 성굉의 얼굴이 차갑게 얼어붙었다. 묵란에게 독약 한 사발을 보내도 용서가 되지 않을 것 같았다. 왕 씨 또한 화들짝 놀랐다.

묵란은 믿을 수 없다는 듯 고개를 들어 노대부인을 바라보았다. 얼굴에 떠올랐던 억울함이 순식간에 희색으로 바뀌었다. 감사하다는 말을 하기도 전에 노대부인이 말을 이었다.

"이 늙은이가 량부에 가서 네 혼담을 꺼내고 좋은 말을 해주마. 허나 추문도 있었고, 진인사대천명이라 하였으니 량가에서 동의할지는 나도 차마 장담할 수가 없구나."

묵란의 가슴이 뛰기 시작했다. 노대부인은 묵란의 눈을 바라보며 유난히 천천히 말을 이어갔다.

"량 부인이 만약 널 며느리로 받아들인다면 내게 감사할 필요 없다. 다네가 조화를 부린 것이니. 허나 어떻게 해도 량 부인이 너를 원치 않는다면……."

묵란의 몸이 바르르 떨렸다. 노대부인이 말을 이었다.

"네 아비와 형제들이 경성에서 관직을 지켜야 하니 성가의 여식이 량가의 첩실을 할 수도 없는 노릇. 네 큰형부가 량함의 상사이니 네 큰언니도 그를 잃을 순 없다. 그러니 내 너를 유양으로 보낼 것이다. 네 고모에게 일러 널 보낼 만한 유복한 농가를 찾아보라고 할 것이야."

묵란은 깜짝 놀라 식은땀이 흘렀다. 식은땀으로 등도 모두 흥건해진 채, 몇 마디 항변을 하고자 했으나 노대부인이 흰 비단끈과 비상이 담긴 쟁반을 가리키며 딱 잘라 말했다.

"네가 결정을 차일피일 미룬다면 저 쟁반과 삭발 가위 중에 고르는 것으로 생각하마. 장례는 성대하게 치러줄 것이다. 비구니 암자에 들어간다면 자주 찾아가보마."

묵란은 얼어붙어 아무 말도 할 수 없었다. 임 이랑은 오히려 속으로 기뻐했다. 노대부인이 최선을 다하겠다고 말했으니 그 성정을 보자면 정말로 최선을 다할 것이었다. 노대부인까지 나섰으니 성굉도 필시 영창후부를 찾아갈 터였다.

말을 마친 노대부인이 묵란에게서 시선을 거두고 임 이랑을 보며 말했다.

"넌 더 이상 성부에 머무를 수 없다. 오늘밤 채비하여 내일 날이 밝는 대로 널 시골 마을로 보낼 것이다."

마른하늘에 날벼락이었다. 임 이랑의 입에서 '아' 하는 탄식이 터져 나왔다.

"노마님⋯⋯."

말이 끝나기도 전에 방씨 어멈이 어느새 체격 좋은 어멈 둘을 데리고 와 한 쪽에서 기다렸다가 순식간에 임 이랑의 입을 막고 손발을 묶었다. 모녀가 한마음이 되어 묵란은 울며 노대부인의 옷깃을 부여잡고 살려달라고 애원했고, 임 이랑은 들짐승처럼 묶여 미친 듯이 발악했다.

노대부인이 임 이랑을 노려보며 차갑게 말했다.

"계속 소란을 피우면 널 경성 외곽의 동저암銅杵庵으로 보낼 것이야!"

임 이랑이 잠잠해졌다. 묵란도 넋을 잃었다. 동저암은 보통 암자가 아니라 대갓집에서 잘못을 범한 부녀자를 벌주기 위해 보내는 곳이었다.

그곳의 비구니들은 걸핏하면 호된 매질을 하고 고된 노역을 시키기로 유명했다. 배불리 먹을 수도, 편히 잘 수도 없는 곳이었다. 듣기로는 그곳에 들어간 여자들은 하나같이 삐쩍 마른다고 했다.

노대부인이 일어나 바닥에 쓰러진 임 이랑을 보았다. 임 이랑의 붉게 충혈된 눈동자에 분노와 원망이 담겨 있었다. 노대부인은 자신을 무섭게 노려보는 임 이랑을 보고도 아무런 두려움 없이 담담하게 말했다.

"내 참으로 후회가 되는구나. 애초에 애비 기분을 상하게 하더라도 장풍과 묵란을 너한테서 떼어냈어야 했어. 아들이나 딸이나 모두 네가 저 꼴로 가르쳤으니! 하나는 허풍 떨며 풍류나 즐길 줄 알지 도통 진취적인 생각은 않고, 또 다른 하나는 허영에 빠져 염치를 모르지 않느냐. 너 혼자만 잘못하면 그뿐이건만 아이들까지 그르치고 말았어! 네 손에 사람 목숨이 달렸으니 시골로 내려가 조용히 지내며 생각해보거라. 혹여 십 년이나 이십 년이 지난 다음 네 아들과 딸에게 장래가 보인다면 널 시골에서 데려와 효도할 것이고, 그렇지 않다면⋯⋯."

뒷말이 끝나지도 않았는데 임 이랑의 눈에 두려움이 떠올랐다. 십 년이나 이십 년 후에는 대체 그녀가 몇 살이란 말인가. 어떻게든 머리를 조아리고 사정을 해보려 했지만 그녀를 붙잡고 있는 어멈들의 손아귀 힘이 너무 세서 벗어날 수 없었다.

노대부인이 갑자기 표정을 바꾸었다. 임 이랑 옆에 있던 진분홍 옷을 입은 계집종에게 웃으며 부드럽게 말했다.

"네가 바로 국방이로구나."

계집은 대부인의 기세에 눌려 일찌감치 구석에 몸을 숨긴 채 떨고 있다가 그 말을 듣고 황급히 나와 머리를 조아렸다.

노대부인이 자상한 눈빛을 보냈다.

"과연 곱게 생겼구나. 가여운지고……."

국방이 앞의 말과 노대부인의 눈빛을 보고 잠시 안심했다가 뒷말을 듣고 다시 간담이 서늘해져 영문을 모르겠다는 눈빛으로 노대부인을 쳐다보았다. 하지만 탄식 소리만 들렸다.

"이 아이는 다른 이에게 해를 당하고도 모르는구나."

국방이 매우 놀라 떨며 말했다.

"누…… 누가 저를 해한단 말입니까?"

노대부인이 불쌍하다는 표정으로 고개를 저었다.

"배 속의 아이가 몇 개월이나 되었더냐?"

국방이 얼굴을 붉히며 수줍게 답했다.

"4개월 되었습니다."

"그렇다면 국상 때 생긴 것이로구나."

노대부인의 냉랭한 한마디에 국방은 얼음동굴에 빠진 것처럼 무서워서 벌벌 떨다가, 잠시 후 연신 애원했다.

"저는 몰랐습니다, 정말로 몰랐습니다! 그저 작은마님께서 어르신의 시중을 들라고 하셔서 따른 것뿐입니다!"

"네 주인에게 참으로 깊은 뜻이 있었구나."

노대부인의 시선이 임 이랑에게로 향했다.

"국상 기간 동안 회임을 하다니, 애비가 이런 약점을 잡힌 걸 알면 부인이 크게 노할 테고, 그럼 너도 끝장인 게다."

안채의 왕 씨가 성괽을 매섭게 노려보았다. 이 일은 그녀도 전혀 처음 듣는 이야기였다. 공공연히 여우만 한 마리 더 늘어났으니 어찌 화가 나지 않겠는가. 성괽은 얼굴이 붉게 달아올라 차마 왕 씨를 바라볼 수 없었다. 속으로는 임 씨가 어떻게 이런 독한 심보를 쓴 건지 원망스러웠다.

국방이 깜짝 놀라 창백해진 얼굴로 울부짖었다.

"노마님, 살려주세요!"

그녀는 속으로 임 이랑의 악랄함에 욕을 퍼부었다. 자신이 잘되기를 진심으로 바랐다면 국상 기간은 피하게끔 자리를 마련했어야지, 어찌 이렇게 해를 입힐 수 있단 말인가.

노대부인이 그녀를 향해 손짓했다. 국방이 잰걸음으로 달려가 노대부인의 발밑에 무릎을 꿇고 앉아 노대부인이 천천히 이르는 말을 들었다.

"이렇게 하자꾸나. 방씨 어멈에게 일러 순한 낙태약을 달여 줄 터이니, 넌 우선 이 고비를 넘기고 몸조리를 잘하고 있거라. 그런 다음 내가 나서서 정식으로 너를 첩실로 들여주마. 어떠하냐?"

국방은 배 속 혈육이 가슴 아팠지만 왕 씨의 포악한 성질이 생각났다. 거기다 임 이랑의 결말까지 보자 이를 꽉 물고 이에 응했다. 마음 깊이 임 이랑을 원망하면서.

이 광경에 임 이랑은 진짜로 두려움에 사로잡혀 떨리는 몸을 주체할 수 없었다. 원래는 성굉이 옛정을 생각해서 일 년 반 정도 지나 자식들이 계속 애원하면 자신을 다시 데려올 것이라 생각했다. 한데 이토록 젊고 아름다운 데다 상황 파악을 할 줄 알고, 또 자신을 깊이 원망하는 여자가 성굉 옆에서 매일 베갯머리에서 속삭여 대면 성굉이 자기에 대해 미움만 가질 수도 있었다.

임 이랑은 공포에 휩싸여 딸에게 애원의 눈빛을 보냈다. 묵란이 모친을 용서해달라고 말하려는데 노대부인은 이미 몸을 일으켜 취병의 부축을 받아 밖으로 향하고 있었다. 노대부인이 반쯤 걸어가다 갑자기 뒤를 돌아보더니 묵란에게 일렀다.

"이틀 뒤에 내가 량부로 갈 것이다. 성사가 된다면……."

묵란의 가슴이 쿵쿵 뛰었다. 이에 입을 다물고 노대부인이 하는 말을 들었다. 노대부인이 지친 목소리로 말했다.

"영창후부는 성부보다 가세가 크니, 네가 그 집에 발을 들인다 해도 네 처신은 네가 알아서 해야 할 것이야. 남편의 환심을 사고 시모의 총애를 받아야 해. 친정에서 하는 것처럼 하면 안 될 것이야."

그 말에 묵란의 마음속에 한 줄기 빛이 보이는 듯했다. 그녀는 일단 모친의 일은 내려놓자고 조용히 결심했다. 집 안팎을 꼭 잡겠노라고. 그래서 그녀가 얼마나 위풍당당해졌는지 친정에 보여주겠노라고.

제81화

묵란의 혼사, 여란의 절규,
명란의 홀가분함

다음 날 이른 아침.

명란은 목에 커다란 수건을 두른 채 세숫대야 받침대 앞에 앉아 있었고, 연초는 그녀의 얼굴을 깨끗이 닦아주었다. 단귤이 밖에서 사뿐히 걸어와 몸을 기울여 명란에게 낮은 소리로 속삭였다.

"인시寅時 1) 삼각三刻 2)쯤에 임 이랑이 손발이 묶인 채로 들려 나갔대요. 듣자 하니 마님 소유의 마을로 보내졌대요."

만약 왕 씨 명의의 마을로 보내졌다면 임 이랑은 아마 석 달을 넘기지 못할 것이다.

명란이 미동 없이 물었다.

"임서각 쪽이 밤새 소란스럽던데 어찌된 일이야?"

---

1) 새벽 3시~5시 사이.
2) 45분.

단귤이 얼굴이 빨개지더니 옆에 있던 연초를 잠시 흘겨보고는 작은 소리로 말했다.

"어젯밤에 다 다 흩어진 뒤 유씨 어멈이 사발을 들고 국방…… 그 아가씨한테 갔어요……. 하룻밤을 꼬박 아파하며 밤새도록 소리 지르며 임 이랑을 욕했어요. 날이 밝아서야 겨우…… 진정했죠."

명란의 얼굴이 어두워지더니 아무 말도 하지 않았다.

노대부인과 왕 씨에게 문안을 갔을 때 해 씨가 보이지 않았다. 해 씨는 임서각에 있는 관사 어멈부터 계집종과 머슴을 처리하느라 바쁘다고 했다. 특히 임 이랑의 심복인 하현댁夏顯宅은 묵란이 량함의 품에 무사히 안기는 데 자기 집안의 공이 컸다고 떠들고 다녔다. 해 씨는 그들을 몹시 미워해 아주 철저히 처단했다.

며칠 동안 해 씨는 보는 사람의 간담이 서늘해지는 미소를 지으며 산월거의 사환, 계집종부터 주방 식자재를 구매하는 사람까지 한 명도 빠짐없이 정리했다. 그렇게 임 이랑이 근 이십 년 동안 성부에서 구축한 세력은 구름처럼 사라졌다.

장백은 종일 뚱한 얼굴을 하고 있었다. 연장자의 과오에 대해 그가 이러쿵저러쿵 논할 수 없었다. 그는 한 살 된 아들을 뚫어져라 바라보며 앞으로 이 아이에게 지덕체를 두루 겸비한 교육을 어떻게 해주어야 할지 생각하는 데 정신이 빠져 있었다. 착한 전이가 제 아비가 죽을상을 하는 것을 보고 그 앞으로 기어가 두 개밖에 없는 이를 드러내 보이며 바보처럼 웃었다. 마치 예법에 어긋남 없이 살겠다고 말하는 것 같았다.

성굉은 하루 세 번 노대부인을 찾아가 효자 노릇을 했다. 과하게 미소를 짓고 난 뒤에는 장풍에게 가서 한바탕 훈계를 하며 굳었던 얼굴

근육을 풀었다. 왕 씨는 아예 상림수[3]가 된 듯했다. 차이점이라 하면 상림수가 입을 열 때마다 '가엾은 우리 아모[4]'로 말을 시작했다면, 왕 씨는 하루에 최소 열 몇 번씩 '불쌍한 우리 여란이'로 말을 시작했다는 것이었다.

매일 문안을 갈 때마다 왕 씨는 여란의 손을 끌고 한참을 흐느끼며 비통에 젖은 눈으로 딸아이를 바라봤다. 옆에서 지켜보던 명란은 높은 사람의 추모식에 가도 저렇지는 않을 거라고 생각했다.

이틀이 지나자 여란이 드디어 참지 못하고 폭발했다.

"저 아직 안 죽었어요!"

여란은 손을 뿌리치고 밖으로 나갔다.

명란이 쪽으로 몸을 돌린 왕 씨가 손수건을 만지작거리며 계속 애통한 듯 말했다.

"명란아, 네가 자주 여란이를 들여다보거라. 저 아이가 이상한 생각을 못 하도록 말이야……. 바늘이나 가위 같은 걸 못 잡게……."

명란이 힘차게 고개를 끄덕이면서도 왕 씨가 자신의 딸에 대해 전혀 알지 못한다고 생각했다. 만약 여란이 날카로운 걸 손에 쥐게 된다면, 먼저 묵란에게 도망가라고 알려주어야 할 것이다.

왕 씨가 눈물을 훔쳤다. 얼굴에 바른 분은 더 이상 눈가의 주름을 가려주지 못했다. 그녀는 명란의 모습을 바라보다 잠시 넋이 나간 듯 천천히 말했다.

---

3) 루쉰 소설 『축복』 속 등장인물.
4) 상림수의 아들.

"넌 정말 위 이랑을 쏙 빼닮았구나. 하지만 코는 나리를 닮았어…….
넌 네 어미를 기억하느냐?"

명란이 잠시 머뭇거리다 고개를 저었다.

"아니요."

사실 명란은 위 이랑을 본 적도 없다. 그녀가 타임슬립을 했을 때 위
이랑은 이미 숨을 거둔 뒤였다.

꽃처럼 여리여리한 명란의 얼굴을 바라보던 왕 씨의 눈이 반짝였다.
그녀는 구들에 놓인 부드러운 등받이에 몸을 기대며 유유히 말했다.

"넌 성격도 위 이랑과 닮았다. 성실하고 양전했지. 비록 여란이 언니긴
하지만 그동안 네가 여란에게 많이 양보해 준 것을 알고 있다. 내 아들
녀석도 너를 힘들게 했고!"

명란이 부끄러움에 바로 고개를 숙이며 말했다.

"자매들끼리 양보하고 말 게 뭐 있나요."

명란은 왕 씨가 자기도 이해하지 못한다고 느꼈다.

왕 씨가 명란을 끌어당겨 그녀의 작은 손을 보듬으며 말했다.

"네가 내 배에서 나오진 않았지만, 항상 너를 내 친딸처럼 여겨 왔단
다. 너의 고운 자태와 성정을 봐서 좋은 집안의 자제를 찾아주고 싶었는
데, 아이고…… 묵란이 그것이 예법도 모르고 나대다 네 혼사까지 망치
게 생겼구나."

명란은 여전히 얼굴을 붉힌 채 작은 목소리로 말했다.

"할머님께서 혼인은 하늘이 정해 준다고 하셨어요. 어쩌면 묵란 언니
니까 그런 인연을 맺을 수 있었을 거예요. 어차피 다 성가의 딸이니 마찬
가지 아니겠어요."

이런 때 자신에게 이런 말을 하다니, 무슨 뜻일까?

왕 씨가 미간을 찌푸리더니 어디서 그런 기운이 솟았는지 목소리를 높이며 말했다.

"어리석은 소리. 그때 영창후 부인이 부에 왔을 때 너를 마음에 두고 있었다는 걸 모르느냐!"

명란이 고개를 더 숙이고 우물쭈물 대답했다.

"어머님께서 저를 치켜세워 주신 거겠죠. 묵란 언니……도 좋은 점이 있어요. 저…… 저와 묵란 언니가 여란 언니만큼 훌륭하지는 않지만 묵란 언니도 뛰어난 구석이 있어요."

명란은 연기를 잘 못 했기에 감정을 잡기가 쉽지 않았다. 더 열정적으로 해야 했을까. 묵란과 정이 깊은 것처럼 표현했다가는 왕 씨의 기분을 상하게 할 수도 있었다.

명란이 고개를 숙이고 서 있었다. 얼굴이 새빨갰고, 두 손은 어떻게 해야 할지 몰라 깍지를 꼈다. 이따금 새처럼 눈을 들어 왕 씨를 살펴봤다. 왕 씨는 명란이 훌륭하게 되지 못한 걸 아쉬워하며 다시금 등받이에 몸을 기댔다. 생각할수록 묵란이 점점 원망스러워졌다. 성실하고 착한 명란이 영창후부에 들어갔다면 얼마나 좋겠는가?!

사실 명란은 진심으로 왕 씨를 동정하고 있었다. 왕 씨가 최고의 적모는 아니었지만, 그렇다고 최악도 아니었다. 왕 씨는 지금껏 자신 따위에게 관심을 보이지 않았지만, 한 번도 서녀와 서자들에게 악독하게 굴지 않았다. 그녀 곁에서 자란 장동도 특별한 대우를 받지는 않았지만 그래도 아직까지 살아 있는 것만 봐도 비뚤어진 사람은 아니었다.

그래서 명란은 왕 씨의 말을 들어 도연관으로 갔다. 여란이 머리를 산발한 채 경대鏡臺 앞에 앉아 있었다. 이화목梨花木으로 만들어진 경대에는 유난히 맑고 또렷한 거울이 달려 있었다. 거울 속에 비친 소녀의 얼굴이 아리따웠다. 희작이 그 옆에서 청아한 향이 나는 계화유를 솔에 찍어 여란의 머리카락에 세심하고 고르게 바른 뒤 가볍게 비벼주었다.

명란이 온 것을 보고 희작이 고개를 돌려 웃으며 말했다.

"명란 아가씨, 이리 와보세요. 우리 아가씨 머릿결이 엄청 좋아졌어요. 계화유를 보내주신 덕분에 우리 아가씨가 너무 잘 쓰고 계셔요."

희작의 말이 고깝게 들린 여란이 냉랭하게 말했다.

"놀리는 거야? 내 머리가 지푸라기 같기라도 했다는 게야?"

희작이 여전히 웃으며 말했다.

"아유, 아가씨도 참. 명란 아가씨는 손님이시잖아요. 손님 칭찬하는 걸 갖고 역정을 내세요? 부끄러워하지 않으실 자신 있으시면 앞으로는 아가씨부터 칭찬해드릴게요!"

여란이 입을 삐쭉 거렸다.

명란은 옆에 앉아 희작이 여란을 달래면서 자신을 추켜세우고, 또 계집종을 불러 차를 올리게 시키면서 손으로는 계속 여란의 머리를 만지는 모습을 보며 자기도 모르게 감탄을 했다. 유곤댁이 자신의 딸 대신 여란의 몸종으로 이 아이를 보내다니 확실히 도량이 크고 안목이 있었다. 왕가의 노대부인이 이런 사람을 보냈다는 건 그만큼 왕 씨를 아꼈기 때문이리라. 안타깝게도 지금은 화가 머리끝까지 나 있을 테지. 세상 어머니들의 마음이 안타깝기 그지없구나.

몸종들을 물리친 후, 여란이 곧바로 골난 목소리를 냈다.

"시시각각 보러 올 필요 없어. 나 아주 괜찮다고!"

"언니, 정말 하나도 화가 안 나요?"

명란이 맛있게 익은 대추를 한입 베어 물고 우물대며 말했다.

"묵란 언니야 그렇다 쳐도, 원아 언니한테도 화가 안 나요? 언니가 이렇게 아무렇지 않아하니 어머님께서 더 걱정하시잖아요."

여란이 정말 크게 화를 냈다면 왕 씨도 아마 마음을 놓았을지 모른다. 하지만 여란이 잠잠한 것이 오히려 왕 씨를 불안하게 했다.

여란이 목을 쭉 빼자 목구멍에서 '하' 하는 소리가 났다. 여란은 머리카락을 한쪽으로 넘기며 명란의 곁에 다가와 냉소했다.

"네가 아직 외숙모님을 못 봐서 그래. 기가 어찌나 센지 외할머님만 겨우 누를 수 있을 정도라니까. 등주에 있을 때 어머니를 따라 매년 외갓집에 갔었어. 쯧쯧. 외숙부님이 날 예뻐해주시긴 했지만 그게 무슨 소용이야? 큰언니를 봐. 형부도 괜찮고, 시아버지도 좋으시지만 집안에 통방이랑 이랑들이 한가득이라고. 흥! 시어머니가 며느리를 괴롭히는 건 저팔계가 인삼과를 먹는 것만큼 쉽지. 허나 며느리가 시어머니를 대적하는 건 쉽지 않아! 시집살이를 안 해본 어머니가 그걸 어찌 알겠어?!"

명란이 깜짝 놀랐다. 선비는 사흘만 만나지 않아도 몰라보게 변한다는 옛말처럼 언행이 경솔하고 생각이 없던 여란이 어느새 자라 사리에 밝아졌다. 반면 자신은 키만 컸지 심안心眼은 자라지 않았으니 아두阿斗[5]와 다를 바 없었다. 명란은 잠시 참담해졌다.

여란은 뻔뻔하게 명란이 쥐고 있던 귤을 가져다 자기 입에 넣으며 말했다.

"게다가 그 사촌오빠라는 사람은 어려서부터 '네네'밖에 할 줄 몰랐다고. 덮어놓고 효심만 깊어서 외숙모님이 말만 하면 두말 않고 따른단 말이야. 처음부터 마음에 안 들었어. 이모는 보석을 주웠다고 생각하겠지

---

5) 촉蜀나라의 후주後主인 유선劉禪의 아명으로 무능한 사람을 뜻함.

만 원아 언니의 그 성격 하며……. 흥흥, 두고보라고. 이제 고생길이 열렸으니까!"

말을 할수록 흥분을 감추지 못한 여란은 명란의 손에 귤을 하나 놓아주었다. 계속 귤껍질을 까라는 뜻이었다.

명란은 넋을 잃었다. 사실 그녀는 여란과 아주 비슷한 심경이었다. 온 성부에 먹구름이 드리운 시점에 오직 이들 자매 둘만은 오히려 이상하리만치 홀가분해졌다. 평판이라는 멍에를 쓰고 있었지만 오히려 이 때문에 원치 않는 사람과의 혼인에서 순조롭게 해방될 수 있었기 때문이다.

생각을 너무 깊이 했나보다. 명란은 귤을 까서 귤 조각을 자기 입에 넣고 귤껍질을 여란의 입에 넣어주었다.

• • •

또 며칠이 지났다. 노대부인은 날 좋은 날 아침에 방씨 어멈만을 대동하여 영창후부로 향했다. 왕 씨가 같이 가겠다는 의사를 밝혔으나 노대부인은 그녀를 한번 보고는 담담하게 한마디를 던졌다.

"뻔뻔하게 굴든, 화를 내든 어쨌든 나 혼자 가겠다. 애미에게도 말할 여지는 남겨 줘야지."

혼담을 꺼내는 임무를 맡겠다 했지만 노대부인은 평생을 오만하게 살아온 사람이었다. 이 일만 생각하면 파리를 삼킨 것 같은 심정이었다. 요 며칠 누구를 만나든 무뚝뚝한 표정이었다. 왕 씨는 목이 움츠리며 감히 말도 꺼내지 못했다.

영창후부는 황성 중심부에 있어 갔다 오는 데만 한 시진이 넘게 걸렸다. 미시未時 [6]가 막 되었을 때 노대부인이 돌아왔다. 왕 씨는 소식을 듣자마자 쏜살같이 정방에서 나왔다. 수안당 문지방을 넘었을 때 명란이 따뜻한 제비집죽을 들고 평상 옆에서 노대부인이 먹을 수 있도록 시중들고 있는 모습이 보였다.

"……취병에게 진지를 준비하라 일렀습니다. 일단 죽으로 속을 좀 달래세요."

노대부인은 피곤한 기색이 역력했지만 눈을 부릅뜨고 명란을 나무랐다.

"때가 어느 때인데 아직도 밥을 안 먹었단 말이냐. 신선이라도 된 게야? 겨우 이렇게 살집을 올려놨더니 내가 우스워 보이더냐?!"

두피가 저릴 정도로 혼쭐이 난 명란이 장난스럽게 혀를 쏙 내밀었다.

왕 씨가 마음을 가다듬고 천천히 들어가 옷섶을 여미고 예를 갖추었다. 명란도 예로 왕 씨를 맞이하고 앉으시라 청했다. 명란이 질문할까 말까 좌불안석인 왕 씨를 보고는 목을 잠시 가다듬고 조심스레 물었다.

"할머님, 그 일은…… 어떻게 되었는지요?"

묻고 싶었지만 차마 물을 수 없었던 차에 명란이 자기 대신 물어봐 주자 왕 씨가 매우 흡족하여 명란을 힐끗 쳐다보았다.

노대부인이 명란을 제쳐 놓고 왕 씨에게 직접 말했다.

"이달 이십오일이 길일이라 영창후 부인이 하정下定 [7]을 할 것이니 단단히 채비해두거라……. 아, 이건 량가 함이의 사주단자이니 네가 가서

---

6) 오후 1시~3시.
7) 신랑 측에서 신부에게 혼서지와 폐백을 함에 담아 보내는 일.

묵란이 것과 맞추어보거라.”

이렇게 말을 하며 노대부인이 소맷귀에서 금가루가 뿌려진 붉은 봉투를 꺼내 왕 씨의 손에 넘겨주었다. 노대부인은 무엇이 생각난 듯 조소를 담아 말했다.

“이런 때에 사주팔자가 안 맞는다 한들 할 말은 없다만.”

사주단자를 받아 든 왕 씨는 턱이 빠질 뻔했다. 너무 놀라 고개를 외로 돌려 노대부인을 올려다봤다. 입술을 오물거리며 과정을 물어보고 싶었지만 끝내 입을 떼지 못했다. 명란도 더 묻고 싶어 입이 근질근질하던 차에 노대부인이 갑자기 명란에게 말을 했다.

“너는 가서 우초간에 상을 차리라 일러라. 그리고 차간에 가서 내 약을 가져오너라.”

분위기를 보아하니 아직 출가하지 않은 처자가 들어서는 안 되는 이야기를 할 것 같았다. 하지만 차간은 바로 옆방이니 노대부인의 뜻을 헤아리면 이런 것이었다.

‘들어도 좋으나 내 눈에 띄지는 말아라.’

이것이 고대인들의 화법이었다. 명란은 코를 긁적이며 순순히 물러났다.

명란의 그림자가 문발 뒤로 사라진 것을 본 후에야 왕 씨가 낮은 소리로 말했다.

“부족한 며느리 때문에 어머님께서 고생하셨습니다……. 모두 제가 집안을 제대로 다스리지 못한 탓입니다! 묵란이도 참 어리석지요. 어떻게 이런 사달을 만든 건지!”

이렇게 말하며 왕 씨는 또 손수건을 꺼내 눈물을 훔쳤다.

옆방의 명란은 왕 씨의 견해에 동의하지 않았다. 화란의 출가 후 묵란은 자연스레 집안의 맏이가 되었다. 성굉의 입장에서는 두 모녀가 성부의 명성을 떨어뜨려 난처해졌고, 왕 씨와 노대부인 입장에서는 여란과 명란의 혼사가 걸려 있었다. 그 때문에 온 집안이 어쩔 수 없이 묵란의 혼사를 위해 발 벗고 나서야 하는 상황이 되어 버렸다. 량함 사건은 겉보기에는 충동적이고 무모해 보이지만 실은 임 이랑과 묵란이 심사숙고하여 만들어 낸 걸작품이었다. 결과적으로 보면 임 이랑이 총알받이가 되긴 했지만 목적은 달성했다.

"됐다. 그만 훌쩍거리거라."

노대부인은 무표정으로 시원하게 말했다.

"내 묵란이 하나 때문이 아니라 성가의 체면과 남은 두 아이 때문에 나선 것이니 울고불고할 것 없다. 난 질질 짜는 사람이 제일 성가시다!"

그제야 왕 씨가 눈물을 멈추고 물었다.

"어머님 말씀은 다 성가의 장래를 위해서란 말씀이신데. 량 부인이 뭐라 답했는지 여쭤봐도 되겠습니까?"

노대부인이 차갑게 웃었다.

"넌 한평생 네가 똑똑한 줄 알고 살았지. 생각해보거라. 영창후부의 적자가, 제아무리 막내라 한들 어디 규수를 못 찾아서 성가의 서녀에게 눈독을 들이겠느냐! 네 어찌 마음 놓고 명란이에게 사람을 만나라고 한 것이야? 하늘에서 떡이 뚝 떨어진다고 그걸 한입에 받아먹다니. 독이 있을까 두렵지도 않더냐?!"

그 말 속에 조롱이 담겨 있었다.

왕 씨의 얼굴이 벌겋게 달아올랐다. 노대부인이 자신과 묵은 빚을 청산하려는 뜻임을 알아채고 겨우 조용히 답했다.

"량가 공자의 인품이 그런대로 괜찮다 하기에……. 마침 량 부인도 명란이를 마음에 들어 하고……."

얼음장같이 차가운 눈빛으로 자신을 보는 노대부인 앞에서 왕 씨는 감히 더 이상 말을 이을 수 없었다.

노대부인이 코웃음을 쳤다.

"인품이 좋아? 꼭 그렇지는 않은 것 같더구나. 내 비록 경성에 돌아온 지 얼마 되지 않아 량함이란 자의 인품에 대해 자세히 알아보지는 못하였다. 하지만 묵란의 일만 들어보더라도 여자관계가 깨끗하지 않음을 알 수 있지! 규방의 처자가 정말로 곤경에 처했다 하더라도 잠시 거들어 주면 될 것을 어떻게 아직 출가도 하지 않은 처자를 안고 간단 말이냐? 어멈과 몸종들은 대체 무엇을 하고 있었어?! 흥! 사람들이 다 지켜보고 있는 곳이었다. 량함도 사리 분별을 하게 교육을 받았을 텐데 자신의 행동이 처자의 명예에 해가 된다는 걸 몰랐을까?"

그 말을 들은 명란은 감탄을 금하지 못했다. 명란의 말이나 행동도 사리에 들어맞기는 했지만 그녀의 처세술은 평생 풍파에 시달려 온 노인들의 식견에 비할 바가 아니었다. 왕 씨는 생각을 못 한 것이 아니라, 생각 자체를 안 한 것이었다. 자기 친딸이 량함에게 시집가는 것이 아니라면 량함의 인품은 그녀와 전혀 상관없는 일이었다.

왕 씨가 무안한 표정으로 억지웃음을 짓고 말했다.

"과연 어머님이십니다. 도리를 생각하면 량 부인도 차마 회피하진 않았겠지요."

노대부인이 제비집죽이 담긴 흰 사발을 탁자 위에 올려놓더니 차갑게 비웃으며 말했다.

"내 풍류가 넘치는 그 도령이 국상 중이라 하여 잠잠히 지낼 거라 생각하지 않았다. 하여 사람을 보내 알아보았지. 흥! 량 부인의 서장자庶長

子[8] 며느리의 친정 쪽에서 먼 친척이 한 명 와 있었는데 일여 년 전부터 량함의 방을 드나들었다고 하는구나! 게다가 국상이 시작되자마자 그 낭자의 배가 불러오기 시작했다는 게야! 국상 기간 동안 생긴 것인지는 정확히 알 수 없다만 평민 집안이면 몰라도 량가는 개국공신에 권작 집안 아니더냐. 소문이 새어나간다면 모르긴 몰라도 큰 화를 당할 것이야!"

왕 씨가 정신이 번쩍 들어 앞으로 다가가 말했다.

"그랬던 거군요! 량부가 그런 큰 약점을 갖고 있으면서 감히 사람을 우습게 보다니 그럴 자격이나 있습니까?! 어머님, 이리된 마당에 그쪽에서 혼담을 안 꺼내면 어쩌나 걱정하지 않아도 될 것 같습니다!"

노대부인이 좋아했다 역정을 냈다 하는 왕 씨를 보고 속으로 탄식을 금치 못했다. 똑똑하지 않은 며느리여서 좋은 점도 있다고 자신을 위로 했지만 결국 한숨을 쉬며 말했다.

"쉽게 생각할 일이 아니다. 량 부인은 원래 그 낭자를 마음에 들어 하지 않은 모양이다. 그래서 낙태약을 들여보내려 했는데 량함이 결사반대를 했다더구나. 그래서 그 낭자에게 차 시중을 들다 시집을 오게 되었다는 명분을 만들어주기 위해 서둘러 며느리를 보려 한 게지. 말하고 보니 영창후 부인도 쉽지는 않겠구나. 근래에 그 서장자가 군대에서 착실히 공을 쌓아 사람들의 칭찬을 받고 있고, 노후야도 신임하고 있는데 서장자 며느리 일이 시끄러워지면 골치 깨나 썩을 것이야."

왕 씨가 이번에는 바로 의견을 내지 않고 생각을 한 뒤에 아뢰었다.

"집 안팎으로 골치 아픈 일에 엮이다 보니 량 부인은 두 마리 토끼를

---

8) 서출 중 맏아들.

한 번에 잡고 싶었겠지요. 그 낭자를 처리하면서 아들의 원망은 듣고 싶지 않았을 테니까요. 오늘 어머님께서 방문하시어 좋은 말로 권하시고, 그 말이 일리도 있으니 량 부인도 그 말에 넘어간 것이로군요……. 하지만 이렇게 시집을 가서 앞으로 묵란이가 잘 살 수 있을까요?"

노대부인은 거드름 피우던 량 부인의 모습이 떠오르자 속에서 부아가 치밀어 올랐다. 그런데 왕 씨는 물색없이 남의 재앙을 즐기고 있었다. 노대부인이 낮게 소리쳤다.

"묵란이를 보고 웃을 게 아니라 여란이를 어떻게 할 건지나 생각해보거라!"

여란이 생각에 또다시 눈가가 붉어진 왕 씨가 눈물을 흘리며 말했다.

"원래는 괜찮았는데 지금은…… 경성은 땅이 넓어 관료도 많고 부자도 많지만 대부분 근본을 모릅니다. 어떤 집안은 아예 근본이랄 것이 없고요. 저는 이제 어찌해야 할지 모르겠습니다. 어머님께서 가르침을 주세요."

"이런……."

노대부인이 평상 손잡이를 붙잡고 몸을 바로 세우더니 왕 씨의 어깨를 두드리며 한탄했다.

"여란의 일은 네가 잘못했다. 사위는 분명 신중히 골라야 하지만 자기 앞에 있는 그릇에 있는 것도 못 먹으면서 솥 안에 있는 것을 탐내다니. 사돈을 맺으려다 원수를 만든 꼴 아니냐! 그리고 네 언니!"

노대부인이 노한 얼굴로 손잡이를 무겁게 내리쳤다.

"장백이 애비가 강씨 집안을 대신해 얼마나 고생을 했더냐. 아들 관직이며 딸의 혼처까지 우리 집에서 해주지 않은 것이 어디 있어! 우리가 그네들을 성의껏 대하지 않은 것도 아닌데 네 언니는! 뒤에서 내 손녀를

벼랑으로 밀어넣어! 성가 사람들이 그리 만만하다더냐! 윤아야 이미 성
가의 며느리이니 제쳐놓는다 쳐도 앞으로는……."

노대부인이 왕씨를 가리키며 소리쳤다.

"앞으로 명절을 제외하고 강씨 집안과의 왕래를 줄이거라!"

도리를 지키지 않은 자신의 친정 언니 때문에 왕 씨의 얼굴이 화끈거
렸다. 노대부인은 구구절절 이치에 맞는 말을 했다. 더욱이 그 때문에 고
생하는 건 자기 딸이었다. 왕 씨도 강씨 집안의 그릇된 행동에 대해 몇
마디 더 덧붙였다.

한바탕 욕을 하고 나자 속이 조금 후련해진 노대부인이 손을 저으며
말했다.

"됐다. 이제 네 며느리가 너를 도와 집안을 관리하니 너도 인제 그만
골골거리고 얼른 일어나 여란이의 혼사나 생각하거라. 나도 적당한 자
리가 있는지 여기저기 알아볼 것이다. 조급해하지 말거라. 이제 막 계례
를 올린 아이 아니더냐. 급할수록 돌아가랬다고 찬찬히 잘 골라보거라.
인품이 제일 중요한 것이야!"

왕 씨는 자신이 가장 좋아하는 대화 주제에 연신 머리를 끄덕였다. 노
대부인이 평상에서 내려오려 하자 왕 씨가 황급히 몸을 굽혀 정성껏 시
어머니에게 신발을 신겨주었다. 노대부인은 왕 씨의 어깨에 손을 올리
고 신발을 신었다. 왕 씨가 고개 들기를 기다렸다가 그녀의 손목을 잡고
눈을 바라보며 낮은 목소리로 말했다.

"영창후부에서 하정을 할 때 애미와 내가 손발을 잘 맞춰야 할 것이야.
절대 화난 기색을 보여서는 안 된다. 묵란이가 순조롭게 량가에 발을 들
여야 일전의 일들이 깨끗이 씻겨나가게 될 것이다! 애미도 나중에 자손
을 많이 볼 것이니 평판이 더럽혀져서는 안 된다. 알겠느냐?"

왕 씨는 속에서 구역질이 치밀어 올랐지만 자신의 골육을 생각해 이를 꽉 물고 고개를 끄덕였다.

노대부인이 손에 힘을 빼고 부드럽게 말했다.

"혼수는 염려할 것 없다. 애비가 임 이랑에게 주었던 재산을 모두 내게 맡겨 내 그것을 장풍이와 묵란이의 몫으로 절반씩 나누었다. 묵란이가 혼례를 치를 때 내가 조모의 관례에 따라 은자 천 냥을 더 보태주면 되는 거지."

셈이 빠른 왕 씨는 이 혼수가 많은지 적은지 헤아려보았다. 화란의 때보다는 적지만 영창후부에 체면을 잃지 않을 정도였다. 자신은 일손과 연회상 차릴 정도만 내면 된다는 생각이 들자 흔쾌히 알았다고 답했다.

노대부인은 흔쾌히 대답하는 왕 씨를 보고 만족했다.

"며칠 전, 네 며느리가 임서각을 뒤집으면서 그 주인과 몸종으로부터 적잖은 금은보화를 거둬들였다지. 묵란이의 일에 여란까지 연루되었으니 그 돈은 여란이의 지참금으로 쓰면 되겠구나."

이런 눈치는 빠른 왕 씨가 재빨리 환한 미소를 지으며 입술에 꿀을 바른 듯 말했다.

"어머님도 참. 여란이와 명란이는 온종일 같이 있는데 여란이를 챙기면서 어찌 명란이를 빼놓겠어요. 반반씩 나눠야지요. 명란이도 곧 계례를 올려야 하니 예쁜 거로 새 옷을 몇 벌 지어야지요. 제가 바로 천의각에 주문을 하겠습니다. 귀한 머리 장신구도 빠질 수 없지요……."

제82화

국상 후 찾아온 경사

일 년간의 국상이 끝나자 경성의 권작 집안들은 집 앞에 걸어 두었던 하얀 등을 거두어들였다. 황제의 호된 단속과 반란군 평정으로 황제의 권위는 날로 높아졌다. 성안의 일부 귀족자제들은 몸이 근질거려 죽을 지경이었지만 감히 경거망동할 수 없었다.

또 한두 달이 흘렀다. 황제가 평소 성실한 종실 자제 몇 명의 혼사를 성사시키자 권신들도 그제야 한숨을 돌렸다.

첩을 들이고 싶었던 이는 첩을 들이고, 며느리를 보고 싶었던 이는 며느리를 들였다. 청루에 가서 민정을 살피고 싶었던 자는…… 옷을 바꿔 입고 챙이 큰 모자를 쓰고 갔다.

노대부인은 한번 뱉은 말은 지키는 성격이었다. 국방은 낙태한 뒤 십여 일을 쉬었다. 그러면서 그녀가 이랑이 된 기념으로 술상을 차려주었다. 왕 씨도 체면을 살려주듯 축하금을 보냈다. 그리고 향 이랑과 평 이랑의 선례에 따라 새로이 이랑이 된 방 이랑에게 처소를 마련해 주었다. 방 이랑은 학당에 가려고 책 보따리를 멘 장동이 드나드는 모습을 보며 자신과 인연이 없었던 아이를 떠올렸고, 그럴수록 임 이랑에 대한 원망도 깊어졌다.

방 이랑은 월경 중이라 시침侍寢을 들 수는 없었지만 손을 잡거나 가볍게 입을 맞추는 데는 문제가 없었다. 방 이랑의 사탕 발린 말 몇 마디에 성쾡은 수염을 어루만지며 즐거워했다. 그때를 틈타 방 이랑이 아이 이야기로 눈물을 훔치자 성쾡도 임 씨를 더욱 미워하게 되었다.

며칠 지나지 않아 영창후부에서 매파를 성부로 보내 하정下定을 했다. 왕 씨는 묵란이 역위라도 되는 것처럼 쳐다보며 당장이라도 시집을 보내고 싶은 걸 그러지 못해 한스러워했다. 어차피 혼수야 진즉에 준비된 상태고, 저쪽의 춘가春舸도 아이를 낳고 차 시중을 들기는 모양새가 좋지 않으니 더 기다리기 어려운 상황이었다. 두 상황이 맞물리면서 6월 28일에 납폐納幣[1]를 하고, 7월 8일에 혼사를 치르기로 했다.

혼사가 정해졌다는 소식을 접한 묵란이 생기를 되찾았다. 먼저 아버지를 찾아뵙고 길러 준 은혜에 감사함을 표해야 한다고 난리를 부렸다. 해 씨는 안 된다고 했었지만 묵란이 '효도'라는 명분을 내세우자 별다른 도리가 없었다. 그런데 묵란이 성쾡 앞에서 울음을 터트릴 줄 누가 알았겠는가. 묵란은 자신이 불효를 저질렀다고 울며 아버지에게 누를 끼친 점을 참회했다. 그런 다음 훌쩍거리며 임 이랑 대신 용서를 빌었다.

"아버지, 제가 이제 시집을 가니 후부의 체면을 봐서라도 이랑을 다시 데려와주세요. 저는 이랑의 배에서 나온 자식이니 어쨌든 이랑이 딸 시집가는 건 볼 수 있게 해주세요!"

묵란이 성쾡 앞에 무릎을 꿇고 구슬프게 울었다. 모녀의 정이 실로 깊

---

1) 혼사가 확정된 후 신랑 측에서 혼서지婚書紙, 혼수물품 등을 적어 신부 측에 함을 보내는 일.

어 보였다.

그러나 성굉은 냉담할 뿐이었다.

"처음부터 끝까지 네 혼사를 신경 쓴 건 네 어머니고, 너를 위해 혼담을 꺼내고 혼수를 마련한 건 네 할머님이시다. 네가 진심으로 감사한 마음이 있다면 그분들께 감사하면 될 것이다! 임 씨는 집안의 법도를 어겼으니 응당 그에 따른 벌을 받은 것이야. 후부와의 혼사가 성사된 것을 빌미로 감히 건방지게 굴다니! 네가 정말 이랑을 생각한다면 몸이 약해 혼례를 치를 수 없다고 고하고 마을에 가서 이랑과 함께 지내거라!"

묵란이 바닥에 멍하니 앉아 믿을 수 없다는 눈빛으로 성굉을 바라보았다. 묵란은 그날 노대부인이 자신을 심문할 때 아버지가 뒤에 있었다는 사실을 몰랐다. 더욱이 요 며칠 국방이 성굉의 귓가에 임 이랑에 관한 안 좋은 이야기를 흘리고 있었다.

성굉이 '성품과 덕행德行'을 들먹이며 묵란을 한차례 더 훈계했다. 그런 다음 해 씨를 불러 묵란을 데려가 더 엄히 감시하라고 명했다.

묵란은 이 상황을 믿지 못하고 또다시 뛰쳐나갔다. 자고로 곧 출가할 딸은 아무리 큰 잘못을 저지르더라도 식구들이 참고 양보해왔다. 더욱이 중벌은 내리지 않았다. 그런데 이번에는 왕 씨가 독심을 품었다. 두말하지 않고 묵란의 몸종인 운재를 매섭게 매질한 다음 팔아버렸다. 묵란은 해 씨의 소맷자락을 잡고 늘어져 쉬지 않고 울어댔다.

그렇게 해 씨가 곤욕을 치르고 있는 동안 왕 씨가 사람을 보내 이렇게 전했다.

"아가씨의 잘못은 전부 아랫것들이 제대로 시중을 들지 못해 그런 것이니 만약 아가씨가 또다시 소란을 피우면 노종도 팔아버리겠다고 하셨습니다. 그런데도 잠잠해지지 않는다면 벽도, 부용, 추강 등등 차례로

다 쫓아내고…… 아가씨가 출가하실 때 새로운 아이들을 골라 보내시겠다고요."

묵란은 주변에 무릎 꿇고 앉아 있는 하인들을 보고 입을 꽉 깨물었다. 그리고 다시는 소란을 피우지 않았다.

사실 출가하는 딸과 친정은 서로를 제약하는 관계였다. 딸이 밖에서 모욕을 당하고 있는데 손을 쓰지 않으면 무능한 친정이라고 조롱거리가 됐다. 반대로 출가한 딸이 친정 부모에게 불경하게 대하면 '불효자'라는 딱지가 붙어버렸다. 헌데 지금 묵란의 친정 부모 명단에는 임 이랑이 아닌 왕 씨가 올라가 있다.

왕 씨는 평생을 제멋대로 살아온 사람이었다. 부처를 만나 부처에게 맞아도, 신을 만나 신에게 맞아도 심술궂게 횡포를 부리는 성격은 고치지 못했다. 그런 사람이 어떻게 일개 서녀가 부리는 행패를 두려워하겠는가. 어쨌든 영창후부에서도 혼담을 꺼내 성가의 체면도 되찾았으니 묵란이 또다시 소란을 피운다면…… 흠흠, 이 혼사를 깨트리고도 남을 것이었다.

묵란도 왕 씨의 불같은 성격을 익히 알기에 산월거에서 얌전히 혼사를 준비했다.

6월 28일은 확실히 길일吉日이었다. 영창후부가 이날 납폐를 하는 것 외에 경성 안의 몇몇 대갓집들도 이날을 골라 혼사를 치렀다. 호부 좌시랑左侍郎의 여식이 출가했고, 도찰원 우도어사右都御使는 며느리를 들였다. 복안공주의 아들은 후처를 들였다. 그리고 수보 신시기가 제국공부와 인척이 되었다.

깊은 밤. 성굉은 직속상관의 집에서 희주_{囍酒}²⁾를 마시고 돌아와 편한 일상복으로 갈아입고 서재에 갔다. 방문을 열자 책상 옆에 바르게 앉아 있던 장백이 그를 보며 몸을 일으켜 예를 갖추었다. 이를 본 성굉이 마음이 흡족하여 고개를 조금 숙이고 아들에게 장난스럽게 말했다.

"벌써 돌아오다니 제국공부의 잔치 음식이 별로였더냐?"

장백이 담담하게 말했다.

"음식은 훌륭했습니다. 다만 어머님의 안색이 안 좋아 보이셨어요."

성굉이 미간을 살짝 찌푸리며 곧바로 책상 뒤로 들어가 옷을 여미며 앉았다.

"여란이 일 때문에 네 어머니가 꽤 화가 난 모양이다. 허나 네 어머니도 잘못을 했어."

장백은 가만히 있다 책상 옆 탁자로 걸어가 '세한삼우_{歲寒三友}³⁾' 그림이 조각된 자사호_{紫砂壺}⁴⁾에서 진하게 우린 따뜻한 차를 한잔 따라 성굉에게 올렸다.

"아들이 어머니의 잘못을 말하는 것은 불편하지만 이번 일은 원약 아우를 탓할 수 없을 것 같습니다."

얼핏 들으면 평녕군주의 잘못을 말하고 있는 것 같았지만, 실은 왕 씨를 싸잡아 말하고 있었다.

성굉이 찻잔을 받았다. 술을 마신 뒤라 입이 바짝 말라 있었다. 단숨에 찻잔을 비운 그가 고개를 끄덕였다.

---

2) 혼인 축하주.
3) 추운 겨울철의 세 벗이라는 뜻으로, 소나무·대나무·매화나무를 지칭함.
4) 강소성 의흥에서 생산되는 흙인 자사로 만든 찻주전자.

"제형이야 됨됨이가 훌륭하지. 제형이 미리 네게 언질을 주어 이 애비가 엄 대인의 상소문에 이름을 올리지 않을 수 있었다. 어제 노盧 대감나리를 찾아뵈었더니 정말 그런 일이 있었더구나."

장백이 찻주전자를 들고 부친의 찻잔에 차를 부어주며 나지막하게 말했다.

"아버님, 혹시 모르니 다시 한번 살펴보시지요. 엄 대인도 관직에 오래 몸담고 계신 분이니 혹시 다른 깊은 뜻이 있을지도 모르겠습니다."

성굉이 찻잔을 다시 들고 가볍게 한 모금 마시며 아들에게 설명을 해주었다.

"감甘 노장군은 근 십여 년간 군권을 장악하여 교만하게 굴었다. 박 우대도독도 병부를 황상께 바쳤는데 감 노장군은 함부로 병권을 과시했지. 작년 북벌 때도 황상께서 삼대영三大營의 병력을 총동원하려 하셨는데 감 노장군은 대군을 이끌면서도 참전을 미루며 갈노족이 변방까지 치고 내려오도록 방임했다. 심 국구와 고 장군이 반란을 평정하기 위해 남하한 김에 북방의 적을 소탕하고자 군을 이끌고 북상하면서 감 노장군의 병권 절반을 가져가고 연일 승전보를 울리며 군수품에 소, 양 같은 전리품도 많이 노획했단다. 노 대감마님이 공부 시절의 정을 생각해서 어제 내게 사사로이 비밀을 알려주셨지. 며칠 전에 전보戰報가 당도했는데 황상께서 아직 밀지를 내리지는 않으셨다는구나. 보고에 따르면 심 국구가 갈노의 중군대장中軍大帳[5]을 일거에 격파했고, 고 장군이 좌곡려

———
5) 주력군의 지휘소.

왕左谷蠡王⁶⁾과 부하 무장들을 처단했다는구나. 그러니 엄 대인이 이제 와 심 국구와 고 장군 두 사람이 군령에 복종하지 않고 마음대로 출병했다는 상소를 올리면 결국 사서 고생하는 것 아니겠느냐?"

장백이 잠시 깊이 생각한 뒤 물었다.

"엄 대인은 매우 신중한 분인데 이번엔 어찌 그리 함부로 심 국구와 고 장군을 탄핵한 겁니까? 총명한 분이긴 해도 한림원에서 성현聖賢들의 말씀만 들여다보느라 복잡하게 얽힌 조정의 관계에 대해서는 어두울 텐데요."

성광이 찻잔의 뚜껑을 덮었다. 자기가 부딪치는 소리가 맑게 울렸다. 성광이 느릿하게 말했다.

"네가 실정을 잘 몰라서 그런 게다. 조정에서는 원래 무관이 문관의 통제를 받아왔다. 황제의 친척이나 권신 귀족이 아닌 다음에야 조정에서 누군가 도와주지 않는다면 일개 무장인 감 노장군이 어찌 군부를 십몇 년 동안 장악할 수 있었겠느냐, 허허. 하지만 엄 대인의 뒤에는 또 누가 있을까? 신 수보는 영민하고 교활해 아무 일에나 관여하지 않아. 다만 저들이 나쁜 마음을 먹을까 걱정을 하지. 지금의 성상은 선황제보다 말이 잘 통하진 않을 게야."

장백이 조용히 고개를 끄덕이다 갑자기 물었다.

"아버지께서는 어제 이미 엄 대인의 상소문이 일을 그르칠 거라는 걸 아셨으면서 오늘 어찌하여 엄부에 가서서 희주를 드셨습니까?"

성광이 수염을 쓰다듬으며 부드럽게 미소를 지었다.

---

6) 흉노족 귀족의 작호.

"장백아, 명심하거라. 관직에 있는 사람은 강직하게 나아갈 자신이 없다면 적당히 타협하며 지내야 한다. 내가 엄 대인과 함께 이름을 올리지 않은 건 정치적 견해가 약간 다른 것에 불과하다. 허나 상하급끼리 너무 일찍 선을 그어서 다른 이들의 빈축을 사서는 안 되지."

장백이 열심히 경청하느라 서재에 잠시 정적이 흘렀다.

성굉이 또 고개를 돌려 아들을 향해 말했다.

"함께 공부했다고 너를 챙기는 것을 보니 제형이 썩 마음에 드는구나. 네 안사람이 현명하니 이번에 축하 선물을 두 배로 보내야 할 것을 알고 있을 게다. 네 어머니가 화내는 것은 염려 말고 이 애비가 시키는 대로 하거라. 그리고 그 문……은, 아이고…… 역시나 괜찮은 젊은이인데 묵란이가 복이 없는 게지. 말이 나왔으니 당부하는 거다만, 네가 그의 사형이 되니 잘 위로해주거라."

한숨을 쉬는 성굉의 얼굴에 실망감이 묻어 나왔다.

"관두자. 묵란 그것이 자처한 일이다. 우리 선에서 할 수 있는 건 다 했다. 다만 할머님께서 화병이 나셨으니 그건 좀 원망스럽구나. 명란이가 옆에서 효심을 다하니 그나마 다행이다만……."

노대부인은 나이가 들어 배와 마차로 오가는 긴 여정에 지쳐 있었다. 그런데 집으로 돌아오자마자 이 난리통을 겪으며 직접 묵란의 일을 마무리하다 그만 감기에 걸려 버렸다. 한참을 병상에서 일어나지 못하고 요양을 하다 6월이 되어 날이 좀 풀리자 병세도 조금 호전되는 듯했다.

명란은 처음으로 자기 몸이 튼튼해졌다고 느꼈다. 제일 가까이에서 환자를 한 달 가까이 간호했는데 기침 한 번 하지 않았다. 획기적인 신호였다. 약해 빠진 몸으로 여섯 살 때부터 따라다니던 약골이라는 별명도 이제는 떼어버릴 수 있게 되었다!

그런데 과연 그렇게 쉬울까? 이곳은 감기가 떨어질 확률이 10퍼센트밖에 안 되는 형편없는 곳이자 산모 사망률이 무려 20퍼센트에 달하는 여성들의 지옥이었다. 명란은 매일 지속적으로 산책하고, 편식하던 습관을 철저히 개선하여 각종 영양성분을 함유한 음식을 섭취하고, 쌀과 잡곡의 균형까지 따지고, 거기다 과학적인 위생습관까지 지켜오기를 9년, 무려 9년이나 하고 있었다!

신이 난 명란은 노대부인에게 신선한 생선탕을 대접하겠다 마음먹고 직접 뜰채를 들고 연못에서 한껏 살이 오른 생선 두 마리를 잡아 올렸다. 주방 어멈에게 알맞은 때를 기다렸다가 생강 양념을 넣으라고 단단히 일러둔 뒤 접었던 소매를 내리고 노대부인의 방에 갔다. 노대부인이 실눈을 뜨고 서신 한 통을 읽고 있었다.

"연못 주변에 얼씬거리지 말라고 일렀거늘 어찌 말을 듣지 않는 게야?!"

노대부인은 하루라도 명란을 혼내지 않으면 입이 근질거리는 것 같았다. 명란은 못 들은 척 딴청을 부리며 말했다.

"오늘 날씨가 정말 좋아요."

노대부인은 기가 찬 듯 웃으며 명란을 한 대 때렸다. 명란이 소리에 반응하여 고개를 숙이고 다람쥐처럼 노대부인의 겨드랑이 밑으로 파고들었다. 그리고 옹알이듯 말했다.

"아이, 참……. 그 연못은 아무리 깊어도 두세 척 깊이밖에 안 되는걸요. 소도가 손을 뻗어서 저를 건질 수 있을 정도라고요. 날씨가 이리 좋으니 빠져도 감기에 안 걸려요!"

이렇게 말하면서 명란은 노대부인에게 몸을 치댔다. 환심을 사기 위해 흔들 꼬리가 없는 게 아쉬웠다. 노대부인은 언제나 오래 버티지 못했다. 반나절만 지나면 다시 누그러졌다. 명란은 재빨리 화제를 돌렸다.

"할머님, 이건 어느 집에서 보낸 서신이에요?"

노대부인이 서신을 탁자에 내려놓고 명란의 머리를 쓰다듬으며 천천히 말했다.

"하가에서 온 서신이란다. 몸이 불편하여 편지로 감사함을 전한다는구나."

명란의 입에서 '오' 하는 소리가 흘러나왔다. 노대부인의 품속에 기대어 일어나지 않은 채 말했다.

"올케언니가 추천해 준 집이 마음에 드신대요?"

노대부인이 고개를 끄덕이고 웃으며 말했다.

"네 올케도 열심이었단다. 어느 집 아씨가 이렇게 시간을 내어 알아봐 주겠느냐."

명란이 서신을 들어 찬찬히 살피고는 고개를 들어 웃으며 말했다.

"하가의 할머님께서 후원에 치자나무 꽃이 폈으니 꽃구경도 하고 차도 마시자고 우릴 초대하셨네요. 할머님, 가실 건가요?"

노대부인이 명란의 어깨를 두드리며 웃었다.

"이달에는 나도 누워 있는 게 지겹구나. 요 근자에 아우와 담소를 나눈 지 오래되었으니 가보는 것도 좋겠구나. 다만 홍문이 약재를 구하러 가서 아직 돌아오지 않은 것이 아쉽구나."

명란은 크게 고개를 저었다. 예전에 하 노대부인이 외지에서 신선한 백색 작약을 구해 왔는데 이를 채 감상하기도 전에 꽃이 홀연히 사라진 일이 있었다. 알고보니 상황을 모르던 하홍문이 모두 뽑아 익비청폐단益

脾淸肺丹 [7]을 제조하여 평소 비위가 좋지 않던 노대부인에게 보낸 것이었다. 하 노대부인으로선 웃을 수도 울 수도 없었던 사건이었다.

---

7) 비장과 폐에 좋은 약.

제83화

사촌여동생, 안녕

하씨 가족의 본적은 강소성 남부의 백석담이지만 하홍문의 조부 하 노
대인이 태복시경太僕寺卿[1]을 맡게 되어 경성에 자리를 잡았다. 하부賀府
는 전후삼진前後三進[2]으로 된 저택으로, 명란은 일전에 몇 번 와본 터라
이곳에 하씨 노부부와 그들의 둘째 아들 일가 그리고 하홍문 모자가 기
거하고 있다는 것을 알고 있었다.

　6월 말 내리쬐는 햇볕은 꽤나 사나웠다. 명란은 조모의 오른편에 앉
아 빈랑나무 잎으로 만든 부채로 오는 내내 부채질을 했고, 덕분에 조모
도 제법 시원하게 올 수 있었다. 마차를 타고 꼬박 반 시진이 걸려 하부
에 도착하자 이 두 사람을 잘 알고 있는 하부의 어멈이 환하게 웃으며 한
달음에 뛰어나왔다. 그녀는 노대부인을 부축하고 양산도 씌워 주며 후
원에 있는 정자로 안내했다.

---

1) 말과 마차 등을 관장하던 태복시의 최고책임자.
2) 앞뒤로 문을 세 번 지나야 하는 저택.

하부는 황성에서 다소 떨어진 곳에 있었다. 사방으로는 나무가 빽빽이 들어서 있어 후원에 들어서자 서늘한 바람이 느껴졌다. 명란은 뜨거운 날숨을 내뱉고는 손수건을 꺼내 볼을 톡톡 찍으며 땀을 닦았다. 단귤에게 모습이 흐트러지지 않았는지 묻자 단귤이 나지막이 대답했다.

"향고香膏³⁾만 조금 바르시고 분은 안 바르셨잖아요. 땀이 나도 딱히 티 안 날 거예요."

소도는 모공조차 보이지 않는 명란의 매끈한 피부를 슬쩍 쳐다보며 말했다.

"안심하세요. 땀 한 방울도 안 흘리셨네요."

저택의 중문인 수화문垂花門을 지나 정방을 끼고 돌아 뒤쪽의 화청花廳⁴⁾에 발을 들이자 사면의 창문이 모두 활짝 열려 있는 것이 보였다. 중앙에 놓인 커다란 원탁 위에는 갖가지 과일과 간식거리가 있었고, 양옆에는 등나무 의자 두 개가 놓여 있었다. 바람이 들어오는 버들잎 간이문 쪽 바닥에는 얼음을 담은 구리 대야를 놓아 바람이 불 때마다 실내가 시원하고 쾌적했다. 노대부인과 명란은 그제야 정신이 좀 드는 것 같았다.

상석에 앉아 있던 하 노대부인이 미소를 띠며 일어나 손님을 맞았다.

"언니, 몸은 좀 괜찮아지셨어요?! 이리 좀 와 봐요. 맥 좀 짚어보게."

그녀가 막 손목을 잡으려는데, 성 노대부인이 이를 뿌리치며 호통을 쳤다.

"손님 대접을 이렇게 하는 경우가 어디 있누? 앉으라는 말도 없고 차

---

3) 향이 나는 연고 형태의 화장품.
4) 화원 등 경치가 좋은 곳에 지어진 밝고 화려한 접객 공간.

도 내오지 않고, 다짜고짜 맥부터 짚겠다고? 자네가 명의名醫 장씨 가문의 여식인 줄 모를까봐 그러는가?!"

주변에 있던 몇몇 안식구들이 웃음을 터뜨렸다. 이때 꽃과 새가 수놓인 담황색의 얇은 비단 단오短襖에 은은한 색감의 도선치마挑線裙 5)를 입은 중년 부인이 걸어 나와 하 노대부인을 가볍게 부축하며 미소 지었다.

"노마님, 모르시는 말씀이세요. 저희 어머님이 매일같이 노마님을 그리워하셨답니다. 오늘만 손꼽아 기다리셨어요."

그녀가 성 노대부인과 손녀에게 앉기를 청한 후 계집종을 불러 해서탕解暑湯 6)을 한 그릇 내오게 시켰다. 명란은 먼저 하 노대부인의 둘째 며느리한테 몸을 숙여 인사하고, 옆에 조용히 서 있는 하홍문의 모친을 향해 몸을 살짝 돌려 예를 올린 후에야 말석에 놓인 등나무 의자에 가서 앉았다.

다들 자리에 앉자 하홍문의 모친이 일어나 성 노대부인에게 허리를 굽히며 인사를 올렸다. 그녀의 목소리는 아주 약한 바람 소리 같았다.

"노마님께서 온정을 베풀어주신 덕분에 언니네가 그 저택에서 잘 지내고 있습니다. 제가 대신 감사의 인사를 올리겠습니다."

성 노대부인이 가볍게 손사래를 치며 말했다.

"큰일도 아닌데 감사는 무슨 감사. 어려울 때 서로 돕고 사는 게 인지상정이지."

하홍문의 모친이 몇 번 더 감사를 표했으나 워낙 허약한 사람이라 금

---

5) 실로 주름을 만든 치마.
6) 더위를 식히고 갈증을 해소하는 탕.

세 얼굴이 파리해졌다. 하 노대부인이 서둘러 계집종을 불러 그녀를 자리에 앉혔다.

둘째 며느리는 적당히 살집이 있었고, 턱은 둥글고 매끄러웠다. 특히나 언변이 제법이라 다년간 가문을 관리해 온 사람 특유의 노련미가 엿보였다. 그녀가 방긋 웃으며 말을 꺼냈다.

"귀댁에서 곧 좋은 소식이 있을 거라 들었습니다. 앞서 경하드립니다. 저희한테도 축하주를 주시는 걸 잊지 마세요!"

하부에 온 성 노대부인은 상당히 풀어져서 상대를 놀리며 말했다.

"축하 선물을 단단히 준비해야 할 게야!"

하 노대부인이 웃으며 욕을 했다.

"젊었을 때는 금은을 보고도 '이놈의 물건'이라 하시더니 이제 나이가 드니 재물이 탐나시나 보오? 이를 어쩜 좋아!"

성 노대부인이 보란 듯이 눈을 흘기며 말했다.

"그리 잘 아니 특별히 두 배로 준비하게나!"

"축하주가 너무 비싼 거 아닙니까? 애미야, 우리 가지 말자꾸나."

하 노대부인이 가짜로 화를 내며 말했다.

둘째 며느리가 시어머니 옆에 서서 부채질을 하며 배시시 웃었다.

"어머님, 서두르지 마세요. 성부에서 어머님을 제쳐 둘 리가 있겠어요?! 그때가 되면 어머님께서도 신이 나셔서 은자를 더 내놓으실걸요?"

그녀가 의미심장한 말과 함께 말석에 앉은 명란을 힐끗 쳐다보았다. 하 노대부인과 성 노대부인의 입가에도 웃음기가 어렸다.

명란이 앉은 곳은 정면으로 바람이 들어오는 곳이라 매우 시원했다. 온몸의 열이 가라앉자마자 그 말에 얼굴이 다시 화끈거렸다. 부끄러운 마음에 고개를 숙인 채 입을 다물고 있는 명란을 보며 하홍문의 모친이

가는 목소리로 "형님!" 하고 말했다. 그리곤 명란의 어깨를 도닥이며 인자하게 물었다.

"여기는 추우니 자리를 옮기려무나."

명란은 일어나 하홍문의 모친과 함께 자리를 옮겼다. 자리에 앉자 하홍문의 모친이 명란의 손을 잡고는 요즘 건강은 어떤지, 자수는 계속하는지 조곤조곤 물었고, 눈이 피로할 때까지 하지 말라는 당부의 말도 건넸다. 명란은 그녀의 차갑고 마른 손에서 알 수 없는 편안함을 느끼며 공손하게 답을 했다.

하홍문의 모친은 말하는 와중에도 명란을 꼼꼼하게 살폈다. 명란은 연한 버드나무 색에 무릎까지 내려오는 갈포 홑적삼을 입고, 구름 문양의 자수가 새겨진 하얀 주름치마를 두른 채 그 위로 진녹색의 얇은 비단 장화비갑을 걸치고 있었다. 까맣고 윤이 나는 머리카락은 타마계墮馬髻[7]로 틀어 올려 쪽을 지고, 반쯤 늘어뜨렸다. 그리고 이마가 덮이게 앞머리를 내렸다. 머리에는 비취와 진주로 장식하고 금과 은을 꼬아 만든 화전花鈿[8] 한 쌍이 꽂혀 있었다. 쪽머리 뒤쪽은 백옥으로 만든 꽃이 장식된 월아소月牙梳[9]로 고정해 놓았다. 싱그러운 푸른색의 장신구가 명란의 홍조 띤 얼굴에 얼비치자 깨물어주고 싶을 만큼 귀여웠다. 그녀가 마음에 쏙 든 하홍문의 모친은 더욱 살갑게 대했고, 여름철에 주의해야 할 것도 조용히 일러주었다.

성 노대부인은 곁눈질로 두 사람의 다정다감한 모습을 보며 안심했

---

7) 머리카락을 한쪽으로 비스듬히 묶어 올린 것.
8) 머리 장식.
9) 초승달 모양의 빗으로 된 장신구.

고, 하 노대부인도 옆에서 흡족한 듯 미소를 지었다. 다만, 눈빛에서 얼핏 수심이 느껴졌다.

화청 밖에는 커다란 치자나무 두 그루가 있었다. 마침 꽃이 필 때라 청록색 잎에 하얀 꽃이 흐드러지게 피었다. 산들바람이 불어오자 청량한 치자꽃 향기가 화청 안을 가득 메웠다. 두 노대부인이 회포를 나누는 동안 아녀자들은 향명香茗10)을 음미했다. 둘째 며느리가 간간이 농을 건네면서 유쾌한 분위기는 계속 이어졌다.

화청에서는 웃음소리가 끊이질 않았다. 하 노대부인이 얘기 끝에 약재를 구입하러 외지로 나간 하홍문을 언급하게 되었는데, 손자가 자못 자랑스러운 모양이었다. 그녀가 성 노대부인에게 "홍문이도 혼인해야 할 텐데."라고 말하던 그때, 어멈 하나가 잰걸음으로 다가왔다.

"조부曹府의 마님이 오셨어요."

마치 찬바람이 불어 닥친 듯 분위기가 갑자기 냉랭하게 변했다. 하 노대부인이 웃음기를 거둔 채 말석에 앉은 하홍문의 모친을 힐끗 쳐다보았다. 하홍문의 모친은 고개를 아래로 떨구고는 불안한 듯 몸을 슬며시 들썩였다.

시어머니가 고개를 살짝 끄덕이자 둘째 며느리가 대답했다.

"어서 뫼셔라."

명란이 고개를 들어 성 노대부인의 기색을 살폈다. 전혀 개의치 않는 듯 여느 때와 다름없는 표정이라 명란도 얌전히 앉아 있기로 했다. 얼마 지나지 않아 어멈이 다가와 발을 걷어올렸고, 여인 두 명이 걸어 들어왔

---

10) 어린 싹으로 만든 고급 차.

다. 앞서 들어온 여인은 대략 쉰 살 정도로 노쇠한 모습이었다. 얼굴에는 분을 두껍게 펴 발랐음에도 누르칙칙하고 푸석푸석한 피부를 감출 수는 없었다. 겨우 미간 정도만 하홍문의 모친과 닮아 있었다. 뒤따라 들어온 사람은 열일고여덟 살 정도 되는 소녀였다. 땅이 꺼져라 고개를 숙이고 있었고, 허리가 구부정했는데 놀라울 정도로 수척해 보이는 인상이었다. 연분홍빛 비단옷에 옷깃과 소매에 놓인 암금색 자수는 색이 바래져 우중충한 것이 꽤 오래된 옷 같았다. 옷 밖으로 빼꼼히 빠져나온 손도 살점 하나 없이 쪼글쪼글했다.

하 노대부인은 소개할 마음이 전혀 없는 듯 달갑지 않은 표정으로 말없이 앉아 있었다. 하홍문의 모친이 어쩔 수 없이 일어나 겸연쩍은 얼굴로 성 노대부인에게 두 여인을 소개했다.

"여긴 홍문이의 이모되는 사람이고, 이 아이는 사촌동생 금수라고 합니다."

조 부인이 얼른 여식의 손을 잡아끌어 두 노대부인에게 인사를 올렸다. 하 노대부인은 조씨 모녀에게 일어나라고 손짓한 후 둘째 며느리를 시켜 자리와 다과상을 마련하게 했다. 조 부인은 자리를 잡자마자 입을 나불대기 시작했다. 화청이 널찍하고 풍경이 좋다는 둥, 둘째 며느님의 음식 솜씨가 기가 막힌다는 둥, 해서탕과 다과도 입에 딱 맞는다는 둥 쉴 새 없이 지껄였다. 거기다 조금수를 불러 하 노대부인의 찻물을 갈아드려라, 신선한 과일을 골라 드려라 등등 시중을 들게 했다. 하 노대부인은 무덤덤한 얼굴로 딱히 상대하진 않았지만, 눈빛만큼은 왠지 날카로워진 듯했다.

하홍문의 모친은 그 모습에 더욱 좌불안석이 되어 감히 말 한마디 꺼내지 못했고, 심지어 둘째 며느리조차 조용히 입을 다물고 있었다.

조 부인은 계속 수다스럽게 나불댔으나 하 노대부인이 자기 모녀를 거들떠보지도 않자 말수가 점점 줄어들었다. 하 노대부인은 그러든가 말든가 성 노대부인과 대화를 이어나갔다.

"구월이면 명란도 계례를 올릴 텐데 비녀는 누가 꽂아 줄지 생각해 두셨습니까?"

성 노대부인이 웃음을 머금고 대답했다.

"자매 중에 자네가 복이 제일 많으니 당연히 자네지. 해주겠나?"

하 노대부인은 진작부터 마음이 있었기에 크게 기뻐하며 말했다.

"당연히 좋지요! 걱정 마십시오. 얼른 보옥이 달린 비녀를 준비하겠습니다. 어여쁜 손녀한테 아주 잘 어울릴 겝니다!"

조 부인은 저들끼리 희희낙락한 채 자기 모녀를 안중에도 두지 않자 부아가 치밀었다. 그녀가 고개를 돌려 곧장 명란에게 걸어갔다. 명란이 미처 피하기도 전에 명란의 팔을 낚아채더니 깔깔거리며 말했다.

"오, 과연 옥으로 조각한 듯 아름답구나! 어디 보자. 이 눈 하며, 몸매 하며……."

성 노대부인은 그녀의 경박한 어투도 거슬리는 데다 명란까지 걸고넘어지자 눈살이 저절로 찌푸려졌다. 그러나 조 부인은 눈치 없이 계속 입을 나불댔다.

"정말 예쁘게 생겼네! 사실 우리 금수도 어렸을 적에 정말 예뻤지. 다들 예쁘다고 입이 닳도록 칭찬했으니까. 근데 안타깝게도 명란 아가씨만큼 운이 좋지 못했다우. 어린 나이에 그 몹쓸 곳에 가서 죽도록 고생만 했으니까. 지금은 애가 좀 초췌해 보여도 앞으로 잘 먹고 몸조리 잘하면 어디 가도 빠지는 미모는 아니야!"

조 부인이 말하는 와중에 명란의 옷을 만져 보았다.

명란은 팔에 슬쩍 힘을 주고 팔꿈치를 구부려 조 부인의 손을 교묘하게 벗어났다. 몸을 살짝 틀어 조 부인에게서 떨어진 명란은 내심 의아했다. 분명 조 부인은 하홍문의 모친과 친자매인데 어째서 시골 아낙네처럼 이리도 저속한 것일까? 명란이 고개를 옆으로 돌리자 난처한 상황에 얼굴이 붉으락푸르락한 하홍문의 모친이 보였다. 그럼에도 그녀는 자신의 언니가 추태를 부리는 모습을 그저 바라볼 수밖에 없었다. 명란은 옆에서 시종일관 고개를 떨구고 있는 조금수를 천천히 뜯어보기 시작했다. 피부는 약간 까무잡잡했고 고생한 흔적이 역력했으며 삐쩍 마른데다 청승맞은 인상이라 참으로 볼품없었다.

어쨌든 이들도 손님이라 하씨 집안사람들도 감히 뭐라고 할 수가 없었다. 조 부인은 갈수록 기고만장해지기 시작했다. 그녀가 성 노대부인 쪽으로 고개를 돌렸다.

"노마님, 듣자니 저희 사돈어른과 막역한 사이라지요? 그러니 저도 체면 불고하고 한 말씀 드리겠습니다. 사실 저희 금수와 홍문이가 어릴 때부터 죽마고우였답니다. 정말이지 둘 사이가 아주 좋았어요. 과장이 아니라, 사실 저희 집이 경성을 떠날 때 홍문이가 뒤쫓아 오면서 금수를 어찌나 목 놓아 부르던지, 울고불고 난리도 아니었다니까요! 둘이 감정이 이토록 깊어 우리 금수가 당연히……."

하 노대부인의 낯빛은 이미 변해 있었다. 그녀가 찻잔을 탁자 위에 세게 내려놓자 '쨍그랑' 소리가 나더니 찻잔 뚜껑이 그만 깨져 버렸다. 평소에 하 노대부인은 쾌활하고 우스갯소리도 곧잘 하지만, 화를 낼 때는 남편한테도 욕을 퍼부을 만큼 성격이 불같았다. 둘째 며느리와 하홍문의 모친은 시어머니의 성격을 누구보다 잘 알고 있었기에 후다닥 옆으로 비켜섰다.

화가 머리끝까지 치밀어 오른 것과는 달리 얼굴에는 미소가 만연했다. 하 노대부인은 자기 머리에서 '복수福壽' 두 글자가 새겨진 청금석 여의잠如意簪을 빼서 탁자에 놓았다.

"사돈, 내 예전부터 금수에게 비녀를 하나 선물하고 싶었네. 마침 오늘 다들 모였으니 사돈이 싫지 않다면 가져가시게."

조 부인은 잠시 움찔하더니 이내 뛸 듯이 기뻐했다. 그녀가 잰걸음으로 다가가 비녀를 받아 들고는 좋은 물건이라며 연신 감탄하기에 바빴다. 하 노대부인은 의미심장한 미소를 띠며 천천히 운을 뗐다.

"이제 비녀가 있으니 돌아가 금수의 머리를 올려주게. 복식도 바꿔야지. 아낙네가 처녀처럼 입고 다니면 보기에 좋지 않네."

순간 청당에 있던 사람들은 경악을 금치 못했다. 조금수도 고개를 확 들어 올렸다. 눈가에는 금방 눈물이 맺혔다. 그녀는 목석처럼 그 자리에 얼어붙은 채 넋을 놓고 있었고, 주변 사람도 놀란 기색이 역력했다.

쨍그랑! 당황한 조 부인이 허둥대는 바람에 비녀가 땅에 떨어져 두 동강이 나고 말았다. 하 노대부인이 고개를 돌려 사색이 된 하홍문의 모친을 향해 차갑게 웃었다.

"네 언니는 내가 준 비녀가 마음에 안 드는 모양이구나!"

하홍문 모친도 깜짝 놀라 손발을 바들바들 떨었고 귀를 의심하며 언니를 바라봤다. 조 부인은 놀라움과 의심이 뒤섞인 동생의 눈빛을 애써 피하고는 억지웃음을 짜냈다.

"노마님께서 잘못 알고 계신 모양입니다. 우리 금수는 아직……."

하 노대부인이 손을 들어 그녀의 말허리를 자르고는 옆에 있는 조금수의 손목을 잡아 맥을 짚었다. 잠시 뒤 하 노대부인이 조 부인을 노려보며 냉랭한 미소를 지었다.

조 부인의 머릿속에 불현듯 동생의 말이 떠올랐다. 하 노대부인은 어릴 적부터 의술을 배워 여자의 몸만 보아도 처녀인지 아닌지 알 수 있다고 했다. 거기다 맥까지 짚었으니 더는 시치미를 뗄 수가 없었다. 여기까지 생각이 미치자 식은땀이 송골송골 맺히기 시작했다. 조 부인은 쩔쩔매며 동생의 얼굴을 쳐다보았으나, 그녀 역시 제정신이 아니기는 매한가지였다.

하홍문의 모친은 이 사달을 보며 시어머니가 진작부터 의심하고 있었다는 걸 깨달았다. 자신의 체면을 봐서 함구하고 있었다는 것도. 그러나 지금 성씨 집안의 조손과 둘째 형님 앞에서 이 말을 꺼냈다는 것은 태도를 명확히 보인 것뿐만 아니라, 그동안 쌓인 조씨 집안에 대한 불만을 고스란히 드러낸 것이나 다름없었다. 하홍문의 모친은 어린 나이에 과부가 되었다. 지난 십여 년간 안락한 생활을 하며 하홍문을 인재로 키울 수 있었던 것은 순전히 시어머니 덕택이었다. 이런 연유로 그녀는 늘 하 노대부인을 공경했고 순종했는데, 지금 이렇게 대로大怒한 모습을 보니 간담이 서늘할 지경이었다.

분위기가 이 지경에 이르자, 다들 꽃구경할 마음이 사라졌다. 성 노대부인은 아직 몸이 성치 않다는 핑계로 명란과 함께 작별 인사를 했다. 하 노대부인은 그녀의 손을 잡고 몇 마디를 더 건넸다. 둘째 며느리가 입구까지 배웅했고 연신 미안함을 전했다. 그녀는 미리 준비해 둔 여름철 상비약초를 담은 상자를 건넨 뒤 정중히 작별 인사를 올렸다.

마차에 오른 후에도 성 노대부인과 명란 두 사람은 오랫동안 말이 없었다.

명란은 고개를 숙인 채 생각에 빠졌다. 처음 하 노대부인을 대면했을 때 시원시원한 성격에 인자한 어르신인 줄만 알았다. 그녀는 다시 생각해보았다. 하 노대인은 젊어서 소문난 바람둥이였고, 첩실도 적지 않았다. 하지만 지난 수십 년간 서자라고는 단 한 명도 없었다. 세월이 흐른 지금, 집안에서 하 노대부인의 입김은 더욱 세졌다. 분가를 시키고 싶으면 분가시킬 수 있었고, 하홍문 모자에게 재산을 주고 싶으면 얼마든 줄 수 있었다. 남편이든 아들이든 며느리든 자기 말에 토를 달지 않으니, 하 노대부인은 그만큼 안락하고 자유로운 생활을 영위하고 있었다.

명란은 아까 전 하 노대부인의 섬뜩한 모습을 떠올리며 결코 만만한 사람이 아니라고 느꼈다. 저택은 정교하게 만들어진 경기장 같았다. 마지막까지 살아남을 수 있는 사람은 여언연의 조모처럼 팔자 좋게 태어난 사람이 아니라 수완이 좋은 사람이었다!

한참이 지나서야 명란이 한숨 쉬며 말했다.

"하가의 할머님께서 계셔서 다행이에요."

성 노대부인이 의중을 드러내지 않은 채 눈빛을 반짝이며 말했다.

"두 집안이 맺어지려면 서로의 마음이 맞아야 한단다. 그래야 모두 행복해질 수 있지. 집안의 어른이랍시고 억지로 혼인을 밀어붙여서는 안 돼. 아무튼 조금 더 지켜보자꾸나. 아직 홍문이 애미의 마음도 모르지 않느냐……."

• • •

같은 시각, 하홍문의 모친은 어찌할 바를 모른 채 하 노대부인의 방 안에 서 있었다. 이곳에는 둘뿐이었고 문과 창문은 모두 꼭 닫혀 있었다. 방 안은 후덥지근했지만 하홍문 모친은 등에서 서늘한 한기를 느꼈다.

"정신 나간 게야?!"

하 노대부인이 탁자를 세게 내리치자 위에 있던 찻잔이 덜커덩거렸다.

"내 뜻을 잘 알고 있으면서 오늘 손님을 만나는 자리에 그 조가를 데려와?! 대체 무슨 생각을 하는 게냐? 설마 조금수를 정말 며느리로 삼을 작정인 게야?!"

하홍문 모친이 당황한 얼굴로 황급히 손사래를 쳤다.

"아닙니다! 아니어요! 저 역시 명란이 그 애가 아주 마음에 드는걸요. 제가 어떻게……."

그녀의 눈시울이 붉어지더니 이내 흐느끼며 말했다.

"근데 언니가 하도 부탁을 해서…… 제게 친정 식구라곤 이제 언니 한 명뿐이니까요."

"애미야!"

하 노대부인이 역정을 내며 며느리를 꾸짖었다.

"애미는 마음이 약해서 탈이다! 내 지금 확실히 일러두마. 우리 집안은 빈부를 따지는 집안이 아니다. 애당초 조씨 가문이 사달 나기 전, 홍문이와 혼약을 맺었다면 지금 당장 뭇사람의 웃음거리가 되어도 손자며느리로 받아들였을 게야. 허나 당시 그쪽에서 의지할 곳 없는 고아와 과부라며 사돈 맺기를 거절했지 않느냐. 애미는 벌써 잊은 게냐? 그때는 조씨 가문이 한창 번창할 때라 콧대가 아주 높았지. 말끝마다 딸을 좋은 집안에 시집보내겠다고 어찌나 거들먹대던지! 흥! 이제 가문이 몰락하고 빈한해지니 그래도 동생이라고 애미와 홍문이가 생각난 게지!"

하 노대부인의 목소리가 한 톤 높아졌다.

"거기다 고약하게도 우리 가문을 기만하려고 해?! 처녀도 아닌 것이 감히! 생각할수록 괘씸하다!"

하홍문의 모친이 흐느껴 울기 시작했다.

"아까 언니에게 사정을 들었어요. 양주에 있을 때, 살기가 버거워서 어쩔 수 없이 금수를 무관의 첩으로 보냈대요. 그런데 고작 몇 달 뒤에 전국적으로 대사면령이 내려졌지 뭐예요. 지금 조씨 가문에서도 그때 일을 많이 후회하고 있답니다."

"그래서?"

하 노대부인이 눈을 동그랗게 떴다.

"저들은 허황된 망상으로 우리 가문을 기만하려 했다! 그런데도 애미는 언니를 생각한다고 시집을 한 번 다녀온 금수를 며느리로 들이겠단 말이냐?!"

남편 없는 과부가 혼자서 아들을 키우려면 더 많은 심혈을 기울일 수밖에 없었다. 하홍문의 모친도 누구보다 아들의 출세를 바라지만, 워낙 천성이 유약하고 귀도 얇아 언니의 눈물에 번번이 마음이 약해졌다. 이제 모든 사실이 밝혀진 마당에 그녀는 자매의 정도 마음에 걸리고 아들의 앞날도 염려스러워 마음이 혼란스럽기만 했다.

마침내 하홍문의 모친이 눈물을 닦고 고개를 들었다.

"어머님, 저도 명란이를 며느리로 들이고 싶습니다……. 하지만 아까 언니가 돌아가기 전에 금수를 첩실로라도 받아달라며 사정사정했어요. 어머님 생각은 어떠세요?"

"꿈도 꾸지 마라!"

하 노대부인이 다시금 탁자를 쾅 내리쳤다. 격분한 마음에 이가 갈릴 지경이었으나, 벌벌 떨고 있는 며느리의 얼굴을 보자 어린 나이에 과부가 된 것이 딱해 목소리를 한층 누그러뜨린 채 말을 이었다.

"애미야, 잘 생각해보거라. 성씨 가문과 사돈을 맺는 게 우리로서는 더할 나위 없는 선택이다. 네 시아버지도 연로하시니 이제 곧 관직에서 물러날 때가 되었어. 그럼 우리는 백석담으로 돌아가거나 백부님을 따라가겠지. 그러면 홍문이는 앞으로 누구를 의지한단 말이냐? 그러니 지금은 홍문이에게 든든한 처가를 찾아주는 게 급선무야. 대갓집의 적녀와는 맺어주기 어렵고, 보잘것없는 집안은 마뜩치 않아. 평민 집안의 서녀는 영 체면이 서질 않으니 그 역시 별로지 않느냐? 애미도 골라 봤듯이 지금 명란보다 더 괜찮은 처자가 어디 있누? 아비와 오라비가 모두 관직을 맡고 있고 가문도 부유한 데다 서녀이긴 해도 용모나 성정이 그만하면 일품이지 않으냐. 성가의 노마님이 손수 키운 아이고 집안에서도 사랑을 듬뿍 받고 있다. 나중에 너희 셋이 분가해 살아도 그 애라면 집안을 잘 꾸려나갈 수 있을 게야. 시어머니를 공경하고 남편을 잘 받들 아이지. 명란이는 내가 오랫동안 지켜봤다. 그만한 아이가 없어. 그런데 뭐? 첩으로 받아 달라? 어디서 잔꾀를 부려? 흥! 며느리를 들이지도 않았는데 첩부터 들이면 내가 어찌 언니의 얼굴을 보겠느냐?"

하홍문 모친이 시어머니의 말에 마음이 흔들린 듯 눈물을 천천히 닦아 내고는 조심스럽게 물었다.

"어머님 말씀이 지극히 옳습니다. 허나…… 그럼 금수는 어쩌지요?"

하 노대부인이 냉정하게 답했다.

"금수한테 부모가 없는 것도 아닌데, 이모인 애미가 왜 걱정을 해! 그만 신경 쓰거라! 집도 주고 생활비도 대 주고 일거리도 찾아주고 도울 수 있는 건 다 도왔다. 설마 나더러 조씨 집안을 평생 책임지라는 건 아니지?! 그리고 애미도 재물이 밖으로 새지 않도록 정신 차리거라. 내가 첫째와 둘째한테서 재산을 떼어 온 것은 순전히 홍문이를 위해서다. 내 손자 자립할 때 쓰라고 준 것이지 애미더러 조씨 집안을 도우라고 준 게 아니란 말이다. 아들과 조씨 집안 중에 누가 더 중한지 잘 판단하거라.

어쨌든 조씨 집안에는 사내도 있고 아들도 있는 데다 다들 사지 멀쩡한 사람들이야. 우리 가문에서 평생 먹여 살려야 한다는 건 말이 안 돼. 무릇 급한 게 아니라면 가난은 돕는 게 아니라 하였다. 지금이야 내가 애미 재산을 대신 관리한다손 치지만 내가 세상을 떠나면 어찌할 것이냐? 똑 부러지는 며느리를 얻지 못하면 애미 성격에 전 재산을 조씨 집안에 갖다 바칠 게다! 어차피 애미가 며느리를 들이는 것이니 잘 생각해보고 결정하거라!"

신랄한 말투에서 깊은 정이 느껴졌다. 정신이 번쩍 든 하홍문 모친은 시어머니의 뜻을 깨닫고는 더는 말을 하지 않았다.

제84화

묵란, 시집가다

어느새 여름이 성큼 다가왔다.

묵란의 혼삿날을 며칠 앞두고 명란은 선물 준비에 고심했다. 그러면서 묵란이 앞으로 상대할 사람에 대해 귀띔해줄까 고민했다.

그녀가 단귤을 불러 노대부인이 준 상자를 침상 맡에 두라고 시켰다. 오후에는 별다른 일이 없었기에 명란은 아예 문과 창문을 걸어 잠그고 늘 몸에 지니고 다니는 쌍어雙魚 열쇠를 꺼내 상자를 하나씩 열어 보면서 혼자 가산家産을 헤아려보았다.

평소에 착용하는 장신구는 자단목 자개함에 넣어 두었기에 흑단목으로 만든 화려한 해당농海棠籠은 절반 이상이 비어 있었다. 명란은 맨 아래 서랍부터 꺼내보았다. 어릴 때부터 모은 금붙이와 오랫동안 묵혀 둔 금 장신구들이 반짝거렸다.

노동 일선에서 멀찍이 떨어진 고대 '식충이'로서 명란의 수입은 크게 세 가지에서 비롯되었다. 명절마다 어른들이 주는 선물, 할머니가 수시로 주는 돈 그리고 매달 받는 용돈이었다.

그중 성유 부부가 가장 풍족하게 줬는데, 해마다 주머니에 꽉 찰 정도의 금덩이를 챙겨 주었다. 특히 유양에 다녀올 때면 늘 주머니가 두둑했다. 다만 옥 장신구는 전당 잡히기가 어려운 게 아쉬웠다. 오히려 성운 고모가 현명해서 한꺼번에 작은 황금돼지 아홉 쌍을 챙겨 주었다. 황금 돼지 한 마리의 무게만 해도 족히 두 냥은 나갔다.

매달 받은 용돈은 매번 남는 게 없었고, 할머니가 보태 주는 돈도 살림을 도맡은 어멈에게 상으로 주거나 계집종의 처우 개선을 위해 쓰느라 얼마 모으지 못했다. 고대의 대가족 생활에서 주인 노릇을 하려면 돈을 절약하기가 쉽지 않았다. 자칫 인색하다는 말을 들을 수 있기에 명란은 가슴은 아프지만 그래도 로마의 법을 따라야 했다.

한참 금덩이를 세고 난 명란은 여태껏 한 번도 착용한 적이 없었던 원앙 금팔찌를 꺼내 단귤에게 무게를 달아보라고 시켰다. 대략 일고여덟 냥 정도가 나왔는데 이 정도면 충분할 것 같다. 명란은 다시 토실토실한 황금돼지 세 쌍과 물고기 모양의 금덩이를 한 움큼 꺼냈다. 여란이 시집 갈 때는 이 돼지와 물고기를 몽땅 취보재에 보내 새로 유행하는 장신구로 가공하면 될 것 같았다.

지배 계급에 속해서 그런지 확실히 씀씀이가 달라졌다. 요의의였을 때는 가장 친한 사촌언니의 결혼 선물로 큰마음을 먹고 샤넬 알뤼르 향수를 사면서도 엄청난 결심이 필요했었다. 그런데 금덩이를 퍼 주다니! 부패했구나, 부패했어.

그리고 동생이라고 맨날 손해만 보는 것 같았다! 명란은 침대에 누워 가슴을 움켜쥐고 한참 끙끙댔다.

이튿날, 명란은 단귤을 불러 번쩍번쩍한 금팔찌를 자수가 놓인 비단 주머니에 담으라고 시켰다. 그리고 새로운 옷감도 두 폭을 꺼냈다. 채비를 마친 명란은 모창재를 떠나 산월거로 향했다. 7월 날씨는 무더웠다.

옆에서 양산을 든 소도가 땀을 비 오듯 흘리자 명란이 걸음을 재우쳤다.

지금의 산월거는 예전과 아주 달랐다. 앞뒤 대문 앞은 어멈들이 지키고 있었기에 쉽사리 드나들 수 없었다. 해 씨는 하루에 한 번 묵란을 찾아와 아녀자의 도리와 예법을 가르쳤지만, 묵란이 어디까지 깨우쳤는지는 알 수 없었다.

방에 들어서자, 묵란이 보였다. 다소 수척한 모습이었는데, 예전만큼 눈부시게 아름다운 외모는 아니었지만 색다른 여성스러움이 느껴졌다. 그녀는 파란색 비단 오자를 입은 채 등나무 의자에 비뚜름히 기댄 채 앉아 있었다. 노종이 명란에게서 얼른 물건을 받아 묵란에게 보여주었다. 그러나 묵란이 눈으로만 힐끗 확인할 뿐 별 반응이 없자, 명란은 다시금 속이 쓰렸다.

노종은 묵란의 침묵에 명란이 언짢아할까봐 얼른 예를 표했다.

"저희 아가씨를 대신해서 감사의 말씀을 올립니다. 아가씨, 어서 앉으세요. 제가 차를 내오겠습니다!"

명란은 처음부터 오래 머물 생각이 없었다. 성의 표시만 하고 곧장 일어날 심산이었기에 노종더러 그럴 필요 없다고 손을 휘휘 저었다. 이제 막 작별 인사를 하려는데, 나른하게 앉아 있던 묵란이 갑자기 일어나 그녀를 붙잡았다.

"이왕 왔으니, 좀 있다 가렴."

명란이 고개를 돌렸고 묵란이 쓸쓸하게 서 있었다. 그녀는 한쪽에 놓인 둥근 의자에 걸터앉았다.

묵란이 고개를 돌려 노종한테 말했다.

"새언니가 보낸 간식, 아직 있지? 얘네 둘을 데리고 가서 같이 먹어. 난 명란이랑 할 얘기가 좀 있으니까."

눈치 빠른 노종은 주인 아가씨와 명란이 대화를 나누도록 소도와 녹지를 잡아끌었다. 그러나 두 사람은 미동도 하지 않은 채 명란의 분부를 기다렸고, 명란이 고개를 끄덕인 후에야 밖으로 나갔다.

눈으로 세 사람이 뒷모습을 좇던 묵란은 계집종들이 완전히 나간 후에야 고개를 돌렸다. 입가에는 비릿한 웃음이 어렸다.

"명란이는 참 수완이 좋아. 계집종들을 다 자기편으로 만들었네. 네가 몇 날 며칠을 외출해도 쟤들이 집 하나는 참 잘 지킬 거야."

명란이 시선을 아래로 떨구고는 차분히 말했다.

"물론 주인과 시종 관계지만, 저들이 내게 충성하는 만큼 나도 저들의 안정적인 삶을 지켜주고 있을 뿐이야."

묵란은 초주검이 되도록 두들겨 맞고선 팔려간 운재를 떠올리자 돌연 심기가 불편해졌다. 한참 시간이 흐르고 묵란이 생긋 웃으며 말했다.

"큰언니 출가할 때 기억나니? 그때 우리 집 안팎으로 초롱을 매달고 오색빛깔 천으로 장식했잖아. 언니 방은 또 어떻고. 각종 축하 선물로 가득 찼잖아. 그 당시 어린 마음에 언니가 무척이나 부러웠었어. 그러면서 상상해 봤지. 훗날 내 혼례는 어떨까 하고. 그런데 지금은…… 하하, 보렴. 과부의 방보다도 못하지 않니?!"

명란은 방 안을 훑어보며 확실히 썰렁하다고 느꼈다. 낮에는 챙기러 오는 형제자매도 없고, 밤에는 출가 후 몸가짐에 대해 조곤조곤 일러주는 어머니도 없었다. 명란은 한참 침묵하다 입을 뗐다.

"언니는 정실부인의 소생이 아니잖아."

잠시 뜸을 두고 조용히 덧붙였다.

"득이 있으면 실도 있는 법이지."

묵란의 낯빛이 어두워지더니 흉흉한 눈빛으로 명란을 쏘아보았다.

"너, 내가 아버지와 어머니께 조금 밉보였다고 감히 그런 말을 지껄이는 거야? 영창후 부인이 널 며느릿감으로 점찍었는데 내가 가로채서 당연히 기분이 상했겠지! 근데 그렇다고 나를 놀려?"

명란이 고개를 저으며 말했다.

"난 그런 대단한 집안과 어울리지 않아. 언니는 당차고 유식한 데다 두려움이 없지만, 나는 담도 작고 특별한 재주나 배경도 없어. 그런 내가 언감생심 그런 집안을 꿈꾸겠어?"

묵란이 멈칫하더니 이내 입을 가리고 자지러지게 웃었다. 한참이 지나서야 웃음을 멈춘 그녀가 거만한 표정으로 말을 꺼냈다.

"차라리 솔직하게 얘기해. 영창후부에 굉장한 사촌 아가씨가 있다고 말이야! 여란이 고 계집애가 와서 한바탕 비웃다 갔다고! 흥! 여자로 태어나면 영원히 '투쟁'에서 벗어날 수 없다나? 형편이 곤궁한 집안으로 시집을 가면 근심 없이 살 수 있다는 거야?!"

문득 명란의 뇌리에 여리고 초라한 그림자 하나가 스쳐 지나가더니 눈빛마저 어두워졌다. 그녀는 애써 마음을 갈무리하고는 고개를 저으며 말했다.

"그건 달라. 아버지께서 임 이랑을 아무리 총애하셔도 왕가의 할머님께서는 어머니에게 힘이 되어 줄 몸종을 보내실 수 있고, 외숙부는 서신을 보내 일깨우실 수 있어. 그 누구도 어머님을 밀어낼 수 없다고. 숙란 언니만 해도 그래. 친정이 힘이 있으니 손 수재 같은 망나니 손에서 벗어날 수 있었잖아. 좋은 연분도 찾고. 물론 더 좋은 집안으로 시집가기는 좀 어려웠지만……."

묵란은 말문이 막혀 얼굴이 벌겋게 달아올랐다. 내심 인정하기 싫었을 뿐, 그녀도 적녀가 서녀보다 더 좋은 조건으로 시집을 잘 간다는 것을 알고 있었다. 명란은 묵란의 표정 변화를 읽고는 낮은 목소리로 말했다.

"이번에 언니 일로 많은 사람이 힘들었어. 언니 스스로 그럴 가치가 있다고 생각하길 바라."

묵란이 임 이랑을 떠올리자 마음이 아릿했다. 몇 번이나 표정이 변하고 나서야 한숨을 돌린 후에 묵란이 고개를 들고 완고하게 말했다.

"당연하지!"

명란은 묵란의 성정을 잘 알고 있었기에 그녀가 판을 뒤집을 수를 고민할 것이라 짐작했다.

묵란의 교만한 얼굴을 보자 명란은 또다시 조금수가 떠올랐다.

묵란은 겉으로 고상하고 가냘프게 보이지만, 워낙 집안에서 사랑만 받고 귀하게 자란 터라 자기밖에 몰랐다. 반면 조금수는 열 살 때 가족 전부가 유배를 당하면서 가장 아름다울 시기에 서량[1]의 모래바람 속에 파묻혀 지내야 했다. 피부는 누렇게 떴고 거칠어졌으며 손발도 까칠했다. 볼품없이 마른 몸에 뼛속 깊이 스며든 비루함이야말로 그녀를 가장 애처롭게 했다.

명란은 까닭 없이 초조해졌다. 요즘 들어 이런 쓸데없는 생각이 문득문득 떠올랐다. 명쾌한 성격의 그녀는 해답이 없는 일에 시간을 낭비하는 법이 없었다. 지금 당장 해결할 수 없다면 아예 생각조차 하지 않았다.

명란은 고개를 들어 미소 띤 얼굴로 '원대한 포부'를 중얼거리는 묵란을 바라봤다. 누가 알았을까. 묵란이 제멋대로 지껄이는 걸 보는 것도 이것이 마지막이었다.

---

1) 중국 감숙성의 한 도시.

· · ·

7월 8일. 량씨 가문과 성씨 가문의 혼삿날이었다. 노대부인은 잠깐 얼굴만 비추고는 쉬겠다며 방으로 들어갔고, 왕 씨만 잔뜩 굳은 얼굴로 분주히 오갔다. 다행히 128가지 혼수 정리도 끝이 났다. 그러나 임 이랑이 있었다면 조금만 살펴보아도 이중 삼분의 일은 가짓수 채우기에 불과하다는 것을 알아챘을 것이다.

영창후부에서도 괜한 겉치레는 생략할 모양이었다. 다만 량 부인이 둘러대는 솜씨는 왕 씨보다 확실히 한 수 위였다. "……국상이 막 끝난데다 폐하께서는 아직 수녀秀女 2) 선발도 하지 않으셨습니다. 신하인 우리가 거창한 혼례식을 준비하는 것은 도리에 어긋나는 일이지요."라며 대의를 운운한 것이다.

그 말은 사람들의 험담은커녕 적지 않은 칭송을 받았다. 성 노대부인은 이 모범적인 사례를 가지고 한바탕 왕 씨를 훈계하지 않을 수 없었다.

왕 씨는 량 부인의 의중을 알게 된 후 내심 쾌재를 불렀다. 그러나 혼례식 당일, 붉은 혼례복 차림에 백마를 탄 량함의 늠름한 모습과 입가에 그려진 수려한 미소를 보자 왕 씨는 순간 화가 솟구쳤다. 옆에서 유곤댁이 소매 밑으로 그녀를 몇 번 잡아당기고 나서야 왕 씨의 실룩거리던 입꼬리가 제자리도 돌아왔다.

관습에 따라, 신랑은 문밖에서 붙잡힌 채 붉은 봉투 몇 개를 내놓아야

---

2) 심사를 거쳐 입궁한 궁녀.

만 들어갈 수 있었다. 큰형부인 원문소는 량함에게 '장진주將進酒[3]'에 맞춰 검무를 추라고 요구했고, 장풍은 즉석에서 '하도夏桃[4]'를 제목으로 시를 짓게 했다. 장백이 가장 수월했는데, 아무것도 요구한 게 없었기 때문이었다.

묵란은 삼조회문三朝回門[5]의 예법에 따라 친정을 찾았다. 묵란은 석류꽃 문양의 금실 자수가 돋보이는 빨간색 오자를 입고 수줍게 앉아 있었다. 왕 씨는 묵란의 모습과 다정다감한 량함을 보며 다시금 울화통이 터졌다. 결국, 참다못한 왕 씨가 굳은 얼굴로 묵란을 나무라기 시작했다.

"……영창후부는 우리 성가와 다르다. 제멋대로 성질 피워서는 아니 돼! 이제 출가했으니 시부모를 잘 공양하고 시동생, 시누이, 동서들과도 잘 지내야 한다. 괜히 경거망동해서 성씨 가문에 먹칠을 해서는 안 될 것이야!"

이후에도 기나긴 훈계가 이어졌다.

유곤댁은 할 말을 잃고 말았다. 임 이랑 모녀는 이 같은 강공에 대처하는 능력이 누구보다 탁월한 사람이었다. 아니나 다를까, 왕 씨의 호통이 계속 이어지자 묵란은 시종일관 고개를 숙인 채 순종하는 모습을 보이다가 이내 울먹이기 시작했다. 눈물을 머금고 량함을 바라보는 그녀는 바람 한 점에도 날아갈 듯 연약해 보였다. 량함은 이런 묵란이 측은하여 그녀를 감싸기 바빴다.

왕 씨는 갈수록 화가 치밀었다. 그러다 잠깐 생각한 후에 고개를 돌려

---

3) 이백의 시.
4) 여름 복숭아.
5) 결혼 후 사흘째가 되는 날에 친정을 방문하는 것.

채패에게 귓속말을 건넸다. 입가에 얄따란 미소가 떠올랐다.

성굉은 량함의 귀공자 같은 모습만 빼고는 대부분 마음에 든 모양이었다. 장풍은 진짜 매부가 생겨서인지 가장 신이 난 얼굴로 량함을 붙잡고 이것저것 물었다. 그러나 한 명은 왕희지王羲之 [6]와 왕헌지王獻之 [7]가 친형제라고 생각하는 사람이었고, 다른 한 명은 열한 가지에 달하는 도끼 사용법을 알지 못하는 사람이었다. 서로 너무 다른 사람이라 공통의 화젯거리를 찾을 수가 없었다.

장백은 여전히 입을 다문 채였다.

"사람을 섣부르게 판단할 바엔 아예 판단을 안 하는 게 낫지."

장백이 자주 하는 말인데, 명란도 이 말에 깊이 공감했다.

량함이 묵란과 함께 노대부인께 절을 올렸다. 그가 일어서는데 노대부인 옆에 서 있는 단아한 차림의 두 소녀가 눈에 들어왔다. 왼편에 선 소녀는 그렇다 쳐도 오른편에 선 소녀는 아름답기 그지없었다. 그녀는 옅은 장밋빛으로 물들인 대금비갑을 걸치고, 안에는 하얀색 비단 장오를 입었으며, 아래에는 그와 같은 색의 도선치마를 입고 있었다. 깔끔하게 타마계 형태로 말아 올린 머리에는 홍마노紅瑪瑙로 만든 연꽃 장식이 달린 비녀를 꽂고 있었다. 옆에 놓인 흑단목 탁자 위에는 수옥백자 꽃병이 놓여 있었고, 향기로운 여름 연꽃 몇 송이가 꽂혀 있었다.

소녀의 이목구비가 한 폭의 그림처럼 아름다워 말로 표현할 수 없을 정도였다. 비록 굳은 얼굴로 고개를 푹 숙이고는 있지만, 소녀의 존재만

---

6) 동진의 서예가.
7) 왕희지의 일곱째 아들.

으로 방 안에 있는 모든 여인이 제빛을 잃었다.

그가 반쯤 넋 놓고 있을 때, 왕 씨의 말소리가 들렸다.

"……이 아이는 여섯째인 명란이네. 앞으로 한 식구이니……."

순간 량함의 심장이 덜컥 내려앉았다. 처음 성씨 가문과 혼담이 오갈 때, 그는 일언지하에 동의를 했다. 당시 춘가가 회임한 상태였기에 출산까지 기다리기가 힘들었고, 성씨 가문의 넷째 아가씨가 보기 드문 미인이었기 때문이었다. 그는 이제야 어머니 눈빛이 무슨 뜻이었는지 알 수 있었다.

"후회하지 말거라."

량 부인은 이렇게 말했었다.

묵란은 바로 분노했다. 본디 삼조회문은 집안 어른께 인사를 올리고, 형제와 동서의 얼굴을 익히기 위한 것이었다. 화란과 노대부인이 '아프다'는 이유로 오지 않은 것을 제외하고, 출가하지 않은 처제가 나와서 형부를 굳이 만날 이유는 없었다. 그런데 왕 씨가 이렇게 했다는 것은 분명……. 묵란은 이를 악물고 고개를 돌려 량함을 향해 방긋 미소 지었다. 눈빛에서 교태가 묻어 나왔고 입술은 깨물어주고 싶을 만큼 요염했다.

량함은 금방 마음을 가라앉혔다. 외모는 다소 못 미치지만, 이 정도 교태면 부족한 부분을 메꾸기에 충분했다. 그 모습을 본 여란은 조롱하듯 입꼬리를 실룩거렸고, 명란은 필사적으로 고개를 숙였다. 명란은 왕 씨의 의도를 알고 있었음에도 그녀의 체면을 생각해서 오지 않을 수가 없었다. 그러니 투명 인간처럼 조용히 있을 수밖에.

인사를 마치고 남녀가 나뉘어 따로 식사했다. 식사 후에는 다과상이 차려졌다. 묵란은 영창후부의 부를 과시하고 싶어 안달이 났다. 하지만 왕 씨를 비롯한 명란과 여란은 좀처럼 후부에 대해 묻지 않았다. 참다못한 묵란이 먼저 말을 꺼냈으나 여란이 번번이 화제를 돌렸다.

묵란이 더운 듯 손수건을 꺼내 빨간 얼굴에 부채질을 하며 이렇게 말했다.

"……날씨가 정말 덥네요. 다행히 후부의 토굴이 커서 매일 얼음을 써도……."

"지난번에 연저가 보내 준 소락_{酥酪} [8]이 정말 맛있었어요. 양젖으로 만든 것 같던데 명란아, 넌 어떻게 생각해?"

여란은 신이 난 얼굴로 명란을 쳐다보며 물었다.

"음…… 나는 잘 모르겠어."

이 말은 진짜였다.

이후 대화의 주도권을 빼앗은 여란이 왕 씨나 명란과 대놓고 웃고 떠들었고, 삼조회문의 주인공은 이 대화에 전혀 끼지 못하는 상황에 이르렀다. 묵란의 얼굴이 분노로 창백해지자 보다 못한 해 씨가 묵란에게 근황을 물으면서 어색한 분위기를 수습했다.

여란의 행동은 예의에 어긋나는 것이었다. 저녁이 되었을 때, 해 씨가 여란을 타이르기 위해 도연관으로 갔는데 뜻밖에 명란이 거기에 있었다.

"언니가 바느질을 배우고 싶다고 저를 불렀어요."

명란의 얼굴에 피곤한 기색이 역력했다. 여란도 나이를 먹으니 바느질에 흥미가 생긴 모양인지 자주 명란을 불러 가르쳐 달라고 졸랐다.

"직접 하는 것보다 가르치는 게 더 힘드네요."

명란이 눈을 비비며 말했다. 그리고는 속으로 한마디 더 보탰다.

---

8) 치즈.

'학생이 멍청할수록 더 그렇지.'

해 씨는 여란의 조급한 성미를 잘 알고 있었기에 명란의 지친 얼굴을 보자 마음이 좋지 않았다. 그녀가 잠시 쉬자고 하고는 여란에게 이야기를 꺼냈다.

"아가씨, 제 말 좀 들어보세요. 어찌되었든 친자매 사이잖아요. 묵란 아가씨도 출가해서 이제 자주 보지도 못할 텐데 사이좋게 지내면 얼마나 좋아요?! 혹여 다른 사람들이 알게 되면 우리 집안을 또 얼마나 비웃겠어요? 게다가 묵란 아가씨가 후부侯府로 시집갔으니 앞으로 부탁할 일이 생길 수도 있는데, 지금부터 잘 지내는 게 좋지 않아요?"

그러나 여란은 해 씨의 진심 어린 조언에 고마워하기는커녕 일일이 반박하느라 바빴다.

"묵란 언니가 자기 입으로 말하지 않는 한, 우리 자매끼리 일어난 일을 다른 사람들이 어찌 알겠어요? 그리고 저와 묵란 언니 사이의 이 감정의 골은 하루이틀 새에 생긴 게 아니에요. 언니도 절 싫어하고, 저도 언니가 싫어요. 지금부터 잘 지낸다고 해도 묵란 언니가 밖에서 내 욕을 안 한다는 보장도 없잖아요. 게다가 내가 어려운 처지에 놓인다고 묵란 언니가 발 벗고 나서 줄까요? 그 틈을 노려 제 뒤통수만 안 쳐도 다행이에요! 됐어요. 저는 그냥 부모님과 큰오라버니, 새언니만 믿으며 살래요!"

결국 잘 타일러 보려던 해 씨의 수고는 본전도 못 찾은 셈이 되었다. 사실 생각해보면 그리 틀린 말도 아니었다. 자수틀을 든 명란은 속으로 씁쓸하면서도 한편으로는 통쾌하다는 생각을 했다. 묵란 역시 정실 소생으로 태어나 힘 있는 어머니와 오라비가 있다면 아마 똑같이 행동했을 거라고 명란은 생각했다.

해 씨가 말문이 막힌 채 잠시 있다가 씁쓰레하게 웃었다.

"알겠어요. 다만 밖에 있을 때는 입방아에 오르내리지 않도록 조심하세요."

여란은 입을 새초롬하게 내민 채 달갑지 않은 얼굴로 고개를 끄덕였다. 그 뒤로 해 씨의 잔소리가 이어지자 여란의 인내심도 한계에 다다랐다. 자야겠다는 여란의 말에 명란도 겨우 빠져나갈 핑계가 생겼다.

도연관에서 거의 나왔을 무렵, 녹지가 투덜댔다.

"여란 아가씨도 너무해. 바느질을 배우고 싶으면 바느질하는 사람을 불러다 배워야지. 심통만 났다 하면 낮이고 밤이고 우리 아가씨를 불러대고 말이야. 이미 잠자리에 들었을지도 모른다는 생각도 안 하나 봐. 도대체 우리 아가씨를 뭐로 보고!"

단귤도 언짢은 듯 한마디 보탰다.

"바느질을 하다 보면 눈 나빠지는 게 제일 무섭잖아. 배우고 싶다고 해도 시간을 좀 생각하고 불러야지."

명란이 한참 침묵하다가 조용히 한마디했다.

"그만하렴!"

세 사람은 정원을 걸었다. 여름의 밤하늘에서 별이 반짝였고 주변은 이상하리만치 고요했다. 크게 심호흡을 하자 명란은 왠지 속이 탁 트이는 것만 같았다. 인간이란 늘 비교하는 동물인가 보다. 자기도 화란, 여란과 비교하고 살았다면 진즉 갱년기를 겪고도 남았을 것이다. 어쨌든 초라한 조금수보다는 명란의 상황이 훨씬 낫지 않은가? 정신과 의사가 없는 고대에서 시공을 초월한 여자가 살아가려면 자신의 마음을 다스리는 법부터 배워야 했다.

잠시 뒤 단귤이 조용히 말했다.

"오늘 묵란 아씨를 보니 후부에서 잘 지내시는 것 같아."

그러면서 속으로 생각했다.

'이 세상에 완벽한 혼례가 있다면 그건 바로 우리 아가씨의 혼례일 거야.'

녹지가 흥하고 콧방귀를 뀌었다.

"오늘이 뭐가 중요해. 앞으로가 문제지. 새로 지은 변소도 첫 사흘 동안은 붐빈다잖아."

그 말에 명란이 크게 당황했다.

제85화

추위秋闈를 앞두고
하홍문이 돌아오다

어미의 마음은 딸이 가장 잘 이해한다는 말이 있다. 왕 씨의 속마음을 간파한 화란은 묵란이 시댁인 영창후부에서 잘 지내는지 알아보기 시작했다. 그 과정은 살을 붙이지 않아도 미드를 방불케 할 만큼 흥미진진했다.

묵란의 시집살이는 녹록지 않은 것이 확실했다.

신혼 첫날밤. 춘가 이랑이 배가 아프다고 난리를 치며 심복에게 량함을 불러오라 했다. 여란이었다면 당장 드잡이부터 했을 테지만, 묵란은 그런 성격이 아니었다. 그녀는 꿋꿋하게 화를 참으며 당장 뛰쳐나가려는 량함을 붙잡아 부드럽게 설득했다.

"춘가 이랑과 저는 이제 자매나 다름없답니다. 아픈 여인을 사내가 돌보는 건 이래저래 불편할 테고요."

묵란은 이 말을 끝으로 량함을 신혼방에 남겨 둔 채 직접 춘가를 보러 갔다. 더우면 더울세라 추우면 추울세라 살뜰하게 보살폈고, 의원을 부르고 약을 달이면서 하룻밤을 꼬박 지새웠다. 량씨 집안에서 가장 까다

롭다는 큰며느리조차 딱히 꼬투리를 잡지 못했다.

화가 난 왕 씨가 붉으락푸르락한 얼굴로 등나무 찻상을 쾅 내리쳤다. 찻상이 흔들리면서 찻잔이 부딪치는 소리가 났다. 과거 임 이랑도 자주 꾀병을 부리며 자신과 함께 있던 성굉을 불러내곤 했었다. 역시나 묵란은 진작부터 준비를 했던 것이다.

해 씨가 황급히 시어머니에게 새로 우린 차를 올렸다. 여란은 이야기에 푹 빠져 화란에게 계속 얘기해 달라고 재촉했다.

신혼 첫날밤을 방해하긴 했지만 춘가는 그 정도에 만족하지 않았다. 그녀는 이튿날 밤에도 또 배가 아프다며 량함을 불렀고, 이번에는 묵란도 화를 낼 뻔했지만, 가까스로 참았다. 묵란은 전혀 불쾌한 기색 없이 량함을 위로하며 말했다.

"여자가 회임하면 몸이 힘들어요. 여러 고비를 넘기는 경우도 있고요."

그녀는 또다시 춘가를 찾아 정성스럽게 병간호를 했고, 량 부인을 찾아가 춘가에게 먹일 백 년근 산삼까지 구해 왔다. 이제는 그녀도 초췌한 기색이 완연했다.

시집온 지 이틀이나 되었는데 첩실의 방해로 합방하지 못했다는 소문이 퍼지기 시작했다. 영창후부 안팎에서 춘가 이랑의 부덕을 비난하는 소리가 들려왔고, 마침내 영창후의 귀에 들어가고 말았다.

영창후가 큰며느리를 불러 한참 동안 꾸짖었고, 량 부인도 괜스레 큰며느리의 이모네 가정교육을 들먹이며 춘가를 힐난했다. 시집온 지 얼마 되지도 않아 정실부인과 남편의 총애를 두고 다투다니!

꽃처럼 아름다운 미인을 두고 연속 이틀 동안 합방을 못 하자 량함도 춘가에게 슬슬 짜증을 내기 시작했다.

사흘째 밤에도 춘가는 어김없이 복통을 호소하며 량함을 찾았다. 그러나 이번에는 다들 묵란의 편을 들어 춘가는 곤욕을 치르게 되었다. 믿을 만한 소식통에 따르면, 성난 량함이 중의中衣¹⁾를 입은 채로 뛰쳐나와 춘가가 보낸 계집종에게 수차례나 발길질을 했다고 한다. 량함은 그 자리에서 계집종을 쫓아낸 것으로도 모자라 춘가를 보필하는 어멈한테까지 엄벌을 내렸다.

"몸이 불편하면 의원을 부르든가, 남정네가 생각나면 그렇다고 말을 하든가! 허구한 날 남편을 잡지 못해 안달이면 어쩌누?! 나리가 여자를 봐 주는 의원도 아니고 말이야! 이리 비겁한 꼼수를 부리면 창피하지도 않은가?"

량부의 관사 어멈도 불만을 드러내며 큰 소리로 비꼬았다. 하지만 묵란은 현숙한 아녀자로 둔갑해 춘가 편을 들었다.

그 사건 이후, 량함은 묵란에게 미안한 마음을 가졌다. 그렇게 사흘이 지나서야 처가를 방문한 것이었다.

이는 묵란을 싫어하는 여란이 듣기에도 기막힌 일이 아닐 수 없었다.

"그 사촌 아가씨…… 참, 아니지. 춘가 이랑도 너무했네. 어떻게 그럴 수가 있어? 영창후 부인도 집안의 법도를 잘 세웠어야지!"

화란이 매실차를 한 모금 마시더니 검지를 펴서 여란의 이마를 찌르고는 여유롭게 말을 이었다.

"이 바보 동생아! 이렇게까지 말했는데도 못 알아듣다니! 요즘 영창후 어르신의 서장자가 득세하고 있어. 어르신이 그 서장자를 세자世子²⁾

---

1) 겉옷 안쪽에 입는 옷.
2) 작위 계승자.

로 세울 거라는 말까지 돌고 있지. 큰며느리도 자연히 위신을 세우고 있고. 량 부인은 괜한 의심을 피하기 위해 춘가 이랑한테 함부로 못 하는 거야."

여란이 알 듯 모를 듯한 표정을 짓는 가운데 명란이 작게 "아"라고 말했다. 량 부인이 직접 춘가를 공격했다간 적자와 서자의 싸움으로 간주될 것이 뻔했다. 그러나 묵란의 손을 빌리면 단순한 처첩 간의 투기 정도로 치부될 터였다.

왕 씨가 착잡한 듯 깊게 한숨을 쉬었다. 묵란이 잘 사는 꼴을 보고 싶지는 않지만, 똑같은 정실부인의 입장에서 묵란의 잔머리와 수단에 감탄하지 않을 수 없었다. 당시에 왕 씨도 묵란처럼 잘 인내하고 셈도 빨랐다면 임 이랑이 그렇게 기고만장하지는 못했을 것이다.

명란이 왕 씨의 그늘진 안색을 힐끗 살피더니 고개를 돌려 물었다.

"큰언니, 그럼 묵란 언니는 량부의 다른 사람과는 잘 지내고 있나요? 시부모님이나 동서, 시동생, 시누이 등 많잖아요. 별 탈은 없지요?"

화란이 명란의 콧잔등을 쓸어내리며 웃었다.

"역시 우리 명란이는 똑똑하다니까. 여기서 핵심을 콕 집어내다니 말이야."

량 부인은 묵란에게 특별히 살갑게 대하지도 차갑게 대하지도 않았다. 시집온 첫날 묵란은 시부모님께 차를 올렸고, 량 부인도 선물을 넉넉하게 챙겨 주었다. 그러나 눈치가 빠른 사람이라면 량 부인이 묵란을 썩 좋아하지 않는다는 사실을 단번에 알아챌 수 있었다. 그녀는 적자 며느리는 물론 서자 며느리와도 사이가 좋았다. 서자 몇몇은 어릴 때부터 량 부인의 손에서 자랐기 때문에 며느리들과도 자주 담소를 나누고 차를 마셨지만 묵란한테만큼은 신경을 쓰지 않았다.

왕 씨가 불현듯 정신이 들었는지 냉소를 지으며 비아냥댔다.

"묵란이도 앞으로 자기 살길을 찾아야겠구나. 시어머님 쪽은 확실히 기댈 수 없을 테니까."

화란이 입을 삐쭉이며 차갑게 웃었다.

"묵란이 얼마나 영악한 아이인데요. 시집간 지 고작 한 달 됐는데 벌써 계집종 몇을 남편한테 바쳤대요."

명란은 남몰래 감탄했다. 이것이 량 부인의 무서운 점이었다. 지금 묵란은 지아비밖에는 의지할 곳이 없어 남편한테 목숨을 걸어야 할 판이었다. 화란의 말을 들어보면 춘가 이랑은 아무래도 우삼저尤三姐[3]에 가까운 인물인 듯했다. 꽃보다 아름다운 미모에 당찬 성격을 지녔지만, 교묘하고 치밀한 묵란을 이길 수 있다는 보장이 없었다. 량 부인은 서장자 부부를 두려워한 지 오래되었다. 그러니 자기 아들 옆에서 춘가가 파란을 일으키는 꼴을 어찌 두고보겠는가? 필히 묵란의 손을 빌려 춘가를 제거하는 것이 가장 이상적인 그림이라고 생각할 터였다. 이로 인해 양쪽이 모두 다쳐도 량 부인으로서는 전혀 손해볼 것이 없었다.

즉, 도요새와 조개의 싸움에서 어부가 이득을 보는 셈이었다.

명란은 마음이 조금 무거웠다. 화란을 배웅하러 나갈 때, 명란이 화란의 팔짱을 끼며 다정하게 말했다.

"언니, 원가의 고모님이신 수산백 부인께서 영창후와 친한 사이라 들었어요. 그러니 언니가 기회를 봐서 묵란 언니 좀 잘봐달라고 한 말씀만 해주세요."

---

3) 『홍루몽』의 등장인물.

화란의 안색이 싹 변하더니 차갑게 말했다.

"네가 착한 건 알고 있어. 허나 걔가 널 때린 일은 잊어도 위 이랑이 어찌 죽었는지는 잊으면 안 되지 않겠니!"

명란이 진지한 얼굴로 고개를 젓고는 화란에게 진심 어린 말을 건넸다.

"제가 못나긴 했지만 공 상궁 마마님께 곤장을 맞은 일은 아직도 잊지 못해요. 묵란 언니가 아무리 나빠도 우리 성가의 사람이잖아요. 혹여 묵란 언니가 법도에 어긋나는 짓이라도 하면 우리 자매들의 위신도 깎일 거예요."

묵란이 너무 극단적이거나 악랄한 수를 쓰게 된다면, 가장 먼저 친정과 가정교육을 들먹이며 손가락질을 받게 될 것이 뻔했다.

화란의 표정이 굳어졌다. 임씨 모녀에 대한 사무치는 원한 때문에 잠시 판단력이 흐려졌을 뿐 역시나 그녀는 지혜로운 여인이었다. 화란이 잠시 생각을 정리하고는 다정하게 명란의 어깨를 감싸며 미소 지었다.

"아우, 예뻐 죽겠어! 참으로 똑똑하구나. 네 말, 잘 새겨들을게."

명란이 환하게 웃자 입가에 앙증맞은 보조개가 피었다.

"저번에 보내 준 신발이요, 장저와 실이가 잘 신고 있어요?"

"그럼, 잘 신고 있지!"

자식 얘기가 나오자 화란의 표정이 금세 부드러워졌다.

"네가 장저한테 만들어 준 봉제 인형 있잖아?! 걔가 얼마나 좋아하는지, 다른 사람은 만지지도 못하게 한다니까. 애들은 금방 자라니까 너도 꼼꼼하게 자수하지 마. 괜히 아깝잖니. 네가 이 언니를 생각하는 마음, 잊지 않을 거야. 너 시집갈 때 내가 꼭 두둑한 혼수를 준비해줄게!"

명란은 화란의 활짝 웃는 모습을 보면서 행복하게 지내는 것 같아 덩달아 기분이 좋아졌다.

・ ・ ・

8월이 되고, 추위가 코앞으로 다가왔다. 북직예北直隸 [4] 지역의 서생들이 하나둘 경성에 몰려들기 시작했다. 성부는 손님 다섯을 맞이했다. 이 중 세 명은 성굉의 오랜 친구의 아들이었고, 두 명은 성굉과 같은 해에 급제한 사람들의 자식과 조카였다. 이들은 과거시험을 보러 경성에 올라왔으나 경성에 연고가 없었기에 성부를 찾은 것이었다. 삼 년마다 춘위春闈와 추위秋闈 때가 되면 경성의 역참, 회관, 객잔은 일제히 가격을 터무니없이 올렸다. 그러니 비용 부담도 컸고, 마음 놓고 공부에 집중할 수도 없었다.

성굉은 왕 씨와 상의한 후 저택 후원에 있는 방 한 줄을 비워 서생들이 잠깐 머무를 수 있도록 지원했다. 물론 왕 씨가 이토록 흔쾌히 수락한 데에는 다른 꿍꿍이도 있었다. 이 서생들 가운데 집안이 부유한 고관 자제들이 수두룩했기 때문이다.

8월 중순이 되자, 장오는 아홉 달에 걸친 효기孝期 [5]를 끝내고 식솔과 함께 상경했다. 함께 올라온 사람 중에서 사촌동생인 이욱도 있었다. 이번에 이욱이 과거시험을 보는 것도, 기복起復 [6]하는 것도 성굉의 도움이 필요했다. 장오는 거주할 곳을 마련하자마자 곧장 성부로 향했다. 윤아는 그보다 먼저 왕 씨를 찾았다. 그녀는 당장 눈물 콧물을 쏟으며 사죄했고, 자기 어머니가 왕 씨에게 누를 끼쳐 너무 부끄럽다고 죄스럽다며 연

---

4) 현 북경, 천진, 하북성, 하남성, 산동성의 일부 지역.
5) 부모의 상으로 일정 기간 거상하는 일.
6) 복상을 끝내고 벼슬자리에 오르는 것.

신 머리를 조아렸다.

왕 씨는 심기가 불편했으나 눈물을 흘리며 사죄하는 윤아의 모습과 함께 딸려 온 후한 선물상자를 보자 화를 낼 수가 없었다. 사실 생각해보면 윤아가 무슨 잘못이 있나 싶었다. 강 부인을 경솔하게 믿은 것도 자신이요, 제 언니의 성격이 어떤지 제대로 몰랐던 것도 자신이었으니 다 자기 탓이었다.

"그만 됐다. 다음에 올 때는 딸도 데려오거라. 너는 조카며느리기도 하지만 조카딸이기도 하니 봉투도 두 개 준비해두마."

왕 씨가 담담하게 과거를 털어 냈다.

이욱이 성굉 부부를 처음 뵙고 큰절을 올리려는데, 성굉이 그를 일으켜 세웠다.

"한식구니 허례허식은 생략하거라."

성 노대부인이 수려한 외모를 지닌 이욱을 위아래로 훑어보았다. 하늘색의 우임右衽 [7] 상의를 입어 하얗고 단정한 얼굴이 돋보였다. 노대부인이 웃으며 말했다.

"못 본 새에 많이 컸구나."

이욱이 손을 공손히 모은 채 유쾌한 웃음을 띠며 말했다.

"할머님께서는 갈수록 정정해지시는 것 같습니다. 혈색도 아주 좋으시고요. 이번에 저희 어머니께서 운남에서 공수한 백삼 몇 뿌리를 보내주셨습니다. 상초열 예방과 기력 보강에 좋은 것이니 받아주십시오."

이어서 이욱이 몸을 살짝 틀어 왕 씨에게 말했다.

---

7) 옷깃을 오른쪽으로 여밈.

"어머니께서 마님과 여동생들에게 줄 자그마한 선물도 몇 개 준비해주셨습니다. 약소하지만 받아주십시오."

노대부인이 만족스럽게 고개를 끄덕였고 왕 씨 역시 부드럽게 미소지었다. 성굉은 이욱의 군더더기 없는 말투와 행동거지를 보며 굉장히 흡족해했다.

"그래, 그래! 너는 우선 공부에 집중하거라. 나중에 장백이를 시켜 너와 네 아우에게 스승과 벗을 소개해주마. 향시는 회시와 달리 그리 어렵지 않을 게다. 너희 송산서원의 몇몇 선생은 시험 감독관 출신이라 네가 열심히 공부만 한다면 능히 합격할 수 있을 게야."

이욱이 기뻐하며 연신 감사의 인사를 올렸다.

옆에서 여란이 몹시 따분한 표정으로 서 있었다. 왕 씨는 윤아를 데리고 노대부인 곁으로 가서 담소를 나누었다. 명란은 성굉을 보며 이욱을 마음에 들어 한다는 것을 눈치챘다. 자세히 살펴보자, 노대부인이 어째서 어릴 적 성굉과 이욱이 닮았다고 했는지 알 것도 같았다.

장풍도 성굉과 많이 닮았으나 호의호식하며 자랐기에 귀공자와 같은 분위기가 느껴졌다. 그러나 이욱은 상인의 아들로서 벼슬길에 도전하는 터라 훨씬 활기차고 진취적인 느낌이 강했다. 그리고……

명란은 눈을 찡그렸다.

방금 성굉이 장오와 기복에 대해 이야기할 때부터 이욱이 명란을 힐끔힐끔 쳐다보는 것이 아닌가! 중간에 두 사람의 시선이 마주쳤고 그가 명란을 지그시 바라보며 방긋 웃었다. 화들짝 놀란 그녀는 얼른 옆에 있는 여란 쪽으로 시선을 돌렸다. 여란은 멍하니 창밖을 응시하고 있었고, 그 모습에 명란은 내심 안도의 한숨을 쉬었다.

확실하다! 저놈은 성굉을 쏙 빼닮았다.

노대부인은 성굉이 나쁜 사람이 아니라고 늘 말씀하셨다. 그도 왕 씨와 혼례를 올렸을 당시에는 행복한 결혼 생활을 꿈꾸며 아내를 믿고 잘 따랐단다. 심지어 왕 씨가 어릴 때부터 성굉의 수발을 들던 통방 두 명을 호되게 체벌해도 관여하지 않았다. 그러니 왕 씨가 친정을 등에 업고 바깥일에 지나치게 간섭하지 않았다면, 혹은 조금 더 부드럽고 현숙하고 사랑스러운 여인이었다면, 소실을 두 명 더 들이는 한이 있더라도 임 이랑 사건과 같은 일은 터지지 않았을 터였다.

쉽게 풀어보면, 성굉은 공명과 이익을 추구하는 사람이지만, 정서적인 욕구 역시 강렬하달까. 그러니 왕씨 가문의 눈치도 보지 않고 임 이랑을 그토록 총애한 거겠지.

이욱도 마찬가지였다.

지금 상황에서 정실부인의 여식인 여란이 명란보다 더 가치가 높았다. 게다가 성굉도 그를 마음에 들어 하니, 과거에 급제하기만 하면 십중팔구 여란을 아내로 맞이할 수 있을 것이다. 그런데 이 철없는 놈이 수줍게 자신을 힐끔거리는 모습이라니. ······대체 사리 분별을 할 수나 있긴 한 걸까?!

사실 미인을 만나는 건 쉬운 일이었다. 급제만 하면 양주수마揚州瘦馬 [8]나 북지연지北地胭脂 [9] 같은 미인을 열 일고여덟쯤은 거뜬히 첩으로 삼을 수 있다. 그러나 힘 있는 처가를 만나는 것이야말로 수지맞는 일이었다. 이욱이 아직 어려서 철이 없다고 생각하며 명란은 안타까워했다.

---

8) 양주 미녀.
9) 북쪽 미녀.

· · ·

최근에 노대부인이 바삐 움직였다. 자주 장백을 불러 이욱에 관해 물었다. 그녀는 이욱의 근황과 인맥을 비롯하여 사람을 대하는 자세나 언행 등을 파악하느라 애썼다. 8월 28일 추위가 열리는 날까지 질문 공세가 이어지자 장백은 한 수 없이 입을 열었다.

"부지런하고 성실한 데다 머리도 좋습니다. 아직 어린 나이에도 일 처리가 노련하고 빈틈이 없어 앞으로 큰 인물이 될 것입니다."

노대부인이 눈빛을 반짝였다.

지금 노대부인은 다른 궁리를 하는 중이었고, 명란은 그녀의 변화를 바로 눈치챘다. 조가 모녀를 만난 후 무어라 말은 없었지만, 하씨 가문에 대한 노대부인의 관심이 줄어든 것은 확실했다. 명란은 노대부인의 의중을 파악하고 있었다. 이러니저러니 해도 하홍문의 됨됨이가 중요하니, 만약 그의 모친처럼 아둔한 사람이라면 더 고민할 필요가 없었다.

추위는 초장初場·중장中場·종장終場 3단계로 치러진다. 둘째 날 아침, 명란이 수안당에서 바느질을 하고 있는데 갑자기 방씨 어멈이 헐레벌떡 뛰어 들어왔다. 웃음기가 만연한 얼굴이었다.

"하가 홍문 도련님이 돌아왔습니다. 몇 수레나 되는 물건을 약방에 내려놓고 하부가 아닌 이곳으로 바로 왔습니다! 노마님께서 분부하신 물건을 사 왔으니, 제게 먼저 갖다 드리라 하더군요."

명란이 자수를 멈추고 노대부인을 보았다. 한눈에 보아도 흡족한 모습이었다.

제86화

편방, 첩실, 계집종 다 안 돼

하홍문은 오랜 여정에 피로한 모습이었다. 몸에 걸친 포자袍子 [1]는 군데 군데 헤져 있었다. 하홍문이 인사를 올리자 노대부인이 사람을 불러 자리를 안내하고 차를 내오게 했다. 명란은 말없이 노대부인 곁에 서 있었다.

"많이 늠름해졌구나."

노대부인이 실눈을 뜨고 미소 지으며 하홍문을 바라보았다.

"게다가 새카맣게 타기까지 했어."

하홍문이 고개를 들어 명란을 슬쩍 바라보았다. 호리호리한 명란의 고운 자태는 예전보다 더 아름다워 보였고, 맑은 두 눈동자가 몹시 투명해 보였다. 순간 얼굴이 붉어진 그가 고개를 숙이고 대답했다.

"이번에는 할머님 가문의 아저씨들과 함께 다녀왔습니다. 진귀한 약은 물론이고 약방과 약재 시장의 규칙도 알게 되어 얻은 바가 적지 않습

---

1) 발목까지 내려오는 긴 옷.

니다.”

노대부인이 미소를 지으며 고개를 끄덕였다.

“사내라면 응당 자립을 해야지. 네가 참 잘하고 있구나. 네 조모에게 들자 하니 벌써 태의원太醫院에 이름을 올렸다고?”

하홍문이 부끄러운 듯 얼굴을 붉히며 공손히 대답했다.

“모두 아저씨들께서 돌보아주신 덕분입니다. 사실 저는 말단에서 좀 더 연마하고 싶었습니다. 의원은 평범한 직업이 아니니, 더 많은 견문을 쌓아야 합니다.”

노대부인은 하홍문의 이야기에 연신 고개를 끄덕이며 더욱 온화한 미소를 지었다.

“고생을 꺼리지 않고 부지런하게 움직이니 착하구나. 이치도 깨우쳤고 철도 들었어. 네 조모가 너를 세심히 훈육한 보람이 있구나.”

노대부인이 화제를 돌리며 다시 말을 이었다.

“며칠 전까지는 몹시 무덥더니, 이번에는 또 갑자기 서늘해졌구나. 네 모친의 용태가 편치 않을 텐데, 내가 몇 가지 준비해두었으니 나중에 갖다 드리거라.”

노대부인이 이렇게 말하는 동안, 곁에 있던 방씨 어멈이 계집종들에게 작은 상자를 갖고 오게 시켰다. 상자 안에는 귀한 약재들이 가득했고, 진귀한 기라사綺羅紗 2)와 교문단鮫紋緞 3)도 들어 있었다. 이를 본 하홍문은 마음이 무거워졌다. 요 몇 년간 그는 노대부인께 많은 선물을 드렸

---

2) 화려한 무늬의 비단.
3) 상어 비늘 무늬 비단.

다. 노대부인은 사양하는 말없이 모두 흔쾌히 웃으며 받아주셨다. 새해 인사를 드릴 때 세뱃돈을 좀 더 주셨을 뿐이다. 그런데 오늘은…… 하홍문은 조심스럽게 고개를 들어 노대부인을 바라보았다. 노대부인의 태도는 평소처럼 온화했고, 조가曹家의 일은 일언반구도 언급하지 않았다. 하홍문도 이야기를 꺼낼 기회가 없었다.

그는 서신을 통해 이미 조가가 경성에 돌아와 있는 걸 알고 있었고, 자신이 사촌누이동생 조금수를 아내로 맞이하길 이모가 바라고 있다는 것도 알고 있었다. 처음에 하홍문의 모친은 이 혼사를 맺을 마음이 분명히 있었다. 그러나 세상은 바뀌고 시대는 변하는 것이다.

지금 하홍문은 이미 명란이 자기에게 시집올 것이라고 굳게 믿고 있었다. 근래 양가가 왕래하는 사이에 저절로 그렇게 된 것이다. 그는 천성이 온후하고, 일을 행하는 데 법도가 있었으니 자연히 이미 정해진 바를 바꾸고 싶은 마음이 없었다. 그런데 며칠도 안 되어 집에서 또 서신이 오더니, 사촌동생 금수가 기꺼이 자신의 첩이 되겠다고 할 줄 누가 알았겠는가. 그것 말고는 다른 이야기가 명확히 씌어 있는 것도 아니니, 그는 정말로 어리둥절해졌다.

그리고 몇 마디를 더 나누었는데 노대부인의 목소리에 피곤한 기색이 어렸다. 이에 하홍문은 일어나 작별 인사를 올렸다. 노대부인이 무심하게 말했다.

"명란이가 배웅하거라."

하홍문의 눈이 반짝 빛났다. 그는 공손하게 작별 인사를 올리며 얌전히 고개를 숙이고 자리를 떴다. 명란은 노대부인에게 다가가 두 손을 모아 절을 올리고, 고개를 돌려 미소 지으며 하홍문이 나가는 길을 배웅했다. 두 사람 뒤로 단귤과 소도가 뒤따랐고, 수안당 바깥쪽의 돌길을 따라 바깥으로 나왔다.

"……명란 누이, 그간 잘 지냈어?"

하홍문은 반나절 내내 기회를 엿보던 끝에 겨우 이 한마디를 내뱉었다.

명란이 미소 지으며 대답했다.

"네, 잘 지냈어요. 저번에 오라버니가 보내 준 찹쌀 경단淸心糯丸을 할머님께서 정말 맛있게 잡수셨답니다. 저도 두 알 맛보았는데, 달콤한 것이 참 맛있었어요."

명란의 목소리는 나긋나긋했다. 하홍문은 바로 안도의 한숨을 쉬었다. 그리고 낭랑한 목소리로 웃으며 말했다.

"네가 쓴 약을 싫어하니 안에 감초와 다진 매실을 더 넣었지. 맛있었다고 하니 내년에는 더 보내 주마."

명란은 입을 가리고 가볍게 웃었다. 뺨이 연꽃 같은 옅은 분홍색으로 물들었다.

"약은 아무 때나 먹는 게 아닌걸요. 만약 맛 때문에 먹는 거라면, 차라리 간식을 먹는 게 나을 거예요."

하홍문은 멋쩍은 듯 머리를 긁적거렸다. 구릿빛 얼굴에 미소 띤 모습이 시원시원하고 잘생겨 보였다.

"다음에는 운남과 귀주에 가 보고 싶어. 그곳은 산이 높고 숲은 울창하지. 어쩌면 더 희귀한 약재를 구할 수 있을지도 몰라. 그저 어머님께서 허락하시지 않을까 걱정이야."

그의 이야기를 들으며 명란은 부러운 마음이 일었다. 그녀도 여기저기 자유로이 돌아다니고 싶은 것이다.

"홍문 오라버니 생각이 옳아요. 전대의 명의인 견백방도 '만 권의 책을 읽고, 만 리 길 여행을 떠나고, 백 명의 환자를 만나고, 동서남북 사방으로 탐방을 하고 나서야 의원의 길을 감당할 수 있다.'라고 말했잖아요."

하홍문은 내심 편안하고 즐거운 기분이 들었다.

명란이 이어서 말했다.

"만 보 양보해서 생각해봐도 그렇지요. 고관대작의 병을 고치지 못하면 원망을 사게 될 수도 있어요. 우선은 말단에서 열심히 수련하는 게 더 나을 것 같아요."

하홍문이 그녀의 의도를 알아차리고 그만 웃음을 터뜨렸다. 순간 기분이 좋아졌다. 중문中門에 거의 다다랐을 때, 하홍문이 갑자기 걸음을 멈추었다. 멈춰선 채 입을 달싹거리는 것이 마치 뭔가 할 이야기가 있는데 차마 입을 못 열겠다는 듯한 모습이었다. 명란이 그의 의중을 알아차리고, 뒤따라오던 사람들 쪽으로 손짓을 했다. 단귤과 소도가 얼른 뒤쪽으로 멀리 물러섰다.

하홍문이 이윽고 겨우 입을 열었다. 한참 난처한 기색을 보이다가 어렵사리 말을 꺼냈다.

"금수 누이는 나보다 한 살이 어려. 열 살이 되자마자 경성을 떠나 유배지로 갔었지. 나는 어려서 아버지를 여의고 어머님 슬하에 자식이라고는 나 혼자뿐이라 그 아이를 친누이동생이나 마찬가지로 여겼어. 그것 말고는 그 아이에게 다른 생각을 품어본 적이 없어."

마치 맹세를 하듯 확고한 어조였다.

그러나 명란은 묵묵부답이었다. 잠시 침묵하던 그녀가 입을 열었다.

"홍문 오라버니, 일단 댁에 가신 후에 다시 이야기해요. 어떤 일들은…… 친누이동생이니 아니니 하는 문제와는 관계가 없어요."

하홍문은 잠깐 침묵을 지키다 고개를 떨군 채 자리를 떠났다. 명란은 잠시 그의 뒷모습을 바라보다, 낮은 목소리로 소도에게 그를 따라가 배웅하라 분부했다.

　시간을 헤아려 보니 지금쯤 할머니는 법당에서 불경을 읽고 있을 터였다. 명란은 모창재로 돌아갔다. 방에 들어간 명란은 곧장 침상으로 뛰어들었고, 등나무 줄기를 얽어 만든 량침凉枕 [4]을 껴안은 채 시무룩한 얼굴로 침상 머리맡의 '희작등지喜鵲登枝 [5]' 장식을 바라보았다. 바깥방의 나무 침상 위에서 바느질을 하던 연초의 귀에 안쪽에서 가볍게 '쿵쿵'거리는 소리가 들려왔다. 누군가 쉬지 않고 이불을 주먹으로 내려치는 듯했다.

　침상 위의 얇은 면 이불을 한 덩어리로 뭉치고 힘껏 주먹질을 하고 나니, 명란은 겨우 마음이 조금은 편안해진 기분이 들었다. 마치 사과를 베어 물었더니 속에서 벌레가 나왔을 때와 같은 심경이었다. 울화가 차서 죽을 지경이었으나 누굴 탓할 수도 없었다.

　왕년의 고귀한 아가씨가 가난한 처지로 영락하여 친척의 원조를 받는구나. 왕년의 맑고 깨끗함은 이제 없고, 자기 집안의 품성 단정한 사촌오라버니가 마지막 남은 한 가닥 생명줄이 되었구나! 딸을 아끼고 사랑하는 어머니는 당연히 딸의 행복을 위해 모든 노력을 다하는 법이지! 자매간 우애가 깊은 여동생은 당연히 언니 일가가 잘 살길 바라는 법이고!

　잘못한 사람은 아무도 없었다. 다들 나름의 이유가 있었다. 모두가 가련했다!

　하지만 자신은 또 무슨 죄가 있는가? 무슨 근거로 자신이 이 결과에

---

4) 여름용 베개.
5) 나뭇가지에 까치가 앉아 있는 모습을 조각한 것.

책임을 져야 하는가! 자신의 언니가 도움을 청하는 것도 아닌데! 자신이 재물을 탐하다 소량산 광산 붕괴 사건을 초래한 것도 아닌데! 심지어 자기가 조금수더러 첩이 되라고 윽박지른 것도 아닌데?!

명란은 구역질이 나서 죽을 지경이었다! 명란은 가슴속이 답답했다. 잠깐 밖에 나가 큰소리로 고함이라도 지르면 좋을 텐데……. 명란은 다시 머리를 이불 속에 파묻었다.

안 돼. 아아아, 대갓집 규수가 그럴 수는 없지.

이런 망할 곳 같으니라고!

한창 답답해하고 있는데 갑자기 바깥방에서 허겁지겁 분주한 발걸음 소리가 들려왔다. 연초의 목소리가 울려 퍼졌다.

"소도, 잠깐 기다려! 뭘 허둥대는 게야! 야…… 아가씨는 안에 계시다고……."

그러더니 방문에 쳐둔 발이 확 하고 올라갔다. 소도가 땀을 뻘뻘 흘리며 뛰어 들어온 것이다. 손수건으로 연신 빨갛게 달아오른 얼굴을 훔치며, 숨을 헐떡이고 있었다. 진정할 새도 없이 곧장 침상 곁으로 다가가 몸을 숙이더니, 명란의 귓가에 대고 조용히 몇 마디 속삭였다. 명란의 낯빛이 싹 바뀌었다. 명란이 낮은 목소리로 물었다.

"잘못 본 건 아니겠지?"

소도는 여전히 숨이 찬 가슴을 거세게 들썩이며, 힘껏 고개를 끄덕였다.

"틀림없어요!"

명란은 깊이 숨을 들이마셨다. 심호흡에 따라 명란의 가슴이 들썩거렸다. 만약 여기 샌드백이 있었다면, 주먹질 한 방에 바로 구멍을 냈을 것이다!

이때 연초와 단귤이 들어왔고, 주인과 하녀 둘이 멍하게 있는 모습을 목도했다.

"아가씨, 무슨 일이세요?"

연초가 쭈뼛거리며 물었다.

명란은 억지로 웃음을 지으며 대답했다.

"별일 아니야. 연초, 너는 방을 잘 보고 있어. 혹여 새언니나 여란 언니가 날 찾거든 정원에서 산책 중이라고 해. 단귤, 너는 소도와 같이 채비를 하도록 해."

단귤은 오랫동안 명란을 보필하고 있었기에, 그녀가 천성적으로 자기 주장이 강하다는 것을 잘 알고 있었다. 그렇기에 잔말 없이 곧장 명란을 대신해 옷과 화장을 챙기기 시작했다. 소도는 까치발을 들어 명란의 머리를 빗겨 주고, 머리에 꽂힌 뒤꽂이와 장신구들을 매만져 주었다.

명란이 소도에게 또 몇 마디를 분부하자, 소도가 휙 몸을 틀더니 장롱에서 얇은 비단으로 만든 유모帷帽[6]를 가져왔다. 그러고는 외출에 필요한 몇 가지 물건들을 찾아 곱게 작은 보따리를 꾸렸다.

연초가 미덥지 못한 단귤은 몇 걸음을 떼다 말고 녹지에게 망을 잘 보고 있으라며 당부했다. 주인과 하녀 두 명은 그제야 문을 나섰다. 절반 정도 갔을 때 명란이 소도에게 말했다.

"후원의 쪽문으로 가서 황씨 아범한테 당장 마차를 준비하라 일러! 어서!"

소도가 얼른 대답하고 종종걸음으로 뛰어갔다. 단귤은 깜짝 놀랐다.

"아가씨, 대체……."

---

6) 가리개를 드리운 모자.

명란이 수면처럼 고요한 얼굴로 지그시 단귤을 바라보더니 곧장 몸을 돌려 걸어가기 시작했다. 단귤은 감히 더 묻지 못하고 황급히 뒤를 따랐다.

후원의 쪽문은 원래 곧바로 바깥채의 건물들과 통하는 곳이었다. 오늘은 마침 추위 시험 두 번째 날이라 처소의 머슴아이와 계집종들은 모두 자신의 주인을 모시러 시험장으로 떠난 상태여서 바깥채에는 인적이 드물었다. 명란은 단귤을 잡아끌며 빠르게 달렸다. 수화문垂花門 7) 두 개를 지난 두 사람은 빠르게 쪽문으로 빠져나가 단번에 문간방에 도착했다.

황씨 아범이 이미 새파란 휘장이 처져 있는 튼튼한 마차를 대령하고 있었다. 그는 원래 노대부인의 시중을 들던 머슴으로 가장 성실한 일꾼이었다. 그의 두 아들이 곁에 대기하고 있었다. 모두 믿을 만한 사람들이었다. 황씨 아범은 명란의 낯빛이 심상치 않은 것을 보고, 더 묻지 않고 곧장 발 디딤대를 가져와 세 소녀들이 마차에 타도록 했다.

"황씨 아범, 골목 어귀의 복숭아나무 숲으로 가주세요!"

소도가 머리를 내밀더니, 황씨 아범을 향해 작은 목소리로 말했다. 황씨 아범이 알았다고 말하며 말에 채찍질했다. 두 아들이 옆에서 따라왔다. 마차 바퀴가 덜컹거리며 움직이기 시작했다.

"아가씨! 답답해 죽겠어요, 도대체 어디로 가는 거예요!"

마차에 오르자마자 단귤이 결국 못 참겠다는 듯 질문하기 시작했다.

명란은 말하기 싫다는 듯 반쯤 눈을 감고 있었다. 소도가 대신 끼어들

---

7) 아치형으로 화려한 단청 장식을 올린 문.

더니 대답했다.

"아까 내가 하가 도련님을 배웅했잖아. 도련님께서 바깥 풍경 말씀하시는 걸 들으며 이제 막 문간방 쪽까지 다 왔겠거니 했을 때였어. 막 도련님을 보내려는데 조가의 마차가 우리 성부의 문 앞에 서 있을 줄 누가 알았겠어! 저번에 하 도련님 댁에 갔다가 돌아올 때, 내가 그 집 문 앞에서 그 마차를 본 적이 있었거든. ㄱ 먼지투성이인 거친 유포油布 [8] 휘장하며, 갈색 편목으로 만든 마차 틀하며, 또 그 얼굴에 큰 점이 있는 마부하며! 마차 안에 있던 사람이 머리를 살짝 내밀었는데 바로 그 조가네 아가씨지 뭐야! 도련님이 많이 놀란 것 같았는데 그 조가 아가씨가 무슨 말을 했는지 도련님이 바로 마차에 오르더라니까!"

단귤이 입을 크게 벌리고 뻐끔거리다 멍하니 명란을 쳐다보았다.

"설마 우리 지금 쫓아가는 거예요? 그러면 안 돼요!"

소도의 이마에선 연신 땀이 흐르고 있었다. 소도가 단귤의 소매를 잡아끌더니 말을 이었다.

"그래서 말야, 내가 전전긍긍하다가 문간방 머슴아이 순이에게 쫓아가 보라고 했지. 그랬더니 얼마 안 있어 순이가 돌아와서는 저 멀리 골목 어귀 복숭아나무 숲으로 마차가 들어가는 걸 봤다는 거야. 그래서 내가 곧장 돌아와서 아가씨께 고했지."

성부는 입지가 훌륭해서 그리 멀지 않은 곳에 작은 복숭아나무 숲이 있었다. 그다지 정돈되어 있지 않아 찾아오는 유람객은 적었지만, 대단히 정취가 있는 곳이었다.

---

8) 기름을 먹인 천.

명란은 대충 상황을 짐작해보았다. 그 사촌누이는 혼자 온 게 분명했다. 사촌 남매가 옛정을 이야기하려면 장소 선정이 중요할 것이다. 시나 그림처럼 아름다운 풍경이 필요하고, 인적도 뜸해야 좋다. 하가도 안 되고, 조가도 안 된다. 그 복숭아나무 숲이 딱이었다.

명란은 손가락으로 시간을 헤아려보았다. 성부에서 복숭아나무 숲까지는 마차로 대략 7, 8분쯤 걸린다. 순이와 소도는 달리기가 빠르니, 합쳐 봐야 앞뒤로 30분 정도만 허비했을 터였다. 한국 드라마의 흔한 공식대로라면, 지금쯤 그 사촌오라버니와 사촌누이는 헤어진 뒤 몇 년간 어떻게 지냈는지에 대해 막 이야기를 끝낸 참일 터이다. 조금수의 그 성격이라면 눈물을 닦느라 적지 않은 시간을 썼을 것이다.

소도의 이야기가 끝나고, 단귤이 더듬거리며 물었다.

"……그렇다고 해도 아가씨가 쫓아가서 뭘 하시게요?"

간통 현장이라도 잡겠다는 건가?! 단귤의 눈이 휘둥그레졌다.

"아니, 그냥."

마차가 멈추고, 마차 휘장이 살짝 흔들렸다. 복숭아꽃 향기가 살짝 풍겨 왔다. 명란은 감았던 눈을 떴다. 치마 주름을 가지런히 하고 머리의 순금 뒤꽂이를 매만진 뒤 담담하게 말했다.

"성가셔서 말이야."

그러고는 소도의 팔을 붙잡고 마차에서 내렸다.

소녀여! 덤빌 거면 죽기 살기로 덤벼야지. 이런 무딘 칼로 사람을 건드리다니 참 골치 아프구나! 혼인 연령 평균 16세인 고대에 너의 청춘은 실로 소중한 것이거늘! 세상천지에 어질고 충성스러운 이가 없겠는가? 아니다 싶으면 바로 새 사람으로 갈아타야지!

때는 한낮의 정오였다. 8월 말의 햇살이 뜨거웠다. 복숭아나무 숲에

306

는 인적이 거의 없었다. 이 일대는 황성 주변이기도 한 데다 요 며칠 추위로 경비가 삼엄해 치안이 매우 좋았다. 특별한 용무 없는 자가 마음대로 어슬렁거릴 수 있는 곳이 아니었다. 명란은 유모를 쓰고, 단귤과 소도, 황씨 아범의 두 아들을 대동하여 숲속 깊숙이 들어갔다.

소도가 민첩한 동작으로 급히 몇 걸음 앞서더니, 잠시 후 총총걸음으로 돌아와 명란을 바라보며 낮은 목소리로 말했다.

"조가의 마차는 서쪽에 있어요. 하가 도련님과 조가 아가씨는 저쪽에 있고요."

소도가 손가락으로 빽빽이 크고 높은 나무들이 우거진 쪽의 나무 그늘을 가리켰다.

명란은 황씨 아범의 두 아들에게 여기서 기다리라 명한 뒤 소도와 단귤을 이끌고 앞으로 나아갔다. 가까이 다가가자 낮게 흐느끼는 소리와 부단히 어르고 달래는 남자 목소리가 들려왔다. 명란을 비롯한 세 명은 즉각 큰 나무 뒤쪽으로 몸을 숨겼다.

"……오라버니, 양주는 정말 사람 살 곳이 못 돼요. 마실 만한 깨끗한 물마저 없는 곳이랍니다! 우물에서 길어 올린 물은 짜고 떫어서 어머니, 아버지 얼굴이 퉁퉁 부을 지경이었어요……."

조금수의 목소리는 우는 것 같기도 하고 하소연하는 것 같기도 했다.

"물은 아무것도 아니었어요. 몇 년이 지나 은자도 다 떨어지고, 관리들에게 뇌물도 못 주게 되자 살길이 막막해졌어요. 그래서 저를…… 저를 …… 그 사람…… 양주 위소衛所9)에 주둔한 천호千戶10)에게 시집보낸 거

───────
9) 명나라 군대의 편제 단위.
10) 세습 무관 관직.

예요. 오라버니, 전 그때 정말 죽어버리고 싶었어요! 하지만 죽을 수 없었어요. 만약 제가 죽으면, 부모님은 어떡해요?!"

훌쩍대는 울음소리가 들려오는 가운데 하홍문이 낮은 목소리로 그녀를 달랬다. 조금수는 대단히 흥분한 듯한 기색이었다. 한동안 바스락거리는 소리가 들렸는데, 아마 소맷단을 잡아당기는 모양이었다.

조금수가 또 흐느끼며 말했다.

"오라버니의 얼굴을 한 번만 볼 수 있다면 죽어도 여한이 없다고 생각했어요! 지난 몇 년 동안 저는 우리 어렸을 때의 일을 자주 생각했답니다……. 제가 석류나무에 핀 꽃이 마음에 든다고 하자, 오라버니가 바로 그 높은 나무에 올라가 제게 꽃을 꺾어주려 했지요. 그러다 나무에서 떨어져 이모님께서 안달복달하시며 화를 내셨고요. 그런데도 오라버니는 제게 꽃을 꺾어 주려다 그리되었다고는 죽어도 말 안 했어요. 그저 장난치다 그리되었다고 했죠. 또, 매년 대보름날이 되면 오라버니는 직접 작은 등롱을 만들어 제게 줬지요. 연꽃무늬 등롱도 있었고, 토끼 무늬 등롱도 있었어요. 한밤중에 꿈에서 깨어나 옛일들을 떠올리다 오라버니가 저를 잊었을까봐 너무 무서웠어요!"

하홍문의 어조에도 다소 흥분한 기색이 서렸다.

"누이, 서두르지 말고 앉아서 천천히 이야기해봐. 울지 말고. 이 오라비가 여기 있잖아. 이제 너희 가족이 전부 돌아왔으니, 필시 생활도 나아질 거야!"

또 흑흑거리며 흐느끼던 조금수는 조금 진정하게 된 것 같았다. 조금수가 가냘픈 목소리로 말했다.

"그러다 사면령이 내렸지요. 아버지와 어머니는 갖고 있던 은자를 전부 써서, 저를 천호 집안에서 데려오셨어요. 어쨌든 그 사람도 제가 필요 없다고 했으니까요. 제가 매일 울기만 하니 관운이 달아난다고 재수 없다 하더군요! 죽으면 그만이라는 생각도 했지만, 부모님께서 상심하실까 걱정도 되고, 오라버니 얼굴 한번 못 보고 죽는 게 억울하기도 했어요! 하지만 이제 다행이에요. 오라버니를 봤으니 죽어도 편히 눈을 감을 수 있을 것 같아요."

하홍문이 또 달래며 말했다.

"무슨 소리야. 죽느니 사느니 하는 이야기는 하지 마. 넌 아직 앞날이 창창하다고!"

조금수가 낮게 애원조로 말했다.

"……그 성가 아가씨를 봤어요. 아리땁고 대범하더군요. 집안도 좋고, 노마님께서도 아끼시니 참으로 잘된 일입니다, 잘된 일이에요. 오라버니의 인륜지대사가 정해진 셈이니까요. 성 낭자는 상냥하고 영리한 분이시니, 앞으로 이모님과 오라버니를 잘 보살필 것입니다. 어머니는 오라버니가 저를 받아들일 것이라 했으나 제가 어떻게 감히 사치스러운 바람을 품겠어요. 저는 이미 깨끗하지 않은 몸입니다. 시든 꽃과 땅에 떨어진 버드나무 가지나 마찬가지예요. 오라버니의 계집종이면 족하지요! 오라버니와 성 낭자에게 차를 올리고 물을 떠 오는 몸종이면 족합니다. 때때로 오라버니만 뵐 수 있다면 만족하겠어요."

단규은 분노로 얼굴이 새빨개졌다. 소도는 살짝 입술을 깨물었다. 확 덮쳐서 깨물어 버리고 싶은데 그럴 수 없는 게 한이었다.

어른거리는 나뭇가지 사이를 통해 명란을 비롯한 세 명은 조금수가 하홍문의 어깨에 머리를 기대고 작은 새처럼 가냘픈 몸을 떨고 있는 모습을 보았다. 조금수는 마치 의지할 데 없는 어린아이처럼 흐느끼고 있었다. 하홍문은 깊은 한숨을 쉬며 한 손으로 그녀의 등을 가볍게 다독이

고 있었다. 부단히 그녀를 달래며, 낮은 목소리로 "……명란 누이는 참 마음씨가 좋은 사람이지……." 따위를 운운하고 있었다.

소도가 분노로 부들부들 떨다가, 그만 화를 참지 못하고 발에 힘을 주는 바람에 '우지끈' 하는 소리를 내고 말았다. 수풀 속 나뭇가지를 밟아 부러뜨린 것이다. 하홍문과 조금수가 나란히 깜짝 놀라 외마디 소리를 지르고, 명란 쪽을 바라보았다.

"거기 누가 있느냐?"

하홍문이 큰소리로 외쳤다.

단귤은 소도를 사납게 노려보았으나, 명란은 당황하기는커녕 옷매무 새를 가다듬더니 유유히 수풀 사이를 걸어 나왔다. 사뿐사뿐 걷더니 하 홍문과 조금수 앞에 멈춰섰다. 명란 뒤로 소도와 단귤도 고개를 조아리 고 걸어 나왔다.

하홍문은 명란의 등장에 낯빛이 파랗게 질렸다가 새빨개졌다가 하며 어쩔 줄을 몰라 했다. 한참 멍하니 있던 그가 겨우 입을 열었다.

"명란 누이, 여긴 어떻게?"

명란이 뒤를 돌아보더니 손을 휘휘 내저었다. 소도와 단귤이 멀찌감 치 물러났다. 나무 그늘 아래 셋만 남게 되자 명란은 하홍문 가슴팍의 채 마르지 않은 눈물 자국을 보며 억지로 미소를 지으며 말했다.

"볼일이 있어 나왔다가 마침 이 복숭아나무 숲을 지나던 길에 조 낭자 의 마차가 보이지 뭐예요. 그래서 인사나 하려고 숲에 들어왔지요. 홍문 오라버니도 있을 줄은 미처 몰랐네요."

얼렁뚱땅 넘어가는 이 한마디에 하홍문이 곧장 몹시 당황해하며 겸연 쩍게 물었다.

"누…… 누이도 다 들었어?"

명란은 여전히 미소를 띤 채 대답했다.

"별로 들은 건 없답니다. 반쯤 들었으려나요."

늦여름의 햇살이 나뭇가지 사이로 비쳐 들며 명란의 얼굴을 비췄다. 햇살에 비친 명란의 얼굴은 백옥처럼 섬세하고 투명했다. 두드렸다간 깨질 것 같은 반투명한 피부가 불가사의한 광채를 뿜어내고 있었다. 두 눈동자는 이상할 만큼 칠흑처럼 검고 침착해 보였다.

하홍문은 황홀한 기분이 들었다. 그는 자신이 명란에게 마음이 있음을 똑똑히 알고 있었다. 그녀의 온후한 인품과 매력적인 성격을 좋아했다. 그녀를 아내로 맞이해 평생을 화목하고 아름답게 보내길 바라고 있었다. 그러나 고개를 돌려 보면, 조금수가 바람에 지는 나뭇잎처럼 가냘프게 떨고 있었다. 검누렇고, 수척하고, 병약하고, 시들시들해진 그녀가 있는 것이다. 기억 속의 그 귀엽던 어린 사촌누이가 이런 꼴이 되어버리다니. 그는 또 마음이 약해져 차마 모질게 대하지 못한 채, 한동안 이러지도 저러지도 못하고 있었다.

조금수가 하홍문의 안색을 살피더니 구슬프게 탄식하며 명란의 발치에 와락 엎드렸다. 눈물을 줄줄 흘리며, 입술을 달싹거리다 구슬픈 목소리로 말했다.

"성 낭자! 오라버니를 부디 책망하지 마세요! 제가 법도를 몰라 그런 것입니다. 오늘 오라버니가 오신다기에 사람을 시켜 부두를 살피게 했습니다. 그리고 뒤를 쭉 따라다녔지요. 오라버니는 일편단심으로 낭자를 그리워하고 있었어요. 오라버니 마음속엔 오직 성 낭자뿐입니다!"

명란은 고개를 끄덕이며 평온한 목소리로 말했다.

"이건 낭자의 오라버니와 저 사이의 일입니다. 아직 시집도 안 간 아가씨는 말을 삼가야 해요. 허튼소리로 공연히 주변 사람들을 곤란하게 하면 안 됩니다. 일단 일어나세요. 누가 보면 제가 조 낭자를 괴롭히는 줄 알겠어요."

조금수는 멍하니 있다가 곧장 머리를 끄덕이긴 했으나 몸을 일으키지는 않았다. 하염없이 사죄하기만 할 뿐이었다.

"낭자의 말이 옳아요. 모두 제 잘못입니다! 저는 이미 시든 꽃이고, 땅에 떨어진 버드나무 가지나 마찬가지입니다. 낭자만큼 교양 있고 이치에 밝지도 못해요. 성 낭자, 저를 너무 미워하지 마세요!"

하홍문이 황망히 앞에 나와 조금수를 부축하여 일으켰다. 그러나 조금수가 다시 명란의 치맛자락을 붙들고 여전히 애원하며 늘어질 줄 누가 알았겠는가.

"성 낭자, 저를 보세요, 어느 구석 하나 낭자보다 나은 데가 없지 않습니까. 저를 불쌍하게 봐 주세요! 저는 몇 년 동안 죽느니 못한 나날을 보냈습니다. 죽고 싶다고 생각한 게 한두 번이 아닙니다. 그저 오라버니를 볼 수 있기만을 바라며 오늘까지 살아왔습니다. 제발 부탁드립니다, 제발 부탁드립니다……."

조금수의 목소리는 비굴하기 짝이 없었다. 한없는 비참함과 서러움을 담고 하홍문을 바라보는 조금수의 눈빛은 마치 지옥의 망령이 살아 있는 인간을 바라보는 눈빛과도 같았다. 하홍문은 천성적으로 마음이 여린 사람이었으니, 그런 그녀를 바라보는 그의 눈가에도 눈물이 맺히기 시작했다. 은근히 간청하는 듯한 눈빛으로 명란을 바라보며, 하홍문이 우물거렸다.

"……명란 누이, 내 사촌누이는……."

하홍문은 더는 말을 잇지 못했다. 명란의 두 눈동자가 고요히 그를 바라보고 있었기 때문이다.

명란은 가슴속에 피가 거꾸로 솟는 것 같았다. 지금 이 형세를 보아하니, 조금수의 청을 들어주지 않는다면 마치 명란이 악독한 사람이 되는 꼴이었기 때문이다.

명란은 몇 발자국 걷다가 서늘한 나무 그늘 아래 멈춰 섰다. 여전히 땅바닥에 엎드려 있는 조금수를 보며 담담한 목소리로 말했다.

"조 낭자, 울지 말아요. 제가 몇 가지 일을 물어봐도 될까요? ……홍문 오라버니 말로는 조 낭자한테 서녀인 언니와 여동생이 있다고 하던데 그 사람들은 지금 잘 지내고 있나요?"

조금수는 멍하니 고개를 들었다. 명란의 의도를 도무지 알 수 없었기 때문이다. 이 질문은 정말로 대답하기 어려운 문제였다. 한참 머리를 쥐어짜던 조금수가 간신히 대답했다.

"그들은…… 다 잘 지내고 있습니다. 함께 돌아오지 않고 양주에 남았어요."

하홍문이 깜짝 놀라 추궁했다.

"걔들은 왜 양주에 남았어? 이모님과 이모부님께서 모두 돌아오셨는데 거기 남아 뭐 하겠다고?"

조금수가 모기처럼 작고 가냘픈 목소리로 대답했다.

"……모두 혼사가 정해졌어요."

즉각 무슨 뜻인지 이해한 하홍문의 얼굴색이 다시 변했다.

명란은 당장이라도 욕을 하고 싶은 마음을 간신히 억누르며 애써 침착하게 말했다.

"조 낭자, 낭자의 처지가 정말로 딱하다는 건 잘 알고 있어요. 하지만 잘 생각해보면 가장 불쌍한 건 조 낭자가 아니에요. 비록 조 낭자의 혼사가 불행하긴 했지만, 적어도 낭자를 걱정하는 부모님이 계시잖아요. 조 낭자의 부모님께서는 낭자를 데려오기 위해 전력을 다하셨는데, 어째서 걸핏하면 죽겠다는 말을 하는 거죠? 반면 조 낭자의 언니와 여동생은 어떤가요. 그들은 서녀예요. 조가 어르신이 부귀를 얻었을 때, 그들은 낭자처럼 부귀를 누릴 수 없었을 거예요. 하지만 집안이 기울자 어려움을 함께 짊어져야 했어요. 지금은 양주에 남아 남의 집 첩살이를 하고 있잖아요. 삶이 고된 건 말할 것도 없겠지요. 안부를 물어봐 주는 사람도 없이 혼자 남은 거니까요. 솔직히 저는 그들이 더 가여워요. 소량산의 과부나 고아들은 더 말할 것도 없겠지요. 조 낭자의 생각은 어떤가요?"

책망을 들은 조금수의 얼굴이 온통 새빨개졌다. 불안하고 두려운 마음에 하홍문을 슬그머니 힐끔거렸다. 자신의 모친은 서출들에게 너그럽게 대하지 않았고, 하홍문도 어렸을 때부터 적지 않게 목도했던 바였다. 과연, 하홍문의 얼굴에 불쾌한 기색이 비치고 있었다.

"집에 정말 돈이 없었어요. 아버지, 어머니……께서도 심히 가책을 느끼며 걱정하고 계십니다. 하지만……언니, 동생의 시댁 식구들은 다 좋은 사람들이에요."

조금수는 그저 이렇게 얼버무릴 수밖에 없었다. 대답을 마친 뒤, 조금수는 다시 명란의 발치에 엎드리며 흐느꼈다. 흐느끼는 그녀의 몸이 가늘게 떨고 있었다.

"성 낭자, 노마님과 이모님께서는 낭자를 자주 칭찬하셨어요. 인품도 훌륭하고 마음도 선하다고 하셨지요. 평소에 적선도 자주 한다 들었습니다. 저를 그저 길가에서 밥 동냥하는 거지라고 생각하시고 불쌍히 여겨 주세요! 낭자와는 아무것도 다투지 않겠습니다. 저는 이길 수도 없으니까요. 그저 오라버니만 종종 뵙게만 해주신다면……."

"안 됩니다."

명란이 고개를 가로저었다. 명란의 굳건하고 느긋한 태도에 하홍문과 조금수는 깜짝 놀랐다. 명란이 이렇게까지 단호하게 나오리라고는 예상도 못 했기 때문이다.

명란은 미동도 하지 않고 조금수를 바라보며 말했다. 냉랭한 목소리가 마치 산속의 맑은 샘물 같았다.

"조 낭자, 낭자는 가진 것 전부를 거지에게 적선하는 착한 사람을 본 적 있나요?"

이어 명란은 하홍문 쪽으로 고개를 돌려, 한 자 한 자 또박또박 말했다.

"여인에게 남편은 곧 전부이지요. 다른 여인이 가련하다고 자기 남편을 줄 여인이 세상에 어디 있겠습니까?!"

머리가 고장 난 사람이 아니고서야 말도 안 되는 얘기였다.

하홍문의 얼굴이 일순간 빨개졌다. 명란의 굳건하고 진지한 눈빛에 그는 내심 기쁘기도 하고 당황스럽기도 했다. 조금수가 떨리는 입술로 말했다.

"……하지만 제가 바라는 건 그저…….."

명란이 가볍게 손을 저으며 그녀의 말을 끊었다.

"조 낭자, 자신과 남을 속이지 마세요. 낭자는 평범한 여자아이나 첩실이 아니에요. 홍문 오라버니의 소꿉동무이자 사촌누이동생이지요."

조금수의 얼굴이 깜짝 놀랄 만큼 창백해졌다. 명란이 계속 말을 이었다.

"저는 속되기 짝이 없는 사람이에요. 행복하고 원만하게 인생을 살길 바라는 사람이지요. 그런데 제가 집안일을 돌보고, 어르신들께 효도하고, 자녀들을 기르는 동안 제 남편이 다른 여자와 석류꽃이니 연꽃 등롱이니 토끼 등롱이니 하고 있으면 제가 우스워지지 않겠어요? 저는 뭐가 되나요? 저는 무슨 장식품인가요?"

그 말을 들은 하홍문은 다시 난감해져 조금수로부터 슬쩍 거리를 두었다.

"낭자는 절대 장식품 같은 게 아니에요! 오라버니 마음속에는 낭자밖에 없다고요!"

조금수가 다급하게 애원했다.

명란이 단칼에 잘라 말했다.

"조 낭자가 있으면 저는 장식품이지요!"

명란은 아주 작심한 듯 하홍문을 똑바로 바라보며 부드러운 목소리로 말했다.

"조 낭자가 불쌍한 건 사실이지요. 하지만 홍문 오라버니에게 하나 물어볼게요. 조 낭자를 돌봐주는 방법이 첩으로 삼는 것뿐일까요? 첩으로 삼지 않으면 조 낭자가 죽기라도 하나요? 아까 제게 말했죠. 사촌누이는 친여동생이나 다름없다고요. 그렇다면 조 낭자를 정말 친여동생처럼 대하세요! 조 낭자에게 좋은 사람을 찾아주고, 혼수품도 준비해주고, 시집간 다음에도 든든한 버팀목이 되어주세요. 그러면 되는 거아닌가요?"

하홍문의 마음이 크게 요동쳤다. 머릿속이 별안간 밝아지는 느낌이들었다. 아까는 조금수가 울며 애원하는 통에 머릿속이 일순 혼란스러웠으나 지금 생각을 해보니 그렇게 하면 될 일이었다.

조급해진 조금수는 하염없이 눈물을 흘렸다. 침묵에 빠진 하홍문과 결연한 표정의 명란을 번갈아 바라보던 그녀의 눈동자가 점점 커졌고, 비통함에 몇 번이고 까무러칠 지경이었다. 갑자기 오싹해졌다가 열이 올랐다가 하는 몸으로 그저 명란이 하홍문 앞으로 다가가는 것을 볼 따름이었다. 명란은 하홍문의 눈동자를 진지하게 바라보며, 채근하는 어조로 말했다.

"홍문 오라버니, 오라버니를 닦달하려는 게 아니에요. 그저 잘 생각해 보세요. 만약 정말로 조 낭자에게 마음이 있는 거라면 절대로 오라버니를 원망하지 않을게요. 몇 년 동안 하가의 할머님과 저희 집안은 참으로 많은 도움을 주고받았어요. 양가의 친분은 변함없을 거예요. 전 한마디만 하겠어요. 만약 저를 들이신다면, 조 낭자를 들일 수 없을 거예요. 편방이든 첩실이든 계집종이든 다 안 돼요. 혼인을 하고 나면 사촌누이는 사촌오라버니를 안 보는 게 제일 좋겠지요. 만약 용무가 있다면 홍문 오라버니의 안사람에게 말하면 되겠지요. 불필요한 오해가 생기지 않게 말이에요!"

말을 마치고 나자 명란은 몹시 피곤했다. 그래서 하홍문을 향해 인사를 하고, 또 조금수에게도 꼼꼼히 예를 표한 뒤 말없이 몸을 돌려 뒤도 돌아보지 않고 그 자리를 떠났다.

명란은 걸으면서 법도도 무시한 채 곧장 소맷단으로 얼굴의 물기를 훔쳤다. 소도와 단귤이 보기 전에 얼른 눈물을 삼키고 얼굴을 닦았다. 그리고 햇볕을 바라보며 미소를 지었다. 모든 게 다 괜찮았다.

• • •

성부 서편의 수안당 본채 안. 문과 창문을 단단히 걸어 잠근 방 안에는 오직 두 사람뿐이었다.

'짝' 하는 소리와 함께 계척이 바닥에 툭 떨어졌다. 명란은 노대부인 앞에 무릎을 꿇고 앉아, 맞아서 빨갛게 부어오른 왼쪽 손을 거두었다. 간신히 아픔을 참으며 고개를 숙인 채 찍소리도 내지 않았다.

"네가 감히 이런 대담한 짓을 하다니! 내가 너를 벌하지 못할 줄 알았더냐?!"

나한상羅漢床[11)에 기대앉은 노대부인이 노여움에 숨을 헐떡였다.

"손녀가 어찌 그런 생각을 하겠습니까."

명란이 낮은 목소리로 대답했다.

"너, 너……."

노대부인이 명란을 손가락으로 가리키며 말을 잇지 못하다 기어이 호통을 쳤다.

"그렇게 시집을 못 갈까 두려웠더냐? 자진해서 남과 다툴 만큼! 네 신분이 무엇이냐? 조가의 신분은 무엇이야? 조금수가 무어라고, 네 신발짝만도 못하지 않느냐!"

명란이 조용히 있다가 말했다.

"조 낭자는 참으로 불쌍한 사람입니다."

"좋은 마음에서 한 거다?!"

노대부인이 냉소했다.

"아니에요. 저는 이기적인 사람인걸요."

명란이 고개를 들어 낭랑한 목소리로 말했다.

"조 낭자가 아무리 불쌍해도 제가 양보할 수는 없어요! 시집을 오겠다니, 꿈 깨라고 하세요!"

노대부인의 숨이 겨우 조금 안정되었다. 천천히 호흡을 고르며 노대부인이 말했다.

---

11) 의자 겸 침상.

"너는 어찌 이리도 고지식한 것이냐! 네 신랑감이 하가에만 있다더냐? 이 늙은이는 아직 죽지 않았다! 내가 눈을 감기 전에 네게 딱 맞는 혼처를 찾아주마!"

명란의 얼굴에 씁쓸한 미소가 떠올랐다. 천천히 노대부인의 무릎을 어루만지며 명란이 말했다.

"할머님, 세상에 완벽한 남편이 어디 있겠어요? 정말로 딱 맞는 혼처가 있을까요?!"

노대부인의 마음속이 크게 요동쳤다. 그러나 짐짓 완강하게 명란을 바라보며 말했다.

"너는 홍문이가 그렇게 마음에 드느냐?"

"아니요. 가장 좋은 혼처는 아니지요."

명란은 이상하리만치 냉정한 태도로 노대부인을 똑바로 바라보며 물었다.

"몇 년 동안 할머님께서는 저의 혼사를 위해 여러 집안을 물색하셨어요. 하지만 결국 할머님 마음에 든 건 하가였어요. 어째서였을까요? 할머님께서도 홍문 오라버니가 품행이 단정하고, 독립적이며, 온후하고 믿음직하다는 걸 알고 계셨기 때문이지요. 홍문 오라버니는 어렸을 때부터 첩을 들이지 않겠다고 다짐하기도 했고요. 할머님께서도 고르고 고르다 홍문 오라버니가 그나마 제일 낫다고 생각하신 거잖아요. 아닌가요?"

노대부인은 순간 말문이 막혔다. 언짢은 듯 고개를 돌렸다.

명란이 노대부인의 무릎을 어루만지며 흐느끼는 목소리로 말했다.

"제가 모창재로 나가던 해에 할머님께서 말씀하셨지요. 누구도 저를 위해 일평생 비바람을 막아 줄 수 없다고요. 지금 바깥의 비바람이 집 안으로 들이치기 시작했습니다. 할머님께서는 손녀가 고생할까봐 저 대신 창과 문을 닫고 비바람을 막아주려 하시지요. 하지만 이건 안 될 말이에요. 대체 왜요? 대체 왜 우리가 양보해야 해요?!"

명란의 어조가 갑자기 격렬해졌다. 마치 망치를 두들기듯 단호한 목소리였다.

"사람이 한평생 살다 보면 울퉁불퉁한 웅덩이를 잔뜩 마주치게 되겠지요. 하지만 웅덩이를 볼 때마다 돌아가기만 할 수는 없어요! 저는 그 길을 넘어가겠어요. 진흙을 가져다 메우고, 돌을 날라다 평평하게 만들면 쭉 뻗은 길을 걸을 수 있을지 몰라요! 장애물 하나 만났다고 어렵게 찾은 사람을 어찌 쉽게 포기하겠습니까!"

노대부인의 마음이 심하게 요동쳤다. 주름진 눈가가 촉촉해지더니 시야가 흐려지기 시작했다. 노대부인은 손수 기른 이 아이를 바라보며 생각했다. 도대체 언제부터 이 아이가 이리도 용감하고 과감해졌을까? 자신에게 없는 것이 바로 이런 강인함이었다. 그래서 그 옛날 너무나 쉽게 포기했던 것이다. 노대부인 머뭇거리며 이렇게 물었다.

"네 생각엔…… 가능할 것 같으냐?"

명란은 고개를 흔들었으나, 눈빛은 맑고 깨끗했다.

"장담할 수는 없어요. 홍문 오라버니가 할머님의 기대를 저버리지 않을 수도 있겠지만, 조 낭자를 마음에 두고 있을지도 모르지요. 만약 그렇다면 저는 운명이라 생각하고 단념하겠어요! 일을 도모하는 것은 사람이지만, 일을 성사시키는 것은 하늘이라 했습니다. 저는 할 만큼 했으니, 나머지는 하늘에 맡길래요."

노대부인은 힘없이 나한상 위에 누워 한참 동안 말을 하지 않았다.

할머니의 힘없는 얼굴을 차마 두고 볼 수 없었던 명란은 침상 가장자리를 짚으며 천천히 몸을 일으켰다. 무릎이 화끈거리다 못해 끊어질 것처럼 아팠다. 명란은 아픈 걸 꾹 참으며 할머니 곁에 앉아 미소 지으며 위로했다.

"할머니, 사실 상황이 그렇게 나쁘진 않아요. 홍문 오라버니는 말할 필요도 없고, 오라버니의 어머님도 실은 좋은 분이시잖아요. 다만 귀가 좀 얇을 뿐이지요. 제가 만약 다른 사람에게 시집간다면 장차 얼마나 많은 우귀사신牛鬼蛇神[12]들과 싸워야 할지 모르잖아요! 하지만 홍문 오라버니에게 시집간다면 기껏해야 조가밖에 더 있겠어요. 권세도 없고, 돈도 없고, 사람도 없는 집안이잖아요. 그들이 얌전히 나오면 한몫 내어주어 고향으로 보내 농사짓고 공부하라고 하면 될 일이지요. 만약 포기하지 않고 계속 하가에 빌붙어 은자를 뜯어내려 한다면 제게도 방법이 있어요. 자애로우신 할머니도 계시고, 전도유망한 아버지와 오라버니도 있고, 고관대작 가문에 시집간 언니들도 있는데 제가 뭐가 무섭겠어요! 오라버니의 어머님이 병약해 집안일을 돌보지 못하니 하가의 할머님께서 계시는 한 제가 시집을 가면 바로 집안을 장악할 수 있을 거예요. 귀가 얇은 것도 나쁜 건 아니지요. 때가 되어 제가 하부를 위아래로 다 정리해서 조가 사람들이 마음대로 들락날락 못하게 할 거예요. 오라버니의 어머니를 모시는 계집종과 어멈들에게 밤낮으로 설득하라 시킬 거예요. 시간은 많으니 여러 사람의 말을 계속 듣다보면 사람도 변할 테죠. 저는 그분이 그렇게까지 고지식한 분이라고는 믿지 않아요! ……이까짓 일로 두려워하면 어찌 사람 구실을 하겠어요! 할머님, 안심하세요. 제게도

---

12) 소귀신, 뱀귀신 등 온갖 잡귀신, 악인의 통칭.

그 정도의 수완은 있답니다."

이렇게 한참을 설득하고 나서야 노대부인의 안색이 평소대로 돌아왔
다. 명란의 의연한 표정에 노대부인은 연신 감탄했다. 그리고 명란의 머
리를 쓰다듬으며 탄식했다.

"계속 너를 어린아이라고 생각하고 있었는데, 일찌감치 방도를 생각
해두고 있었구나. 앞으로는 어찌할 테냐. 마냥 기다리고만 있을 게야?"

명란이 가볍게 한숨을 내쉬며 어쩌겠냐는 듯 말했다.

"오늘 제가 모질게 말을 했어요! 하가에서 마음이 있다면 며칠 내로
기별이 있을 거예요. 우리…… 열흘만 기다려봐요. 열흘 뒤에도 기별이
없으면 그때는 할머니께서 다른 집안을 알아봐주세요. 이 세상에 아들
둔 집이 그 집 하나만 있는 건 아닐 테니까요."

제87화
빛이 보이지 않은 지 며칠째.
일은 뜻대로 안 되고 간통 현장만 잡았네

모창재, 서쪽 초간.

명란은 초췌한 모습으로 침대에 누워 있었다. 단귤이 명란의 손바닥에 엷은 향내가 나는 연고를 조심스럽게 바르며 부드러운 목소리로 나무랐다.

"……아가씨, 노마님께서 화가 나신 것도 당연한 일이에요. 오늘 아가씨가 정말 당치도 않은 일을 벌였으니까요. 노마님께서 평소에 아가씨를 얼마나 애지중지하셨는데요. 언제 아가씨 몸에 상처 하나 나게 한 적 있던가요? 그런데 아가씨는 굳이……."

단귤이 가볍게 한숨을 내쉬었다.

"왜 그러셨어요? 아가씨는 이제 느긋하게 기다리기만 하세요. 하가에서 꼭 기별이 올 테니까요."

온종일 몸과 마음을 혹사시킨 명란은 너무 피곤해서 누운 채로 손 하나 까딱하고 싶지 않았다. 단귤의 말을 듣고 가볍게 조소했다.

"기다려? 어떻게 기다려? 언제까지 기다려? 나이를 더 먹어서 사람을 고르지도 못할 때까지? 하가에서 혼담이 들어왔을 때 할머님께서 '그 사촌누이는 들일 게냐 어쩔 게냐'라고 물을 때까지 기다려? 아님 내가 시집간 다음에 조가에서 또 눈물 콧물 바람으로 달려와 나더러 조 낭자를 들이라고 억지를 쓸 때까지 기다려?!"

명란의 어조에는 약간 비아냥이 섞여 있었다.

"그리고 할머님 성격에 며칠 못 기다리실 거야. 곧 내게 다른 집안을 찾아주실 거야."

명란은 가볍게 탄식하더니, 시무룩해져서는 잠잠해졌다.

"됐어. 울적한 마음에 짜증을 낸 거야."

단귤은 암담한 표정으로 푸른 잔주름 무늬가 들어간 백자 약병을 살짝 내려놓고, 가늘게 자른 비단 천을 천천히 명란의 손바닥에 감아주었다. 그때 발이 걷히는 소리가 나더니 소도가 쟁반을 하나 받쳐 들고 들어왔다. 쟁반 위에는 그릇이 몇 개 놓여 있었다. 소도가 침상 머리맡에 그것들을 늘어놓으며 생긋 웃었다.

"아가씨가 저녁밥을 먹는 둥 마는 둥 하기에 주방의 연씨 아주머니한테 부탁해 해물수제비탕을 끓였지요. 아주 쫄깃하고 맛있을 거예요. 아가씨, 식기 전에 얼른 드세요!"

검은 옻칠을 한 나무 쟁반 위에는 대나무 무늬가 들어간 청화잔이 놓여 있었다. 그 옆에는 같은 색의 사발과 숟가락이 있었다. 사발 안에는 초록색 완두와 부드러운 죽순, 얇게 저민 닭고기 그리고 고양이 귀처럼 빚은 수제비가 들어 있었다. 사방으로 퍼지는 맛있는 국물 냄새에 식욕이 돈 명란은 손을 뻗어 숟가락을 쥐었다. 소도가 헤헤 웃으며 명란이 떠먹기 좋도록 쟁반을 가까이 대주었다.

"음!"

한 입 맛보았더니 담백한 것이 입맛에 딱 맞아 식욕을 돌게 했다. 명란이 고개를 들어 소도에게 말했다.

"연씨 아주머니 음식은 과연 맛이 있구나. 이따가 이삼십 전 정도 갖고 가서 고맙다고 전해주렴."

소도가 힘껏 고개를 끄덕이더니 함박웃음을 지으며 말했다.

"아가씨는 음식을 따로 시키실 때마다 상을 내리시는군요. 어쩐지 오늘 주방에 갔더니 아주머니가 신나서 아궁이에 불을 넣지 뭐예요."

안 그래도 걱정이 한가득이었던 단귤은 할 말 못 할 말 가리지 않는 소도의 모습에 참지 못하고 눈을 흘겼다.

"이 철딱서니 없는 것아! 오늘 아가씨께서 말리지 않으셨다면 널 벌주라고 방씨 어멈에게 일렀을 거야! 작은 일이고 큰 일이고 전부 아가씨께 고해바치다니!"

단귤은 말을 거칠게 하면서도 손은 놀리지 않고 수건을 찾아와 명란의 목에 둘러주었다.

소도가 혓바닥을 날름거렸다.

"밥이 나라님보다 중요하지!"

그러고는 고개를 돌려 명란을 바라보았다. 흥분한 기색으로 큰 눈을 몇 번 깜박이더니 경쾌한 목소리로 보고했다.

"아가씨, 제가 살펴봤는데 연초와 녹지는 모두 자고 있어요. 황씨 아범과 문간방 쪽은 방씨 어멈이 단단히 단속할 테고요. 오늘은 마님과 여란 아가씨도 아가씨를 찾지 않으셨어요. 그러니 우리가 외출했던 건 아무도 모를 거예요."

명란이 고개를 끄덕이며 진한 국물을 들이켰다. 단귤은 뭔가 할 말이 있는지 머뭇거리며 명란의 눈치를 살폈다. 명란이 요기를 마치자, 소도가 쟁반을 받쳐들고 방을 나갔다. 단귤이 구리 대야 안의 젖은 수건을 바라보며 질문했다.

"아가씨, 그 하가에서 지금은 알겠다고 했다가 나중에 딴소리하면 어쩌실 겁니까?"

명란이 담담하게 대답했다.

"그땐 또 방도가 있지."

고단한 하루였다. 단귤은 명란이 머리를 빗고 세수하는 것을 시중든 뒤 바로 침상의 휘장을 내렸다. 그리고 구리 향로의 모기향에 불을 붙이고, 등불을 끈 뒤 살금살금 물러났다. 명란은 풀어헤친 머리를 위로 걷어 올리고 베개를 벴다. 하지만 피곤할수록 잠은 오지 않고, 고민이 많을수록 마음은 가라앉지 않는 법이었다.

명란은 불을 뿜는 사악한 용과 싸우는 것은 두렵지 않았다. 전력을 다해 싸웠다면 져도 아쉽지 않았다. 하지만 이번에 하늘이 그녀에게 안배해 준 적수는 가녀린 꽃이었다. 임 이랑처럼 가녀린 척하는 식인 꽃이라면 차라리 나았을 것이다. 그렇다면 전력을 다해 싸울 수 있을 테니까. 무슨 수단을 쓰든 아무런 심리적 부담도 없을 터였다. 그러나 이번에 맞닥뜨린 적은 진짜로 가녀린 꽃이었다.

그녀는 비굴했고, 초췌했고, 가세도 기울었다. 하홍문을 바라보는 그녀의 눈빛은 절망적인 기쁨으로 가득했다. 마치 지옥의 망령이 인간 세상을 바라보는 듯한 눈빛이었다. 임 이랑이 성굉의 환심을 사려 애쓸 때, 눈썰미 있는 사람이라면 족히 그녀의 속셈을 알아챌 수 있었다. 그러나 조금수는 임 이랑과 달랐다. 그녀의 하홍문에 대한 마음은 진심이었다. 솔직히 말하자면, 명란도 그녀가 측은하지 않은 것은 아니었다. 그러나 자기 코가 석 자였기에 남을 불쌍히 여길 겨를이 없었다.

이 세상에 이보다 복잡한 일은 없을 것이다.

명란은 침상 위에 똑바로 누워 이불을 끌어안고 작게 탄식했다. 내가 이렇게 선한 사람이었구나.

하홍문에 대해서도 명란은 복잡한 심경이었다. 조금수는 용모에서부터 재능, 집안 권세에 이르기까지 어느 것 하나 자신보다 나은 게 없다. 그런데도 하홍문이 조금수를 선택한다면 명란은 대단히 울적한 마음이 들 것이다. 그러나 동시에 그에게 감복할지도 모른다. 고대든 현대든 간에 애정과 연민 때문에 현실적 이익을 포기하는 남자는 몇 명 없기 때문이다.

마음이 뒤숭숭한 명란은 침상 위에서 몸을 이리저리 뒤척였다. 이렇게 한 시진 넘게 뒤척이고 있자니 머리가 지끈거렸다. 자리에서 일어나 방 안을 서성이기도 해봤으나 답답함은 가시지 않았다. 아예 옷을 챙겨 입고 밖으로 나가려는데 병풍 칸막이 너머로 바깥의 옻칠 침상 위에서 단잠에 빠진 단귤이 보였다. 미간을 잔뜩 찡그린 채 깊이 잠든 단귤의 얼굴이 피곤함으로 가득했다.

명란은 손발에 힘을 빼고 최대한 살금살금 발걸음을 옮겼다. 다행히 요즘 밤 기온이 차서 양쪽 포하의 문과 창문은 모두 닫혀 있었고, 계집종들은 모두 깊은 잠에 빠져 있었다. 마침내 명란은 처소를 빠져나올 수 있었다.

늦여름의 밤하늘은 이상하리만치 고요했다. 정원의 어둠을 비추는 창백한 초승달이 보일락 말락 하는 것이 마치 곧게 뻗은 난화지蘭花指[1] 같았는데, 맑고 투명함 속에 하고픈 말을 애써 삼키는 주저함이 묻어 있었다. 명란은 오솔길을 따라 천천히 걸었다. 정원의 초목들은 고요했고, 나

---

1) 중국 무용 또는 경극에서 하는 손짓 언어. 엄지와 중지를 붙이고 나머지 손가락을 곧게 펴는 동작. 그 모양이 난초와 닮았다 하여 난화지라 이름 붙여짐.

뭇가지 위에 핀 계화와 연못 속의 연꽃이 경쟁하듯 그윽한 향기를 내뿜고 있었다. 맑고 서늘한 향기였다.

명란은 훨씬 후련해진 기분이 들었다. 참으로 훌륭한 투자를 하셨구나. 성 노대인의 부동산 투자 안목은 참으로 대단했다. 작기는 해도 경성 땅에서 이만한 정원을 소유할 수 있다니, 정말 쉽지 않은 일이다.

얼마나 오랫동안 걸었을까. 명란의 가슴속에 꽉 차 있던 울적함이 전부 사라졌다. 밤에는 땅이 축축했기에 명란은 한기가 몸에 스미는 것 같았다. 멀지 않은 곳의 바위 곁에 한 떨기 옥잠화가 아름답고 무성하게 피어 있는 게 보였다. 명란은 문득 기쁜 마음이 들었다. 지금은 옥잠화가 지기 시작하는 철이었기 때문이다. 명란은 몇 송이 꺾어 들고 돌아가 자야겠다는 생각이 들었다. 그런데 막 몇 발자국을 걸었을 때, 부스럭거리는 소리가 들려왔다.

명란은 수상하다고 여기며 치마를 걷어올리고 살금살금 다가갔다. 그 옥잠화 곁에 쭈그려 앉아 소리 나는 쪽을 바라보았다. 명란은 그 광경을 바라보자마자 대경실색했다. 바위 아래쪽에 서로 기대고 있는 두 사람의 그림자가 보였다. 한 명은 키가 컸고, 다른 한 명은 키가 작았다. 그 둘은 낮은 목소리로 다정하게 이야기를 나누고 있는 중이었다!

명란은 즉각 그 자리에 앉아 꼼짝도 하지 않았다. 오 마이 갓, 오늘은 무슨 날인가? 하루 동안 두 번이나 간통 현장을 목도하다니!

하늘에 맹세코 명란은 진실한 자유연애를 절대적으로 지지했다. 비록 밀회는 바람직하진 않지만, 사기司棋 [2]의 정신은 가상했다. 이 시대에 나

---

2) 『홍루몽』의 등장인물, 영춘의 시녀로 사촌동생인 반우안潘又安과 몰래 사랑을 나눔.

리나 도련님의 침상에 오르는 일에 관심이 없는 여자는 존경할 만했다. 나중에 어멈을 시켜 나이가 찬 여자아이들을 내보내고 다시 경비를 삼엄하게 하면 그만이었다.

명란은 3초쯤 멍하니 있다가 후퇴를 결심했다. 그런데 바로 그때, 바위 저편에서 낯익은 여자 목소리가 들려왔다.

"……정靖 오라버니[3]. 저, 저는……."

은근하고 부드러운 그 목소리에는 애정이 담뿍 담겨 있었다. 명란은 마치 마른하늘에 날벼락이 치는 것 같았다. 여란은 그럼 용蓉 누이[4]란 말인가?!

깜짝 놀란 명란은 급하게 뒷걸음질 치다가 잘못해 소리를 내고 말았다. 바위 저편에서 즉각 외마디 외침이 들렸다. 두 사람이 무슨 말을 나누는 듯하더니 한 사람은 총총걸음으로 자리를 떠났고, 남은 한 사람은 이쪽으로 걸어왔다.

초목을 좌우로 헤치며 여란이 수풀 속으로 성큼 들어섰다. 그러다 옥잠화 무더기 속에서 난처한 표정을 짓고 있는 명란을 발견했다. 명란의 치마가 잔가지에 걸려 있었다. 여란이 눈썹을 치켜세우고, 양손을 허리에 올린 채 물었다.

"너, 여기서 뭐 하는 거야?!"

명란은 이러지도 저러지도 못했다. 다섯째 언니야말로 간통 현장을 들킨 주제에! 그건 내가 묻고 싶은 말이거든!

---

3) 『사조영웅전』의 주인공 곽정郭靖의 애칭.
4) 『사조영웅전』의 여주인공 황용黃蓉의 애칭.

"나, 나, 나는…… 저녁을 너무 많이 먹어서 소화 좀 시키려고 산책 나왔어."

명란은 귓불이 화끈거렸지만 자기가 켕길 게 뭐가 있는가? 명란은 즉각 목소리를 높여 여란을 똑바로 쳐다보며 물었다.

"여란 언니야말로 여기서 뭐 하는 거야?"

살벌한 표정을 짓고 있던 여란의 얼굴이 순간 빨갛게 달아올랐다.

"너랑 무슨 상관이야?!"

"아, 그렇구나. 그럼 이 동생은 가던 길이나 마저 갈게."

가려고 채비하는 명란을 여란이 붙들었다. 무력으로 따지자면 명란은 애초에 여란의 상대가 안 되었다. 명란은 바로 붙잡혀 뒤로 질질 끌려갔다.

"밤이 이리 늦었으니 감기 조심해야지. 얼른 돌아가자."

여란은 마치 죽은 개라도 끌고 가듯 명란을 억지로 끌고 갔다.

"내가 알아서 갈게. 내가 알아서 간다고. 일단 손 좀 놔!"

꽉 붙들린 팔이 아팠다. 팔이 욱신거렸지만, 소리를 지를 수도 없으니 그저 따라갈 수밖에 없었다.

명란은 수안당에 가서 이 돌발 상황을 보고하고 싶었으나, 여란이 한사코 명란을 도연관으로 이끌었다. 좁은 길에서 적을 만나면 용맹한 자가 이기는 법이다. 결국, 성격이 사나운 여란이 최종 결정권을 획득했다.

도연관에 도착하니 다른 계집종들이 모두 잠을 자고 있었고 희작만 홀로 방에 남아 있었다. 희미한 등잔불을 고단하게 지키고 있던 희작은 여란이 돌아오는 걸 보고 크게 한시름을 놓았다. 그런데 여란의 뒤로 명란이 따라오고 있을 줄 누가 알았겠는가. 희작의 얼굴이 곧장 창백해졌다. 당황한 모습이 곧 울음이라도 터트릴 것 같았다.

명란은 측은한 마음이 들었다. 이 일이 밝혀지면 여란은 무사할지 몰라도 희작은 죽기 직전까지 매질을 당하게 될 것이다. 명란이 곧장 안심시키는 말을 보탰다.

"놀라지 마, 놀라지 마. 난 아무것도 못 봤어."

이 말을 듣자마자 희작이 정말로 울기 시작했다. 짜증이 난 여란이 성가시다는 듯 호통을 쳤다.

"뭘 울어?! 나 아직 안 죽었어! 네 차례까지는 가지도 않았다고!"

여란은 두세 마디 호통으로 희작을 쫓아낸 뒤 명란을 방으로 밀어 넣었다.

방으로 들어와 명란을 침상 가장자리에 앉힌 여란은 서슬 시퍼런 표정으로 명란을 내려다 봤다. 하지만 마음과 달리 그녀의 눈동자는 살짝 떨리고 있었다. 여란은 한참 생각하다가 낮은 목소리로 으름장만 놓았다.

"너, 어디 가서 말하면 안 돼!"

명란은 우스운 생각이 들었다.

"난 아무것도 못 봤는걸."

얼굴이 새빨개진 여란이 침을 꼴깍 삼키고 사납게 명란을 쏘아봤다. 명란도 미소를 지으며 눈빛으로 되받아쳤다. 두 자매는 싸움닭처럼 한참 눈싸움을 했다. 여란이 씩씩거리며 말했다.

"네가 말해도 난 인정하지 않을 거야. 없던 일이라고!"

억지를 쓰시겠다?! 명란은 뜻밖에 웃으며 답했다.

"별일 아니잖아. 어머님도 그렇게 생각하실 걸 언니가 굳이 이럴 필요 있어? 그 말이 알려지면 좋은 일이 나쁜 일로 바뀌지 않겠어?"

묵란의 그 사건이 있고 나서, 해 씨는 문단속을 더욱 철저히 했다. 밤에 성부에 들어올 수 있다는 건 외부 사람이 아니란 소리였다. 명란은 바로 짚이는 데가 있었다. 해 씨가 설치한 방어선의 유일한 구멍은 바로 후원 바깥의 학관이었다. 그렇다면 지금 거기 묵고 있는 청년 중 하나라는 말인가?

추위는 사흘 동안 치르는 시험이다. 춘위처럼 시험이 끝날 때까지 갇혀 있을 필요 없이 매일 시험이 끝나면 집으로 돌아갈 수 있었다.

명란이 짐짓 희롱하는 눈빛으로 여란을 바라보았다. 여란의 얼굴에 열이 오르는 것을 보고서야 명란이 웃으며 말했다.

"학관의 누구든 하나같이 가세가 번창하고 있는 고관대작의 자제들이니 과거에 급제해서 관직을 얻을 때까지 기다렸다가 어머님께 혼담 이야기를 꺼내면 되겠네."

명란은 그 다섯 서생 중 누가 '정 오라버니'인지 이름을 기억해내기 위해 안간힘을 썼다. 한참을 생각해봤지만, 도무지 떠오르지 않았다. 명란은 돼지보다도 못한 자신의 기억력을 탓했다.

그러나 그 말을 들은 여란의 새빨간 얼굴이 창백해질 줄 누가 알았겠는가. 여란이 낮은 목소리로 말했다.

"아니야. 그들이 아니야."

깜짝 놀란 명란의 입에서 질문이 튀어나왔다.

"그럼 누구야?"

여란은 누군지 밝히길 꺼렸다. 그저 고개를 숙이고 시무룩하게 침상 모서리에 앉을 따름이었다. 명란도 더 캐묻지 않았다. 여란의 얼굴을 보기만 해도 상황이 심상치 않음을 짐작할 수 있었기 때문이다. 아는 게 많을수록 골치 아파지는 법이다. 이번에는 줄행랑치는 게 상책이다. 그런데 여란이 작은 목소리로 털어놓을 줄 누가 알았겠는가.

"그분은…… 문염경이야. 지금 학관에서 지내고 있어."

알고 보니 정 오라버니가 아니라 경敬 오라버니였군.

명란은 가슴을 단단히 부여잡고 숨을 멈추었다. 오늘 받은 충격이 너무 과해서 심장도 항의하는 것 같았다. 가까스로 몇 번 숨을 고르고 나서야 나지막하게 놀라움을 표할 수 있었다.

"여란 언니, 미쳤어! 그분은, 그분은…… 묵란 언니의…….”

한참을 생각해 봐도 말을 이을 길이 없었다. 명란은 여란의 소매를 힘껏 잡아당겼다.

"어머님께서 절대 허락하시지 않을 거야!”

여란이 갑자기 슬픈 표정을 지었다. 달걀같이 매끌매끌한 얼굴이 어두워지더니 우울한 목소리로 말했다.

"나도 알아. ……하지만 나는 그분을 좋아해, 그분도 나를 좋아하고.”

명란은 머릿속이 혼란해졌다. 아무런 접점도 없는 두 사람이 어쩌다 마음을 주고받는 사이가 된 걸까. 아무리 생각해도 도무지 알 수가 없었다. 명란이 여란을 손가락으로 가리켰다. 손가락이 쉼 없이 떨리고 있었다.

"언니, 언니…….”

결국 이 한마디만 겨우 뱉을 수 있었다.

"둘이 어쩌다…… 서로 좋아하게 된 거야?”

여란의 아름다운 이마 아래 눈동자가 반짝 빛났다. 단정한 얼굴 위로 뭐라 형언할 수 없는 사랑스러움이 떠올랐다. 연애 중인 소녀에게서나 볼 수 있는 표정이었다. 여란이 띄엄띄엄 말을 이었다.

"……그분은 예전에 나를 봤었어……. 나중에 내게 시가 적힌 종이를 선물하셨지…….”

이 이야기를 듣자마자 명란은 화가 치밀었다. 명란은 이런 식으로 여자의 환심을 사는 바람둥이의 수작을 가장 싫어했다. 분노를 참지 못한 명란이 큰소리로 외쳤다.

"언니도 그런 수작을 믿는 거야?! 묵란 언니랑 혼담이 깨져서 언니한테 달라붙는 건 아니고?!"

여란이 화가 나 명란을 밀치더니 팔을 힘껏 비틀었다. 여란이 원망하는 목소리로 말했다.

"네가 뭘 알아?! 경 오라버니는 성실하고 어진 군자라고! 게다가 그분은 날 먼저 마음에 들어 했어!"

가쁜 숨을 내쉬며 여란이 말을 이었다.

"묵란 고 계집애가 널 때렸다가 아버님께 외출 금지당했던 때 기억나?"

명란이 고개를 끄덕거렸다. 그 난리를 쳤었는데 당연히 기억하고말고.

"그 일 있고 나서, 아버지가 경…… 문 공자를 점찍으신 거야."

좋아하는 사람을 언급하자마자 분칠한 여란의 얼굴이 발그레해졌다.

"너와 할머님이 유양에 간 지 며칠 되지 않아 어머니가 문 공자를 초대했어. 나는 그날 꾀병 부리다가 따분해서 몰래 뜰에 나가 놀려고 했지. 그때 문 공자가 지나가다 나를 본 거야. ……처음에는 나를 계집종으로 착각하고, 내 손수건을 주워 줬어. 그리고 내게 웃어주기까지 했지. 나중에 그분이 몇 번 더 찾아왔었는데, 그때마다 나는 뜰에서 놀면서 그분과 한두 마디라도 나눌 수 있었으면 좋겠다고 생각했지. 그분은…… 내가 예쁘다고 했어. 또 성격이 활기차고 시원시원한 것이 보고 있으면 마음속이 환해진다고 했어."

여란은 교태를 부리며 수줍어하는 표정을 지었다. 목소리는 점점 낮아졌지만, 눈빛은 이상하리만치 달콤하고 아련했다.

"나중에 그분은 내가 누군지 알게 됐지. 아버지가 그분과 묵란 언니를 짝지어주려 한다는 것도 알게 되었고. 그래서 내게 서신을 보내 아버지와 오라버니에게 입은 지우지은知遇之恩 [5] 때문에 그 뜻을 감히 거스를 수 없다고 했어. 그리고 그 뒤로는 소식이 끊겨 버렸지. ……묵란 언니가 그 사건을 일으키기 전까지 말이야. 그 사건이 있고 다음 날에 그분이 몰래 사람을 시켜서 내게 서신을 보냈단다. 묵란 언니와 혼인할 필요가 없어져서 너무 기쁘다면서. 그리고 춘위 시험이 시작되면, 급제해서 관직을 얻어 돌아오겠다고. 그때 정정당당하게 혼담을 넣겠다고 하셨지!"

멍해진 명란이 가까스로 거친 숨을 내뱉었다. 머릿속이 온통 뒤죽박죽이었다.

"하지만 언니가 예전에 말했잖아. 그…… 집안 형편이 빈한하다는 등, 노모가 인정머리가 없다는 등, 그리고 형제가 망나니라고! 아, 그래, 그래, 성격도 우유부단하다고 했잖아!"

기력을 회복한 여란이 명란을 잡아당겼다. 명란의 작은 얼굴을 힘껏 두어 번 꼬집더니, 두 눈을 동그랗게 뜨고 훈계했다.

"허튼소리하면 용서하지 않겠어! 경 오라버니가 얼마나 좋은 사람인데!"

명란은 아무런 대꾸도 하지 않았으나, 속으로는 반기를 들었다. 칭찬이랑 욕은 전부 언니가 했잖아.

잠시 후, 명란이 슬그머니 다가가 여란의 어깨에 턱을 기대고 부드럽게 속삭였다.

"여란 언니, 언니는 그런 생각 한 적 없어? 혹시…… 그 사람이 그저 출

---

5) 능력을 인정하여 등용 기회를 준 은혜.

세하려고⋯⋯."

명란의 말이 채 끝나기도 전에 여란이 벌떡 일어섰다. 노기 어린 눈을 크게 뜨고 살기등등하게 명란을 쏘아봤다. 마치 명란을 때려죽이기라도 할 기세였다. 깜짝 놀란 명란이 움츠러들었다. 명란이 억지웃음을 지으며 달랬다.

"하하, 하하, 언니 그냥 해 본 말이야."

여란이 기분이 상했다는 듯 동그란 걸상 위에 털썩 앉았다. 그 가련한 걸상은 좌우로 흔들거렸다. 명란을 등지고 앉은 여란이 화를 내며 말했다.

"네가 무슨 말을 하려는지 다 알아. 재주도 없고 미모도 없는 내가 내세울 거라고는 가문밖에 없으니 경 오라버니가 좋아하는 건 내가 아니라 성부라는 말을 하고 싶은 거잖아!"

명란은 말을 꺼낼 수가 없었다. 계속 속으로만 대꾸할 뿐이었다. 지난번엔 언니랑 혼인하겠다더니 이번에는 동생이랑 혼인하겠다잖아. 누구든 그렇게 생각할걸.

여란의 눈가에 눈물이 맺혔다. 쓸쓸한 어조로 여란이 말했다.

"나도 알아. 어렸을 때부터 지금까지 나는 화란 언니처럼 기품이 있지도 않았고, 묵란이 고 계집애처럼 아양도 못 떨고, 너처럼 사람들 환심을 사지도 못했지. 아버지는 말할 것도 없고, 어머니도 나를 별로 마음에 들어 하지 않았지! ⋯⋯하지만, 그 한 사람, 그분⋯⋯ 그분은 나를 마음에 들어 하셨어. 나를 좋아하셨다고⋯⋯. 그분이 그러셨어. 나약한 여자는 좋아하지 않는다고. 건강하고 쾌활한 여자가 좋다고 하셨어. 나처럼 잘 뛰어다니는 사람이 좋대. 웃으면 꼭 여름날 밝은 햇살 같아서, 마음을 편안하게 해 준다면서⋯⋯."

여란의 표정은 마치 꿈속을 거니는 사람 같았다. 잠꼬대처럼 하소연을 늘어놓고 있었다. 명란은 그런 그녀를 바라보며 마음이 움찔거렸고, 난감한 기분이 들었다.

"설사 문 공자가 진사 급제를 한다고 해도 어머님께서 허락하시지 않을 거야."

묵란이 필요 없다며 버린 것을 여란이 보물처럼 애지중지하고 있다니. 왕 씨가 길길이 날뛸 일이었다.

여란의 안색이 확 바뀌더니 곧 결연한 표정으로 이를 악물었다. 주먹으로 손바닥을 치면서 고개를 뻣뻣이 세우고 결연한 목소리로 선언했다.

"경 오라버니에게 시집보내 주지 않으면 난 머리를 박고 죽어버릴 거야. 그렇지 않으면 머리를 깎고 비구니가 되겠어!"

열애 중인 젊은이는 두려울 게 없는 법이다. 타이타닉호가 빙산과 충돌해도 로즈는 꿈쩍도 하지 않았다. 몇천 명이 익사한 참극도 잭의 열렬한 사랑을 이뤄 주는 계기에 불과했다. 그들보다 훨씬 용맹한 여란은 어떻겠는가. 이번에는 성굉이 가법을 들어도 효과를 장담할 수 없을 것이다. 명란은 자기가 할 수 있는 말은 다 했다는 생각이 들었다. 마지막으로 한마디 덧붙였다.

"하지만 문 공자의 집안 형편이…… 그게…… 그래도 괜찮아?"

여란은 명란의 말뜻을 이해했다. 손수건을 꺼내 눈가를 훔치고, 고개를 들어 거만하게 '흥' 하는 콧소리를 냈다.

"하긴 큰언니가 높은 집안에 시집을 가긴 했지. 하지만 언니가 잘 지내는 걸 본 적이 없다고! 어머니가 혼수를 넉넉히 준비해주실 거야. 외가가 내 뒤에 있는데 문씨 집안사람 누가 감히 내게 불평을 하겠어!"

명란은 한숨을 쉬었다. 자기가 더 할 말은 없다는 생각이 들었다. 문염경이 권세에 빌붙는 소인배인지 아닌지는 그녀도 알 길이 없었다. 그러나 장백 오라버니가 마음에 들어 할 정도라면, 인품에 별문제는 없겠지. 그렇다면 그가 자기 평판에 흠집이 날 수도 있는 위험을 무릅쓰고 감히 한밤중에 여란과 밀회를 하러 온 것이니 어쩌면 정말로 여란을 좋아하는지도 모를 일이다.

됐다. 저마다 좋아하는 꽃은 다르다 했으니, 어쩌면 경 오라버니 취향이 그렇다는 소리겠지.

치마를 툭툭 털고 나가려는 찰나, 여란이 명란을 꽉 붙잡았다. 여란이 주먹을 쥐고 명란을 을러댔다.

"오늘밤 일은 말하면 안 돼! 말하기만 해봐. 그랬다가는……."

"그랬다가는 어쩌려고?"

명란의 호기심이 동했다.

여란이 입술을 달싹이더니, 사납게 이를 악물었다. 득의양양하게 섬뜩한 미소를 지어 보였다.

"그랬다간, 내가 거꾸로 네가 밤에 밀회하고 있었다고 이를 거야."

명란은 두려워하기는커녕 손뼉을 치며 실소했다.

"그러면 정말 좋겠네. 내가 문씨 집안에 시집가 버리면 되잖아. 아버지의 안목이 틀릴 리도 없고."

여란이 대경실색하여 명란을 꽉 붙잡았다. 거친 숨을 몰아쉬며 한입에 명란을 잡아 삼키기라도 할 기세였다. 앙다문 입 사이로 이 한마디가 튀어나왔다.

"……네가 감히?!"

명란이 하하 하고 연신 웃었다.

"당연히 제가 어찌 감히 그러겠어요. 이 동생은 아무에게도 말하지 않을 거랍니다. 말해 봤자 제게도 좋을 게 하나도 없으니까요. 그리고 저는 문 공자에게 시집가기 싫답니다."

여란은 한숨 돌린 기색이었다. 팽팽히 당겨져 있던 신경이 겨우 느슨해졌고, 다소 느긋한 기운이 돌았다. 여란이 겸연쩍다는 듯 고개를 숙이고 말했다.

"명란, 이 언니를 너무 책망하지 마. 네가 좋은 아이란 건 나도 알아. 어렸을 때부터 기꺼이 양보해 줬었지. 내가 너한테 성질을 부려도 마음에 담아 두지도 않았고 말이야……."

명란은 묵묵히 생각에 잠겼다. 사실 명란은 그 일을 마음에 담아 두고 있었다. 심하게 화풀이를 당할 때마다 베개로 여란의 얼굴을 흠씬 때려 주고 싶다는 상상도 여러 번 했었다.

"너는 묵란이 고 계집애와는 달라. 걔는 마음씨도 못됐고, 나쁜 꾀나 부리지. 집안이 어찌되든 저 혼자 잘 살 궁리만 하고. 경 오라버니가 춘위 시험을 앞두고 있으니, 당분간 어머니한테는 절대 비밀이야. 동생아, 너는 원래부터 믿을 만한 사람이었잖아. 나중에 어머니가 보내준 패물 중에 좋은 걸 골라서 네게 줄게!"

위협 작전이 끝나고 여란은 재물을 이용한 회유 작전에 나섰다.

명란이 손을 저으며 가볍게 탄식했다.

"패물은 됐어. 나는 아무것도 못 본 걸로 할게. ……그나저나 언니가 어쩌다가 바느질에 관심을 갖게 됐나 했더니 그래서였구나……."

그녀는 마침내 모든 걸 알게 되었다. 오늘 여란 주변의 수많은 수수께끼가 전부 풀린 것이다.

비밀을 지키겠다는 결심을 표명하고 난 뒤, 명란은 너무나 피곤하여 얼른 돌아가 잠자리에 들고 싶었다. 그런데 밖에 비가 부슬부슬 내리기 시작하는 게 아닌가. 여란은 나름대로 의리가 있는 사람이었다. 기꺼이 침상의 절반을 명란에게 양보하겠다고 했다. 명란은 비 오는 날 바깥에 나가는 걸 가장 무서워했다. 하지만 한밤중에 단귤 등을 귀찮게 하고, 처소의 계집종들 휴식을 방해하고 싶지도 않았다. 생각해보니 여란의 제안이 나쁘지 않았다.

"여섯째 아가씨가 왜 여기서 자냐고 누가 물으면 어쩌지요?"

들어와서 이불을 깔던 희작은 제법 신중했다. 먼저 말을 맞춰 두려는 것이다.

명란은 이불 속으로 파고들면서 별생각 없이 답했다.

"나랑 네 아가씨가 어젯밤 함께 별과 달을 감상하면서 시가와 삶의 이상을 논하다가 피곤해져서 여기서 잤다고 말하면 돼."

여란이 명란을 쳐다보다가 희작에게 분부했다.

"내가 명란이한테 바느질을 가르쳐 달라고 불렀다가 시간이 너무 늦어져서 그냥 여기서 잤다고 말해. 넌 내일 아침 일찍 모창재에 가서 사람을 불러오고."

명란은 허튼소리를 하고 싶지 않았다. 방 안에 잘 누워 있다가 갑자기 사라졌는데 그런 허술한 핑계로 단귤을 속일 수 있을까. 관두자, 내일 다시 어떻게 말을 꾸밀지 생각하자.

피곤이 극에 달한 명란은 눕자마자 잠이 들었다. 그러다 한밤중 잠이 깼고 후회가 들었다. 밖에서 우박이 쏟아지더라도 돌아갔어야만 했다!

여란은 잠버릇이 고약했다. 여란의 넓적다리가 명란의 목 위에 올라오는 바람에 명란은 숨이 넘어갈 지경이었다. 점점 숨이 막힌 명란은 번쩍 잠이 깨었고, 젖먹던 힘을 다해 여란의 넓적다리를 밀쳤다!

명란은 침상 머리맡에 앉아, 대자로 뻗어 쿨쿨 자는 여란을 바라보았다. 여란의 입가에 반짝거리는 침 자국도 보였다. 명란은 자신의 배를 쓰다듬으며 원망했다. 좋다, 이 문가 놈. 감히 장생張生⁶⁾과 최앵앵催鶯鶯⁷⁾의 밀회를 따라했겠다. 어디 한번 몇십 년 동안 최앵앵의 넓적다리에 깔려 숨 막혀봐라!

---

6) 〈서상기〉의 남주인공.
7) 〈서상기〉의 여주인공.

제88화

결백을 가장하다

우정의 온도를 빠르게 올리는 방법은 두 가지다. 첫째, 공동의 적과 대항하는 것, 둘째, 공동의 비밀을 공유하는 것이다.

그날 밤 명란이 억지로 〈서상기西廂記〉[1] 한 장면을 듣게 된 뒤, 여란의 명란에 대한 태도는 티가 날 정도로 따뜻해졌다. 여란이 같이 밥을 먹고, 바느질을 하고, 서예를 하자며 늘 명란을 붙들게 된 것이다. 심지어 같이 자려고 들기까지 했다. 하지만 명란은 이 마지막 항목만은 단호하게 거부했다.

명란은 여란에게 엄중히 경고했다. 마음속으로 좋아하는 것은 괜찮다. 이후에 혼담을 넣는 것도 법도에 맞는 일이다. 하지만 다시는 밀회를 해선 안 된다. 이 경고를 어겼다간, 곧장 일러 버리겠다고 엄포를 놓은 것이다. 그러나 여란이 단박에 순순히 나올 줄 누가 알았겠는가.

"걱정 마. 경 오라버니는 춘위를 준비해야 하는데 어느 세월에 나올 수

---

1) 최앵앵과 장생이 우여곡절 끝에 맺어지는 내용의 원대 잡극.

있겠어."

"만약에 그분이 그럴 짬이 생기면, 설마 만나러 가려고?"

명란은 상상도 못 하던 바였다. 여란이 사랑에 눈이 멀다니.

여란은 부끄러운 듯 만면에 홍조를 띠었으나, 오히려 득의양양한 기색이었다.

"'하루가 삼 년 같다'라는 말도 있잖니."

사랑은 과연 위대한 것이다. 삼자경三字經²⁾도 채 못 외우는 여란이 문자까지 쓰게 하다니. 명란이 즉각 눈에 핏발을 세우더니, 곧바로 여란을 놀렸다.

"그럼 언니는 신령님과 부처님께 비는 게 좋을걸. 그분이 단번에 이번 춘위에서 급제하게 해달라고 말이지. 안 그럼 진짜로 삼 년은 기다려야 할 거야."

이 한마디로 인해 여란은 어마어마한 열정으로 종교 활동에 뛰어들게 되었다. 왕 씨가 부처님께 향을 올리고 기도하는 데 적극적으로 호응할 뿐만 아니라, 뻔질나게 노대부인의 불당에 입장하게 된 것이다. 노대부인이 혼자 예불을 올리고 싶다면 미리 여란에게 예약을 해야 할 지경이 되었다.

추위가 끝난 뒤 며칠 안 되어 방이 나붙었다. 이번에 성가는 운수대통이었다. 장풍과 이욱이 급제했을 뿐 아니라, 학관의 다섯 수재 중에서도 세 명이나 급제했다. 아들과 사위 후보가 모두 이렇게 유망하니, 성굉이 크게 기뻐했다.

---

2) 세 글자 단어들을 모아 엮은 어린이용 한자 학습서.

그나저나 임 이랑이 시골로 유폐된 뒤에 장풍은 마음대로 일상을 보낼 수 없게 되었다. 왕 씨는 예쁜 계집종이 낫다고 강경히 주장했고, 성푕은 왕 씨가 무슨 특별한 의도가 있는 건 아닌가 의심했다. 해 씨는 먼저 고생을 맛보고 그다음에 달콤한 열매를 맛보는 게 마땅하다고 생각했고, 장백은 뭐든 자율성에 기반을 둬야 한다는 생각이었다. 이 네 명이 민주적으로 회의한 결과, 장풍이 노력한 만큼 대가를 얻게 하자고 결정이 났다. 그의 학업 성취와 과거시험 결과에 따라 혜택을 베풀기로 한 것이다.

명란은 이 이야기를 듣고 무릎을 치며 '옳거니' 하고 외쳤다. 무릇 학자 가문이라면 권문세가보다 지혜로 풀어나가기 마련이라, 훈계만 하는 건 아무 소용이 없다. 실제로 위협력이 있어야 하는 것이다. 만약 가정賈政[3]이 보옥에게 이런 수를 써서, 습인襲人[4]과 청문晴雯[5]이 접근하지 못하게 막고, 설보채薛寶釵[6]와 임대옥이 그를 만나지 못하게 하고, 오직 이씨 어멈[7] 같이 밉살스러운 어멈이 그의 시중을 들게 했다면, 그 보옥이 당장 열심히 공부해서 과거시험에서 뭐라도 하나 급제하지 않았겠는가?

압박이 있어야 동력이 생기는 것이다. 장풍은 한층 더 분발했다. 상냥하고 아름다운 계집종 세 명을 되찾고 싶었기 때문이다. 들리는 바로는,

---

3) 『홍루몽』의 등장인물, 가보옥의 아버지.
4) 가보옥의 첩이자 계집종 화습인.
5) 가보옥의 계집종.
6) 『홍루몽』의 여주인공, 가보옥의 사촌누나이자 약혼녀.
7) 가보옥의 유모.

만약 그가 춘위에 급제한다면 장방帳房 8)에서 상당한 은자를 가져갈 수 있는 권리를 회복할 수 있다고 한다. 이 권리 회복을 위해, 장풍 오라버니는 노력을 계속하고 있는 것이다.

묵란도 몹시 기뻐했고 다시 친정에 의기양양하게 모습을 드러냈다. 장풍이 더 분발하여 더 높은 성과를 내길 격려하기 위해서였다. 한편, 왕 씨는 고민스러워지기 시작했다. 서자가 출세하는 것 자체는 문제가 아니다. 그러나 적모와 마찰이 있었던 서자가 너무 출세해버리면 어찌할 것인가?

"나라에서 삼 년마다 인재 선발 대회를 엽니다. 거인擧人 9)으로 급제하면 바로 관직을 얻게 되지요. 하지만 진사 급제라야 상품이라 할 수 있습니다. 이제까지 모든 시험과목에서 진사 급제한 자는 많으면 삼사백 명, 적으면 삼사십 명이고, 낮은 품계 관직부터 시작해서 경력을 쌓으며 천천히 진급합니다. 그러려면 어느 정도는 가문의 힘도 필요하지요. 어머님께서는 안심하셔도 될 겁니다."

해 씨가 방대한 데이터로 철저히 왕 씨의 혼을 쏙 빼놨다.

왕 씨는 바로 설득되었다.

명란은 냉정히 방관했다. 그러면서 한편으로 노대부인의 성격이 참 재미있다는 생각을 했다. 그녀는 자신이 아내 역할을 했을 때는 완고하기가 외골수 저리 가라였고 조금도 타협하려 들지 않았다. 그런데 명란의 혼사를 처리할 차례가 되자, 바로 화통하고 말이 잘 통하는 사람으로

---

8) 집안의 금전 출납과 곳간 등을 관리하는 곳.
9) 향시에 합격한 사람.

변신하는 것이다. 놀라울 정도로 임기응변에 능한 모습이었다.

춘위는 내년 2월에 있었다.

이욱은 시험 준비를 위해 아예 장오의 처소에서 머물게 되었다. 틈만 나면 답안 문장을 쓰는 것을 가르쳐달라며 장백을 찾아왔다. 이욱이 노대부인에게 문안 인사를 올릴 때마다, 노대부인은 자애롭고 친절한 표정으로 그에게 이것저것 묻고 살뜰히 보살펴주었다. 이욱도 대단히 붙임성이 좋았다. 원래부터 친한 사람처럼 노대부인의 손을 끌어당기고, 고분고분한 모습으로 수줍어하는 것이 마치 새색시 같았다.

그러나 이 녀석의 속셈은 뻔했다. 그는 병풍 너머로 명란의 모습을 볼 수 있었다. 노대부인과 이야기를 나누면서, 빈틈을 노려 병풍 쪽을 향해 명란의 기색을 살필 수 있는 것이다.

"할머님! 보세요, 보세요! 그가 계속 저를 훔쳐봤어요!"

이욱이 가자마자 명란이 병풍 뒤에서 뛰쳐나와 노대부인의 소매를 잡아끌며 일렀다.

"저 사람은 나쁜 놈이에요!"

노대부인이 침착하게 차 한 모금을 마시더니 입을 열었다.

"어릴 때는 부모님을 좇고, 여색을 알고 나서는 미인을 좇는 게 인지상정이니라."

노대부인이 찻잔을 살짝 내려놓고 명란을 바라보며 말했다.

"큰집의 네 당고모가 알아봤단다. 이가는 가문도 청렴하고, 욱이는 아직 첩실도 들이지 않았다더구나. 욱이는 송산에서 공부할 적에도 거만하고 풍류를 즐기던 벗들과는 달리 성실한 사람이었다더구나."

"그런 건 뭐 하시려 알아보신 거예요?"

"별일 아니란다. 이 노인네가 무료해서 물어본 것뿐이란다."

이런 이야기를 하고 있을 때, 마침 하가에서 초대장을 보내왔다. 갓 들어온 은아차銀芽茶[10]를 맛보러 오라며 하 노대부인이 보낸 초대장이었다. 노대부인이 대단히 못마땅하다는 듯 눈썹을 치켜세웠고, 명란도 입술을 삐죽 내밀었다. 서늘하여 좋은 날씨였으나, 노대부인과 명란 둘 다 이번에 하부에 가는 게 그다지 마음에 내키지는 않았다. 옻칠한 작은 탁자를 사이에 두고, 조모와 손녀가 무뚝뚝한 얼굴로 각각 마차 안 왼편과 오른편에 앉았다.

명란과 노대부인은 하부에 도착하자마자 곧장 안채 한가운데 뜰로 들어갔다. 하가 둘째 며느리가 하 노대부인과 함께 상석에 앉아 있었다. 노대부인이 들어서자마자, 둘째 며느리가 바로 일어나 노대부인과 명란을 맞이하고 자리에 앉게 했다. 노대부인은 자리에 앉자마자 하 노대부인을 노려보며 '흥' 하고 콧소리를 냈다.

"차는 어디 있나? 차를 맛보라고 부른 게 아니던가?"

하 노대부인은 요 며칠간 심사가 불편했다. 질세라 그녀도 노려보며 대답했다.

"뭐가 그리 급하시우? 햇차는 지금 막 우리고 있으니 조금만 기다리시지요! 나중에 가져갈 것도 몇 봉지 챙겼습니다."

두 절친한 노인들은 한참 서로 쏘아보며 눈싸움을 하다가, 자기들도 우습다는 생각이 들었는지 금세 그만두었다. 여기에 둘째 며느리의 몇 마디 농담이 가세하자 비로소 분위기가 부드러워졌다. 둘째 며느리가 하 노대부인과 손님에게 차와 간단한 요깃거리를 내오라 분부한 뒤, 먼

---

10) 사천성에서 나는 유명한 녹차.

저 실례한다며 사과하고 자리를 떴다. 그제야 두 노인은 몇 마디 대화를 나누었다. 하홍문의 모친에 대한 질문에 이르자, 하 노대부인이 탄식하며 말했다.

"그때 이래로 깊은 병에 들어 매일 병상에 누워 있지요."

노대부인도 한숨을 쉬었다.

이때 계집종 한 명이 들어오더니 하홍문 모친의 전갈을 전했다. 병상에 누워 있어 손님을 뵙기가 어렵고, 그렇다고 감히 어르신들더러 번거롭게 이쪽으로 오시라고 할 수는 없으나 명란이 몹시 보고 싶으니 명란더러 잠깐 건너오라는 전갈이었다. 성 노대부인이 하 노대부인을 슬쩍 쳐다보았다. 하 노대부인은 어쩔 수 없다는 듯 고개를 흔들었다. 성 노대부인이 또 명란을 쳐다보았다. 명란은 담담하게 고개를 끄덕였다. 노대부인은 잠시 곰곰이 생각한 끝에 명란을 보냈다.

명란이 계집종과 함께 문을 나선 뒤, 노대부인은 곧장 불쾌한 얼굴로 하 노대부인에게 따져 물었다.

"대체 무슨 작정인 게야? 우리 명란이를 섭섭하게 할 작정이면, 택도 없을 줄 아시게."

하 노대부인이 힘없는 얼굴로 탄식했다.

"우리가 몇십 년은 족히 된 사이인데, 아직도 날 모르우? 내가 가장 못 참겠는 게 이런 거요. 그래, 친척이니 서로 도와야죠. 은자도 줄 수 있고, 집도 얻어 줄 수 있고, 앞으로 조가 아들 녀석 입신양명을 도와줄 수도 있지요. 그런데 대체 뭘 더 하라고요?! 하 씨는 하 씨고, 조 씨는 조 씨지요. 설마 조씨 집안 식구 모두의 먹고 마실 것, 살 집, 사업 전부를 돌봐 줘야 하는 건가요??"

하 노대부인은 다소 흥분한 듯 호흡이 거칠어졌다. 잠깐 숨을 고르더니 계속 말을 이었다.

"하기사, 홍문이 이모부가 만약 억울하게 연루되고 누명을 써서 양주에 유배된 거면 나도 뭐라 않겠지만…… 흥, 부끄러운 줄도 모르고 은자를 탐냈지요!"

이 둘이 허물없이 속내를 터놓을 수 있는 친구가 될 수 있었던 건 서로 성격이 잘 맞고 또 둘 다 직설적이고 시원시원한 사람이었기 때문이다. 하 노대부인의 이 말을 듣고, 성 노대부인은 마음이 꽤 편해졌다.

성 노대부인은 하 노대부인의 손을 잡아끌며 조용히 말했다.

"나도 자네가 그런 사람이 아닌 걸 알지, 나는 그저…… 아, 내가 했던 고생을 정말이지 명란에게는 시키고 싶지 않아서 그러네."

하 노대부인도 젊었을 적 힘들었던 기억이 떠올라 슬픔에 잠겼다.

"언니 마음을 제가 어찌 모르겠습니까. 저도 이 몇십 년간 편히 지낸 적이 없었어요. 그런 저에게 우리 홍문이는 참 자랑스러운 아이랍니다. 인품, 용모, 재주 모두 흠잡을 데가 없어요. 어린 나이에 벌써 혼자서 전국을 돌아다니고, 우리 친정 형제들을 따라다니며 경험도 적잖이 쌓았지요. 요 몇 년간은 집에 가져오는 은자도 적지 않았고요. 사람 아낄 줄도 알고, 효성도 깊고 살뜰하기도 하답니다. 내가 그 아이에게 명란이 얘기를 했을 때부터 일편단심으로 기다리고 있다고요. 밖으로 주연酒宴[11] 자리에선 말할 것도 없고, 집안의 계집종에 대해서도 더 말할 필요가 없어요. 명란이도 흠잡을 데가 없고요. 나는 늘 이 두 아이가 잘 살았으면 좋겠어요. 참으로 천생연분이니, 더 바랄 게 뭐가 있겠습니까. 그런데 하

---

11) 술자리.

필이면…… 됐어요, 우리 손자며느리가 안 되더라도 나는 명란이가 마음에 들어요. 그 아이가 잘 살았으면 좋겠답니다."

하 노대부인이 길고 긴 한숨을 쉬었다. 성 노대부인도 이 세상을 한탄했다. 과연 모든 게 완벽할 수는 없는 것이다. 어디 완전무결한 게 있던가. 늘 뭔가 부족한 게 있어야 일이 성사될 수 있는 것이다. 이에 노대부인도 절로 길고 긴 한숨이 나왔다.

· · ·

그러나 만약 한숨 쉬기를 따지자면, 하홍문의 모친이 근래 들어 쉰 한숨이 아마 가장 많을 것이다. 막 과거시험 결과를 알리는 방이 붙자마자, 하 노대부인이 바로 스스럼없이 그녀에게 일갈했다.

"너는 세상 천하 낭자들이 네 아들 하나하고만 혼인할 수 있다고 생각하는 게냐? 보거라, 성가 학관의 도령들이 다들 가문이며 학문이며 죄다 갖췄으니 어느 누구 성씨 집안 사위로 모자란 사람이 있더냐?!"

하홍문의 모친은 혹시 좋은 혼처를 잃고 아들의 일생을 그르치게 될까봐 좌불안석이 되었다. 시어머니는 고집을 꺾으려 들지 않고, 친정 언니는 온종일 울고만 있으니, 원래 결단력이 없는 그녀는 요 며칠간 시달린 끝에 기진맥진해졌다. 이리저리 고민하다 우선 명란을 불러다 이야기를 해보자는 생각이 들었다.

"애야, 홍문이가 네 생각을 전부 내게 말해주었단다. 그 아일 너무 탓하진 말렴. 따져 보면 다 내 탓이란다."

하홍문의 모친은 병상에 반쯤 몸을 기대고 누워 있었다. 머리에는 수건이 둘려 있었고, 누렇게 뜬 얼굴에 눈동자는 새까맣고 양 볼은 움푹 패여 있었다. 온통 초췌해진 모습이 볼품없을 지경이었다.

"허나…… 금수도 어쩔 방도가 없었단다. 나는 진작부터 네가 참 착한 아이라는 걸 알고 있었단다. 그 아일 불쌍히 여기고 용서해주려무나."

명란은 여기 오기 전부터 이미 이렇게 되리라 예상하고 있었다. 그래서 당황하기는커녕 고개를 돌려 침대 발치에 서 있는 하홍문을 바라보기만 했다. 두 눈에 미안한 마음이 가득한 하홍문이 명란을 그저 바라보고 있었다. 명란은 다시 오른쪽으로 고개를 돌렸다. 조금수의 모친이 병상 맞은편에 앉아 있었고, 조금수는 그 곁에 서 있었다. 두 모녀의 눈은 빨갛게 퉁퉁 부어 있었고, 표정은 참담했다.

조금수의 모친은 연지와 분을 바르지 않은 탓에 낯빛이 더 거무튀튀하고 거칠어 보였다. 그녀는 아무런 반응이 없는 명란의 모습을 보자, 다가가서 명란의 손을 붙잡고 허리를 숙이며 애원하는 목소리로 말했다.

"착한 낭자, 낭자 마음이 편치 않은 건 이해하지만 우리 금수가 정말 어쩔 수가 없어 그런다네. 이 아이가 이런 몰골로 어찌 시집을 갈 수 있겠는가? 그저 홍문이에게 친척 간 정을 봐서 이 아이를 좀 돌봐달라고 부탁하는 걸세."

듣자 하니 전부 조금수가 얼마나 가련한지, 얼마나 제 분수를 지키며 절대 명란과 총애를 두고 다투지 않을 것인지 하는 종류의 이야기들뿐이었다. 명란은 전부 듣기만 할 뿐 아무 말도 하지 않고 있었다. 하홍문의 모친이 안달하고 나서야 명란이 마지막으로 담담히 말했다.

"그날은 제가 허튼소리를 지껄였습니다. 집에 돌아간 뒤 할머님께서 저를 엄히 꾸짖으셨지요. 어르신들께서 농담 삼아 하신 말씀이지 무슨 대단한 약조를 하신 것도 아니었지요. 홍문 오라버니가 누굴 들이든 저와 무슨 상관이겠습니까?"

하홍문의 모친과 홍문이 동시에 깜짝 놀랐다. 하홍문의 모친은 문득 하 노대부인이 했던 말을 떠올렸다. 갑자기 심장이 마구 뛰어 힘없이 병상에 기댔다. 하홍문도 순간 당황하여 어찌할 바를 몰라 하며 명란을 쳐다보았다.

조금수의 모친은 화를 내며 원망하는 목소리로 말했다.

"아무렴! 사내가 첩을 여럿 거느리기 마련인 것을, 내 동생이 너무 관대했어. 남 말만 듣다가 사리 분별을 못 하게 되었구나! 시집오거든 설마 홍문이더러 마누라 하나만 바라보라고 할 작정이었더냐?!"

명란이 미소 지으며 듣고 있다가 천천히 대답했다.

"조씨 집안 마님께서 하신 말씀이 참으로 일리가 있습니다. 과연 사정이 딱하시군요. 허나 제가 몇 가지 이해 안 되는 것이 있는데, 가르쳐 주십사 부탁드려도 될지요?"

조금수의 모친이 씩씩대며 손짓했다.

이에 명란이 바로 질문을 꺼냈다.

"첫째, 만약 정말 아주머님 말씀대로라면, 앞으로 백모님의 며느리는 아주머님을 뭐라고 불러야 할까요? 이모님으로 대접해야 할까요, 아니면 첩실의 어미라 치부해야 할까요? 만약 그저 첩실의 어미에 불과하다면, 정실 마님이 기분 좋을 때 딸을 보러 들라 불렀다가 상으로 은자나 조금 쥐여주게 되겠지요. 만약 정실 마님이 기분이 나쁘다면 한 푼도 내주지 않고 내쫓아도 상관없을 테고요."

이 말을 듣자마자 조금수 모친의 얼굴색이 싹 바뀌었다. 하홍문 모친도 두 눈이 휘둥그레졌다. 명분상으로는 하등 틀린 게 없다. 첩과 정실 간의 차이는 이렇게 큰 것이다.

명란이 여유롭게 그녀들을 바라보며 빙그레 웃었다.

"둘째, 소위 말하는 '첩妾' 자는 위로는 '립立' 자, 아래로는 '여女' 자로 되어 있지요. 둘을 합쳐 보면, 서 있는 여자가 됩니다. 남, 녀 주인을 섬기는 반노비이지요. 만약 조 낭자가 첩이 되면, 이후 하씨 집안의 정실 마님은 조 낭자를 오라면 오고 가라면 가는 비첩婢妾이라 봐야 할까요, 아니면 고귀한 이종사촌 누이동생이라 봐야 할까요?"

조금수의 모친은 느긋한 명란의 표정을 보자 증오로 이가 갈릴 지경이었다.

"첩에도 귀첩貴妾[12]이란 게 있어! 나는 믿을 수가 없구나. 내 동생이 있고, 홍문이가 있는데, 누가 감히 내 귀한 딸의 털끝 하나 건드리겠느냐?!"

명란이 가볍게 소리 내어 웃었으나, 눈가에 웃음기가 서리진 않았다.

"아주머님 말씀이 참으로 옳습니다. 이제 가장 중요한 질문을 드릴 차례입니다. 셋째, 아무리 귀한 첩이라고 해도 어차피 첩이니 결코 정실 마님을 이길 수는 없지요. 홍문 오라버니가 말을 얼마나 건네든 얼굴을 얼마나 적게 보든 모두 오라버님 마음대로 하는 것이지요. 아주머님이 오라버님더러 첩에게 차갑네, 쌀쌀맞네 하며 이 말 저 말 하는 대로 따를 건 아니지요. 허나 지금 조 낭자를 백모님이 위에서 보호하고 아주머님이 아래서 지켜주고 있으니…… 아하하, 홍문 오라버니, 나중에 오라버니 부인 될 분은 참 힘들겠군요?"

하홍문의 안색이 극도로 나빠졌다. 두 눈으로 명란을 뚫어져라 응시했으나, 명란이 고개를 돌려 그를 외면했다. 명란은 할 말을 다 마쳤다.

---

12) 양갓집이나 귀족 출신 여자로 첩이 된 사람. 자녀를 낳으면 적자, 적녀로 인정받을 수 있음.

그녀의 에너지가 어디 그렇게 많겠는가. 했던 말을 한 번 더 하기엔 이미 저번에 복숭아나무 숲에서 상당한 충동을 소모한 뒤다. 감정과 체력은 모두 한계가 있는 것이다. 차라리 아껴두었다 쓰는 게 낫다.

명란은 하홍문의 모친을 향해 정색한 표정으로 정중히 말했다.

"백모님, 아까 아주머님 말씀을 들으셨겠지요. 조 낭자가 말끝마다 첩이 되겠다고 합니다만…… 어디 이렇게 존귀하고 보호받는 첩이 있습니까? 백모님께선 장차 언젠가는 정실 며느리를 들이시게 되겠지요. 허나 나중에 아들 며느리 부부와 적자, 서자들이 어떻게 서로 어울려야 할지 생각해보셨나요!"

하홍문의 모친이 아무리 아둔해도 충분히 알아들을 수 있는 이야기였다. 조금수의 모친은 분개한 나머지 벌떡 일어나 명란을 가리키며 욕설을 날렸다.

"너, 이 죽일 년아, 얼른 말해, 우리 금수가 들어오는 게 집안 망치는 원흉이라고 말이다! 집안 권세를 등에 업고, 어디 천한 것이……."

"이모님!"

홍문이 별안간 소리 지르며 조금수 모친의 욕설을 가로막았다. 그의 이마 위에 파랗게 정맥이 섰고, 두 눈은 분노로 가득했다. 조금수의 모친도 깜짝 놀라 가슴께를 누르며 얼어붙어 있었다. 조금수가 눈물을 줄줄 흘리며 목멘 소리로 말했다.

"오라버니…… 제 어머니를 탓하지 마세요. 전부 제 잘못이에요……. 양주에서 차라리 죽어 버렸으면 좋았을 것을, 제가 여기 오지 말았어야 했어요. 오라버니를 난처하게 하고, 이모님을 난처하게 하고……."

이렇게 말하며, 조금수가 바닥에 꿇어앉아 연신 머리를 조아렸다. 심장이라도 끊어질 것처럼 통곡했다.

조금수의 모친도 참담한 소리를 내며 딸의 몸 위에 엎어지더니 대성통곡했다.

"내 불쌍한 딸아! 네 아비와 어미가 너를 망쳤구나. 원래는 경성에 돌아오면 네 사촌 오라비가 널 돌봐줄 줄 알았더니, 세상이 변한 줄은 몰랐구나. 권세 있는 집안에 빌붙을 줄은 몰랐구나……. 네가 죽건 말건 누가 상관하겠느냐! 애야, 차라리 이 어미와 함께 죽어버리자꾸나. 어쩌다 네게 이리 흉악하고 잔인한 이모와 사촌 오라비가 생겼을꼬!"

두 모녀는 목 놓아 울었고, 하홍문의 모친은 창백한 얼굴로 기진맥진하여 병상에서 움직이지 못했다. 명란은 잔잔한 수면처럼 고요한 얼굴로 천천히 일어섰다.

하홍문은 분노로 주먹을 꽉 움켜쥐었다. 얼굴이 온통 자줏빛으로 변해 있었다. 경성으로 돌아온 뒤부터 조씨 집안에서 하루에 세 번은 그를 불러댔다. 먼저 조금수의 모친이 몸이 찌뿌드드하다고 불렀고, 또 조금 있다가는 조금수가 혼절했다. 아예 하홍문을 조가에 머물게 하지 못하는 게 한스럽다는 식이었다. 걸핏하면 울고 소리 지르며 하늘을 원망하고 땅을 탓했다. 만약 평범한 남자였다면 아마 진즉에 넘어갔을 것이다. 그러나 그는 의원이니 똑똑히 알 수 있었다. 이모님과 사촌 누이동생은 기껏해야 마음에 응어리가 맺히고 몸이 허약한 데 불과했다.

그는 고개를 돌려 병약하기 짝이 없는 어머니를 바라보았고, 아직도 저기서 통곡하고 있는 이모를 바라보았다. 그러자 갑자기 마음속에서 분노가 솟아올랐다. 자기 집안이 조씨 집안을 위해 얼마나 많은 도움을 주었는데, 이제는 그가 원치도 않는 억지를 강요하더니 울며불며 어머니를 흉악하고 잔인하다고 매도하다니. 이런 법이 어디 있는가?!

이 북새통에 바깥의 계집종이 전갈을 가져왔다. 하 노대부인과 성 노대부인이 왔다는 것이다.

하홍문의 모친이 예를 표하고자 힘겹게 몸을 일으키는 것을 성 노대부인이 다급히 만류하며 연신 잘 쉬어야 한다고 당부했다.

하 노대부인이 바닥에 엎드려 있는 조씨 모녀를 힐끔 보더니, 언짢은 얼굴로 바깥의 계집종들에게 호통을 쳤다.

"안 들어오고 뭐 하는 게냐! 다들 죽었느냐. 얼른 와서 사돈을 부축해 일으키거라. 대체 이게 무슨 꼴이냐?! 낯짝이 있는 겐가 없는 겐가!"

이 호통이 계집종더러 염치가 없다고 말하는 건지 아니면 계집종을 빗대 조금수의 모친을 욕하는 것인지는 불분명했다. 조금수 모친이 새빨개진 얼굴을 가리며 천천히 일어섰다. 조금수도 감히 더는 울지 못했고, 그저 코를 훌쩍거릴 뿐이었다.

성 노대부인이 짐짓 아무것도 못 본 척하며 손녀를 자기 쪽으로 끌어당기고는 웃으며 물었다.

"무슨 이야기를 했길래, 이리도 소란스러운 게냐."

명란이 애교를 부리며 천진한 목소리로 대답했다.

"조씨 집안 아주머님께서 조 낭자를 홍문 오라버니에게 첩으로 시집보내시겠대요. 저와는 관계없는 일이긴 하지만, 대강 그런 이야기를 들었네요."

성 노대부인이 명란을 빤히 보더니 고개를 돌려 하 노대부인에게 말했다.

"우리 손녀 좀 보시게. 어렸을 때부터 자네 집에 자주 놀러 다니더니, 아예 자기 집처럼 생각했던 모양이네. 이런 이야기까지 듣다니, 만약 밖으로 새어 나갔다간 사람들 웃음거리가 될 이야기인데 말야!"

"웃을 일은 아니죠. 명란이를 점찍은 적도 있었는걸요."

하 노대부인이 만면에 웃음을 띠며 대답했다.

"하지만 그냥 말이 그렇다는 얘기지요. 아직 중매도 넣지 않았으니까."

성 노대부인이 가볍게 하 노대부인을 두드리며 장난스럽게 웃었다.

"자네는 갈수록 법석이구려. 혼사 같은 큰일을 함부로 말하면 쓰겠는가?"

그러고는 곧장 고개를 돌려 조금수의 모친을 향해 웃으며 말했다.

"홍문이 이모, 너무 이상히 보지 마시게. 나와 동생은 어릴 적부터 같이 커서, 허튼소리하는 게 습관이 되었소. 너무 진지하게 받아들이지는 마시구려."

조금수의 모친이 겸연쩍게 웃었다. 어떻게 대답해야 할지 난감해하며 곁의 하홍문을 쳐다보았다. 하홍문은 이미 넋이 나가 있었고, 그저 멍하니 명란을 눈으로 좇을 따름이었다. 조금수 모친이 울컥해서 몇 마디 역겨운 소리를 하려던 찰나, 노대부인이 또 입을 열었다.

"……그러고 보니, 홍문이 이모도 복이 많구려. 대사령을 받고서 경성으로 돌아올 수 있었으니, 게다가 친척들이 도움도 주고."

문득 이 이야기를 꺼내는 성 노대부인의 어조는 여유로웠고, 얼굴에는 자애로움이 가득했다.

그러나 조금수의 모친은 내심 뜨끔한 마음이 들었다. 노대부인의 말속에 뼈가 들어 있었기 때문이다. 보통 조씨 집안처럼 죄를 범한 관리의 집안은 대사령을 받더라도 원래 관직을 내놓아야 했다. 죄를 범한 관리의 집안이 슬그머니 경성으로 돌아온 예가 없는 것은 아니었다. 아무도 고발하지 않는다면 무사히 넘길 수 있었다. 그러나 만약 고발당한다면, 즉각 다시 처벌을 받게 된다. 가벼운 죄라면 벌금에 그치지만, 무거운 죄라면 형을 살게 된다.

하 노대부인이 웃으며 끼어들었다.

"언니는 쓸데없는 소리가 많다니까요. 조씨 집안이 복이 많은 건 조상님께서 덕을 쌓으신 덕분이지요. 앞으로 고생 끝에 낙이 오게 될 겁니다. 전부 순조롭게 풀릴 거예요."

성 노대부인이 감탄하며 말했다.

"그렇지. 덕을 많이 쌓아야지. 하느님이 늘 보우해주실 게야."

두 노인의 장단이 척척 맞았다. 조금수의 모친은 총명한 사람이었으니, 어찌 속에 담긴 의도를 알아듣지 못하겠는가. 즉, 조금수가 첩이 되건 말건, 앞으로 하홍문이 누구에게 장가들게 되건 성씨 집안 낭자와는 상관없는 일이다. 그러나 만약 그녀가 감히 분란을 일으킨다면 성씨 집안도 단속할 방도가 있다는 것이다. 하물며 증표도 없고 중매인의 약조도 없는 상황에서 무슨 소리를 해도 근거가 없으니, 설령 조가에서 나서려고 해도 좋은 평판은 얻지 못할 터였다.

조금수의 모친은 억울해하며 입을 다물었다. 그녀는 구덕口德[13]을 쌓아야 할 것이다. 불현듯 머릿속에 한 가지 생각이 떠올랐다. 성 노대부인의 태도를 보아하니, 어쩌면 하씨 집안과 혼사를 맺지 않으려는 게 아닐까? 조금수의 모친은 내심 기쁨을 억누를 수 없었다.

"됐네, 우린 이만 가리다. 차도 맛보고, 짐도 다 챙겼고, 자네 며느리 얼굴도 봤으니 우린 이만 가겠네."

노대부인은 얼추 볼일을 다 봤다는 듯 명란을 끌고 자리를 떠났다. 하노대부인도 웃으며 일어나 배웅했다.

---

13) 입으로 쌓는 덕.

"이모님!"

외침 소리가 울려 퍼졌다.

모두가 뒤돌아보았다. 하홍문이 꼿꼿이 서 있었다. 이를 앙다문 모습이 마치 대단한 결단을 내린 듯했다. 그는 조금수의 모친과 조금수를 똑바로 바라보며 잠긴 목소리로 말했다.

"이모님, 저는 절대로 사촌동생을 첩으로 들이지 않을 겁니다! 저는 어렸을 때부터 그 아이를 제 친동생으로 여겼습니다. 그 애는 앞으로도 제 친동생입니다!"

하홍문의 두 눈이 붉게 충혈되어 있었다. 조금수의 모친이 별안간 바닥에 털썩 쓰러졌다. 조금수는 믿을 수 없다는 듯 그를 쳐다보았다. 어두운 낯빛이 마치 죽은 사람 같았다. 하 노대부인과 성 노대부인이 만족스럽게 미소를 지었다.

그러나 명란은 한참 동안 가만히 문가에 서 있었다. 이건…… 이겼다고 할 수 있는 걸까. 어째서 하나도 기쁘지 않은 걸까? 사마상여司馬相如 [14])가 뉘우치고 돌아왔을 때, 탁문군卓文君 [15])이 바로 쌍수를 들어 환영했던가? 그를 두들겨 패진 않더라도, 이틀 밤은 빨래판 위에 꿇어앉히지 않았던가? 너무 갑갑한 마음이 들었다.

---

14) 한나라 시대의 문장가. 아내를 버리고 첩에 빠졌다가 훗날 후회하고 돌아옴.
15) 부호의 딸로, 거문고의 명수였던 사마상여의 아내.

제89화

하늘이 바다처럼 푸르구나

돌아오는 길에 명란은 한마디 말도 하지 않았다. 온몸이 마치 진흙탕에 빠진 듯 이러지도 저러지도 못하고 나아갈 바를 모른 채 움츠러드는 느낌이 들었다. 가슴에 열이 올라 부글부글 끓어오르는데, 손발은 마치 얼음덩이처럼 차가웠다. 머릿속은 텅 비고, 온몸의 힘이 빠져나간 듯 피곤했다. 이런저런 생각을 하다 멍하니 눈물이 흘러나왔다. 곁에 앉아 있던 노대부인이 가만히 그녀를 쳐다보았다. 손녀를 가엾이 여기는 자애로운 눈빛으로 그녀를 바라보다, 손을 뻗어 가볍게 명란의 머리를 쓰다듬었다.

서러움을 억누르지 못하던 명란의 목멘 목소리가 어느덧 조용한 흐느낌으로 바뀌었다. 할머니의 품에 기댄 작은 어깨가 살짝 떨리기 시작했다. 명란의 울음소리가 단향檀香[1] 향내가 가득 배인 노대부인의 소매에 파묻혔다.

---

1) 자단, 백단 등 향나무 향기.

"명란아, 이 할미는 네 마음을 안단다."

노대부인이 명란을 쓰다듬으며 천천히 말했다.

"허나, 혼사란 것은 쌍방이 원해야 하는 것이지. 무리하게 딴 참외는 쓴 법이야. 세상살이가 이치대로만 이해될 수 있는 게 아니란다."

오직 한 사람의 마음만을 원했을 뿐, 늙어서도 헤어지지 않기만을 빌었건만. 얼마나 많은 규수들이 이런 나날을 보내길 꿈꾸었던가. 손가락으로 눈썹을 그리고 곱게 단장하며 부부가 화목하기만을 바랐건만, 이 소원을 이룬 여인이 몇 명이나 있던가. 서로 손님 대하듯 공경하는 부부는 많아도, 서로 마음이 통하는 짝은 드물어라. 평소엔 총명하던 자신의 손녀가 이것만은 집념을 부리다니. 하홍문과의 약속에 갈피를 못 잡고 고집을 부리며 매달리고 있구나. 그저 스스로 깨우치기만을 기다릴 수밖에.

노대부인은 저도 모르게 속으로 탄식했다.

이날 밤은 거센 비바람이 몰아쳤다. 명란은 침상에 누운 채로 창밖에 맺히는 퍼렇고 반들거리는 빗줄기를 바라보며, 이 물줄기가 창틀을 따라 흐르다 천천히 진흙 속으로 스미는 모습을 상상했다. 점점 비가 그치자 둥그런 달이 슬그머니 머리카락처럼 새까만 하늘 속에서 빛나는 모습을 드러냈다. 자욱한 안개 사이로 둥그런 달이 얼굴을 내밀고 마치 수정가루 같은 기이한 광택을 천천히 발산했다. 이날 밤, 명란은 뜬눈으로 밤을 지새웠다.

이튿날, 명란은 아침 일찍 일어났다. 빨갛게 퉁퉁 부은 두 눈을 하고 노대부인 앞에 무릎을 꿇었다.

"요 며칠간 이 손녀가 어리석은 짓을 많이 했습니다. 할머님께 심려를 끼쳤을 뿐만 아니라 할머님 체면도 상하게 했습니다. 모두 제가 불효한 탓입니다. 할머님, 저를 벌해주세요."

명란이 공손하게 머리를 조아리며 절했다. 아름다운 꽃처럼 화사했던 명란의 얼굴이 백지장처럼 창백했다.

"혼인 같은 큰일은 원래 어르신들께서 생각하고 결정하시는 것입니다. 앞으로 제 혼사는 전부 할머님께 맡기겠습니다. 다시는 절대 일언반구도 끼어들지 않을게요!"

노대부인은 나한상 위에 앉아 있었다. 구름무늬를 수놓은 은회색 비단에 옥을 박아 넣은 말액抹額²⁾이 이마 위에서 어스름한 광채를 발하고 있었다. 노대부인이 명란을 지그시 바라보았다. 만감이 교차하는 눈빛이었다. 한참 뒤, 노대부인이 길게 한숨을 쉬었다.

"됐다, 그만 일어나거라."

명란은 손으로 무릎을 짚으며 천천히 몸을 일으켰다. 노대부인이 명란을 자기 쪽으로 끌어당겨 가볍게 손등을 다독였다. 명란은 노대부인의 세심한 당부에 귀를 기울였다.

"젊은 처자들은 다들 한 번쯤 어리석은 일을 벌이게 마련이란다. 혼란에 빠졌다가 잘못도 범했다가 난리도 치고 울기도 하지. 그러다 정신이 들게 된단다. 너는 총명한 아이니까 너를 진심으로 아껴줄 성실한 사람을 만날 수 있을 게야. 그러니 집착을 버리거라. 안 그럼 네 자신이 다치게 될 게야."

명란이 눈물을 머금은 얼굴로 고개를 끄덕였다. 그러던 와중에 별안간 취병이 뛰어오더니 조용히 전갈을 전했다.

---

2) 머리띠.

"하씨 집안 도련님께서 오셨습니다."

노대부인과 명란이 서로 마주 보았다. 이렇게 이른 아침에 무슨 일로 온 걸가?

노대부인은 하홍문을 완전히 오랜 벗의 손자를 대하듯 응대했다. 예를 갖추어 옷을 갈아입고, 계집종에게 차와 과일을 내오라 분부했다. 명란은 방 안으로 들어가 얼굴도 비추지 않았다.

그러나 방 안과 밖의 손녀와 조모 둘 다 하홍문을 보자마자 깜짝 놀랐다. 하홍문의 눈가에는 검게 그늘이 져 있었고, 왼쪽 뺨 위에는 마치 손톱으로 할퀸 것 같은 자국이 눈 아래서부터 귓가까지 깊게 패어 있었다. 오른쪽 뺨에는 퍼렇게 멍이 들어 있었고, 입술도 터져 있었다. 또 한쪽 팔에는 하얀 면포가 두껍게 감겨 있었다.

"얘야, 이게 무슨 일이냐?"

노대부인이 깜짝 놀라 물었다.

하홍문은 고개를 숙인 채 사방을 둘러보았다. 명란이 자리에 없는 것을 깨닫고는 저도 모르게 시무룩한 표정이 된 그가 읍을 하며 공손히 대답했다.

"제가 무지몽매한 탓에 그만 할머님과 명……."

노대부인이 거칠게 기침을 내뱉었다. 하홍문이 내심 가책을 느끼며 황급히 말을 바꾸었다.

"모두 제가 덕이 없는 탓에 노대부인께 폐를 끼쳤습니다. 어젯밤 이모부님 댁에 가서 분명히 말씀드리고 왔습니다. 어머님께 사촌동생을 양녀로 거두시라 청하고, 친척 어르신들께 인사드리겠다고 말씀드렸습니다. 앞으로 그 아이를 친남매처럼 대할 것이며, 절대 예법을 어지럽히지 않을 것입니다!"

노대부인은 사태를 파악할 수 있었다. 하홍문이 간밤에 조씨 집안에 찾아가 담판을 짓고 왔음이 분명했다. 그 결과 이모부와 이모 그리고 아마 사촌형제들에게 두들겨 맞았을 것이다. 생각이 여기까지 미치자 노대부인은 내심 기쁜 마음이 들었다. 의남매라고? 참으로 좋은 생각이로다!

노대부인은 하홍문의 멍든 얼굴을 보며 마침내 마음이 조금 편안해졌다. 그래도 적지 않은 의문점이 남았다.

"네 어머니께서 허락하시더냐?"

하홍문이 돼지머리처럼 부은 얼굴을 들었다. 노대부인을 향해 겸연쩍게 웃어 보이다가 입가의 상처가 당겨 저도 모르게 쓱 하고 숨을 들이마셨다. 그러고는 묻지도 않은 말에 대답했다.

"어젯밤, 어머님께서 제 얼굴을 보시고 몹시…… 화가 나셨지요."

참 의미심장한 한마디였다. 방 안의 명란은 단박에 사태 파악이 되었다. 이 녀석이 자기 어머니에게 고육지책을 썼구나. 노대부인이 눈을 반짝 빛내며 의미심장하게 물었다.

"이 일은…… 아직 끝나지 않았겠구나?"

첫 번째 울기, 두 번째 난동 부리기, 세 번째 죽는다며 목매달기. 가장 핵심적인 세 번째 수단이 아직 사용되지 않았다.

하홍문이 깊숙이 고개를 떨구다가 불현듯 단호하게 고개를 쳐들고 진지한 목소리로 말했다.

"제가 어렸을 때 어머님께서는 저더러 공부하고 과거시험을 보라 하셨습니다. 저는 분부를 거스르고 제 기질대로 의술을 배웠지요. 그때 노대부인께서 '홍문이를 한번 믿어보라' 하셨고요. 저는 결코 자기 주관 없이 남들이 주무르는 대로 휘둘리는 사람이 아닙니다. 저는 무엇이 옳고 그른지 알고 있습니다. 절대로 제 할머님과 노대부인의 성의를 저버리지 않을 것입니다!"

하홍문의 이 한마디가 노대부인을 감동시켰다. 노대부인은 그의 간절하고 정중한 눈빛과 보기만 해도 끔찍한 얼굴의 상처를 보며 잠시 망설이다 미소 지으며 말했다.

"성의라고까지 할 것도 없느니라. 그저 노인네들이 생각이 많았던 것뿐이지. 나도 너를 여러 해 동안 봐 왔으니 네 품성이 믿음직하다는 건 알고 있느니라. 하느님이 소원을 들어주신다면 더 바랄 게 없겠지만, 달이 항상 둥글 수 없는 것도 하늘의 뜻인 게지. 매일 다투기만 하는 것도 좋지 않으니라. 인연은 하늘이 정하는 것이니, 네가 억지로 애쓸 필요는 없는 게야."

말투는 대단히 친절하고 우호적이며 감동적이었으나, 실제로는 아무것도 허락한 게 아니었다. 명란은 내심 노대부인의 화술이 예술적이라고 찬탄했다. 즉 노대부인의 말뜻은 이런 것이다. 하 도령, 너는 출발점도 좋고 계획도 아름답구나. 하지만 전망이 불투명하니 열심히 노력해야 할 것이다. 사촌 누이동생과 의남매를 맺고 난 뒤에 다시 이야기하자꾸나. 하지만 여자아이의 청춘은 짧단다. 그동안 우리도 우리 나름대로 따로 계획을 세워야 하니, 너는 서둘러야 할 게야.

하홍문이 어찌 알아듣지 못하겠는가. 그도 노대부인의 말뜻을 이해했다. 조씨 집안일은 확실히 화가 나는 일이고 몇 마디 말로 덮어 둘 수 있는 게 아니다. 만약 확실한 해결 방안이 없다면 성가에서는 이 혼사를 맺으려 들지 않을 것이다. 지금은 자신의 조모마저 화가 났으니 개입해서 도와주려 하지도 않을 것이다. 하홍문은 암담한 나머지 다시 듣기 좋은 말을 잔뜩 늘어놓았다. 노대부인은 힘들이지 않고 센 적을 물리치듯 일일이 받아쳤다. 상냥하고 친근한 표정으로 에둘러 완곡한 어조를 취했으나 결코 뜻을 굽히지 않았고, 명란의 얼굴을 보여주려고도 하지 않았다.

몇 마디 말씀을 더 올린 뒤, 하홍문은 암담한 마음으로 작별을 고했다.

그가 가고 난 뒤에야 명란이 천천히 안에서 나왔다. 명란은 침착한 기색이었다. 노대부인은 얼굴에서 웃음을 거둬들이고 피곤한 듯 나한상 위의 대영침에 기댔다. 노대부인이 느릿한 목소리로 말했다.

"홍문이가 생각이 있구나."

명란이 느릿한 걸음으로 노대부인에게 다가가더니 곁에 놓인 미인추 美人錘[3]를 집어 들었다. 미인추로 가볍게 노대부인의 다리를 두드리며 명란이 입을 열었다.

"사람은 누구나 다 자기 생각이 있는 거죠."

"어찌된 게냐?"

노대부인이 고인 물처럼 고요한 명란의 얼굴을 보며 물었다. 자못 흥미로운 듯한 기색이었다.

"이제 더 애쓰지 않겠단 게냐?"

명란이 잠시 손을 멈추더니 힘없이 고개를 가로젓고는 대답했다.

"제가 할 수 있는 노력은 다한 걸요. 할머님 말씀이 옳아요. 혼인은 쌍방이 바라야만 하는 것이지요. 억지로 밀어붙여선 안 되지요. 제 혼사는 그냥 할머님께서 정해주세요. 운명에 따를 거예요! 성씨 집안에서 저를 길러 주었는데 제가 비록 가문을 빛내지는 못하더라도 가문을 욕보여서는 안 되는 법이지요."

---

3) 긴 손잡이에 동그란 추가 달린 안마 기구.

노대부인은 명란의 창백하지만 결연한 얼굴을 보며 마음이 아파졌다. 노대부인이 부드러운 목소리로 말했다.

"착하기도 하지, 네가 알고 있으면 되었다. 지금 네 나이가 아직 어리니 천천히 생각해보자꾸나. 우리는 하씨 집안에 성의를 다했단다. 채근할 것도 다 채근했고, 할 말도 다 했지. 만약 홍문이가 정말 제 말대로 성사시킬 수 있다면, 그 아이도 듬직한 사내라 할 수 있을 테니 혼사를 맺어도 좋겠지. 만약 성사시키지 못한다면……."

노대부인이 잠시 망설이다 곧바로 단칼로 자르듯이 일갈했다.

"보아하니 춘위가 시작되는 모양이구나. 경성에 널린 게 젊은 인재들이고, 우리 집안이면 어디 권세 있는 집안 눈치를 보며 아첨할 필요도 없지. 때가 되면 이 할미가 네게 온후한 품성을 갖춘 좋은 사람을 찾아줄 터이니, 걱정할 게 없느니라."

명란은 노대부인이 현재 이욱을 마음에 들어하고 있다는 걸 눈치채고 있었다. 그러나 이번에 노대부인은 이런 속마음을 넌지시라도 드러낼 수 없었다. 지금 생각해보니 그때 너무 일찍 손녀와 하홍문이 서로 알고 지내게 했다는 후회가 들었기 때문이다.

명란의 눈에는 이제 눈물이 맺히지 않았고, 눈처럼 흰 피부 위로 담홍색 입꼬리 끝이 올라가기 시작했다. 보기 좋은 보조개를 드러내며 웃는 달콤한 모습이 마치 사람들 마음속에 녹아들 것 같았다.

"네! 할머님 말씀이 맞아요. 그저 진실된 사람 만나서 마음 편히 안정된 일생을 보내는 것도 참 좋겠네요."

성장한다는 것은 고통스러운 과정이다. 성숙은 어쩔 수 없는 선택이다. 만약 가능하다면 어느 여자아이가 평생 거만하고 아름다운 공주로 살길 거부하겠는가. 인간은 목석이 아니다. 그 여자아이가 행복한 혼인을 바라지 않는다면, 굳이 침착하고 태연한 척할 필요는 없는 것이다.

그러나 세상사는 칼날과 같다. 한 칼 한 칼 여자아이의 천진함을 꺾어 버리고, 모서리를 둥글게 깎아버리고, 기개를 없애서 애매모호한 모습의 부인으로 만들어 버린다. 보석으로 휘감고 비단옷을 걸친 그 부인은 첩실의 일상생활을 안배하고 서자, 서녀의 혼사를 관장하며 안팎으로 한 집안의 대소사를 처리하느라 분주하다. 그러다 최후에는 가족의 체면을 살리느라 높이 떠받들어지면서 천편일률적인 상징이 되는 것이다.

그녀는 이런 현모양처의 상징이 되고 싶지 않았다. 여자아이라면 누구나 일생일대의 배필에 대한 꿈이 있기 마련이다. 어쩌면 그 꿈 때문에 하홍문에 대해 집착하고 있는지도 모를 일이나, 이런 생각은 떨쳐 버려야만 한다. 전답, 아름다운 산천, 낚시, 맛있는 음식, 그리고 책이 있다. 남자의 변치 않을 사랑이 없더라도 쌈짓돈을 잔뜩 모아 놓고 아이들을 잘 기를 수 있다면, 그녀도 잘 지낼 수 있을 것이다.

• • •

9월 하순, 명란은 계례를 올렸다. 손님은 많지 않았으나 하 노대부인이 비취가 박힌 상등품 순금 주잠을 하나 준비해 손수 명란의 올림머리에 꽂아주었다. 이런 관계가 있었기에 나중에 누군가가 하씨 집안과의 왕래를 두고 무슨 말을 하더라도 도마 위에 오르지 않고 넘길 수 있게 되었다.

화란은 아주 귀한 순금 봉황이 장식된 백옥 주채 한 쌍을 보내 왔다. 묵란은 한 폭의 서화를 보냈고 오랫동안 왕래가 없던 평녕군주도 좋은 비단과 남주를 축하 선물로 보내 왔다. 여란은 특별히 신경을 썼다. 상자에 가득한 금을 꺼내 취옥을 시켜 묵직한 금사 리두螭頭 [4] 장식 목걸이를 특별히 주문 제작하게 했다. 보고 있던 왕 씨가 샘을 낼 정도였다.

명란이 사람들의 눈을 피해 몰래 여란의 소매를 잡아당기며 낮은 목소리로 말했다.

"여란 언니, 날 매수할 필요 없어. 절대 고자질하지 않을 테니까."

여란도 명란을 한 번 흘겨보더니 목소리를 낮췄다.

"경 오라버니가 보내라고 한 거야. 내가 언니니까 당연히 동생들을 돌봐 줘야 한다셨어. 장동이에게도 좋은 옷감을 나눠주었지. 새 옷을 두 벌만들 만큼 많이 줬단다!"

너그럽고 현숙한 언니의 표정을 한 여란을 보고 있자니, 명란은 즉각 그 문 도령을 다시 보게 되었다. 장생도 개량 가능한 거 아니야?!

그 뒤의 나날은 잔잔한 구름이 흘러가듯 평온했다. 이욱은 평균 5일에 한 번꼴로 성부를 방문해 '학문의 가르침을 구했고', 매번 올 때마다 노대부인이 쟁반 가득 준비한 간식을 다 먹고서야 돌아갔다. 그의 두 눈은 거의 투시법에 숙달된 듯했고, 병풍에 구멍 두 개가 뚫릴 지경이 되었다.

솔직히 말하자면 이욱은 매번 명란을 훔쳐보는 시간이 긴 것을 제외하면 딱히 흠잡을 데가 없었다. 날마다 장오의 처소에 틀어박혀 열심히 공부했고, 멋대로 주연에 나가는 일도 없었다. 설사 나간다 하더라도 법도를 잘 지켰고, 매사에 늘 법도가 몸에 배어 있었다. 중요한 점은 그의 위로 사촌누나가 다섯 명 있지만 모두 시집갔고, 아래로 두 명 있는 사촌

---

4) 이무기 머리.

동생들이 아직 어리다는 점이다.

왕 씨는 가세가 유복한 젊은 서생들을 살피느라 여념이 없었다. 해 씨는 또 임신했음을 알게 되었고, 입덧 때문에 산매酸梅[5] 한 통을 달고 살았다. 아이들은 벌써 걸음마를 배우고 있었다. 명란의 주위를 맴돌길 좋아하며 방긋거리는 완아는 작은 입을 벌리고 침을 흘리고 있었다.

하부에서는 계속 소식을 전해 왔다. 고작 20여 일 사이에 조금수의 모친이 자살 기도를 한 번 했고, 하홍문의 모친은 두 번 혼절했으며, 조금수는 중병을 세 번 앓았다. 조금수의 부친과 오라비들이 찾아와 난동을 부리고 가기도 했다. 분노한 하 노대부인이 가정家丁[6]들을 불러 그들을 내쫓았을 뿐만 아니라, 즉각 조가에 보내는 은자를 중단하고 다시는 조 씨 집안사람들이 찾아오지 못하게 했다.

10월 말이 되자 조금수가 눈물, 콧물 바람으로 하가에 애걸했다. 연신 사죄하며 자기 집이 잘못했다고 간절히 빌었다. 하 노대부인은 차마 문전박대를 못 하고 은자를 조금 내주었으나, 여전히 조금수의 모친이 병상의 하홍문 모친을 만나는 것은 허락하지 않았다.

하 노대부인은 명란이 하고자 했으나 할 수 없었던 것을 실행에 옮긴 셈이다.

선선한 바람이 불어오는 한가을, 순천부에서 포고문을 발표했다. 북벌대군이 대승을 거두고 돌아온다는 소식이었다. 갈노족 주력부대를 통쾌하게 이기고 수많은 적을 해치워 적진을 진압했다는 것이다. 또 갈

---

5) 달인 매실.
6) 남자 하인.

노족 왕자 세 명과 좌곡려왕左谷蠡王 7)을 죽이고 수많은 포로와 군마, 군수품을 획득했으며, 황야로 도망치는 갈노족을 추적해 수만 명에 이르는 적군을 죽이고 부상을 입혔다는 소식이었다!

소문에 따르면 심종홍 국구 나리가 제부인 황제의 체면을 세워 주겠노라며 특별히 선황의 기일 전에 경성에 도착할 수 있도록 연일 달려오고 있다고 한다. 갈노족 장수의 머리와 수많은 포로를 제단에 올리기 위해서였다!

10월 27일, 경성 성문이 활짝 열렸다. 경영京營 8) 병사들이 새 갑옷을 차려입고 손에는 홍영창紅纓槍 9)과 쇠사슬 채찍을 들고, 삼엄한 경계를 펼치며 넓은 관도를 열고 있었다. 황제가 손수 통솔하는 어림군御林軍 10)을 맞이하고, 18대 의장대 근위병이 앞으로 나서 의전을 행했다. 경성의 백성들이 좁은 길을 가득 메우며 환영했다. 경성은 실은 북방 국경과 그리 멀리 떨어진 곳이 아니다. 밤낮으로 유목민족의 위협을 받으며 살아가야 했기에, 백성들에게는 갈노족을 물리친 장군의 공로가 반란을 진압한 공로보다 더 큰 것이었다.

길한 시각이 되자, 멀리서 예포禮砲 11)가 세 번 울렸다. 갈노족을 평정한 북벌대군이 성에 들어왔다는 신호였다. 감 노장군이 선두에 섰고, 심 장군과 고 장군이 좌우로 서서 뒤를 따랐다. 온 성에 폭죽 소리가 요란스

---

7) 흉노족의 관직명, 제후에 해당.
8) 수도를 방위하는 군대.
9) 붉은 술이 달린 창.
10) 황제의 친위대.
11) 축포.

럽게 터졌고, 몇 장丈이나 되는 높이에 내걸린 오색 깃발이 온 길을 빽빽하게 채우며 바람에 나부끼고 있었다. 백성들은 서로 앞다투어 쳐다보았고, 온 성에 오색 장식이 군무를 추듯 나부끼고 있었다. 군인들이 이르는 곳마다 칭찬과 박수 소리가 일었다.

　밤이 되자 황제가 어전에서 연회를 열고 개선장군들에게 관직을 봉했다. 감 노장군은 병부상서로 봉해졌다. 심종홍은 위북후威北候라는 작위를 하사받았는데 일품보다 높고 무한히 세습되는 작위였다. 그리고 중군도독부 첨사로 진급했다. 고정엽은 좌군도독부 첨사로 진급했다. 둘다 정이품이 되었고, 저택도 한 채씩 하사받았다. 그밖에도 무수한 상이하사되었고 이들 이하의 군관, 사병들에게도 모두 상이 하사되었다.

제90화

척박한 밭

4품에 달하는 성굉의 높은 지위가 거저 주어진 게 아니라면, 명란의 말마따나 그는 고도의 정치적 예민함을 지니고 있을 것이다. 북벌대군이 조정에 돌아온 지 사흘째 되는 날, 성굉은 자신이 분주해지리라는 것을 직감했다.

주왕조의 군권은 본래 오군도독부에 집중되어 있었다. 그 외에 경성유수사京城留守司[1]와 각지의 위소衛所가 있었고, 오성병마사五城兵馬司[2]도 있었다. 그리고 새 황제의 즉위 후 '형담의 난'과 갈노족과의 북벌 전쟁이라는 두 번의 큰 전투를 잇달아 치르면서 전투력이 뛰어난 정예 장수들 대부분은 심종홍과 고정엽 두 사람에게 집중되었다.

관례대로 하자면, 대군이 조정에 돌아오고나면 그 군을 이끌던 장수

---

1) 경성의 수비를 맡던 부서.
2) 동, 서, 남, 북, 중앙의 다섯 개 성의 병마를 지휘하는 기관.

는 병부兵符 3)와 인신印信 4)을 반납해야만 했다. 그러나 벌써 보름이 지나도록 반납이 이루어지지 않았다. 이부에서 여러 번 상소문을 올려 슬며시 이를 환기시키기도 했으나, 황제 쪽에서는 아무런 동정도 없었다. 급기야는 무영전대학사武英殿大學士 5) 구서가 조회 때 공개적으로 상소문을 올려 진언했다가, 황제로부터 참월僭越 6)이라며 심한 질책을 받기에 이르렀다.

성굉은 뭔가 상황이 심상치 않다는 생각이 들었고, 또 평소 노대부인을 신뢰하고 있었기에 조정에서의 일과를 마친 뒤 수안당에 문안을 가서 몇 마디를 나누었다. 그러고는 장백과 상세히 의논하기 위해 자리에서 일어났다.

"큰일이 또 일어나면 안 될 터인데."

노대부인이 두 손을 합장하고 묵묵히 불경 몇 구절을 외었다.

"난리나 전쟁이 일어나면 결국 가장 고통받는 건 백성이니라. 작년 난리 때 강회江淮 7) 기슭의 논밭에 흉년이 들어 농민들만 가엾게 되었지. 아들딸들을 내다 팔기까지 해야 할 지경이었으니."

노대부인은 여러 해 동안 예불을 올려왔고, 천성적으로도 선행을 자주 베풀었다. 작년부터는 수많은 소작인의 소작료를 감면해주고 있었다.

---

3) 군대를 지휘할 수 있는 권한을 상징하는 신표.
4) 공적 권위를 상징하는 도장.
5) 조정의 장서들을 관리하고 출판을 맡던 관직.
6) 주제넘게 윗사람을 거스르는 것. 제후가 권력을 탐하는 중죄를 뜻하기도 함.
7) 장강과 회수.

자수바늘을 쥐고 세심하게 수를 놓던 명란은 그 말에 고개를 들고 망연자실한 표정으로 말했다.

"그럴 리가요. 예로부터 지금까지 전쟁을 좋아하는 황제는 별로 없었는걸요."

연륜이 있는 노대부인은 짚이는 바가 있는지 조용히 읊조렸다.

"설마 황상께서…… 뭔가를 하시려는 겐가?"

명란이 듣고서 크게 고개를 끄덕거렸다.

"할머니 말씀도 일리가 있어요. 등도자登徒子 8)가 돼지 잡는 칼을 든 것은 부녀자를 희롱하기 위함이었고, 도적이 랑아봉狼牙棒 9)을 든 것은 강도가 되기 위해서였지요. 황상께서 병권을 쥐고 놓지 않으려 하시니, 어쩌면 무슨 움직임이 있을지도 모르겠네요."

인종 황제는 훈귀권작들에게 대단히 관대했다. 그렇게 이삼십 년쯤 지나고 나니 군권은 훈작세가들이 대부분을 쥐게 되었다. 그들은 여러 대에 걸쳐 혼인 관계를 맺어 세력을 공고히 했고, 군의 기강은 해이해졌다. 새 황제는 즉위 후에 틈만 나면 이들을 대대적으로 물갈이하려 했다.

노대부인이 명란의 매끄러운 뺨을 꼬집었다. 명란의 장난기 어린 표정에 아이가 다시 활기를 찾았구나 싶어 기쁜 마음에 웃으며 꾸짖었다.

"망할 것, 허튼소리를 하는구나! 조정 일에 대해서도 입을 놀려대는 게냐! 내가 네 입을 때리지 못할 줄 알았다냐!"

명란이 얼굴을 가리며 필사적으로 노대부인의 손을 피하며 작게 소리

---

8) 춘추전국시대 초나라 사람으로 여색을 밝히는 것으로 유명, 이후 호색한의 대명사가 되었음.
9) 무수한 못 끝이 밖으로 나오게 박아 긴 자루를 단 무기.

쳤다.

"조정 얘기가 아니고요! 우리 집안의 대사와 관련된 얘기지요."

"무슨 대사 말이냐?"

노대부인이 의아해하며 물었다.

명란이 손을 내리고 정색한 얼굴을 들이밀며 대답했다.

"얼른 어머니에게 여란 언니의 혼처를 물색하는 데 서두를 필요는 없다고 말씀해주세요. 이번에 정리되고 난 뒤에 다시 물색해보는 게 더 확실할 거라고요!"

어쨌든 입막음조로 금목걸이를 받았으니 조금이라도 도움이 되어야 했다. 여란에게 좋은 영향을 줄 수 있다면 결코 나쁠 게 없으리라. 요즘 세상에 진실한 연애를 하기란 쉽지 않은 일이다. 명란은 여란이 행복하길 바랐다.

사실 명란의 걱정은 쓸데없었다. 황제의 동작이 왕 씨보다 재빨랐기 때문이다. 왕 씨가 사윗감을 고르기도 전에 첫 번째 탄핵이 시작되고 만 것이다.

황제는 도찰원都察院[10] 어사들에게 '신진의 난' 때 사왕야의 편에 섰던 자들과 '형담의 난' 때 역모를 꾀했던 두 왕과 결탁했던 자들, 갈노족과의 북벌전쟁에서 적극 협력하지 않은 자들을 엄중히 조사하고 이후 대리시大理寺[11]와 함께 엄중히 심판하라 명했다.

양쪽에 동시에 싸움을 걸지 않는다는 기본 군사 원칙에 따라 이번에

---

10) 행정기관을 감찰하는 기관.
11) 죄인의 체포, 수사, 재판, 형벌을 관장하는 기관.

황제는 권작세가에 화력을 집중했다. 수많은 왕의 작위를 단번에 박탈하고, 수많은 가문을 강등시켜버렸다. 영창후부도 군에서 일 처리를 제대로 못 했다는 이유로 엄중한 처분을 받았다. 영창후는 일 년간 감봉 처분을 받게 되었고, 영창후부에 하사됐던 마을 두 곳도 몰수됐다.

문관 집단은 잠시 안전했다. 곧 황제를 위해 전력을 다하여 계책을 올리고 인력을 제공했다. 성굉은 도찰원의 중간 책임자였기에 특히 분주했다. 며칠 연속으로 한밤중에 귀가했고, 어떤 때는 부部 안에서 자야 할 때도 있었다.

• • •

하루는 화란이 선물을 바리바리 싸 들고 임신한 해 씨를 보러 왔다. 오는 김에 자신의 아들딸도 데려와 외갓집에서 놀게 했다. 전이와 실이는 며칠 차이로 태어난 데다 호기심이 제일 왕성할 때라 한시도 가만히 있지 않았다. 그래도 아직은 걷지 못하고 멀리까지는 기어가지 못했기 때문에 큰 말썽을 부리진 않았다. 입을 벌리고 큰 소리로 우는 것이 아직까지는 가장 큰 위력을 발휘했다.

얼마 전, 명란은 실이를 위해 한 척이 조금 넘는 높이의 나무 울타리를 설치했다. 비단보에 솜을 채워 모서리를 감싸고, 블록 장난감을 쌓듯이 구들 주위에 둘렀더니 네모난 작은 공간이 만들어졌다. 안쪽은 푹신푹신해서 아이가 기어오르다 떨어져도 아무 문제없었다.

해 씨는 이 아이디어를 극찬했다. 임신하고 나서부터 아들에게 가까이 가지 못했던 것이다. 해 씨는 늘 웃는 얼굴로 한쪽에 앉아 명란이 장난감으로 울타리 안에서 놀고 있는 전이를 어르는 것을 지켜봤다. 포동포동한 아기가 폴짝 뛰었다가 뒤로 벌렁 자빠지거나 울타리를 붙잡고 엉기적엉기적 걸음을 떼는 모습이 우스워 곁에서 지켜보던 어른들은 늘 배를 잡고 크게 웃었다.

화란이 그걸 보고 재미있었는지 실이도 안에다 내려놔 아이들끼리 놀게 했다. 뽀얗고 포동포동한 아이들은 안에서 함께 어우러졌다. 서로 일어나는 걸 도와주기도 했고, 장난감을 뺏으려고 싸우다 마화당麻花糖[12]처럼 뒤엉키기도 했다. 장이가 손뼉을 치며 응원했고, 모두 배꼽이 빠져라 웃으며 즐거워했다. 곁에 서 있던 계집종, 어멈들마저 웃음을 참지 못할 지경이었다.

야단법석을 떨며 놀다가 기진맥진해진 두 아이는 칭얼대다 결국 잠이 들었다. 머리와 머리를 맞대고, 짤뚱하고 포동포동한 다리를 서로 걸친 채 작게 코를 골며 쿨쿨 잠이 들었다. 게다가 침까지 흘리고 있었다.

장이도 놀다 지쳐서 한 손으로 방금 명란이 준 고양이 인형을 껴안은 채 다른 손으로 두 눈을 비비고 있었다. 왕 씨가 얼른 옆방의 난각으로 장이를 데려가 재우고는 계집종을 불러 잘 돌보라 분부했다. 해 씨도 자신의 등허리를 주무르며 피곤해하고 있었다. 이에 노대부인은 해 씨에게 돌아가 쉬게 했다.

"아, 확실히 여기가 좋구나. 전이 좀 보렴. 얼마나 다부지고 씩씩하니. 성격 좋은 건 말할 것도 없고, 대범하고 낯도 가리지 않고."

화란이 아이들과 놀다 구겨진 치마의 주름을 매만지다, 멀리 안쪽 방 구들 위에 잠들어 있는 아들을 바라보며 살짝 한숨을 쉬었다.

---

12) 꽈배기 엿.

378

"실이처럼 멍하니 있지도 않고, 몸이 허약하지도 않아."

여란이 발랑고를 만지작거리며 놀다가 고개를 들어 화란을 쳐다보며 말했다.

"새언니는 늘 전이를 안고 정원을 거닐어. 전이가 뛰어놀고 싶은 대로 놔둔다고. 언니는 실이를 너무 꽁꽁 싸매 두잖아!"

화란의 표정이 일순 가라앉았다. 불쾌한 기색이었다. 왕 씨는 두 딸이 또 말싸움하겠구나 싶어 황망히 끼어들었다.

"네가 뭘 안다고 그러느냐? 네 큰언니네 집이 우리 같은 여염집과 비교가 되느냐. 사람은 많고 다들 무슨 생각을 하는지 알 수가 없으니 네 언니가 실이를 꽁꽁 싸매지 않고 어찌 안심을 해!"

다소 기분이 풀린 화란이 쓸쓸한 어조로 말했다.

"어머니 사위네 집에 있는 사람 중에 마음 놓을 수 있는 사람이 하나도 없는데 제가 어떻게 한눈을 팔겠어요! 동생들은 복도 많아요. 집안에 다들 진실한 사람들만 있으니. 저는, 아……."

노대부인은 큰손녀를 몹시 아꼈다. 노대부인은 화란을 자기 쪽으로 당겨 가볍게 안아주었다.

"화란아, 인생에서 열에 여덟아홉은 마음대로 안 되는 법이란다. 그래도 원 서방이 네게 잘하고 있잖느냐."

화란은 노대부인의 자애롭고 다정한 눈빛에 마음이 따뜻해졌다. 역시 친정은 기댈 수 있는 곳이란 생각이 들었다. 화란이 웃으며 대답했다.

"원 서방은 참 잘해줘요. 그 집에 무슨 재미난 이야깃거리만 있으면 전부 제게 보고하고요. 여러 날을 저와 함께 보낸답니다. 짬이 날 때마다 아이들과 놀아주고요! 시어머님이 가끔 저를 비꼬면 그 자리에서 대들지는 못해도 나중에 시아버님에게 아뢰어요. 그럼 시아버님이 굳은 얼굴로 시어머님을 나무라고요. '당신이 너무 한가한 모양이로군?! 아들과 며느리가 사이좋고 원만한 게 집안의 복이거늘. 공연한 일로 트집 잡지 마시게. 시어미가 돼서 허구한 날 아들 방에 끼어드는 건 또 무슨 짓인가?! 집안 어수선하게 하지 말고 가묘家廟 [13]에 가서 불경이나 베끼시오.'라고요. 그럼 한동안 시어머님이 잠잠해진답니다."

화란이 낮은 목소리로 충근백의 말투를 실감나게 흉내냈다. 여란은 순간 웃음을 참지 못하고 깔깔대며 명란의 품으로 뛰어들었다. 충근백 부인은 경성에서도 아둔하기로 이름이 나 있었다. 시누이인 수산백 부인도 그녀를 무시한다는 걸 적지 않은 친지들이 알고 있었다.

왕 씨는 그제야 한시름을 놓고 눈가를 훔치며 말했다.

"다행이구나, 다행이야! 네 아버지가 잘못 본 게 아니구나. 원 서방이 사람이 됐어."

노대부인이 화란의 손을 잡아끌고 가볍게 두드리며 감개무량하게 말했다.

"화란이가 참 잘하고 있구나. 몸을 낮추고 도리를 지키거라. 그렇다고 네 시어머니를 너무 두려워할 필요는 없다. 네 시아버지와 원 서방이 똑똑하니 절대 네 시어머니가 함부로 하게 두지는 않을 게야."

그 이야기를 들은 여란은 화란이 녹록하지 않은 생활을 보내는 것을 알고 미안한 마음이 들었다. 여란이 천천히 자리에서 일어나 더듬더듬 자신의 잘못을 사과했다. 그리고 또 한마디를 덧붙였다.

"큰언니, 실이는 걱정할 필요 없어. 큰형부가 유능하고 세상 물정에도

---

13) 조상신을 모시는 사당.

밝으니, 조카는 문제없을 거야. 장차 늠름한 꼬마 장군님이 될지도 모르잖아."

화란이 눈가를 훔치더니, 짐짓 농담하듯 대답했다.

"하지만 아들은 어미를 닮는다지 않니. 네 형부의 좋은 점을 실이는 못 가져갈 거라고."

임기응변이 모자란 여란은 즉각 말문이 막혔다. 여란이 손을 뻗어 명란을 한 번 꼬집었다. 명란이 그녀를 대신해 불을 꺼준 게 이미 한두 번이 아니었다. 명란이 속으로 한숨을 한 번 쉬고 곧바로 말을 받았다.

"……그렇다면 외조카는 외삼촌을 닮는다는 소리인데 실이가 큰오라버니를 닮는다면, 어머……."

"그게 어때서?"

화란이 웃으며 명란을 추궁했다.

명란은 일부러 길게 탄식하더니 통통한 두 손을 벌리며 난처한 표정을 지었다.

"그렇다면 어려운 책이나 보려 하고 어려운 시험이나 치려 할 테니 참으로 힘들겠어요!"

여란이 손뼉을 치며 웃었다.

"그럼 얼마나 좋아. 꼬마 장군이 아니라 꼬마 장원이잖아!"

방 안의 사람들이 모두 즐거워했고, 왕 씨도 이 이야기를 들으며 마음이 편안해졌다. 화란이 명란에게 다가가 명란을 세게 꼬집었다. 여란도 와서 거들었다. 세 자매는 서로 손바닥으로 치고 꼬집으며 까르르 웃음을 터뜨렸다.

왕 씨는 딸이 그래도 잘 지내고 있다는 생각이 들었고, 문득 시집간 또다른 누군가가 떠올랐다. 궁금함을 억누르지 못한 왕 씨가 물었다.

"화란아, 근자에 영창후부의 일에 대해 들은 게 있느냐? 심각하다더냐?"

노대부인이 불쾌한 기색으로 그녀를 힐끔 쳐다봤다. 왕 씨의 어조 안에 걱정하는 마음보다 남의 불행을 고소해하는 마음이 고스란히 드러났기 때문이다.

화란이 고개를 흔들더니 탄식하며 대답했다.

"아! 량씨 집안이 너무 약삭빨랐어요. 지난번 두 왕야의 황위 다툼은 정말 소름 끼쳤잖아요. 만약 마지막에 형왕이 성공했다면, 거기에 저항했던 사람들은 화를 입지 않았겠어요? 그래서 군대 안에서 일을 소홀히 했던 거고요. 지금 성상께서 노여워하시는 것도 변명할 여지는 없겠지요. 그래도 량씨 집안의 서장자가 대군을 따라 북벌에 나섰지 않았겠어요. 공을 세우긴 세웠는데 그자는 감 노장군이 직접 발탁한 사람이잖아요. 그런데 감 노장군이 병부상서가 됐으니 군대 안에 공석이 생겼지요. 황상께서는 거기에 자기 사람을 넣으시지 않겠어요?"

즉위하기 전의 황제는 삶이 평탄치 않았다. 그의 번지에 있던 권작세가들은 그의 체면을 세워주지 않았고, 매번 경성에 돌아올 때마다 그들이 삼왕야와 사왕야에게 아첨하는 꼴을 봐야만 했다. 아마 오랫동안 불쾌한 심정이었을 것이다.

왕 씨는 이야기를 듣는 데 정신이 팔렸다. 자신이 최근에 들은 소문과 이 이야기를 결합하더니 바삐 입을 열었다.

"지금 경성 안에서 가장 영화를 누리는 건 아마 심가沈家일 게야. 황후마마를 배출한 건 말할 것도 없고, 싸움에 능한 국구 나리도 있으니 말이다. 아이고, 심씨 집안은 운도 좋지!"

이 말 속에 숨은 뜻은 심씨 집안의 사위를 고른 안목이 몹시 부럽다는 것이다.

화란이 어찌 친어머니의 의도를 모르겠는가. 소매로 입을 가리고 피식 웃고는 장난스럽게 말했다.

"저희 시어머님도 지금 후회하고 있는걸요. 반년 전에 시누이인 문영 아가씨가 정식으로 혼약을 맺었는데, 바로 한 달 뒤에 그 심 국구의 정실부인이 갑자기 세상을 떠날 줄 누가 알았겠어요. 지금쯤 혼담을 넣는 사람들로 심가의 문지방이 다 닳았을 거예요!"

자기 시어머니가 가슴을 치고 발을 구르며 후회하는 모습을 떠올리니 화란은 그저 우스운 생각이 들었다.

노대부인이 살짝 고개를 흔들더니 탄식했다.

"타는 불에 기름을 붓고, 꽃에 비단을 더하는 격이니 나날이 번성한다는 말이로구나. 허나, 높은 지위에 올랐다고, 좋은 나날을 보내게 되리라고 장담할 수는 없느니라. 네 시고모는 인품이 진실되고, 질녀를 아끼는 사람이다. 또 수산백부에 사람이 많은 것도 아니니 네 시누이가 그 집에 시집을 가는 게 진짜 복이다!"

화란은 예전부터 노대부인의 식견을 존경하고 있었다. 화란이 연신 고개를 끄덕이며 말했다.

"할머님 말씀이 옳으세요! 원가袁家를 보셔요. 평소에 찾아오는 이가 뜸해 지금 아무 데도 연루되지 않았잖아요. 이번에 황상께서 권작세가들을 특별히 단속하고 계신데, 원씨 집안은 오히려 무사하잖아요."

명란이 문득 마음이 움직여 대화에 끼어들었다.

"큰언니, 조금 전에 언니가 황상께서 어쩌면 자기 사람으로 군대를 채울 거라고 했잖아요. 큰형부는 파벌을 이루고 있지 않으니 어쩌면 중용될 수 있지 않을까요."

이 점은 원문소도 일찌감치 생각한 바였다. 그저 화란은 친정에서 자랑하기가 부끄러웠을 따름이다. 명란이 자기 대신 이 점을 간파해주니 내심 기쁜 마음이 들었다. 득의양양해진 화란이 입가에 웃음을 띠며 겸손하게 말했다.

"알 수 없는 일이지. 성상의 뜻을 두고 봐야지."

노대부인이 몹시 기뻐하며 말했다.

"네 시아버지는 유능한 사람이니 네가 앞으로 원씨 집안에서 더 좋은 나날을 보내겠구나!"

왕 씨는 아예 대놓고 물었다.

"언제 분가할 수 있겠느냐? 그 시어머니에게서 벗어나야 정말 잘 지낼 수 있을 것을!"

노대부인은 속으로 한숨을 쉬었다. 이번에는 왕 씨와 다툴 기력마저 들지 않았다. 그건 성가 사람들의 공통된 심정이기도 했다. 그런 말을 어떻게 시어머니 면전에서 할 수 있는가?

하지만 화란은 영리했다. 할머니의 표정을 보자마자 어머니가 한 말이 적절치 않음을 알아채고 재빨리 화제를 돌렸다.

"할머님, 어머니, 동생들아, 지금 경성에서 가장 재미난 일이 무엇인지 아세요?"

다들 뭔지 모르겠다는 얼굴을 하고 있는 걸 보고 화란이 웃으며 말을 이었다.

"심 국구 나리와 함께 대군을 이끌고 북벌에 나선 고정엽 장군이에요. 다들 아시죠?"

명란은 일순 동요했으나 바로 마음을 가라앉히고 자세를 바로 했다.

왕 씨가 듣자마자 웃음을 터트렸다.

"어찌 모를까? 녕원후부의 그 방탕한 불효자 아니더냐. 지금은 벼락출

세를 했다지! 사왕야와 연루됐던 금향후錦鄕侯와 령국공_{寧國公}, 그리고
또 다른 서너 가문이 모두 작위를 박탈당해 권세를 잃고, 가산도 몰수당
해 재판을 받았다는데 녕원후부만은 칙명으로 만들었던 편액만 빼앗겼
다지. 다들 황상께서 고씨 집안 둘째 아들의 체면 때문에 그러셨다고들
하더구나. 그자가 또 뭘 어쨌다는 게냐?"

화란이 찻잔을 들고 차를 한 모금 마시더니 침착하게 말했다.

"작년에 녕원후부에서 고 장군의 혼사를 추진했는데 부안후의 먼 친
척뻘 되는 팽씨 집안이었대요. 그때 고 장군은 홀로 외지에 나와 있어 아
무것도 몰랐고요. 나중에 알게 됐을 때는 녕원후부에서 이미 중매인을
보내고 난 뒤였지요. 그런데 팽씨 집안에서 고 장군의 초라한 꼴을 보고
혼사를 꺼렸다는 거예요. 거기다 방계 집안의 서녀를 대신 시집보내려
했다더라고요. 화가 난 고 장군이 형제처럼 지내는 군인들 몇 명을 데리
고 팽가에 가서는 바로 혼담을 거절했대요!"

왕 씨가 이 이야기를 듣고서는 희색이 만연한 얼굴로 고소해하며 말
했다.

"그렇게 된 것이었구나! 그 일은 나도 조금 알고 있었단다. 그 팽가가
두 눈 멀쩡히 뜨고도 보물을 알아보지는 못했구나. 후회가 막심이겠어!"

"왜 아니겠어요?!"

화란이 맞장구를 치며 크게 웃었다.

"지금 고 장군이 예전과는 비할 수도 없을 만큼 출세했으니, 팽가에서
는 또 혼인을 맺고 싶어 한대요. 그래서 그때 녕원후부에 가서 혼담을 넣
었던 중매인을 끌어들여 떠벌리고 다닌답디다. '일찌감치 혼약을 맺은
사이'니 어쩌니 하면서요."

왕 씨가 경멸하는 어조로 말했다.

"팽가도 낯이 두껍구나."

노대부인이 듣다가 연신 고개를 가로젓더니 낮은 목소리로 말했다.

"일이 그리되었다면 떠벌려서 좋은 게 없다. 어쨌든 부안후의 체면과도 결부된 일이지 않느냐."

화란이 희고 매끄러운 손가락으로 가볍게 자신의 입술을 두드렸다. 웃고 싶은 마음을 감추지 못하며 말을 이었다.

"그 고씨 집안 둘째 아들이 어찌 손해를 보고 가만히 있겠어요? 사람을 시켜 팽가에 그림을 한 폭 보냈대요. 팽가 사람들은 너무 기쁜 나머지 바로 수많은 사람 앞에서 그걸 열어 보았고요. 근데 그림 속에 그려져 있는 건 한 고랑 척박한 밭 한쪽에서 농부가 쟁기를 끌고 떠나는 모습이었대요."

명란이 듣다가 우스워서 마시던 차를 뿜을 뻔했다. 왕 씨와 여란은 어리둥절한 얼굴로 서로 쳐다볼 뿐이었다. 노대부인은 뭔가 느낀 바가 있는 듯 슬며시 미소를 지었다. 여란은 차마 다른 사람에게 물을 엄두를 내지 못하고, 늘 그랬듯 명란에게 다가가 명란의 팔을 붙들었다. 여란이 작은 목소리로 물었다.

"무슨 뜻이야?"

명란은 입안에 머금은 차를 우선 마시고, 숨을 고른 뒤 대답했다.

"……척박한 밭일 때는 아무도 농사 짓는 이 없더니, 땅이 비옥해지니 뺏으려 드는구나!"

여란이 비로소 무슨 뜻인지 이해하고, 손뼉을 치며 웃었다. 왕 씨가 비꼬는 표정으로 말했다.

"말 한번 잘했구나! 팽가의 체면이 말이 아니었겠어."

화란이 웃으며 말했다.

"고 장군이 그 그림을 보낸 것은 팽씨 집안이 먼저 도리를 어겼음을 지적한 것이지요. 팽씨 집안도 시치미를 떼긴 어려울 테니 변명거리를 찾아 물러났지요. 저는 고 장군이 좀 심하다는 생각이 들었어요. 그런데 원서방이 이런 말을 할 줄 누가 알았겠어요. 고 장군이 지금은 그래도 많이 얌전해진 거래요. 예전 성질 같았으면, 곧장 쳐들어가서 욕했을지도 모른다면서요."

명란은 언연 사건과 활을 맞아 고슴도치 꼴이 되었던 해적들을 떠올리며 슬쩍 고개를 끄덕였다. 그 녀석, 확실히 성격이 더럽긴 하지.

화란이 웃느라 흘린 눈물을 훔치며 또 덧붙였다.

"팽가의 소행은 사람들의 비웃음을 살 뿐이지요. 부안후부조차도 도와주려 하지 않을 정도였으니까요. 지금 고 장군을 사위로 삼으려는 집안이 늘었어요. 고 장군은 요즘에 계속 도독부에서 일하느라 분주하다지요. 심지어 장군부에도 돌아가지 않는답니다. 중매인들이 벌떼처럼 녕원후부로 달려간다는데 누가 팽가를 기억하겠어요!"

명란은 묵묵히 차를 마셨고, 한마디도 입을 열지 않았다. 그저 묵묵히 생각할 따름이었다. 이 일도 전부 팽가만 탓할 수는 없는 것이다. 정처 없이 떠돌아다니는 방탕아와 황제의 총애를 받으며 승승장구하는 신흥 귀족을 어찌 똑같이 대할 수 있겠는가. 혼사를 맺자며 벌떼처럼 사람들이 몰린다니 차라리 다행이었다. 그 집안에서 틀림없이 마음에 쏙 드는 적녀를 찾을 수 있겠지. 온순하고 현숙하며, 온유하고 세심한 사람으로. 다행이야, 다행!

제91화

보지 않으면 알 수 없다더니,
고대는 참으로 기묘하구나

11월이 되자 차가운 칼바람이 불고 새하얀 입김이 나오기 시작했다. 명란은 또 게으름을 피우기 시작했다. 따뜻한 아랫목에 달라붙어 손 하나 까딱하려 들지 않았다. 그런데 취병이 찾아와 수안당으로 오라고 기별할 줄 누가 알았겠는가. 명란은 고통스러워하며 우는 소리를 냈다. 단귤이 그녀를 어르며 구들 침상에서 내려와 두터운 모피 괘자를 입게 했다. 명란은 그제야 추위에 떨지 않게 되었다. 수안당에 이르니 구들 위에 단정히 앉아 있는 노대부인의 모습이 보였다. 무릎 위에는 금사로 이무기를 수놓은 두터운 털 담요를 덮고, 손에는 종이 한 장을 쥐고 있었다. 다소 불안한 표정이었다.

명란은 얼른 나태하고 산만한 마음을 수습하고 앞으로 나아갔다. 곁에 있던 취매로부터 따끈한 인삼차를 건네받아 천천히 탁자 위에 놓으며 조용히 말했다.

"할머니, 어인 일이세요?"

노대부인은 그제야 정신이 들었다는 듯 곤혹스러운 눈빛으로 수중에 있던 종이를 명란에게 건넸다.

"아침 댓바람부터 하가에서 보내 왔더구나. 네가 직접 읽어보려무나."

따뜻한 구들 침상 옆으로 최대한 가까이 자신의 몸을 옮기며, 명란은 서신을 펼치고 천천히 읽기 시작했다.

그 서신은 하 노대부인이 보낸 것으로 매우 다급한 어조로 씌어 있었다. 우선 앞부분에는 조가가 경성에서 더 버티지 못하고 곧 원래의 본적지로 돌아간다는 내용이 적혀 있었다. 그리고 조금수가 자살을 기도했다가 사람들의 도움으로 깨어난 뒤 비밀을 털어놓았다는 이야기도 적혀 있었다. 양주에서 첩살이할 때, 그 집 정실부인이 억지로 홍화탕紅花湯 1)을 먹여 아이를 낳을 수 없는 몸이 되었다는 것이었다. 가족들이 상심할까 두려워 이제껏 아무에게도 말하지 않았다는 것이다.

하 노대부인은 지금 자초지종을 추궁하러 가니 오후에 여기 와서 설명하겠다고 적었다.

명란은 천천히 서신을 내려놓았다. 머릿속에 복잡한 생각들이 빠르게 오갔다. 노대부인은 아랫목의 영침에 천천히 몸을 기대고, 두 마리 봉황이 새겨진 수도壽桃 2) 모양의 청화 손화로를 손에 받쳐 들었다.

"명란아, 네 보기에…… 이 일은 어찌해야겠느냐?"

명란이 노대부인 곁에 앉아, 서신을 한 줄 한 줄 따져보았다.

"다른 부분은 전부 대수롭지 않은 내용이에요. 다만 이 두 줄이 핵심이네요. 첫째, 조가가 경성을 떠날 것이다, 둘째, 조 낭자는 아마 아이를 낳

---

1) 임신할 수 없게 만드는 약.
2) 장수의 상징인 복숭아.

지 못할 것이다."

노대부인은 눈을 감은 채 천천히 고개를 끄덕였다.

"그래. 이렇게 되면 상황이 또 바뀌겠구나."

조금수가 아이를 낳을 수 없다. 이는 그녀가 적당한 혼처를 찾기가 매우 어려울 것이란 뜻이다. 기껏해야 자식이 딸린 홀아비 정도나 가능할 것이다. 만약 가세가 부유한 명문가라면 자식 없이 친정에 돌아온 과부 여식이라도 개가할 수 있었다. 그러나 조가의 지금 같은 형편에 어느 품성 좋고 집안 좋은 홀아비가 장가를 들려 하겠는가. 상황이 이러하니 오직 하가만이 그녀를 돌봐 줄 수 있을 것이다.

그런데 아이를 낳을 수 없는 첩실이라면, 그녀가 정실부인에게 무슨 위협이 되겠는가? 게다가 조가는 본적지로 돌아가야 하는 상황이기까지 하니, 이런 첩 하나는 그저 장식품이나 매한가지가 될 따름이다.

노대부인과 명란은 여기까지 생각이 미치자, 둘 다 동요를 억누를 수 없었다.

노대부인이 손화로를 내려놓고 살며시 인삼차 찻잔을 들었다. 천천히 찻잔 뚜껑을 열고 찻잔 속 인삼 조각을 휘휘 저었다.

"이번에는…… 우리가 경솔하게 입을 놀려서는 아니 될 게야. 하가에서 무슨 소리를 하든 일단 내버려두자꾸나."

명란이 천천히 고개를 끄덕거렸다.

점심 식사를 마친 뒤, 조모와 손녀는 잠시 휴식을 취했다. 미시未時 이각二刻[3]이 시작될 무렵, 하 노대부인이 황급히 찾아왔다. 서둘러 달려온

---

3) 오후 1시 30분.

모양인지 찻잔을 쥐고 따뜻한 차를 연거푸 마셔 댔다. 노대부인은 내심 초조한 마음이 들었으나, 겉으로는 태연한 표정을 짓고 있었다. 명란은 늘 그랬듯 방 안으로 들어가 숨어 발 너머로 가만히 듣고 있었다.

몇 마디 상투적인 인사를 나눈 뒤, 노대부인이 드디어 입을 열었다.

"일단 숨 좀 고르고 이야기하시게. 누가 쫓아오기라도 하는가?!"

하 노대부인이 눈을 부릅뜨고 대답했다.

"누구겠습니까? 우리 손주놈이지요! 이번엔 언니의 금쪽같은 손녀 때문에 그 녀석이 친어미와 이모, 친척들에게 미움을 사고 흠씬 두들겨 맞았습니다."

"할 말씀 있으시면 숨기지 말고, 어서 말씀하시게."

아까는 서두를 것 없다더니, 이제는 얼른 말하라며 재촉했다.

하 노대부인이 찻잔을 내려놓고 숨을 고르더니 노대부인을 똑바로 바라보며 천천히 말했다.

"저는 젊은 나이에 과부가 된 며느리가 불쌍해 그동안 가능한 한 엄하게 대하지 않으려고 노력했습니다. 이번에 조가가 꼴사나운 짓을 했어도 며느리를 다그치지 않았지요. 천천히 체념하게 하면 되겠거니 생각했습니다. 그런데 이번엔 효성 깊고 유순한 손자놈이 필사적으로 나올 줄 누가 알았겠습니까! 지난번 그 녀석이 언니 집에서 돌아와서는 몰래 서방書房[4]으로 제 할아비를 찾아갔더군요. 우리 영감은 그저 글재주 뽐내는 것만 좋아하고, 안채 일에는 일절 상관하기 싫어하는 사람이지요. 그런데 홍문이가 자초지종을 다 털어놓으며 제 할아비더러 아문에 송

---

4) 서재.

사를 걸어달라고 부탁을 했지 뭡니까. 조가를 경성에서 쫓아내자고요."

연륜이 많은 노대부인이라도 깜짝 놀랄 일이었다. 노대부인은 한참 멍하게 있다가 겨우 정신을 가다듬었다.

"어찌…… 홍문이가 얼마나 효성 깊고 유순한 아이인데! 어찌 자기 어머니를 기만하는가……."

하 노대부인은 말하다 보니 목이 말랐는지 또 차를 벌컥벌컥 마시고 서야 말을 이었다.

"그뿐만이 아닙니다! 며칠 전에 아문 관리가 통첩을 보내 조가에게 다음 달에 본적지로 돌아가라는 명령을 내렸습니다. 안 그러면 엄벌에 처하겠다고요! 홍문이 이모가 울며 살려 달라고 왔는데, 아문에서 공문이 내린 이상 우리 집에 무슨 방도가 있겠습니까. 며느리가 며칠 식음을 전폐하다가 영감한테 도움을 청하러 갔지요. 영감은 나랑 홍문이 때문에 지금껏 참은 것인데, 며느리가 아직도 잘못을 모르는 걸 보고 호통을 쳤지요. '너는 우리 하가 사람이지, 조가 사람이 아니니라! 조가 놈이 뇌물을 받아먹고 법을 어겼으면 마땅히 벌을 받아야지. 친척 간 정으로 한 번 도와줬으면 됐지. 그자들이 코를 내주었다고 이젠 얼굴 위로까지 기어오르려 드는구나. 하루 종일 시끄러우니 우리 집안이 평안하게 지낼 수가 없어. 사리 분별 못 하는 것들은 더 일찍 내보내야겠다! 네가 조가 걱정에 못 살겠거든 휴서를 한 통 내줄 테니 조씨 집안에 가서 살거라.' 며느리가 그 말을 듣고 혼절했습니다. 깨어났을 때는 일언반구도 못 하게 되었고요!"

명란은 방 안에서 고개를 숙이고 자신의 두 손을 바라보았다. 잘됐네. 그녀는 하홍문 모친의 건강을 걱정해야 마땅할 터였다. 그러나 아주 통쾌한 기분이 들었다. 매번 하홍문 모친의 훌쩍거리는 얼굴과 우유부단함을 가장하는 얼굴을 볼 때마다 불쾌한 기분이 들곤 했던 것이다.

　노대부인도 마음속으로는 시원해했다. 그러나 큰 소리로 잘됐다고 소리칠 수는 없는 노릇이라 조용히 몇 마디 위로하는 말을 건네고 하홍문 모친의 건강에 대해 염려를 표할 따름이었다.

　하 노대부인이 찻잔을 내려놓고 탄식했다.

　"며느리가 내막을 몰라 다행이지 만약에 조가가 쫓겨나게 된 게 홍문이 때문인 걸 안다면 무슨 변고라도 생길지 모르겠어요. 그러고선 요 며칠 조가에서 허둥지둥 짐을 꾸리며 걸핏하면 찾아와 울며 하소연하고 있으니. 역귀疫鬼를 쫓아낼 수만 있다면 그자들에게 은자 좀 쥐어주고 논밭이라도 사서 자리 잡게 해 줄 참이었는데, 어제 또 사달을 낼 줄 누가 알았겠습니까!"

　하 노대부인은 그 일을 떠올리자마자 머리가 지끈거릴 만큼 짜증이 났다. 하지만 그녀는 정말로 자신의 손자를 아꼈기 때문에 죄다 털어놓기로 했다.

　"떠날 때가 되자 조가에서는 매일같이 찾아와 금수를 들이라며 죽기 살기로 애걸복걸을 했습니다. 홍문이는 거절을 했고요. 며느리가 병으로 다 죽게 생겼길래 내가 홍문이 모자더러 성 바깥의 시골에 가서 며칠 요양하고 오라고 시켰습니다! 조가에서는 홍문이를 찾을 길이 없으니 어찌하지 못하고 있었고요. 그런데 어제 조가에서 갑자기 와서 문을 두드리더니 그 집 낭자가 죽으려고 했다는 게 아닙니까. 대들보에서 끌어내려 놨더니 자기는 아이를 낳을 수 없는 몸이라고 실토를 했다는 겁니다. 만약 홍문이가 자기를 불쌍히 봐 줄 수 없다면 죽는 길밖에 없다고요. 내가 깜짝 놀라서 홍문이에게 서신을 보내고 직접 조가에 가서 조 낭자 진맥을……."

"어떻던가?"

노대부인은 듣다가 긴장된 마음에 목구멍이 갑갑해졌다.

하 노대부인이 고개를 가로저었다. 연민하는 듯한 표정이 떠올랐으나, 어조는 몹시 확고했다.

"제가 소상히 살펴보았는데 확실히 아이를 낳을 수 없게 되었더군요. 그 아이가 첩살이를 하던 일 년 동안 그 집 정실부인이 사흘에 두 번씩 홍화탕을 마시게 했다네요. 약이 독한 건 둘째 치고 유산도 한 번 했다지 뭡니까. 그러니 완전히 몸이 상해버린 게지요!"

명란은 하 노대부인의 의술과 인품을 대단히 신뢰하고 있었다. 한차례 긴장이 풀리면서, 저도 모르게 뭐라 말할 수 없이 시큼하고 떨떠름한 기분이 들었다. 괴롭기도 하고, 한숨이 나오기도 했다. 명란은 이제야 조금 수의 눈 속에 어째서 그렇게 깊은 절망감이 담겨 있었는지 이해되었다.

노대부인도 한참 말이 없었다. 하 노대부인이 한숨을 쉬더니 말을 이었다.

"홍문이 이모가 그제야 자기 귀한 딸의 속사정을 알고 울다가 혼절해 죽을 뻔했지요. 나중에 홍문이가 달려와서 그 일을 알고 한참을 제 곁에 멍하니 서 있었습니다. 한참을 생각하더니 조 낭자를 들이겠다고 하더군요."

이번에는 노대부인도 화를 내지 않았다. 물먹은 화약처럼, 어쩔 수 없다는 듯 나른하게 말했다.

"······어쩔 방도가 없구먼, 홍문이가 안됐어."

그런데 하 노대부인이 별안간 노대부인의 말을 끊으며 끼어드는 것이었다.

"아직 다 안 끝났습니다!"

노대부인은 이해할 수 없다는 표정을 지었다.

하 노대부인이 이미 차갑게 식어 버린 차를 마시려 하자 노대부인이 즉각 찻잔을 빼앗고는 계집종에게 따뜻한 차를 새로 내오게 했다. 하 노대부인은 찻잔을 들고 입술을 축이더니 이야기를 계속했다.

"홍문이가 조 낭자를 기꺼이 보살피겠다고 했습니다. 살아 있는 동안 그 아이가 밥걱정 안 하게 할 것이라고요. 그런데 조건을 내걸었습니다. 앞으로 위급할 때 도와주긴 하겠지만 더는 친척이라 생각진 말라고요. 홍문이의 이모가 대로해서 홍문이 뺨을 갈겼습니다!"

노대부인의 눈이 반짝 빛났다. 곧장 등허리를 쭉 펴더니, 미간의 주름을 펴며 말했다.

"홍문이가 참으로 대담한 소리를 했구먼!"

하홍문의 뜻은 대강 이러했다. 호락호락하지 않은 이모가 자기 아내 머리 위에 못 서게 하겠다는 것이다. 처첩 간의 문제는 물론이고 가산을 관리하는 문제에서도 골치 아파지기 때문이다. 그러나 하 노대부인이 듣기에는 이 말에는 또 다른 함의가 담겨 있었다.

하 노대부인이 낮은 목소리로 말했다.

"홍문이의 말이 무정하게 들렸겠지만 저는 도리어 잘 말했다고 생각했습니다. 아이를 못 낳는 첩실은 일편단심으로 자기 친정만 생각하게 되지요. 그때 가서 조가가 친척이란 구실로 찾아와서 허구한 날 이런저런 핑계를 대며 은자를 요구하면 하가가 어찌 평안한 날을 보낼 수 있겠습니까? 나중에 홍문이가 누굴 정실로 맞이할지는 모르겠지만, 그 일은 분명히 해두어야지요. 잠깐 불쌍한 마음에 화근을 집안에 심어둘 수는 없는 것 아닙니까. 내가 바로 홍문이에게 이 일의 자초지종을 종이에 먹으로 똑똑히 써두라고 했습니다. 조가에서 수결하고 도장 찍는 날이 조 낭자가 하부에 들어오는 날이 될 겝니다!"

길고 긴 한바탕 이야기가 끝났다. 방 안과 밖의 조모와 손녀가 조용히 몸을 일으켰다. 일단 증거 문서만 만들어지면, 기본적으로 후환은 없을 것이다. 조가 같은 골칫거리는 사실 해결하기 어려운 문제는 아니었다.

하 노대부인은 노대부인의 자세가 느슨해진 것을 보고 대답을 재촉하진 않았다. 다시 조금 더 이야기를 나눈 뒤, 일어나 작별을 고했다. 명란이 발을 걷어 올리고, 느릿느릿 밖으로 나와 노대부인의 구들 침상으로 다가갔다. 조모와 손녀는 한동안 서로 말이 없었다. 그러고서 한참 뒤, 드디어 노대부인이 한숨을 쉬며 말했다.

"홍문이가……"

더 말을 잇지 못한 채, 명란을 마주 보며 물었다.

"명란아, 네 생각은 어떠하냐?"

"……저는 모르겠어요. 할머님은요?"

명란이 노대부인의 팔을 끌어안으며 물었다.

노대부인은 명란의 아름다운 얼굴을 보며 어느 집 아들이건 우리 집 손녀의 짝이 되기엔 부족하다고 생각할 따름이었다. 노대부인이 곰곰이 생각하다 신중한 어조로 대답했다.

"이 정도가 최선인 것 같구나."

명란의 머릿속에서 삽시간에 수많은 화면이 스쳐 지나갔다. 근심거리를 숨기고 있는 화란의 눈, 즐거운 척 억지웃음을 짓는 묵란의 위장, 양호가 매번 잠자리 시중을 든 후 탕약을 마시는 걸 보고 해 씨가 느끼는 안도감, 여러 해 동안 반복되는 왕 씨의 고민, 그리고 그들 형제자매 간에 양으로 음으로 지속되는 다툼…… 명란은 천천히 고개를 끄덕였다.

하가의 장점은 권세와 부귀가 아니라 여러 조건이 대단히 조화롭게 균형을 이루고 있다는 것이었다. 아무리 권세 있고 부유한 가문이라 할지라도 위로는 까다로운 시어머니에 좌우로 복잡하게 뒤엉킨 동서, 거기다 확실한 버팀목이 되지 않는 남편이 있다면 옥황상제의 천궁天宮이라고 해도 잘 지낼 수는 없을 것이다. 하지만 하가는…….

몇 년을 지켜본 결과, 하홍문의 모친은 성격이 온화하여 친해지기가 쉬웠고 병약해 행동 능력이 없어 새 신부가 바로 집안을 관장할 수 있었다. 하가의 큰집과 작은집은 집안 조건이 더 훌륭했기에 골칫거리가 될 리도 없었다. 하홍문은 넉넉한 가산을 소유한 데다 자력으로 많은 은자를 벌어 올 능력이 있었고, 바람기도 없고, 책임감도 있고, 사람을 아낄 줄 알고, 명란에게 자기 마음을 분명히 표현하기도 했다. 하 노대인이 퇴직하여 경성을 떠나게 되면 단둘이 지낼 수 있게 될 것이다. 그때가 되면 저택의 문을 닫고 소소한 나날을 보내며 새 신부가 자기 주관대로 집안을 꾸려나갈 수 있을 것이다.

시어머니의 눈치를 볼 필요도 없고, 사방에서 찾아오는 복잡한 친척들을 접대할 필요도 없고, 경제적으로 독립하여 자주적인 생활을 누린다. 이렇게 좋은 생활을 어디 가서 찾겠는가! 게다가 아이를 낳을 수 없는 조금수를 들였으니, 하홍문의 모친은 앞으로 명란의 면전에서는 불편해서 무슨 말도 못 할 것이다. 다소 듣기 거북한 소리를 더 하자면, 하홍문의 모친은 살날도 많이 남지 않았다.

이러한 수많은 '장점'들을 고려하면, 조금수의 존재는 대수롭지 않은 것이다. 어쩌면…… 나중에 하홍문이 바깥에서 돈을 버는 사이에 그 우거지상을 하고 있는 조금수를 끌어들여 함께 엽자패 [5] 놀이라도 할 수 있지 않을까? 엽자패 놀이에서 두 판쯤 이기다 보면 과거의 불행을 잊을 수 있을지도 모른다. 아멘!

• • •

명란은 여러 번 자신과 여란의 팔자가 정반대가 아닐까 의심했었다. 그녀에게 기쁜 일이 생길 때마다 여란은 낭패를 당했기 때문이다.

이날 명란은 앞으로 며칠 있으면 날씨가 더 추워지겠다는 생각을 했다. 수면에 두꺼운 얼음이 얼려는 참이었다. 명란은 노대부인과 왕 씨에게 문안을 올린 뒤, 낚싯대와 어롱을 어깨에 둘러메고 용감하고 힘센 소도를 데리고 작은 연못에 낚시를 하러 갔다. 날이 추워지니 물고기들의 움직임이 둔해져 있었다. 명란은 별 힘을 들이지 않고 물고기 일고여덟 마리를 낚았다. 연못가를 떠나기 전에는 연못에 대고 싱글벙글 웃으며 이렇게 말했다.

"겨울 방학 잘 보내렴. 봄이 되면 다시 와서 너희들과 놀 테니까."

명란은 잡은 물고기를 주방에 건네며 제일 커다란 세 마리는 옹기 항아리에 담아 두반장 [6]에 졸이고, 특별히 싱싱한 두 마리는 튀겨서 토마토 양념에 버무리고, 나머지 몇 마리는 배를 갈라 쪽파와 후추, 소금으로 양념을 해 굽고, 대가리는 따로 생강즙을 넣은 어탕으로 만들라고 분부

---

5) 그림이 그려진 종이패로 내기를 걸고 노는 놀이, 마작과 규칙이 비슷함.
6) 콩에 고추와 소금을 넣어 발효시킨 매콤한 장.

했다. 소도가 미소 짓는 얼굴로 안씨 아주머니에게 30전을 건네며 수고가 많다고, 부탁한다고 말했다. 안씨 아주머니가 만면에 웃음 가득한 얼굴로 한참 돈 받길 사양하다 가슴팍을 두드리며 음식 맛을 장담했다.

바로 그때 여란 처소의 희작이 홀연히 뛰어 들어왔다. 이렇게 추운 날씨인데도 불구하고, 머리에 온통 땀을 뻘뻘 흘릴 정도로 황급히 뛰어온 것이다. 명란을 보자마자 얼른 도연관으로 가자며 다급히 청했다.

안씨 아주머니가 막 물고기를 잡으려던 참이었다. 명란도 이번에 잡은 물고기 배 속에 살이 얼마나 올랐나 알이 있나 구경하려던 참이었다. 명란이 희작의 말을 듣고 미간을 찌푸리며 대답했다.

"무슨 일로 여기까지 뛰어왔니? 여란 언니가 또 자수를 놓고 싶다고 해? 가서 전해. 나는 지금 안씨 아주머니랑 어탕을 끓이려는 참이라고. 물고기를 먹으면 눈이 밝아진다고 하니, 다 먹고 나서 수를 놓으면 더 좋을 거야."

희작은 초조한 나머지 울음을 터트릴 기세였다. 희작은 연신 안 된다며 재촉했다. 그러나 왜 여기 왔는지 이유는 말하지 못하고 있었다. 명란이 뭔가 심상치 않음을 느끼고 희작을 따라나섰다. 비록 따라나서긴 했지만, 명란은 그래도 자기 방에 먼저 들렀다. 향이자香胰子[7]로 몸에 밴 생선 비린내를 씻어내고, 깨끗한 옷으로 갈아입고 도연관으로 향했다.

두터운 비단 발을 들추자 여란이 계집종 한 명 없이 홀로 탁자 위에 엎드려 울고 있는 모습이 보였다. 여란은 원래 울 때 소리를 내지 않고 손수건을 움켜쥔 채 훌쩍거리는 사람이었다. 명란이 들어오는 걸 보자마

---

7) 기름과 향료를 섞어 만든 중국의 전통 비누.

자 여란이 벌떡 일어나 달려들더니 명란을 꽉 붙들고 큰 소리로 통곡하기 시작했다. 깜짝 놀란 명란이 일단 여란을 구들 탁자 옆에 앉히고 다급히 물었다.

"여란 언니, 무슨 일이야? 대체 무슨 큰일이기에 이렇게 울어? 차근차근 말해 봐……. 희작아, 얼른 대야에 따뜻한 물을 떠 와 아가씨 얼굴을 씻겨 드려라!"

희작이 다소 마음이 놓였는지, 대답하고 나갔다. 여란이 울어서 빨개진 코를 문지르며 겨우 말을 하기 시작했다. 알고 보니 아까 화란이 성부에 불쑥 찾아와서 할머니, 어머니와 이야기를 나누더니 자기를 불렀다는 것이다. 그러더니 대뜸 자기를 고정엽에게 시집보내겠다는 이야기를 했다는 것이다!

적녀를 아내로 맞겠다고 결심했다던 그 둘째 아저씨가 내 형부가 될지도 모른다고?!

명란의 입이 크게 벌어졌다. 보지 않으면 알 수가 없다더니, 고대는 참으로 기묘하구나. 그녀의 상상력이 아무리 풍부한들 이 세계의 변화를 따라잡을 수 없었다.

제92화

여란의 혼사

"이게…… 어떻게 된 일이야?"

명란은 3초쯤 멍하니 있다가 정신을 차리고 물었다.

여란이 손수건을 거칠게 탁자 위로 내던지더니 입술을 깨물며 말했다.

"그 고가가…… 큰형부에게 혼담을 넣었다는 거야."

명란은 여란의 말투에 장난기가 발동했다.

"큰형부에게 혼담을 넣었다니. 장이는 아직 어리니 큰형부 본인이 시집가면 되겠네. 하하, 하하…… 어머나!"

웃음소리가 갑자기 툭 끊겼다. 명란은 맞아서 얼얼해진 손등을 후후 불며 손사래를 쳤다.

"알았어. 안 웃을게. 계속 말해봐."

여란이 눈시울을 붉히더니 눈물을 뚝뚝 흘리며 말했다.

"너도 알잖아. 나와 경 오라버니…… 이제 나는 어쩌면 좋아?! 큰언니 얘기에 싫다고 했다가 어머니한테 호되게 야단맞았어. 난 바로 울면서 뛰쳐나와버렸고!"

명란은 안타까웠다. 자기 일생의 중대사를 앞두고 어찌 감정적으로 일을 처리할 수 있단 말인가. 우선은 자초지종을 들어보고 나서 울어도 늦지 않을 터였다. 그래도 여란이 괴로워하니 일단은 달래고 볼 일이었다.

"여란 언니, 너무 괴로워하지 마. 큰언니와 어머님이 설마 언니 잘못되라고 그러겠어? 경…… 아니, 문 공자가 아무리 훌륭해도 고정엽에 비할 바는 아니지. 어쩌면 좋은 혼사가 될지도 모르잖아."

여란은 더 화를 내며 발길질을 하고, 탁자를 내리치며 성질을 부렸다. 희작이 김이 모락모락 나는 구리 대야를 들고 들어오다 그 광경을 보고 눈치를 살피며 침묵을 지키고 있었다. 명란은 소매를 걷어 올리고 손수 물수건을 짜서 여란에게 건네며 말했다.

"여란 언니, 일이 이미 이렇게 된 거 날 불러 봐야 무슨 소용이야? 나도 방도가 없다고."

"누가 너더러 방도를 생각해보라든?!"

여란이 뜨거운 물수건을 건네받아 눈에 대고 있다가 고개를 들고 명란을 쳐다보며 말했다.

"얼른 수안당에 가서 무슨 얘기하나 들어 봐 봐. 고가에 대해서……."

여란은 얼굴을 살짝 붉히더니 더는 말을 이으려 들지 않았다.

명란은 눈을 동그랗게 뜨며 연신 손사래를 쳤다.

"안 돼, 안 돼. 언니의 혼사인데 내가 들어 뭐 해? 궁금한 게 있으면 언니가 가서 직접 들어야지!"

여란이 입술이 하얘지도록 깨물며 명란을 노려봤다. 보다 못한 희작이 명란 곁으로 다가가 조용히 설득했다.

"아가씨, 어쨌든 아가씨께서 한번 가보시는 게 좋겠어요. 아까 저희 아가씨가 흥분해서 큰아씨와 말다툼을 하다 마님과 큰아씨를 엄청나게 화나게 했거든요. 그런데 어떻게 아무렇지도 않게 거기 다시 갈 수 있겠어요? 마님께 여쭤보려고 해도 마찬가지일 거예요. 마님께서 어찌 우리 아가씨 속마음을 아실 수 있겠어요? 사실을 말씀드릴 수도 없잖아요. 게다가 저렇게 초조하시니 더는 못 기다리실 거예요. 여섯째 아가씨, 그동안 우리 아가씨께서는 여섯째 아가씨를 최고의 단짝으로 여기셨다고요!"

명란은 "대체 언제?"라며 큰 소리로 반박하고 싶었다. 여란은 이미 험악한 얼굴을 하고 달려들 기세였다. 힘을 얼마나 주었는지 명란의 팔을 움켜쥔 여란의 손가락이 하얗게 될 정도였다. 꽉 붙들린 명란은 달리 도망칠 방도가 없었다. 게다가 자기도 약간은 궁금했기에 알았다며 가 보겠다고 대답했다.

다행히 자매들의 처소와 수안당은 그리 멀지 않았다. 명란은 종종걸음을 쳤다. 소도가 불쑥 나타나 그녀와 동행했다. 수안당에 도착했더니 취병과 취매가 문가에 서 있는 게 보였다.

명란은 대충 숨을 고르고 옷매무새를 가다듬은 뒤 안으로 천천히 들어갔다. 정당은 텅텅 비어 있었다. 명란은 곧장 병풍을 돌아 차간으로 들어갔다. 노대부인, 왕 씨 그리고 화란 세 여인이 구들 가에 둘러앉아 이야기를 나누는 모습이 보였다. 그녀들은 명란을 보자마자, 바로 대화를 멈추고 명란을 쳐다보았다.

모두에게 예를 올린 뒤, 명란은 자리에 모인 사람들의 시선을 애써 외면하며 짐짓 실없이 웃어 보였다.

"저는 아무것도 몰라요. 여란 언니가 가서 들어보라고 시킨걸요. 제가 올 자리는 아니지만…… 저 그냥 돌아갈까봐요."

옷자락을 만지작대며 허둥거리는 명란의 모습을 보고 화란이 피식 웃더니 고개를 돌려 노대부인의 의견을 물었다.

노대부인이 명란을 쏘아보는데 뜻밖에 왕 씨가 입을 열었다.

"괜찮다. 명란이도 와서 듣거라. 여란이가 평소 너와 사이가 좋았으니 필시 네 권유는 들을 게야. ……어머님 생각은 어떠신지요?"

노대부인은 당연히 거리낄 게 없었다. 그래도 일단은 한참 생각해보는 척을 하다 천천히 고개를 끄덕였다. 명란이 조심스럽게 걸상을 가져와 구석에 앉았다. 입은 꾹 다물고 귀는 바싹 세워 모범적인 방청객의 자세를 취했다.

화란이 다시 고개를 돌리더니 웃음을 지었다.

"방금 제가 어디까지 말씀드렸지요? 아, 맞다…… 원 서방이랑 고 장군이 한 시진은 족히 말을 나누더라고요. 고 장군과 그이는 죽마고우쯤 되거든요. 고 장군이 비단에 꽃을 더하는 건 쉬워도 눈보라 속에 숯을 보내 주기란 어렵다고 하더라고요. 자기가 초라한 행색으로 떠돌아다닐 적에도 원 서방은 변함없는 태도로 대해주었다면서요. 아첨하는 무리는 꼴 보기 싫고, 원 서방의 인품은 믿을 수 있다면서 그이더러 혼처를 물색해 달라 부탁했어요. 하나 있는 제 시누이는 일찌감치 정혼을 했으니, 그이가 우리 집을 퍼뜩 떠올리게 된 거죠. 어젯밤에 그이가 고 장군에게 우리 집 여동생을 추천했고, 고 장군도 좋다고 했어요."

왕 씨는 기쁜 건지 걱정스러운 건지 알 수 없는 묘한 표정을 하고 있었다. 하늘에서 떨어진 돼지머리 고기에 머리를 맞았는데, 이 고기를 먹고 싶으면서도 고기 속에 쥐덫이 들어 있을까 봐 두려워하는 모습이었다.

노대부인은 주저하는 왕 씨의 속내를 간파하고 신중히 말을 고르며 물었다.

"우리에겐 과분한 혼처겠다만, 고 장군의 평판이……. 다른 건 몰라도 내 일찍이 고 장군이 바깥에 외첩을 두고 자식까지 보았다는 소문을 들었다. 꽤나 총애를 받는 모양이라던데 네 동생이 시집을 갔다가 고생하지 않겠느냐? 그리고 예로부터 혼사는 부모가 정하는 것인데, 어찌 스스로 혼담을 넣는단 말이냐? 어쨌든 녕원후부의 태부인이 나서야 할 게야."

최근 노대부인은 명란의 혼사로 매일같이 골머리를 앓고 있었으니, 지금 이 혼사 문제는 복잡하게 고민할 게 없었다. 왕 씨는 노대부인의 말에 연신 고개를 끄덕거렸다. 그녀가 하고 싶은 말을 노대부인이 바로 짚어주었기 때문이다. 노대부인은 흥분을 감추지 못하는 왕 씨를 복잡한 표정으로 바라보았다. 실은 그것 말고도 안 좋은 소문들이 더 있었기 때문이다. 그녀가 입에 올리기엔 민망한 소문들이었다.

화란이 노대부인의 눈치를 보며 잠시 주저하다 손화로를 꼭 쥐었다. 몸을 숙이고 가까이 다가가 목소리를 낮추어 속삭였다.

"이 일은 처음부터 얘기해야 하는데 말하자니 너무 기네요. 저도 어젯밤에 원 서방이 말해 줘서 처음 알았는데…… 녕원후부의 태부인이 고 장군의 친모가 아니라지 뭐예요!"

자리에 있던 사람들은 모두 깜짝 놀랐다. 노대부인이 황급히 물었다.

"고 장군이 서출이라는 게냐?"

이 문제는 대단히 중요한 것으로 고정엽의 몸값과 직결되는 것이다. 내용물은 같아도 표지가 고급스러우냐 아니냐로 값을 따졌기 때문이다.

"그건 아니에요. 고 장군은 틀림없는 적출입니다."

화란이 얼른 보충했다.

"처음에는 저도 믿지 않았는데 녕원후부가 잘도 속였지 뭐예요. 알고 봤더니 녕원후 나리께 부인이 세 분 계셨다지 뭐예요. 첫째 부인은 동창후東昌侯 진가秦家의 규수였대요. 혼례를 올린 뒤 후부 나리가 천전川滇[1] 지방의 요새를 지키러 갈 때 같이 내려갔는데 몇 년 안 되어 아들을 낳고 돌아가셨대요. 그래서 백가白家의 규수를 계실로 들였는데 그때 고 장군이 태어난 거죠. 그런데 이 둘째 부인도 얼마 안 있어 돌아가셨다는군요. 후부 나리께서 다시 후처를 들이셨는데, 첫 번째 진씨 부인의 친동생이었다고 해요. 바로 지금의 녕원후부 마님이시지요. 그렇게 몇 년이 흘러, 후부 나리께서 황상의 명을 받들고 경성으로 돌아오시게 되었지요. 오래전 일이니, 아무도 이 일을 언급하는 자가 없었고요. 어쨌든 두 분 다 진 씨이니, 밖에서는 후부 나리께 진씨 부인 한 분만 계신 줄 안 거지요. 동창후부도 말을 아꼈고요. 가까운 몇몇 집안에서만 속사정을 알고 있었대요. 사람들이 고가에 혼담을 넣으려고 이것저것 알아보다보니 최근에서야 이 일이 알려지게 된 것이지요."

명란은 입술을 달싹였다. 내심 의심이 들었기 때문이다. 고정엽은 대체 무슨 목적인 걸까.

화란의 이야기는 영양가가 없었다. 왕 씨는 고정엽의 됨됨이가 괜찮은지가 궁금했는데 화란은 케케묵은 옛날이야기만 두서없이 늘어놓았기 때문이다. 하지만 노대부인은 그 속에 감춰진 이야기를 간파했다. 몸을 바로 일으켜 세우더니, 흥미진진하게 물었다.

"허면 고 장군과 녕원후부의 사이가 좋지 않다는 소문은 사실이겠구나? 다만 그 옛날 부자간에 의가 상해서가 아니라, 고 장군과 계모가 화목하지 않아서인 게지?"

---

1) 현 사천성과 운남성의 경계.

화란은 눈을 반짝이며 조모의 식견에 감탄했다. 그리고 노대부인 쪽으로 몸을 기울이며 웃으며 대답했다.

"십중팔구는 그렇겠지요. 할머님, 한번 생각해보세요. 만약 어머니가 자애롭고, 아들이 효심이 깊다면 고 장군이 왜 수년 동안 집밖을 떠돌았겠어요? 장군부에 들어가고 나서 녕원후부에는 왜 고작 한 번만 갔겠어요? 아비가 자식을 때리는데 곁에서 말리지 않는 어미가 어디 있습니까? 한국공부의 다섯째 공자를 보세요. 악행이란 악행은 죄다 저지르고 다녔잖아요. 왕년의 고 장군보다 훨씬 지독하게 창기를 끼고 노름판에 살았잖아요. 그런데도 한국공 부인께서 감싸 주니 이제껏 잘 지내잖아요. 전 이제 알 것 같아요. 친모가 아니니 분명 한 가지만 잘못해도 열 가지를 꾸중하고, 베갯머리에서 후부 나리를 꼬드겨 엄히 꾸짖게 한 것이지요."

두뇌 회로가 단순한 왕 씨는 언제나처럼 외첩 문제만이 최대 관심사였다.

"그럼…… 그 소문들은 다 거짓인 게냐? 바깥의 그 여자는? 자식은?"

화란이 일순 경직된 표정을 짓더니 무안해하며 대답했다.

"고 장군이 바깥에 여인을 두고 있는 건 확실해요. 자식도 있고요. 고 장군이 그이에게 다 설명했다더군요. 하지만……."

화란은 왕 씨의 얼굴에 노여움이 떠오르는 걸 보고, 재빨리 '하지만'을 덧붙였다.

"고 장군이 그랬대요. 그 여자는 심보가 못돼서 진즉에 시골로 보내버렸다고요. 보아하니 다시는 그 여자를 찾을 것 같지는 않아요. 그 서자를 족보에 올릴지 말지는 다른 문제지만요."

왕 씨의 낯빛이 다시 어두워졌다.

노대부인은 여전히 미간을 찌푸린 채, 천천히 말했다.

"허면 결국은 골칫거리가 있는 게 아니냐. 그 서장자 말이다."

노대부인이 고개를 돌려 왕 씨에게 일렀다.

"이 혼사는 잘 생각해봐야 할 것이야. 녕원후부가 원래 지체 높은 가문인 데다 지금은 고 장군 위세가 대단하니, 과연 그 권세와 부가 대단하겠지. 여란이는 네가 낳은 아이이니 겉만 볼 게 아니라 알맹이가 어떤지를 봐야 한다. 자칫 잘못했다간 '딸자식 생각은 않고 부귀만 좇는다.'고 욕을 듣게 될 게야. 사윗감은 역시 인품을 보고 골라야 하느니라."

명란은 고개를 숙인 채 말이 없었다. 저쪽 세상에 있을 때 들었던 '충절이란 존재하지 않는다. 그저 유혹이 충분하지 못했을 뿐이다.' 따위의 격언이 생각났다. 노대부인은 이 격언의 충실한 옹호자일 것이다. 그녀는 결코 하홍문이 천상에나 있을 법한 좋은 남자라고는 생각하지 않았다. 그저 약재나 의서에 머리를 파묻고 있는 의원이니 걸핏하면 술잔이나 기울이는 고관 귀족들보다는 좀 더 믿음직하다고 여긴 것뿐이었다.

왕 씨는 복잡한 표정으로 움켜쥔 손수건을 힘껏 잡아당겼다. 또 고민이 시작된 것이다.

화란은 달가워하지 않는 노대부인의 모습과 동요하는 왕 씨의 모습을 보자 내심 초조해져 짜증 섞인 웃음을 지었다.

"아아, 제가 미덥지 못하다 하여 사위까지 믿지 못하시는 거예요? 제 시어머님은 그 소식을 듣더니 가슴을 치고 발을 구르며 아까워하셨답니다. 시누이는 혼처가 정해져 물릴 방도가 없으니까요. 그래서 원 서방을 불러 수매 낭자를 고 장군에게 추천하자고 했다가 시아버님이 또 한바탕 호통을 치셨지요. 어떻게 그런 생각을 하냐면서요! 이모부님이 돌아가시긴 했지만, 설령 아직 건재하시다고 한들 기껏 5품짜리 말단 관원에 불과하다고 하셨어요. 원 서방이 한참 생각하더니 고 장군이 비록 한때 방탕하게 생활하긴 했지만 이제 새사람이 되어 돌아왔고 인품도 훌륭하다더군요. 못 믿으시겠다면 어머니가 직접 한번 만나 보세요. 그쪽에서 진지하게 성의를 갖고 꺼낸 혼담입니다. 게다가 그쪽에 그런 흠 하나 없었다면, 어찌 우리 집까지 순서가 오겠어요? 그저 평판만 걱정하는 권문세가들은 모험을 원치 않고, 혼사를 맺겠다며 앞다퉈 오는 자들은 모두 권세에 아첨하려 드는 소인배들이지요. 또 고 장군은 그 계모가 혼사를 좌지우지하길 바라지 않으니 원 서방에게 부탁하게 된 것입니다."

화란의 입담은 대단했다. 리듬감 있게 고저장단을 조절했고, 한마디 한마디가 모두 이치에 들어맞았다. 한창 침을 튀기며 열변을 토하던 화란에게 문득 의아하다는 표정을 하고 있는 명란이 눈에 들어왔다. 이에 화란이 왜 그러냐며 명란에게 까닭을 물었다.

명란이 노대부인의 눈치를 살피며 작은 목소리로 대답했다.

"홀아비가 새 장가 들려면 마음에 안 들어도 그럭저럭 참아야 한다고 하잖아요. 그런데 어찌 고…… 고 장군을 이렇게 다들 앞다투어 차지하려는 건가요? 계모가 되는 게 쉬운 일도 아닐뿐더러 계실이 전처의 위패 앞에서 행하는 예식은 첩례妾禮잖아요?"

가진賈珍 [2]의 계실 우씨 부인과 가사賈赦 [3]의 계실 형씨 부인만 해도 잘 지내지는 못했다. 심지어는 연륜 있는 하인들마저 그녀들을 무시할 정

---

2) 『홍루몽』의 등장인물.
3) 『홍루몽』의 등장인물.

도였다.

화란이 겨우 왕 씨를 설득했는데, 명란이 다시 훼방을 놓은 셈이다. 화란이 불쾌한 기색으로 명란을 흘겨보며 말했다.

"쪼끄만 게 뭘 안다고. 홀아비에도 급이 있지. 늙어빠진 데다 이미 적자가 있는 홀아비는 좋은 배필을 얻을 수가 없어. 하지만 고 장군처럼 젊고 영민한 무장인데다 적자도 없는 사람은 달라. 여란이가 시집가서 아들만 하나 낳아도 본처나 마찬가지지. 누가 또 뭐라고 하겠느냐?!"

그러면서 화란은 손을 뻗어 명란의 가슴께를 콕콕 찔러댔다. 명란은 꼬리를 내리고 더는 말을 하지 않았다. 어쨌든 그녀로서는 여란을 대신해 한 판 싸워 준 셈이었다.

화란이 여러 번 권유하자 왕 씨도 갈수록 이 혼사를 성사시키자는 쪽으로 마음이 기울어 성굉과 상의를 해보겠다고 말했다. 화란은 그 후로 좀 더 이야기를 나눈 뒤 작별 인사를 했다. 왕 씨가 자리에서 일어나 딸을 배웅했다. 왕씨 모녀는 어깨를 나란히 하고 이야기를 나누며 걸어갔고, 명란은 수안당 문가에 남겨졌다. 왕 씨와 화란의 모습이 보이지 않게 되자, 명란이 고개를 떨구고 노대부인에게로 갔다.

오랫동안 이야기한 탓에 벌써 노곤해진 노대부인이 아랫목에 기대어 살짝 눈을 감고 있었다. 명란이 살금살금 다가가 얇고 부드러운 털 담요를 노대부인에게 덮어주려는 찰나, 노대부인이 갑자기 눈을 떴다. 명란이 깜짝 놀랐다.

"너는…… 가서 여란이를 잘 타이르거라."

노대부인이 천천히 말했다.

명란이 살짝 놀란 기색으로 고개를 갸웃거리며 노대부인의 곁에 앉았다.

"이 혼사는 벌써 정해진 건가요? 춘위 급제자를 알리는 방이 붙고 나면 젊은 인재 중에서 사윗감을 골라 여란 언니와 짝지어주는 것 아니었나요?"

노대부인은 수중의 손화로를 명란의 손에 건네준 뒤 자신의 손을 명란의 작은 손 위에 포개며 말했다. 노대부인의 어조에는 약간의 비아냥이 담겨 있었다.

"여식을 명문세가에 시집보내는 게 네 어머니의 평생소원이란다. 묵란의 일이 없었다면 또 모를까 지금 하늘에서 지위도 더 높고 앞길도 더 창창한 사윗감이 뚝 떨어졌는데 네 어머니가 그걸 어떻게 포기하겠느냐."

명란이 곰곰이 생각해보니, 과연 그렇구나 싶었다. 왕 씨와 임 이랑은 평생을 싸워 왔다. 그런데 막바지에 이르러 일개 서녀가 자신의 적녀 딸보다 작위가 더 높은 명문가에 시집을 간 것이다. 이 분함을 어찌 순순히 삭힐 수 있겠는가. 기회가 없다면 어쩔 수 없겠지만, 지금 고정엽이 제 발로 들어와 혼담을 넣었으니 왕 씨는 득의양양한 기분이 들 것이다.

가련한 경 오라버니, 운도 참 나쁘지. 두 번씩이나 새치기를 당하게 되다니. 또 낙담하게 되겠구나.

"아버지께서 뭐라고 하실지 아직 모르잖아요?"

명란은 천장을 올려다보았다. 정신이 아득해졌다.

노대부인이 '흥' 하고 코웃음을 쳤다. 어쩔 수 없다는 표정이 노대부인의 얼굴에 떠올랐다.

"그럼 더 말할 것도 없느니라. 사내들의 눈은 여인네들과는 다르니 말이다. 하물며 네 아비는……."

아이 앞에서 부친의 흉을 보는 게 좋지 않다는 생각에 노대부인은 더는 말을 잇지 않았다.

노대부인이 굳이 설명하지 않더라도 명란은 뒤에 이어질 이야기를 짐작할 수 있었다. 성굉 입장에서 보면 고정엽이 무슨 대단한 잘못을 저지른 것도 아니었다. 한때의 젊은 혈기로 객기를 부린 것에 불과했다. 비록 '수신제가修身齊家'는 신통치 않았지만, 남들이 맞서지도 못할 만큼 출발점 자체가 높으니 단번에 앞의 두 단계를 뛰어넘어 곧장 '치국평천하治國平天下'로 나아가면 될 일이었다.

온 가족의 이익 앞에서 여란의 반대는 아무런 힘도 못 쓸 것이다. 반대할 만한 강력한 이유를 말할 수 있는 처지도 아니었다. 남자들이 보기에 고정엽의 과거는 어차피 지나간 일이었다. 홀아비에게 서장자가 있는 것 또한 드문 일이 아니었다. 첩실 문제도 마찬가지였다. 고관대작의 부인 중에 그렇게 살지 않은 사람이 어디 있던가. '한평생 오직 한 마음'을 바라는 노대부인과 명란이야말로 희귀한 돌연변이인 것이다.

피로로 눈이 침침해진 노대부인이 옆으로 돌아누웠다. 잠을 청하려는 모양이었다. 명란은 노대부인이 편히 잘 수 있도록 베개를 평평히 가다듬고 이불을 단단히 덮어주었다. 막 잠이 들려는 노대부인이 알아듣기 어려운 잠꼬대를 하는 게 들렸다.

"……그 사람들은 자기 귀한 딸을, 옆 사람들도 걱정도 않고…… 세상 물정도 모르는…… 그 방탕아를 그저 출세 좀 했다고 다들 보물처럼 떠받드니…… 나는 그 꼴을 못 보겠어……."

명란은 구들 곁에서 잠깐 멍하니 서 있었다. 생명의 은인을 대신해 자신이 바른말 몇 마디를 해야 한다는 생각이 들었다. 사실 고정엽이 그렇게 형편없는 사람은 아니었다. 적어도 그는 정의를 위해 용감히 나서는 사람이었고, 위급할 때 나서서 도울 줄 알며, 활 솜씨도 좋고 싸움도 잘하는 사람이었다. 얼굴에 구레나룻을 길렀을 때는 꽤 근사해 보이기도

했다.

만약 자신이라면 어땠을까. 그녀도 만족스럽지만은 않을 것이다. 그런 고관대작은 너무 위험했다. 집 안에 아름다운 십이채十二釵[4]는 없더라도 사시사철 아름다운 꽃은 있을 터였다. 제형의 외조부인 양양후만 봐도, 그 노인네의 미간 주름은 파리가 끼어 죽을 정도로 깊이 패였건만 방 한가득 첩실과 예쁜 계집종들을 모아 놓지 않았던가. 게다가 시시때때로 새로 갈아치운다는 소문이었다.

아, 부모의 성취욕이 너무 높으니, 자식들이 받는 압력이 참으로 크구나. 예나 지금이나 마찬가지였다.

---

4) 『홍루몽』의 금릉십이채. 임대옥, 설보채 등 열두 미인.

제93화

최후의 나날들

성굉이 귀가하자마자, 왕 씨가 급히 그를 방 안으로 끌어들여 한참을 소곤소곤 이야기를 나눴다. 성굉은 관리 생활을 하면서 견문을 많이 쌓았고, 조정에서도 가장 세심히 일 처리를 하는 축에 속했다. 고정엽에 대한 그의 가치 평가는 아마 안채의 부인들보다 더 직관적인 인식에 기반을 둔 것이리라. 성굉은 잠시 이해득실을 따져본 뒤, 바로 그 이튿날 고정엽의 인품에 대해 여기저기 수소문을 해보았다. 그의 고정엽에 대한 조사는 모두 그가 예전에 원문소를 조사할 때 적용했던 기준에 따른 것이었다.

이렇게 며칠을 보내고 난 뒤, 성굉은 왕 씨에게 자신도 이번 혼사에 찬성한다는 뜻을 전했다.

며칠간 전전긍긍하던 여란에게 드디어 판결이 내려졌다. 여란은 방 안의 거의 모든 물건을 내동댕이치며 비명을 질렀다. 얼마나 소리를 질렀던지 겨울잠을 자던 강물 속 물고기들이 깜짝 놀라 깰 정도였다. 머리를 산발한 채 성질을 부리는 여란을 보고 처소의 계집종들이 깜짝 놀라 죽을 뻔했다. 왕 씨가 찾아와 여란을 꾸짖었다. 여란이 벌게진 눈을 하고 왕 씨에게 이렇게 말대꾸했다.

"그렇게 시집이 가고 싶으면 어머니가 가면 되잖아요!"

왕 씨는 노여워하며 온몸을 부들부들 떨었다. 어째서 고정엽에게 시집가길 거부하느냐 물어도 여란은 한사코 그 이유를 말하려 들지 않았다. 여란이 감정적으로 흥분한 나머지 머릿속이 혼란스러워져서 대답을 못 하는 건 아니었다. 속사정을 말했다간 경 오라버니가 가장 먼저 총알받이가 될 터였다. 여란은 머리를 쥐어짜다 빽 하고 소리를 질렀다.

"……어머니, 제정신이세요? 고정엽은 아저씨뻘이라고요! 제가 그 사람을 '둘째 아저씨'라고 불렀다고요!"

바닥에 엎드려 묵묵히 깨진 도자기 파편을 줍고 있던 희작이 남몰래 쓴웃음을 지었다. 요 며칠간 자신의 주인은 명란 아가씨를 물고 늘어지며 방도를 생각해 내라고 닦달했다. 명란 아가씨가 어찌 감히 신바람 난 나리와 마님의 산통을 깰 수 있겠는가. 한참을 시달리다 결국 내놓은 생각이 겨우 저것이었다.

과연, 왕 씨가 벌컥 성을 냈다. 여란을 손가락으로 가리키며 고래고래 소리를 질렀다.

"아저씨뻘이라니?! 사람들이 그렇게 부르니 너도 덩달아 둘째 아저씨라 부른 게 아니더냐. 경성 안에서 서로 왕래하는 집안 중에 먼 친척뻘 되는 집이 얼마나 많아. 또 허튼소리 했다간 네 아버지께 일러 혼을 내주라고 할 것이야!"

그녀는 평녕군주가 얄미워 죽을 지경이었다. 양고기는 먹지도 못했는데 양 노린내가 온몸에 밴 꼴이 아닌가. 사위가 자신과 동년배가 아닌 게 그나마 다행이랄까.

왕 씨는 예전에도 몇 번 이런 으름장을 놓긴 했었지만, 이번에는 말한

대로 실행해 버렸다. 저녁에 성굉이 귀가하자마자 여란을 불러 무섭게 혼낸 것이다.

딸아이들 가운데, 성굉은 원래부터 여란의 거만하고 제멋대로인 성격을 가장 싫어했었다. 어릴 때부터 지금까지 적잖이 그녀를 꾸짖었고, 여란은 그때마다 고분고분하게 따르려 들지 않았었다. 그랬으니 여란이 가장 무서워하는 것도 부친이었다. 성굉은 냉랭한 얼굴을 하고 여란이 울음을 터트릴 정도로 심하게 꾸짖었다.

"그간 읽은 책은 죄다 개를 줘 버린 게냐. 효가 무엇이고, 정숙이 무엇인지 하나도 모르는 게야? 자고로 혼인 같은 대사는 부모가 명하는 것이거늘. 언제부터 너 같은 일개 계집아이가 혼사에 이러쿵저러쿵하게 되었느냐?! 염치라는 두 글자도 모르느냐?! 내가 너 때문에 부끄러워 죽을 지경이구나!"

이 말의 위력은 실로 대단했다. 여란이 얼굴을 가리고 통곡하며 자리를 떴고, 왕 씨는 아픈 마음을 애써 억눌렀다.

이 혼사에 대한 성가 가장의 찬성 의사는 '왕 씨─화란─원문소'로 이어지는 복잡한 경로를 통해 고정엽에게 전달되었다. 고정엽은 대단히 효율적으로 행동에 착수했다. 며칠도 안 되어 원문소를 대동해 친히 방문한 것이다. 노대부인은 병을 핑계로 나서길 거부해 왕 씨가 단독 대면을 하게 되었다.

장모와 사위 간의 구체적인 회담 내용을 알 수는 없었지만, 회담이 끝나고 난 뒤의 반응을 보니 왕 씨가 대단히 흡족해하는 건 분명했다. 왕 씨는 여란의 앞에 서서 여란을 내려다보며 고정엽의 기개, 인품, 용모, 덕행에 대해 연거푸 칭찬했다. 마치 한 송이 꽃을 찬미하듯 온갖 미사여구로 그를 칭찬하는데 듣고 있던 명란은 닭살이 돋을 지경이었다.

여란은 고개를 떨군 채 한마디 말도 없었다. 계속 흐리멍덩한 상태로 마치 아무것도 들리지 않는 것 같았다. 명란은 한쪽에서 듣고 있다가 대단히 의아한 느낌이 들었다. 끝도 없이 이어지는 왕 씨의 이야기를 듣다 보니 마치 살아 있는 사람을 칭찬하는 게 아니라 영웅 추도회의 열렬한 기념사라도 듣는 기분이 들었기 때문이다. 명란이 슬그머니 몇 발자국 떨어진 화란에게 다가가 속삭였다.

"어머님 안목이 참 대단하시네요. 한 번 보고 어떻게 저 많은 장점을 찾아내셨대요?"

화란은 입가의 경련과 약간의 켕기는 마음을 애써 가라앉히며 말했다.

"네 형부가 나선 중매인데 착오가 있겠니? 원래부터 고 장군이 좋은 배필인 게지."

사실 고정엽이 겸손함을 피력하고자 최대한 노력했으나 군인 특유의 살벌한 위세가 드러나 버리는 건 어쩔 수 없었다. 왕 씨는 어색한 나머지 애초에 몇 마디 하지도 못했었다. 원문소는 그 정도면 장모의 담력이 센 거라고 말했다.

화란은 여란의 완강한 얼굴을 보고 정말로 이해가 안 되어 조용히 명란에게 물었다.

"여란이가 대체 왜 저러는지 모르겠구나. 꼭 고 장군하고 원수라도 진 것처럼 공연히 소란을 피우고 말이야."

명란은 순간 당황해 얼른 화제를 돌렸다.

"여란 언니의 성미가 괄괄해서 그런 거죠. 저번에도 아버지께 호되게 혼났거든요. 아직도 마음이 풀리지 않았나 봐요. 큰언니랑 어머님이 좀 달래 주세요."

그런데 화란이 고개를 가로젓더니 명란에게 귓속말을 하는 게 아닌가.

"달래는 것도 그리 오래는 못할 거야. 고 장군이 네 형부와 한 얘기다만, 고 장군의 큰형님이 얼마 못 사신대. 동생이 돼서 형님의 시신이 식기도 전에 혼례를 올릴 수 없으니 아예 일찌감치 혼인하겠다는 거야. 너도 여란이를 설득하는 걸 도와주렴. 얼른 정신 차릴 수 있게 말이다."

화란의 열성적인 어조를 들으며, 명란은 한창 여란을 설득하는 데 열심인 왕 씨 입가의 거품을 다시 바라보았다. 그녀는 경 오라버니에 대해 깊은 안타까움을 느꼈다. 그러나…… 어쩌면 첫사랑이란 원래 파괴되기 마련이고 그래서 그리워하게 되는 것인지도 몰랐다.

채 며칠도 지나지 않아 고정엽이 장차 성가와 혼인을 맺게 될 거란 소문이 퍼지기 시작했다. 성부, 고정엽, 원문소 중 어느 집이 소문의 출처인지는 불분명했다. 노대부인이 성굉과 왕 씨에게 약혼 예물을 받고 정식으로 정혼하기 전까지는 절대로 먼저 누설하지 말라고 한 게 다행이었다. 왕 씨는 처음에는 달갑지 않은 기분이었으나, 곧 노대부인의 선견지명을 실감케 되었다.

고정엽과 성가의 혼사 소식에 가장 먼저 반응을 보인 것은 녕원후부 마님이었다. 그녀는 즉각 고정엽의 신붓감을 고를 준비에 착수했다. 고정엽이 친아들은 아니었지만, 법도대로라면 그녀는 의붓아들의 혼사를 좌지우지할 수 있었다. 특히 고 노대인이 이미 세상을 떠난 상황에서는 더더욱 그러했다. 만약 그녀가 성가와의 혼인을 인정하지 않는다면 '부모에게 보고하지도 않은' 셈이 되니 법도에 어긋나는 것이었다.

왕 씨는 초조한 나머지 이리 뛰고 저리 뛰며 허둥대고 있었다. 화란이 그녀를 달래며 말했다.

"어머니, 안심하세요. 고 장군이 진즉에 대책을 마련해놨답니다."

요즘 화란은 고정엽이 이미 제부라도 된 듯 갈수록 그를 친근하게 부르고 있었다.

11월 12일, 성안황태후가 미미한 병을 앓다 회복되었다. 황제가 기쁜 마음에 간단한 가연家宴[1]을 열어 이를 경하했다. 연회 도중 황태후가 막 정혼한 국구 심종홍에게 웃으며 말을 걸었다.

"자네 누이가 자네 때문에 속을 많이 끓이더니 좋은 가문과 혼사를 맺어주었군."

곁에 앉아 있던 심 황후가 황태후의 말에 웃으며 화답했다.

"제 동생은 장가보내기가 쉬웠는데 고 대인의 혼사는 어찌되어가고 있는지 모르겠군요."

하석에 앉은 고정엽이 웃기만 할 뿐 대답하지 않았다. 곁에 나란히 앉아 있던 심종홍이 자리에서 일어나 좌중을 둘러보며 읍을 하더니 웃으며 대신 대답했다.

"여러분들은 아마 모르실 테지요. 제 벗이 평생 제대로 책을 읽어 본 적도 없고, 글자도 얼마 모릅니다. 그래서 학식 있는 집안의 귀한 따님에게 장가들려 하고 있지요!"

술잔을 주거니 받거니 하는 동안 좌중의 분위기가 여유로워졌다. 황제가 이 문답에 자못 흥미를 느낀 듯했다. 고정엽이 이번에 혼사를 맺기로 한 것이 좌첨도어사 성굉 대인이 손안의 진주처럼 아끼는 딸이라니, 황제가 미소를 지으며 말했다.

"참으로 훌륭한 혼처를 찾았군. 성굉은 청렴하고 성실한 자니 그 여식이라면 분명 고 장군에게 좋은 짝이 될 게야."

---

1) 집안 잔치.

심 황후의 매부로 어림군 좌부통령으로 새롭게 부임한 정 장군은 여기서 가장 나이가 어리고 호방했다. 술을 몇 잔 마신 그가 떠들썩하게 농담을 던졌다.

"황상, 학식 있는 가문이면 온 가족이 다 학자일 텐데 이런 군인을 필요로 할지 모르겠습니다!"

주연에 모인 사람들이 모두들 한바탕 떠들썩하게 웃었다.

이 소식이 궁궐 밖으로 전해지고, 녕원후부는 잠잠해졌다.

왕 씨는 크게 안도했다. 이 소식을 알게 된 노대부인은 말없이 있다가 한마디를 던졌다.

"서둘러 여란이의 마음을 돌리거라."

명란은 노대부인의 말뜻을 이해했다. 만약 이 일이 고정엽이 의도한 결과라면, 그의 주도면밀한 계략은 경탄할 만했다. 만약 이 일이 황제와 그 밖의 몇몇 사람들이 의도적으로 벌인 결과라면, 그가 천자의 마음을 얻었음이 분명하니 황상께서는 필시 그를 중용할 것이다. 어떤 상황이든 성굉은 이 혼사를 성사시키기로 굳게 마음을 먹었다.

성굉은 한국 드라마에 나오는 종이호랑이 같은 아버지가 아니었다. 퍼렇게 핏대를 세우며 목이 쉬도록 호통을 치다가도 결국은 못된 딸아이를 용서하고 마는 그런 아버지가 아니었다. 그는 전형적인 고대의 봉건 사대부였다. 도덕적인 문장을 읊고, 과거를 보고 관리가 되어 나랏일을 하고자 하는 유의 사람이었다. 꽉 막힌 골생원보다는 자식들에게 관대한 편이기는 했으나 그래도 여전히 임금과 신하, 부모와 자식 간의 예법과 법도를 중시하는 사람이었다. 집안에서 그의 권위는 절대적이었다.

이런 시각에서 보면, 고대의 사대부들 가운데 무조건 자녀를 총애하는 부친은 드물었다 할 것이다. 게다가 자녀가 한 명뿐인 경우는 드물었다. 딸은 그저 부녀자로서 정숙하다는 평판만 해치지 않고 얌전히 있다가 시집만 가면 그만이었다.

그렇게 총애를 받던 화란도 자신의 혼사에는 감히 참견할 수 없었다. 묵란은 성굉이 가장 예뻐하던 딸이었지만 가족을 아랑곳하지 않고 이기적으로 일을 꾸몄다가 성부의 평판을 망칠 뻔하고 나서부터 성굉은 더는 묵란의 체면을 봐주지 않았다. 명란은 그의 눈빛에서 묵란에 대한 실망감과 혐오감을 똑똑히 읽어낼 수 있었다.

현실 앞에서 수많은 것들이 공격을 견디지 못하고 부서져 버린다. 여란은 가족과 예법에 반항하기에는 용기가 부족했다. 가보옥이 아무리 임대옥을 사랑하고, 사태군史太君 [2]이 아무리 그를 총애하든 간에, 그는 가정과 왕 씨 [3] 앞에서 감히 자신의 선택을 직언할 수 없었다. 더구나 묵란의 사태 이후, 해 씨의 경계는 두 배로 삼엄해졌다. 여란이 이 혼사를 원하지 않는 것을 보고, 관타나모 형무소만큼 성부 안팎을 삼엄하게 감시하기 시작했다. 그래서 〈서상기〉는 잠시 중단될 수밖에 없었다.

며칠 동안 여란은 눈물만 흘렸다. 차츰 여란이 진정되고 다소 침울한 감정만 남게 되자 왕 씨와 화란이 마치 파상 공격이라도 하듯 번갈아 가며 고정엽의 장점을 늘어놓기 시작했다. 왕 씨와 화란은 명란에게도 집안의 결정에 대한 지지를 표명함으로써 이 공격에 가담하길 요구했다.

명란은 도리어 고정엽의 한 가지 대단한 장점을 알고 있었으나 감히

---

2) 『홍루몽』의 주인공 가보옥의 조모
3) 『홍루몽』의 등장인물, 가정의 정실부인, 가보옥의 모친.

말할 수가 없었다. 반나절은 족히 여란의 우느라 빨개진 얼굴을 보다, 명란이 이윽고 한마디를 생각해 냈다.

"여란 언니, 한번 생각해 봐. 만약 언니가 평범한 남자에게 시집을 가면 묵란 언니가 언니보다 더 높아지는 거 아니야?!"

이 말에 줄곧 생기 없던 여란의 눈에 희미하게 광채가 어렸다. 어머니 배 속에서 나온 순간부터 여란은 묵란과 깊은 갈등을 겪어 왔다. 묵란의 항복을 받아 낼 수만 있다면, 그녀는 건빵을 지참하고 전쟁터에 나가는 것 같은 고생도 마다하지 않을 것이다.

큰 깨달음을 얻은 왕 씨와 화란은 즉각 전략을 바꿨다. 매번 고정엽을 칭찬한 뒤, 고정엽에게 시집을 가면 묵란 앞에서 얼마나 멋지게 뽐낼 수 있겠느냐며 한껏 과장해서 말했다. 그 효과는 대단했다. 여란도 점차 자신의 운명을 받아들이게 되었다. 자신에게 불구덩이에 들어가라는 것도 아니고 그저 중고 명품과 혼인하라는 것에 불과했다. 하물며 경 오라버니가 명품이라는 보장도 없었다.

명란은 여란을 설득하는 데 뛰어난 성과를 올려 상급자들로부터 칭찬을 받았다. 가석방을 허락받아 수안당의 노대부인 곁에 머물 수 있게 된 것이다. 노대부인이 명란에게 상으로 하홍문을 배웅할 기회를 주었다.

지난번 하 노대부인이 왔다 간 뒤로 하홍문은 두 번이나 더 찾아왔다. 명란은 그때마다 얼굴을 비치지 않았다. 그는 마치 죄인처럼 고개를 떨구고 송구스러운 태도로 노대부인을 마주했다. 노대부인은 그의 반성하는 태도가 양호한 것을 보고 차츰 마음이 누그러졌다. 비록 아직 의견을 굽힌 건 아니지만, 노대부인의 그에 대한 태도는 이미 훨씬 온화해지고 친절해져 있었다.

명란은 수안당에서 곧장 이문으로 통하는 샛길을 걸었다. 자잘한 자갈들이 표면을 덮고 있는 이 길은 인적이 뜸했다. 곁에는 줏대 없는 하홍문이 함께했다. 매번 이 시간이 돌아올 때마다, 명란은 노대부인의 마음 씀씀이가 참 귀엽다는 생각이 들었다.

노대부인은 용의후부 출신이었다. 그렇기에 고관대작 가문의 사내들이 여색을 탐하는 것을 질리도록 보았고, 또 그런 모습을 극도로 증오했다. 그래서 고른 게 탐화랑이었는데 문관도 더 나을 게 없었음을 어찌 알았겠는가. 신혼 생활을 얼마 보내지도 않아 성 노대인이 아름다운 첩실을 하나 선사받았다며 집에 들인 것이다. 상관이 선사한 첩실을 거절할 수 없었다고 쭈뼛쭈뼛 변명을 하면서, 아내가 현숙하게 그를 도와 첩실을 보살피길 바란 것이다. 혼인이 실패한 뒤, 노대부인은 문관의 지조 없음에도 실망하게 되었다. 이에 고개를 돌려 비주류 전문직 쪽으로 기울게 된 것이다. 예를 들자면, 하홍문이 그랬다.

"명란 누이……."

명란은 그제야 정신이 들었다. 하홍문이 쑥스러운 표정으로 자신을 바라보며 작게 자신을 부르고 있었다. 명란은 정신을 가다듬고 미소를 지으며 대답했다.

"무슨 일이에요? 말씀하세요."

하홍문이 갑자기 암담한 표정을 짓더니 고개를 떨궜다. 그러더니 한참 만에 천천히 입을 열었다.

"명란 누이는 분명 내게 화가 난 게야. 아니라면 그렇게 말하지 않았을 텐데."

웃기시네! 내가 할 말은 진즉에 다 했다고! 그러나 명란의 입에서 나온 말은 이러했다.

"홍문 오라버니, 무슨 말씀이세요. 그렇지 않답니다."

하홍문이 갑자기 발걸음을 멈추더니, 간절한 눈빛으로 명란을 응시했다. 꿀꺽 침을 몇 번 삼키는 모습이 꽤 흥분한 기색이었으나, 또 한참 말이 없었다. 그러다 가까스로 입을 열었다.

"명란 누이! 내게 화가 난 것 잘 알고 있어. 하지만 내 말을 좀 들어줘!"

명란도 걸음을 멈추고 조용히 기다렸다. 하홍문이 심호흡을 하더니 기합을 넣으며 말했다.

"……내가 똑똑한 사람은 아니지만 누굴 아내로 맞이하고 싶은지는 똑똑히 알아! 나는 정말 사촌누이를 친동생처럼 여기고 있고, 남녀 간의 정 같은 건 없어. 하지만 일이 이리되었으니 그 아이를 죽게 내버려둘 수는 없어. 너를 괴롭게 할 수밖에 없었구나! 허나, 명란 누이, 이것만은 믿어줘. 금수에게 하가는 그저 몸을 의탁할 장소일 뿐이야. 그 아이는 먹을 것, 입을 것을 걱정할 필요가 없을 거야. 하지만…… 거기까지만이야!"

하홍문은 감정에 복받쳐 조금수를 첩으로 들일 수밖에 없는 난감함을 장황하게 늘어놓았다. 또한, 장차 아내만 일편단심으로 바라보겠다는 장담을 은연중에 드러냈다. 명란은 내내 조용히 듣고만 있었다. 감동하는 기색도 없었고, 코웃음 치며 비웃는 기색도 없었다. 하홍문은 그런 명란의 모습을 보며 차츰 우울한 마음이 들었다.

"명란 누이는 끝까지 나를 믿으려 하지 않는구나."

명란이 생긋 웃더니 고개를 가로저었다.

"믿고 안 믿고는 오라버니의 말이 아니라 행동에 달렸지요."

"나는 한다면 하는 사람이야!"

하홍문은 얼굴을 붉혔다. 코끝이 살짝 시큰해졌다.

"예를 들어……."

명란은 그를 내버려둔 채 몸을 돌려 다시 발걸음을 떼기 시작했다. 그러면서 혼잣말처럼 중얼거렸다.

"오라버니가 부인과 바둑을 두고 있는데, 조 낭자가 갑자기 머리가 아프다, 다리가 아프다, 배가 아프다 하며 와서 봐달라고 한다면."

하홍문이 웃더니 안도의 한숨을 쉬며 명란의 뒤를 따라 걸었다.

"나는 견문도 얕고 공부도 부족하니 다른 의원을 청해야겠지. 약이 필요하면 약을 쓰고, 진맥이 필요하면 진맥을 보면 될 게야."

"만약 조 낭자가 하루가 멀다 하고 병이 나면 매일 의원을 부르기도 어렵겠지요. 오라버니가 가서 봐야 하겠지요."

"고질병을 앓게 됐으니 집안에 상비 약재를 구비해 두어야지. 한 사발 달여서 보내면 돼."

"만약 조 낭자가 피리를 불고 거문고를 뜯으며 원망하고 그리워하는 시를 읊는데 감동스럽지 않은 구절이 없고, 가느다랗게 흐느끼는 목소리가 가슴이 에일 정도로 가여워서 오라버니가 가서 위로해줘야만 한다면."

"피리를 불고 거문고를 뜯는 건 본디 우아한 일이나 절도가 있어야 하는 법. 주변 사람들을 방해하지 않고 맑고 청아해야 하지. 그렇지 않다면 일부러 법석을 떠는 것에 불과해. 가엾다는 얘기를 하자면, 금수는 이모부님이 유배 간 날부터 가여웠어. 그때는 내가 곁에 있지도 않는데 그 아이는 나 없이도 잘 살았잖아."

명란이 갑자기 걸음을 멈추었다. 똑바로 하홍문을 바라보며 냉랭한 목소리로 말했다.

"오라버니, 시치미 떼지 마세요. 제가 무슨 이야기하는지 아시잖아요."

하홍문도 걸음을 멈추고 명란을 마주 보고 섰다. 옅은 갈색빛 얼굴이 불안하게 흔들렸다.

"명란 누이, 누이가 지금 뭘 원망하는지 알고 있어. 그날 금수는 뼈만 앙 상하게 남은 채로 날 기다리고 있었어. 목소리도 안 나오니, 그저 애원하 는 눈빛으로 나만 바라보았지. 나는 쓸데없이 마음만 약하니 차마 모질 게 대할 방도가 없어 그러마 하고 허락했어. 허나, 그때 나도 똑똑히 말해 두었단다. 살길은 마련해주겠으나, 그저 살길일 뿐이라고. 우리 집에 들 어온 후에는 남녀 간의 정이나 살뜰한 말 같은 건 바라지도 말라고 했어. 또 죽으려 한다면 나도 하등의 가책을 느끼지 않을 거라고 말했지!"

명란은 이 말을 묵묵히 듣고 있었다. 하홍문이 깊이 숨을 들이마셨다. 넓은 가슴팍이 격렬하게 들썩거릴 정도였다.

"명란 누이, 만약 그 아이가 그렇게 죽어버렸다면 평생 응어리가 되어 내 마음속에 남았을 거야. 난 영원히 그 아이를 기억하게 되겠지! 나, 나 는 그 아이 걱정만 하고 싶지 않아. 내 마음속엔 오직 내 아내만 담아두 고 싶다고!"

명란이 천천히 고개를 들었다. 태양을 등지고 바라본 하홍문의 젊고 잘생긴 얼굴에는 진지함과 긴장이 가득했다. 그녀 마음속 어딘가에 있 던 작은 응어리가 조금 누그러졌다.

"어쨌든 한 지붕 아래에 있으니 아예 모른 척할 수는 없을 거 아니에요."

하홍문이 낮은 목소리로 진지하게 대답했다.

"명란 누이가 뭘 걱정하는지는 알겠어. 허나 나도 눈이 있으니 날 속일 순 없을 거야. 지금 외유 중이신 할머님 가문의 넷째 아저씨는 령국공부 를 위해 십여 년간 진료하셨어. 령국공 나리의 열 명이 넘는 첩실에서부 터 그 자손들까지 이어지는 온갖 지저분한 일들을 보셨다고! 안채 부인 들의 암투를 의원이 돼서 어찌 모르겠어."

명란이 눈썹을 치켜세우며 분노를 드러냈다.

426

"오라버니는 다 알고 있었군요? 오라버니가 마음 약해 조 낭자를 가엾게 여기는 줄로만 알았네요."

하홍문이 겸연쩍게 웃더니 어쩔 수 없다는 듯 말했다.

"사내가 다 장님에 바보는 아니야. 마음이 기운 게 아니라면 어찌 모를 수 있겠어? 게다가 나는 너의 사람됨을 믿어. 너는 필시 금수를 잘 돌봐 줄 거야."

명란은 한참 그를 바라보다 천천히 미소를 지었다.

"오라버니 말씀이 맞아요……. 아마 그렇겠지요."

어쨌든 그들 사이에는 조금수가 끼어 있었다. 결국, 그렇게 된 것이다. 하홍문의 말을 믿을 수 있을까? 명란은 알 수 없었다. 그는 오늘 자신이 장담한 걸 끝까지 지킬 수 있을까? 알 수 없었다.

명란이 알고 있는 건 하홍문이 이렇게까지 하는데 이미 그의 모든 것을 쏟아부었다는 것이다. 까놓고 말해 그 역시도 평범한 고대의 사내에 불과했다. 혼인은 그저 시작일 뿐이다. 그리고 이 시작은 좋지도 나쁘지도 않았다. 앞으로의 길을 어떻게 걷느냐가 제일 중요했다.

겨울 햇살은 따사로웠다. 부드러운 이불솜이 피부에 닿는 것 같았다. 앙상한 나뭇가지가 겨울바람에 가볍게 떨고 있었다. 명란과 하홍문은 자갈이 깔린 샛길을 천천히 걸었다. 하늘은 맑았고, 햇볕은 평화로웠고, 풍경은 정연했다. 이 모든 정경이 담백하고 여유로웠다. 조가는 이미 경성을 떠났고, 여란도 이미 굴복했다. 노대부인도 결단을 내렸다. 마치 모든 것이 미리 정해진 궤도를 따라 천천히 전진하는 것 같았다.

그러나 아주 오랜 시간이 흐른 뒤, 명란은 이날을 떠올리다 문득 깨달았다. 이날이 그녀가 마지막으로 하홍문을 만난 날이었음을.

제94화

어떤 음모론자의 추측

그 날은 평소와 하등 다를 게 없었다.

호수 표면은 두께가 일정치 않게 얼어 있었다. 점심 식사를 마친 명란은 두툼한 겨울옷을 입고 호숫가에 쪼그려 앉아 반투명한 얼음층 아래서 유유히 헤엄치는 살 오른 물고기들을 바라보고 있었다. 그 모습을 한참 동안 몹시 부러운 듯 바라보다 텅텅 빈 어롱을 어깨에 메고 수안당으로 돌아갔다. 노대부인의 놀림을 받았지만, 명란은 화가 나지 않았다. 손발을 다 동원해 구들 위에 기어오른 명란은 노대부인 곁에 기대어 몸을 녹였다.

"한겨울 날에 무슨 고기를 낚겠다고. 얼어 죽을 참이더냐!"

노대부인이 실눈을 뜨고 꾸짖었다.

명란도 실눈을 뜬 채 나른하게 말했다.

"새언니가 식욕을 잃었는데 지난번에 제가 만들었던 생선 요리가 먹고 싶다잖아요……. 그런데 또 생각해보니 겨울 물고기는 차가운 성질이 있잖아요. 민물고기는 더욱 그렇지요. 풀은 축축하고 물은 얼어붙고. 괜히 먹었다가 몸에 해롭겠다 싶어서 관뒀어요."

노대부인이 자신의 손을 명란의 차갑게 언 작은 손 위에 포개며 느긋하게 말했다.

"신 게 당기면 아들이고, 매운 게 당기면 딸이랬지. 장백이 처의 배 속에 든 게 아들인지 딸인지 모르겠구나."

명란이 조금 졸린 듯 조그만 주먹으로 눈을 비비며 웅얼웅얼 말했다.

"큰오라버니는 딸이었음 한대요. 아들 하나, 딸 하나면 합쳐서 '호好' 자를 만들 수 있다면서요. 새언니는 별말 안 했는데 제 생각엔 아마 또 아들이었으면 하는 것 같아요."

적자 한 명으로는 부족한 것이다. 둘은 있어야 보험이라 할 것이다.

노대부인이 살짝 웃었다.

"네 새언니는 복을 타고난 사람이니 아들이건 딸이건 상관없다."

조모와 손녀는 띄엄띄엄 한두 마디씩 주고받다 훈훈한 구들에 노곤해져 꾸벅꾸벅 졸음이 오려던 참이었다. 그때 바깥에서 날카로운 비명이 들려왔다. 명란은 깜짝 놀라 잠이 깼고, 노대부인도 눈을 번쩍 뜨고 비단 휘장이 처진 문을 바라보았다. 계집종 차림의 여자아이 하나가 비틀거리며 뛰어 들어오더니 구들 앞에 털썩 엎드렸다. 그러더니 큰소리로 통곡하기 시작했다.

"노마님, 살려주세요!"

"희견, 무슨 일이야?"

명란이 의아해하며 물었다. 그 아이는 여란 처소의 삼등 시녀였다.

희견은 흐트러진 머리에 분과 연지가 온통 번진 채 공포에 질린 얼굴을 하고 있었다.

"노마님, 명란 아가씨. 얼른 가서 희작 언니를 살려주세요. 마님께 맞아 죽겠어요! 그리고 우리 아가씨, 나리께서 흰 비단 끈으로 아가씨

목을 졸라 죽이려고 하세요! 마님께서도 감히 나리를 말리지 못하시고 몰래 저를 여기로 내보내셨어요!"

희견이 연신 머리를 조아리며 읍소했다.

"이게 대체 무슨 일이냐!"

노대부인이 얼른 몸을 바로 하고 앉아 준엄한 목소리로 물었다.

"네 마님과 아가씨는 향불 올리러 가지 않았더냐?!"

명란은 노대부인이 급히 몸을 일으키다가 현기증이라도 일으키면 어쩌나 하고 걱정이 들었다. 이에 얼른 손을 뻗어 노대부인의 등을 가볍게 쓰다듬으며 노기를 가라앉게 했다.

오늘 아침 일찍, 대굉사에서 새 불상의 점안식點眼式 [1]이 열렸다. 평소 왕 씨가 선향線香과 등불을 밝히는 돈을 적지 않게 시주했기에 주지 스님이 초대장을 보내왔다. 왕 씨는 여란을 데리고 절에 가 향불을 올리고 기도하는 김에 인연첨姻緣籤 [2]을 받아오기로 했다.

노대부인이 대체 무슨 일이 일어났는지 연신 물었으나, 희견도 절에 따라간 게 아니니 전혀 아는 바가 없었다. 한참 울면서 애원하기만 할 뿐, 자신도 무슨 연유인지는 모른다는 것이었다. 노대부인은 직접 가서 알아봐야겠다는 생각이 들었고, 명란이 얼른 취병을 불러 의복을 준비하라 분부했다.

명란도 따라가고 싶었으나 노대부인이 만류했다. 방씨 어멈이 좋은 말로 명란을 달랬다.

---

1) 불상을 새로 만들고 마지막에 눈을 그려 넣는 불교 의식.
2) 혼인과 관련된 점괘가 적힌 종이.

"다섯째 아가씨가 잘못을 저질렀으니 나리께서 혼을 내시려는 겁니다. 노마님께서 거기 가시면 필시 나리와 실랑이를 벌이시게 되겠지요. 아가씨가 들어서 좋을 게 없습니다."

명란은 내심 마음이 무거워졌다. 상황이 꽤 심각한 모양이었다. 만약 규방의 추문과 관련된 사건이라면 그녀가 끼어들기에 적절치 않았다. 명란은 방씨 어멈을 향해 고개를 끄덕이고, 침상으로 돌아가 얌전히 앉았다. 그래도 가만 앉아 있으려니 몸이 근질거려 소도를 불러 동정을 살펴보라 일렀다. 명란은 청화 손화로를 받쳐 들고, 가느다란 구리 젓가락으로 손화로 속의 숯을 천천히 뒤적이며 참을성 있게 소도가 돌아오길 기다렸다.

손화로 속의 불씨가 살아나기 시작할 무렵, 소도가 숨을 헐떡이며 돌아왔다. 명란이 용수철처럼 벌떡 일어났다. 손화로를 내려놓고 소도의 팔을 덥석 잡으며 물었다.

"어떻게 된 일이야? 빨리 말해봐."

소도가 손수건을 꺼내 이마의 땀방울을 훔쳤다. 아직도 놀란 마음이 진정되지 못한 듯한 모습이었다.

"마님께서 처소를 다 막아 놓으셔서 아예 들어갈 수가 없었어요. 그저 밖에서 무슨 일인가 여기저기 물어봤는데 들은 거라고는……."

그녀가 힘겹게 침을 꿀꺽 삼키더니, 입술을 파르르 떨며 말을 이었다.

"나리께서 이번에 정말 단단히 화가 나셨대요. 노마님께서 당도하셨을 때 정말 나리가 흰 비단 끈을 여란 아가씨 목에 감고 계셨답니다!"

명란이 깜짝 놀랐다. 소도가 식은땀을 훔치며 보고를 계속했다.

"제가 한참 숨어서 기다리다가 안의 어멈들이 희작 언니를 들것에 신고 나오는 걸 겨우 볼 수 있었지요. 아이고, 세상에, 온몸이 피투성이에

다 옷에 피가 다 밸 정도였어요. 아직 숨이 붙어 있는지 어떤지도 모르겠어요! 안의 동정은 엿듣지 못했어요. 유씨 어멈이 다른 어멈들더러 사람들을 쫓아내라 시켜서 저도 그냥 돌아왔어요."

명란의 심장이 팔딱팔딱 뛰었다. 마치 누군가 속에서 현 한 줄을 마구 튕기는 것 같았다. 명란이 홀연히 소도의 팔을 꽉 붙들고 낮은 목소리로 말했다.

"단귤에게 가 봐. 은자도 좀 챙기고, 방 안을 뒤져 맷돌에 드는 연고가 있나 한번 찾아보고. 그리고 단귤과 같이 둘이 희작을 찾아가. 은자가 필요하거든 은자를 챙겨 주고, 약을 발라야겠거든 약도 발라 줘. 전력을 다해 그 아이를 살려야 할 것이야!"

소도가 상황의 심각함을 깨닫고 즉각 대답하며 자리를 떴다.

명란은 불안한 마음을 억누르며 천천히 자리로 돌아가 앉았다. 그러고는 탁자 위의 찻잔을 들어 천천히 차를 한 모금 마셨다. 희작은 좋은 아이다. 명란은 그녀의 사람됨을 매우 마음에 들어 했다. 여란에게 충성을 다했고, 자신에게 사납게 굴어도 마음에 두지 않았다. 오히려 여란을 친여동생처럼 어르고 달래며 너그럽고 온화하게 대했고, 작은 계집종들의 잘못을 감싸 주기도 했다. 명란은 그런 그녀가 이런 식으로 죽거나 불구가 되길 절대 바라지 않았다.

또 한참 시간이 지났다. 명란의 손에 들려 있던 차는 이미 식은 지 오래였다. 차디찬 도자기 찻잔을 손에 쥐고 있으려니 마치 얼음덩이를 쥐고 있는 것 같았다. 명란은 찻잔을 내려놓고 바깥의 해가 천천히 서쪽으로 기우는 모습을 바라보았다. 그런데 여태껏 아무런 동정이 없다니. 명란은 차츰 맥이 풀리기 시작했다. 하늘이 어둑어둑해졌을 때 드디어 바깥에서 어수선한 발소리가 들리기 시작했다.

정당의 발을 걷어 올리는 소리가 들리자마자, 명란이 얼른 뛰어나갔다. 해 씨가 노대부인을 부축하고 들어가는 모습이 보였다. 방씨 어멈이 노대부인의 몸을 떠받치며 조심조심 따뜻한 침상 위로 옮기고, 융으로 감싼 등받이에 기대어 휴식을 취할 수 있게끔 자리를 정돈했다. 명란은 노대부인의 안색을 보고 일순 당황했다. 노대부인의 낯빛은 창백했고, 호흡도 불규칙했다. 가슴께가 거칠게 들썩이는 게 한바탕 화를 내고 온 모양이었다. 해 씨가 곁에서 송구스럽고 난감하다는 듯한 표정을 짓고 있었다.

"할머니, 괜찮으세요?!"

명란이 얼른 노대부인의 무릎 위에 엎드려 떨리는 손으로 그녀의 손을 잡아보았다. 손 온도가 평소와 같았고, 명란의 손을 되잡는 노대부인의 손가락에 꽤 힘이 들어간 것을 보고, 명란이 겨우 마음을 놓았다.

노대부인이 살짝 눈을 떴다. 여전히 노기가 어린 눈빛이었다. 명란을 보고서야 겨우 눈빛이 조금 부드러워졌다.

"나는 괜찮다. 조금 바삐 걷느라 숨이 가빠진 것뿐이야."

노대부인이 말하면서 슬쩍 해 씨를 바라보았다. 해 씨의 배가 살짝 나와 있었다. 한 손으로 등허리를 가볍게 주무르면서도 고개를 떨군 채 한마디도 못 하고 있었다. 노대부인이 이 광경을 보고 마음이 살짝 누그러졌다.

"네 새언니를 부축해서 옆방 구들로 데려가 쉬게 하거라. 그 아이도 반나절은 족히 서 있었을 게야."

명란이 고개를 끄덕이고, 해 씨를 부축해 옆방으로 데려갔다.

옆방에 들어서자마자, 명란이 해 씨를 부축해 침상 위로 옮겼다. 노대부인의 베개를 가져와 기대게 하고, 탁자 위의 두툼한 솜으로 싼 난롱 안에서 찻주전자를 꺼내 차를 따라 해 씨에게 건넸다. 해 씨가 고맙다며 따뜻한 차를 한 모금 마셨다. 차의 따뜻한 기운이 몸안으로 들어오자, 해 씨는 비로소 조금은 편안해진 기분이 들었다.

명란은 그녀의 안색이 좋아지는 걸 보고 곧장 캐물었다.

"새언니, 여란 언니는 대체 어찌된 거예요?! 아버지께선 도찰원에 계시지 않았던가요? 어떻게 갑자기 집에 오시게 된 거예요! 말 좀 해보세요!"

해 씨는 잠시 머뭇거렸다. 하지만 아까 성굉과 노대부인의 다툼을 떠올려 보니 명란을 속이기 어렵겠단 생각이 들었다. 몇 번 입술을 깨물다가 전부 털어놓기 시작했다.

왕 씨는 여란과 함께 산에 올랐고, 향불도 잘 올렸다. 요사이 여란이 제법 고분고분해졌기에, 왕 씨는 여란에게 정원을 거닐게 하고 자신은 주지 스님과 이야기를 나누러 갔다. 그런데 눈 깜짝할 사이에 여란이 곁에 있던 어멈들을 떼어 낼 줄 누가 알았겠는가? 어멈들은 여란이 희작만 데리고 산책을 갔다며 고했다. 왕 씨는 심상치 않은 느낌이 들었고, 즉각 사람을 불러 여란을 찾아오라 분부했다. 그러나 대굉사는 광제사만큼 깨끗한 절은 아니었다. 향불 연기가 자욱했고 절은 컸으며 사람은 많았다. 한 시간이 넘도록 여란을 찾을 수가 없었다.

한창 초조해하던 그때, 여란이 제 발로 돌아왔다. 그저 후원의 숲속을 거닐고 있었다는 것이다.

"그럼 아무 일도 없던 거잖아요?"

명란은 여란이 뭐 하러 갔는지 대충 짐작이 되었다. 불안했던 마음이 서서히 진정되었다.

그런데 해 씨가 쓸쓸하게 웃더니 고개를 젓는 게 아닌가.

"정말 아무 일 없었으면 다행이었겠지요. 여란 아가씨가 무사히 돌아온 걸 보고 어머님은 괜한 걱정을 했다며 아가씨와 같이 점심 공양을 하시고 집에 오셨어요. 그런데 집에 오니 조퇴를 하시고 오신 아버님이 계시지 않겠어요. 아버님은 어머님과 여란 아가씨를 보자마자 다짜고짜 아가씨의 뺨을 때리셨어요."

"아니, 어째서요?!"

명란의 심장이 다시 팔딱거리기 시작했다.

해 씨가 찻잔을 내려놓고 한숨을 쉬며 말했다.

"알고 봤더니 여란 아가씨가 글쎄 그 거인擧人인 문염경 상공相公 3)과 정분이 났다는 거예요. 그 둘이 대굉사에서 만나기로 약조했다지 뭡니까. 말만 몇 마디 나누려 했다는데 하늘도 무심하시지 하필이면 고 장군도 오늘 거기서 돌아가신 어머니의 법사法事 4)를 올렸다지 뭐예요!"

하마터면 명란의 눈알이 튀어나올 뻔했다.

"그, 그분이…… 여란 언니를 본 거예요?"

해 씨가 가슴이 답답한 것을 느끼며 고개를 저었다.

"그러니 재수가 없었지요! 고 장군은 공무를 보느라 바빠서 직접 가진 못했대요. 게다가 그분은 여란 아가씨를 본 적도 없으니, 설사 보더라도 누군지 몰랐겠죠. 고 장군 댁의 어멈이 고 장군의 명으로 대신 법사 지내고 나오는 길에 사미승에게 승복과 승모를 시주하다 먼발치서 봤다는 거예요. 하필이면 그 어멈이 예전에 선물을 가져오면서 우리 집안사람 몇몇을 봤던 거죠!"

---

3) 과거에 급제한 서생을 높여 부르는 말.
4) 절에서 기도와 제사를 올리는 것.

명란이 구들 위에 얼어붙었다. 조금도 움직이고 싶지 않았다. 무슨 말을 해야 할지도 알 수가 없었다. 해 씨가 한숨을 쉬며 계속 말했다.

"필시 그 어멈이 돌아가서 고 장군에게 고했겠지요. 점심때쯤 머슴아이 하나가 도찰원에 가서 아버님을 뵙고자 청했대요. 그래서 아버님이 바로 집으로 돌아오셔서…… 거듭 문책을 하자 여란 아가씨가 자기는 이미 운명을 따르기로 했다며, 문 상공과 마지막으로 얼굴을 보려 한 거라고 실토했어요."

명란은 이 전 과정을 듣고 거의 까무러칠 뻔하다 가까스로 한마디를 내뱉었다.

"……조심했어야지!"

해 씨가 약하게 한숨을 쉬었다. 아무런 할 말이 없었기 때문이다. 실은 그녀도 명란과 같은 의견이었다. 이런 일은 기왕에 여란이 헤어지기로 결단을 내린 이상 단단히 감춰 두기만 하면 될 일이었다. 그런데 구태여 눈물을 휘날리며 작별 인사를 하다 미래의 낭군 될 사람에게 들키다니, 참으로 운도 없지!

"……그럼 이제 어떻게 해요?"

잠시 뒤, 명란이 겨우 맥없이 물었다.

별안간 해 씨가 슬슬 시선을 피하기 시작했다. 마치 감히 명란을 똑바로 바라보지 못하겠다는 것 같았다. 의아해진 명란이 거듭 해 씨를 추궁했다. 해 씨가 겨우 우물쭈물하며 대답했다.

"방금, 고 장군이 서신을 한 통 보냈는데……"

아직 말이 다 끝나지도 않았는데, 바깥에서 한바탕 어수선한 발걸음 소리가 들려왔다. 취병이 밖에서 기별을 전했다.

"나리와 마님께서 오십니다."

명란이 안절부절못하고 있는 해 씨를 쳐다보다 귀를 쫑긋 세우고 바깥의 동정을 살폈다. 성굉이 낮은 목소리로 뭔가 말하는 소리가 들렸고, 왕 씨가 흐느끼는 소리가 들렸다. 이어서 노대부인이 벌컥 대로하며 엄중한 목소리로 크게 꾸짖는 게 들려왔다.

"허튼 생각 마라! 아비 된 작자가 어찌 그런 생각을 한단 말이냐!"

노기등등한 날카로운 목소리였다. 명란은 이제껏 노대부인이 이렇게 화를 내는 모습을 본 적이 없었다. 명란은 천천히 침상에서 내려와, 문가에 쳐진 두터운 금갈색 구름무늬 비단 휘장에 귀를 대고 바깥의 소리에 귀를 기울였다.

성굉이 다급하게 말했다.

"어머님, 소자의 말을 들어보십시오, 이 길밖에 없습니다! 우리 집안의 그 누구도 어디 가서 말을 흘리지 않았습니다. 사람들 앞에서든 뒤에서든 고씨 집안에 누굴 시집보낼 건지 분명히 밝힌 적이 없지요. 원 서방도 그저 화란이 동생이라고만 했습니다. 저와 이 사람도 지금까지 고 장군과 제대로 이야기를 나누지 않았고, 몇째 딸을 그와 짝지어 줄 건지 말하지 않았습니다. 아마 고 장군도 별다른 방도가 없을 겁니다. 여기 와서 기별을 전한 자가 하는 말도 애매하기 짝이 없었지요. 군대라도 일으켜 죄를 벌하겠다는 게 아니라, 마치 미리 귀띔하러 온 것 같지 않았습니까. 이미 일이 이리되었으니 잘못된 것이라도 그냥 밀고 나가야지요. 어쨌든 명란이도 이미 적녀로 호적에 올랐잖습니까. 안 그러면 이 혼사로 원수를 지게 될 겁니다. 소자가 머릿속이 혼란하여 이제야 서신을 보냈습니다. 그 서신에 여란이는 원래 문염경에게 시집보내기로 했고, 명란이가 바로 고씨 집안에 시집갈······."

'쨍그랑' 하고 부서지는 소리가 났다. 필시 찻잔 하나가 화를 당한 것이리라. 노대부인의 목소리가 분노로 떨리고 있었다.

"네가 참으로 교묘한 생각을 해냈구나. 너희 부부가 여식을 잘못 가르쳐서 온통 풍기문란을 저지르게 해 놓고선, 마지막에는 주변 사람들더러 뒷수습을 하게 하는구나. 저번에는 이 노인네더러 나서게 하더니, 이번에는 계략을 꾸며 명란이를 내보내려 들어! 내 너희에게 일러주마, 꿈 깨거라!"

노대부인이 거칠게 숨을 헐떡이며 말을 이었다.

"네 이 훌륭한 마님 좀 보아라. 평소에 무슨 좋은 것, 맛난 것만 봐도 명란이 생각은 단 한 번도 해 본 적이 없지. 고관대작이 나타나 혼담을 넣으니, 아무것도 제대로 알아보지도 않고 무턱대고 여란이로 정했어! 그러다 사달이 나니 명란이를 생각해내! 하나는 제 사욕만 채우려 들고 그저 제 귀한 딸 걱정만 할 줄 알지. 다른 한 놈은 사리사욕에 정신이 팔려 공명과 재물 욕심만 부리는구나. 참으로 어울리는 한 쌍이구나. 짐승처럼 뱃속이 시커먼 부부야. 너희들, 내 눈에 흙이 들어가도 너희들 뜻대로는 안 될 것이다!"

둔탁한 소리가 울려 퍼졌다. 성굉이 털썩 무릎이라도 꿇은 모양이었다. 왕 씨가 낮게 흐느끼기 시작하더니 애원조로 말했다.

"어머님, 그리 말씀하시면 이 며느리가 너무 억울합니다. 비록 명란이가 제 몸에서 나온 아이는 아니지만, 십수 년을 여란이와 다르지 않게 대했습니다. 제가 어찌 그 아이를 홀대했겠습니까? 여란이가 이런 잘못을 범하고 보니 진즉에 어머님 곁에 보내 법도를 배우게 할 걸 그러지 못해 한스럽습니다! 어머님, 제발 그러지 마시고 화란이 체면도 봐주세요. 시댁에서 고생하는 그 아이를 그나마 원 서방이 살펴주고 있지 않습니까. 만약 오늘 일을 수습 못 하게 되면 고 장군이 원 서방을 원망하고 미워

438

하게 될 겁니다. 그럼 화란이는 어쩝니까! 그 아이도 어머님께서 기르신 아이입니다. 명란이만 아끼실 게 아닙니다!"

노대부인이 얼어붙은 듯 서 있다가 다시 엄중한 목소리로 호되게 꾸짖었다.

"화란이는 아들도 낳았고, 정식으로 맞이한 정실이거늘 설마 소박이라도 맞아서 쫓겨나겠느냐? 그 아이를 잘 살게 하자고 동생의 한평생을 희생시키자는 소리인 게야?! 너희 부부는 고정엽을 대단하게 보는 모양이지만 내 눈에는 차지도 않느니라!"

성굉이 큰소리로 외치는 소리가 들려왔다.

"어머님, 그럼 지금 어쩌란 말씀이십니까? 소자는 참으로 방도가 없습니다! 원래는 그 망할 것을 목 졸라 죽여 가문의 명예를 지키고자 했습니다. 까짓것 이 일은 그리 처리하면 될 것입니다. 남들이 한차례 비웃어 봤자지요. 모두 소자가 여식을 가르치는 데 법도가 없던 탓입니다. 자업자득이니 누굴 탓할 수도 없지요. 허나, 그 고 장군은……."

그는 잠시 목이 콱 막혔다.

"며칠 전에 기별이 왔습니다. 고 장군이 이미 박薄 노장군과 충근백을 중매인으로 청하고 곧 사주단자를 교환하러 오겠답니다. 이제 취소한다 한들 고 장군이 순순히 물러나겠습니까!"

그다음 이어지는 이야기는 잘 들리지 않았다. 명란은 그저 귓속이 시끄럽게 울리는 것 같았다. 뭔가가 그녀의 청각을 덮어 버린 것 같았다. 충격이 지나가고 나니 마비된 것처럼 감각이 몽롱해졌다. 명란은 천천히 해 씨 앞으로 다가가 조용히 물었다.

"고정엽이 정말 저를 아내로 맞이하겠대요?"

해 씨가 난처한 듯 고개를 끄덕였다.

"네. 서신에 쓰여 있었어요. 성가와 좋은 인연을 맺고 싶다고요. 그 뒤에 한마디 덧붙였는데 노마님 곁에서 자란 규수는 항상 훌륭하다는 말이었던 것 같아요."

해 씨가 보기에도 이 한마디는 뭔가 귀에 거슬리는 데가 있었다. 뭔가를 암시하는 듯한 한 마디였다. 필시 성굉도 알아챘을 것이다.

노대부인은 일찍이 질투로 유명했고, 때문에 평판이 절대 좋지가 않았다. 그러나 나중에 그녀의 평판은 급격히 방향을 전환하여 좋게 바뀌었다. 노대인이 세상을 떠난 뒤, 그녀는 친정과의 갈등도 불사하고 남편의 가문을 지탱했다. 청춘을 수절하며 보냈고, 가져왔던 혼수로 서자의 출셋길을 열어주고 며느리를 맞아들여 집안을 유지한 것이다. 그렇게 하여 드디어 오늘날 성가의 왕성한 국면이 있게 한 것이다. 몇십 년이 지난 뒤, 오히려 노대부인의 고결하고 강직한 품성을 찬양하는 소리가 많아지기 시작한 것이다.

해 씨도 명란과 노대부인에게 미안한 마음이 들었다. 그녀도 최근에 하홍문과 명란의 혼사가 거의 정해진 바나 다름없어서 여란의 혼담이 정리되고 나면 하가에서 사주단자를 보내올 것이라는 걸 알고 있었다. 그런데 이리될 줄이야……. 해 씨는 남몰래 한숨을 쉬지 않을 수 없었다. 여전히 믿기지 않는다는 듯한 표정을 하고 있는 명란을 바라볼 따름이었다. 한참 고개를 쳐들고 멍하니 있던 명란이 재차 물었다.

"새언니, 고정엽이 정말 저를 아내로 맞고 싶다고 했다고요?"

명란의 어조에는 어떤 분함도 담겨 있지 않았다. 오히려 의외라는 어감이 담겨 있었다.

해 씨가 또 그렇다고 대답했다.

"정말 그랬다니까요."

명란은 머릿속이 마비된 것 같았다. 입술을 깨물고 고개를 갸웃거리며 한참을 고민했다. 냉소적으로 비아냥거리는 고정엽의 얼굴을 떠올리고, 끝장을 보고 마는 그의 성질을 떠올리고, 또 그의 불같고 빙하 같은 성격을 떠올리며…… 명란은 자신이 너무 앞서간다는 생각이 들었다. 고대에 오고 나서 나도 도끼병에 걸린 걸까? 그러나 또 생각해보니 자신의 추측이 일리가 있다는 생각이 들었다.

바깥에서는 노대부인의 노기등등한 목소리와 성굉과 왕 씨가 연신 애원하는 목소리가 들려왔다. 명란은 천천히 작은 걸상 위에 걸터앉았다. 한숨을 쉬고, 입을 벌린 채 혼란스러워하며 턱을 괴고 멍하니 있었다.

할머님, 아버지, 어머님 그리고 이 망할 여란 동무. 어쩌면 우린 당한 걸지도 몰라요.

제95화
두 가지 설득 방식

집안 내부의 전쟁은 대체로 다음과 같은 두 가지 특징을 지닌다.

첫째, 선전포고 없이 바로 전쟁을 시작한다. 둘째, 오랫동안 시간을 끌면서 밀고 당긴다.

상황이 이 지경에 이르렀는데도 명란은 이런 잡생각을 하고 있었다. 명란은 조만간 자기가 정신착란을 일으킬지도 모르겠다고 생각했다.

요 며칠 내내 명란은 자신의 의견을 말할 기회가 없었다. 입을 열려고 할 때마다 노대부인이 말을 잘라 버렸기 때문이다.

"명란아, 두려워하지 말거라! 이 할미 아직 안 죽었다. 저것들이 널 가지고 허튼수작을 부리는 게야!"

노대부인의 살기등등한 모습은 무시무시했다.

잔뜩 화가 난 노대부인은 왕년에 첩실을 들인 노대인과 다투던 때와 같은 기세로 노발대발했다. 욕설을 퍼붓는 노대부인의 입에서 튀겨져 나오는 침방울들이 성굉의 얼굴을 뒤덮을 지경이었다. 성굉은 꾹 참고 견디며 우피당牛皮糖 [1]처럼 간절히 애원했다. 바닥에 꿇어앉아 눈물을 흘리는가 하면, 가족 간의 정과 도리, 가문의 명예를 청산유수처럼 끝도 없이 읊어 댔다. 현기증이 난 노대부인이 침상에 쓰러질 때까지 그의 애원이 계속되었다.

명란은 아들과 다툴 때 아픈 척하는 건 상관없지만 정말로 병이 나면 안 된다고 생각했다. 그렇게 되면 계속해서 싸울 전투력이 없어지기 때문이다. 이 점을 잘 알고 있는 노대부인은 식사량을 배로 늘렸다. 이는 장기전을 염두에 두고 있다는 뜻이었다.

정세가 교착 상태에 빠진 것을 보고 왕 씨가 기상천외한 아이디어를 내놓았다. 차라리 명란더러 노대부인에게 자기 뜻을 표명하게 하자는 것이다. 그녀가 기꺼이 고가에 시집가겠다고 하면 다 끝난 것 아니겠는가? 당사자가 동의한다는데, 노대부인이 어찌 난리를 칠 수 있겠는가?

이 이야기를 들은 성굉이 아연실색했다가 길고 긴 한숨을 쉬었다. 성굉 같은 지식인들은 간단한 문제를 복잡하게 풀길 즐겼다. 자신의 학문이 고매하고 깊음을 과시하기 좋기 때문이다. 그러나 그의 아내 왕 씨는 복잡한 문제를 간단하게 풀길 좋아한다. 협박에는 능하나 회유책은 결코 쓰려 들지 않았다.

"괜히 들쑤시지 마시오!"

성굉이 큰소리로 왕 씨를 저지하더니 미간을 찡그리며 불쾌한 기색으로 말했다.

"어느 집 낭자가 자기 혼사에 이러쿵저러쿵한단 말이오?! 하물며 그

---

1) 전분을 섞어 쫀득거리게 만든 엿.

아이는 어머님 곁에서 컸는데, 어머님께서 그 아이 성격을 모르시겠소?
명란이가 입만 뻥끗해도 어머님께서는 당신이 뒤에서 닦달했다는 걸
아실 거요! 불 난 집에 기름을 퍼붓는 격이란 말이오!"

말을 할수록 점점 더 화가 치민 성굉은 왕 씨에게 손가락질하며 호통
을 치기에 이르렀다.

"여식을 잘못 가르친 건 어미의 잘못이지! 당신의 행동이 법도에 어
긋나고, 시어머니를 공경하지도 않고, 허튼수작이나 부리니 여란이도
따라서 웃음거리가 된 것 아니오! 당신이 무슨 낯짝으로 남 탓을 하는
게야!"

왕 씨는 얼굴이 벌게질 정도로 혼이 났으나 대꾸할 말이 없었다. 분하
지만 그저 침묵할 수밖에 없었다.

전방에서는 모자간 전쟁의 불길이 거셌다. 명란은 후방에서 멍하니
대기할 뿐이었다. 반나절 동안 아무 말도 하지 않는 날이 잦았다. 딱히
그녀가 할 수 있는 말도 없었기 때문이다. 그저 울적하고 적적한 얼굴을
하고 적당할 때 몇 번 한숨을 쉬면 완벽했다.

요 며칠간 그녀가 한 유일한 일은 해 씨에게 여란을 만나게 해달라고
청한 것뿐이었다.

"……희작이는 어떻게 되었어?"

여란이 명란을 보자마자 던진 첫 마디였다.

명란은 여란의 하얗게 분칠한 목을 잠깐 바라보았다. 표면에 아직도
끈 자국이 빨갛게 남아 있었다. 명란이 느릿하게 대답했다.

"아직 안 죽었어. 새언니가 의원을 불러 상처를 보게 했어. 어제 막 깨어
났고, 죽도 몇 숟가락 뜰 수 있게 되었지. 불구가 되지 않길 바랄 뿐이야."

여란은 마치 바람 빠진 풍선처럼 멍하니 앉아 있었다.

"그 아이는…… 뭐래?"

명란이 입꼬리를 올리며 비아냥거렸다.

"성씨 집안의 다섯째 아가씨를 위해 목숨을 바칠 수 있어 크나큰 영광이라던데. 성한 데 없이 얻어맞은 건 말할 것도 없고, 설령 맞아 죽더라도 가치 있는 죽음이래!"

여란이 고개를 떨구고 손가락으로 손수건을 꽉 쥐었다. 하도 힘껏 손수건을 움켜쥔 탓에 관절 부분이 하얗게 될 지경이었다. 명란이 그녀의 눈동자를 응시하며 말을 이었다.

"내가 언니를 말릴 때마다 언니는 내 말은 신경도 쓰지 않았어. '자기 일은 자기가 알아서 한다.'면서. 그런데 이게 뭐야? 희작이가 언니를 십 년 시중들면서 자기 가족한테 하는 것보다 언니한테 더 잘했는데 언니는 어떻게 그 아이를 끌어들일 수 있어!"

지금 명란이 가장 듣기 싫은 말이 '가족을 끌어들이진 않을 거야.' 같은 헛소리였다. 고대에서 '죽기 아니면 까무러치기'[2]라는 말은 애초에 성립할 수가 없었다. 연좌제가 곧 법이었다. 주인집 셋째가 적에 항복하면, 하인 집 넷째도 같이 벌을 받아야만 하는 것이다.

여란의 초췌한 얼굴에 자괴감이 떠올랐다. 한쪽에 있던 희견이 눈물을 참으며 조용히 말했다.

"명란 아가씨, 우리 아가씨를 너무 탓하지 마세요. 우리 아가씨도 속으로 괴로워하고 있답니다. 마님께서 희작 언니를 때려죽일 뻔했을 때 아가씨가 희작 언니 몸을 감싸고 몇 번이나 두들겨 맞으신걸요. 우리 아가

---

2) '황제의 딸'의 유명한 대사.

씨 몸에도 상처가 남았다고요!"

명란은 여란의 눈 밑에 생긴 검은 그늘을 바라보았다. 초췌한 모습이 마치 딴사람 같았다. 명란이 잠시 침묵하다 이윽고 입을 열었다.

"내가 오늘 여기 온 건 희작이를 대신해 말을 전하기 위해서야. 어머님께서 그 아이에게 성부에서 나가 시집가라고 하셨어. 새언니는 상처가 다 낫거든 나가라고 했고. 아마 언니를 다신 못 볼 거야. 희작이가 바깥에 할머니가 계셔서 신세를 질 수 있으니 자기 걱정은 할 필요 없다고 하더군. 앞으로는 언니 곁에서 시중을 들 수 없으니 그저 언니가 매사에 삼세번 또 삼세번 생각했음 좋겠대. 무슨 일든 천천히 생각하고, 절대 충동적으로 나서지 말라고. 자기가…… 앞으로는 더 이상 언니에게 주의를 줄 수 없으니까."

멍하게 듣던 여란의 눈에서 콩알만 한 눈물이 뚝뚝 떨어지기 시작했다. 여란이 머리를 팔 안에 파묻고 엉엉 소리 내며 울기 시작했다. 명란은 그저 조용히 그녀를 바라보았다. 여란이 갑자기 벌떡 일어나더니, 희견에게 방 안에 가서 뭔가를 가져오라 분부했다. 얼마 안 있어 희견이 상자 하나와 보따리 하나를 들고 나왔다.

여란이 눈물을 연신 훔치더니 상자와 보따리를 명란 앞으로 들이밀고 진지한 얼굴로 간청했다.

"이 안엔 금이랑 진주, 장신구가 들어 있어. 이 보따리엔 은자 오십 냥과 고급 옷감이 들어 있고. 오랫동안 내 시중을 들었는데 빈손으로 시집가게 할 순 없어. 착한 동생아, 이걸 그 아이에게 전해줘! 나…… 나는…… 그 아이에게 너무 미안해!"

명란이 그 물건들을 받아들고 잠시 그녀를 조용히 바라보았다. 그리고 속으로 생각했다. 이것만 봐도 묵란보다는 여란이 양심적이구나. 운재가 팔려 갈 때 묵란은 한마디 묻지도 않았었지.

여기까지 생각이 미치자 명란은 다소 목소리를 부드럽게 누그러뜨리고 조용히 말했다.

"여란 언니, 걱정 마. 희작이 말이 요 몇 년간 적지 않은 상을 받았대. 평소에 모아 놓은 것도 좀 있다고 하고. 처소의 자매들이 그 아이를 위해 이것저것 챙겨서 보내 주었대. 희작이는 언니를 모실 수 있었던 게 자기 복이었다고 했어. 희작이는 언니를 탓하지 않아. 그저 걱정할 뿐이지."

명란이 곁에 있던 소도에게 물건을 건넸다. 여란이 희견에게 눈짓을 하자 희견이 소도를 끌고 밖으로 나갔다. 여란이 명란을 똑바로 쳐다보며 진지하게 말했다.

"내가 네게도 참 미안하구나!"

그러고는 깊숙이 허리를 굽혀 인사했다.

명란이 한참 동안 꾹 참았던 말이 드디어 튀어나왔다.

"언니, 대체 어쩌자고 그분을 뵈러 간 거야! 설마…… 언니가…….."

한 가지 가능성이 떠오르자, 그녀의 어조가 갑자기 두 음계는 올라갔다.

여란의 얼굴이 새빨개졌다. 여란이 화난 목소리로 말했다.

"너는 날 뭘로 보는 거야?! 내가 비록 너보다 읽은 책은 적지만 나도 염치가 뭔지 알아! 나, 나는…… 정말 마지막으로 한 번 보러 간 거야!"

여란의 목소리가 점차 구슬퍼지더니, 눈물이 뚝뚝 떨어지기 시작했다.

"……얘기가 잘되고 있었는데 갑자기 다른 데로 시집가야 한다잖아. 어떻게든 꼭 만나서 고별하고 싶었다고. 그런데 너까지 끌어들이게 될 줄 누가 알았겠니!"

여란이 엉엉 소리 내며 통곡했다.

맥이 탁 풀린 명란이 탄식하며 말했다.

"됐어. 언니도 고의는 아니었으니까! 하지만……."

그간의 일을 떠올리다 울컥한 명란이 참지 못하고 말했다.

"어쨌든 언니 바람대로 됐잖아! 큰오라버니가 그 일을 알고 나가서 문 공자를 한 차례 흠씬 두들겨 팼어……."

여란의 심장이 두근거리기 시작했다. 사뭇 당황한 기색이었다. 명란이 계속 말을 이었다.

"……하지만 안심해. 큰오라버니가 떠벌리고 다닐 것도 아니고, 공부하는 사람의 주먹은 힘에 한계가 있으니까. 어머님과 아버지의 눈치를 보니 언니의 낭군 자리는 대충 정해진 것 같아."

여란의 가슴이 콩닥콩닥 뛰기 시작했다. 당황하고 혼란한 기색이었다. 말을 마친 명란은 고개를 푹 숙인 채 자리를 떠났다.

요즘 명란은 기분이 매우 가라앉아 있었다. 구체적으로 표현하자면 침체된 상태의 무심함이었다. 명란은 자기가 두 번의 삶에서 겪은 바를 총결산해 봤다. 그러자 무력감이 엄습했다.

지난 삶에서 그녀는 고생스럽게 일 년간의 현지 근무를 마치고 승진과 급여 인상을 앞두고 있었다. 그뿐만 아니라 부유하고 지위 높은 사람과 곧 맞선을 볼 참이었다. 그러다 산사태를 만나 매몰되었다가 시간을 거슬러 고대로 오게 된 것이다. 그래서 이번 삶에서 그녀는 가정적인 남자에게 시집가서 그를 잘 훈련시키고 살아야겠단 계획에 전념했다. 무수한 웅덩이를 지나 이제야 겨우 서광이 비치나 했는데 또다시 물거품이 되었다.

명란은 곰곰이 곱씹어보았다. 자신이 나아가고자 하는 방향은 하느님이 그녀를 위해 설정해 둔 발전 계획과 늘 동떨어져 있는 것 같았다. 하지만 하느님, 앞으로 제게 조금만 힌트를 주실 수는 없나요? 저 요의의는 어렸을 때부터 모범생이었으니 절대로 하느님께 맞서지 않을게요!

전쟁이 지속되는 동안 이 혼담을 처음으로 제시한 화란은 아주 현명하게도 머리를 수그리고 잠시 공격을 피했다. 설득 작전에 가담하기를 강경히 거절한 것이다. 그러나 화란이 명란을 초대했을 때, 노대부인은 화란이 명란을 설득하려는 줄 알고 단칼에 거절했다. 며칠에 걸친 화란의 고심도 아무런 성과를 거두지 못했다. 그때, 하느님이 그녀에게 한 가지 좋은 구실을 주셨다. 또 회임을 했으니 모친과 동생들을 만나고 싶다는 것이다.

노대부인이 한참을 침묵하더니, 다소 누그러진 표정이 되었다. 그러고는 명란이 찾아가 봐도 좋다고 허락했다.

날이 밝자마자 왕 씨는 명란을 데리고 충근백부로 직행했다. 충근백부인은 일이 생겨 친정에 가서 하룻밤은 지나야 돌아올 수 있었다. 왕 씨는 그 밉살스러운 사돈에게 인사치레를 할 필요가 없어진 데 기뻐하며 곧장 서측원으로 향했다.

화란은 백자문百子紋 [3]이 수놓인 자줏빛 족제비 가죽 괘자를 입고, 머리에는 보석을 박고 금을 꼬아 만든 나비 모양의 화승華勝 [4]을 꽂은 채 푹신한 평상 위에 비스듬히 기대고 있었다. 화란은 석류문이 들어간 분채 백자 손화로를 품에 안고 발그레한 얼굴로 평온한 미소를 지었다.

왕 씨는 화란의 안색이 대단히 좋은 걸 보자 며칠간 우울했던 기분이 겨우 나아지는 것 같았다. 화란의 손을 잡아끌며 몸은 괜찮으냐 따위의

---

3) 다산을 기원하여 아이들의 모습을 그린 것.
4) 머리 장신구.

질문을 수차례 했다. 화란이 웃으며 일일이 대답했다.

"……좋아요, 다 좋답니다. 벌써 셋째인걸요. 이제 제가 모르는 게 뭐가 있겠어요. 어머니, 안심하세요! ……명란아, 간식 좀 먹으렴. 진상품으로 올라온 호두란다. 고소하고 바삭바삭해."

명란이 웃으며 고개를 끄덕였다. 그리고 여의문으로 장식된 작은 원탁으로 다가가 작고 깜찍한 적동紫銅[5] 집게를 들고 호두 껍데기를 벗겼다. 왕 씨가 화란의 손을 놓고 찻잔을 들어 차를 한 모금 마시더니 웃으며 말했다.

"오늘은 참으로 좋은 날이구나. 네 시어머니가 없으니 우리 모녀가 더 오래 이야기할 수 있겠어."

화란이 방긋 웃었다.

"오래 이야기만 하겠어요. 형님도 시어머님과 함께 외출한걸요. 아예 식사도 하시고 천천히 계시다 가세요. 제 방 안에 음식을 차릴 테니까요. 원 서방이 어제 영국공부 뒷산에서 열린 활쏘기 모임에 갔다가 노루 몇 마리를 잡아왔어요. 구외口外[6]의 고기만큼 신선하진 않지만, 맛이 있을 거예요."

"정말 잘됐구나!"

왕 씨가 웃더니 손을 뻗어 귤을 하나 집어 들었다. 천천히 귤껍질을 벗기며 왕 씨가 말했다.

"참, 일전에 네 아버지가 그러시는데 원 서방이 한 품계 승진할지도 모

---

[5] 붉은빛이 도는 동.
[6] 만리장성의 북쪽 지방.

른다면서?"

화란이 곱게 눈웃음을 치더니 가지런한 이를 드러내며 웃었다.

"아직 확실하진 않아요. 하지만…… 십중팔구는 그리되겠지요. 이번에 승진하면 오성병마사에서 지휘사를 맡게 될 것 같아요."

왕 씨가 껍질을 까다 말고 귤을 내려놓더니 양손을 합장하고 절을 했다. 심지어 불경 구절을 외우기까지 했다.

"다행이구나, 다행이야. 너희 내외가 이리 잘 지내는 것을 보니 내 마음이 다 놓이는구나. 원가에서도 이번에는 무척 기뻐하겠구나. 헌데 네 시어머니는 아직도 널 구박하다니!"

화란이 입을 실룩거리더니 '흥' 하는 소리를 냈다.

"시아버님께서 대단히 기뻐하셨어요. 시어머님께선 흥을 깨셨지만요. 막 승진 기별이 왔을 때, 시어머님이 그이를 불러다 방도를 생각해보라 하시더군요. 시어머님 친정 조카에게 자리 하나 알선해 달라시면서요. 시아버님께서 바로 불호령을 내리셨습니다!"

"그래서 네 시어머니가 화가 나서 큰며느리를 데리고 친정으로 간 게로구나?"

왕 씨가 실소했다.

"왜 아니겠어요."

화란이 입을 가리며 가볍게 웃었다.

"시어머님 친정댁은 갈수록 가관이에요. 어르신들은 흥청망청 은자를 써 대며 전답을 팔아 첩실을 들이고, 젊은이들은 분발할 생각도 않고 공부도 내팽개쳐 버렸지요. 그저 연줄을 써서 한자리 얻을 생각만 합니다. 시아버님께서 진즉에 진절머리가 나셨지요. 이번에 시어머님 친정 조카가 장가를 간다는데, 시아버님께서 아니 가시겠다 하여 그분들만 가시게 되었어요."

명란이 깐 호두가 한 접시는 족히 채울 만큼 쌓였다. 명란이 작은 접시에 호두 알맹이들을 담아 대령했다. 왕 씨가 접시를 건네받고 화란의 눈앞에 내밀며 웃었다.

"어쩐지 네 시어머니가 널 보는 눈이 곱지 않다더니 샘이 나서 그랬던 거구나! ......가져오지 않아도 된다. 너도 먹거라."

명란이 고분고분하게 대답하고 자리로 돌아가 토실토실한 호두를 하나 집어 들고 집게로 껍질을 벗겨 알맹이를 꺼냈다. 화란과 왕 씨가 힐끔 명란을 바라보았다. 의미심장한 눈빛이었다. 화란이 고개를 돌려 웃으며 말했다.

"명란아, 요즘 장이가 너를 많이 보고 싶어했단다. 지금 후원에서 놀고 있어. 이모랑 조카 사이가 참으로 좋기도 하지. 어서 가서 장이와 놀아주렴."

화란이 말을 하면서 주위의 큰 계집종을 불러 명란의 손을 씻기고 옷매무새를 정돈하게 했다.

명란은 내심 미소를 지었다. 이런 한겨울 날에 화란이 어찌 어린 딸자식을 바깥에서 놀게 내버려 둘 수 있겠는가? 마냥 즐겁기만 한 잔치는 없는 법. 그녀는 곧장 뭔가 꿍꿍이가 있음을 눈치챘다! 화란은 원래부터 늘 본분을 잘 지켰다. 아랫사람을 유능하게 관리했고, 결코 법도를 어기는 적이 없었다. 하물며 그녀의 처소 안이니 가도 상관없는 일이었다. 하지만......

명란이 앙증맞게 웃다 머뭇거리며 말했다.

"바깥 날씨가 추우니 장이더러 들어와서 놀라고 하지요."

화란이 순간 멈칫했고, 왕 씨가 가볍게 헛기침을 하며 조용히 말했다.

"장이는 장난꾸러기라서 들어오라고 하면 아마 울면서 난리를 칠 게다. 네가 가서 그 아이를 달래 데려오너라."

명란이 '아' 하고 감탄사를 뱉었다. 내심 웃음이 터져 나왔다. 무슨 꿍꿍이인지 한번 보고 싶다는 생각이 들었다. 그래서 순순히 계집종과 함께 밖으로 나갔다.

명란이 나가는 것을 지켜보던 왕 씨가 몸을 돌려 화란을 향해 걱정스럽다는 듯 말했다.

"이 방도가 정말 효과가 있겠느냐? 이건…… 별로 좋을 것 같지가 않구나. 네 아버지께서 아시면 또 역정을 내실 게야. 명란이가 할머님께 직접 간청했다가는 불 난 집에 기름을 퍼붓는 격이 될 거라고 하셨단 말이다."

화란이 몸을 일으켜 왕 씨 쪽으로 자세를 바로 하고 앉았다. 정색한 화란이 낮은 목소리로 말했다.

"어머니께선 하나는 알고 둘은 모르세요. 할머님을 어찌 속일 수 있겠어요. 할머님과 명란이는 십 년간 아침저녁으로 함께 있었는데 명란이가 자기 마음에도 없는 소릴 하면 할머님께서 어찌 모르시겠습니까? 만약 우리가 명란이를 닦달해서 그랬다면 할머님께선 더 대로하실 거예요. 허나 명란이가 정말로 그러고 싶다고 한다면요?"

왕 씨는 더욱 믿기지 않는다는 눈빛이었다.

"명란이는 할머님 말씀만 듣지 않느냐, 그 아이에게 자기 주관이 어디 있단 말이야?"

화란이 의미심장한 표정으로 고개를 젓더니 미소를 지으며 말했다.

"어머니께서 눈치채지 못하신 거예요. 명란이가 어릴 때부터 말을 잘 듣는 아이긴 했지만, 실은 자기 주관이 대단한 아이랍니다. 어릴 적에는 몰랐는데 경성으로 이사 간 뒤부터 제가 냉정한 눈으로 여러 번 지켜봤어요. 어떨 때는 할머님의 뜻마저 거스를 수 있는 아이입니다. 명란이가 실제로 고 장군을 만나 보고 나면, 그 사람도 무슨 요괴나 귀신이 아니란 걸 알게 될 거예요. 가문을 위해서든, 자기 앞날을 위해서든 여하간 명란 이도 기꺼이……."

왕 씨는 한참 말이 없었다. 연신 한숨을 쉴 따름이었다.

"그리될 수만 있다면 참 좋겠구나. 아, 그저 네 동생이 안타깝구나. 명 란이는 이렇게 귀한 가문 자제에게 시집가는데, 그 아이는 기껏해야 빈 한하고 한미한 가문이라니."

"어머니, 그만하세요!"

여란을 언급하자, 화란의 얼굴에 먹구름이 끼기 시작했다. 화란이 불 쾌한 기색으로 말했다.

"이게 다 어머니께서 평소에 너무 오냐오냐하신 탓이에요. 규수가 사 사로이 정을 통하다니. 어른들이 좋은 혼처를 찾아주었는데 배은망덕 하게도 사달을 일으켰어요. 급기야는 고 장군이 알기에 이르렀습니다. 가문에 누를 끼치지 않았습니까! 원 서방이 누구라고 콕 집어 말하지 않 고 제 여동생이라고만 얘기를 했으니 다행이지요. 그 덕에 겨우 만회할 여지가 생겼잖아요. 안 그랬다면…… 흥!"

왕 씨는 딸의 곤란함을 알게 되자 감히 여란의 편을 들 수가 없었다. 그저 깊이 한숨을 쉴 뿐이었다.

화란이 이야기를 계속했다.

"그때도 어머니께서 여란이로 정하자고 고집부리신 거잖아요. 실은 저는 여란이보다 명란이가 더 알맞다고 생각했어요. 명란이가 할머님 기분 맞추는 걸 한번 보세요. 제가 봐도 다 흐뭇해질 정도인데 하물며 사 내는 어떻겠습니까? 어디 여란이처럼 뻣뻣하고 제멋대로인 구석이 있던가요. 여란이는 조금만 수가 틀어지면 화를 내잖아요. 게다가 명란이는 자기 주관도 있고요. 제가 보기엔 그 아이는 자기 주관대로 헤쳐 나갈 수도 있을 거예요. 여란이는 차라리 조금 못한 가문에 보내는 게 나아요. 나중에 말썽이라도 생겼을 때 어머니께서 한두 마디라도 하실 수 있을 테니까요."

그 말을 들은 왕 씨는 이리저리 생각해보았다. 그러고는 결국 수긍할 수밖에 없었다. 그러다 조금 뒤, 왕 씨는 다시 기쁜 마음이 들기 시작했다.

"……하긴 그렇겠구나. 명란이는 친형제도 없으니, 우리와 잘 지내지 못한다면 또 누구와 잘 지낼 수 있겠느냐? 그 아이가 잘된다면 우리 가문에도 이득이 있겠지. 만약 거기서 수모를 겪게 되어도 고씨 집안 같은 가문에 우리 가문이 한마디 할 수 있겠느냐? 만약 여란이가 거기서 수모를 겪게 된다면 나는 시름을 놓을 수가 없겠지!"

화란은 기가 막힌다는 표정으로 자신의 친어머니를 바라보며 한동안 말을 잇지 못했다. 화란은 더는 어머니를 상대하지 않고 명란이가 잘 갔는지만을 생각했다.

제96화

이런 망할 고대 같으니!

명란은 녹색 바탕에 금사와 은사로 전지화纏枝花 [1]를 수놓은 토끼털 괘자로 몸을 꽁꽁 싸매고 사방의 창과 문이 활짝 열려 있는 반정半亭 [2] 속에 앉아 있었다. 복福자를 새긴 적동 화로가 한가운데서 왕성하게 타오르고 있었고, 한쪽의 원통형 화로 위에 놓은 편복문蝙蝠紋 [3]이 새겨진 주둥이가 긴 주전자에서는 부글부글 물 끓는 소리가 들렸다.

명란은 통통한 해바라기 씨를 씹으며 화란이 정말 세심하게 준비했다는 걸 인정하지 않을 수 없었다.

이곳은 사방이 탁 트인 청당이었다. 작은 연못 안에 지어진 이곳은 여름에 사방의 문과 창을 떼어내면 바로 정자가 되었다. 삼면이 물로 둘러싸여 있었고, 나머지 한 면의 통로는 널찍하니 백 걸음 안 몸을 숨길 데가 없어 누군가 엿들을 위험도 없었다. 맨눈으로 볼 수 있는 거리에서는

---

1) 꽃이 덩굴에 감겨 있는 문양.
2) 벽에 붙여 반만 개방되게 지은 정자 혹은 통로 역할을 겸한 정자.
3) 박쥐 문양.

그 안에서 누가, 무엇을 하는지 똑똑히 볼 수 있었다.

게다가 지금 보니 이곳은 진즉에 비워진 것 같았다. 명란은 자신을 이 곳으로 안내한 계집종 외에 다른 사람의 그림자를 볼 수가 없었다. 그 계집종도 지금은 자취를 감춘 상태였다.

명란은 '바람은 쓸쓸하고 역수易水[4]는 차디차네[5]' 같은 심경으로 곧 자신에게 닥쳐올 상황을 기다리고 있었다. 명란이 열네 개째 해바라기 씨를 깨물었을 무렵, 멀리서 키 큰 그림자가 걸어오는 것이 보였다. 명란은 눈꺼풀을 떨며 계속해서 해바라기 씨를 먹었다.

잘됐네. 마침 명란도 저 사람에게 물어볼 것이 있었다.

얼마 지나지 않아 한 남자가 바깥의 찬 기운과 함께 햇볕을 등지고 안으로 들어왔다. 고개를 들고 성큼성큼 걸어 명란과 일고여덟 발자국 떨어진 앞까지 온 그가 손을 모아 읍을 하며 미소 띤 얼굴로 인사했다.

"오랜만이구나."

명란은 가늘게 실눈을 뜨고 그를 바라보았다. 이날 고정엽은 하늘색 비단 장포長袍를 입고 있었다. 옷깃과 소맷단에는 하얀색 여우 모피가 덧대어 있었고, 장포 전체에는 은실로 은은한 무늬가 수 놓여 있었다. 옥을 박아 넣은 은 장식이 달린 두꺼운 비단 허리띠를 두르고, 검은색 모피로 만든 창의氅衣[6]를 걸친 차림이었다. 이렇게 두툼한 모피로 만든 창의는 키가 크고 건장한 남자가 입어야 보기 좋은 옷이다. 성핑 같은 문관이 입었다간 이 옷의 기세를 감당 못 하고 도리어 그 옷에 짓눌리고

---

4) 하북성 역현 경계에서 발원하여 서남쪽으로 흐르는 강.
5) 風蕭蕭兮 易水寒. 중국 전국시대의 협객인 형가荊軻가 지은 〈역수가易水歌〉.
6) 도포와 두루마기 중간 형태의 외출복.

말 것이다.

명란이 자리에서 일어나 옷깃을 여미며 공손하게 답례했다. 그리고 거짓 웃음을 지으며 인사했다.

"둘째 아저씨, 오랜만에 뵙습니다."

인사를 마친 명란은 고정엽의 입가가 씰룩이는 것을 유쾌하게 바라봤다. 고정엽은 말없이 창의를 벗고 한쪽에 대충 얹어 두었다. 그리고 몸을 틀어 명란 맞은편의 태사의太師椅 [7]에 앉았다. 대여섯 발자국 거리를 두고 둘이 마주 앉는 모양새가 되었다.

고정엽이 명란을 쳐다보다가 자기 앞의 작은 탁자 위에 놓인 빈 찻잔을 쳐다보았다. 명란이 자신에게 차를 따라 줄 마음이 없음을 알아챈 그가 손수 찻주전자를 들어 차를 따르며 낮은 목소리로 말했다.

"너와 나는 곧 혼인할 것이다. 앞으로는 이상하게 부르지 마라."

명란은 주먹을 꽉 움켜쥐며 화를 억눌렀다. 눈앞의 남자는 얼굴에는 미소를 띠고 있었지만, 말이 느리고 가라앉아 있었다. 기다란 눈꺼풀 아래의 눈동자에 핏빛 음모가 감춰져 있었다. 시체들의 산과 피바다를 헤치고 나온 자의 살기를 감추기 힘들었다.

명란은 한참을 참다가 침착하게 대답했다.

"무슨 말씀이신지 하나도 못 알아듣겠네요. 저는 어려서부터 할머님 곁에서 자랐어요. 할머님께서는 혼인의 혼자도 꺼내시지 않은걸요."

고정엽이 미간을 찌푸리며 말했다.

"혼인 같은 큰일은 부모의 명을 따라야 하거늘."

---

7) 반원형 등받이와 팔걸이가 달린 커다란 팔걸이의자.

명란이 말했다.

"그럼, 아버지와 어머님께서 말씀하실 때까지 기다려야겠네요."

일순 정적이 흘렀다. 고정엽은 명란을 응시했고, 명란은 고개를 틀어 바깥의 풍경을 바라보았다. 고정엽의 한쪽 눈썹이 치켜 올라갔다. 옆으로 비스듬히 비친 햇살에 반사된 옷 때문에 그의 눈꼬리에 어슴푸레한 푸른빛이 감돌았다. 고정엽이 조용히 말했다.

"화가 난 게로구나."

명란이 '하하' 웃으며 대답했다.

"아닙니다. 아니에요."

고정엽이 깊이 한숨을 내쉬었다.

"회음강淮陰江 [8]에서 올라올 때 내가 말했었지. 가식적인 말은 듣기 싫다고."

명란이 즉각 민물조개처럼 입을 꾹 다물었다.

긴장으로 굳어진 명란의 작은 얼굴을 보자 고정엽은 머리가 지끈거렸다. 고정엽이 어조를 살짝 누그러뜨렸다.

"네가 화가 난 건 알고 있다. 허나, 매사에 툭 털어놓고 기탄없이 말해야 할 것이야. 꽁하니 고집만 부리는 건 방도가 아니지. 상대방을 성의 있게 대해야 도리에 맞다 할 것이다."

고정엽이 간곡하게 유도신문을 펼쳤다. 어조가 부드러운 것이 마치 어린아이를 달래는 어른 같았다. 위엄을 부려 해결할 수 없는 문제는 달래서 해결하는 것이다. 큰 소리로 웃음을 터뜨릴 뻔한 명란이 고개를 돌

---

8) 강소성의 회수 남쪽을 흐르는 강.

려 미소 지으며 대답했다.

"솔직히 말하는 사람한테는 저도 솔직히 말한답니다. 그게 바로 서로에게 성의를 다하는 것이요. 하지만 솔직하지 않은 사람과 솔직하게 말하는 건 머리가 고장 난 사람 아닐까요. 고 도독都督 9)께서는 제가 바보로 보이시나요?"

고정엽은 명란이 자신을 부르는 호칭을 바꾼 걸 듣고 얼굴에 슬쩍 미소를 지었다. 그녀의 어조 속에 비아냥이 들어 있는 것을 듣고 마음이 근질거린 고정엽이 대답했다.

"당연히 너는 바보가 아니지."

명란이 탁자 위에 손을 올려놓았다. 반짝거리는 옻칠 탁자 위에 하얗고 말랑거리는 손가락이 올라와 있었다. 통통한 손끝이 분홍빛을 띠고 있었다. 고정엽은 참지 못하고 작게 기침을 한 뒤 정색을 하며 물었다.

"내 잘못이라고 질책하는 게로구나. 그래, 어디서부터 내가 잘못했다는 게냐?"

명란이 눈을 부릅떴다.

"고 도독께서 혼담을 꺼냈을 때부터지요."

고정엽이 진지한 표정으로 명란을 응시했다. 깊고 칠흑같이 까만 눈동자는 명란이 화를 내고 있음을 꿰뚫어보았다. 다행히 명란도 형사법정에서 연쇄살인범을 본 적이 있었다. 그래서 무서운 사람의 눈빛을 그럭저럭 버틸 수가 있었다. 고정엽이 명란을 한참 바라보다 천천히 입을 열었다.

---

9) 군대의 지휘관에 해당.

"눈치챈 것이냐?"

그의 목소리는 평온하고 조용했다. 그러나 명령을 내리는 것 같은 말투는 어쩌지 못했다.

명란이 고개를 끄덕이고 말했다.

"고 도독께서는 꿩 대신 닭을 잡으실 분이 아니지요."

처음에 명란은 고정엽이 적녀인 여란을 노리고 있다고 생각했다. 그러나 그의 총구가 방향을 틀어 자신을 겨냥할 줄 누가 알았겠는가? 명란은 성굉의 변명을 단 한 글자도 믿지 않았다. 비록 몇 번 보진 못했지만, 매번 고정엽의 혼사와 관련된 갈등과 맞닥뜨리면서 명란은 직감적으로 알 수 있었다. 고정엽은 되는대로 성가에 여식을 청한 게 아니다. 그는 자신이 누구를 아내로 삼으려는지 알고 있었음이 분명하다.

고정엽이 명란의 눈빛에 떠오른 복잡한 기색을 바라보며 한참을 머뭇거리다 천천히 말을 꺼냈다.

"네가 진흙을 던졌을 때부터다."

"네?"

명란은 안개 속을 헤매는 것처럼 어안이 벙벙해졌다.

"지금 무슨 말씀하시는 거예요?"

"내가 언제부터 너를 유심히 보기 시작했는지 알고 싶은 게 아니었더냐?"

고정엽이 눈에 웃음기를 비추며 한 번 더 반복했다.

"네게 일러주마. 네가 네 언니에게 진흙을 던졌을 때부터다."

명란의 얼굴이 온통 새빨갛게 달아올랐다. 명란이 탁자를 치고 일어섰다. 이마에 파랗게 핏대가 섰다. 명란은 거의 소리치다시피 했다.

"누가 그게 궁금하대요?!"

"아, 이게 궁금했던 게 아니었나."

고정엽이 의자 위에 비스듬히 기대앉아, 손을 젖히고 입을 가리며 가볍게 웃었다. 오직 이럴 때만 그는 살기등등한 장군의 무시무시한 기세를 벗어 버릴 수 있었고, 명문가의 귀공자다운 기품을 드러낼 수 있었다.

명란은 애써 호흡을 가다듬으며 얼굴의 홍조가 서서히 가라앉길 기다렸다. 두 군대가 맞붙어 싸울 때 가장 피해야 하는 것이 흥분이다. 냉정해지자, 냉정해지자······. 가까스로 진정한 명란이 고정엽을 똑바로 바라보며 천천히 입을 열었다.

"그럼 처음부터 저를 아내로 삼으려고 했던 거예요?"

고정엽이 천천히, 하지만 분명하게 고개를 끄덕였다.

명란이 저도 모르게 소리를 질렀다.

"그러면 처음부터 혼담을 넣으면 되잖아요? 뭣 하러 이렇게까지 소동을 일으킨 거예요?"

하마터면 희작과 여란이 죽을 뻔하지 않았던가.

고정엽이 거꾸로 물었다.

"그럼 네가 기꺼이 왔을까?"

명란은 일순 숨이 막혔다. 잠깐 멈칫하다 다시 재빨리 대답했다.

"혼인 같은 대사에 제가 낄 자리가 어디 있겠어요, 부모님께서 원하시면 가야지요."

고정엽이 재차 되물었다.

"노마님께서는 찬성하시더냐?"

명란은 다시 말문이 막혔다. 난감한 표정을 지으며 한동안 말을 잇지 못했다.

느긋하게 찻잔을 들어 차를 한 모금 마신 고정엽이 가늘고 긴 세 손가락으로 살짝 받쳐 들었던 찻잔을 다시 탁자 위에 내려놓으며 말했다.

"혼담을 넣는 건 어렵지만 혼담을 물리는 건 쉽다. 가문의 격이 서로 맞지 않네, 나이 차이가 너무 나네 하며 어떤 핑계든 다 댈 수가 있지. 하물며 내 평소 행실이 단정치 않았으니 네 할머님의 그 완고한 성정에 결코 허락하실 리 없다. 그럼 네 아버지도 별도리가 없겠지."

명란이 비웃음을 흘리며 비아냥거렸다.

"자기 자신에 대해 참으로 잘 알고 계시는군요."

그러나 고정엽이 이리도 넉살이 좋을 줄은 누가 알았겠는가? 고정엽은 명란의 빈정거림을 전혀 알아듣지 못했다는 듯 사뭇 진지하게 대답했다.

"무릇 자신을 잘 아는 것이 가장 중요하다고 했다. 나에게도 그런 장점이 있지."

비아냥이 먹히지 않자 내심 시무룩해진 명란이 다시 빈정거렸다.

"꽤 많이 노력하셨겠어요."

"아닙니다. 아니에요."

고정엽이 명란의 말투를 흉내내더니 '하하' 하고 웃었다.

하홍문이 생각난 명란은 오늘 설명하는 게 낫겠단 생각이 들었다. 안 그랬다간 후환이 끝이 없을 것이다. 명란은 한참을 망설이다 어렵사리 말을 꺼냈다.

"그럼 고 도독께선…… 그러니까…… 하가의 일은 알고 계신 건가요? 저희 할머님께서 이미……."

"알고 있다."

고정엽이 재빨리 명란의 말을 가로막았다. 그의 표정은 담담했으나 대단히 불쾌한 듯한 말투였다.

"알고 있다고요……?!"

명란이 이외라는 듯이 눈을 휘둥그레 뜨고 재차 물었다.

"그런데도…… 혼담을 넣은 거예요?!"

고정엽이 당당한 태도로 일갈했다.

"그게 뭐가 어쨌다는 게야? 여식을 누구와 맺어 줄 것이냐는 네 집안의 일이고, 혼담을 넣느냐 마느냐는 내 집안의 일이지. 하가는…….'

그의 냉랭한 얼굴 위로 마치 하가는 논할 가치도 없다는 듯한 표정이 떠올랐다. 고정엽이 단호히 잘라 말했다.

"너희는 인연이 아니다."

명란은 화가 폭발하다 못해 웃음이 나올 지경이었다. 급기야 작은 몸을 벌떡 일으킨 명란이 냉소하며 말했다.

"하, 하, 하! 월하노인의 붉은 실이 둘째 아저씨네 것인가요? 둘째 아저씨가 인연이 없다고 하면 인연이 없는 건가요?!"

고정엽이 껄껄 웃었다. 웃음이 사그라든 뒤, 진지하게 명란의 눈을 바라보며 천천히 말했다.

"인연이란 반은 하늘에서 내리는 것이고, 반은 자신의 복에 따른 것이다. 너는 똑똑한 사람이니 내가 한 말이 옳다는 걸 알겠지. 너희는 확실히 인연이 아니다."

명란은 웃음이 나오지 않았다. 울적한 기분이 들었다.

명란과 하홍문은 어렸을 때부터 서로 알고 지냈고, 노대부인도 일찌감치 둘을 맺어주기로 결심했었다. 처음 유양에서 경성으로 돌아온 뒤, 노대부인은 하홍문의 인품과 재주를 살펴보는 한편 주변의 몇몇 소년들도 함께 물색해보았다. 세세히 비교해 본 뒤, 하홍문이 제일 낫다는 생각을 가졌다. 하가에서도 같은 생각이었다. 노대부인은 쌍방이 모두 흡족해하는 것을 보고 우선 명란에게 이 혼사를 정해 줄 계획이었다. 그러나 그해 늦가을에 '신진의 난'이 일어나 온 경성에 변란이 생길 줄 누가 알았겠는가? 수많은 사람이 목숨을 잃었고, 혼사도 미룰 수밖에 없었다.

이어서 대대부인이 병을 얻었고, 노대부인은 유양으로 문병을 가게 되었다. 혼사는 그렇게 또 뒤로 미뤄지게 되었다. 그다음 명란도 유양으로 떠났다. 원래는 대대부인의 발인을 치른 뒤 경성으로 돌아올 참이었다. 그런데 '형담의 난'이 일어날 줄 누가 알았겠는가? 몇천 리는 떨어진 여러 독부督府[10]에 전란이 만연했고, 숭덕 2년 5월이 되어서야 겨우 경성에 돌아올 수 있었다.

그런데 경성에 돌아오자마자 해묵은 조금수의 일이 터진 것이다. 노대부인이 화가 나서 죽을 지경에 이른 탓에 혼사는 또다시 미뤄졌다. 그 후로도 이런저런 우여곡절로 반년을 질질 끌다가 지금에 이르렀다. 그러자 고정엽이 정교금程咬金[11]의 도끼를 들고 필사적으로 돌진해 온 것이다.

애석하다고 말한다면, 명란은 자주 이 모든 게 하늘의 뜻이라고 생각했다. 애석하지 않다고 말한다면, 하홍문이 아예 좀 더 시원스럽게 나와 조금이라도 먼저 혼담을 매듭지었다면 고정엽이 날뛸 수 없었을 것이다. 그녀와 하홍문이 지지 않으려고 부단히 계산하며 다투는 동안, 어쩌면 그들 사이의 인연도 이미 소진되어 버렸는지도 모른다.

생각이 여기에 미치자 명란은 암담한 기분이 들었다. 잠깐만. 그녀 마

---

10) 각 지방마다 설치된 행정 기구.
11) 소설『수당연의隋唐演义』에 등장하는 용맹한 무장.

음속에 갑자기 어떤 생각이 스쳐 지나갔다. 명란은 퍼뜩 고개를 들고 눈앞의 남자를 바라보며 의심스럽다는 어조로 물었다.

"어떻게 그렇게 잘 아시죠? 고 도둑…… 설마…… 하가에도 손을 쓴 건가요? 그 조가를…… 아!"

딱 한 가지, 명란이 일찍이 생각해본 적은 있었으나 깊이 생각하진 않았던 일이 있었다. 양주는 서북 지방에 위치해 있으니 날개 달린 말을 타고 사면령을 전한다 해도 네다섯 달은 족히 달려야 도착할 수 있었다. 조가처럼 딸린 식솔들이 있고 은전도 변변치 않은 집안이라면 적어도 두 배의 시간은 지나야 겨우 경성에 돌아올 수 있었을 것이다. 그런데 조가는 일 년도 안 되어 경성에 돌아왔다. 설마…….

고정엽도 딱히 부정하지 않고, 냉정하게 대답했다.

"조방이 물길을 따라 강을 내려가지. 석씨 형제가 배로 그들을 경성까지 태워 주었다."

이제 명란은 화낼 기력도 없어졌다. 그저 입을 벌리고 혀를 내두르며 그를 바라볼 따름이었다. 고정엽이 미간을 찌푸리며 되물었다.

"설마 하가와 정혼한 뒤에, 아니 혼례를 올린 뒤에 조가가 찾아오길 바란 것이냐?!"

도리어 고정엽이 큰소리를 치며 말했다.

"종기는 일찍 터트릴수록 좋은 법이야. 그 일은 오히려 내게 감사해야 할 것이다."

명란이 털썩 주저앉았다. 머릿속이 온통 혼란스러울 뿐이었다. 창밖을 바라보다 다시 고정엽을 쳐다보며 얼어붙은 듯한 목소리로 말했다.

"고맙군요."

고정엽이 미소 띤 얼굴로 회답했다.

"고마워할 필요 없다."

명란의 피부는 원체 하얀 편이었다. 또 연지와 분을 바르는 걸 좋아하지 않아 향고香膏 [12]만 얇게 바를 뿐이었다. 청당 안으로 들어온 겨울 햇빛으로 인해 명란의 피부는 하얀 화선지처럼 더욱 약해 보였다. 건드리기만 해도 부서질 것 같았다. 까마귀 깃털처럼 까만 머리카락 몇 가닥이 귀밑 언저리에 흐트러져 있었다. 마치 막 길게 뻗어 나오려는 한 떨기 꽃봉오리처럼 수려하고 아름다운 모습이었다.

그리고 저 두 눈동자, 저 두 눈동자. 고정엽은 가만히 그녀를 바라보았다. 아주 오래전부터 그는 저 깊고 어두운 두 눈동자가 마음에 들었다. 마치 맑은 샘처럼 그윽하고 고요했다. 하지만 저 눈동자에 한 줄기 기묘한 불꽃이 치솟고 있었다. 분노 같기도 하고, 실망 같기도 했다. 명암이 교차하며 예측 불가능한 모습에 고정엽은 조마조마한 마음이 들었다. 너무 당황한 나머지 다른 것은 헤아릴 수조차 없었다.

명란은 머리를 빨리 회전시켰다. 한참을 생각해보니 과거는 이미 지난 일이고 앞으로가 훨씬 더 중요했다. 명란은 다시 태도를 단정히 하고 고개를 돌려 고정엽을 향해 미소 지었다.

"고 도독의 호의에 참으로 감사드립니다. 하지만…… 미리 말씀드려야겠군요. 아마 저는 좋은 아내가 되지는 못할 겁니다. 현숙하지도, 온순하지도 않으니까요. 게다가 이것저것 나쁜 습관도 셀 수 없을 정도랍니다. 그러니 도독께서는 신중히 생각해보시지요."

고정엽이 입술을 씰룩거리며 웃었다.

---

12) 향이 나는 연고.

"늦었다. 고가와 성가가 혼인을 맺는다고 이미 소문이 다 퍼졌다. 네 언니는 문가에 시집갈 수 있겠다만, 너는 어쩔 것이냐? 차라리 하가에 시집가겠단 소리는 말거라!"

명란은 부글부글 들끓는 화를 더는 못 참겠다는 듯 벌떡 일어나더니, 냉소하며 빈정거렸다.

"고 도독께 시집가면 참으로 좋겠네요. 아주 꿀단지 안에 뛰어드는 것 같겠어요. 천 가지, 만 가지 다 좋은 일만 있겠군요. 나쁜 건 하나도 없겠네요!"

고정엽도 갑자기 자리에서 일어나더니, 앞쪽으로 몇 발자국 다가섰다. 키 크고 호리호리한 그의 몸에 따라온 그림자가 명란을 덮어 버릴 것만 같았다. 명란은 조금도 물러서지 않고 버텼다. 고정엽이 오만하게 웃더니 우렁차게 말했다.

"내게 시집오면 다 좋을 거라고 말하진 않으마. 허나 이것 하나는 하늘에 맹세할 수 있지. 내게 시집온다면 절대로 널 서럽게 하거나 울적하게 하지는 않을 게다!"

명란은 더욱 화가 치밀었고, 연신 냉소가 나왔다.

"고 장군, 생각이 너무 많으십니다. 저는 어렸을 때부터 비단옷을 입고 진수성찬을 먹으며 컸습니다. 서럽고 울적할 틈이 없었다고요. 다른 사람의 구원 따위 필요치 않습니다!"

고정엽은 화도 내지 않고 그윽한 두 눈동자로 명란을 조용히 응시했다. 그가 한 자 한 자 또박또박 말했다.

"아니, 거짓말이다. 너는 줄곧 울적했어. 지금도 서러움을 당하고 있지. 적서 간의 그 망할 법도를 깔보면서도 따를 수밖에 없었다. 네가 훨씬 뛰어나지만, 납작 엎드릴 수밖에 없었어. 두각을 나타내면 안 되니까! 그래서 이도 저도 아닌 하가를 고른 거야."

명란의 분노가 극에 달했다. 자신의 두 눈이 빨갛게 충혈된 것도 알아차리지 못한 채 그저 큰 소리로 냉소할 뿐이었다.

"두각이요?! 이 세상에선 누구나 자신의 운명을 받아들여야 해요. 운명을 거슬러요?! 흥! 선황 때의 사왕야가 운명을 거스르다 어찌 되었나요? 독주 한 잔에 생을 마감했지요! 육왕야는 평범한 종실로 신분이 낮아졌고요! 형왕과 담왕도 운명을 거부했다가 목이 잘려나갔고요! 사내대장부들도 이럴진대 저같이 어린 여자는 어떻겠어요……! 제게 무슨 방도가 있습니까! 이걸 모르고 어찌 목숨을 부지할 수 있겠어요!"

그녀는 자수를 좋아하지 않았지만, 손가락이 상처투성이가 되도록 수를 놓았다. 왕 씨와 임 이랑, 묵란을 좋아하지 않았고, 기분이 나쁠 때 웃어야 하는 것도 좋아하지 않았다. 싫어하는 사람한테 애교 있게 구는 것도 좋아하지 않았고, 새 옷과 좋은 물건을 앞에 두고 다른 사람에게 양보하는 것도 좋아하지 않았다. 그리고 수모를 당하고도 멍청한 척하며 넘어가는 것도 좋아하지 않았다……. 좋아하지 않는 것투성이였지만 그래도 좋아하는 척할 수밖에 없었다!

무슨 방도가 있겠는가? 그녀는 살아남아야만 했다!

고정엽이 한 치의 망설임 없이 한 발짝 더 다가왔다.

"그래. 잘 알고 있구나! 너는 똑똑하고, 뭐든 다 훤히 꿰뚫고 있다. 그래서 감히 선을 넘지 못하지. 허나, 마음속으로는 화를 가라앉힐 수 없을 것이다. 분하고, 달갑지 않겠지. 하지만 그래도 어쩔 수 없겠지. 괴롭고 울적해도 그저 모르는 척할 수밖에. 뭐든지 참고 조심하며 자신을 흠잡을 데 없는 성씨 집안 여섯째 아가씨로 꾸민 거야!"

명란의 온몸이 파르르 떨렸다. 분노 때문인지 두려움 때문인지는 알 수 없었으나 등허리에 식은땀이 흘렀다. 주먹을 꽉 쥔 탓에 손톱이 손바닥을 파고들었다. 이미 아물었다고 생각했던 옛 상처가 다시 벌어진 것 같았다. 피를 뚝뚝 흘리는 상처는 실은 한 번도 나은 적이 없었다. 명란은 비명을 지르고 싶었다. 펑펑 울고 싶었다. 하지만 목구멍과 눈은 꽉 막혀 버렸다. 그저 제자리에 우두커니 선 채로 이러지도 저러지도 못하고 눈시울만 뜨거워졌다.

십 년 세월을 고대의 규방에서 보냈더니 이전 세상에서 보낸 반평생이 꿈만 같았다. 너무 오랫동안 연기를 했더니 배역에 너무 깊이 빠져들게 된 것이다. 펑펑 우는 법도, 소리 지르고 욕하는 법도 잊은 지 오래였다. 자신은 성명란이 아니라 요의의라는 사실도 잊어버렸다.

고정엽은 눈물로 범벅이 된 명란의 얼굴을 보며 형언할 수 없는 쓰라림을 느꼈다. 그는 한 걸음 더 나아가 키 큰 몸을 깊이 수그려 공손히 읍을 하고 고개를 들었다. 다소 잠긴 맑고 깨끗한 목소리로 한 자 한 자 힘주어 말했다.

"오랫동안 연모해왔습니다. 당신을 아내로 맞아 안살림을 맡기고 함께 자식을 낳아 기르며 해로하고 싶습니다!"

눈물로 시야가 흐릿한 가운데 고정엽의 진지하고 성실한 얼굴이 눈에 들어왔다. 명란은 일순 어찌할 바를 몰랐다.

고정엽이 기대에 찬 눈빛을 반짝이며 명란을 똑바로 바라보았다.

"신선 같은 나날을 보내게 해주겠다고 감히 장담은 못 하겠다. 허나 내가 있는 한 네가 설움을 겪는 일은 절대 없을 거다! 내 지위가 곧 네 지위가 될 테니까!"

한 글자씩 힘주어 말하고 있었다.

멍하게 있던 명란은 순간 얼굴이 차갑다고 느꼈다. 손을 뻗어 만져 보니 눈물이었다.

깨어 있기 때문에 고통스러운 것이다. 알고 있기 때문에 참담한 것이다. 희망의 끝에는 늘 절망이 있다. 명란은 감히 희망하지 않았고, 감히 기대하지도 않았다. 모두들 취해 있는데 자신만 홀로 깨어 있었다.[13] 하지만 족쇄를 차고 칼끝 위를 밟고 서서 바보 같이 웃어넘기면 그만이다.

이런 망할 고대 같으니!

---

13) 衆人皆醉我獨醒.『초사楚辭』중「어부漁父」의 한 구절.

제97화

혼사가 정해지다

어머니와 동생을 배웅한 뒤, 화란은 반쯤 낡은 도화색의 솜을 넣은 오자로 갈아입고 창가의 구들 위에 앉았다. 영침에 기대어 바느질을 시작하고 얼마 되지 않아 발이 걷히는 소리가 들리더니 원문소가 안으로 성큼 들어왔다. 빠른 걸음으로 구들 앞까지 온 그가 아내를 보고는 웃으며 말했다.

"어찌 또 일어났소. 누워서 쉬지 않고서?"

"한나절을 누워 있었던걸요. 더 누워 있으면 안 될 것 같아요."

화란이 애교스럽게 그를 힐끔 보더니 반짇고리함을 내려놓았다. 화란은 구들 침상에서 내려와 원문소의 옷과 허리띠를 풀었다. 그리고 옆에서 대기하던 계집종에게 도포와 창의를 건넸다. 평상복으로 갈아입은 원문소가 화란을 부축해 다시 구들 위에 앉혔다.

원문소는 구들 탁자 위의 새 찻잔을 들고 느긋하게 차를 한 모금 마셨다. 이제 막 이립而立을 넘긴 그는 짧은 수염을 기르고 있었다. 본래도 각진 얼굴이 더욱 중후하고 위엄 있게 보였는데 꼭 마흔을 목전에 둔 중년 남자 같았다. 화란은 그런 남편을 바라보며 내심 신혼 시절 하얗고 앳

된 얼굴의 낭군이 그리워졌다.

"장모님과 처제는 모두 가셨소?"

"고 장군도 갔어요?"

계집종이 나간 뒤, 부부가 동시에 입을 열었다. 일순 멈칫했다가 원문소와 화란이 서로 마주 보고 함께 웃음을 터트렸다. 한참 웃고 난 뒤, 화란이 일부러 가볍게 한숨을 쉬더니 웃으며 말했다.

"사람들이 부부 도적단, 부부 도적단 하던데 오늘에서야 그게 무슨 기분인지 알았네요!"

원문소가 웃으며 화답했다.

"그렇구려! 부인과 한패가 되니 기분이 참으로 좋구려!"

"누가 당신과 한패가 된답디까!"

화란이 양 뺨에 홍조를 띤 채로 애교스럽게 웃으며 남편을 가볍게 때렸다. 원문소가 껄껄 웃으며 그녀의 주먹을 받았다. 부부가 한참 웃으며 실랑이를 하다 이윽고 자세를 고쳐 앉고 이야기를 나누기 시작했다.

"당신 보기에 오늘 일은 어떤 것 같소?"

원문소가 아내를 껴안고 가볍게 질문을 던졌다.

화란은 계집종의 보고를 떠올렸다. 멀리서 바라본 탓에 그들이 무슨 말을 하는지는 듣지 못했으나 지켜보면서 대강은 추측할 수 있었다는 보고였다. 처음에는 둘이 여전히 서먹서먹하게 대화를 나누는 것 같더니, 나중에 고정엽이 무슨 말을 했는지는 모르겠지만 명란이 화가 나서 울면서 뛰쳐나갔다는 것이다. 화란이 잠시 곰곰이 생각해보다가 대답했다.

"이 혼사를 피할 수는 없을 거예요."

"확실한 거요?"

원문소가 추궁했다.

화란이 확실하다는 듯 고개를 끄덕이더니 재빨리 한마디를 보탰다.

"일이 이 지경이 되었는데 혼사가 성사되지 않는다면 우리 중 누구도 얼굴을 들 수 없겠지요."

원문소는 예전부터 화란이 수완가임을 알고 있었기에 길고 긴 한숨이 나왔다. 화란이 그런 그의 모습을 보고, 표정이 가라앉더니 자못 미안한 얼굴로 말했다.

"모두 제 친정 잘못이에요. 좋은 혼담을 기어이 이렇게 만들어 버렸으니까요. 당신 어깨만 무거워졌어요."

원문소가 큰 소리로 웃더니 손을 내저으며 아내를 위로했다.

"이게 당신과 무슨 상관이오. 어른들께서 잠시 말씀을 제대로 못 하신 게지."

화란이 희고 가느다란 두 손을 남편의 가슴 앞에 얹더니 일부러 두 눈을 크게 뜨고 가련한 표정을 지으며 낮은 목소리로 말했다.

"저희 아버지같이 글 읽는 분들은 다들 고집이 세시지요. 묵란이가 량가에 시집간 뒤로 아버지께서는 줄곧 문 상공에게 미안한 마음을 갖고 계셨어요. 그래서 조금이나마 만회하고자 여란이를 짝지어 줄 생각을 하시게 된 거예요. 하지만 어머니는 사위인 당신이 꺼낸 혼담이 더 좋다고 판단하신 겁니다. 그런데 명란이는 어렸을 때부터 할머님 손에서 자랐기 때문에 그 아이의 혼사에 대해서는 할머님의 발언권이 가장 클 수밖에 없었지요. 그러다 세 분이 부딪치게 되면서 각자 자기주장만 하다 보니 일이 이렇게 꼬일 수밖에요!"

당연히 진상은 이렇지 않았다. 그러나 화란은 이렇게밖에 말할 수 없었다.

원문소가 화란의 손을 잡고 온화한 표정으로 웃으며 말했다.

"장인 어르신은 학문을 하시는 분이시니 신용을 중시하는 것은 당연한 일이오. 장모님은 어머니로서 자식을 아끼는 마음에 그러신 게고. 할머님께선 훨씬 자애로우신 분이시나 잠시 고집을 꺾지 못하시는 것이니 이 또한 이해할 만한 일이오. 저마다 각자의 이치가 있는 것이니 당신이 미안해할 건 없소."

화란이 여전히 미간을 찌푸린 채 근심스럽게 말했다.

"혹여 고 장군이 노할까 걱정이에요. 혼인이 성사되지 않았을 때 원수지간이 되는 건 아닌가 해서요."

"그럴 리는 없을 거요."

원문소가 안고 있던 화란을 놓더니, 찻잔을 들어 다시 차를 한 모금 마셨다. 미간의 주름을 서서히 펴더니 미소 지으며 말을 이었다.

"나도 처음에는 조금 걱정이 됐었소. 허나…… 하하, 오늘 보아하니 걱정할 필요 없을 것 같소. 고 장군이 돌아갈 때의 모습을 보니 기분이 참으로 좋아 보이더군. 나보고 얼른 착수하라고 신신당부를 했소. 올해 안에 정혼식을 올리고 새해가 되자마자 혼례를 올릴 수 있으면 가장 좋겠다고 했소."

화란이 다소 놀란 기색으로 물었다.

"정말요?!"

원문소가 입안에 차를 머금은 채로 천천히 고개를 끄덕였다.

한시름 놓은 화란이 남편을 가볍게 치며 웃었다.

"그러게 제가 뭐랬어요? 명란이의 미색이 곱다고 하지 않았습니까. 만약 고 장군이 봤더라면 필시 이 혼사에 흡족하게 될 거라고요! 그런데도 당신은 걱정만 하셨지요!"

원문소가 웃으며 대답했다.

"그러게나 말이오. 이게 다 당신이 주도면밀하게 계획한 덕분이오."

화란도 따라 웃었으나 속으로는 자신이 없었다. 할머님께서 과연 허락할지 알 수 없었기 때문이다.

• • •

이날 밤, 노대부인은 생각지도 못한 이야기를 듣게 되었다.

노대부인은 구들 침상 위에 멍하니 앉아 있었고, 명란은 아래쪽에 꿇어앉아 작은 소리로 흐느끼고 있었다. 노대부인은 명란의 이야기를 듣다가 머리가 터질 것 같은 기분이 되었다.

"그러니까 너는 우리가 처음 경성에 왔을 때부터 그자를 알고 있었다는 것이냐?"

여기까지 생각이 미치자 노대부인이 그만 참지 못하고 호통을 쳤다.

"어째서 진즉에 고하지 않은 게야?!"

명란은 우느라 얼굴이 온통 새빨개져 있었다.

"할머니께서 혼내실까 두려워서…… 그리고 저 때문에 걱정하실까 봐……."

그때 명란은 언연을 위해 화를 냈던 일로 노대부인에게 호되게 혼이 났다. 온갖 야단을 듣고 나서야 넘길 수 있었다. 그랬는데 고정엽이 또 말썽을 부린다고 해서 어찌 할머니께 고할 수 있겠는가? 또 한바탕 불호령을 듣게 될까봐 두려웠다. 하물며 그 이후로 고정엽과 계속 얽히게 될 줄 누가 알았겠는가!

잘못을 저지른 어린아이가 겨우 어른의 용서를 받았는데 자신이 저지른 잘못으로 또 다른 결과를 낳았으니 당연히 말을 꺼내지 못한 것이다. 그렇게 계속 감추기만 하다가 눈덩이가 구를수록 커지는 것처럼 일이 커져 버린 것이다.

노대부인이 명란의 아이 같은 걱정을 어찌 이해하지 못하겠는가? 노대부인은 저도 모르게 한숨을 쉬며 말했다.

"너는 어찌 이리도 어리석은 게야!"

실은 명란은 어리석지 않았다. 어찌나 잘 숨겼는지 그녀와 고정엽 사이의 관계를 눈치챈 사람이 아무도 없었기 때문이다.

노대부인은 만감이 교차했고 명란이 안쓰럽기도 했다. 바닥에 있는 명란이를 일으켜 세운 뒤 그녀를 품에 안고 가볍게 다독이며 탄식했다.

"……너를 탓할 수도 없겠구나. 그 고가놈의 계략이 이리 주도면밀할 줄 누가 알았겠느냐!"

우느라 코끝이 빨개진 명란이 연신 고개를 끄덕였다. 우리 편이 무능한 것이 아니라, 상대방이 너무 교활한 탓이다. 갑자기 기습 공격을 하지 않았던가?!

노대부인이 뒤로 천천히 몸을 기대며 눈을 살짝 감았다. 들릴락 말락 하게 명란이 흐느끼는 소리와 복수문福壽紋 [1]이 새겨진 적동 화로 안에서 타닥거리며 타는 숯불 소리만이 방 안을 채웠다.

명란은 천천히 얼굴의 눈물을 닦았다. 노대부인이 한참 말이 없는 것을 보고 그녀의 소매를 흔들었다.

"……할머님…… 이제 저는 어쩌면 좋아요?"

---

1) 행복과 장수를 기원하며 한자로 복福자와 수壽자를 새긴 무늬.

노대부인이 눈을 뜨더니 명란의 얼굴을 쓰다듬으며 조용히 물었다.

"명란아, 고정엽에게 모든 걸 털어놓았을 때 마음이 어땠느냐?"

명란은 살짝 난감한 표정을 지었다. 하지만 이번에는 모조리 솔직하게 이야기하기로 결심했다. 명란이 다소 상기된 얼굴로 대답했다.

"……처음에는 내심 득의양양한 기분이 들었어요. 제 관심을 끌려는 자가 다 있다니 신기해서요. 그다음에는 생각하면 생각할수록 화가 났어요. 뺨을 때려주지 못한 게 한이 될 정도였지요……. 또 그다음에는 걱정이 됐어요. 그 사람은 너무 대단하니까…… 하지만 어떻게 해야 좋을까요?"

솔직히 말하자면, 대단한 남편을 얻는다는 건 종종 이득과 손해가 반반이란 소리다. 그의 총구가 밖을 향했을 때는 천하가 태평하겠으나, 그의 총구가 안을 향했을 때는 흐르는 피가 강을 이룰지도 모를 일이기 때문이다.

그 이야기를 들으며 노대부인은 연신 고개를 끄덕였다. 그런 걱정은 참으로 진실된 것이었다. 그러나 고개를 끄덕이길 마친 뒤, 그녀는 또다시 눈을 감고 잠시 쉬고 싶은 마음이 들었다. 명란이 다급히 그녀의 팔을 흔들며 연거푸 물었다.

"할머니, 말씀 좀 해보세요. 할머니 생각은 어떠세요?"

노대부인이 갑자기 눈을 떴다. 번갯불 같은 눈빛을 하고 냉랭한 목소리로 대답했다.

"가서 네 아비를 불러오너라. 내가 혼인을 허락했다고 알리거라!"

깜짝 놀란 명란이 믿을 수 없다는 표정을 지었다.

"이렇게…… 하자고요?"

너무 간단한 투항이었다.

"아니면 어쩌겠느냐?"

노대부인이 무서운 표정으로 대답했으나 입가에는 자조적인 웃음이 어렸다. 노대부인이 몇 번인가 냉소하더니 말을 이었다.

"그자가 하루 이틀 계획을 꾸몄겠느냐. 아주 작정을 하고 곳곳에 진을 치고 있다가 문 앞까지 단박에 쳐들어 온 마당에 인제 와서 무슨 방도가 있겠느냐? 성가가 큰 이득을 봤다고 할 수 있겠구나! 됐다, 그들이 바라는 대로 해주자꾸나."

명란은 송구스러운 마음에 손으로 옷자락을 배배 꼴 뿐 감히 말을 꺼내지 못했다. 노대부인이 잠시 침묵했다가 다시 가볍게 조소를 날렸다.

"좋지 않느냐! 네 관심을 끌려고 온갖 꾀를 꾸민 녀석이 이득을 봤다고 으스대는 녀석보다는 낫지!"

명란은 놀란 마음에 고개를 들었다. 할머니가 지칭하는 사람이 누군지 알 수 있었다. 명란이 불안한 마음에 노대부인을 떠보았다.

"제가 가서…… 이야기를 해야 할까요?"

"할 이야기가 무어 있겠느냐?!"

노대부인이 눈을 부라리며 꾸짖었다.

"이 일은 내가 가서 말할 테니 너는 나설 필요 없다! 내 아우를 제외한 다른 하가 사람들은 아무도 만나지 말거라! ……흥, 이제 그자들은 마음껏 친척을 도우면 될 것이다. 호인好人이 되겠다는 자들을 아무도 막지 않을 테니 말이야. 설마 네가 아직 하가에 미련이 남아 있다고 해도 이제 사람들은 알게 될 게다. 성가의 규수는 시집갈 걱정도 없고, 생각해주는 사람도 있다고 말이다!"

명란은 침을 꼴깍 삼켰다. 노대부인의 거만하고 맹렬한 기세에 조금 놀라긴 했지만 이제 확실히 알 수 있었다. 노대부인은 사실 뼛속까지 거만한 사람이었던 것이다. 어쩌면…… 그녀는 진작부터 하가에서 잇따라 벌어진 사건에 넌더리가 났을 것이다. 그저 꾹 참고 있던 것뿐이었다.

노대부인이 다소 화를 가라앉히고 숨을 고르더니 등받이에 몸을 기대며 차분히 말했다.

"우선 여란이와 문가의 혼사를 정하고 그 뒤에 고가더러 납폐 예물을 보내게 하거라. 네 어머니에게 혼사 준비는 서둘러 해도 된다고 하고. 이 할미가 네 혼수를 후하게 준비해주마. 누구든 쓸데없는 소리만 해보라지! 흥! 가서 잘 살면 그만이다. 똑똑히 알아 두거라. 다른 사람을 괴롭히는 한이 있어도 자신을 스스로 괴롭혀서는 안 되는 게야. 네 일신의 안녕이 제일 중요하다!"

명란은 말없이 있다 취병을 불러 아버지를 모셔오게 했다. 그리고 자신은 조용히 모창재로 돌아갔다. 명란은 책상 앞에서 한참 멍하니 앉아 있다 갑자기 몸을 일으킨 단귤을 불러 먹을 갈게 했다. 눈처럼 하얀 화선지 한 장을 펴고 큰 붓을 집어 든 명란은 붓에 먹물을 듬뿍 적셨다. 숨을 멈추고 정신을 집중한 다음 먹물을 흥건히 머금은 붓을 힘차게 움직여 광초체狂草體[2]로 크게 네 글자를 썼다. '난득호도難得糊塗'![3]

"훌륭해요!"

곁에 있던 소도가 열심히 손뼉을 쳤다.

"아가씨, 참으로 훌륭한 글씨입니다! …… 어, 그런데 무슨 뜻이에요?"

명란이 붓을 내려놓고 담담히 말했다.

---

2) 한나라 장지가 창시한 극도로 자유분방하게 흘려 쓴 초서체.
3) 중국 청나라의 서예가 정섭鄭燮이 한 말로, '어리석은 척하기는 정말 어렵다'는 뜻.

"그러니까 말이지 네가 단귤이 감춰둔 행인당杏仁糖 [4]을 몰래 먹은 걸 내가 못 본 척하겠다는 뜻이지."

말을 마친 명란은 소도와 단귤을 남겨 둔 채 소매를 휘날리며 유유히 방 안으로 들어갔다. 눈이 휘둥그레진 소도는 재빨리 도망갈 태세를 취했고, 단귤은 소매를 걷어붙이며 공격 태세를 취했다.

---

4) 설탕에 조려 말린 살구씨.

번외
고정엽의 자기 고백
「사기꾼을 아내로 삼고 싶은 자의 심리 변화 보고서」

그녀는 아마 모를 것이다. 자신이 얼마나 특이한지.

양양후부의 연회에서 그녀는 공손하고 온화하며 고상한 태도로 한 무리 규수들과 한담을 나누고 있었다. 그때, 꽃가지를 찾아 안으로 들어온 벌 한 마리가 웅웅거리며 날아다니기 시작했다. 소녀들은 모두 깜짝 놀라 비명을 지르고 손수건을 휘두르며 몸을 웅크렸다. 그녀는 꽤 흥미를 느낀 듯했으나 주변의 소녀들이 허둥지둥하는 모습을 보고는 얼른 놀란 표정을 지으며 웅크린 소녀들 쪽으로 뛰어들었다. 가볍게 비명을 지르며 가슴을 치는 모습이 사뭇 겁에 질린 듯 보였다.

나는 가만히 실눈을 뜨고 그녀를 바라보았다. 무서운 척을 하고 있군.

실제로 벌을 무서워하지 않는 소녀도 있어서, 침착하게 한쪽으로 비켜서거나 조용히 옆 사람 뒤에 숨는 경우가 보통이었다. 그런데 그녀는 무서워하는 '척'을 하고 있었다. 마치 다른 사람들과 다르면 어쩌나 걱정이라는 듯, 늘 다른 이들과 똑같이 행동하려고 애쓰고 있는 것이다.

연극이 시작되고 나는 몰래 그녀의 뒤를 밟았다. 으슥한 곳에서 그녀에게 몇 마디 물어볼 작정이었다. 그런데 그녀를 따라가다 재미있는 연극 한 편을 보게 될 줄 누가 알았겠는가? 우리 먼 친척 누님 평녕군주의 보물 같은 아드님이자 제국공부의 영광이자 무수한 경성 규수들의 꿈속 연인인 제 공자가 필사적으로 그녀를 잡아끌며 사모하는 마음을 하소연하고 계시다니.

옥 같은 외모의 젊은 공자가 사랑에 빠진 표정으로 달콤한 말을 속삭이면 소녀들 중 열에 아홉은 아마 저항하지 못하고 분칠한 얼굴을 붉히며 자기 마음을 털어놓을 것이다. 나머지 한 명은 아마 무뚝뚝한 얼굴로 노여움을 가장할 테지.

그러나 그녀는 그 두 가지 중 어느 쪽의 반응도 보이지 않았다. 그녀가 보인 첫 번째 반응이자 유일한 반응은 제형이 자신을 끌어들일까 두려워하는 모습이었다. 그녀는 위협과 간청을 반복하며 제형이 어떤 고백도 해선 안 된다고 따끔하게 말했다. 그러자 제형은 얼빠진 모습으로 자리를 떠났다.

그녀는 항상 전전긍긍하는 것처럼 보였다. 경계 태세의 다람쥐처럼 자기 주변에 출현할지도 모를 위협을 방비하고 있는 것 같았다.

나는 나중에야 그 이유를 알게 되었다. 그녀는 서녀였던 것이다.

나는 불쑥 모습을 드러내 만랑의 일을 물었다. 그녀는 깜짝 놀라 했지만, 솔직히 대답을 해주었다.

그녀의 말과 행동은 법도에 어긋남이 없었다. 언사가 분명했고, 묻는 말에도 명확하게 대답했다. 보통의 규수들처럼 부끄러워하며 움츠러드는 기색이 하나도 없었다. 아까 제형을 만났을 때처럼 나약하고 이기적인 모습과는 달리 여가余家의 큰아가씨를 대신해 상황을 원만하게 만들고 내 분노도 누그러지게 했다.

담력과 식견이 있는 여자 같았다.

나는 그때 처음으로 만랑에게 부적절한 부분이 있는 것 같다는 느낌을 받았다.

그녀를 다시 만난 건 광제사 후원에서였다. 그녀는 진흙덩이를 자신의 언니에게 정확히, 세게 던졌다. 두 손을 허리에 짚은 모습이 기세가 대단했다. 나는 담장 뒤에서 소리를 죽이고 있다가 놀라기도 하고 우습기도 했다. 언홍과 만랑의 다툼으로 마음에 드리웠던 먹구름이 단숨에 걷히는 기분이 들었다. 허나 애석하게도 마음껏 웃어보기도 전에 그녀 때문에 화가 나서 얼굴을 찌푸리고 자리를 떠나야만 했다.

그때는 저 조그만 여자아이가 불길한 소리를 한다고 생각했으나 시간이 지날수록 그녀의 말이 들어맞기 시작했다.

그로부터 며칠 지나지 않아 나는 멀리 타향으로 떠났다. 그 뒤 부친께서 돌아가셨고, 언홍이 요절했다. 만랑이 울면서 변명하는 꼴을 다시는 보고 싶지 않았기에 홀로 남북을 떠돌아다녔다. 나는 거기서 수많은 사람을 만났다. 행상이나 심부름꾼을 하는 사람도 있었고, 강호 호걸도 있었고, 푸대접받는 몰락한 귀족 자제나 왕야도 있었다. 멸시와 경멸을 받으면서 세상인심의 후함과 박함을 알게 되었고, 세상 사람들의 태도가 권세와 부에 따라 변모하는 것임을 알게 되었다. 잔인하게 땅바닥으로 끌어내려졌으나 자신의 힘으로 일어서야만 했다.

내 손으로 처음 번 은자를 경성의 만랑에게 보냈다. 내가 범한 과오는 내가 책임질 것이다. 그들 모자가 굶주리고 추위에 떨지 않도록, 내가 그들을 먹여 살릴 것이다. 그러나 나는 절대로 그녀를 다시 보지는 않을 것이다. 그녀의 사람됨과 계산속을 똑똑히 보고나니 그저 등줄기가 서늘한 느낌만 들었다. 그녀는 나를 찾기 위해 아이를 데리고 도처를 돌아다녔다. 나는 더더욱 그녀를 꺼리고 경계하게 되었다.

강호의 소년은 나이가 들었고, 한밤중에 잠에서 깰 때면 종종 그때 진흙을 던졌던 소녀를 떠올리게 되었다.

경성에 한바탕 변란이 일어나 천지가 개벽했다. 나는 팔왕야를 대신해 사전에 경성에 들어가 동정을 조사했다. 그러다 예상치 못하게 원문소와 마주쳤다. 그는 인품이 훌륭한 사람이었다. 내 초라한 행색을 보고도 나를 무시하기는커녕 자기 아들의 만월주滿月酒[1]를 마시러 오라며 초대했다.

나는 일순 마음이 덜컹거렸다. 원문소의 아내는 성가의 여식이 아니었던가?

나는 연회장으로 가는 길목의 정원에서 한참을 기다렸다. 고개를 돌려 보니 꽃들이 몇 번이나 피고 지는 사이에 진흙을 던지던 소녀가 청아하고 아름다운 여인으로 변해 있었다. 해당화 나무 아래, 정원에 가득한 봄기운의 아름다움도 전부 그녀 앞에서 빛을 잃는 것 같았다. 한참은 그녀를 바라보고 나서야 겨우 말할 정신이 돌아왔다.

나는 내심 고개를 끄덕였다. 제형이 그 녀석이 참으로 안목이 있구나. 일찌감치 싹수를 알아보다니.

그녀는 나와 이야기를 나누고 싶어 하지 않는 게 분명했다. 그러니 내가 무슨 소리를 하건 무조건 호응을 하는 걸 테지.

내가 돌아가신 부친을 언급하자, 그녀는 즉각 비통한 표정을 짓더니 진지하게 너무 상심하지 말라며 위로의 말을 건넸다. 내가 여 각로에 대

_____

1) 아기가 태어나 한 달째 된 날 마시는 축하주.

한 유감과 보상하고 싶은 마음을 표하자, 그녀는 즉각 십분 이해한다며 탄복하는 표정을 지었다. 그녀에게 만약 위급한 일이 생기면 내가 도와주겠다고 말하자, 그녀의 커다란 두 눈이 불신으로 가득 찼다. 손뼉을 치며 기뻐하지는 않았으나 겉으로는 대단히 감사하다는 태도를 보였다.

나는 기쁘지 않았다.

결국, 나는 어른스러운 표정을 가장하고 몇 마디 꾸짖는 소리를 했다. 놀라움을 금치 못하는 그녀를 놔두고, 중후하게 위엄을 부리며 자리를 떴다.

제형이 한 말은 틀리지 않았다. 그녀는 교묘하게 낯빛을 꾸미고 아첨하는 말을 하는 작은 사기꾼이었다! 나는 재빨리 결론을 내렸다. 그런 뒤, 나는 그만 뒤돌아 그녀를 슬쩍 더 바라보았다. 요 몇 년간, 그 작은 사기꾼이 자라서 미인이 되었구나.

훗날, 이 사기꾼은 해적과 맞닥뜨렸다.

나는 물속에서 그녀를 건져 올렸다. 그녀는 얼어붙은 몸을 덜덜 떨었고, 크게 숨을 몰아쉬며 당황한 표정으로 사방을 둘러보았다. 그러다 배에 탄 사람들 중에서 한눈에 나를 알아보았다. 꽃 같은 웃는 얼굴에 나는 순간 마음이 말랑해지는 기분이 들었다.

수면은 빛나고 물소리가 나는 가운데 밤은 깊고 바람이 찼다. 오직 그녀의 두 눈동자만이 별처럼 반짝였다. 내 평생 다시없을 아름다운 눈동자였다.

그러고 나서 그녀가 나보고 자신의 계집종들을 구해달라 부탁을 했다. 나는 한숨을 쉬며 눈을 감았다.

나는 이 작은 사기꾼이 공연히 남에게 잘해줄 리가 없다는 것을 알고 있었다. 이렇게 친근하게 나를 불렀던 건 필시 원하는 게 있었기 때문일 테지. 나는 무섭게 그녀를 한 번 노려보았으나, 그만 입꼬리가 올라갔다. 남이 나를 부려먹는데 이렇게 기쁘다니, 나도 병이란 생각이 들었다.

　그녀의 계집종들과 어멈들을 가까스로 구해내고 아직 내 공로를 보고 하지도 못했는데 문 너머로 그녀가 내 험담을 하는 게 들려왔다. 팽가가 나를 속였는데도 그녀는 여전히 '정상을 참작할 만하다'는 것이다. 그러고는 또 내가 만랑을 아내로 삼으면 되지 않냐고 하는 게 아닌가?! 내가 만랑을 아내로 삼을 수 없다고 확실히 말했는데도 그녀는 은근한 비웃음이 담긴 두 눈으로 나를 흘겨봤다.

　그러더니 또 득의양양한 표정으로 나에 대한 평가를 내리는 게 아닌가. '실상은 규율을 가장 중히 여기는 자'라나 뭐라나?! 나는 원래부터 법도를 잘 지켰고 지금까지 그녀의 머리카락 한 올조차 건드려본 적이 없었다! 하물며 만랑의 일을 겪었기에 앞으로는 절대 아무렇게나 여인들에게 다가가지 않을 것이다.

　나는 정말 그녀의 목을 꽉 움켜쥐고 목 졸라 죽여버리고 싶은 마음이 들었다!

　그러나 그녀의 목은 정말 아름다웠다. 어렸을 때 먹어본 강남 지방의 연근 설탕절임처럼 촉촉하고 달콤해 보였다. 나는 문득 입술이 마르는 듯한 느낌이 들었고…… 목을 조르는 건 관두기로 했다.

　나는 멍한 느낌이 들었다. 놀랍게도 이 사기꾼이 언홍의 죽음이 단순하지가 않다며 추측했기 때문이다. 그래, 요즘 사기꾼들은 참 똑똑하구나. 그녀의 추측은 들어맞지는 않았지만 그렇다고 아주 비껴가지도 않았다.

　잘한다, 고정엽. 너는 갈수록 퇴보하고 있구나.

　나는 두어 마디 심한 말을 남기고 자리를 박차고 나갔다.

그 뒤, 그녀는 남쪽으로 내려가 금릉에 갔고, 나는 북쪽으로 올라가 경성에 갔다.

경성 남쪽 교외에 위치한 농촌의 민가에서 나는 몸에 밴 세속의 때를 씻어 내고 반년간 피로를 풀었다. 침상에 누운 나를 위해 연로한 상素 유모가 탕파를 가져와 이불을 따뜻하게 덮혀주었다. 침상 위에 누워 상 유모가 부드러운 소남蘇南 [2] 억양으로 끊임없이 잔소리하고 자질구레하게 신경 써주는 것을 들으니 마치 어머니가 살아 계시던 어린 시절로 돌아간 듯한 느낌이 들었다.

"……도련님, 이리 지친 걸 보니 밖에서 장사가 잘 안 되나 봅니다. 괜히 밖으로 돌아다니지 말고, 이 유모한테 은자가 조금 있으니 이걸로 땅이라도 조금 사서 편안히 사세요."

상 유모는 안쓰러운 표정을 짓고 있었다. 그녀는 시종일관 내가 바깥에 장사를 하러 다닌다고 생각하고 있었다.

내가 대답했다.

"이번 거래가 끝나면 정착할 수 있을 걸세."

만약 내가 전쟁터에서 죽지 않는다면 말이다.

상 유모가 메마른 얼굴 위로 노한 표정을 드러냈다.

"이게 다 그 못된 놈들 때문입니다! 해녕 백씨 가문의 외손자가 집을 나와 고생스럽게 은자를 벌어야 한다니! 백가의 은자가 산을 이루고 바다를 메울 정도로 많았거늘 지금은……."

상 유모는 매번 잔소리할 때마다 해녕 백가가 얼마나 번성했던가를

---

2) 강소성 남쪽 지방.

한바탕 쏟아내곤 했다. 나는 진즉에 무감동해져 그저 담담하게 말할 뿐이었다.

"상관없네. 은자는 벌면 되고, 본래 내 것이던 것은 되찾아 오면 되네."

상 유모가 멍하니 나를 바라보며 탄식했다.

"도련님은 우리 큰아가씨와 성미가 판박입니다. 성미가 불같고 무뚝뚝해서 힘든 일은 죄다 마음속에 담아 놓고 속으로 삭이기만 하니. 그때 우리 큰아가씨가 조금만 참았더라면 그렇게……."

"유모, 그만하시게."

나는 숙연한 태도로 그녀의 말을 가로막았다.

상 유모가 살짝 한숨을 쉬더니 조용히 말했다.

"도련님, 정착하시거든 얼른 아내를 들여 아이들을 많이 낳으세요. 이 유모가 큰아가씨께 향을 올려 기쁜 소식을 알려드릴 테니."

나는 웃으며 대답했다.

"내게 이미 둘이나 아이가 있잖소."

상 유모의 얼굴이 즉각 굳어졌다.

"그 무슨? 제 말은 정식으로 아내를 맞이해야 한다는 겁니다. 그 여자는 아내로 칠 수도 없습니다."

나는 홀연히 몸을 일으켜 의아한 듯이 물었다.

"유모, 유모는 처음부터 만랑을 싫어했지. 어째서였소?"

그 시절의 만랑은 머리끝에서 발끝까지 가련하지 않은 데가 없었다. 잘못도 하나 저지르지 않았고, 상 유모에게도 예의를 차려 공손히 대했다. 말보다 눈물이 앞서는 사람이었는데 상 유모가 그녀를 미워할 줄 누가 알았겠는가? 내가 집을 떠난 뒤, 그녀는 만랑의 끈덕진 추궁을 피해 이사까지 갔다.

상 유모는 단정한 얼굴로 이렇게 말했다.

"그 여자는 화근덩입니다, 요괴 같은 년이지요! 그 여자와 얽혔다간 일생을 그르칠 겁니다. 도련님이 드디어 아셨군요! 너무 늦지 않아 다행입니다!"

내가 추궁해 물었다.

"어디 한번 찬찬히 말해보시오."

상 유모가 한참 씩씩대더니 말했다.

"이 늙은이는 대단한 법도도 모르고, 입도 아둔해 정확히 설명할 수는 없습니다. 하지만 두 눈은 있지요. 그 여자가 좋은 여자였다면 도련님이 어리석은 짓을 하도록 꼬드기지 않았을 겁니다. 도련님, 지금 도련님을 보십시오. 그 여자와 얽히고 나서부터 무슨 좋은 일이 있었습니까! 지금 이렇게 후부를 떠나 바깥을 떠돌지 않습니까. 이게 다 그 여자 탓입니다!"

나는 잠자코 듣고 있었다. 상 유모는 비록 배움은 부족하나 사람 보는 눈은 분명했다.

상 유모가 또 덧붙였다.

"도련님, 이번에 아내를 맞이하시거든 그 여자 때문에 어리석은 짓을 하면 안 됩니다. 그 여자는 광대 출신이라 연기에 능하니, 나중에 도련님 색시가 속상할 일은 하지 마십시오! 그 여자의 간계가 아주 대단하니까요. 그때 도련님이 떠나는 걸 보자마자, 용이는 후부에 떨어뜨려놓고 창이만 옆구리에 낀 채 사방팔방 돌아다니며 도련님을 찾아다녔습니다! 마음을 모질게 먹고 제 새끼도 버릴 수 있는 사람이니 평범한 여자는 그 여자의 상대가 안 될 것입니다."

나는 위엄 있게 말했다.

"내 어찌 그 여자가 다시 허튼수작 부리게 내버려둘까!"

상 유모가 흐뭇한 듯 몸을 일으키더니 내 옷을 잘 개어 탁자 위에 올려 두었다. 잠시 후, 문득 무슨 생각이 떠올랐는지 상 유모가 몸을 돌리더니 슬쩍 떠보듯이 물었다.

"도련님, 설마…… 마음에 둔 사람이 있으십니까?"

나는 고개를 틀고 쿨쿨 잠이 든 척했다. 상 유모는 별수 없이 그저 나갈 수밖에 없었다.

침상에 쳐진 휘장 안에서 나는 조용히 누워 있었다. 몸은 피곤했지만, 머리는 활발히 회전하고 있었다. 그녀의 결점을 세세히 따져 보기로 했다.

첫째, 그녀는 사기꾼이다. 속마음과 다른 말을 하고, 겉과 속이 같지 않다. 그녀가 가장 잘하는 게 내숭을 떠는 것이다.

둘째, 그녀는 겁도 없이 강에서 해적과 싸웠다. 참으로 용감하나 무모한 사람이다.

그리고, 그녀는 서녀다. 내가 아내로 삼고 싶은 것은 적녀다.

그리고 제일 중요한 건 그녀가 보물을 알아보는 눈이 없다는 것이다. 감히 나를 무시하다니…….

아, 하지만 어떻게 하면 그녀를 아내로 삼을 수 있을까? 계획을 잘 짜야 할 것이다.

나는 골똘히 생각에 잠기기 시작했다. 내 사고는 엉뚱한 방향으로 흘러가고 있었다.

〈4권에 계속〉

서녀명란전 ❸

초판 1쇄 인쇄 2020년 2월 19일 초판 1쇄 발행 2020년 2월 27일

지은이 관심즉란关心则乱
옮긴이 (주)호연
펴낸이 연준혁

웹소설본부 본부장 이진영
책임편집 최은정 윤가람
디자인 김태수
표지 그림 감몬/가다랑어

펴낸곳 (주)위즈덤하우스미디어그룹 출판등록 2000년 5월 23일 제13-1071호
주소 경기도 고양시 일산동구 정발산로 43-20 센트럴프라자 6층
전화 031-936-4000 팩스 031-903-3893
홈페이지 www.wisdomhouse.co.kr

값 14,000원
ISBN 979-11-90630-15-3 04820
       979-11-90427-73-9 04820(세트)

* 이 도서의 국립중앙도서관 출판예정도서목록(CIP)은 서지정보유통지원시스템 홈페이지(http://
  seoji.nl.go.kr)와 국가자료종합목록 구축시스템(http://kolis-net.nl.go.kr)에서 이용하실 수 있습니
  다. (CIP제어번호 : CIP2020004910)